LE MARI DE SA FILLE

VEUVE ET VIERGE

Par ALEXIS BOUVIER

Malgré le froid, cet imbécile de Jouassin bavardait sur le pas de la porte.

A. FAYARD, libraire-éditeur, 78, boulevard Saint-Michel, Paris.

PREMIÈRE PARTIE

LE FILS DE L'AMANT

I

AH! QUE LA NUIT EST BELLE!

La manufacture de Célestin Berthier était située rue des Francs-Bourgeois; c'était un ancien hôtel avec jardin, faisant coin de rue. Sur cette rue était l'entrée des ouvriers, car la plus grande partie de l'ancien parc avait été envahie par les ateliers : la vaste usine dans laquelle grondaient les machines à vapeur.

Le rez-de-chaussée de l'hôtel était occupé par les magasins et les bureaux. Au-dessus de la porte cochère on lisait :

CÉLESTIN BERTHIER
Fournitures pour l'armée

De la porte cochère on voyait un petit jardin, puis, au fond, une grille ouvrant sur les ateliers. D'un côté, sous la voûte de la porte, se trouvaient la loge du concierge, puis l'entrée vitrée de l'escalier : un escalier somptueux, à rampe et marches de pierre et couvert d'un épais tapis. Aussitôt après, une porte sur laquelle on lisait : *Bureaux et Caisse*.

De l'autre côté, tout était vitré, comme une devanture de boutique ; sur trois portes était écrit : *Entrée des magasins*.

La maison Célestin Berthier avait grande apparence, et si vous vouliez prendre des renseignements sur le maître, on vous répondait :

Célestin avait été longtemps le contremaître de Fournier le fourbisseur, lequel occupait le premier et le second étages du vieil hôtel. Le père Fournier, vieilli et voyant sa maison décroître, avait cédé son fonds à son jeune contremaître, moyennant une pension viagère assez ronde. Le vieux fourbisseur en avait peu profité, il était mort l'année suivante.

Berthier s'était trouvé possesseur de la maison pour presque rien ; très actif et arrivant au bon moment, il avait dû agrandir sa maison en louant tout l'hôtel et ses dépendances ; il avait fait suivre son bail d'une promesse de vente dans de bonnes conditions.

Travailleur infatigable, ne pensant qu'à ses affaires, ne vivant que pour sa maison, le succès répondit à son labeur ; il fit bâtir ses ateliers, son usine.

Solidement établi, il pensa à se marier, et il épousa la fille d'un de ceux qui le faisaient le plus travailler, qui le patronnait au ministère de la guerre :

Le colonel d'Auroy, un vieux soldat qui donnait pour dot à sa fille l'influence qu'il avait au ministère ; et c'était suffisant, car, deux ans après son mariage, Célestin achetait l'immeuble qu'il occupait.

La maison Berthier était de premier ordre, grâce à l'activité, au courage et à l'honnêteté de son chef.

Célestin ne vivait que pour sa maison, dont il était fier ; il s'en disait le premier ouvrier. C'est lui qui le matin était avant tout le monde à l'usine ; c'est lui qui le soir était le dernier dans les bureaux.

On ne lui connaissait aucun vice, il n'avait qu'une passion : la chasse, et encore était-ce pour réagir contre la vie d'intérieur qu'il était obligé de subir. Il se rendait une ou deux fois par mois dans une propriété qu'il avait à la campagne. Là, du matin au soir, pendant trois ou quatre jours, il battait la plaine et ne rentrait que lorsqu'il était harassé de fatigue. Il avait besoin de cette activité de quelques jours pour supporter la vie sédentaire du bureau.

Mᵐᵉ Berthier, la belle Régine — disait-on toujours — était la digne compagne de Célestin, un modèle de vertu, une femme un peu froide, aimant son mari sans passion, le laissant à ses affaires pour ne s'occuper que de son enfant.

En somme, un excellent ménage et une maison sérieuse.

Il faut reconnaître que les renseignements étaient bons, aussi est-ce avec assurance que nous conduisons le lecteur dans la maison de Berthier, un soir d'hiver. Il est près de onze heures, madame vient de rentrer dans son coupé : elle avait été conduire son mari au chemin de fer.

Berthier est allé passer quelques jours à la chasse, une partie convenue avec des amis.

Il fait froid, et la belle Régine, toute grelottante dans ses fourrures, suit d'un pas pressé sa femme de chambre, qui, après avoir ouvert la porte vitrée de l'escalier, la précède au premier étage pour ouvrir la porte de son appartement.

Derrière la jeune femme le concierge a éteint les lampes de l'escalier; tout devient obscur et silencieux dans la maison. Au fond du jardin, les fenêtres de l'usine sont éclairées, et l'on entend sans cesse le bruit sourd des machines qui marchent toujours.

Malgré le bruit et la lumière, on devine cependant que les ateliers sont vides, tout semble marcher par une force invisible. Les surveillants seuls se promènent dans la vaste usine et les hommes « de nuit » soignent les feux qui ne doivent jamais s'éteindre.

Madame étant rentrée, les domestiques ont chacun gagné leur chambre, dont les fenêtres se sont éclairées pour rentrer quelques minutes après dans l'obscurité.

Les grands rideaux masquent mal les fenêtres de la chambre à coucher de madame, qui reste éclairée.

Sa femme de chambre, après avoir aidé sa maîtresse dans sa toilette de nuit, a regagné sa chambre; c'est le dernier bruit de porte, et tout semble s'endormir dans la manufacture...

Quand Lisa — la femme de chambre — eut préparé le lit, attendant que sa maîtresse fût couchée pour la couvrir et fermer les rideaux, voyant celle-ci sortir presque nue, c'est-à-dire en chemise, du cabinet de toilette, elle a été bien étonnée de l'entendre lui dire :

— Non, Lisa, je ne me couche pas encore, je ne pourrais dormir, je vais essayer de lire près du feu... donnez-moi mon peignoir.

La soubrette a aussitôt apporté une adorable chiffonnade de soie et de dentelles, qu'elle a jetée sur les épaules de sa belle maîtresse, puis elle a poussé devant la cheminée un petit fauteuil capitonné dans lequel madame s'est blottie toute frissonnante, en disant:

— Lisa... merci ! allez vite vous coucher... Fermez bien tout en partant, car il fait un froid piquant, ce soir.

— N'ayez crainte. Je souhaite bonne nuit à madame...

— Bonsoir, ma fille.

Lisa sort fermant soigneusement les portières. Pendant qu'elle se retire, Régine, la tête penchée, écoute.

Quand la jeune femme eut entendu la porte du salon-boudoir qui précède sa chambre se refermer, puis celle de l'antichambre, elle se leva et, la bougie à la main, elle courut fermer à son tour les portes au verrou : elle était peureuse ! Puis, paraissant plus rassurée, elle revint s'asseoir devant le feu clair et regarda l'heure.

Elle eut un léger mouvement de surprise et prit sur la cheminée un miroir à main, cadre et poignée en argent ciselé, une merveille d'Honoré ou de Fanière, et s'y regarda complaisamment quelques minutes, ne se coiffant pas, au contraire, augmentant adroitement le désordre charmant de sa superbe chevelure.

Après ces quelques minutes de contemplation, la belle Régine eut des mouvements d'impatience.

Le timbre argentin de sa pendule égrenait minuit, accompagné par la grosse horloge de l'usine.

La jeune femme, se parlant à elle-même, dit :

— Mais qui donc est de garde cette nuit ?...

Elle parut faire un effort de mémoire, puis :

— C'est aujourd'hui jeudi... le jeudi, c'est Jouassin... Oh ! celui-là n'est pas gênant : par ce froid, il doit être couché près des machines...

Il y eut une pause, et elle reprit :

— Minuit passé !... C'est singulier...

Tout à coup elle pencha la tête pour écouter et son visage assombri devint souriant. Elle se leva vivement, courut à son cabinet de toilette, qu'elle traversa pour ouvrir une porte de service.

Un homme entra aussitôt, marchant sur la pointe des pieds ; derrière lui, la belle Régine poussa le verrou ; en sortant du cabinet de toilette, elle le ferma soigneusement et, se tournant vers l'homme qui la prit alors dans ses bras, elle dit :

— Maintenant, nous sommes chez nous !

Il la soutenait, elle s'abandonnait. Après avoir couvert son visage de baisers, les lèvres de l'homme restèrent longtemps sur les lèvres de Régine. Elle avait de doux frissons au contact de cette moustache, le ces joues glacées, et restait les yeux mi-clos pendant ce long baiser ; enfin, semblant s'arracher à cette sensation, elle s'échappa vivement des bras de l'homme pour courir se blottir dans son fauteuil.

Là, hochant la tête, elle dit en montrant la pendule :

— André, regardez l'heure... Comme vous venez tard maintenant !

Celui qu'elle appelait André retirait son pardessus, se dégantait, justifiant par son calme le mot qu'elle avait dit :

« Nous sommes chez nous. »

C'est négligemment qu'il répondit :

— Malgré le froid, cet imbécile de Jouassin bavardait sur le pas de la porte, et j'ai dû attendre qu'il rentrât.

— Vous devez être gelé ; venez vite vous chauffer.

Et Régine désignait un siège placé près d'elle devant la cheminée. André vint aussitôt y prendre place. Pendant qu'il tenait ses mains devant le foyer, elle fixait ses yeux sur lui ; gêné par ce regard, il lui sourit et demanda :

— Pourquoi me regardes-tu ainsi ?

Alors elle lui prit les mains, l'obligea à se tourner vers elle et, le tenant toujours sous le charme, elle lui dit :

— André, j'ai peur que tu ne m'aimes plus

— Que me dis-tu là ?

— Je dis ce que je pense.

— Et qui peut te donner cette vilaine pensée ?

— Autrefois, c'est à peine s'il se passait un jour sans que je te visse, tu trouvais toujours un moyen de venir ici. Maintenant, ce ne sont plus des jours, mais des semaines qui se passent sans te voir...

— Toutes les semaines je...

— Toutes les semaines tu viens dîner une fois avec nous. Mais enfin ce n'est plus André, c'est M. de Gueutteville que je vois... Il est souriant, gai, et il ne pense pas que, lorsqu'il sort d'ici, je me demande s'il ne va pas trouver une autre femme...

— Régine !

— Ne proteste pas, j'ai le droit de tout croire. Après t'avoir tout sacrifié, ne vivant plus que par toi, j'ai le droit de réclamer plus d'affection... Je te voyais tous les jours, puis toutes les semaines; maintenant, c'est une fois le mois, et encore... en retard. Parle-moi franchement, André... Est-ce que tu ne m'aimes plus ?... Je ne voudrais pas t'importuner, moi.

André se rapprocha d'elle et, caressant ses mains qu'elle lui abandonnait, il lui dit tendrement :

— Ma belle et chère Régine, si je n'écoutais que mon amour, que mon désir, je vivrais sans cesse près de toi... Mais cela est-il possible ?

— Pourquoi non ?

— Mais ton mari ?

— Tu n'y pensais pas autrefois...

— C'est justement à cause de cela; nous avons été presque imprudents, et il était nécessaire de veiller sur nous, d'être plus circonspects.

— C'est une mauvaise excuse, André. Mon mari n'a jamais été plus ni moins redoutable qu'il ne l'est aujourd'hui. C'est un brave homme, un négociant; il est né pour faire des affaires et ne pense qu'à faire des affaires; il s'est marié parce qu'un négociant sérieux doit être marié; il m'a choisie parce que mon père lui était utile; il a pour moi une affection toute particulière, presque paternelle. Jamais il n'a eu d'amour pour moi, jamais il ne m'a dit un mot tendre. Il désirait un fils... il en a un...

Elle s'arrêta et André la regarda en lui serrant les mains; elle répondit à cette pression.

— Oui, c'est notre enfant... Mais que t'importe, puisqu'il l'aime comme le sien ?...

— Ne dis jamais cela.

— Enfin, mon mari ne s'occupe pas de moi... N'étant pas aimée, je t'ai aimé, toi, et cet amour te lasse...

— Régine, sois raisonnable. Je t'aime, je t'aime plus que je ne t'ai jamais aimée; car mon amour s'augmente des entraves qu'il rencontre... Nous ne sommes pas surveillés, mais nous allions l'être; notre familiarité avait donné l'éveil... à lui, Berthier ? non, mais à ceux qui l'entourent et qui sont bien plus à craindre...

Alors, d'un ton étrange, Berthier, penché sur elle, lui demanda...

— Oh ! je le sais, aux bureaux je n'ai que des ennemis.

— Je ne voulais pas te le dire. On nous guette toujours... et la moindre imprudence nous perdrait, et vois un peu ce qu'il en adviendrait...

— Si tu m'aimes, peu importe.

Et en disant cela, elle s'était rapprochée de lui ; elle jetait son bras autour de son cou ; il l'attira alors sur ses genoux. Régine était à peine vêtue et, en la tenant ainsi, en sentant sous ses mains tressaillir la chair, André, fiévreux, le sang brûlant, la pressait contre lui, et disait :

— Régine, ne parlons pas de tout cela... ne perdons pas un temps précieux en niaiseries... Je t'aime, je t'aime plus qu'au premier jour ; et, quoique ton amant, je me considère comme ton véritable époux... Quand une vilaine pensée viendra, chasse-la en disant : Notre enfant...

— C'est bien vrai, cela ?

— Oui, ma Régine adorée.

Ils s'embrassèrent longuement, mêlant des serments à leurs baisers.

La pendule sonna une heure. Régine se redressa, échevelée, le regard brillant :

— Une heure ! vite, vite, couchons-nous !

Elle jeta son peignoir et se glissa dans le lit, où André la rejoignit quelques minutes après...

Dans la nuit d'hiver, on entendait le grondement des machines et le halètement de la vapeur.

Régine avait alors un peu moins de vingt ans ; elle était admirablement belle, assez grande, bien faite, gracieuse comme la Vénus de Médicis ; elle avait un visage de vierge, des cheveux châtains, le nez fin et droit, des yeux bleus, une bouche ravissante de fraîcheur, et sur tout cela un aspect calme, un regard doux, sans passion.

André, au contraire, était un superbe gaillard, grand et fort ; il avait des yeux noirs au regard humide plein de douceur et de charme, le nez un peu long, les lèvres épaisses qui paraissaient plus rouges à travers les moustaches brunes, le teint mat, les cheveux noirs un peu crépus ; un beau gaillard enfin. André de Gueutteville avait été petit employé dans les bureaux du ministère de la

guerre. C'est par la protection du colonel d'Auroy qu'il était entré
chez Berthier ; il était le chef de la comptabilité, le représentant du
maître quand celui-ci était absent. Il avait donc toute facilité pour
voir la belle Régine chaque jour. Mais, dans les bureaux, où tout
le monde se doutait de la vérité, on le guettait ; il l'avait deviné ; on
aurait voulu le faire renvoyer, car avec la maîtresse de la maison
il jouissait de l'inimitié de tout le personnel.

Fier, vaniteux, hautain, il tourmentait sans cesse ses inférieurs
et se montrait toujours d'une sévérité inexorable.

Nous avons dit que l'on se doutait de la vérité : pas entièrement.
On accusait le bel André de faire la cour à Mᵐᵉ Berthier, mais on
croyait celle-ci indifférente à ses recherches. Revenons près de nos
amoureux.

Il était presque trois heures du matin, lorsque Régine s'éveillant en sursaut se dressa sur son séant et pencha la tête en dehors
du lit pour écouter. Tout à coup, effrayée, elle réveilla André et
sauta sur le tapis.

— André... j'entends du bruit... On vient, on cherche à ouvrir.

André avait bondi du lit. Affolé, il revêtait ses principaux vêtements ; il était à peine chaussé qu'on entendait des portes s'ouvrir
et se fermer. Régine s'écria :

— C'est lui ; il a voulu rentrer par le petit salon, il n'a pas pu
à cause du verrou, et il vient par son appartement... Sauve-toi...
Vite, vite !...

André est tout sens dessus dessous, il n'est qu'à moitié vêtu,
c'est elle qui lui met dans les bras ses vêtements en le poussant
vers le cabinet de toilette...

La porte derrière le lit s'ouvre et Berthier rentre, calme, tranquille, sur la pointe des pieds pour ne pas éveiller sa femme ; il tient
à la main sa couverture de voyage dans une courroie et son fouet
de chien. Tout à coup, il s'arrête stupéfait en voyant sa femme
presque nue pousser un homme dans son cabinet de toilette ; il jette
un cri déchirant et se précipite vers l'inconnu ; il veut le poursuivre
dans le cabinet de toilette, par la porte duquel il vient de disparaître. Mais sa femme se jette dans ses bras et lutte avec lui. Il la
repousse, elle le retient, s'arcboutant à l'embrasure de la porte,
dépensant une force dont on ne l'eût pas crue capable. Son mari crie :

— Laisse-moi, coquine, misérable ! que j'étrangle cet homme !

— Non... non, vous ne passerez pas !

— Ah ! c'est assez, fait Berthier, et, dans un mouvement nerveux, la bousculant et la heurtant au mur, il la jette jusqu'au milieu de la chambre, où, la chemise étant déchirée, la malheureuse, toute nue, va tomber sans connaissance sur le tapis.

Berthier, fou de rage, de douleur et de honte, se précipite alors. L'homme n'est plus dans le cabinet de toilette, mais la porte de service est ouverte : il s'est sauvé par là. Il s'élance à sa poursuite, descend rapidement l'escalier ; son regard habitué à l'obscurité fouille le jardin... Personne ! La petite porte qui communique avec la cour de l'usine est ouverte. C'est par là qu'il s'est sauvé... Il va le rejoindre, il sera pris, il faudra bien qu'il le soit. Il entre dans la cour, elle est vide... Il court à la porte d'entrée des ouvriers donnant sur la rue, elle est fermée. L'homme est donc caché dans cette cour. Alors Célestin longe les bâtiments, cherchant partout : rien, personne. Tout à coup une porte s'ouvre et un homme paraît, qui dit : « J'ai entendu marcher... Qui va là ? .. » apercevant dans la nuit la silhouette de Berthier, qui fait tous ses efforts pour n'être pas surpris dans sa recherche, craignant qu'on ne découvre ce qui se passe et redoutant le ridicule de la situation.

Cependant l'ouvrier qui a parlé s'avance menaçant, et Berthier doit l'arrêter en répondant :

— C'est moi, Jouassin, ne me reconnais-tu pas ?

— Ah ! le patron... excusez-moi ; j'entendais marcher, j'ai cru qu'un rôdeur venait d'entrer.

— Tu fais ton devoir...

— Oh ! tout est en ordre et chacun est à son affaire... Vous faites votre ronde, vous pouvez voir.

Célestin Berthier eut un soupir de soulagement : l'ouvrier s'expliquait tout naturellement sa présence à cette heure en l'attribuant à la surveillance.

— C'est inutile... je voulais voir si l'on veillait...

— Oh ! monsieur Berthier, je veille plus aujourd'hui que les autres jours ; il m'avait semblé tout à l'heure entendre le bruit de la porte de la rue.

— De la porte de la rue ?...

— Oui, je suis sorti, j'ai fait le tour, mais je n'ai rien vu ; c'était peut-être vous...

— A quelle heure ? demanda Berthier la main sur la poitrine pour comprimer les battements de son cœur.

— C'était sur le coup de minuit... Oui, je quittais ma femme qui venait de m'apporter mon souper et j'avais fermé la porte derrière elle...

— Tu n'as rien trouvé ?... Si nous cherchions ensemble ?

— Oh ! il n'est plus là...

— Tu ne t'es pas trompé en m'entendant ; pourquoi te serais-tu trompé la première fois ?

— C'est vrai. Attendez, monsieur, je vais prendre ma lanterne.

Pendant que Jouassin rentrait dans les ateliers, Berthier, malgré le froid, essuyait la sueur qui couvrait son front et les grosses larmes qui coulaient de ses yeux. En voyant reparaître l'ouvrier, il se redressa, la colère reprit le dessus, il eut un grincement de dents en disant :

— Cherchons... car c'est parce qu'il m'a semblé, comme à toi, entendre du bruit, que je suis descendu...

— Nous nous sommes trompés tous les deux, monsieur Berthier ; vous allez le voir.

L'ouvrier marchait tenant sa lanterne, tournant autour des ateliers, suivi par Célestin ; ils cherchèrent partout sans rien trouver.

Quand Berthier remonta le petit escalier de service il était accablé ; la douleur, la honte reprenaient le dessus, et il avait peine à retenir ses sanglots... En entrant dans le cabinet de toilette, il essuya ses yeux ; les parfums le suffoquaient ; le désordre de vêtements renouvela sa rage. Il entra dans la chambre.

Régine reprenait lentement connaissance ; accroupie sur le grand tapis brun, elle se regardait, toute confuse de se trouver nue ; elle se levait lorsque son mari rentra.

En la voyant ainsi, Berthier ne fut plus maître de sa colère, il ne se rendait pas compte qu'elle s'était évanouie, il était révolté par cette impudeur.

— Ah ! gredine ! tu me diras le nom de ton complice.

— Sortez !... sortez !... criait Régine effrayée en courant se cacher derrière les rideaux.

— Le nom de l'homme qui sort d'ici ? demanda d'un ton menaçant Berthier...

— Vous ne le saurez pas !...

— Je ne le saurai pas... fit Célestin, au paroxysme de la rage. Alors, vous croyez que vous surprenant ainsi, menant la conduite d'une fille... chez moi... ma bonté ira jusqu'au pardon... Mais je tuerai votre amant... et je vous tuerai, vous... qui portez mon nom...

— Au secours !... cria Régine...

— Ne criez pas... ou c'est moi qui, après vous avoir poussée sur le palier dans l'état où vous êtes... appellerai tous les gens de la maison.

— Retirez-vous, laissez-moi me vêtir, nous nous expliquerons après...

— Nous nous expliquerons ! exclama ironiquement Berthier.

— Vous plaiderez, nous nous séparerons, et tout sera fini. J'avouerai...

— Dites-moi tout de suite le nom de cet homme.

— Non ! non ! jamais je ne vous le dirai.

Berthier était comme un fou, il cherchait autour de lui, il se demandait ce qu'il devait faire pour arracher le nom de son rival... Apercevant son fouet de chien, qu'il avait jeté avec sa couverture en arrivant, il s'en saisit, et, le brandissant, il s'écria :

— Nous allons bien voir.

— Oh ! misérable, vous n'allez pas battre une femme !

— C'est moi que tu appelles misérable !... Allons, la fille, le nom de cet homme ?

— Jamais, je vous dis...

— Vous allez me forcer à agir... Le nom de cet homme, Régine... Je te pardonnerai peut-être si tu me dis son nom... Il faut que je tue quelqu'un, moi.

Il n'osait frapper sa femme, il tremblait, elle le vit ; hâtivement elle avait revêtu une jupe, et, admirablement belle, le torse nu comme une suppliciée, elle se dressait devant lui les bras croisés, le défiant et répétant :

— Vous ne saurez jamais son nom !... Vous voudriez faire un scandale, je ne le veux pas... Je vous ai trompé, nous nous séparerons et tout sera dit...

A mesure qu'elle parlait, Célestin fronçait les sourcils. Ce cynisme le révoltait; celle qu'il croyait devoir être à ses genoux, suppliante, se redressait au contraire pour le provoquer. Mais sa bonté devenait de la sottise! Il lui dit encore :

— Malheureuse! Et notre enfant?

— Votre enfant! fit Régine en haussant les épaules... Qu'en savez-vous?...

— Oh! catin! s'écria Célestin, fou de colère et de douleur. Et, ne pouvant plus se contenir, il la frappa de son fouet. Régine jeta un cri sous la souffrance, surtout sous l'injure, et cria de toute la force de ses poumons :

— Au secours! au secours!

Berthier n'avait plus conscience de ce qu'il faisait, il n'entendait plus. Les derniers mots de sa femme bourdonnaient dans ses oreilles. Son fouet sifflait, zébrait le corps de la malheureuse dont la souffrance éteignait les cris; elle courait dans la chambre, mais le fouet la frappait toujours.... la lanière avait arraché les jupes, elle se retrouvait nue, épuisée, meurtrie; elle tomba au pied de son lit en gémissant :

— Grâce!

Alors d'un ton étrange, Berthier, penché sur elle, lui demanda :

— Le nom du père de ton enfant?

Il avait jeté son fouet; elle leva les yeux sur lui; leurs regards se rencontrèrent; elle se détourna aussitôt, vit que le visage de son mari n'était plus le même. La bonté sans cesse répandue sur ses traits était envolée, elle vit qu'il n'y avait plus de pitié à espérer... Il lui demanda encore :

— Son nom?

Elle gémit :

— Grâce... je me meurs...

— Vous seriez bien heureuse de mourir ainsi... Mais vous vivrez, car il faut que je me venge.

— Grâce! fit-elle encore... Elle ferma les yeux et parut s'évanouir. Berthier la regarda une minute, puis, la prenant dans ses bras, il la revêtit de son peignoir et la coucha dans son lit, la couvrant soigneusement; après il remit la chambre en ordre. Tout étant en état, il sortit et rentra dans son appartement.

Il s'étendit dans un fauteuil, et plus abattu par la fatigue de la crise qu'il venait de passer, il restait inerte, les bras ballants, envisageant enfin sa situation.

Toute son existence bouleversée, plus de ménage, plus de femme... Et, cela était épouvantable, plus d'enfant, car il était atteint jusque dans cet amour sacré. Le doute terrible : cet enfant était-il son fils ?

Cette femme qu'il adorait, qu'il vénérait, à l'affection de laquelle il croyait, l'avait trompé... Était-ce possible ! Régine, qu'il avait connue si naïve, était cette femme cynique qu'il venait d'entendre. La femme à l'aspect d'une vierge, qu'un mot douteux faisait rougir, c'était cette même fille qu'il avait vue nue, vautrée sur le tapis comme une bacchante lasse. Cette mère, c'était une courtisane... Il n'y pouvait croire, il passait les mains sur son visage essuyant ses larmes et semblant vouloir enlever avec elles l'obscène tableau qu'il avait sans cesse devant les yeux. Après ce long écrasement, il se redressait l'œil brillant, le poing menaçant, et disait :

— Je l'ai châtiée, elle... mais lui... lui... celui qui se dirait le père de mon enfant... Ah ! ah ! ah !... il faut que je tue cet homme... il faut qu'on le trouve. Oh ! le misérable !...

Et de gros sanglots étreignaient sa voix pour redire avec accablement :

— Mon enfant !... mon enfant !!! Oh ! non, ce n'est pas possible.

Il pleurait comme un enfant.

Quand l'aube glissa son jour gris à travers les rideaux, Célestin était toujours dans son fauteuil comme accroupi, ses coudes sur ses genoux, la face dans ses deux mains, les yeux mouillés.

Son valet de chambre entra ; il lui demanda ce qu'il voulait, ne l'ayant pas appelé.

— Monsieur m'excusera, je le croyais absent et restais plus tard au lit, n'ayant pas de service à faire ce matin, lorsque Jouassin est venu me réveiller.

— Jouassin ! fit Berthier avec étonnement.

— Oui, monsieur, Jouassin. C'est lui qui a dit que monsieur était chez lui, et qu'il avait vu monsieur cette nuit et qu'il désirait lui parler immédiatement.

— Me parler immédiatement !...

La locomotive, à moitié enfoncée dans le talus, faisait un bruit terrifiant.

— Il m'a dit que c'était urgent.

Célestin fronçait les sourcils, cette visite matinale l'inquiétait. Jouassin avait-il vu ce qui s'était passé? Allait-il être la risée de tous ses ouvriers?

— Faites entrer Jouassin.

Le valet de chambre se retira. Célestin essuya vivement ses yeux, composa son visage en s'efforçant de sourire, et quand l'ouvrier entra, il lui demanda après avoir congédié d'un signe le valet qui l'avait amené :

— Eh bien! Jouassin, qu'y a-t-il donc?

— Monsieur ne s'est pas aperçu de la perte qu'il avait faite?...

— De la perte... Que voulez-vous dire?

L'ouvrier, riant, continua :

— Monsieur a encore son portefeuille?

Berthier mit la main sur sa poitrine et, sentant l'objet dans sa poche, dit :

— Oui, je l'ai...

Et, tout à coup, s'interrompant et pâlissant, il reprit :

— Non... non! je l'ai perdu.

Jouassin avait remarqué la pâleur subite qui avait couvert le visage de son patron, et, l'attribuant à la valeur de l'objet perdu, il dit vite :

— Soyez rassuré, monsieur Berthier. Je l'ai trouvé, le voici.

Et il tendait un petit carnet de cuir de Russie. C'est en tremblant que Célestin le prit et demanda :

— Et vous ne l'avez pas ouvert?

— Oh! monsieur Berthier, je ne suis pas si indiscret que ça. Je savais bien qu'il était à vous, puisque vous seul, cette nuit, êtes venu dans la cour... et je me serais bien gardé d'y toucher.

Célestin était dans un état difficile à dépeindre. Devant son ouvrier, il voulait se contenir, cacher le trouble qui l'agitait. Ce qu'il cherchait depuis des heures, il le tenait dans ses mains : le nom de l'amant. Il était nécessaire d'être calme, il y mettait tous ses efforts. Il devait prendre le portefeuille négligemment. N'était-ce pas la chose la plus simple du monde que cette perte et cette trouvaille? En laissant voir l'intérêt qu'il attachait à ce calepin, ne ris-

quait-il pas d'éveiller l'attention de Jouassin ? C'est ce qu'il fallai*
éviter à tout prix.

Quand l'ouvrier lui dit :

— Monsieur Berthier, si vous voulez regarder, vous verrez que
rien n'y manque.

Célestin fit un effort, pour répondre avec un mouvement
d'épaules :

— Je te connais, Jouassin, et je sais que tu ne l'as pas ouvert...
Merci, mon ami.

Et, négligemment, il jeta le carnet sur un petit guéridon.

Il aurait voulu interroger l'ouvrier sur l'endroit exact où celui-ci
avait ramassé le portefeuille, mais il n'osait ; il voulait paraître ne
pas attacher d'importance à la trouvaille. Il s'aperçut que Jouassin
le regardait avec étonnement ; il comprit que le brave garçon remarquait l'altération de ses traits, ses yeux rouges, ses cils même
mouillés ; il dit :

— Mais... au revoir, Jouassin. Je vais me reposer un peu. J'ai
veillé et je suis fatigué.

— Monsieur Berthier appelle ça veiller ! Vous avez passé la nuit,
et ça se voit à votre figure fatiguée.

— Oui... j'ai été entraîné dans mes comptes... Allons, au revoir.

— Au revoir, patron.

Célestin reconduisit l'ouvrier jusqu'à la porte, qu'il ferma derrière lui ; il avait hâte d'être seul. Aussi d'un saut se précipita-t-il
sur le guéridon pour saisir le carnet. Il s'approcha de la fenêtre pour
lire. En ouvrant le portefeuille, il trouva une lettre non signée,
mais il reconnut l'écriture de sa femme. Elle était laconique :

« Ce soir, je t'attends à l'heure habituelle. »

Il eut une crispation : ces deux lignes lui prouvaient clairement
que depuis longtemps il était trompé...

Il dit avec un grincement de dents et en chiffonnant le papier :

— Tout cela va finir.

Il fouilla les poches du carnet, dans lesquelles se trouvaient des
cartes de visite ; il en prit une qu'il lut, il eut un soubresaut et jeta
un cri douloureux, il vacillait sur ses jambes comme si tout son être
était ébranlé par cette secousse. Il fit un effort et lut plusieurs
cartes en refusant de croire la vérité. Alors il devint très pâle. En

trébuchant il gagna son fauteuil dans lequel il se laissa tomber ; il y resta le corps affaissé, la tête en avant, le regard fixe, moralement écrasé par ce qu'il venait de découvrir. Au bout d'une heure de prostration, il se leva, se redressa, et dit d'un ton menaçant :

— Maintenant, à l'œuvre !

II

LES MARIS NE FONT PAS TOUJOURS RIRE

Souvent les chemins de fer conduisent dans l'autre monde nombre de voyageurs qu'ils n'ont mission que de promener dans celui-ci — et c'est là une partie seulement de leurs méfaits.

C'est le chemin de fer qui fut cause du malheur de Célestin Berthier.

Il partait pour la chasse, gai, confiant, sachant la maison tranquille, sa femme endormie. Il s'était étendu sur la banquette de son wagon, et dormait comme un juste qu'il était, bercé par les plus doux rêves.

Depuis une heure il reposait lorsque tout à coup un choc formidable projeta le dormeur de sa banquette sur les bouillottes de fer, et un fracas effrayant de bris de verre, d'enfoncement de bois, l'éveillèrent épouvanté. Aux cris de détresse et d'appel au secours, Célestin se redressa rapidement, courut à la portière, qu'il ouvrit, et sauta sur la voie.

De tous les wagons les voyageurs descendaient précipitamment, les femmes criant, appelant leurs maris.

La locomotive, à moitié enfoncée dans le talus, en renversant toute la vapeur, faisait un bruit terrifiant; la nuit et le lieu augmentaient l'embarras de la situation.

On reconnut bien vite que l'accident n'avait fait aucune victime, et le danger était passé : c'était un simple déraillement. Le chef de train dit aux voyageurs que la voie d'aller ne pourrait être rendue à la circulation avant le jour; il les priait de vouloir bien le suivre pour se rendre à la prochaine station, qui se trouvait à deux kilomètres. Tout le monde se mit en marche, heureux d'en être quitte pour la peur. Arrivés à la station, les uns s'installèrent dans la salle d'attente, les autres allèrent en ville coucher à l'hôtel, le chef de gare ayant dit que la voie ne serait libre que le lendemain vers dix heures, car on ne pouvait travailler la nuit.

Célestin trouvait le lit de camp de la salle d'attente peu enviable, l'hôtel ne lui souriait pas plus ; il se dit qu'il était bien niais d'abandonner son nid de Paris, la chambre capitonnée, le lit moelleux, l'appartement doucement chauffé, dans lequel était la douce créature qu'il aimait.

Qu'il aurait voulu s'y faire transporter ! Une idée lui vint. Il était à une heure de Paris, peut-être y avait-il des trains descendants. Il pourrait repartir le lendemain. La voie n'étant libre qu'à dix heures, il ne perdrait pas de temps.

Célestin se rendit au guichet et demanda :

— Y a-t-il un train retournant à Paris ?

— Oui, monsieur, dans dix minutes...

— Très bien ! donnez-moi une première.

— Mais, dit l'employé, vous savez, monsieur, que les billets que vous aviez pris ne sont valables que pour le train qui partira d'ici demain matin.

D'autres voyageurs allaient retourner à Paris, mais l'observation de l'employé les arrêta. Seul, Célestin prit un billet, et dix minutes après, il était monté dans le train qui le ramenait à Paris.

Seul dans un compartiment, Berthier souriait à ses pensées ; il était heureux de surprendre sa femme, ses yeux brillaient de concupiscence, il se promettait de ne pas aller dans sa chambre, mais de se rendre directement dans celle de sa femme ; il allait par une agréable nuit racheter ses mésaventures. Quand il raconterait à sa chère Régine le danger qu'il avait couru, il la voyait, par la pensée, le pressant dans ses bras, le ranimant par ses baisers.

Oh ! la belle nuit, et qu'il était intelligent de ne pas rester à geler dans cette gare, de retourner là-bas, où l'on serait si heureux de le revoir ! Régine ne voudrait peut-être pas le laisser partir le matin. Baste !... une journée de plus ; il partirait le soir. Il était si impatient de se trouver chez lui qu'il ne dormit pas. En arrivant, il sauta dans une voiture : dix minutes après, il ouvrait la petite porte des bureaux, et, sans bruit, sans être entendu de personne, il montait le

grand escalier, entrait dans l'antichambre de l'appartement de
Régine, et était étonné de trouver la porte du petit salon fermée
au verrou ; mais il s'expliquait cela aussitôt :

— Je n'étais pas là, elle a eu peur... Je vais passer par mon
appartement ; il n'y a pas de verrou.

Berthier souriant était entré chez lui. Nous l'avons vu arriver
dans la chambre de sa femme.

Ce n'était pas la délation d'un ennemi, la lettre anonyme d'un
misérable qui livrait les deux amants à la vengeance du mari.
C'était la chose la plus banale du monde, un accident de chemin de
fer !

Jouassin en déjeunant avec ses camarades racontait que le
patron, malgré sa fortune, sa situation, était toujours le même travailleur infatigable ; la nuit, malgré le froid, il venait voir si les
machines étaient bien veillées et malgré cela le matin il était encore
le premier levé. Au petit jour il l'avait trouvé déjà debout, et sa
toilette faite.

Et chacun déclarait que ça faisait plaisir de voir réussir un vrai
travailleur.

Berthier avait un instant pensé à expliquer son retour par un
mensonge. Mais à quoi bon ? La vérité dans sa banalité ne valait-
elle pas mieux ? Elle cacherait bien mieux ce qu'il ne voulait pas
qu'on sût.

Le malheureux savait que celui qui le trompait était l'homme
en lequel il avait mis toute sa confiance. C'était bien plus un ami
qu'un employé, c'était son confident, son conseil. Comme il devait
rire de lui !

Que devait-il faire ? Le scandale le rendait ridicule et ne satis-
faisait pas sa vengeance. Il fallait que sa femme et son complice
ignorassent ce qu'il venait d'apprendre. La femme, certaine de l'impunité de son amant, serait plus sincère dans l'explication qu'il
voulait avoir avec elle. Et pour se venger de l'homme, lui seul saurait
le véritable motif de sa haine ; il ne voulait pas qu'on pût rire de
lui.

André, en se sauvant à moitié vêtu, portant son paletot sur son
bras, ne s'était pas aperçu que son portefeuille glissait de sa poche ;
en découvrant cette perte, il ne manquerait pas de deviner où il

l'avait faite, et penserait aussitôt que le carnet pouvait être tombé entre les mains du mari.

Berthier songeait à cela ; il se disait que, si les amants se doutaient de sa trouvaille après la scène cruelle qui s'était passée entre sa femme et lui, Régine ne penserait qu'à une chose : ravir son amant et elle-même à sa vengeance, ils se sauveraient ensemble... avec son enfant.

Il se souvenait alors de ce que sa femme avait dit de son fils, et un froid mortel se glissait dans ses os. Mais non, elle avait menti ; c'était la rage, la colère, qui lui avaient dicté cette infamie. Il éclaircirait cela... Oh ! si cet enfant n'était pas le sien !... Non, ce serait abominable. Il n'y voulait pas penser. Il fallait s'occuper du plus pressé, afin d'éviter scandale ou fuite ; rendre la quiétude aux deux misérables.

Si André s'apercevait de la perte de son carnet pendant la nuit, l'éveil était donné.

Célestin arrêta vivement son plan. Il était tôt, personne n'était encore arrivé dans les bureaux : il y descendit.

Il remarqua avec étonnement qu'à l'exception des employés à la comptabilité, tout le monde était à son poste.

C'est que le domestique avait prévenu le concierge et les gens de la maison que son maître était rentré dans la nuit, et tous s'étaient dit :

— C'est un malin ; il veut nous surprendre et voir si le travail se relâche pendant ses absences.

Et tout le monde était avant l'heure au travail.

Il est tout naturel que le patron regarde ses livres, jette un coup d'œil sur la comptabilité pendant l'absence des comptables. On ne s'en étonna pas.

Négligemment, Célestin allait de place en place, feuilletait un livre, ouvrait un tiroir pour y chercher une feuille qu'il lisait pendant quelques secondes, et qu'il mettait en place ensuite. Il arriva ainsi au petit cabinet grillagé dans lequel se tenait ordinairement André. Il était fermé. La caisse était dans ce cabinet, le patron en avait naturellement la clef. Il entra, puis, en paraissant tire le bordereau des sommes payées la veille, il s'avança vers la fenêtre ; dans l'angle se trouvait une patère à laquelle André, chaque jour, accrochait son pardessus et sa jaquette, revêtant un veston qui ne lui servait qu'au bureau. Célestin tourna la tête, regardant si le garçon qui nettoyait le bureau ne l'observait pas : il allumait le poêle. Certain de n'être pas vu, il jeta le carnet sous la patère, et du pied le poussa auprès du mur, puis il sortit des bureaux pour se rendre dans les magasins.

Les employés arrivèrent. Tout en paraissant très occupé à comparer des modèles, Célestin regardait en dessous, ne quittant pas de l'œil le bureau de M. de Gueutteville.

A l'heure exacte, André parut sous la porte cochère. Il paraissait préoccupé ; il entra chez le concierge. Berthier, qui écoutait, l'entendit demander :

— Eh bien ! monsieur Jauze, y a-t-il du nouveau ?

— Non, monsieur ; je viens de porter la correspondance et les journaux sur votre guichet...

— Merci... C'est tout ?

C'est d'un ton singulier qu'il demandait cela, attendant anxieusement la réponse. Quand le père Jauze répondit :

— Oui, monsieur... c'est tout...

André exhala un soupir de soulagement. Il n'y avait pas eu de scandale ! Le mari n'avait pas fait d'esclandre. Une phrase lui brûlait les lèvres, et il ne pouvait la dire, craignant qu'on ne devinât tout s'il demandait si l'on avait vu M. Berthier. Aussi eut-il un soubresaut lorsque, prêt à se retirer, le concierge dit :

— Monsieur de Gueutteville, j'oubliais. Monsieur est revenu cette nuit...

André allait répondre :

— Je le sais...

Il s'arrêta pour exclamer :

— Ah ! il m'a demandé ?

Rien ne peut exprimer le ton dont cette demande était faite. Le père Jauze surpris releva la tête et regarda André, qui balbutia :

— Revenant ainsi... c'était peut-être pour une affaire de la maison et il avait besoin de moi.

— Non ! non. Monsieur est rentré à cause d'un accident ; il s'est couché et il s'est levé ce matin comme d'ordinaire. Je crois qu'il a l'intention de repartir ce matin. Au reste, monsieur est au magasin.

En le voyant entrer, Régine effrayée se recula jusqu'à l'autre bout de la chambre.

André était devenu très pâle, il évitait de regarder du côté des magasins ; il dit : « Merci ! » au concierge, et se dirigea vivement vers son bureau.

Au moment où il entrait, le garçon de bureau refermait la porte sur lui, tenant son plumeau et son balai. En voyant André, il lui dit :

— Monsieur de Gueutteville, vous n'avez pas perdu quelque chose ?

— Si, fit vivement celui-ci, mon carnet...

— Le voilà, monsieur.

Et il le lui montra sur le bureau...

— Où l'avez-vous trouvé ? demanda André tremblant d'émotion.

— Là, tenez, dans le coin ; il sera tombé de votre paletot.

André porta la main à sa poitrine et respira longuement ; il semblait qu'on le soulageait d'un poids immense.

La porte des bureaux s'ouvrit, et une voix qui fit tressaillir le jeune homme dit :

— Ah ! il faut que je vous parle.

M. de Gueutteville se retourna, il se sentait pâlir. En voyant son patron, il avait l'habitude de lui tendre la main ; il ne put qu'ébaucher le mouvement. Berthier le vit et, s'efforçant de lui sourire, il lui dit :

— Vous paraissez singulier... Qu'avez-vous ?

— Mais rien, monsieur Berthier.

— Vous êtes comme embarrassé ?

— Je suis surpris...,

— Ah ! je comprends, de me voir ce matin ici. — Le train dans lequel j'étais a déraillé au-dessus de Fontainebleau, et ne pouvant continuer ma route, je suis revenu... Passer une mauvaise nuit dans une chambre d'hôtel par ce temps froid me souriait peu... et en une heure je pouvais retrouver mon lit...

— Vous avez eu bien raison de revenir, fit André pour parler.

— Vous trouvez ? dit Célestin d'un ton singulier. Avec un peu de bon sens, de logique, que de malheurs on pourrait s'éviter !

André fouillait dans son pupitre, n'osant demander l'explication de la phrase... Célestin continuait :

— C'est une véritable chance que l'accident n'ait pas fait de victimes... Oui, mon ami, je pouvais mourir là...

— Oh !...

— Eh ! mon Dieu ! cela vaudrait peut-être mieux... On s'agite, on se tourmente, et pourquoi ?... Pour la famille. S'il n'y avait pas cela... Car c'est pour la femme qui vous aime qu'on tient à la vie... C'est pour l'enfant qu'on adore... Sans cela...

André était tout bouleversé, il ne savait quelle contenance tenir ; le sourire de Célestin le gênait ; il aurait voulu lui parler et ne trouvait rien à répondre, et il finit par répéter niaisement :

— C'est bien heureux que l'accident n'ait pas fait de victimes.

Célestin eut un gros rire en disant :

— A cette heure, ma pauvre femme pleurerait... mais vous étiez là, vous, mon ami... pour aider la femme et protéger l'enfant.

Faisant un effort, André regarda son patron, et lui demanda :

— Pourquoi me dites-vous cela, monsieur Berthier ?

— Pourquoi ?... J'ai eu cette nuit une grande émotion... qui m'a fait songer à l'avenir... J'ai cruellement souffert...

— Je ne vous comprends pas, dit André, dont la voix tremblait, mais résolu à aller au-devant du danger.

Célestin se contint pour répondre d'une voix lente :

— Je ne puis rien vous dire... Il y a des douleurs qu'un aveu augmenterait... Tantôt je vous parlerai ; pendant quelques jours, je ne pourrai pas m'occuper de la maison, il faudra que vous me remplaciez...

— Quand vous voudrez, monsieur Berthier.

Célestin sortit du bureau, et André fut véritablement soulagé par son départ.

— Il ne sait qu'une chose, pensait-il, c'est que sa femme le trompe... mais il ne sait pas avec qui.

Berthier remontait chez lui en pensant que sa comédie avait réussi ; il avait rassuré André, celui-ci devait être persuadé qu'il ignorait sa perfidie, il attribuerait l'incohérence de ses phrases à sa découverte de la nuit. Ainsi, il pourrait voir le but poursuivi par ceux qui le trompaient ; il évitait le ridicule de la situation en faisant connaître à tous que l'amant de sa femme était son employé, presque son ami.

En se trouvant en face du misérable, il avait dû se contenir pour ne pas lui cracher au visage, pour ne pas l'étrangler. Mais

Célestin était fort : il voulait se séparer de sa femme, mais il ne voulait pas qu'on en sût la cause. Il passerait pour un être grossier, brutal, mais il ne ferait pas rire. Son ami lui avait pris l'honneur, il le payerait de sa vie ; sa femme s'était couverte de honte, c'est dans la honte qu'elle vivrait. Et il fallait que tout cela arrivât, tranquillement, logiquement, sans en laisser deviner le véritable motif.

Après cette nuit agitée, Célestin se trouvait las ; il se jeta tout habillé sur son lit, espérant se reposer, mais c'est en vain qu'il chercha le sommeil. Le spectacle de son malheur revenait sans cesse devant ses yeux et, quand les crises de rage cessaient, de grosses larmes coulaient sur ses joues.

Depuis une heure, il était étendu sur le lit ; son valet de chambre entra : il lui sembla qu'il allait et venait dans la chambre pour lui parler et qu'il n'osait le faire. Célestin s'accouda sur l'oreiller, feignant de s'éveiller, et demanda :

— Quelle heure est-il, Louis ?

— Dix heures, monsieur.

– Vous m'avez éveillé en allant et venant ainsi dans la chambre.

– Je demande bien pardon à monsieur, je croyais qu'il repartait ce matin avec madame et j'agissais ainsi pour l'éveiller.

Au mot madame, Célestin s'assit sur son lit et il demanda :

— Qui vous a dit cela ?

— Lisa m'a appelé tout à l'heure pour l'aider à descendre des malles. Elle m'a dit qu'elle croyait que monsieur était revenu pour chercher madame et qu'elle partait avec lui.

— Ah !

Berthier écoutait, s'observant pour ne montrer aucune surprise, s'efforçant de trouver cela tout naturel, et Louis continua :

— Monsieur s'étant endormi pouvait manquer l'heure du départ, et j'entrais et sortais espérant l'éveiller, mais n'osant le faire, toutefois, n'en ayant pas reçu l'ordre.

— Vous avez bien fait, Louis... Madame est chez elle ?

— Je le crois, monsieur.

— Bien.

Et sautant du lit, il se dirigea vers l'appartement de sa femme. En le voyant entrer, Régine effrayée se recula jusqu'à l'autre bout de la chambre. Célestin eut un léger mouvement d'épaules en disant :

— Ne craignez rien, madame... J'apprends que vous vous disposez à partir, et je veux avoir quelques mots d'explication.

Régine n'était rien moins que rassurée ; elle savait maintenant quelle cruauté se cachait sous sa colère et sous cette tranquillité ; aussi dit-elle :

— Monsieur Berthier, je vous préviens qu'au moindre geste, à la moindre injure, j'appelle et ameute tous vos ouvriers ; je ne recule devant rien.

— Je le sais, madame... Je vous ai jugée. Aussi est-ce justement parce que je suis convaincu que vous êtes prête à tout que je veux vous parler... Malgré vos menaces, permettez-moi de vous rappeler que je suis encore le maître ici... le seul maître. Si vous criez, j'ordonnerai à ceux que vous appellerez de rester dehors et de fermer les portes, et ils m'obéiront... Le mieux, madame, est de me répondre simplement.

— Que me voulez-vous ?

— Je viens vous demander ce que vous comptez faire... où vous allez.

— Je compte partir de cette maison, ne voulant plus vous voir. Où je vais, je l'ignore encore.

— Est-ce bien vrai, ce que vous me dites là ?

— Je ne m'abaisserais pas à mentir avec vous.

— Depuis bien longtemps cependant vous me mentiez, madame.

Elle ne répondit pas. Il continua :

— Vous me dites que vous ne voulez plus me voir, je comprends cela, d'autant mieux que j'éprouve ce même sentiment à votre égard... Il est bien entendu que nous ne devons plus vivre ensemble, que nous nous séparerons, mais pas ainsi que vous vous préparez à le faire.

— Et pourquoi cela, monsieur ?

— Parce que je veux que trois personnes seulement sachent ce qui s'est passé cette nuit. Vous, moi et l'autre. Vous entendez bien, madame ; il faut que votre conduite soit ignorée de tous, il faut que personne ne puisse dire : Mme Berthier est une... je vous laisse le choix du mot. Ce n'est pas vous qui vous en flatterez. Un homme pourrait le faire. Celui-là, j'espère le connaître assez tôt pour qu'il n'ait pas le temps d'en parler.

Régine eut un mauvais sourire, et comme impatientée elle demanda :

— Enfin, monsieur, que voulez-vous faire ?

— Je veux, madame, que vous restiez ici. Vous êtes chez vous, je m'engage à n'y point venir. C'est d'ici que vous adresserez votre demande en séparation; vous baserez cette demande sur ma grossièreté; vous direz, si vous le voulez, que je vous bats.

— Oh! je puis le prouver.

— Vous le prouverez... Je n'ai aucun regret... Je ne mettrai aucune entrave à votre demande. La séparation sera donc prononcée *de plano*. Alors, là, vous partirez d'ici et tout le monde ignorera le véritable motif de votre désertion. Je crois, madame, que ce que je vous demande est préférable.

Régine était un peu confuse; les choses se passaient tout autrement qu'elle ne l'avait pensé après la scène cruelle de la nuit. Elle n'aurait à rougir devant personne; la honte qu'elle redoutait lui était épargnée. Si elle se hâtait de fuir le foyer conjugal, c'est qu'elle craignait que son mari ne l'insultât pour la chasser de la maison. Au contraire, c'était lui qui la relevait en se sacrifiant, et, dans le procès qu'elle allait lui faire, il consentait à être le coupable, et Régine se disait que décidément il était encore plus bête que méchant.

A chaque mouvement qu'elle faisait, elle éprouvait une douleur qui lui rappelait le châtiment de la nuit. Était-ce bien le même bourreau qu'elle voyait devant elle? Pour être si doux le matin, il devait avoir un but; qu'allait-il lui proposer en échange de ce qu'il lui offrait? Était-ce encore la dénonciation de son amant? Régine, ayant hâte d'en finir, demanda :

— Et qu'exigez-vous de moi, pour ce que vous me proposez?

— Rien, madame, que le silence...

Lisa frappait à la porte; c'est Berthier qui cria :

— Entrez.

Quand la femme de chambre parut, il lui dit :

— Lisa, nous avons changé d'avis... Il fait trop froid à la campagne... nous n'irons pas. Faites remonter les malles.

Lisa stupéfaite regardait sa maîtresse, paraissant attendre la confirmation de l'ordre qu'on lui donnait.

— Ma chère amie, dit Célestin, comme s'il continuait la conversation, ce serait de la dernière imprudence ; puis nos chasses en ce moment ne sont guère intéressantes... Là-bas il fait un froid de loup, et vous êtes mal portante... Nous allons rester cette semaine, vous verrez le docteur, vous vous soignerez et, si vous allez mieux, je vous promets de vous emmener... et pour que vous n'ayez aucun regret, voyez, je renonce à la chasse aujourd'hui.

— Ainsi, madame, demanda Lisa, il faut faire remonter les malles ?

— Oui, oui, puisque monsieur ne veut pas que nous partions aujourd'hui.

— Quand vous aurez remonté les malles, vous irez chercher un médecin...

— Un médecin !... Pas le docteur de monsieur ?

— Non ! le docteur est notre ami, il ne parle pas sérieusement.. Je tiens, ma chère Régine, à ce que vous voyiez un nouveau médecin qui nous éclairera sur votre état.

Lisa sortit pour faire remonter les malles. Régine regardait Berthier, cherchant vainement à s'expliquer la raison pour laquelle il envoyait chercher un nouveau médecin. Elle n'était pas malade, pas même indisposée ; si elle souffrait, c'était de la fustigation de la nuit, ce n'était pas un médecin qui atténuerait les douleurs qu'elle ressentait à chaque mouvement. La porte étant fermée derrière la femme de chambre, elle demanda à son mari :

— A quel propos envoyez-vous chercher un médecin ?

— Nous allons commencer ce qui est convenu.

— Qu'est-ce qui est convenu ?

— Il faut que vous alliez trouver un avoué pour le charger de votre demande en séparation ; il faut qu'elle soit basée sur des sévices graves... Le médecin qui va venir constatera que je vous ai frappée avec un fouet... Vous lui déclarerez que je suis coutumier du fait, et son certificat suffira. Vous comprenez que je ne puis demander cela à notre docteur ?

— Très bien ! fit Régine de plus en plus stupéfaite.

— Maintenant, madame, il ne me reste qu'à vous prier de presser le plus possible votre avoué.

Il s'inclina et sortit vivement, se hâtant de s'enfermer chez lui pour pouvoir donner libre cours aux sanglots qui l'étouffaient.

III

LE RENDEZ-VOUS

Le but que visait Célestin était atteint : il voulait rassurer les deux coupables, en leur persuadant à chacun qu'il ne savait pas le nom de l'amant de Régine.

Il s'était montré froid, calme devant sa femme; il paraissait n'avoir plus de colère, mais seulement de la douleur. Régine avait observé cette nuance. Dans sa nature perverse, elle s'était dit :

— Que les hommes sont bêtes ! Avec des larmes et des serments, je lui ferais tout pardonner !

Elle jurerait que c'était la première fois qu'elle voyait cet homme; elle jurerait qu'elle avait honte de sa conduite; elle jurerait qu'elle aimait son mari... et elle était convaincue qu'il oublierait. La preuve, c'est qu'il ne voulait pas la laisser partir de la maison; c'est qu'il la suppliait de ne point faire de scandale. Il voulait tenir absolument cachée la faute commise par elle. L'histoire de la séparation n'était pas sérieuse; aussi avait-il prié sa femme de ne pas aller chercher de médecin.

Régine était certaine qu'elle aurait quand elle le voudrait le pardon de son mari. N'était-ce pas plutôt lui qu'elle qui paraissait l'implorer? C'est lui qui avait honte de sa conduite, d'avoir si brutalement frappé une femme, et il serait prêt, elle en était convaincue, à venir adoucir par ses baisers les plaies que son fouet lui avait faites sur le corps.

Tranquille sur ce point, elle ne pensait plus qu'à André. Elle aurait voulu l'informer de ce qui s'était passé après son départ. Elle craignait que, redoutant un aveu de sa part, il ne vînt pas au bureau, et elle n'osait interroger sa femme de chambre. Elle chercha long-temps le moyen de savoir si André était à son bureau; enfin, elle appela Lisa :

— Monsieur a changé d'avis si subitement ce matin, que je ne sais à quoi en attribuer le motif...

— Oh! au malaise de madame.

Devant l'église un fiacre stationnait.

— Vous aussi ? Mais je ne suis pas malade.

— Quand je suis entrée dans la chambre ce matin, madame était comme à moitié évanouie, et, tout à coup, elle s'est jetée au bas du lit en criant, comme si elle souffrait.

Régine rougit et dit :

— Je n'étais pas évanouie, je m'arrachais d'un cauchemar.

— C'est ce que madame m'a dit, mais elle a ajouté, en se voyant en peignoir, qu'elle avait été malade dans la nuit, qu'elle s'était levée glacée et avait revêtu son peignoir.

— Oui ! c'est vrai, fit Régine, embarrassée.

En s'éveillant, ne sachant comment expliquer l'état dans lequel sa femme de chambre la trouvait, elle avait répondu sans porter attention à ce qu'elle disait. Maintenant, elle se souvenait qu'elle avait repris connaissance en entendant Lisa l'appeler. Fort effrayée de voir sa maîtresse évanouie, la femme de chambre criait bien fort ; et Régine avait eu peur, elle avait voulu sauter du lit, et, souffrant des meurtrissures de son corps, elle avait jeté un cri de douleur... Puis, elle avait balbutié pour répondre à l'étonnement peureux de Lisa.

— Mais cela est fini, je vais bien maintenant, et j'aurais eu du plaisir à passer quelques jours à la campagne. Je ne m'explique pas la raison du changement de M. Berthier.

— Cela se comprend un peu. Madame sait la cause qui a fait revenir monsieur hier ?

Régine releva la tête et regarda sa femme de chambre, se demandant si elle ne se moquait pas d'elle.

— Vous savez cette cause... vous ?

— Mais oui, madame. Monsieur a raconté cela en bas à tout le monde.

Régine restait stupéfaite ; la femme de chambre continua :

— Il y a eu un déraillement ; c'est par le plus grand des hasards qu'il n'y a pas eu de victimes ; la voie étant obstruée, les trains ne marchaient plus et monsieur a dû revenir...

En voyant l'étonnement de sa maîtresse (qui avait cru être la victime d'une délation), Lisa dit :

— Comment ! monsieur ne l'avait pas raconté à madame ?

— Et quand et où voulez-vous que monsieur me l'ait dit ?

— Monsieur est revenu chez madame.

— Qui vous a dit cela ?

La servante, un peu gênée, répondit .

— Je l'ai vu au lit de madame, où deux personnes s'étaient couchées...

Régine fut embarrassée à son tour en disant :

— Vous observez tout... Mais cela ne me dit pas la raison du changement d'idées de M. Berthier. Assurément, c'est que sa présence est nécessaire ici ; peut-être tout le monde n'est-il pas au bureau. M. de Gueutteville, qui le remplace pendant son absence, peut avoir fait dire qu'il était malade.

— Non, madame ; M. de Gueutteville est en bas, je l'ai vu tout à l'heure causer avec monsieur.

— Ah ! ils causaient ensemble...

Régine se sentit tout à fait soulagée. Elle était oppressée depuis le matin, se demandant toujours si, par prudence ou crainte, André n'allait pas se compromettre.

Elle se fit habiller par sa femme de chambre, disant que, n'allant pas à la campagne, elle avait besoin de marcher un peu dans Paris.

De ce côté, on le voit, Célestin avait pleinement réussi. Sa femme reprenait confiance. Certaine que son mari ne connaissait pas son amant, elle ne se gênerait pas pour essayer de le revoir. Ils se rencontraient souvent dans la maison, et il lui eût été facile de descendre ; mais elle voulait le voir secrètement avant ; elle sentait que dans sa situation une entrevue serait embarrassante pour eux deux, et Régine ne sortait que pour voir André à l'heure où il sortait déjeuner.

André était rentré chez lui au matin de la nuit absolument terrifié. En se trouvant seul dans sa chambre, il avait jugé froidement sa situation... Célestin ne l'avait pas reconnu, mais, seul avec sa femme, peut-être le mari avait-il obtenu un aveu. Assurément, c'est ce qu'il avait dû exiger d'elle d'abord : le nom de son complice, celui qui s'introduisait la nuit chez lui. Que devait-il faire ? Ne plus retourner chez M. Berthier ? Mais si celui-ci ne savait rien, il risquerait de lui donner l'éveil ; il valait mieux s'y rendre comme d'habitude... Mais si Berthier savait tout, quelle réception allait-il lui faire ?

André ne savait à quel parti s'arrêter. Tout à coup il pensa à la petite lettre qu'il avait reçue la veille, il était nécessaire de la détruire. Il la chercha. Où était son carnet ? Il devint très pâle en fouillant dans ses poches, il se souvint qu'il s'était sauvé de chez Régine à peine vêtu. Il portait son paletot sur son bras, le porte-feuille sera tombé à ce moment. Mais Célestin a pu le trouver, et il sait toute la vérité. Que faire ?

Naturellement, le malheureux garçon ne pensait guère a dormir ; agité, fiévreux, il se promenait encore dans sa chambre lorsqu'il fut surpris par l'aube.

En voyant le jour, il reprit courage ; il n'y avait pas à hésiter, il fallait aller au-devant de ce qui le menaçait. A cette heure matinale, personne encore n'aurait ramassé son carnet, s'il l'avait perdu dans la cour... Il ne pensait plus qu'à cela ; il ne craignait plus que Régine ait dit son nom. S'il retrouvait son carnet, tout était sauvé. Il ne se préoccupait pas de la situation de Régine, il ne pensait qu'à lui. Décidé à tout, il partit. Son parti était pris : si Berthier savait la vérité, il se mettrait à sa disposition. S'il ne savait rien, il s'occuperait vivement de son carnet.

Nous l'avons vu arriver chez Berthier et interroger le concierge. Déjà tranquillisé, il fut tout à fait rassuré lorsqu'en entrant dans son bureau le garçon lui rendit son portefeuille.

Il eut une minute de pénible émotion, lorsque Berthier l'inter-pella, lorsque surpris il ne put bouger la main qu'il avait l'habitude de lui tendre chaque jour. Il fut gêné, puis surpris et enfin tout à fait rassuré par le langage incohérent de Berthier ; il fut tout à fait pris à sa comédie.

André se dit :

— Le mari ne sait rien ; c'est à croire même que Régine a trouvé le moyen de se justifier. Il parle comme un homme qui redoute un malheur, mais non comme celui qui l'a éprouvé... Si j'avais voulu, il me faisait ses confidences. Enfin, il ne sait rien pour moi, et de Régine, il doute.

Quelques heures plus tard, en voyant remonter des malles, s'étant informé de ce qui se passait, il faillit éclater de rire quand on lui raconta :

Que monsieur et madame avaient prémédité le matin d'aller

passer quelques jours à la campagne; puis on avait changé d'avis; monsieur était chez madame et causait gaiement avec elle.

Pour André, il n'y avait plus de doute : Régine avait trouvé une explication à tout, Berthier ne s'était aperçu de rien, et le pauvre mari avait repris dans le lit la place encore chaude de l'amant. Et André pensa :

Décidément, Régine est plus forte encore que je ne croyais ; il faut se méfier des femmes aussi adroites que ça.

Il avait hâte de se retrouver avec la jeune femme, pour lui entendre raconter ce qui s'était passé après sa fuite. Il entendit la voiture qui sortait, et il demanda au garçon de magasin quelle était la personne qui sortait si matin ; le garçon lui répondit :

— C'est madame, un peu malade, qui va faire un tour à Vincennes avant le déjeuner.

Retournant à son bureau, André se dit :

— Très bien, tout à l'heure, j'aurai des nouvelles.

Ce n'était plus l'inquiétude qui le préoccupait, c'était la curiosité. Le mari qu'il redoutait le matin, dont il évitait la rencontre, qu'il craignait enfin, le faisait rire à cette heure ! La scène de justification de Régine devait avoir été très drôle; il se réjouissait à l'idée du récit qu'elle allait lui en faire. Et il attendait impatiemment l'heure de la sortie des employés pour avoir des nouvelles.

On le voit, également de ce côté, le plan de Célestin avait réussi: on ne se doutait de rien.

Quoique le garçon de bureau lui eût dit que Mme Berthier s'était fait conduire à Vincennes, André se dirigea vers la rue Saint-Antoine et, voyant le coupé de la jeune femme devant la grille de l'église Saint-Paul, il prit la rue de ce nom. Devant la porte de l'église un fiacre stationnait; il allait regarder dedans, la portière s'ouvrit et une femme voilée lui dit :

— Monte vite, et dis au cocher de remonter les quais.

Quand André fut assis à côté de Régine, que la voiture fut en marche, il demanda :

— Eh bien! que s'est-il passé après mon départ?

— Une scène affreuse...

— Ah! il a tout deviné?

— Était-il possible qu'il en fût autrement, dans l'état où j'étais? Et il t'a vu te sauver!

— Il m'a vu ? fit André, inquiet.

— Il ne t'a pas reconnu... Et c'est surtout pour cela que la scène a été... vive; il voulait que je lui dise le nom de celui qui sortait de chez moi... Malgré tout, j'ai refusé.

— Il t'a brutalisée...

Régine mit quelques secondes à répondre; elle ne voulait pas avouer qu'un homme l'avait battue, fouettée, et elle dit :

— Non... il m'a bousculée, il a été grossier. Mais je lui ai parlé avec tout le mépris que j'ai pour lui.

— Comment! c'est toi qui t'es plainte?...

— C'est moi qui lui ai dit que je ne pouvais vivre ainsi, que j'aimerais mieux mourir que de vivre avec lui, que je voulais me séparer, vivre libre enfin...

André la regardait stupéfait.

— Tu lui as dit cela!...

Régine continuait son mensonge, se faisant un rôle avec un accent de sincérité qui trompait le jeune homme.

— J'ai été plus loin : je lui ai dit que je ne l'avais jamais aimé, que mon cœur appartenait à un autre, que sa présence m'était insupportable. J'ai été plus loin encore, je lui ai dit que mon enfant était à moi et n'était pas le sien...

— Oh!...

— Ç'a été le moment terrible; j'ai cru qu'il allait me battre, mais je me suis redressée, je l'ai défié. Je lui ai dit : Je suis de celles que l'on tue, et qu'on ne bat pas, et il s'est apaisé immédiatement. Il a pleuré, et nous sommes convenus que nous nous séparerions sans scandale. Il ne veut pas qu'on sache qu'il est...

Et elle dit le mot dans un cynique éclat de voix qui terrifia André. Il ne se doutait pas que sa douce Régine était une femme de cette force.

— Et vous devez vous séparer?

— Oui, c'est moi qui me plaindrai de ses brutalités; il dira qu'il m'a frappée, c'est convenu. La séparation sera prononcée *de plano*, sans bruit, et il me fera une pension... C'est ce que j'ai accepté.

— Mais on m'a dit que vous deviez aller à la campagne ensemble? Vous deviez partir ce matin?

— Ce matin... c'est-à-dire que je voulais quitter la maison aujourd'hui même, j'avais fait descendre mes malles. Alors — oh! que les hommes sont lâches! Je parle pour lui, mon chéri, s'interrompit Régine en passant ses bras au cou de son amant et en l'embrassant ardemment — alors, reprit-elle, en voyant mes malles, il est venu les yeux en larmes me supplier à genoux de rester encore, il ne me reprocherait rien. Je n'avais qu'un mot à dire, et il aurait pardonné en disant qu'il ne s'en souvenait pas. Tu comprends que l'occasion est trop belle pour que je ne la saisisse pas, et, afin qu'on ne se doutât de rien dans la maison, il a dit à la femme de chambre : « Nous avons changé d'avis, nous n'irons pas pour quelques jours à la campagne; remontez les malles de madame. » Mon André, c'est fini... bien fini; il pourrait me faire les plus belles propositions du monde, je n'accepterai rien. Je veux être libre, et j'y ajouterai, pour lui, de ne plus porter son nom commun en quittant la maison; je reprends le mien. Maintenant, André, je suis ta femme; ce que nous avons si souvent désiré va se réaliser... Je suis libre... libre pour toi...

Et elle se pendait à son cou, l'embrassant... André lui rendait ses baisers, mais il montrait peu d'enthousiasme pour la vie d'amour qu'elle lui promettait; tout entière à la physionomie qu'elle voulait se donner, au rôle qu'elle s'attribuait, elle ne le remarqua pas. Elle reprit :

— Je craignais qu'affolé par la surprise d'hier, redoutant des complications, tu ne vinsses pas ce matin au bureau.

— J'y étais un des premiers, et je vins très anxieux.

— Anxieux? Tu craignais d'avoir été reconnu ou qu'il m'ait contrainte à parler?

— Oui. Mais ce n'est pas tout. Tu te souviens en quel état je me suis sauvé hier; j'étais à peine vêtu, chaussé, en bras de chemise, mon paletot sous le bras...

— Oui, tu t'es habillé dans l'atelier?

— Oh! non; au moment où je fermais la porte de la rue, la porte de l'usine s'est ouverte. Tu juges de ma terreur; je me suis mis à courir et c'est seulement au coin de la rue des Trois-Pavillons que, dans l'encoignure d'une porte, je me suis arrêté pour me vêtir. Arrivé chez moi, je fouille mes poches, et ne trouve plus mon carnet dans lequel était le mot de toi qui me donnait rendez-vous...

— Oh! Et ce carnet? demanda Régine inquiète...

— Écoute donc. Ne le trouvant pas, je me dis : Je l'aurai perdu en me sauvant, ce qui est tout simple, puisque je tenais mon paletot sur mon bras... L'avais-je perdu en route? L'avais-je perdu chez toi... et ton mari l'avait-il trouvé? Tu juges de mes transes... En arrivant au bureau, je ne pensais qu'à cela.

— Et tu l'as retrouvé?

— Oui. Dans mon bureau... Alors j'ai été un peu rassuré.

— Tu as vu mon mari; que t'a-t-il dit?

— Il m'a raconté son accident.

— Oui, hein! quelle fatalité!... Moi, en le voyant hier, j'ai cru qu'on lui avait écrit de ton bureau... et qu'il nous avait tendu un piège... En voyant l'étonnement qui bouleversait ses traits, j'ai compris que notre surprise était due au hasard.

— Il avait un air singulier en me parlant...

— Ça se comprend, fit en riant Régine.

— Il me dit des choses sans suite, il aurait voulu me raconter son malheur et il n'osait.

— Oh! il te le racontera, il en est capable.

— Non. Je comprends mieux : d'après ce que tu me dis, il me parlera de sa résolution de se séparer, sans dire le vrai motif, et il me prépare en disant qu'il souffre dans son ménage.

— Il dit cela!...

— Il m'a dit qu'il vaudrait mieux mourir; il ne se décidait à vivre que pour sa famille... sa femme et son enfant.

— Ce n'est pas possible; il n'a pas dit cela?...

— Je t'assure que ce sont presque ses propres paroles.

— Mais tu me fais frémir. Si, quelques heures après une pareille découverte, il en est là, demain il va se jeter à mes genoux, en disant qu'il n'y a rien de fait.

Et Régine riait de tout son cœur, à ce point que, dans les torsions de ses esclaffements, elle mêlait des petits cris de douleur causés par la correction de la nuit, et André lui demanda :

— Qu'as-tu donc?

André descendit de la voiture.

LIV. 6. — A. FAYARD, éditeur.

6

— Rien!... Je me tords, c'est trop drôle!... Maintenant, mon André, embrasse ta femme, celle qui s'est sacrifiée pour toi... Sûr, c'est pour vivre avec toi que je quitte tout... C'est pour que tu puisses, quand tu le voudras, embrasser ta femme et ton fils.

André, tout en s'abandonnant aux caresses de la jeune femme, ne paraissait nullement enthousiaste de la perspective qu'on lui offrait.

— Mais que vas-tu faire maintenant? demanda-t-il.

— Oh! je suis résolue à en finir. Comprends bien que j'ai tout l'avantage. Il ne veut pas qu'on sache la véritable cause de notre séparation. Elle sera donc prononcée contre lui, je garderai mon enfant et j'aurai une pension plus forte... et je rentre dans ce que j'ai.

— Je croyais que tu n'avais rien en te mariant.

— Je n'avais rien... mais il m'a reconnu une assez forte somme et il faut qu'il me la rende.

— Tu parles de cela comme un avoué...

— Oh! c'est qu'il y a longtemps que j'y pense... Je m'y préparais, sachant que cela devait arriver. Écoute, André, quand j'aurai quitté la maison, tu n'y resteras pas, je pense.

— S'il ne se doute de rien...

— Maintenant, oui, mais plus tard... Il faut penser à tout. Pendant le temps que tu es chez lui, tu devrais t'organiser et en sortant tu fonderais une maison. Tu as des relations au ministère, tu connais la clientèle de la maison.

— Mais ce que tu me conseilles là est tout bonnement une infamie.

— Oh! quel gros mot!... Est-ce qu'il y a de ces choses-là en affaires?...

— Non, ne parlons pas de ça.

André était révolté par le cynisme de sa maîtresse; il était tout bouleversé par sa crânerie dans une aussi grave situation; jamais il n'avait supposé cette énergie, cette volonté dans cette étonnante petite bourgeoise qu'il avait aimée — elle autrefois si timide, si craintive, — qu'il avait vue trembler et rougir lors de ses premières déclarations.

Était-ce bien la même femme qu'il revoyait aujourd'hui ? C'était la timide Régine qui, surprise la nuit avec son amant par son mari et chassée de la maison, n'avait ni une larme, ni un regret; c'était elle qui complotait déjà d'aider son amant à ruiner son mari. La jeune femme était gaie, riante, sans soucis, et lui était tourmenté, inquiet, embarrassé de la vie qu'il allait être obligé de mener chez Berthier.

Si Régine acceptait avec joie la situation, il en était tout autrement du jeune homme. André avait aimé Régine, qu'il avait connue jeune fille chez son père, le colonel d'Auroy. Il était devenu son amant quelques mois après son entrée chez Berthier. C'était une jeune femme timide, sans force de résistance, dont la conquête lui avait été facile. A cette époque il vivait presque entièrement chez Berthier, il y prenait ses repas avec eux; Berthier, très occupé de ses affaires, délaissait un peu sa femme, qu'il traitait en enfant, et celle-ci cherchait chez l'amant ce qu'elle ne trouvait pas dans le mari : la tendresse, la prévenance, et l'amour charnel surtout. Obligé de s'observer sans cesse, il semblait que leur amour s'augmentât de ces obstacles.

Si délicieux que fût le calice à boire, André s'en rassasia bientôt. Il vécut moins chez Berthier, assurant Régine que cela était nécessaire, qu'on les guettait. Ils se virent moins souvent. André espérait et recherchait une rupture; mais, sitôt qu'il la tentait, Régine le menaçait de quelque folie, et l'implorait au nom de leur enfant. Leurs rendez-vous devenant plus rares, ils éprouvaient plus de plaisir à se revoir. C'est ce qui était arrivé à André la veille. Il était venu le soir en retard au rendez-vous, se disant que c'était la dernière fois, et se promettant bien de déclarer à sa maîtresse qu'il était nécessaire de rompre, dans leur intérêt commun, et surtout dans celui de l'enfant; il avait préparé les phrases les plus convaincantes, il s'était disposé à tout entendre sans se laisser fléchir, prêt à résister aux supplications, aux larmes et aux menaces.

Mais en entrant dans la chambre, le parfum subtil qui lui était monté au cerveau avait fait envoler ses belles résolutions. En revoyant Régine, en sentant son souffle sous ses lèvres, des chairs palpitantes sous ses mains, au lieu de paroles de rupture, c'étaient des serments d'amour qu'il se souvenait. Il sentait courir en lui une chaleur nouvelle, et son amour agonisant ressuscitait. Cela se passait ainsi chaque fois.

Il faut reconnaître, cependant, que l'accident du dernier rendez-vous avait eu un résultat... Jusqu'alors, le charme se rompait lorsque André avait quitté Régine; cette fois le danger couru avait affermi sa résolution : il était bien décidé, coûte que coûte, à rompre. Et dans la voiture, sachant tout ce qu'il voulait savoir, c'est-à-dire que Berthier n'avait aucun soupçon sur lui, il aurait voulu convenir avec Régine qu'ils ne se reverraient plus.

La conversation ne prenait pas cette tournure, et au contraire Régine paraissait plus résolue que jamais à ne pas abandonner André. S'il disait que la prudence nécessitait qu'ils se vissent rarement, elle répondait qu'elle n'avait plus rien à ménager puisqu'elle serait bientôt libre. Il trouvait qu'il y aurait quelque lâcheté à rompre avec elle juste au moment où elle venait de se perdre à cause de lui, et sans répondre affirmativement à tout ce qu'elle lui proposait, il la laissait dire en approuvant de la tête.

Le plan de Régine était vivement fait : en une quinzaine on obtenait la séparation; d'ici là, ils s'observeraient tous les deux pour ne rien compromettre, puis, dès qu'elle serait libre, elle louerait un appartement sous le nom de Mme d'Auroy, son nom de fille, elle y vivrait avec son enfant. André s'occuperait de fonder une maison et viendrait tous les jours chez elle... C'était charmant.

Le jeune homme, lui, observa que les heures s'écoulaient rapidement, qu'il était temps de rentrer; il avait hâte d'être rentré, redoutant que Berthier ne remarquât que son absence coïncidait avec celle de Régine.

— Oui, c'est vrai, il faut rentrer; je ne suis pas encore libre, ni toi surtout.

Le voyant se disposer à faire arrêter la voiture, elle lui demanda :

— Que veux-tu faire?

— Je vais descendre ici et prendre une voiture qui me conduira chez moi. Il ne faut pas risquer, en descendant ensemble, rue Saint-Paul, d'être vus par un indiscret.

— C'est vrai, il faut que tu sois prudent. Moi, je me moque de tout maintenant et n'aspire qu'à l'heure où nous serons enfin tranquilles... mais j'ai beaucoup à te parler de tout cela; il faut que je te revoie aujourd'hui.

— Aujourd'hui! ce n'est pas possible.

— Il le faut. Ce soir, à dix heures, chez toi...

— Mais s'il se doute...

— Comment veux-tu qu'il pense à toi?... ta demeure est, au contraire, l'endroit le plus sûr pour nous voir...

Il ne répondait pas, il se disait que le soir ce serait le moment propice de lui déclarer franchement qu'il voulait rompre.

— Tu entends, André, à ce soir. Embrasse-moi... Ce soir, nous causerons sérieusement.

— Oui, nous aurons une explication.

Ils s'embrassèrent, André descendit de la voiture et, montant dans le premier fiacre qu'il trouva, il se fit conduire chez lui.

Régine avait retrouvé son coupé et était rentrée chez elle. Berthier l'attendait :

— Puis-je savoir, madame, le motif de votre sortie?

— Oh! mon Dieu, oui. Je viens de chez mon avoué.

Et, rieuse, elle monta dans son appartement.

Berthier hocha la tête, il était étourdi de constater le changement qui s'était opéré dans sa femme en un jour. C'était en vain qu'il cherchait à reconnaître, dans la femme qui paraissait vouloir se moquer de lui, l'épouse si souple, si réservée qu'il aimait, qu'il respectait. Il dit tout bas :

— Ris, ris, malheureuse!... Bientôt tu n'auras pas assez de larmes pour pleurer.

Lorsque Berthier avait vu sa femme sortir, la chose lui avait paru suspecte; on lui avait dit que madame allait faire un tour à Vincennes avant le déjeuner... Il était habitué à semblables caprices, il n'y attacha aucune importance; il se dit que la malheureuse femme était bien folle et bien légère après la scène de la nuit qui brisait son avenir. Alors qu'elle aurait dû s'enfermer chez elle, pour cacher sa honte, elle sortait gaiement le matin faire un tour de Bois.

Le malheur qui fondait sur la maison la tourmentait si peu! La séparation était donc pour elle, ainsi qu'elle le lui avait brutalement déclaré, une délivrance! Mais il était donc bien sévère avec elle? Il la rendait donc malheureuse? Il cherchait, le pauvre homme, ce qu'elle pouvait avoir à lui reprocher et il ne trouvait rien. Ses moindres ca-

prices étaient exaucés : elle était coquette, il payait sans jamais faire
la moindre observation les notes des couturières et les factures des
grands magasins. Sous prétexte d'avoir sa caisse à elle, elle lui
avait *chipé* en riant, en faisant l'enfant, des titres et des actions, il
l'avait laissée feignant de ne s'en être pas aperçu ; entre ses mains ou
dans les siennes, l'argent restait toujours à la maison. Elle avait
peut-être fait quelques dettes qu'elle n'osait avouer. Enfin, elle était
absolument libre, elle se savait aimée et n'avait rien à désirer.
C'était donc un instinct vicieux qui l'avait poussée à la faute.

Pour paraître si calme au lendemain de la découverte de sa faute,
elle se préparait donc depuis longtemps à ce qui pouvait arriver !
Elle n'était pas surprise ; au contraire, il semblait que le but visé
était atteint. Cependant, ce calme fiévreux, ce sang-gêne, paraissaient singuliers à Berthier, et cette sortie matinale l'inquiétait.

En voyant, une demi-heure après, André sortir à son tour, il
fronça les sourcils, puis se dirigeant vers l'usine, il appela Jouassin.
L'ouvrier vint aussitôt. Il lui dit de courir après M. de Gueutteville,
qui devait être chez le restaurateur où il prenait ses repas, rue
Saint-Antoine, lui dire de venir déjeuner avec lui.

Jouassin partit en courant.

En l'envoyant courir après André, Berthier ne désirait pas qu'il
répondît à son invitation ; mais il ne trouvait que ce moyen pour
s'assurer que son employé n'était pas avec sa femme.

Jouassin revint presque aussitôt.

— Eh bien ! vous l'avez vu ?

— Oui, monsieur, mais je n'ai pas pu lui parler. Quand je l'ai
demandé au restaurateur, il m'a dit : « M. de Gueutteville n'est pas
entré ; il vient de passer à l'instant pour prendre la rue Saint-Paul ;
courez, vous allez le rencontrer. » C'est ce que j'ai fait ; je l'ai vu de
loin qui montait dans un fiacre en face le passage de la petite porte
de l'église Saint-Paul, et la voiture est partie du côté des quais...

— Merci ! fit Célestin, qui rentra soucieux dans les bureaux
déserts à cette heure. Il se mit à la place d'André, consulta les livres,
fouilla dans la caisse, remit tout en place, cherchant sans doute à
calmer son agitation par un travail quelconque. Puis, il monta chez
lui et se mit à travailler également. Il s'était enfermé. En entendant
la voiture entrer, il descendit. Après avoir interrogé sa femme et

n'avoir reçu d'elle que sa moqueuse réponse, il se rendit dans la cour
et dit au cocher :

— Vous attellerez tout à l'heure...

— Si monsieur veut, je puis rester attelé.

— Mais votre cheval doit être fatigué, si vous vous promenez
depuis deux heures à Vincennes...

— Non, monsieur, justement... il est ardent et pas content d'être
sorti pour ne pas marcher...

— D'où venez-vous donc ?

— J'ai conduit madame à l'église Saint-Paul et je l'ai attendue.

— Ah ! fit Berthier, se retournant pour que le cocher ne pût voir
la pâleur qui s'étendit sur son visage. Il reprit après une minute :
Alors, ne dételez pas, nous allons partir.

Il remonta chez lui ; il était absolument navré par ce qu'il venait
encore de constater. Régine entrait à l'église par une porte, sortait
par l'autre et retrouvait son amant, avec lequel, dans une voiture
de place, ils allaient se promener à Vincennes, et cela le lendemain
du jour où il les avait surpris. C'était trop d'audace, trop de cynisme.
Il fallait tout craindre, tout redouter de cette femme ; elle était capable de tout, capable de se flatter de sa conduite, ou toute prête à
laisser deviner ce qui s'était passé. C'est lui qui voulait empêcher,
c'est lui qui voulait que personne ne sût quelle misérable femme
était celle qui portait son nom.

Elle pouvait refuser de venir déjeuner avec lui, et déjà montrer
la rupture du ménage. Il envoya son valet de chambre dire à
Mᵐᵉ Berthier qu'il ne pouvait déjeuner avec elle ce matin, ayant un
rendez-vous d'affaires.

Quelques minutes après, il serrait soigneusement dans un portefeuille les papiers qu'il avait écrits, il le glissait dans sa poche et
descendait. La voiture était dans la rue et l'attendait devant la porte
de la maison ; il dit au cocher de le conduire au Palais de Justice.

Régine ne se rendit pas dans la salle à manger ; elle avait appris
avec plaisir que Berthier déjeunait dehors, car elle redoutait justement d'être contrainte à se mettre à la même table que lui ; elle
se fit servir à déjeuner dans son petit salon, elle mangea vite et,
après avoir fait débarrasser sa table, elle s'enferma chez elle.

Elle aussi se plaça devant un petit secrétaire de bois de rose ;

elle fouilla dans un tiroir secret et en tira des titres qu'elle compta avec attention, puis elle roula le tout et l'attacha ; ensuite elle se fit habiller, disant qu'elle irait le soir au théâtre.

Pendant ce temps, André était revenu, avait repris sa place au bureau. Il était toujours fort perplexe ; il se demandait ce qu'il devait faire, ne comprenant pas l'insistance que Régine mettait à se trouver avec lui le soir, sachant que son mari n'avait qu'une occupation : la recherche de l'amant de sa femme. Et n'était-ce pas bien imprudent, lorsque le flagrant délit lui avait déchiré le cœur, que la plaie était encore saignante, la douleur aiguë, de risquer de se faire prendre ensemble ? Savait-elle si, à compter de ce jour, elle n'était pas suivie, si des espions n'étaient pas à ses trousses ? Berthier était sorti ; n'était-ce pas pour aller dans une de ces agences dégoûtantes où les anciens mouchards se gagnent une retraite, pour mettre un agent à la recherche de sa femme ?

Si cela avait été possible, il aurait fait dire à Régine qu'il ne se trouverait pas au rendez-vous. Que faire ?

S'y rendre, mais pour en finir, il y était résolu ; si ce qu'elle lui avait dit de Berthier était vrai, si le pardon de sa part était probable, mieux valait qu'elle se jetât à ses genoux, et, tout entière à son mari oubliât son amant. Lui, pour obtenir ce résultat, pour ne plus penser à elle, il était prêt à tous les sacrifices, et le premier, c'était de quitter la maison. La vie chez Berthier allait lui devenir insupportable : redoutant à tout moment que la vérité ne fût connue, obligé de chercher chaque jour dans la physionomie de celui qui le traitait comme un ami s'il n'avait rien découvert, gêné en lui pressant la main en s'en sachant indigne, ce rôle lui semblait trop difficile à jouer. Tant qu'à accepter ce que Régine lui conseillait, de s'établir dans le métier que son mari lui avait appris, abuser de la confiance qu'il avait en lui pour prendre sa clientèle, jamais ! si la jeunesse, l'amour avaient pu l'entraîner aux coupables relations qu'il avait avec Régine, il trouvait son excuse dans la coquetterie de la jeune femme ; il avait été un faux ami, il ne voulait pas descendre plus bas.

La proposition que Régine lui avait faite l'avait navré ; il n'avait vu dans sa maîtresse qu'une femme ardente, un peu légère, et que le calme de son mari avait entraînée à chercher ailleurs qu'en son

— Tu as entendu ? lui dit-il.

ménage les amours qu'elle avait rêvées. C'était pis que cela. Sans
souci de l'honneur de l'époux, elle était prête, en le quittant, après
l'avoir ridiculisé, à le ruiner en le déshonorant; la jeune fille avait
été ingrate envers celui qui l'avait rendue riche, la femme avait été
coupable, et la mère ne pensait pas à son enfant. Il voyait enfin
clairement ce qu'était celle pour laquelle il avait lâchement trompé
l'homme auquel il devait sa situation.

C'était assez, c'était trop; il voulait en finir à tout prix. Berthier savait sa femme coupable, mais il ignorait le nom de son complice; il ne voulait pas qu'il eût cette dernière douleur d'apprendre
que l'amant de sa femme était l'homme qui mangeait son pain, qui
lui pressait la main chaque jour.

Le soir il se trouverait chez lui et attendrait Régine, mais bien
décidé à lui dire la vérité. Il voulait rompre, et ne plus revoir en
elle que Mᵐᵉ Berthier... Il la supplierait, au nom de son père, qu'elle
déshonorait, et de son enfant... Cette résolution prise, André tra-
vailla avec plus de calme.

Berthier en rentrant se dirigea vers le bureau d'André. Celui-ci
remarqua avec inquiétude son visage sévère; il fut un peu étonné
en s'entendant lui dire :

— Monsieur de Gueutteville, il faut que vous me fassiez tout de
suite un état général de votre caisse; il faut que vous me le donniez
ce soir avant de partir...

— C'est bien court... l'état général...

— Oui, et c'est absolument nécessaire ce soir.

— Bien, je m'y mets immédiatement... je vais me faire aider.

— Mais je tiens à ce que l'état soit fait par vous... J'ai plus confiance dans ce que vous ferez vous-même.

— Vous êtes bien bon... je vais le faire.

L'industriel remonta chez lui. André se demanda à quel propos
il lui faisait faire un pareil travail. Peut-être à cause de la séparation? Berthier devait donner à son avoué l'état de sa fortune, de ses
affaires. Heureusement les livres d'André étaient à jour, il n'avait
pas besoin de faire de vérification des valeurs, des titres et des
espèces; il n'avait qu'à relever un chiffre; toute la fortune de Berthier
lui était confiée, à l'abri du gros coffre-fort, dont ils avaient tous
deux les clefs.

Il se mit à l'œuvre, heureux de ce travail pressé qui chassait de son cerveau les pensées qui le tourmentaient. Le soir, il remettait son travail à Berthier, qui le regardait et le félicitait sur sa clarté. André remarqua encore que Berthier avait un air singulier ; il l'attribua à la douleur qu'il éprouvait de sa découverte de la nuit. Cependant il partit soucieux et rentra chez lui plus décidé que jamais à rompre.

Régine frappait à sa porte un quart d'heure après. Il lui ouvrit. Elle se jeta dans ses bras.

— Enfin ici je puis t'aimer, je suis libre... embrasse-moi, mon André... encore quelques jours et je serai à toi tout entière ; nous pourrons nous voir sans cesse...

Comme André restait froid et paraissait embarrassé, elle lui dit :

— Eh ! qu'as-tu donc ? tu ne me réponds pas...

— Assieds-toi un peu, Régine, là, près de moi, sur ce canapé... Je veux causer avec toi.

— Quel air prends-tu pour me dire cela ?...

— Dans la situation nouvelle que tu te fais, il est nécessaire de nous expliquer..

— Bien... Mais, d'abord, range-moi cela quelque part.

Elle retira son manteau et lui tendit le rouleau de papiers qu'elle avait préparé chez elle... André, indifférent, prit les papiers et les plaça sur un meuble.

— Oh ! mais, serre-les soigneusement et précieusement dans un fond de tiroir... nous en aurons besoin.

André, sans y faire attention, obéissait ; il ouvrit un tiroir et y plaça les papiers, puis revint près de Régine.

— Tu as vu où je les ai placés ; quand tu les voudras, tu te souviendras... Maintenant, Régine, causons.

— Je veux bien, là, comme ça.

Et elle se plaçait devant lui, prenait ses mains, et souriait en l'écoutant, croyant qu'il allait lui raconter ce qu'il comptait faire avec elle dès qu'elle serait séparée de son mari.

— Je t'écoute !

— Je voulais t'écrire d'abord, parce que ce que je veux te dire est très difficile à conter... mais les lettres sont toujours dangereuses, mieux vaut te le dire.

— C'est bien grave ?

— Oui, très grave... Depuis ce matin, depuis tantôt surtout, j'ai bien réfléchi, et j'ai trouvé ma conduite bien indigne.

Régine fronça ses beaux sourcils bruns, et son regard se fixa sur celui d'André comme si elle voulait lire ce qu'il allait dire.

— Ma chère Régine, c'est bien pénible, va, de serrer la main de l'homme que l'on trompe, d'appeler son ami celui qu'on déshonore, et c'est une force que je ne me sens plus. _

— Il est bien entendu que tu ne vas pas rester chez Berthier, du jour où j'en serai partie...

— Je pars de chez Berthier, c'est bien, mais toi, tu n'en dois pas partir...

— Qu'est-ce que tu me dis là ?

— Tu m'as dit tantôt que si tu le voulais, Berthier te pardonnerait ; il faut à tout prix te faire pardonner, et, par ta conduite, maintenant, essayer de racheter la faute commise.

— Eh bien ! et toi ?...

— Moi, j'aurai la force de m'arracher du cœur l'amour que j'ai pour toi... je...

Régine, les yeux brillants, les joues empourprées, l'interrompit.

— Mais, tu veux me quitter, tu m'as perdue, et tu te dis : On va la jeter à la porte, je ne veux pas m'en charger, moi ; qu'elle aille où elle voudra !... Tant qu'elle était la femme d'un autre, c'était charmant ; je trahissais mon ami, c'était piquant. Elle était à un autre, j'en voulais ; elle peut être à moi, je n'en veux plus.

— Régine, c'est ma raison que j'écoute... c'est à ton avenir que je sacrifie mon avenir.

— Ne dis donc pas de bêtises, André... Depuis quelque temps, c'est à peine si tu t'occupe de moi ; hier encore, je te le reprochais ; j'aurais dû me douter de ce qui arrive...

— Ma chère amie, écoute-moi : ce que je veux faire aujourd'hui, cette rupture, c'est au nom de ton enfant que je la réclame.

— Hier tu disais : Notre enfant !

— Notre enfant... Il ne faut pas qu'il puisse rougir de sa mère... Ton mari seul connaît ta faute. Obtiens ton pardon, redeviens une épouse dévouée, une mère... Reste Mme Berthier ; moi je ne te de-

mande pas de rompre pour chercher d'autres amours... Je demanderai une mission au ministère, et je partirai loin de la France.

— Ah çà ! mais c'est bien sérieux, ce que tu me dis là ?

— Absolument...

Et simplement elle s'écria :

— Mais tu ne m'aimes plus, plus du tout... et déjà, j'en suis certaine, tu en aimes une autre, tu veux te débarrasser de moi. Atta-
chée au ménage, je ne te gênais pas... Libre, je deviens gênante
pour tes maîtresses.

— Je te parle raison et...

— Est-ce que j'ai écouté la raison, moi, lorsque je t'ai écouté ?...
Je ne crois pas à ta morale, tu es plus coupable que moi... La situation que je me suis faite, je ne m'en plains pas, cela me regarde,
tu n'as donc pas à y songer. De deux choses l'une : tu m'aimes ou tu
ne m'aimes plus... Si tu ne m'aimes plus, sois franc, dis-le... Oh ! je
ne suis pas une femme à m'imposer, moi... Voyons, parle...

— Régine, je t'aime, je t'aime toujours, mais plus comme autrefois; il y a plus d'amitié que d'amour.

— C'est bien, tu ne m'aime plus... Oh ! c'est indigne cela...

Et tout à coup, de la colère passant à la douleur, elle eut de gros
sanglots et pleura en gémissant :

— J'ai tout bravé, la honte, le mépris, tout sacrifié pour l'amour
de cet homme... C'est lâche et cruel...

— Ma Régine, ne pleure pas... si je suis brutal, c'est que je veux
le bien...

On frappa à la porte de l'appartement.

— Qu'est cela ? fit André surpris. Je ne réponds pas.

Régine s'arrêta net de gémir et de pleurer, et avec un sourire
méchant :

— C'est sans doute ta maîtresse, l'autre, celle que tu aimes main-
nant.

— Tu es folle...

— Va lui ouvrir.

— Pour te satisfaire... oui.

Régine se leva aussitôt et alla se cacher derrière les rideaux du
lit, et André, haussant les épaules, ouvrit la porte d'entrée, ayant
laissé la porte de la chambre ouverte.

Un homme vêtu comme un commissionnaire entra et demanda :

— M. André de Gueutteville ?...

— C'est moi...

— Monsieur, je suis envoyé par un de vos amis qui vous prévient que vous êtes guetté. Faites-la vite se sauver.

— Que me dites-vous là ! demanda André devenu tout rouge ; qui
vous envoie ?

— Je vous le dis, monsieur, je suis le commissionnaire là, au
coin de la rue. Un monsieur très bien mis m'a chargé de venir chez
vous, pour vous dire : « Un ami vous prévient que vous êtes guetté,
faites-la vite se sauver. » Il saura ce que cela veut dire, a-t-il
ajouté.

— Bien, merci...

Le commissionnaire parti, André rentra dans la chambre ; il vit
Régine pâle et tremblante qui se hâtait de remettre son manteau.

— Tu as entendu ? lui dit-il.

Elle ne répondit pas ; elle passa devant lui et se sauva en disant :

— Adieu !

André ferma la porte très préoccupé par la commission qu'on
venait de lui faire. Qui avait envoyé ce commissionnaire ? Quelqu'un connaissait donc ses relations avec Mme Berthier ? Cela était
très inquiétant, et ce qui l'était plus encore, c'est que si ce qu'on lui
faisait dire était vrai, Célestin Berthier se doutait que l'amant de
sa femme, c'était lui.

Elle était partie, il ne craignit pas d'être surpris, et il était content de lui, il avait eu du courage, la rupture était maintenant
inévitable... S'il l'avait encore un peu ménagée, il n'avait plus de
raison de le faire le lendemain, et il profiterait de l'idée qu'elle lui
avait donnée, il s'afficherait avec une autre femme.

Pendant qu'il cherchait quel pouvait être l'ami inconnu qui l'a-
vait fait prévenir, Régine se sauvait à pas pressés dans la rue de
Turenne.

La jeune femme était toute bouleversée, et par l'aveu cruel que
lui avait fait son amant, par les mots qu'avait dits le commission-

naire, et surtout parce qu'en sortant de chez André, elle avait reconnu dans l'angle d'une porte de l'autre côté de la rue la silhouette
de son mari.

D'un tour de main bousculant son chapeau, baissant son voile
et se pelotonnant, le col enfoncé dans son manteau, elle essaya de
n'être point reconnue; elle se mit à courir. Elle crut avoir réussi
en s'apercevant que son mari, qui d'abord était sorti de l'encoignure
de la porte pour la mieux voir, ne l'avait pas suivie et s'était
reblotti dans sa cachette.

De la rue de Turenne à la rue des Francs-Bourgeois, le trajet
est court; aussi Régine arriva-t-elle rapidement chez elle. Elle était
toute tremblante encore lorsque sa femme de chambre, lui dégrafant
sa robe, lui dit :

— Mais madame a froid; si elle voulait se rapprocher de la cheminée...

— Non. Je me suis trouvée indisposée au théâtre, et j'ai besoin
de me mettre à l'aise; j'étouffais dans ma robe... ce n'est pas le
froid, ce sont des frissons, des tressaillements qui me courent sur
le corps.

— Madame va se mettre au lit?

— Non, je vais rester au coin du feu; donnez-moi une robe de
chambre.

Lisa ayant obéi, Régine en s'étendant dans un fauteuil devant
la cheminée lui dit :

— Laissez-moi; lorsque je voudrai me coucher, je vous sonnerai.

La femme de chambre sortit. Seule, la jeune femme, les sourcils
froncés, s'accouda sur son fauteuil et, la joue dans la main, elle réfléchit, parlant à mi-voix.

— Qui nous a envoyé ce commissionnaire? Nos relations avec
André sont donc connues? Pourquoi mon mari, après la scène de cette
nuit, me poursuit-il encore, puisqu'il est convenu que tout est fini
entre nous et que nous nous séparerons sans scandale? Quel intérêt
aurait-il à me faire prendre en flagrant délit? Il courrait au-devant
du ridicule qu'il veut éviter. Il ne doute pas, il sait, et je ne me
défends pas, j'ai avoué. Il m'a suivie assurément, quand je suis
sortie. Mais, maintenant, il sait que c'est André qui est mon

amant... Que m'importe, après tout!... Je ne m'intéresse plus à lui,
il est plus misérable que les autres... Après m'avoir perdue, la catastrophe arrivant, il m'abandonne... et quelle est la dupe de toute
cette comédie? c'est moi; pour ne pas le compromettre, seule je me
sacrifie, je suis rouée de coups, fouettée comme une chienne, injuriée, chassée de la maison... et le moins que je pusse attendre, ce
devait être une consolation de lui, une plainte Rien... il a réfléchi que
notre conduite était indigne, il est résolu à en finir. Ainsi, j'étais
jouée par cet homme, j'étais là pour son plaisir. Mariée je ne pouvais
l'embarrasser, il me trouvait lorsqu'il lui plaisait de me voir. Libre,
je suis gênante. Et je croyais à l'amour de cet homme!... Quel rêve
niais je faisais! Vivre avec lui... et notre enfant. Notre enfant! répéta-
t-elle. Mais non, non, ce n'est pas possible, on ne peut mentir ainsi...
il a peur de la situation, il n'ose l'accepter... mais il m'aime!

Régine eut un triste sourire en se souvenant de la déclaration de
son amant; avec amertume elle reprit :

— Non, il ne m'aime plus. Je l'ai bien vu et je n'y voulais pas
croire.

Elle hochait tristement la tête. Qu'allait-il advenir de tout cela?
Qu'allait-elle faire? Se séparer pour vivre seule avec son enfant.
Elle avait menti à son amant en lui racontant qu'elle n'avait qu'un
mot à dire pour obtenir le pardon de son mari. Elle avait lu dans le
regard de Berthier que sa résolution était irrévocable. La colère de
Berthier laissait plus d'espoir que le calme avec lequel il lui avait
tracé sa conduite en déclarant qu'il laisserait prononcer la séparation contre lui. Berthier était un homme, lui. Il l'aimait. Elle l'avait
trompé et il avait arraché l'amour de son cœur... Ce cœur était
fermé pour elle; et ce qui l'effrayait le plus, c'est qu'il n'avait pas
parlé une seule fois de son enfant. Oh! que de rage, de haine!... elle
était coupable, et c'est à eux qu'elle attribuait sa fureur.

La confiance, le peu d'empressement, de tendresse de l'un, et
l'adresse, la perfidie de l'autre, elle se trouvait victime.

Il fallait accepter la situation qui lui était faite, elle s'y résignait...
mais tant pis, elle n'avait pas l'intention de racheter le passé dans
l'avenir, au contraire; elle espérait bien y chercher la consolation
des mauvaises heures qu'on lui faisait passer.

Séparée, ce n'est pas dans la société bourgeoise, au milieu de

Il alla ouvrir la porte.

laquelle elle avait vécu, qu'elle comptait trouver des amis : on s'éloignerait d'elle, on a toujours une prévention contre la femme dont le mariage est brisé sans que la cause en soit connue de tous. Elle était coquette et légère, tout le monde le savait. Berthier était sérieux, travailleur, absolument occupé de ses affaires, le type du vrai bourgeois. Assurément, quel que soit le jugement, les sympathies seront plutôt pour lui que pour elle. Régine sentait tout cela, aussi était-elle décidée à vivre à sa guise, loin de tous ceux qu'elle avait connus. Tout en rêvant, la jeune femme écoutait les bruits de la maison ; elle s'étonnait de ne pas entendre Berthier rentrer. Qu'avait-il fait ? Persuadé que sa femme était chez André, était-il monté avec un commissaire de police pour constater le flagrant délit ? En découvrant qu'André, son ami, son homme de confiance, était l'amant de sa femme, ses idées s'étaient peut-être modifiées, et, bravant tout, ne reculant pas devant le scandale, il avait voulu le faire arrêter avec elle.

Si cela était arrivé, il s'était couvert de ridicule : c'est ce qu'elle aurait voulu savoir, et la jeune femme riait en pensant à la déconvenue de son mari lorsqu'il avait trouvé André seul chez lui.

La pendule sonnait, elle regarda l'heure et pensa que la veille, à la même place, elle attendait André ; c'était le moment où il entrait. Elle leva les yeux et jeta un petit cri d'effroi en voyant son mari qui entrait dans sa chambre.

— Vous ici, monsieur, à cette heure !

— C'est certainement plutôt ma place que celle d'un autre… Mais, ne vous fâchez pas, je n'ai pas voulu que nos gens, mis en éveil, pussent écouter ce que j'ai à vous dire.

— Vous avez, monsieur Berthier, toute la journée…

— Oh ! n'essayez pas, interrompit Berthier, d'éveiller méchamment ma jalousie en me faisant supposer que, aujourd'hui comme hier, vous attendez votre amant, et que ma présence empêche ce rendez-vous.

Régine devint rouge et se mordit les lèvres. Elle dit :

— Monsieur, je ne suis pas assez sotte pour jouer ce jeu, car j'entends dire que je serais heureuse d'avoir au moins mes nuits pour me reposer avec calme ; c'est l'heure où je me crois à l'abri de vos reproches et de vos injures. Il serait humain de me laisser. Je

cherche, autant que je le peux, à échapper au souvenir de vos odieuses
et lâches brutalités; ne venez point me les rappeler. Je reviens du
théâtre où j'ai essayé d'oublier, je rentre lasse, fatiguée, et voudrais
que vous ne troubliez pas mon repos.

— Madame, ces mensonges sont inutiles.

— On n'est pas plus grossier, monsieur.

— Je ne suis pas grossier, je suis sincère. Je sais que vous ne
venez pas du théâtre.

— D'où viens-je?

— Vous venez de chez M. de Gueutteville, votre amant.

Régine se redressa toute bouleversée, s'appuyant d'une main sur
la cheminée. Célestin continuait avec calme :

— Vous y seriez encore peut-être si je n'avais envoyé un commissionnaire prévenir M. de Gueutteville que je vous guettais en
bas...

— C'est vous!!...

— C'est moi qui, effectivement, vous guettais, caché de l'autre
côté de la rue, dans l'angle d'une porte. Oh! vous m'avez vu, car
croyant n'être pas reconnue, vous vous êtes mise à courir.

Régine, stupéfaite, regardait son mari, étourdie par ce qu'elle
entendait, et très inquiète de l'air calme et du sourire de satisfaction
répandu sur le visage de Berthier. Elle eut un instant l'idée de se
défendre, elle essaya en disant :

— Ce n'est pas moi, vous vous...

Elle n'acheva pas, un mouvement, un haussement d'épaules de
son mari arrêtèrent le mensonge sur ses lèvres; elle reprit :

— Mais enfin, quel but poursuivez-vous par cette comédie?

— Vous le cherchez vainement, n'est-ce pas? Puisque j'ai pu
découvrir ce que la souffrance n'a pu vous arracher hier, le nom de
votre amant; puisque je vous savais enfermés tous les deux dans
sa chambre, je pouvais venir avec le commissaire et vous faire
arrêter tous les deux. Au lieu de cela, c'est moi qui vous ai fait prévenir : c'est incompréhensible. C'est que je ne veux pas de scandale,
je ne veux pas d'indiscrétion, surtout je ne veux pas qu'on sache
jamais ni par vous, ni par lui, lorsque vous aurez quitté cette maison, que vous êtes une catin, et lui un infâme et un traître, parce
que cette boue pourrait m'éclabousser. Mais, cependant, vous vous

doutez bien, madame, que je ne pardonne pas. Je veux me venger, je veux vous donner la même somme de souffrances que vous m'avez donnée de douleur.

Régine avait réagi contre son premier mouvement, et c'est debout et dédaigneuse qu'elle écoutait son mari.

— Vous voulez qu'on dise : « Ce bon M. Berthier!... »

— Oui, madame...

— Enfin à quoi sert votre comédie de ce soir?

— C'est justement ce que je viens vous dire... Voulez-vous me permettre de m'asseoir près de vous, afin de pouvoir parler à mi-voix?

Régine s'assit dans un fauteuil et montra à Célestin le fauteuil qui était devant elle...

— Vous n'allez point revenir sur ce que vous avez convenu avec moi ce matin...

— Du tout, madame, au contraire. Je vous prierai de vous hâter maintenant... après ce qui est arrivé ce soir.

— Ce qui est arrivé ce soir! Que voulez-vous dire?... Vous m'effrayez...

— Je vous dirai cela tout à l'heure, c'est l'unique raison de notre entretien. Je vous disais qu'il faut hâter la procédure. Vous deviez faire constater par un médecin les coups que je vous ai donnés, vous ne l'avez pas fait... Vous m'avez dit en vous moquant de moi que vous veniez de chez votre avoué lorsque vous reveniez d'un rendez-vous à l'église Saint-Paul et d'une promenade avec M. de Gueutteville.

Régine était embarrassée et surtout très anxieuse.

— Vous avez un service de mouchard fort bien fait.

— Je suis seul de ce service-là, madame, le mot n'est pas juste.

— Enfin, monsieur, je vous promets que demain je verrai le médecin et l'avoué... J'attends maintenant, monsieur, l'explication de votre visite. Je suis à vos ordres.

Nous reviendrons pour rendre plus clair l'entretien de Berthier et de sa femme, chez André au moment où il fermait sa porte derrière Régine se sauvant de chez lui. Le jeune homme était très inquiet du témoignage de sympathie qu'il venait de recevoir d'un inconnu. L'avertissement lui prouvait bien évidemment que ce qu'il croyait

un secret pour tout le monde était connu de quelques-uns, et il y
avait là un danger; la vérité pouvait arriver aux oreilles de Berthier, et tout était perdu. Nous l'avons dit, André était résolu à
rompre et à s'employer à éviter une séparation entre les deux époux.
Pour que Régine le laissât tranquille, il s'afficherait dès le lendemain
avec une maîtresse. Alors, se voyant seule, abandonnée, la jeune
femme serait obligée de se faire pardonner par son époux. Pour André, ce résultat n'était pas douteux. Berthier était bon, il le savait ;
il estimait qu'il n'avait pour sa femme qu'une affection toute paternelle.
Assurément il avait dû être plus blessé, plus humilié que jaloux
lorsqu'il l'avait surprise la veille. Il l'avait montré par la tranquillité avec laquelle il avait accepté la situation. Car, Régine, on s'en
souvient, avait raconté la scène à sa façon. Elle n'avait pas parlé de
l'acte de sauvagerie dont il avait été pris; au contraire. Elle avait
dépeint son mari terrifié devant son impudence, et immédiatement
dompté lorsqu'osant lever la main sur elle, elle l'avait menacé.

Il était donc certain pour André que Célestin pardonnerait à sa
femme, si la scène n'était pas ébruitée, et du moment où Régine,
abandonnée par lui, serait livrée à elle-même, elle n'aurait que cette
ressource. Pour cela, il se réservait de la conseiller encore, mais
comme un ami. Elle devrait jurer que les relations avec la personne
qu'il avait vue chez elle était à peine nouées... c'étaient la première
fois qu'elle le recevait... qu'enfin c'était dans un accès de colère
qu'elle avait inventé cet odieux mensonge : que son enfant n'était
pas le sien. Il fallait surtout le faire revenir sur cette impression, car
c'était de là que dépendait tout. Célestin adorait son fils, et pour lui
il pardonnerait tout à la mère. Assurément, pendant quelque temps,
les relations du ménage ne seraient pas bien agréables, mais le
temps adoucirait tout cela en apportant l'oubli : cela dépendait
d'elle.

Pour lui, il se trouvait fort gêné; il ne savait ce qu'il devait
faire : rester chez Berthier, cela était bien imprudent, surtout avec
une femme de la nature de Régine, à laquelle un coup de tête ferait
commettre une faute facilement; puis il avait à redouter les indiscré-
tions de celui ou de ceux qui venaient de le prévenir. La prudence
lui conseillait de partir, c'était plus raisonnable, il s'y résolut et,
pour éviter des explications, il partirait dès le lendemain. A son

tour, il s'excuserait près de Berthier : on était en hiver, il irait oublier ses tourments à Nice.

Ce parti arrêté, il fit immédiatement sa malle; décidé à partir par le train du matin. Les préparatifs terminés, André se plaça devant sa table et écrivit à Berthier.

La lettre était difficile à faire. Par quoi motiver ce départ précipité?... Bah! que lui importait, puisqu'il était résolu de quitter cette place? Il écrivit qu'une occasion s'offrant d'aller pour quelques jours dans le Midi, il le priait de l'excuser; souvent il lui avait conseillé de prendre quelques jours de congé, il avait refusé, il profitait de l'offre aujourd'hui. Il lui avait remis justement, le soir, l'état de sa caise, ce qui lui permettait d'être quelques jours absent.

La lettre écrite, il la plaça sur sa table; le lendemain, il la ferait porter par son concierge juste au moment du départ.

André se disait qu'ainsi il s'épargnait tous les ennuis de la situation désagréable dans laquelle le ménage allait se trouver, les explications, les justifications. Régine, tout à fait isolée, ne se sentant pas soutenue, reviendrait plus facilement, et à son retour, il subirait les reproches de Berthier pour son escapade, mais il retrouverait un ménage uni, une femme blessée, qui ne lui pardonnerait pas son abandon. C'était ce qu'il voulait.

Tout étant préparé pour le départ, il se disposait à se reposer, lorsqu'il entendit frapper à sa porte. Il se redressa étonné. Qui pouvait venir à cette heure? Était-ce Régine qui revenait? Elle ne frappait pas si violemment... Elle revenait peut-être fiévreuse, agitée. Son mari l'avait mise à la porte, et elle venait demander l'hospitalité à son amant; elle avait frappé plus fort, ayant hâte d'être chez lui; ce ne pouvait être que cela. Que faire? Ouvrir, c'était risquer le danger auquel il avait échappé si heureusement la veille; ne pas lui répondre, c'était augmenter la rupture, et n'être pas entravé dans ses projets du lendemain.

Il se décida à ne pas ouvrir. Il allait se déshabiller pour se coucher, lorsqu'on frappa de nouveau, et plus violemment. Très surpris, très inquiet, il ouvrit la porte de sa chambre et demanda dans l'antichambre :

— Qui est là ?

Une voix répondit :

— Au nom de la loi, ouvrez !

André sursauta... puis il devint très pâle. L'ami inconnu avait dit vrai. On les guettait ! et il pensa aussitôt que Berthier savait la vérité puisqu'il amenait le commissaire chez lui. On ne pouvait le prendre, puisque heureusement Régine était partie, mais le mari savait maintenant que l'amant de sa femme, celui qu'il avait vu se sauver la nuit de chez lui, c'était lui, André.

Il allait se trouver face à face avec Berthier, l'ami qu'il avait déshonoré ; cette pensée l'avait fait pâlir. On frappait de nouveau et plus violemment. Résigné et tremblant, il alla ouvrir la porte.

Deux agents se précipitèrent aussitôt, suivis par le commissaire ; ils fermèrent la porte derrière eux. En ne voyant pas Célestin, André parut soulagé ; il regarda interrogativement le commissaire ; celui-ci demanda :

— M. de Gueutteville André ?

— C'est moi, monsieur.

— Vous êtes employé chez M. Célestin Berthier, à la caisse ?

— Je suis le chef des bureaux de la comptabilité.

Un agent montrait au commissaire la malle et la valise... Celui-ci s'adressant à André :

— Ah ! il était temps, vous vous disposiez à partir ?

— Mais oui, monsieur, demain matin, j'en ai le droit...

— Plus maintenant, monsieur. Au nom de la loi, je vous arrête.

— Moi ! exclama André effrayé... Moi !... mais pourquoi ? qu'ai-je fait ? on n'arrête pas les gens pour rien

— Vous le savez bien.

André s'arrêta balbutiant, il ne croyait pas que le délit dont il se savait coupable permettait d'arrêter en dehors du flagrant délit ; mais craignant de se compromettre, il se tut.

Sur un ordre du commissaire, les agents firent une perquisition dans tous les meubles. André se félicitait de sa prudence, il avait toujours brûlé les lettres de Régine. Sa lettre fut saisie, et un agent dit avec un air qui intrigua André :

— Tout était préparé.

L'autre agent, trouvant dans le meuble le rouleau de titres que Régine avait confié le soir même à son amant, dit en le remettant au commissaire :

— Des titres et des valeurs.

— Ah ! et s'adressant à André : A qui est cela, monsieur?

Le jeune homme était résolu à ne pas compromettre Régine et il répondit :

— Mais à moi, monsieur, puisque c'est chez moi.

Après les avoir regardés et comparés avec un papier qu'il tenait, l'agent dit bas au commissaire :

— Ce sont les pièces signalées.

Ce dernier, s'adressant de nouveau à André, lui demanda :

— Vous déclarez que ces titres et valeurs sont à vous ?

— Oui, monsieur, fit-il nettement.

Déclarer que ces valeurs appartenaient à Régine, c'était reconnaître tout de suite les relations qu'ils avaient ensemble, et André s'en serait bien gardé. Le jeune homme regardait avec stupéfaction les agents fouiller dans tous les meubles : on voulait donc établir sa culpabilité par des lettres. On ne trouva rien ; il espérait alors que le commissaire allait se retirer, il fut douloureusement surpris en l'endant lui dire :

— Allons, monsieur, il faut nous suivre.

— Comment! vous m'arrêtez!... vous allez m'emmener?... mais pourquoi ?

— Allons, vite, assez de plaisanterie... ne continuez pas ce jeu, que nous connaissons tous.

— Dites-moi, au moins, les motifs de mon arrestation...

— Je n'ai rien à vous dire. J'ai mission, monsieur, de vous arrêter, de vous incarcérer... et pas autre chose; le reste regarde le juge d'instruction que vous verrez demain.

André baissa la tête ; il n'osait en demander davantage de peur de se compromettre, et surtout de la perdre tout à fait. Que signifiait cette accusation ? Les faits s'enchaînaient : on l'avait prévenu qu'ils étaient guettés; en se sauvant de chez lui dans l'escalier, peut-être Régine avait été arrêtée, et on venait s'assurer de lui après elle. Célestin, en dirigeant les agents chez lui, leur avait dit que sa femme avait porté chez son amant des valeurs qu'elle avait dérobées chez lui; était-ce cela? Il n'avait rien demandé; cependant il aurait voulu savoir si c'était Berthier qui les avait conduits; si Régine était arrêtée comme lui; mais il jugea plus prudent de se tenir sur la réserve.

Régine est étendue dans son fauteuil.

Triste, mais résigné, il se laissa emmener.

Il avait remarqué que le commissaire, après avoir pris connaissance de sa lettre, avait eu un rire singulier et l'avait soigneusement jointe aux papiers. André pensait naturellement qu'il était arrêté sur la plainte en adultère faite par Berthier. Pour ces sortes de délits, commissaires et agents, sachant qu'ils ont affaire à de parfaits honnêtes gens, le plus souvent, sont avec eux prévenants et polis. André ne remarquait pas cette nuance dans les façons de ceux qui étaient chargés de l'arrêter, ils lui montraient un certain mépris et parlaient avec brutalité. On paraissait juger plus gravement la faute qu'il ne la jugeait lui-même.

Il descendit de chez lui conduit par les agents ; un fiacre attendait, il y monta avec le commissaire et l'un des hommes, l'autre se plaça sur le siège. Là encore, il remarqua avec étonnement qu'il était surveillé comme un grand coupable, mais, tout à fait abruti par la situation, il se résigna.

Quand la voiture se mit en marche, il regarda à travers la vitre pour voir de quel côté elle se dirigeait, et il lui sembla voir dans l'angle d'une porte la silhouette de Berthier...

Une demi-heure après, André était sous les verrous.

IV

UNE EXPLICATION ENTRE ÉPOUX

Comme la veille, à la même heure, tout est calme dans la maison, tout est obscur et silencieux ; au fond du jardin, les fenêtres de l'usine sont éclairées et l'on entend sans cesse le bruit sourd des machines qui marchent toujours.

Dans la chambre à coucher, toute pleine de parfums troublants et éclairée par un candélabre à trois lumières, la scène n'est plus la même que la veille : tout y est calme et rangé. Les deux époux sont assis devant la cheminée, où le feu flambe ; Régine est étendue dans son fauteuil, elle tend ses pieds mignons chaussés de mules aux caresses de la chaleur, et, la tête penchée, le regard méprisant, affectant l'indifférence, elle écoute Berthier, qui dit :

— Madame, je dois vous dire d'abord que si pacifique — pusillanime, si vous voulez — que je sois, j'aurais sauté au cou et assurément étranglé celui qui m'aurait dit : Votre femme est une catin,
votre ami un lâche ; ils vous trompent tous les deux, et je ne l'aurais
jamais cru. Ceci est pour expliquer l'état d'hébétement, puis de rage
folle dans lesquels je me suis trouvé hier au soir.

— Vous vous êtes cruellement vengé.

— Je vous ai cruellement châtiée... mais je ne me suis pas vengé.
Je me venge aujourd'hui.

— Ah ! et comment ?

— Vous allez le savoir. Vous avez refusé de me dire le nom de
votre amant, vous voyez qu'il m'a fallu peu de temps pour le connaître... Ce secret que vous croyiez bien gardé, risquait, si je n'étais
là, d'être le secret de Polichinelle... car j'ai su que votre amant était
André, mon ami, mon protégé ; j'ai su que vos relations étaient de
vieille date, que vous vous donniez rendez-vous par un signe. Vous
alliez à l'église, vous sortiez par l'autre porte et retrouviez André rue
Saint-Paul. J'ai su qu'il venait ici chaque fois que j'allais à la chasse
et qu'il entrait en passant par l'usine. J'ai su — mais ceci par vous —
que le pauvre petit être, que je croyais mon enfant, est celui de votre
amant.

— Il faut une preuve de cela...

— Je l'ai pour moi ; en rassemblent mes souvenirs, je me suis
aperçu que cet enfant a été conçu lors de mon voyage en Alle-
magne...

— Ah ! vous vous êtes souvenu de cela ? fit ironiquement Régine.
Ce serait difficile à prouver à un tribunal.

— Aussi n'ai-je point l'intention de le dire. C'est assez que moi
seul connaisse cette honte.

— Tout ce que vous me dites là, je le savais... Que me voulez-
vous donc enfin ?...

— Je vous en prie, soyez patiente...

Régine avait pris un écrin japonais sur la cheminée et jouait
avec, balançant son pied et haussant les épaules avec impatience.
Toujours calme, Berthier continua :

— Je cherchais donc un moyen de me venger, qui ne m'obligeât
pas à rougir de vous et à être ridicule. Je ne voulais pas dire qu'avec

mon ami vous me faisiez cocu, enfin, et puis la peine est au-dessous
de ce que je la veux...

— Que comptez-vous donc faire, monsieur?

— Je vous ai dit que c'était fait.

— Je ne comprends pas.

— Pour vous, madame, c'est simple ; vous allez demander votre
séparation.

— Et si je m'y refusais, si, malgré votre lâche agression, je voulais rester ici?

Et en disant cela, elle s'était relevée un peu dans son fauteuil et
le regardait fixement. Berthier répondit froidement :

— Ma résolution est irrévocable; si vous ne demandez pas la
séparation, c'est moi qui la demanderai...

— Oh! soyez tranquille, je ne vous laisserai pas cette peine, fit
Régine un peu décontenancée.

— Vous demandez votre séparation. Je voulais vous laisser
comme je vous avais prise. C'est impossible, paraît-il. Je devais
vous donner ce que je vous avais reconnu et vous faire une pension.
Mais je sais que cela ne durera guère avec vous... et une fois séparée,
n'ayant rien à ménager, vous n'auriez pas manqué de vivre avec le
père de votre enfant... J'ai évité cela.

— Et comment?

— M. de Gueutteville vient d'être arrêté chez lui, sur ma
plainte.

— Oh! mon Dieu, que dites-vous là? André! pourquoi? dit
Régine en se dressant tout à coup et en regardant Berthier, qui
s'était levé et tout en parlant marchait dans la chambre.

— Arrêté, oui, madame, pour détournement; j'ai vérifié la caisse
aujourd'hui, il y manque de l'argent... et j'ai fait faire une perquisition chez lui : on y a trouvé un rouleau de titres.

— Mais ces titres sont à moi.

— Je le sais bien, madame, c'est pour cela que je vous ai fait
prévenir quand vous les lui avez apportés; il ne fallait pas que vous
fussiez là, lorsqu'on viendrait l'arrêter : un mot imprudent de vous...

— Et vous croyez que je vais laisser s'accomplir cette infamie?

— Il vous sied bien de parler d'infamie...

— Cela est épouvantable... Un voleur, lui!...Vous le déshonorez!

— Et moi?

— Ce n'est pas la même chose.

— C'est pis, madame, et si vous voulez la vérité, vos amours m'importeraient peu, s'il n'y avait l'enfant auquel vous me condamnez...

— Demain, j'irai le délivrer.

— Demain... vous vous tairez.

— Ces titres sont à moi.

— A vous? et comment?

— Vous me les avez donnés.

— Quand je vous aimais, quand je croyais en vous, je m'amusais de vos larcins d'enfant, ces titres ne sortaient point de notre maison, ils étaient destinés à notre enfant. Mais aujourd'hui ce n'est plus cela... ces titres sont à moi; en les portant chez lui, vous me voliez et il est le complice de ce vol.

— Oh! mais, c'est épouvantable, ce que vous dites là... Mais, je dirai toute la vérité...

— Que direz-vous, malheureuse que vous êtes! que cet homme était votre amant, et que c'est vous qui lui avez confié ces titres? Je dirai, moi, alors que je n'aurais plus rien à cacher: C'est vrai, monsieur le juge, ma femme s'entendait avec son amant pour me voler... Elle dit que je lui avais donné ces titres, et pourquoi, puisqu'elle avait chez nous tout ce qu'elle voulait?... les deux misérables s'entendaient, ils devaient fuir ensemble, et ils me volaient pour se faire des ressources. Alors, vous serez condamnés tous les deux comme voleurs et comme adultères. Alors, il me restera de vous votre enfant, que je ne puis désavouer.

— Et c'est sur ce pauvre petit être que vous vous vengeriez.

— Non, mais je ne me ruinerai pas pour lui...

— Oh! taisez-vous... Ce que vous voulez faire est odieux. Je ne vous avais connu que bon...

— Et c'est pour cela que vous m'avez trompé.

— Je suis une misérable, je le reconnais; vous m'avez déjà châtiée; punissez-moi, chassez-moi... Mais ne faites pas une chose aussi abominable que faire condamner un innocent, que l'accuser de vous voler quand vous l'en savez incapable... Célestin, c'est moi seule qui suis coupable et qui mérite votre vengeance... Grâce pour lui, grâce!

— Mais vous ne savez donc pas ce que j'ai souffert, moi, depuis vingt-quatre heures? toute ma vie brisée, tous mes rêves envolés... je travaille pour mon enfant... et cet enfant j'apprends que ce n'est pas le mien... et ce tableau, qui ne quitte point mes yeux : vous, la femme que j'adorais, la mère que j'idolâtrais, nue dans cette chambre, s'échappant des bras d'un homme pour le protéger contre moi... J'ai trop souffert pour faire grâce... Votre amant ira au bagne, et vous, vous vivrez méprisée avec l'éternel remords d'être la cause de son malheur.

— Si vous refusez, je sacrifie tout... je...

— Vous vous perdrez avec lui et vous perdrez l'avenir de votre enfant.

— Mais quand on l'interrogera, il dira la vérité.

— Non, il se sacrifiera pour vous, il ne voudra pas avouer qu'il était votre amant, car il restera convaincu que je l'ignore.

— Mais c'est épouvantable!

Berthier, changeant de ton :

— Je vous disais, madame, qu'il fallait hâter les démarches pour notre séparation ; après ce qui va se passer, vous en comprenez l'urgence.

— Je refuse, monsieur, d'être votre complice dans cette abominable action. Vous vous vengerez sur moi... mais pas sur lui...

— Madame, si je suis venu si tard ce soir, c'est parce que je redoutais ces emportements du premier mouvement qui pourraient vous faire faire une sottise... Vous avez toute une nuit pour réfléchir ; demain vous ne penserez plus de même.

— Mais songez donc à ce que vous allez faire... Nous sommes des misérables, je le reconnais, je suis prête à subir la situation que vous me ferez. Chassez-moi, chassez-le... Je vous promets de ne plus le revoir sur ce que j'ai de plus sacré... sur mon enfant.

— Ne parlez pas de lui, vous augmenteriez ma haine. Au reste, en accusant André, je ne mens pas ; il manque de l'argent dans sa caisse...

— Oh! peu de chose, il ne s'engage pas, il s'en sert en garantie.

— Ah ! vous savez cela ? et pardi ! c'est de connivence avec lui que vous jouiez avec mon argent.

— Il n'a rien perdu jamais, vous ne pouvez l'accuser... Nous sommes indignes... mais vous êtes un honnête homme, vous ne ferez pas cela.

— C'est là votre logique : parce que vous êtes honnête, parce que vous êtes bon, vous devez tout subir, tout souffrir... Malheur aux bons et joie aux méchants !... Non, madame, pour vous la séparation me suffit ; vous suffirez, lorsque vous serez libre, à vous couvrir de honte. Mais pour lui, je n'ai pas d'autre moyen de me venger ; si au lieu d'avoir mon fouet de chien, lorsque je vous ai surpris, j'avais eu mon fusil, je le tuais... si je l'avais pu atteindre, je l'aurais étranglé ; vous m'avez empêché... Vous comprenez bien que je ne puis maintenant provoquer un de mes employés pour me battre avec lui. Cela ajouterait au ridicule dont vous voulez me couvrir. Je ne me contenterai pas d'une condamnation pour adultère de deux mois de prison, dans une maison de santé où l'on reçoit tous les curieux qui veulent savoir comment s'est passée l'aventure. Je n'ai trouvé que cette vengeance, et rien ne m'empêchera de l'exécuter. Jugez bien la situation. Vous avez des titres que je vous ai confiés en riant, et dont la sortie n'a jamais été écrite sur les livres. Ces titres se sont trouvés chez lui, c'est le commissaire qui va les remettre au procureur.

— Je dirai la vérité...

— Bien... pour un juge est-elle croyable ?

Régine baissa la tête.

— Ce soir, il m'a remis lui-même l'état de sa caisse, or, il n'y a pas en caisse les fonds qu'il devrait y avoir...

— Mais vous savez qu'il lui suffit d'une heure pour les avoir...

— Il se défendra en le déclarant, mais nous savons ce que le juge pense d'un caissier qui se sert de l'argent de son patron pour donner une couverture à un agent de change.

— Il était votre ami, et vous l'aviez presque autorisé à agir ainsi.

— Mais il n'est plus mon ami, et je ne l'avais pas autorisé mais je tolérais certains agissements peu importants.

— Vous déclarerez ça...

— Mais non...

— Je vous en prie, Célestin; tenez, je me traîne à vos genoux, dit Régine échevelée, les mains suppliantes, implorant son époux; non, vous ne perdrez pas un homme pour une faute qui n'est pas un crime.

— Que dites-vous là! exclama Célestin... Ce n'est pas un crime de me retirer en une seule nuit tout le bonheur de ma vie... Mais la mort serait moins affreuse; j'ai perdu à la fois ma femme, mon enfant, ce qui était ma joie... Il faut que ceux qui m'ont fait souffrir souffrent comme moi...

— Ainsi vous refusez...

— Absolument.

— Eh bien! tant pis. Demain, je me rendrai chez le juge et je lui dirai toute la vérité.

— Vous avez la nuit pour réfléchir. Vous ne pouvez sauver personne. Vous devenez sa complice, et, femme indigne, vous n'avez plus, au sortir de prison, la direction de votre enfant.

— Oh! c'est abominable!

— Adieu, madame; écoutez votre raison et non votre colère.

Et Célestin sortit... Quand la tapisserie fut retombée sur lui, Régine sanglota. Qu'allait-elle faire? Ce que son mari venait de lui déclarer était absolument logique; elle comprenait, cela était faux, mais avait toutes les apparences de la vérité.

Que d'amères désillusions! Que ce n'était plus l'homme du matin! comme elle s'était trompée en disant à André que d'un regard elle obtiendrait de Célestin le pardon et l'oubli. Jamais elle n'avait pensé que dans l'enveloppe pacifique de son époux, il y avait cette volonté inébranlable; elle aurait tout autrement agi si elle avait connu l'homme qui était son maître. Elle se moquait volontiers de lui; à cette heure, elle tremblait.

André, condamné comme voleur, était-ce possible! lui, si honnête! En essayant de le sauver, c'était vrai, elle se perdait. Elle resta pensive, et comme peu à peu l'entretien qu'elle avait eu avec André revint à sa mémoire, elle dit haut :

— Lui, non plus, ne m'aime plus... Qu'irai-je faire en risquant de me compromettre? Il m'abandonnera pour en chercher une autre et j'en serai pour la honte de l'aveu. Il m'a trahie, pourquoi serais-je plus fidèle que lui?... Que m'importe, après tout!... Chacun

Et Célestin sortit.

pour soi en ce monde. Il m'abandonnera, pourquoi m'acharnerais-je
à vouloir le sauver?

Elle se tut quelques minutes pour reprendre :

— Je sors d'ici respectée de tous, ayant bien établi que c'est parce
que nous ne pouvons nous entendre que nous nous séparons. Je suis
libre avec mon enfant; le seul qui pourrait me rappeler ma faute est
enfermé et ne reviendra vraisemblablement pas à Paris... Où diable
avais-je la pensée de mêler mon nom à cette vilaine affaire, et pour
aider un ingrat qui m'a dit nettement ce soir, lorsque je lui sacrifiais
tout : Je ne t'aime plus... Eh bien! moi non plus. Pensons à moi.

Et tout à fait tranquille, presque souriante, Régine sonna sa
femme de chambre. Lisa vint aussitôt, elle se disposait à faire sa
toilette du soir; Régine était habituée à se faire lotionner le corps
d'eau parfumée, mais les mouvements qu'elle fit en se laissant
déshabiller provoquèrent des douleurs qu'elle avait ressenties toute
la journée; elle ne voulait pas laisser voir les zébrures qui lui couvraient le corps, et prétextant qu'elle avait froid, elle dit :

— Je vais me coucher bien vite, il fait trop froid.

Elle se glissa dans le lit et, bien couverte, la tête reposant sur
son bras recourbé, elle ferma les yeux, non encore pour dormir mais
pour rêver. A cette heure où elle était si bien dans sa chambre, elle
se demandait si elle serait heureuse d'y voir revenir André; elle
s'avoua que non. La scène qui avait eu lieu entre eux deux quelques
heures auparavant avait brisé l'amour qu'elle avait pour lui. Elle
pensait que dans cette aventure où ils avaient été surpris, elle s'était
sacrifiée pour lui et lui n'avait rien fait pour elle. Son mari pouvait
la tuer... il l'avait assez cruellement frappée, et André, pendant ce
temps, se sauvait tremblant; elle le voyait et il lui paraissait ridicule : ses souliers pas attachés, son pantalon seulement attaché à la
ceinture et des poches duquel on voyait passer les chaussettes qu'il
n'avait pas enfilées, la chemise dépoitraillée, et le chapeau sur sa
tête dépeignée, puis sur les bras son gilet et son paletot; il était
grotesque et, avec ça, des yeux hagards et un mutisme qui ne se
rompait que pour gémir :

— Oh! bon Dieu!... Je suis fichu... fichu!

Vu ainsi, c'est-à-dire en imagination, la tête sur l'oreiller, c'était
absolument comique, et malgré elle, Régine se prenait à rire. On

ne peut plus aimer un homme qui prête à rire en telle situation, et certainement Régine serait heureuse de ne jamais revoir l'homme qui avait été la cause de tout cela, devant lequel, n'ayant plus d'affection, elle ne saurait quelle contenance tenir.

Et le lendemain, c'est là où elle pouvait encore mieux juger sa nature égoïste et pusillanime. En venant aux bureaux, avait-il un instant pensé à elle, à ce qui était advenu après sa fuite? Pas du tout. Il n'avait pensé qu'à lui, il avait perdu son carnet, et il craignait qu'on ne l'eût trouvé. Quand il l'avait retrouvée à Saint-Paul, s'était-il occupé d'elle? Pas le moins du monde, il avait préparé ce qu'il avait achevé le soir, sous prétexte de précautions à prendre... Comment avait-elle pu aimer ce bellâtre?... Elle ne voulait plus penser à lui. Elle allait être libre, elle ne resterait pas seule, mais alors elle n'agirait pas en enfant, elle choisirait l'homme de ses rêves.

Elle rouvrit les yeux pour regarder sa chambre éclairée par la lueur tremblante d'une veilleuse. Est-ce qu'elle la regretterait?... Elle était fort belle, bien intime, mais grossièrement riche, trop bourgeoise, elle aurait une chambre plus élégante, un meuble plus artistique.

Elle supputa le chiffre que le tribunal lui donnerait à elle et à son enfant...

Elle remarqua seulement cette nuit le grondement sourd des machines, et se tournant impatientée, pour dormir, elle dit :

— Je serai toujours débarrassée de ce bruit infernal avec lequel tout sommeil est impossible.

D'André il n'était plus question, il était sacrifié, c'était fini. Régine était calme et se trouvait heureuse que la faute commise n'eût pas d'autre suite pour elle.

Pendant ce temps, le malheureux Berthier se promenait dans sa chambre; il était las, fatigué, mais il ne pensait pas à se coucher, sachant bien qu'il ne pourrait dormir. Lui, la victime, souffrait plus que la coupable; il faisait le fort devant elle, il paraissait résolu, et au fond il souffrait; aussi, dans la part de châtiment celle de la jeune femme était-elle relativement douce, il se débarrassait plutôt d'elle qu'il ne la poursuivait. Il se demandait si dans l'accusation qu'il portait contre André, il aurait la force d'aller jusqu'au bout, car assurément s'ils devaient être mis en présence, et si André s'adressant à lui, le mettait en demeure de dire la vérité, il balbutierait, se troublerait et finirait par tout avouer; mais cette hypothèse n'était pas probable, André n'oserait parler.

Berthier passa toute la nuit ainsi, allant et venant dans sa chambre; c'est le matin seulement qu'épuisé il put trouver le sommeil.

Il dormait encore lorsque le magistrat chargé de l'instruction se présenta; il se hâta de se vêtir et descendit.

Sur la demande du magistrat si la caisse n'avait pas été ouverte depuis la veille, on répondit affirmativement. Avec les clefs laissées par André, on ouvrit le bureau, puis la caisse, et il fut immédiatement procédé à un sérieux inventaire. Comparant l'inventaire qui venait d'être fait avec l'état de la caisse donné la veille par André, on constata qu'il manquait une somme ronde de dix mille francs en titres.

— Monsieur, est-ce que pour l'instruction vous aurez besoin de moi?

— C'est probable, monsieur... Vous aurez sans doute des renseignements particuliers à nous donner.

— Justement, je ne crois pas. Ce malheureux garçon était absolument libre chez moi, et cette affaire m'est si pénible!...

— Mon Dieu! les faits sont si probants, qu'il ne niera pas, et s'il avoue, l'affaire sera bien simplifiée. Vous n'avez jamais remarqué dans sa conduite des habitudes de dissipation?

— Ah! non, monsieur. Je crois qu'il était joueur, c'est là où passait ce qu'il a dérobé.

— Mais il ne jouait pas si facilement, puisque vous avez retrouvé chez lui plus de quinze mille francs en valeurs dont vous avez constaté la disparition?

— J'étais bien loin de l'accuser, je croyais ces pièces égarées chez moi, dans quelques tiroirs.

— Pour un homme d'ordre comme vous, ainsi que je le puis constater... c'était peu probable, mais c'est assez ordinaire qu'on a plus de sympathie et plus de confiance pour les coquins qui vous trompent le plus.

Les constatations continuèrent.

Dans la maison tout était sans dessus dessous. Par la descente des agents et du magistrat on avait appris l'arrestation de M. de Gueutteville et c'était une surprise et un étonnement faciles à comprendre.

Lorsque devant les autres employés il fut constaté qu'il manquait dix mille francs dans la caisse, on se gêna moins, et c'était à qui raconterait un fait qui devait donner l'éveil; on en arriva vite à dire que personne n'osait le dire, mais que tout le monde s'en doutait.

Cependant, quand le magistrat, s'adressant aux employés du bureau, leur demanda si quelqu'un connaissait des faits particuliers ayant trait à l'affaire, tout le monde se tut.

Un seul, qui souvent endurait les reproches d'André, déclara que depuis longtemps on se doutait dans le bureau qu'André se servait des fonds de la caisse pour jouer à la Bourse.

— Vous vous en doutiez, vous personnellement?...

— Oui, monsieur.

— Et pourquoi ne préveniez-vous pas votre patron ?

— M. de Gueutteville m'aurait mis à la porte le lendemain ; il était presque le maître ici.

— C'est vrai, monsieur, dit Berthier, heureux de ce témoignage sur lequel il ne comptait guère.

— Où avez-vous remarqué que M. de Gueutteville jouait à la Bourse?

— Il y a un an, M. de Guetteville avait gagné beaucoup d'argent; il ne s'en cachait pas... Puis deux mois après il a tout perdu ; je l'ai su par un individu qui jouait comme lui.

— Il faudra nous donner le nom de cet individu.

— Oh! demain! monsieur, j'aurai son nom et son adresse. M. de Guetteville lui a fait perdre de l'argent par ses conseils : il prétendait tout savoir; il disait, et c'est vrai, qu'ayant des amis au ministère de la guerre, la première fois qu'il avait gagné, c'est à cause de ce qu'il avait appris; il savait quand on était à la guerre ou à la paix.

— Tout cela est vrai, dit Berthier. Mais il se trompait ; il avait des amis au ministère sous l'Empire, mais plus maintenant.

— Enfin, il jouait à la Bourse.

— Oh oui! monsieur. Et, n'ayant plus d'argent à lui, il en a pris là. Oh! moi, ça ne m'étonne pas.

Berthier, surpris, regardait l'employé; il ne se doutait pas

qu'André avait dans sa maison de pareils ennemis... Il remarqu
qu'après le premier moment de surprise, tout le monde paraissai
satisfait de la grave accusation portée contre lui.

Berthier raconta au magistrat qu'il avait en André la plus grand
confiance; il lui avait été recommandé par le père de sa femme, l
colonel d'Auroy. Il n'avait pas de secret pour lui, André avait le
clefs de tout; quand Berthier s'absentait chaque mois pour se ren
dre à la chasse, M. de Guetteville était le maître chez lui.

— Mais Mᵐᵉ Berthier? demanda le juge.

Berthier devint tout rouge et répondit :

— Ma femme ne descend jamais dans les bureaux, et je peu
ajouter que nous ne vivons pas en bien bonne intelligence.

Berthier lançait cette phrase avec intention, elle surprit tout l
monde.

Toute une partie de la matinée fut occupée par l'enquête. Le ma
gistrat, en se retirant, assurait M. Berthier qu'après les constata
tions qui venaient d'être faites, le doute n'était pas possible, l'in
culpé ne pouvait nier : au reste, il avait contre lui une charge plu
grave encore.

— Laquelle? demanda Berthier, craignant toujours que le nor
de sa femme ne fût de nouveau prononcé.

— C'est qu'il se disposait à fuir.

— Comment! il se disposait à fuir?

— Vous ne le savez pas... naturellement, puisque son arrest
tion est d'hier au soir. Lorsqu'on s'est présenté chez lui, ses mall
étaient faites. Dans une lettre adroite, qui vous est adressée, il s'e
cuse de ne pas vous avoir prévenu de son départ; une occasion s
trouvant pour lui d'aller passer quelques jours à Nice, il en prof
tait. Il assure son retour prochain. En réalité, la lettre avait pou
but de vous faire patienter pendant quelques jours, le temps qui l
était nécessaire pour se mettre à l'abri des recherches... Il lui sera
difficile de justifier ce départ précipité.

— J'ignorais ce détail; effectivement, c'est un aveu, dit Berthi
rougissant, et s'expliquant parfaitement le but d'André en s'élo
gnant quelque temps de sa maison, en évitant de se trouver en pr
sence de la femme et du mari. Il se sentit plus de haine contre l
en pensant à la tranquillité avec laquelle il envisageait la situatic

e sa maîtresse. La séparation de Mme Berthier semblait être la réa-
sation du rêve d'André. Aussi est-ce avec joie qu'il entendit le ma-
istrat dire en se retirant :

— Certainement, il est pénible, douloureux de se voir trompé
istement par ceux en lesquels on avait le plus confiance, de n'être
ayé de services rendus que par de l'ingratitude. Mais il faut avoir
e courage de ne point écouter son affection, et livrer à la justice les
oupables : c'est l'impunité qui rend le monde si pervers aujour-
'hui.

— Cela m'est très pénible, et c'est pourquoi je voudrais paraître
eu, pour ne point dire pas, dans l'instruction.

— Oh! monsieur, si, comme je le crois, il avoue, ça ne sera pas
ong. Tout cela est bien douloureux pour vous, je le comprends;
ous vous intéressiez à ce jeune homme, et vous lui aviez fait ici
ne situation relativement assez belle... Vous connaissez sa fa-
ille?

— Mais non, monsieur; je vous l'ai dit déjà : il avait été placé
hez moi par M. le colonel d'Auroy.

— Il est donc de bonne famille?...

— D'une honnête famille d'artisans, je crois; vous vous trompez
cause de son nom. Son père était le fils naturel d'un M. de Gueut-
eville qui ne lui donna que son nom.

— Ce père existe-t-il encore? Ce serait une grande douleur.

— Oh! non, monsieur, se hâta de dire Berthier comme si on
accusait, il n'a plus de famille, ou s'il en a, il ne s'en occupait pas
u tout.

— Au reste, j'aurai à ce sujet des renseignements précis... Mon-
ieur, je vais me retirer, et je crois pouvoir vous assurer que le mal-
eur qui vous frappe sera moins grave que nous le supposions d'a-
ord, car une partie des titres est entre nos mains.

— Que vous avez trouvés chez lui?

— Oui, on les a trouvés cachés dans le tiroir d'un meuble. Vous
es aviez signalés dans votre déposition.

— Ah! fort bien, monsieur.

C'en était trop. Berthier se trouvait gêné, embarrassé par le magistrat, et il fut satisfait de le voir partir avec ses agents. Il ne savait
pas comment il avait pu aller jusqu'au bout.

Il monta dans son appartement et s'enferma dans sa chambre. Là, seul, étendu dans son fauteuil, il était effrayé de la réussite de son plan, de la facilité avec laquelle une si grave accusation s'affirmait, de tous les incidents qui l'aidaient à commettre sa mauvaise action.

Il ne s'était pas trompé : c'était bien chez lui que sa femme avait porté les titres qu'il lui avait donnés ; quand il les avait cherchés la veille dans le meuble où Régine les serrait habituellement, il ne les avait pas trouvés, les objets qui étaient dans le tiroir étaient bousculés, et il en conclut que c'était le jour même que les titres avaient été déplacés : sa femme, ne sachant pas encore si son mari n'allait pas l'expulser brutalement de chez lui, avait pris ses précautions sans doute ; elle ne pouvait avoir confié ses titres qu'à André. Il ne s'était pas trompé ; on les avait retrouvés là. Or, personne ne pouvait prouver qu'il les avait donnés à sa femme, et l'affirmation de celle-ci ne vaudrait pas grand'chose après avoir déclaré dans ses bureaux qu'il vivait en mauvaise intelligence avec elle. En disant la vérité, l'accusation de Berthier faisait deux victimes, car la femme était la complice de l'employé, ce qui ne diminuerait nullement la culpabilité de l'autre. Et Berthier croyait connaître assez la nature d'André pour être certain qu'il n'accuserait pas Régine, qu'il ne prononcerait pas son nom. Ce qui surtout semblait prodigieux à Berthier, c'était ce qu'il venait d'apprendre : les préparatifs de départ d'André et sa lettre qui l'accusaient plus que tout le reste.

Peu à peu, en pensant à l'atroce supplice auquel il condamnait cet homme, à l'état d'abandon dans lequel il allait jeter sa femme, il se demanda s'il ne valait pas mieux chasser l'un et l'autre et ne plus penser à eux. Il se sentait pris de pitié.

Mais un bruit de piano troubla son émotion, il se pencha un peu sur sa porte pour entendre et reconnut la voix de sa femme ; elle chantait une joyeuse chanson en s'accompagnant sur le piano.

Il haussa les épaules et dit :

— Et c'est pour eux que j'aurais de la pitié ! l'une qui chante gaiement, me sachant, moi, désespéré et son amant perdu ; l'autre, m'ayant trompé, trahi, et fait le malheur de ma maison, partant à Nice pour mener quelques jours de vie joyeuse. Pas de pitié !

Et il se redressa se sentant plus fort.

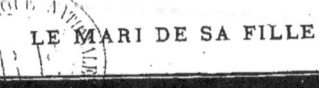

Il se pencha un peu sur sa porte pour entendre.

V

LA VÉRITÉ N'EST PAS TOUJOURS BONNE A DIRE

André avait été un peu surpris des façons peu respectueuses des agents et des employés à son égard; il lui semblait que le genre de délit pour lequel il était arrêté ne méritait pas tant d'indignités. Jeune, il passa crânement la nuit au Dépôt, couché sur le lit de camp. Au matin, on le mit dans une salle particulière, où il put réfléchir à son aise. Absolument convaincu qu'il était accusé d'adultère, il était obligé de reconnaître que la négation était impossible; il faisait contre fortune bon cœur et acceptait la situation en se disant toutefois qu'il aurait été bien intelligent s'il était parti le soir même aussitôt sa malle faite. A pareille heure, il serait presque à Nice, se disposant à passer plus agréablement les deux mois au moins qu'il allait avoir à faire en prévention et condamnation.

Deux choses l'ennuyaient : d'abord c'était la situation de Berthier; il avait espéré qu'il ne saurait jamais quel était l'amant de sa femme et il redoutait même devant les juges de se trouver en sa présence : il avait à la fois des remords et de la honte. L'autre chose, c'était la façon décourageante dont il avait reçu cette malheureuse Régine. Elle avait été arrêtée comme lui, après la petite scène. Car il croyait à l'arrestation de sa complice.

Lorsque le lendemain soir, le juge d'instruction le fit amener dans son cabinet et qu'il apprit par lui qu'il était accusé d'avoir volé à son patron une somme de vingt-cinq mille francs, dont quinze mille seulement avaient été retrouvés chez lui, il resta quelques minutes comme hébété.

— Et qu'avez-vous fait du reste?

— Du reste... du reste de quoi?

— De l'argent volé.

— Oh! c'est abominable, ce que vous me dites là... Mais je ne suis pas un voleur...

— Vous niez... fit le juge en souriant.

— Mais je nie absolument... absolument.

— Vous avez réfléchi. Cependant près des surveillants vous trou-
viez votre arrestation toute naturelle; vous vous informiez si l'on
ne passait que le temps de la prévention dans la cellule où vous
êtes...

— Oh! mais, monsieur, c'est que je croyais être arrêté pour un
tout autre délit; c'est sur la plainte de M. Berthier que je suis arrêté,
m'avez-vous dit. Alors, je n'ai rien à ménager. Ah non! pour la faute,
la punition serait trop lourde.

— Expliquez-vous?

— Monsieur, les titres que l'on a trouvés chez moi — vous dites
qu'il y en avait pour quinze mille francs, je l'ignore — ils étaient
roulés et comme on m'a donné le rouleau, on l'a trouvé, on l'avait
déposé chez moi.

— Qui?

— La personne à qui ils appartenaient.

— Vous avez déclaré, lorsqu'on vous a arrêté, qu'ils étaient à
vous.

— Justement, parce que je ne voulais pas compromettre cette
personne, mais aujourd'hui je n'ai plus les mêmes scrupules; mon
honneur vaut celui de M. Berthier.

— Que voulez-vous dire?

— Je veux dire que ces titres avaient été déposés chez moi par
Mme Berthier.

— Vous connaissiez bien intimement Mme Berthier?

— Elle est ma maîtresse depuis plusieurs années.

— Ce que vous dites est grave; après avoir essayé de dépouiller
un honnête homme, voulez maintenant le déshonorer.

— Je veux bien être un ingrat, un faux ami... mais pas un voleur.

Après une pause d'une minute, le juge lui dit:

— Ne continuons pas sur ce point. Vous déclarez que ces titres
vous ont été confiés par Mme Berthier...

— Oui, monsieur, par Mme Berthier, ma maîtresse.

— Je ne vous demande pas ça... interrompit-il révolté du système de défense que prenait l'inculpé, et bien convaincu qu'il mentait.

« Nous entendrons les témoins que vous voudrez citer pour
justifier de ce dépôt... Arrivons à l'autre somme. Il manque dix

mille francs dans la caisse, qui sont inscrits sur l'état donné par vous.

— Ceci est autre chose, je le reconnais; si je les ai portés sur l'état, c'est que je n'avais pas l'intention de m'en emparer...

— Vous partiez le soir même, et votre état était la déclaration de ce qui devait se trouver en caisse ; or, ces valeurs ne s'y trouvent pas.

— Je ne pensais pas me disposer à un voyage le soir, et ces valeurs sont déposées chez mon agent de change.

— A votre nom?

— Oui, monsieur.

— Il me semble que vous considérez cet argent comme étant le vôtre, il sert de couverture pour le jeu que vous faites.

— Oui, monsieur, voilà tout... c'est une garantie.

— Justement ; si vous perdez, ces valeurs restent à l'agent de change, vous risquez donc de sacrifier l'argent de votre patron.

— Non, monsieur, je ne joue jamais de façon à ce qu'il m'arrive un semblable mécompte.

— Tous ceux qui perdent ont pensé la même chose en jouant, et vous-même avez assez perdu il y a un peu plus d'un an.

— Ah! vous savez cela?... eh bien! c'est ce qui m'a servi de leçon.

Le juge remit un peu d'ordre dans ses notes, écrivit quelques lignes et reprit :

— Pour aujourd'ui, nous allons établir deux choses. Vous reconnaissez avoir pris dans la caisse de M. Berthier des titres pour une valeur de dix mille francs dont vous vous êtes servi en les donnant comme garantie des pertes que vous risquiez en faisant faire des affaires à la Bourse.

— Oui, monsieur. Mais j'ajoute que j'étais par M. Berthier presque autorisé à faire ce que j'ai fait.

— Vous dites que vous étiez autorisé?...

— Autorisé par notre amitié, par nos relations.

— Pas par celle que vous énonciez tout à l'heure, au moins, fit le juge ironiquement.

— M. Berthier savait, du reste, que plusieurs fois je m'étais servi de ces titres.

— Bien, nous verrons cela. La seconde chose, c'est les quinze mille francs de valeurs que Mme Berthier aurait déposés chez vous.

— Oui, monsieur; je l'affirme de nouveau, c'est Mme Berthier qui m'avait remis le rouleau de titres que l'on a trouvé chez moi, que je n'avais pas même regardé.

— Ceci est au moins singulier.

— C'est la vérité absolue.

— Ainsi, voilà votre système de défense dans toute sa simplicité : pour justifier de la possession des titres chez vous, Mme Berthier, la femme d'un homme qui vous considérait plutôt comme un ami que comme un employé, est votre complice. C'est votre maîtresse...

— Oui, monsieur, Mme Berthier est ma maîtresse...

— C'est fort édifiant; c'est elle qui prenait les titres à son mari pour vous les apporter; vous trouvez cette façon moins délictueuse! Vous ne détourniez pas les fonds tout seul, vous aviez une complice.

— Mais, je ne dis pas ça du tout... Je n'ai pas dit que Mme Berthier volait son mari. Je vous ai dit que les titres que l'on a trouvés chez moi y ont été apportés par elle. Quelle est leur source? je l'ignore.

— Ceci ne suffit pas. Il y a un fait constant. Des titres ont été volés. Deux personnes seulement pouvaient toucher à ces valeurs : le patron, M. Berthier, et son caissier : vous. C'est M. Berthier qui se plaint de la disparition des titres. Vous ne l'accusez pas de les avoir pris.

— Certainement non, monsieur.

— Vous dites que c'est Mme Berthier qui avait les titres dont vous étiez le gardien. Vous les lui aviez donc donnés?

— Mais pas tout.

— Vous voulez compromettre une femme honorable, vous n'y réussirez pas... Elle sera citée.

— C'est là, monsieur, tout ce que je demande.

— Pour clore l'interrogatoire aujourd'hui, concluons. Vous niez être l'auteur des détournements opérés dans la caisse de Berthier?

— Oui, monsieur. Je spécifie : j'ai commis une légèreté, j'ai déposé chez un agent dix mille francs de valeurs qui seront remis sur ma simple signature, que je vais vous donner.

— C'est inutile; donnez-nous seulement son nom et son adresse, il nous les apportera...

André donna le nom et l'adresse de son agent de change, et il reprit :

— Ceci ne ressemble pas à un détournement. Pour les autres valeurs, représentant quinze mille francs, je déclare de nouveau qu'elles avaient été déposées chez moi par Mme Berthier.

— Bien ; et comment pensez-vous que Mme Berthier se soit procurée ces valeurs?

— Mais c'est son mari qui les lui a données.

— Étant de la maison, vous savez bien, comme les autres, que M. et Mme Berthier vivent en mauvaise intelligence.

— Non, monsieur, je ne sais pas ça.

— C'est bien étonnant... Nous suspendrons aujourd'hui ; demain nous verrons si vous êtes aussi affirmatif.

Le greffier lut le procès-verbal et André l'ayant signé, fut reconduit dans sa prison. Il était tout étourdi ; il faut reconnaître que la secousse avait été rude; le malheureux garçon ne s'attendait guère à l'odieuse accusation sous laquelle il était arrêté. Que s'était-il passé?

Berthier ne savait pas encore les relations qu'il avait avec sa femme, et probablement, en faisant ses comptes de caisse la veille, après son départ, se préparant sans doute à la demande en séparation qu'allait déposer sa femme, il s'était aperçu des dix mille francs qui manquaient dans la caisse, puis des quinze mille sortis du portefeuille; il avait eu un mouvement de colère et avait accusé André; puis, sans réfléchir, il avait été chez le commissaire de police...

La découverte du déficit avait été bruyante, et quelqu'un du bureau, peut-être, avait dicté les mots que le commissionnaire lui avait répétés. Tout occupé de l'aventure de la nuit, André avait attribué l'avertissement à cette affaire quand il ne s'agissait que de ce qui venait de se passer aux bureaux... Il croyait cependant avoir entendu : « Faites-la se sauver. » Mais la phrase était si singulière que c'était probablement le brave Savoyard qui l'avait changée pour

« Dites-lui de se sauver vite. » Tout était là. Berthier ne savait rien encore ; il connaîtrait seulement par l'instruction le nom de l'amant de sa femme. André se dit qu'il valait mieux éviter ce scandale, sans renoncer à la vérité, cependant.

Il appela le gardien et lui dit qu'il avait une communication importante à faire au juge d'instruction. On lui répondit que la chose était impossible, mais qu'il pouvait écrire et sa lettre serait portée immédiatement. On avait des ordres à ce sujet.

Il accepta et écrivit quelques lignes dans lesquelles il priait le juge de citer seulement Mme Berthier, sans faire connaître à M. Berthier la déclaration qu'il avait faite, ne voulant pas ajouter par cet aveu aux tourments qu'avait déjà son patron. Il remit la lettre, qu'on porta. Il fut plus tranquille, car en réalité, jusqu'alors il n'avait aucun grief contre Berthier, et redoutait que la vérité fût connue de lui. Il trouvait fort naturel que Berthier, quoique son ami, trouvant vingt-cinq mille francs de moins dans la caisse qui lui avait été confiée, le fît arrêter aussitôt. Heureusement, il avait les dix mille francs qui manquaient et les mêmes numéros des titres, ce qui prouvait qu'on ne s'en était jamais servi, mais il ne voulait pas endosser les larcins de Mme Berthier ; ce qui n'était qu'une plaisanterie entre époux devenait pour lui un vol bien caractérisé. Le juge même allait plus loin. Dans l'état, il paraissait devoir encore l'accuser de recel. Aussi n'hésitait-il pas à faire citer Régine, seule avec lui, devant le juge. Il était bien sûr de son aveu. Elle serait trop heureuse de dire la vérité.

Elle serait surtout heureuse de sauver son amant de l'odieuse accusation, et dame ! cela serait peut-être la cause de leur réconciliation.

Il lui devrait bien son amour en échange de la liberté qu'elle lui ferait rendre.

D'abord fort inquiet, il se rassura et passa une nuit relativement tranquille, bien persuadé que c'était la dernière qu'il restait sous les verrous. C'est vainement qu'il attendit toute la journée du lendemain ; on le laissa seul dans sa cellule, et le temps lui parut infini ; mais ce fut pis le jour suivant lorsqu'il vit l'heure se passer et sa porte rester toujours close. André se désespéra. Combien de temps devait-il donc rester enfermé ? Les questions qu'il fit à ses gardiens restèrent sans réponse, et voyant la nuit tomber, convaincu qu'on ne le viendrait plus chercher à cette heure, le malheureux André se mit à califourchon sur sa chaise et les deux bras croisés sur le dossier, le menton appuyé sur ses mains, accablé, il se mit à pleurer. Il était donc bien peu de chose, il n'avait laissé aucune affection en dehors de ses murs, puisqu'il pouvait disparaître ainsi pendant cinq jours sans que personne s'intéressât à lui !

A l'heure réglementaire, il se coucha croyant oublier dans le sommeil. Vain espoir ! il ne put fermer l'œil, il entendit toute la nuit le bruit des pas des surveillants dans les couloirs. Il avait songé, pendant les longues heures d'insomnie, à ce qu'il allait faire, il ne pouvait rester plus longtemps dans cette atroce situation, il voulait se révolter, faire du tapage, afin qu'on prévînt le juge ; il attendait impatiemment l'heure à laquelle on était venu le chercher trois jours avant. Vers onze heures, la porte s'ouvrit et le gardien lui dit de le suivre. Conduit dans le cabinet du juge d'instruction, par les interminables couloirs qui passent sous le Palais de Justice, il y fut introduit aussitôt. Là encore, il fut cruellement blessé : il ne pouvait se faire au peu d'égards qu'on avait pour lui ; tous ces gens-là le traitaient comme un voleur, depuis le garçon de bureau jusqu'aux juges. En entrant dans le cabinet du magistrat, il vit ce dernier qui ne leva même pas la tête ; il restait son chapeau à la main ne trouvant personne à saluer. Le greffier avait, d'un geste, montré une petite banquette dans un coin. Le garde qui accompagnait le prisonnier l'y fit asseoir et s'assit près de lui.

Le malheureux se sentait oppressé, il avait une envie folle de pleurer. Le juge s'interrompit d'écrire pour demander à son greffier :

— Vous êtes en mesure, maintenant ?

— Oui, monsieur.

Le juge d'instruction sonna et demanda au garçon de bureau qui parut :

— Faites entrer Mme Berthier.

André sentit son cœur battre plus vivement, le rouge monta à ses joues pâlies et son regard brilla. Il regarda la porte en souriant.

Régine parut. André se redressa, il allait s'élancer en s'exclamant :

Le garde qui accompagnait le prisonnier l'y fit asseoir et s'assit près de lui.

— Enfin, Régine, vous allez dire la vérité !

La jeune femme se recula, et, paraissant blessée, le regardait de toute sa hauteur... Le juge, mécontent, s'écria :

— Mais que faites-vous?... Garde, veillez-le donc. Soyez à votre service !

Le garde, tout rouge de l'algarade, prit violemment André par l'épaule, et le jetant presque sur la chaise, dit :

— Restez là, vous, un peu... attendez qu'on vous parle.

André était absolument confus, humilié, écrasé; à la rougeur qui avait couvert sa face succédait une pâleur livide... Était-ce possible, devant elle, qu'on le traitât ainsi !

Le juge d'instruction s'était levé, rétablissant vivement l'épingle de sa cravate, effaçant les plis de sa redingote, et le corps penché, comme le cavalier s'inclinant devant sa danseuse, il alla au-devant de Mme Berthier.

— Veuillez entrer, madame... et m'excuser de vous avoir fait attendre quelques minutes.

Régine, dans une toilette élégante un peu tapageuse, entra, répondant par un sourire et un mouvement de tête à l'accueil du juge.

Elle était adorablement jolie et elle exhalait autour d'elle un parfum délicieux, à ce point que le garde, après avoir bruyamment reniflé, tira un mouchoir de son schako et le laissa à l'air. Le juge s'empressait près d'elle, lui offrant un fauteuil qu'il roula devant son bureau; le greffier regardait en dessous et hochait la tête d'admiration. Le garde avait un rire contenu et avec un clignement d'yeux il pensait :

— Ça, est une affaire de mœurs... avec une belle particulière comme ça, ça va être drôle.

Le juge ayant repris sa place, dit d'un ton aimable en s'adressant à Régine :

— Madame, nous n'avions pas l'intention de vous appeler dans l'instruction, la chose ne me paraissait pas utile, c'est l'accusé qui nous y a obligé...

— Monsieur, je suis à vos ordres.

— Vous savez, madame, ce dont il s'agit.

— Mon mari m'en a informée...

— Bien, madame, vous connaissez l'accusé...

Régine répondit doucement avec la plus grande indifférence :

— Je ne descends guère dans les bureaux, ne m'occupant pas du tout des affaires de mon mari ; je ne connais que bien imparfaitement M. de Gueutteville ; cependant, comme M. Berthier le tenait en grande estime, et le priait quelquefois à dîner, je le connais plus que les autres...

— Vous n'aviez pas de relations plus... suivies avec lui.

— Oh ! mon Dieu ! qu'entendez-vous dire, monsieur ?

Quel accent ! et qu'elle paraissait outragée de la question, la belle Régine ! Le juge s'empressa de la rassurer.

— L'accusé, madame, a prétendu que vous lui aviez confié des valeurs... que vous alliez quelquefois chez lui...

André, tout tremblant, ne pouvait croire que la femme qu'il entendait était la même femme qu'il avait aimée. Fou de désespoir, il s'écria avec un accent déchirant :

— Régine, songe qu'il y va de mon honneur et de ma vie...

La jeune femme eut un mouvement de révolte, en disant :

— C'est à moi... à moi que cet homme parle ainsi !

Le garde avait repris André et l'obligeait à se taire. Le juge, avec un sourire de pitié, s'adressant à Régine, dit :

— Madame, je me doutais bien que sa déclaration était un mensonge, mais j'étais obligé de vous convoquer... Je vous ai fait appeler seule, et cette calomnie va s'éteindre ici.

Avec une émotion et un trouble qui n'étaient pas tout à fait de la comédie, la jeune femme s'informa :

— Ainsi, monsieur, cet employé prétendait être lié avec moi...

— Permettez-moi, madame, de vous répéter ses propres paroles. Il a déclaré qu'un rouleau de titres d'une valeur de quinze mille francs avait été apporté chez lui par vous...

— Et chez lui ? souligna Régine.

— Il prétendait que vous y alliez souvent ; au reste, que vous étiez sa maîtresse.

— Sa maîtresse !... Mais c'est effrayant... Si cet homme dit de pareilles choses... je serai perdue.

— D'un homme tel que lui, ce n'est pas bien redoutable.

André était comme écrasé ; il était retombé sur la banquette et

ne trouvait plus la force ni de se lever, ni de parler; il lui semblait
que son sang 'ne circulait plus, que ses membres se glaçaient, et il
tremblait, il avait envie de pleurer. Le garde le tenait, le poing sur
l'épaule, et lui disait sous le nez, à mi-voix :

— Bouge un peu, voir !...

Le juge, s'adressant à lui d'un air narquois, lui demanda :

— Eh bien ! Gueutteville, déclarez-vous encore que ces quinze
mille francs de titres vous ont été confiés par votre maîtresse,
Mme Berthier ?

Régine se tournait à demi, n'osant regarder en face. En l'observant de près, on eût pu voir ses lèvres qui tremblaient et des crispations légères au coin de sa bouche.

— Il est confondu, il ne dit plus rien... Vous voyez, madame, il
fallait votre présence.

— Mais, monsieur, est-ce que cet incident sera connu ?...

— Oh ! non, madame. Nous écrivons seulement que vous déclarez
connaître à peine M. de Gueutteville, que vous ne lui avez jamais
confié la moindre valeur...

— C'est cela, monsieur, fit en souriant Régine.

André faisait des efforts inouïs pour parler, il ne pouvait; enfin
de grosses larmes coulèrent de ses yeux, des sanglots s'échappèrent
de sa gorge, et en gémissant :

— Oh ! c'est abominable !... Mais je suis perdu...

Il se redressa tout à coup et regardant tout le monde, d'un coup
de poing envoyant le garde basculer par-dessus la banquette, il
s'écria :

— Je suis un voleur ! un voleur... moi ! dis, Régine. Oh !
canaille...

Il levait le bras, Régine se sauvait épouvantée, le juge d'instruction se plaçait devant et étendait le bras pour la couvrir. Le greffier
s'était vivement relevé, il se précipitait sur André. Mais celui-ci
avait vacillé quelques secondes, puis ses yeux, devenus hagards,
avaient regardé partout. D'une voix étrange, il avait répété :

— Je suis un voleur !... un voleur !...

Et le malheureux, jetant un cri déchirant, tombait sur le tapis;
là, effrayant à voir, il se débattit, rugissant dans la crise d'une
attaque de nerfs.

Régine, épouvantée, supplia le juge d'instruction de la laisser partir. Celui-ci, d'abord bouleversé, avait crié :

— Emparez-vous donc de lui.

Le voyant dompté, il rassura la jeune femme :

— Ne craignez rien, madame, c'est une comédie à laquelle nous assistons souvent. Lorsqu'ils sont confondus par l'évidence, ils feignent une attaque d'épilepsie...

Il la reconduisit jusqu'à la porte. Régine était livide, elle n'osait tourner son regard du côté d'André et elle tremblait de tous ses membres. En balbutiant, elle demanda, lorsqu'elle fut près de la porte :

— Est-ce que vous aurez encore besoin de moi?

— J'espère l'éviter, madame; vous voyez... que je ne vous ai pas fait signer, et vos déclarations ne sont reçues qu'à titre de renseignement.

— Je vous remercie bien, monsieur...

Elle se retira, se hâtant à travers les longs couloirs, oppressée, heureuse enfin. Lorsqu'au bas de l'escalier elle se trouva dans la cour du Palais de Justice, elle respira bruyamment, et quelques couleurs reparurent sur ses joues; il lui sembla qu'elle était délivrée, que c'était elle qui sortait de prison. Ah! bien certainement, l'homme qu'on appelait André, et qu'elle avait vu, n'était plus celui qu'elle avait aimé. Quel changement s'était opéré en lui, en si peu de jours! Était-ce possible que l'homme charmant, aimable, prévenant, si galant près d'elle, était ce rustre qui déclarait qu'il avait été son amant? Mais, dans tous les romans qu'elle avait lus, Régine avait vu que les amants d'une femme mariée étaient discrets jusqu'à la mort; jusqu'à la dernière page, ils suffisaient à l'intérêt du livre par les tourments qu'ils enduraient, plutôt que de compromettre celles qu'ils aimaient ou qu'ils avaient aimées.

Ainsi sans son courage, elle était perdue! perdue à jamais... car, puisque son mari consentait à être « ce qu'il était » sans le dire à personne, elle n'avait pas à redouter, lorsqu'elle ne serait plus avec lui, les calomnies et la médisance. Si elle n'avait eu ce courage, pour quoi passait-elle?

Et puis elle n'avait aucun regret. Est-ce qu'il avait fait le moindre sacrifice pour elle?... Jamais! Enfin ce qui lui aurait retiré tous ses remords — si elle en avait eu — c'est que la vérité n'était pas possible à dire, on ne l'aurait pas crue. Dire que son mari lui avait donné dix mille francs de titres un par un, dans certains moments de... badinage. Qui l'aurait cru d'un homme aussi raisonnable que M. Berthier?... personne. Il aurait fallu reconstituer les scènes, c'est-à-dire des scènes tout à fait intimes, le soir, lorsqu'elle allait le surprendre dans sa chambre, travaillant, détachant les coupons ; elle s'asseyait sur ses genoux, faisait l'enfant, elle disait :

— Moi je prends celui-là... et puis celui-là... Celui-là sur le gros tas, c'est pour moi et Bébé...

— Prends tout ce que tu voudras... c'est à moi... donc c'est à toi.

Et elle les emportait. Berthier écrivait sur son carnet personnel : « Telle valeur, tant, dont deux chez Régine », et c'était tout, là ou en caisse, il en était toujours assuré.

Elle ne pouvait décemment raconter cela à des juges, qui, au reste, ne l'auraient pas crue. Or, en reconnaissant avoir porté les titres chez André, cela impliquait qu'elle était sa maîtresse, et qu'elle l'avait aidé à se les approprier. Elle ne pouvait donc pas dire la vérité, et, en se faisant ce raisonnement, sa conscience se trouvait tranquille.

De ce côté elle était rassurée. Elle monta dans la voiture qui l'attendait et se fit conduire chez l'avoué ; moins d'une heure après, elle se présentait chez un docteur, qui parut assez étonné de ce qu'elle venait lui demander.

— C'est maître X..., mon avoué, qui m'adresse à vous...

— Bien, madame, fit le vieux docteur, et vous avez été frappée, dites-vous, vous en portez encore la marque... où?...

— Oh! docteur, je suis un peu embarrassée... Mon mari m'a traitée comme une esclave ; j'ai été mise nue par lui, et fouettée...

— Oh! mon Dieu!... C'est un fou, votre mari...

Elle se tut, le vieux docteur continua :

— Vous avez été frappée sur tout le corps, il faudrait que je puisse voir...

— C'est nécessaire, n'est-ce pas?

— Oui, madame ; sans voir je ne ferais pas un certificat.

— C'est bien, monsieur...

Et aussitôt Régine dénoua son chapeau, dégrafa sa robe, déta-

cha les cordons de ses jupes, et tout d'un coup, ayant laissé glisser
sur ses bras les manches de sa chemise, tous ses vêtements s'écrou-
lèrent à la fois.

Le docteur, en voyant cette adorable femme debout et gracieuse,
semblant jaillir des chiffonnades de soies et de dentelles qu'elle avait
à ses pieds, eut un mouvement d'admiration.

Elle était fort belle, et surtout étrange : sa chair blanche et trans-
parente d'ordinaire, était jaunie et marbrée; tout le corps, jusque
dans ses parties les plus secrètes, était zébré de longues raies noires
et violacées...

— J'ai vu, madame, c'est épouvantable; mais on vous a fait
endurer un supplice horrible... Cet homme est un sauvage, un assassin... Je vais vous écrire cela.

— Mais, docteur, il faut que vous comptiez au moins les coups
qui sont le plus marqués.

Un peu embarrassé, et assurément plus gêné que Régine, le
docteur s'approcha, compta et dit :

— C'est fait, madame.

— Je puis me rhabiller?

— Oui... oui...

Et le docteur, tout abasourdi, se plaça à son bureau, affectant de
tourner le dos à Régine, pour ne pas la gêner. Il écrivit.

Mme Berthier, très calme, procédait lentement à sa toilette,
n'ayant pas même remarqué l'embarras du médecin.

Naturellement, sa toilette achevée, elle remit modestement son
voile sur ses yeux pour parler au docteur. Ayant l'attestation qu'elle
était venue chercher, elle remonta dans sa voiture et se fit conduire
aux Batignolles.

Engoncée dans les fourrures de son manteau et se pelotonnant
dans le coin de son petit coupé, Régine, souriant au plan qu'elle
exécutait, dit à mi-voix :

— Maintenant, chez papa.

V

Une demi-heure après sa visite au docteur, Mme Berthier descendait de voiture dans une rue des Batignolles, devant une petite maison bourgeoise précédée d'un jardinet.

C'est dans cette maison que demeurait le colonel d'Auroy. Depuis la chute de l'Empire, c'est-à-dire depuis quelques années seulement, à l'époque où commence notre récit, le colonel avait quitté le ministère.

Le mot que nous employons n'est peut-être pas juste : il avait été chassé du ministère de la guerre dans un coin duquel il était embusqué. Les fournisseurs devaient passer par ses mains, ils y laissaient toujours quelque chose.

Le colonel aurait dû être riche. Mais tout le monde se souvient de la belle comtesse autrichienne qui menait un si grand train, dont le luxe éclaboussait toute la cocotterie parisienne, dont les équipages et les toilettes étaient si remarqués aux courses et au bois. Le petit hôtel de la belle comtesse était illuminé presque toutes les nuits, les fêtes s'y suivaient sans cesse, on se demandait quel était le richissime adorateur qui suffisait à ces prodigalités.

C'était le brave colonel d'Auroy.

Lorsqu'il fut chassé du ministère, quand le vieux soldat alla sonner à la porte de l'hôtel de la petite comtesse, le domestique le pria d'en oublier le numéro. Et le colonel, obligé de se retirer chez lui, en faisant l'inventaire de ce qu'il avait pour vivre, fut épouvanté du chiffre des dettes qui lui restait à payer. Il se trouvait pauvre avec une fille sans dot.

Le coup fut terrible.

Ce qui y ajoutait encore, c'est que pas un rapport ne sortait du ministère pour aller à la Cour des comptes sans que son nom n'y fût accolé à des jugements au moins singuliers. Quand on parla de mise en accusation des gens qui avaient fait de si étranges marchés, le

Le vieux docteur eut un mouvement d'admiration.

colonel eut peur, son cerveau en reçut un choc et sa raison en fut troublée.

Au lieu de toucher la dot promise à sa femme, ce fut Berthier qui dut faire les frais d'installation d'un appartement bourgeois aux Batignolles; il dut placer près de son beau-père une servante qui ne le quittait pas, car son état de gâtisme empirait chaque jour.

Tout en n'ayant pour le vieux militaire que fort peu de sympathie, à cause de sa scandaleuse conduite, Berthier lui faisait une pension qui lui permettait de vivre largement et que le vieil ingrat reconnaissait en disant :

— Nom de Dieu! Il me doit bien cela... Qu'est-ce qu'il serait sans moi... ce pistolet-là?

Ou bien encore :

— Tonnerre de Dieu! il sait bien ce qu'il fait... Roué comme une potence, mon gendre!... il devine que nous n'allons pas pourrir longtemps sous leur sale gouvernement républicain... L'Empire est fait, et alors... il aura besoin de moi.

Naturellement, il exécrait cette gueuse de République qui l'avait chassé de la toile où, comme une araignée, il guettait les mouches, c'est-à-dire les fournisseurs qui passaient par les bureaux de la Guerre. Cette République changeait tout, bouleversait tout, désorganisait tout. Les choses n'allaient-elles pas bien sous l'Empire? à quoi bon changer armes et uniformes? Il était pour les anciens modèles.

Lui-même était de l'ancien modèle des officiers, des vrais, qui vous faisaient un plan de bataille en trois lignes, sur une table de café, à l'heure de l'absinthe.

— Nous sommes ici, — l'ennemi est là, — nous avançons là, — nous le coupons là — et nous l'enveloppons ici — et boum! Nom de Dieu! on y est... qu'il bouge!...

Il n'était pas habillé, il était sanglé dans son uniforme, un peu taché sur l'estomac à cause des énormes moustaches qui goûtaient à tout ce qu'il buvait ou mangeait...

C'était un grand gaillard, assez replet, grassouillet; il disait volontiers que tout était rond en lui, son caractère, — ce qui était un mensonge, il était aimable comme un coup de trique, — sa tête, ses yeux, son nez, ses joues, ses grosses lèvres et son ventre; il avait la face rouge, flamboyante sous ses cheveux blancs coupés en brosse, qui formaient l'étoile, dont la pointe frontale venait se perdre dans un trou gras que formait la naissance du nez entre les deux sourcils grimpés sur le front comme deux grosses chenilles.

Le cou militaire boursouflait par-dessus le col de la tunique. Le colonel, chez lui, usait ses anciens uniformes; il aimait, en passant devant les glaces dans les différentes pièces, à se voir encore habillé en soldat.

Le vieux soldat n'avait pas été heureux en ménage : sa femme l'avait abandonné en lui laissant sa fille Régine; il avait placé celle-ci en pension, l'y avait à peu près oubliée jusqu'au jour de son mariage. Ce mariage avait été conclu avec Berthier un peu comme un marché; il avait tout promis, mais il avait demandé un pot-de-vin...

Il avait pour sa fille une affection très calme, n'ayant eu dans sa vie qu'un amour, qui l'avait presque rendu fou : la belle petite comtesse autrichienne... Quels canailles que ces républicains qui avaient prétendu que la jolie courtisane était une espionne !

Aussi, son souvenir était-il toujours resté dans son cerveau presque vide.

Régine sonna à la porte de la grille de la petite maison; une servante vint aussitôt ouvrir et reconnaissant la visiteuse, elle s'écria gaiement :

— Ah ! c'est madame. Que monsieur va être content ! Ce matin il parlait de madame et s'étonnait d'avoir été si longtemps sans la voir.

— Bonjour, Marianne; entrons vite; il fait un froid de loup; et, se serrant dans son manteau, elle traversa le petit jardinet et monta les marches du perron en demandant :

« Comment va papa?...

— Assez bien, madame. Seulement il ne faut pas qu'il sorte par ces temps-ci.

Elles étaient entrées dans le vestibule. Régine demandait :

— Est-ce qu'il est en haut?

Tout près d'elle une porte s'ouvrit et le colonel d'Auroy apparut souriant et tendant les bras.

— Eh! nom de Dieu ! merci ! me voici; entre donc un peu.

Sa fille se jeta dans ses bras, ils s'embrassèrent.

— Et comment vas-tu, père?... Tes crises sont-elles fréquentes ?

— Toujours, madame, dit Marianne qui, étant entrée, avait fermé la porte derrière elle et mettait des bûches dans la cheminée.

Le colonel grognon reprit :

— Eh ! tonnerre! je suis bien forcé d'en avoir, des crises, avec cette nom de Dieu-là ! Toute la journée elle me tourmente et ne veut jamais faire ce que je lui commande, nom de Dieu! Ce serait un homme, je lui ficherais des coups de trique...

— Je fais ce que le médecin me commande, et vous voulez toujours autre chose...

— Le médecin, ah! nom de Dieu! en voilà un joli gaillard, qui connaît le métier! Que je sois gai, bien portant, plein d'appétit, il n'est jamais venu une fois sans me trouver malade... Avec un major comme ça, au régiment, les hommes seraient toujours à l'infirmerie... et cette brute-là, elle l'écoute... Regarde-moi un peu, je danse dans mon uniforme : il me fait mettre de l'eau dans mon vin, j'exècre ça. Il me défend les légumes, je les adore... Il a voulu m'interdire l'absinthe. Je l'ai envoyé au tonnerre de Dieu... Ce pistolet-là, si je le laissais faire, il me nourrirait avec des lavements... et celle-là en serait contente...

— Voyons, papa, ne t'emporte pas...

— Eh ! nom de Dieu! fais donc autrement, toi... Tu vas déjeuner avec moi, au moins.

— Ma foi, oui, petit père, car j'ai beaucoup de choses à te dire...

— Ah ! mais j'oubliais... et ton petit enfant, comment va-t-il?

— Très bien.

— Ton mari?

— Ne m'en parle pas... je vais t'en parler tout à l'oeure...

— Hein! qu'est-ce qu'il y a?... il est malade?...

Sur un signe négatif de sa fille :

— Nom de Dieu! est-ce qu'il ferait des farces?...

— Nous allons parler de ça tout à l'heure. C'est la cause de ma visite.

Régine avait dénoué son chapeau, la vieille bonne, Marianne, lui avait retiré son manteau, avait pris le chapeau, les gants.

— Rangez tout cela, Marianne, et faites-nous déjeuner bien vite.

Ils étaient dans la salle à manger; sur la table, un seul couvert était dressé, le colonel allait déjeuner.

— Tout de suite, madame; je n'ai qu'un couvert à ajouter, le déjeuner est prêt...

— Oh! nom de Dieu! Vous allez nous faire un déjeuner un peu convenable; si ça n'est pas pour moi, pour ma fille au moins.

— Petit père, laisse-la donc faire sa besogne.

— Eh bien! madame, il est toujours comme ça du matin au soir, il n'arrête pas de m'attraper et de m'injurier... j'en deviendrai plus folle que lui...

— C'est de moi qu'elle parle, tonnerre de Dieu!

Et menaçant il se dirigeait sur elle. Marianne se sauva bien vite. Régine retint le vieux soldat et l'obligea à s'asseoir en lui disant :

— Père, causons...

Le colonel, obéissant, s'assit devant sa fille, et se tenant droit sur sa chaise, immobile, le regard fixé sur Régine, il paraissait attendre l'ordre. Celle-ci commença :

— Petit père, il y a du nouveau chez nous... la maison est un enfer dans lequel je ne peux plus vivre...

— Que me dis-tu là! fit le colonel abasourdi. Mais je te croyais la plus heureuse des femmes...

— Petit père, je sais que tout le monde a cette croyance; je me suis assez appliquée à ce que personne ne vît ce que je souffrais, ne se doutât de ce que j'endurais; aujourd'hui la mesure est comble, je n'en puis plus, je renonce...

— Ah! nom de nom de Dieu de nom de Dieu! qu'est-ce que tu me dis là! fit le vieux colonel tout rouge, les yeux ressortant comme des boutons de guêtres.

— Je te dis la vérité...

— Ainsi ton mari te maltraitait et tu ne m'en disais rien; mais j'aurais été lui tirer les oreilles, à ce pékin, et nom de Dieu! il ne perdra pas pour attendre; ce ferrailleur, ce marchand de limaille se permettait d'être irrespectueux envers celle qui lui a fait l'honneur de l'accepter pour époux...

— Écoute-moi avec calme, papa, parce que pour faire ce que je viens te demander, il faut que tu sois raisonnable, il faut que tu en imposes.

Le vieux soldat eut un tassement sur lui-même qu'il prit pour un redressement et dit :

— Mon enfant, je t'écoute :

— Il n'a pas commencé par me maltraiter ; homme mal élevé, sans éducation, il ne comprenait pas les sottises et les grossièretés qu'il commettait très naïvement ; je l'excusais. Mais, en remarquant son manque de galanterie, son indifférence à mon égard, son affectation à vouloir me considérer comme son inférieure, je me suis révoltée... Ah ! alors, ça été abominable, il n'attendait que cette occasion pour m'injurier jusque dans ma famille.

— Dans ta famille ? Ah ! nom de Dieu ! je voudrais savoir ce qu'il se permet de dire des sires d'Auroy, ce marchand de fourniments !

— Il m'a reproché ta conduite, disant que tu avais mangé tout ton argent avec des maîtresses, même la dot que tu m'avais promise... jusqu'à ne pas avoir de quoi vivre et l'obliger à te faire une pension.

Le colonel était devenu rouge comme une guigne, il remuait les lèvres, tortillait ses moustaches, sans trouver une réponse ; il pencha la tête en arrière, et comme s'il se gargarisait avec son juron favori, on n'entendait que :

— Cré nom de nom, de nom, de nom de Dieu !

— Naturellement, je protestais, et me fâchais.

Le colonel se leva sans mot dire ; il prit sa fille et l'embrassa deux fois. A ce moment, Marianne entrait pour servir le déjeuner du colonel :

— Qu'est-ce que vous f.....chez encore ici ! vous écoutez aux portes...

— Est-il malfaisant ! glapit la bonne toute rouge.

— Papa, voyons, elle nous sert à déjeuner... Écoutez-moi, ma bonne Marianne, j'oubliais le cocher ; dites-lui qu'il vienne me chercher dans deux heures.

— Il n'est pas malade, lui... Vous pouvez lui donner un petit verre de cognac. Il doit être transi, dit le colonel. Mettons-nous à table, mon enfant, tu continueras en mangeant... Ah ! nom de Dieu ! je n'en reviens pas de ce que tu me dis de ton pékin de mari.

— Oui, mon petit père, c'est ainsi que la guerre est arrivée chez nous... Tu comprends que plus ça allait et plus je faisais d'efforts pour le cacher. Aujourd'hui, il me refuse tout ce que je demande, soit pour mon enfant, soit pour moi... il me menace même en ta personne...

— Comment! moi... ah! elle est forte celle-là... Mais à qui doit-il sa situation?... C'est à moi... Il savait, quand je lui promettais une dot, que ce n'était pas sérieux. C'était pour le monde. Est-ce qu'en lui donnant un trésor tel que toi, j'avais de l'argent à lui donner?... Mais c'est lui, au contraire, qui me devait un pot-de-vin... non... de la reconnaissance... L'argent qu'il a est plus à toi qu'à lui; il l'a gagné, la belle affaire! moi aussi j'en ai gagné, et c'est la femme que j'aimais qui...

Il s'arrêta embarrassé, s'apercevant qu'il disait une bêtise, et il finit sa phrase par un gloussement de :

— Nom de nom de Dieu!...

— Mais ce n'est pas tout : je voulais pour ton nom, pour mon fils, tout endurer, je voulais que le bon droit, la raison, la sagesse fussent de mon côté... enfin, tu sais sa conduite.

— Moi! non! tu m'as toujours dit qu'il se conduisait très bien.

— Oui, je disais cela, je voulais quand même cacher ma situation.

— Ah! nom de Dieu... qu'est-ce qu'il faisait?

— Tu sais que deux, trois, quatre fois le mois il prétextait des parties de chasse.

— Il n'y allait pas? exclama le colonel; je m'en doutais. J'ai toujours dit que les gens qui, pour s'amuser, se collent une giberne, des cartouches, un fusil, et avec ce fourniment-là, par tous les mauvais temps, vont faire six ou huit lieues sous bois ou en plaine, sont des farceurs... ou ils y sont condamnés, ou ce sont des blagueurs... Ton mari était un blagueur : il allait chasser au Grand-Seize du Café Anglais... chasser les biches.

Et il riait en jurant, le colonel... Régine continua tristement :

— Il allait s'amuser, et la plupart du temps il rentrait ivre et me maltraitait...

— Ah! nom de Dieu! grogna le colonel d'Auroy, en tortillant ses moustaches... Est-ce qu'il t'a frappée?

Régine baissa la tête avec accablement, et dit avec une voix faible :

— Oui, il m'a frappée.

— Oh! le misérable!... le lâche!... il t'a frappée, toi, mon enfant!...

— Oui, ça été la fin... Il est rentré dans ma chambre l'avant-dernière nuit, il revenait d'une de ses orgies, il était ivre... et il m'a jetée au bas du lit. J'étais nue sur le tapis, et il m'a fouettée avec son fouet de chien...

— Cré nom de Dieu! cria le colonel, se dressant menaçant, son couteau de table à la main; mais c'est le dernier des lâches, je lui couperai les oreilles...

Le brave colonel voulut marcher, mais il avait le droit de n'être audacieux que sur sa chaise, il retomba et faillit glisser par terre, sa fille le retint et l'aida à se remettre en place.

Lorsqu'il fut placé d'aplomb, il reprit :

— Ah! ma pauvre enfant! mais c'est épouvantable, ce que j'apprends là... Au milieu de la nuit, il t'arrache endormie de ton lit, et sur ton pauvre corps nu, il te frappe lâchement.

— J'ai le corps meurtri...

— Encore aujourd'hui...

— Oh! certainement! et j'en ai les marques; tu vas voir.

Et avec un calme incroyable, sans la moindre trace de pudique embarras, ni de lui ni d'elle, Régine releva ses jupes au-dessus de son mollet, retira sa jarretière, baissa son bas de soie et montra sur sa jambe, près du genou, la trace noire et violacée d'un coup de fouet.

— Oh! nom de Dieu!... c'est le supplice du knout... c'est un cosaque que ce misérable!

Tout tranquillement, Régine tira son bas sur sa jambe fine et élégante; elle se jarretait et rejetait dans un froufrou les dentelles et la soie de ses jupes sur son pied mignon. Elle reprit :

— Tu comprends, petit père, que maintenant tout est fini.

— Je l'espère... Tu vas te séparer.

— J'ai fait des démarches pour cela aujourd'hui.

— A la bonne heure!... et tu comprends, mon enfant, il a tous les torts; c'est toi qui dois obtenir les avantages. Tu n'as pas à t'oc-

Elle aspirait avec délice la fumée, pour la rejeter en longues spirales...

cuper si c'est lui qui a gagné sa fortune, si ce qu'il a est bien à lui, si à cause de moi, comme il te le reproche, — le gredin ! — tu lui as coûté de l'argent... l'argent qui est à toi ; il t'en faut la plus grosse part, et tu l'obtiendras, en t'y prenant adroitement. Tu es femme, tu es élégante, tu ne peux pas travailler, tu as des charges : moi, ton père, auquel tu dois tout et que tu ne peux laisser végéter dans un rang inférieur au tien... Lui, au contraire, encore jeune et habitué au travail, peut regagner, s'il est courageux, ce qu'il te donnera... Il se chargera de l'éducation de son enfant, ce qui est naturel...

— Ah ! mais non ! Je veux mon enfant...

— Comment, fit le vieux d'Auroy, tout décontenancé, encore jeune et belle comme tu es, tu t'occuperais du petit ?...

— Oui ! oui ! je veux mon enfant ; il est à moi, rien qu'à moi ; je ne veux pas qu'il ait les exemples de cet homme.

Le colonel, se ravisant, dit :

— C'est encore une considération à faire valoir. Il faut bien expliquer tout cela à ton avocat... Du moment où tu gardes l'enfant, il faut que tu aies une pension également pour lui...

— Oui, père... Mais, en tout ceci tu m'approuves...

— Oh ! absolument... Si j'avais quinze ans de moins, au premier mot, ma Régine, je me serais levé, j'aurais décroché la paire de sabres qu'il y a là-haut, et nom de Dieu ! le soir je t'aurais rapporté les oreilles du gredin dont tu portes le nom. Hélas ! je suis vieux, presque impotent, et je ne puis t'offrir que mon concours moral.

— C'est tout ce que je viens te demander.

— Mon approbation, mes conseils...

— Un peu plus.

— Tout ce qui sera possible, mon enfant, je le ferai... Je suis à toi tout entier... commande à ton père.

— Voici, papa... Je veux que le procès que j'intente à M. Berthier passe rapidement et sans bruit. Tu as de nombreux amis dans la magistrature...

— Oh ! tous des amis ; heureusement, ceux-là on ne peut pas les changer ; ils sont vissés sur leurs sièges... et nous pouvons compter sur eux.

— C'est ce que je pensais, et je voudrais faire avec toi des démarches près des juges...

— Nous commencerons ce soir, si tu veux. Marianne, mes effets de grande tenue...

— Non, non, pas si vite, papa... nous allons nous entendre tous les deux aujourd'hui...

Le vieux soldat parut surpris, et insista.

— Pourquoi remettre les visites ? Aujourd'hui je puis te mener chez le président, et tu peux, comme à moi, lui montrer les traces des coups que tu as reçus.

— Ah çà, c'est pour rire que tu me dis ça, fit Régine en éclatant de rire... Me vois-tu aller montrer ma jambe à M. le président ?

— Et pourquoi pas ? fit le colonel d'Auroy, un vieux magistrat, un président de chambre, est-ce que c'est un homme, ça !... ça n'a pas de sexe... ils en voient et en entendent bien d'autres... C'est vicieux, mais pas dangereux.

— J'ai, petit père, un certificat du médecin, qui me suffira, puis mon avoué m'a dit que je n'avais qu'à me faire giffler par mon mari devant le commissaire invité pour la chose. Et je suis tranquille, je n'ai qu'à demander cela à mon mari, il ne fera aucune difficulté...

— Ah! sacré nom de Dieu! il ne faudrait pas que je fusse là.

Régine, toujours gaie, dit en riant :

— Calme-toi, petit père, je ne t'inviterai pas à cette petite fête.

Le vieux soldat mangeait toujours. A cause de sa goutte, dont il avait de fréquentes attaques, il était astreint à un régime que la vieille Marianne lui faisait scrupuleusement suivre, au désespoir du colonel. En raison de la présence de la fille de son maître, la vieille servante avait fait un déjeuner plus copieux, et toute à ses fourneaux, elle ne pouvait surveiller son malade; celui-ci profitait de la circonstance et mangeait gloutonnement de chaque plat, ne pensant pas qu'il paierait bientôt par de cruelles souffrances son intempérance.

Régine avait peu mangé, elle avait repoussé son assiette au milieu de la table, avait sonné Marianne; celle-ci paraissant elle lui avait commandé :

— Donnez-moi de quoi faire une cigarette.

Régine était libre chez son père, elle s'y trouvait comme autrefois, dans le petit salon du ministère, où venaient quelques jeunes officiers, le soir, faire la partie du colonel. On s'amusait à voir fumer la pensionnaire de la Légion d'honneur.

C'est à cause de cette liberté d'allures, qu'à sa sortie de pension son père s'était empressé de la marier. Il ne pouvait être sévère avec sa fille, de laquelle il craignait des reproches sur sa conduite, et celle-ci abusait de cette faiblesse, de cet abandon, pour faire ce qu'elle voulait.

A cette heure, chez son père, elle se retrouvait comme autrefois, religieusement écoutée, crue et obéie. Assise et une jambe sur l'autre, laissant voir ses pieds fins de Parisienne, accoudée sur la table la cigarette à la main entre l'index et le médium, elle aspirait avec délice la fumée pour la rejeter en longues spirales faisant de ses lèvres comme un bouton de rose.

Régine parlait, le colonel mangeait et buvait toujours, approuvant par des monosyllabes, ou manifestant son indignation par un juron formidable.

Chaque fois que Marianne rentrait, elle avait des mouvements d'épaules de désespoir, voyant le colonel *goinfrer*, selon son expression, sans oser, devant sa fille, modérer sa voracité. Elle essayait bien d'enlever les plats, ou de lui arracher son assiette avant qu'elle fût vidée... Mais le colonel la visait de ses regards menaçants en jurant :

— Cré nom de Dieu de vieille folle !... voulez-vous ficher votre camp Elle a peur qu'on ne lui en laisse pas, la gueularde... et il faut qu'elle écoute tout ce qu'on dit...

Et comme Régine se tournait vers elle, semblant d'un regard suppliant lui demander pour cette fois de ne pas contrarier le vieux soldat, elle sortait outrée en disant :

— Ça sera gai ici pendant quelques jours... il va être malade et je serai forcée d'être là...

Régine reprenait :

— Petit père, voici ce que j'attends de toi : tu m'accompagneras dans mes démarches, tu appuieras mes plaintes de ton autorité paternelle... Comme je me doute que M. Berthier va chercher à me faire tout le mal possible, je veux tout préparer.

— Parfaitement... Cette Marianne, elle ne vaut pas cher, mais il n'y a qu'elle pour faire ces fricots-là.

— Ainsi, je ne peux pas rester sous le toit conjugal, une fois la demande admise... Or, il paraît qu'il peut m'obliger à demeurer dans une maison de retraite, où je ne serais pas libre, jusqu'au prononcé du jugement...

— Oui, tu serais consignée...

— Mais je ne veux pas de ça...

— Ah!... ce vin, regarde comme il est devenu beau... c'est celui que tu m'as envoyé l'an passé; un crime d'y mettre de l'eau. C'est cette vieille Marianne, elle en met dans les bouteilles; à cause de toi, elle n'a pas osé le faire aujourd'hui.

— Si je réussis ce que je vais te dire, elle le fera moins souvent...

Marianne avait entendu et elle s'écria :

— Oh! madame Régine, si vous l'écoutez!... mais c'est le médecin qui me l'ordonne. Monsieur n'a pas de raison, il sera malade pendant cinq ou six jours... il va crier et effrayer les voisins toute cette nuit... et il sera doux et bon avec moi alors...

— Taisez-vous!... c'est faux. Je suis habitué à souffrir, nom de Dieu! Est-ce que vous allez faire croire qu'un soldat crie quand il a du bobo... Elle se fiche de moi.

— Laisse, Marianne... Je sais bien que vous êtes bonne et ne cherchez que son bien...

— Pourquoi vient-elle t'interrompre?... Il faut qu'elle écoute, qu'elle se mêle de ce qu'on dit, cette nom de Dieu-là...

Sur un signe de Régine, Marianne sortit, haussant les épaules avec commisération.

— Écoute-moi, petit père, ne t'occupe plus de cette bonne.

— Qu'elle me laisse manger tranquille... Je t'écoute. Tu disais qu'elle me tourmenterait moins souvent.

— Oui, parce que, dans ma demande en séparation, je réclamerai du président de fixer ma résidence chez toi.

— Chez moi! fit le vieux soldat en la regardant.

— Oui, chez toi! ajouta-t-elle en souriant. J'espère que je ne suis pas gênante chez toi... Tu n'es plus le même qu'autrefois, tu ne reçois personne!...

Le colonel rougissait comme une jeune fille; étant déjà

coloré, il devint pourpre et baissa le nez dans son assiette en disant :

— Allons, Régine, ne te fiche pas de ton père... Je ne peux pas seulement me coucher tout seul.

— Puni par où tu as péché...

Le colonel reprit vite :

— Tu disais que tu demanderais à venir résider chez moi...

— Oui... je ne te dérangerai en rien. Tu as tout le premier étage inoccupé.

— Oui, je ne peux pas monter, et on a fait au rez-de-chaussée ma chambre avec le petit salon.

— C'est cela, il y a au premier cinq pièces qui ne te servent pas. Je vais envoyer le tapissier de mon mari, qui va me meubler et m'arranger tout cela pour moi.

— Très bien.

— Et tu n'aurais plus à t'occuper de rien ; c'est moi qui ferai les frais... bien entendu tu aurais tout de même ta pension.

— Oui, oui, tu amèneras ta femme de chambre, ta cuisinière.

— Mon petit personnel enfin.

Le vieux colonel était tout gaillard en pensant qu'il allait avoir une cuisinière, c'est-à-dire un vrai couvert dressé tous les jours. Puis cela donnerait un peu de gaieté à la petite maison ; le vieux soldat ne vivrait plus oublié au bout de Paris.

Régine continua :

— Tu comprends, petit père, que si tu me mènes chez le président, si je peux lui parler, lui raconter la vérité, expliquer la vie que me fait mon mari, dire en deux mots, malgré ses dehors de bonté et la réputation qui lui est faite, ce qu'il est véritablement... détruire enfin les effets de son hypocrisie, je suis certaine d'obtenir de résider chez toi.

— Et pourquoi veux-tu qu'on te le refuse ? Sache bien que tous les magistrats d'aujourd'hui sont les mêmes que nous avions quand nous vivions sous un gouvernement de braves gens ; heureusement que les gredins qui sont aujourd'hui à la tête de l'État, s'ils ont pu mettre à la retraite les gloires de notre armée... se défaire des hommes comme moi qu'ils redoutaient... n'ont pas le pouvoir de toucher à la magistrature, à la justice. Ceux-là sont inamovibles; ils restent heureusement pour nous protéger contre eux.

— Enfin, tu pourras me présenter.

— Ah! sacré nom de Dieu! je crois bien que je le peux... Il n'y a pas un de ces particuliers-là auquel je n'aie pas eu occasion de rendre service, quand j'étais là-bas... pour une promotion ou une exemption... et ayant besoin d'eux, je suis certain de les trouver... Il s'agit de savoir, par ton avoué, à quelle chambre doit venir ton affaire... et immédiatement nous irons voir le président,... Et ton fils, demanda le colonel vivement, qu'est-ce que tu comptes en faire?

C'est que le colonel d'Auroy ne comprenait rien à l'art d'être grand-père. Quand sa femme lui avait donné sa fille, on l'avait mise en nourrice et on ne l'avait fait sortir que pour la placer en pension. N'ayant jamais pu supporter son enfant à lui, il craignait que Régine caressât l'idée de lui amener son fils, et cette idée le bouleversait; mais Régine le rassura aussitôt en lui disant :

— Pour partir de la maison et pour obtenir ce que je veux, et en même temps que tu puisses conserver ce que tu as, il faut que nous le gardions quelque temps, que nous puissions déclarer que le grand-père se charge de son éducation. Mais aussitôt le jugement rendu, je le place en pension.

— Ah! très bien... à mon âge, les enfants! tu sais... c'est dur!

Le vieil égoïste s'effrayait à la seule idée d'avoir près de lui un enfant qui le tourmenterait, qui pourrait troubler son sommeil. Il vivait pour lui, tenant à garder sa quiétude. En comprenant ce que disait sa fille, son visage se rasséréna. Régine tenait de son père, elle aimait son fils, mais pas assez pour consentir à le garder près d'elle. Le colonel devina ce que signifiait sa phrase. C'était juste le temps nécessaire à se servir de l'enfant comme argument dans le procès, qu'il habiterait chez son grand-père; le procès terminé, l'enfant était placé en pension.

Le petit, c'était les tracas, l'ennui de la maison; la jeune femme au contraire, c'était la vie, la gaieté. C'était, au lieu des grognements de la vieille Marianne, l'égrènement de rires joyeux; au lieu des reproches quotidiens, les gais propos; puis des allées et venues

dans la petite maison. Sa fille était jeune, elle aimait les jeunes;
des amies de pension viendraient lui rendre visite, et si le vieux
soldat ne pouvait plus être à redouter pour une femme, il n'en aimait pas moins leur présence, il était heureux de les voir et de les
entendre. Et c'est à ce tableau de jeunes femmes élégantes babillant
sans gêne et sans façon avec sa fille dans le salon, que le vieux soldat souriait dans les nuages de la fumée de sa pipe.

Le colonel avait repoussé les assiettes au milieu de la table, la
servante desservait et changeait la nappe pour servir le café. Régine
roulait une cigarette. Tout était convenu. Il y eut un moment de
silence; la jeune femme regardait par la fenêtre le petit jardinet
triste par ce jour d'hiver, elle remarquait avec plaisir qu'à travers
la grille on voyait la rue assez fréquentée. Régine ne s'ennuierait
pas en ce lieu, et en quelques minutes une voiture pouvait la transporter au cœur de Paris.

Tout à coup le colonel demanda pour parler :

— Et M. de Gueutteville, que devient-il?... est-ce qu'il sait tout
cela ?

Régine eut un soubresaut; la scène cruelle lui passa devant les
yeux, elle devint toute rouge et, regardant son père, elle fit un effort et répondit :

— M. de Gueutteville... ne me parle pas de cet homme.

— Pourquoi donc?... Nom de Dieu! est-ce qu'il est avec ton
mari ?...

Régine eut presque un sourire, et elle reprit :

— Oh! non, il n'est plus chez nous... mais je croyais que tu
savais cela.

— Quoi donc ?

— M. de Gueutteville a été arrêté sur la plainte de mon mari, il
avait soustrait vingt-cinq mille francs dans la caisse...

— Ah! tonnerre de Dieu! qu'est-ce que tu me dis là, fit le colonel consterné.

— Mais la vérité... répliqua Régine avec un grand calme.

— Je n'en reviens pas... lui, André!

— Que veux-tu, il jouait à la Bourse, paraît-il, et il avait de
grands besoins.

— Ce n'est pas une raison; il y a des masses de moyens d'avoir

— Ah! nom de Dieu de nom de Dieu! ça me reprend.

de l'argent... moi j'en ai eu tant que j'en ai voulu... mais jamais je n'ai fouillé dans une caisse... Ça, c'est un vol!

— Tu comprends qu'avec l'exemple qu'il avait en son patron, menant une vie d'enfer, jetant l'or par les fenêtres, dans ses soi-disant parties de chasse, il ne se gênait guère, et cela devait arriver un jour ou l'autre.

— S'il était resté avec nous, là-bas, à la Guerre, jamais cela ne serait arrivé; d'abord, en même temps que c'est abominable de voler, on n'avait pas besoin de cela pour gagner de l'argent. Et il est en prison?

— Mais oui... il va être jugé bientôt... Ne parlons plus de cela...

— Tu as raison, parlons de toi.

— Ainsi, petit père, c'est bien entendu, nous allons demeurer ensemble. Seulement, tu conçois, avec la liberté la plus absolue: tu seras chez toi, moi chez moi.

— Parfaitement... Je reçois qui je veux, je fais ce que je veux.

— Oui, petit père, et tu ne m'obliges pas plus à subir tes amis que je ne t'oblige à subir les miens. Tu occupes le rez-de-chaussée et moi le premier; les deux appartements étant bien indépendants, nous sommes absolument chez nous.

— Parfait. J'ai là, et il désignait une porte dans le fond de la chambre, ma chambre, mon petit salon et un grand cabinet qui me sert de salle de bains. C'est tout ce qu'il me faut... C'est que mes nom de Dieu de jambes fonctionnent comme si elles étaient à roulettes, et il me faut la salle à manger près de la chambre.

— C'est ce qui est.

— Justement. Puis, l'office et la cuisine qui m'éloignent du vestibule; ainsi, tu vas et viens chez toi sans me gêner.

— Oui, je vais envoyer le tapissier, qui va tendre le vestibule, l'escalier, et meubler l'appartement de là-haut...

— Le vestibule, l'escalier tapissés, mais ça va avoir l'air d'un palais...

— Ça n'est pas trop beau pour nous, petit père.

— Ce qui rendra tout vraiment beau ici, c'est ta présence, mon enfant. Avec toi la gaieté, la joie vont revenir au logis du vieux soldat; je vais avoir des éclairs de jeunesse. A cette seule pensée de ne plus vivre seul ici, triste, isolé, oublié, il me semble que la santé revient, nom de Dieu !... Entendre rire, sais-tu que ça n'arrive pas souvent... Tiens, regarde cette Marianne, si seulement elle écoutera un mot de ce que tu dis...

— Mais vous me le défendez.

— Quelle brute ! nom de Dieu ! Je vous défends d'écouter ce qui ne vous regarde pas, parce que vous êtes curieuse comme un confesseur, mais quand on vous parle, c'est le moins que vous écoutiez.

— Vous ne m'avez pas parlé...

— Moi, moi, qu'est-ce que je fais dans ce moment-ci ? est-ce que vous croyez que c'est à ma chaise que je m'adresse !... et depuis une heure, ma fille s'égosille à vous dire ce qu'elle va faire.

— Mais, petit père, je ne lui ai pas dit un mot.

— Pardi, ça n'est pas à elle que tu vas parler... mais, nom de Dieu ! si elle était intelligente, cette dinde, elle comprendrait que c'est pour elle que tu expliques tout cela... afin qu'elle puisse tout préparer.

— Je lui dirai tout à l'heure ce qu'elle a à faire... Ne vous tourmentez pas, ma bonne Marianne...

La vieille servante était prête à pleurer.

— Ah ! madame ! vous croyez que ce n'est pas abominable, de s'entendre traiter comme ça toute la journée ; il n'est aimable que lorsqu'il est malade.

Régine la consola, puis l'emmena dans la maison, lui expliquant et lui indiquant ce qu'elle voulait qu'on fît ; disant qu'elle ne serait pas là lorsque viendraient les ouvriers, et que Marianne devait veiller à ce que l'on ne se trompât pas dans l'exécution de ses ordres.

Le vieux colonel, resté seul dans la salle à manger, buvait lentement la fine champagne, souriant à l'idée que sa fille allait venir rester chez lui, que sa maison allait revivre, l'existence allait reprendre son train joyeux d'autrefois ; il voulut faire un mouvement pour se lever, il eut une laide grimace, il essaya encore et retomba... sur son fauteuil en gémissant :

— Ah ! nom de Dieu de nom de Dieu !... ça me reprend.

Quand Régine apparut avec Marianne, le colonel n'était plus le même.

— Ah ! mon Dieu, qu'as-tu, petit père ? demanda Régine inquiète.

— Je n'ai rien... une douleur dans la jambe...

— Pardi! fit Marianne triomphante, je vous le disais bien, il a bu et mangé à s'en fourrer jusque-là... C'est sa crise... ah! bien, ça va être joli...

— Voyons, Marianne, soyez un peu à vos devoirs... préparez mon fauteuil... Ah! ma chère Régine, ton pauvre père va souffrir. Elle, quand elle veut, elle me soigne bien...

— Ah! oui, maintenant vous devenez plus doux, c'est que ça va mal...

— Ne crois pas ça, cette mâtine-là se moque de moi...

Régine stupéfaite regardait le changement rapide qui s'était opéré dans la personne du vieux soldat en moins d'une heure : la face réjouie était tirée et pâlie, l'œil était éteint, il ne pouvait se tenir que sur un pied... Régine pensa aussitôt que c'était à côté de cet infirme qu'elle allait demeurer ; elle réfléchit quelques minutes et parut satisfaite, lorsqu'ayant demandé à Marianne si ces crises étaient dangereuses, celle-ci lui répondit qu'elles n'étaient que douloureuses et obligeaient le colonel à demeurer des semaines enfermé dans sa chambre. Régine pensa aussitôt qu'elle serait plus libre chez elle. Le vieux soldat voulut encore se lever et il retomba sur sa chaise en jetant un cri aigu. Marianne dit aussitôt :

— Madame Berthier, allez-vous-en, sa crise va commencer et il va crier que c'est à croire qu'on l'écorche...

— Ah! je voudrais vous y voir...

Régine, un peu effrayée et ne se sentant nullement le désir de soigner son père, lui dit :

— Adieu, petit père, la voiture m'attend et j'ai encore beaucoup de courses à faire... Je reviendrai dans deux ou trois jours.

— Reviens le plus tôt possible, mon enfant, pour me tenir au courant de ton affaire.

— Oui, mais soigne-toi bien... parce qu'il faudra sortir avec moi.

— Je sortirai bien..., en voiture... si l'on m'aide un peu à marcher...

— Demain, les ouvriers viendront chez toi... nous en profiterons pour faire mettre ton appartement en état...

— Oui, la salle à manger surtout... car tu donneras des dîners...

— Oui, oui! Au revoir, père. Soigne-toi bien...

Régine l'embrassa, et, entraînée par Marianne, se hâta de partir. Le colonel s'était levé pour lui faire ses adieux; en se rasseyant, il jeta un cri de douleur...

Marianne avait reconduit Régine jusqu'à sa voiture. Celle-ci lui recommandait ce qu'elle devait indiquer aux ouvriers qui viendraient; elle lui dit :

— On dirait que l'on vous appelle.

— C'est sa crise, écoutez-le, la porte n'est pas fermée.

Elles écoutèrent. On entendait la voix du vieux soldat suppliante.

— Marianne, je vous en prie, ma bonne Marianne. Venez vite... ah! nom de Dieu! que je souffre... Mon ange gardien Marianne!

— Oh! c'est la crise, il doit bien souffrir... Je cours près de lui, madame...

— Allez, au revoir, Marianne; dites au cocher de me conduire boulevard Beaumarchais, chez mon tapissier... Au revoir.

Marianne ferma la voiture et, enfermant dans sa poche le louis que Régine lui avait glissé dans la main, elle donna l'ordre au cocher.

Une demi-heure après, Régine était chez son tapissier, Ile choisissait les étoffes des tentures pour son appartement.

— Vous commencerez demain. C'est absolument nécessaire. Vous avez à peine huit jours pour tout finir.

— Ce sera fait, madame.

— Vous avez inscrit tous les meubles et nous disons : — d'abord l'antichambre, — puis le boudoir d'un côté, le cabinet de toilette de l'autre, entre eux deux se trouve une lingerie, — et de l'autre côté la chambre à coucher...

— C'est convenu : voici les étoffes de chaque pièce, la chambre Henri II, le boudoir Pompadour, le cabinet de toilette grec. Que madame s'en rapporte à moi, elle sait ce que je fais et peut être tranquille...

— Oui, mais je suis moins tranquille sur votre exactitude.

— Madame me dit que c'est sérieux et elle peut compter sur moi.

Régine allait sortir de la boutique, elle revint pour dire négligemment :

— Je tiens à ce que le compte ne s'éternise pas. Vous me ferez le mémoire pour le jour où le tout sera fini, je vous le signerai aussitôt et vous l'irez toucher à la caisse.

Cette perspective de l'argent comptant fit sourire le tapissier.

La jeune femme remonta en voiture et se fit conduire chez elle, se disant :

— Voilà une journée bien remplie.

En arrivant chez elle, elle aperçut Berthier à la place d'André, occupé à vérifier ses livres, elle se hâta de monter chez elle, espérant éviter de se trouver avec lui.

Après ce qui s'était passé entre eux, Régine comptait qu'elle allait vivre à sa guise et que son mari ne s'occuperait plus d'elle. Elle fut fort étonnée lorsque sa femme de chambre vint lui dire que le dîner était servi. Elle croyait que son mari irait dîner en ville. Aussi répondit-elle que, se trouvant indisposée, elle resterait chez elle.

La femme de chambre revint. Monsieur priait madame de vouloir bien venir se mettre à table; elle lui ferait le plus grand plaisir.

Il n'y avait pas moyen de refuser, sans paraître grossier vis-à-vis de ses gens.

— C'est bien, dites que je descends.

Et ayant passé quelques minutes dans son cabinet de toilette à se recoiffer, elle se dirigea vers la salle à manger, très inquiète, se demandant quelle raison motivait l'insistance de son mari à se trouver seul avec elle.

C'est en souriant que Berthier l'accueillit, il lui offrit sa chaise et se plaça en face d'elle. Pendant que le domestique les servait, il lui parla le plus délibérément du monde, du beau temps, du plaisir qu'il avait ressenti en sachant qu'elle avait profité de ce temps sec pour faire une promenade; il s'informa si au Bois elle avait vu quelques amis.

Régine était toute décontenancée; elle se demanda si son mari se moquait d'elle. Décidément elle le trouvait très fort.

Il lui parla — et ceci la gêna tout à fait — d'André. Il lui dit que l'instruction continuait. A la suite des interrogatoires du matin, M. de Gueutteville, dans un moment nerveux, avait dit :

— Laissez-moi tranquille, jugez-moi vite, accusez-moi de tout ce que vous voudrez, je ne répondrai plus.

Et Berthier ajouta, à la grande stupéfaction de sa femme :

— C'est une façon de tout avouer, mais devant l'évidence il ne peut rien répondre.

Le dîner s'acheva ; le service terminé, sur un signe de Berthier, après avoir servi le café, le domestique se retira. Les époux se trouvèrent seuls et Berthier reprit alors :

— Ne voulant pas mettre nos gens dans la confidence de nos affaires, vous vous êtes difficilement expliqué mon langage et vous avez pu croire que, revenant sur ma décision, ou satisfait du sort fait à votre amant, je ne pensais plus à notre séparation.

— Non, monsieur ; j'étais seulement étonnée de la façon dont vous transformez la vérité.

— J'agissais un peu comme vous. Maintenant que je puis vous parler librement, je tiens à vous adresser mes félicitations pour votre attitude, ce matin, devant le juge et surtout en présence d'André. De ce côté tout va bien. Ainsi que je vous le disais, le misérable...

— Monsieur !

— Vous me permettrez de ne pas le plaindre... Le misérable, dis-je, accablé, s'avoue vaincu ; un heureux hasard m'aide, au reste : ce dépôt fait par lui chez un agent de change, cela n'est pas niable et suffirait à sa condamnation.

— Mais c'est avec votre autorisation verbale qu'il agissait ainsi...

— Oui, madame, fit Berthier ; mais c'est sans mon autorisation qu'il agissait autrement... et je me venge.

— Pour me dire cela, il était inutile, monsieur, de m'obliger à descendre...

— Ce n'est pas tout. Je voulais vous dire que je vous remercie de vous être occupée de notre affaire aujourd'hui. Vous avez été chez un avoué, chez un médecin. C'est bien. Mais, où je vous approuve surtout, c'est dans le choix que vous avez fait de la maison de votre père pour votre résidence. Retournant chez vos parents avec votre

enfant en quittant votre ménage, c'est pour tout le monde la chose
la plus régulière du monde. Vous avez pris la peine d'aller chez
mon tapissier : au premier mot dit par vous, je l'aurais mis à votre
disposition...

— C'est tout ce que vous vouliez me dire? demanda Régine toute
blême, en apprenant que son mari était informé de ses moindres
actions...

— Non, madame, je ne veux plus remettre les pieds dans votre
appartement, qui me rappelle de trop cruels souvenirs. Je vois toujours
à la lueur d'une veilleuse le lit défait, l'amant se sauvant, et vous,
nue comme une bacchante, essayant de me barrer le passage... A ce
souvenir, je me demande pourquoi, après le fouet, je ne me suis pas
armé d'un revolver pour vous casser la tête...

— Ah! je vous aime mieux ainsi menaçant, fit Régine se redressant et bravant son mari.

Berthier fit un effort pour vaincre sa nervosité, et, souriant, il
reprit :

— Oui, madame, cette chambre toute pleine de vos parfums
m'est désagréable. Je veux enfin rapidement changer ma maison,
qu'il n'y reste plus trace de la honteuse comédie qui s'y jouait; je ne
veux plus voir les acteurs et j'en veux changer le théâtre.

— Si je vous comprends bien, monsieur, vous voulez que je
parte...

— Oui, madame, avant que les juges ne l'ordonnent.

— Alors vous me chassez?

— Si vous voulez, oui; je désire que demain vous ayez quitté la
maison... et malgré les efforts que je fais pour ne pas vous menacer,
je ne réussis point... Voici la vérité, madame. Maintenant que le
supplice de votre amant commence, je regrette de n'avoir pas trouvé
pour vous un châtiment égal; je suis dévoré de haine jalouse, je suis
fou de honte, je veux oublier et je ne puis... Il faut que vous partiez,
madame, que vous partiez vite... car je puis avoir un accès de rage,
et je vous tuerais... Si vous saviez comme je vous hais... autant
que je vous ai aimée... Près de moi vous courez un grand
danger.

Régine fronçait les sourcils, elle regardait son mari; elle ne lui
avait jamais vu cette bouche contractée, ce regard cruel; cependant

— Si tu cries... si tu appelles... je te tue.

elle ne voulait pas laisser voir son trouble et son inquiétude, et riant ironiquement, elle dit :

— Je vois que vous ne reculez devant rien, vous frappez les femmes et vous déshonorez les hommes...

— Je fais plus, fit Berthier se levant et s'avançant vers elle, je tue les vipères comme toi.

Et il allait la saisir au cou ; elle vit le mouvement et rapidement se jeta en arrière en se levant ; elle était devenue très pâle et ses lèvres tremblaient. Elle voulut se sauver, son mari s'était placé devant la porte, et la voix saccadée, il disait :

— Oui, je te tuerai, toi... Que tu me rendes ridicule en faisant la catin avec un de mes amis... c'est atroce... mais que tu te moques encore de moi après... ah ! c'est trop... et je t'empêcherai de rire de moi...

Il s'avança vers elle... elle cria :

— Ne m'approchez pas !... ne m'approchez pas ! ou j'appelle.

Il fouilla vivement dans sa poche, en sortit un revolver et la visant, il reprit :

— Si tu cries... si tu appelles... je te tue...

Absolument épouvantée, l'œil hagard, la gorge haletante, prête à défaillir, se soutenant à peine après un meuble, elle balbutia suppliante :

— Je me tais... Célestin... je me tais... et je ferai ce que vous voudrez... Laissez-moi sortir... Grâce !...

— Écoutez bien, Régine, fit Berthier calmé par la terreur de sa femme. Vous avez dit que vous ferez ce que je voudrai. Cette promesse, je la reçois comme un serment...

— Oui... je vous le jure...

— Demain, vous partirez d'ici pour aller chez votre père... demain.

— Bien !...

— Et je veux que la raison pour laquelle vous partez soit et reste ignorée de tous... Je veux que vous ne parliez de moi qu'avec respect...

— Je vous le promets... et j'ajoute que, par ma conduite, je rachèterai ma faute...

— Vous partirez demain. Vous emporterez tout ce qui vous est personnel... Je serai là pour vous aider à monter en voiture, car je veux que l'on sache bien que c'est de notre consentement mutuel que nous nous séparons... Je ne garderai de vous qu'une chose...

Régine l'interrogeait du regard. Il continua :

— La chemise déchirée dans laquelle je vous ai arrachée des bras de votre amant...

Régine baissa la tête.

— Si jamais le souvenir de votre beauté troublait ma tête; si, à votre vue, l'amour voulait renaître... je regarderais ce haillon pour retrouver toute ma haine.

La jeune femme, bouleversée et encore tremblante de peur en le sachant armé, ne savait comment sortir... En voyant que pour prononcer les dernières phrases il avait fait des efforts afin de contenir ses larmes, mais que ses yeux se mouillaient, elle s'inclina et se mit à genoux, en disant :

— J'ai été bien coupable... et je vous en demande pardon.

Il cacha sa tête dans ses mains et ne répondit pas.

— Je vous obéirai, Célestin... demain, je vous le jure... et je ne vous reverrai jamais... Célestin, pardon...

— Jamais... jamais! fit-il... Adieu... Adieu, partez vite... Je suis fou ce soir et suis capable d'un malheur.

Régine retrouva aussitôt ses forces; elle se releva et se dirigea vers la porte... En sortant elle dit :

— Adieu... et pardon...

La porte refermée, elle prit ses jupes par le bas, afin de pouvoir courir, et rapidement elle gagna ses appartements, fermant chaque porte au verrou derrière elle. Arrivée dans sa chambre, elle se laissa tomber dans un fauteuil, exclamant :

— Ah! je l'ai échappé belle... Il peut me faire appeler maintenant!... Si c'était possible, je partirais ce soir... Il est capable de revenir cette nuit... Il devient fou... et dans un accès... A tout hasard, je vais faire coucher Lisa dans la chambre, en travers de la porte de communication...

Elle sonna. La femme de chambre vint aussitôt.

— Lisa, demain, de très bonne heure, vous ferez mes malles... Je pars...

— Ah! c'est décidé?...

— Que voulez-vous dire, fit Régine, étonnée...

La femme de chambre eut un air un peu embarrassé pour répondre...

— Je savais que madame se séparait de monsieur.

— Qui vous a dit cela ?

— Tout le monde...

Régine, toute décontenancée, n'osa pas en demander plus ; elle reprit :

— Vous êtes bien renseignée ; nous partons demain, je vous emmène avec moi... Afin d'être là de bon matin, vous coucherez dans ma chambre...

Une heure après, Lisa était installée dans la chambre de sa maîtresse.

VII

UNE VIEILLE HISTOIRE

Nous n'avons pas l'intention de promener le lecteur de la geôle au cabinet du juge d'instruction pour lui faire suivre lentement l'affaire du malheureux André de Gueutteville ; il y trouverait peu d'intérêt. Il ne s'amuserait pas beaucoup plus à suivre la procédure de Mme Berthier, en allant chez l'avoué, chez l'avocat et à la chambre du tribunal civil. Ce qui lui importe, c'est le résultat. Il ne se fit pas attendre : moins de vingt jours après l'entretien auquel nous avons assisté, Célestin Berthier était judiciairement séparé de sa femme. La séparation était prononcée contre Berthier, qui avait fait défaut. Il évitait ainsi le scandale, et Régine y gagnait une pension assez ronde, pour elle et pour son fils, et la restitution d'une dot qu'elle devait avoir apportée.

Quelques jours après, André était condamné à cinq années de prison. On disait qu'il avait essayé de se tuer dans sa prison, et lorsque le président lui avait demandé s'il n'avait rien à dire avant le prononcé du jugement, il avait répondu :

— Je ne suis pas un voleur. Je laisse à M. Berthier le remords de l'accusation qu'il a portée contre moi.

Régine était installée chez son père. Berthier s'était empressé de liquider la situation afin de n'avoir aucune relation avec elle, faisant tous ses efforts pour oublier. Le lendemain du jour où elle était partie, il avait fait transformer l'appartement qu'elle occupait, changeant meubles et tentures afin que rien ne rappelât son souvenir. Régine avait emmené avec elle sa femme de chambre et sa cuisinière. Berthier était resté seul avec son valet de chambre et le domestique cocher, plus une vieille bonne qui s'occupait du linge.

Il ne voulait pas tout de suite remplacer les servantes qui étaient parties. Redoutant de se trouver seul à table dans la salle à manger, il ne faisait pas faire de cuisine chez lui.

Il déjeunait en ville; puis le soir, les ateliers fermés, il allait dans un cercle et y restait jusqu'à l'heure de rentrer se coucher, évitant qu'on lui parlât de sa femme, et s'occupant toujours chez lui pour n'y point penser.

Régine, au contraire, cherchait toutes les occasions pour faire savoir à son mari qu'elle vivait gaiement et luxueusement, n'ayant aucun souci de lui.

Ce qui consolait un peu le malheureux mari, c'est que toutes les maisons amies lui avaient été fermées d'instinct. Sans que cela fût dit hautement, on avait remarqué que la demande de séparation des époux avait coïncidé avec l'arrestation du caissier de Berthier.

Et quelques-uns avaient pensé que la jeune femme avait peut-être été la cause du détournement du caissier, dont le mutisme devant la cour avait paru bien singulier.

Régine enfin n'était plus reçue chez les amis de son mari et en était réduite à se chercher une société nouvelle. Berthier s'en réjouissait, car c'était la tranquillité de l'avenir, ils se trouveraient ainsi éloignés l'un de l'autre et risqueraient moins de se rencontrer.

Depuis la séparation, Berthier vivait triste, soucieux, allant et venant sans cesse de sa maison d'habitation aux magasins, des magasins aux bureaux; quelquefois le soir, prêt à se coucher, il s'asseyait dans son fauteuil et de grosses larmes coulaient sur ses joues. Il rougissait, s'essuyait le visage, furieux contre lui-même, se demandant si sa vie allait se continuer ainsi, s'il ne pourrait ar-

racher ce souvenir de son cœur. Il avait essayé de remplacer celle
qu'il avait chassée par les jolies filles aux amours gaies dont les faveurs sont faciles. De ces tentatives il était revenu navré, étonné
que de semblables relations pussent plaire à d'autres.

Le jour de la condamnation d'André, il devint plus sombre encore; enfermé dans son cabinet, il était épouvanté de l'action commise. Quand il apprit la phrase prononcée par André, il sentit un
froid mortel se glisser dans son sang... Il marchait avec agitation
dans son bureau, évoquant le souvenir de la nuit où il avait surpris
sa femme aux bras d'André. Toute sa haine, sa rage lui revenaient.
Il avait déshonoré André, brisé sa vie... Eh! est-ce que celui-ci
n'avait pas fait de même?... Il savait tout, maintenant, cela durait
depuis plus de quatre ans.

Quatre ans il avait été grotesque, ridicule! S'il ne lui avait pas
volé son argent, il lui avait volé sa femme!... Mais il n'avait pas,
il n'aurait pas de remords. Il ne s'acharnait plus sur sa victime, il
était mis au ban de la société. C'était tout ce qu'il voulait... la prison était de trop. Aussi, se plaçant devant son bureau, rédigea-t-il
une demande en grâce. Certes, le malheureux avait été coupable,
mais il était jeune, et il y avait peut-être un peu d'inconscience
dans sa faute; la peine était trop grave; il suppliait le président de la
République de faire grâce. Sa supplique terminée, il la mit sous enveloppe et l'adressa au chef du gouvernement.

Cela fait, il se trouva plus tranquille, il respira plus librement,
il lui sembla qu'un poids qui l'opprimait venait de lui être enlevé.
Il crut que par cette seule lettre il rachetait ce qu'il avait fait.
Nous pouvons dire que par ses relations, Berthier pouvait être as-
suré qu'il serait fait bon accueil à sa requête, et il considérait déjà
André comme libéré.

Il s'étendit dans son fauteuil et véritablement soulagé il se mit à
la besogne en commençant à dépouiller sa correspondance. Il ouvrait
les lettres, les parcourait rapidement et écrivait sur la marge en
quelques mots au crayon rouge ce qu'on devait répondre.

En lisant une lettre sur l'enveloppe de laquelle il avait lu : *absolument personnelle*, il eut un mouvement de surprise; il regarda la
signature et le rouge lui monta aussitôt à la face.

Voici ce qu'il lisait :

« Monsieur Célestin,

« Si je prends la résolution de vous écrire, c'est que je suis bien malheureuse. Si je le fais, ce n'est pas pour moi, vous me comprenez. Je ne veux pas vous tourmenter. Jamais, depuis le jour où vous m'avez abandonnée, vous n'avez entendu parler de moi. Ce que j'ai souffert, je n'ai pas à vous le dire. Je ne viens pas vous reprocher rien. Vous m'avez dit que vous m'aimiez, je vous ai cru. Moi, je vous aimais bien. Je me suis abandonnée. J'étais sage, vous le savez, et si j'ai fait cette faute, je m'honore de n'avoir connu personne depuis. Mon enfant n'aura pas à rougir que j'aie connue son père, il pourrait me mépriser en apprenant que j'ai eu des relations avec d'autres hommes. Lorsque je vous ai reproché mon abandon, vous m'avez dit que vous ne m'aviez jamais promis le mariage. C'était vrai et je n'ai pu répondre que par des larmes. Vous alliez faire un beau mariage, utile à votre établissement, je me tus... Vous m'avez donné une certaine somme, je l'ai dépensée à élever votre (le mot *votre* était rayé et remplacé par *mon*) mon enfant. Vous savez ce qu'est la situation d'une ouvrière. Je gagne peu et je viens d'être malade, je suis restée deux mois sans travailler. Célestin, c'est à votre cœur que je m'adresse. Je voudrais mettre ma fille en pension pour pouvoir reprendre mes travaux. Une centaine de francs, c'est peu pour vous, c'est un trésor pour moi. Pour entrer dans cette pension, il faut que je donne un trousseau.

« Voulez-vous me rendre ce service? c'est le dernier que je vous demanderai. Ma chère Célestine placée, je pourrai travailler et je ne serai pas longue à rattraper le temps perdu.

« Je n'ose me présenter chez vous pour chercher une réponse, de peur que votre femme ne se doute de quelque chose si quelqu'un de l'atelier me reconnaissait.

« Répondez-moi, je vous en prie. Je demeure rue de Crussol, 42, chez Mme Arnault.

« Celle qui pense toujours à vous, et vous demande la permission de vous embrasser.

« CÉLINE. »

Berthier laissa glisser la lettre de ses mains et s'accoudant sur

son bureau, il pensa. La lecture qu'il venait de faire l'avait bouleversé. Seul, il ne dissimulait pas son émotion. Il se souvenait de la
jeune fille, son abandon avait été une mauvaise action, mais comme
il en avait été puni!

C'était pour se marier, qu'il avait presque chassé de chez lui la
jeune fille qui avait cru à ses serments. Il avait été cruel avec elle
pour bien afficher qu'il ne lui restait aucune affection, et que la
pauvre fille n'avait toujours été considérée par lui que comme une
maîtresse passagère. Dans l'atelier même, il n'avait jamais avoué
ces relations, les curieux les avaient découvertes, ce qui avait con-
tribué à hâter la rupture. Il avait fini par ne pas croire à la paternité dont sa maîtresse l'accusait; cependant il avait donné quelques
centaines de francs pour la sortir de la situation où elle se trouvait.
Mais tout cela avait été fait grossièrement, brutalement, et à cette
heure, se souvenant de sa conduite, il en était honteux.

C'est à cette créature dévouée qu'il avait préféré la femme qui
l'avait trompé, celle qui lui avait donné pour fils l'enfant d'un
autre!...

Et la pauvre petite ouvrière était restée toujours sage, fidèle à
son seul souvenir, élevant sa fille... sa véritable enfant à lui, il était
bien forcé de se l'avouer.

Ainsi la pauvre fille avait souffert sans se plaindre; le cœur
haut placé, elle n'avait voulu rien devoir à l'homme qui l'avait séduite; relevée de ses couches, elle avait travaillé pour elle et son
enfant sans jamais rien lui demander; il y avait cinq ans de cela, et
c'était la première lettre qu'il recevait d'elle. C'était une femme de
cœur, celle-là. Si elle s'adressait à lui, c'est que la maladie venait
de la priver pendant quelque temps de ses ressources, et encore ce
n'est pas pour elle qu'elle demandait, mais pour son enfant,
c'est-à-dire son enfant à lui.

A cette heure, il ressentait bien la gravité de sa mauvaise action;
s'il souffrait, lui, n'avait-il pas été aussi bien cruel envers celle qui
pouvait espérer en lui? Il se leva et se dirigea vers sa caisse; il allait prendre un billet de mille francs, l'envoyer à la jeune femme...
il s'arrêta tout à coup et reprit sa place devant son bureau, changeant d'idée...

Sa maison était bien vide, bien monotone, bien triste depuis qu'il

Ils restèrent ainsi quelques secondes.

n'y avait plus de femme, plus de servante, et il ne pouvait vivre éternellement ainsi : une espèce d'intendante, bonne ménagère, lui serait bien utile ; mais, pour cela, il fallait trouver une personne de confiance, sérieuse et dévouée. Est-ce que Céline ne pourrait pas être cette femme-là ?... pensait Berthier. Une place semblable vaudrait mieux qu'un secours.

Dans sa pensée il n'entrait aucune idée de concupiscence, l'amour ancien était mort, il ne survivait que l'estime pour la femme et la mère que l'adversité n'avait pas changée. Céline ne rentrerait chez lui que comme femme de confiance, elle devrait oublier qu'elle avait été la maîtresse de celui qu'elle devait servir... Il restait même des ouvriers de cette époque, et ceux-là jugeraient tout autrement la rentrée de Céline chez lui, ils ne croiraient pas qu'il ne reprenait en elle qu'une servante dévouée...

Cette pensée faillit un instant le détourner de son projet, mais il ne s'y arrêta pas, et, sans s'en apercevoir, parlant haut, il dit :

— Ne suis-je pas libre, maintenant ? Est-ce que je dépends de quelqu'un ? Qu'ai-je à redouter... après tout, si cela était vrai ? Mieux vaut encore le concubinage que le *cocubinage*... et puis, dois-je m'arrêter à cela quand il s'agit de réparer une faute, de racheter une mauvaise action ?... Amener ici une femme qui fut la mienne, un enfant qui est le mien, c'est encore un châtiment pour l'autre...

Il réfléchit de nouveau. Il pensait à l'enfant. Elle l'avait appelé Célestine, du nom de son père. Cette attention le touchait parce que cela avait été fait sans qu'il le sût, malgré la façon odieuse dont il avait quitté la mère. Que ferait-on de l'enfant ? La mettre en pension, à quoi bon ! elle était trop jeune. Il compta sur ses doigts : il y avait presque cinq ans qu'il avait renvoyé Céline : sa fille avait un peu plus de quatre ans...

Il se sentait tout ému à cette idée, de revoir courir chez lui une enfant, la sienne, d'entendre ses cris joyeux. Celui qu'il avait cru son fils avait trois ans. Et la mère le laissait encore aux soins de sa nourrice. On ne le voyait presque jamais, et il était heureux maintenant de cette circonstance, qui l'avait empêché de s'attacher plus profondément à l'enfant qui portait son nom.

Il se leva, résolu à prendre chez lui Céline et sa fille, et souriant, il dit à son valet de chambre :

— Vous allez porter cette lettre à son adresse...

Il se mit à son bureau et griffonna quelques lignes qu'il glissa sous une enveloppe et remit au valet. Celui-ci partit aussitôt. Berthier appela pour qu'on vînt prendre la correspondance. Les domestiques, les employés remarquèrent qu'il n'était plus le même; il était fébrile, agité, mais le visage, ordinairement triste, était rayonnant, et en descendant au bureau, l'employé disait à ses collègues :

— Il paraît que les affaires reprennent, le patron n'est plus le même, il est tout joyeux.

Débarrassé de ses affaires, après avoir été dans le magasin, dans les bureaux, puis dans les ateliers en se donnant du mouvement pour satisfaire son agitation, Berthier se retrouva dans son bureau, accoudé la tête dans ses mains et le regard fixe, sans rien voir que sa pensée, disant :

— Il y a cinq ans elle avait dix-sept ans, elle a donc vingt-deux ans aujourd'hui. Qu'elle est jeune! Elle était niaise un peu, mais bonne... C'est bien jeune pour être la femme que je voudrais, mais la misère l'aura rendue sérieuse... Que va-t-elle répondre ?

On frappa à la porte, il cria d'entrer. C'était son valet de chambre qui paraissait un peu embarrassé, en fermant la porte derrière lui. Berthier le remarqua et inquiet demanda vite :

— Eh bien! avez-vous vu cette dame?

— Oui, monsieur...

— Vous lui avez remis ma lettre à elle; qu'a-t-elle répondu?

— Monsieur, cette dame a paru surprise. Elle m'a demandé si j'étais au service de monsieur : je lui ai répondu que j'étais son valet de chambre, et que monsieur m'avait dit de lui rapporter une réponse.

— Eh bien ?

— Madame a paru embarrassée, puis elle m'a demandé : « Est-ce que Mme Berthier n'est pas à Paris en ce moment? » Monsieur ne m'ayant pas donné d'ordre à ce sujet, j'ai dit que je ne savais pas... Madame m'a demandé alors : « Elle n'est donc pas à la maison?... »

Le valet de chambre était tout à fait gêné en continuant :

— J'ai peut-être eu tort, monsieur, mais j'ai dit que monsieur était séparé d'avec madame et que monsieur vivait seul ici.

— Mais vous avez très bien fait, vous avez dit la vérité, je ne vous demande jamais de dire autr... Alors, qu'a dit cette dame?

Et en parlant ainsi, Berthier était très ému.

— Monsieur, cette dame s'est écriée : « Oh ! c'est différent ; courez chercher une voiture, je pars avec vous... » Je lui ai obéi, et je l'ai amenée en voiture avec moi...

— Ah ! ah ! fit Berthier, dont la voix tremblait, elle est venue avec vous... elle est là... ?

Et il montrait l'antichambre qui précédait son bureau.

— Oui, monsieur...

— C'est bien... retirez-vous...

— Il faut les faire entrer...

— Retirez-vous... et vous leur direz d'entrer...

Le domestique, un peu étonné et surtout contrarié de ne pouvoir satisfaire sa curiosité, sortit en fermant la porte.

Presque aussitôt, elle se rouvrait, et une jeune femme tenant un enfant par la main entrait, tremblante, craintive, embarrassée...

Quand elle aperçut Célestin qui s'était levé et qui avait vainement essayé de faire un pas pour aller au-devant d'elle, la pauvre femme s'adossa au chambranle de la porte, presque défaillante. La petite, un adorable bébé, se reculait et se cachait dans les jupes de sa mère...

Ils restèrent ainsi quelques secondes. Berthier, faisant un effort, dit :

— Eh bien ! mon enfant... approchez... Est-ce que vous m'en voulez toujours?

— Moi, moi, Célestin ! fit la jeune femme fondant en larmes et s'avançant en vacillant pour tomber aux genoux de Berthier, vaincu par l'émotion et pleurant à son tour...

— Voyons, voyons, Céline, relevez-vous... relève-toi, voyons... ne pleure pas... tu vas faire pleurer l'enfant... Qu'elle est jolie, cette petite !... Voyons, Céline, relève-toi... et viens m'embrasser.

La jeune femme se releva d'un élan, et se jeta au cou de Berthier en disant :

— Oh ! oui ! oui !

Ils s'embrassèrent longuement, pleurant tous les deux. La petite, en voyant pleurer sa mère, allait pleurer à son tour. Berthier, qui voulait échapper à l'émotion qui l'étranglait, la vit et, repoussant doucement la mère, prit la main de l'enfant :

— Mais ne pleure pas, ma belle chérie...

— Pourquoi que tu fais pleurer maman? gémit l'enfant.

— Mais non, petite maman ne pleure pas; regarde, elle rit au contraire.

Et la mère riait sous ses larmes, toute haletante des sensations qu'elle venait d'éprouver. L'enfant se rassura. Berthier lui dit :

— Ma belle petite mignonne, veux-tu m'embrasser?

La petite riait en baissant la tête, n'osant s'avancer.

— Tu ne me connais pas, dit Berthier, et tu as peur.

— Oh non! fit l'enfant... Si, te connais, va...

Berthier étonné regarda la mère, qui rougit en baissant les yeux, mais en souriant. Il demanda à la petite fille :

— Qui suis-je donc?

— Toi... fit l'enfant, tu es papa!

Berthier eut un mouvement à ce mot, il mit la main sur son front qui lui semblait prêt à éclater; puis, après quelques secondes, pleurant de nouveau, il prit l'enfant dans ses bras, la pressant tendrement, la couvrant de baisers... Céline prit une de ses mains et y posa ses lèvres... Puis replaçant l'enfant près de sa mère, il retombait dans son fauteuil.

— Oh! c'est trop d'émotion...

— Oh! mon Dieu! qu'avez-vous... Célestin ?

— Rien... rien, mon enfant... Cela épuise, mais ça fait du bien... Et c'est vous, Céline...

— Vous ne m'avez jamais dit vous... Célestin...

— C'est vrai, tu étais apprentie d'abord ici et je t'y ai connue enfant.

« C'est toi, Céline, qui lui as dit en venant ici qu'elle allait voir son papa?

— Non... elle vous connaît.

— Comment cela?

En disant ces mots, Célestin avait froncé les sourcils; son visage, adouci par l'émotion, avait des signes d'inquiétude. La jeune femme craignit de l'avoir mécontenté et elle s'empressa d'expliquer.

— Chez moi, j'ai une photographie de vous, que je garde bien précieusement, et que ma fille regarde souvent. C'est elle qui, d'instinct, disait : C'est papa! et je n'avais pas le courage de la démentir et de lui défendre de dire cela.

Pendant quelques minutes, l'enfant resta près de Célestin. Celui-ci jouait avec ses cheveux, la caressant; Céline, embarrassée, les regardait tous deux, se demandant si l'enfant n'avait pas modifié le mouvement de sympathie de Berthier. Enfin ce dernier, plus calme, lui dit :

— Céline... asseyez-vous en face de moi.

Il leva l'enfant dans ses bras, la regarda bien fixement, l'embrassa ardemment, puis la remettant sur pied :

— Va jouer, ma belle mignonne, que ton... ami cause avec ta maman.

L'enfant docile s'assit sur le tapis, et Berthier dit à la mère :

— Ma chère enfant, écoutez-moi; vous êtes raisonnable maintenant... Le passé est passé... Vous ne songez pas... vous n'espérez pas renouer cette chaîne.

En soupirant, la jeune fille répondit :

— Non... je le sais. Je vous ai dit le motif qui me faisait vous écrire ; si vous consentez à m'aider, je partirai d'ici obéissant à votre ordre, si vous me défendez d'y revenir.

— Non, je vous demande seulement si vous voulez n'être que mon amie... rien que mon amie.

— Je vous demande cela en grâce... Célestin.

— Tout est là, Céline! Écoutez-moi avec attention. Les quelques larmes que j'ai versées en voyant votre enfant m'ont fait du bien; mais j'ai l'âme ulcérée, le cœur est atteint... Vous savez que je suis séparé de ma femme, je vis seul ici, je n'y mène et n'y veux mener que la vie d'un honnête homme. Ma femme est partie, personne ne doit reprendre sa place. Mais la vie est pénible dans cette solitude avec des serviteurs qui, lorsqu'ils ne sont pas seulement des indifférents, sont des ennemis. Cette existence me pèse. Moi, l'homme calme, l'homme de foyer, je suis obligé de vivre dehors... c'est ce que je voudrais éviter.

— Pourquoi ne le faites-vous pas?

— Parce qu'un homme ne peut s'occuper de certains détails d'une maison que je serais forcé de livrer à des gens en lesquels je n'ai pas confiance... En recevant votre lettre, Céline, j'ai pensé que peut-être vous...

— Moi!... s'écria Céline pleine d'espoir, moi... chez vous... Oh! si vous faisiez pareille chose, vous nous sauveriez...

— Vous accepteriez...

— Tout ce que vous voudrez...

— Vous seriez ici comme mon intendante; vous surveilleriez tout, vous prendriez une cuisinière...

— Oh! je vous demande en grâce cette place... près de vous; sans cesse vous trouverez en moi le dévouement d'une... sœur...

— C'est bien, Céline, fit Berthier en lui prenant la main, je vous donnerai...

— Oh! ne parlons pas de ça... déjà, je vous demande pour ma fille.

— Pour cette belle petite... Il faut donc que nous parlions d'elle. Elle est trop jeune pour être mise en pension... Dis donc!... elle se nomme Célestine... dis donc, Célestine... serais-tu contente d'aller en pension?

— Oh! non, fit l'enfant devenant larmoyante, non, je veux rester avec maman...

— Pauvre petite, elle ne sait pas que c'est impossible...

— Et pourquoi donc?... nous allons causer de cela... avec elle.

La jeune femme, émue, regardait Berthier et l'écoutait anxieuse. Celui-ci, attirant l'enfant près de lui, lui demanda :

— Ainsi, tu ne veux pas aller en pension?

— Non, non! Je veux rester avec maman...

— Et si tu restes avec maman, tu seras bien sage... bien obéissante?

— Oh! oui, monsieur.

— Et serais-tu contente de demeurer ici... d'avoir ce jardin pour jouer, de pouvoir courir...

— Avec maman?...

— Oui, avec maman.

— Oh! oui, monsieur.

— Et tu l'aimeras bien, le monsieur... moi, tu m'aimeras?...

— Oh! oui, va... Je t'aimerai bien, avec maman... puisque t'es mon papa.

— Chut! fit Berthier, ravi, mais gêné; eh bien! c'est entendu, je te garde, toi et maman.

Céline se précipita, prenant la main de Berthier, la baisant, et disant à sa fille :

— Embrasse bien monsieur Berthier... et reconnais-le... Oh! que vous êtes bon!

Embarrassé, et plus encore qu'il ne le voulait paraître, Berthier se leva et se dégagea de la mère et de l'enfant, et il marcha dans la chambre, disant :

— Allons, Céline... asseyez-vous... prenez cette mignonne sur vos genoux et causons sérieusement...

La jeune femme, essuyant ses larmes de joie, lui obéit.

— Ainsi, ma chère enfant, c'est entendu : vous entrez chez moi, tout de suite; vous vous occuperez aussitôt d'organiser la maison pour que j'y puisse vivre...

— Oh! mais... je n'ai pas besoin de rien organiser pour ça... je connais bien la maison, et je peux faire tout de suite la cuisine...

— C'est très bien, mon enfant, mais je ne demande pas cela, vous aurez assez à faire autrement... Vous garderez votre enfant...

Berthier s'arrêta, puis faisant un effort, il reprit :

— Mieux vaut dire nettement les choses. Céline, je ressens déjà une grande sympathie pour l'enfant... Mais écoute bien, je t'ai dit ce que je voulais.

— Oh! parlez-moi toujours ainsi. Votre « vous » me glace.

— Je t'ai dit que le passé était fini... il faut qu'il soit effacé pour tous... il ne faut pas que ta fille dise jamais ce qu'elle vient de dire... Oh! ce n'est pas pour moi, mon enfant, si tu savais combien ce mot m'est doux...

— Je vous comprends, Célestin... elle ne vous appellera jamais ainsi.

Berthier regardait l'enfant et il dit tout à coup :

— Et cependant, je ne veux pas que cette gamine-là m'appelle monsieur...

Il regarda la mère, il vit que celle-ci souriait et toute rougissante n'osait parler.

— Que veux-tu dire?...

— Monsieur Célestin .. c'est moi qui ai voulu que l'on appelât

Il ne l'avait jamais remarquée comme ce soir-là.

l'enfant du nom de Célestine... mais elle n'a pas encore été baptisée.

Berthier sourit en disant :

— Tu veux dire que la place de parrain est à prendre...

— Oh non! elle vous était réservée... et quoi de plus naturel que, vous intéressant à une ancienne apprentie de votre maison, vous consentiez à être le parrain de son enfant?...

— C'est vrai... tu as ma foi raison... Nous ferons la cérémonie ces jours-ci; mais, aujourd'hui, j'ai perdu la tête... et cela même peut expliquer pourquoi je m'intéresse à toi, et pourquoi je t'ai recherchée pour te placer à la tête de ma maison... Écoute, ma belle mignonne, ajouta-t-il en s'agenouillant devant l'enfant assise sur les genoux de sa mère. Je ne suis pas papa... ce n'est pas papa qu'il faut m'appeler.

La petite Célestine, un peu interdite, consultait sa mère du regard, et celle-ci souriante et hochant la tête lui dit :

— Mais c'est vrai, ma Titine... C'est pas papa... C'est ton parrain...

— Mon parrain?

— Mais oui, reprit Berthier... C'est : « Parrain! » qu'il faut me dire. Tu t'en souviendras?

— Oh! oui... Et ses grands yeux clairs se fixaient sur lui.

— N'ayez crainte, monsieur Célestin, désormais elle ne vous dira que ce nom.

— Ainsi, Céline, dit Berthier ne se relevant pas, tout dépend de toi maintenant, de ta réserve et de ta discrétion... Je sais bien qu'il y aura quelques médisances, je n'en ai souci... Demain matin tu commenceras. Attends.

Il fouilla dans son portefeuille, tira un billet de cinq cents francs, qu'il lui remit.

— Oh! monsieur Célestin.

— C'est à ta fille que je le donne... Tu vas avec cela payer ce que tu peux devoir et acheter ce dont tu as besoin pour être en état de rentrer demain matin... Va, et à demain matin.

Céline restait devant lui, le regardant en souriant, prête encore à pleurer; enfin faisant un effort, elle dit :

— Oh! laissez-moi encore vous embrasser...

Il lui tendit les bras.

Deux minutes après, il était devant son bureau ; Céline, donnant la main à sa fille, se disposait à sortir. Le valet de chambre, qu'il venait de sonner, paraissait et ouvrait les portes. Célestin disait :

— Ainsi, Céline, c'est entendu, vous commencez votre service demain. Venez de bonne heure...

— Oui, monsieur Berthier, demain à la première heure...

Le lendemain, Céline était installée avec sa fille dans la maison. Reconnue par plusieurs anciens ouvriers, toute la journée on en parla, quelques-uns s'en moquaient. Berthier veillait et écoutait. Le valet de chambre et la domestique, sans refuser de lui obéir, ne l'écoutaient qu'en maugréant ; cela pouvait devenir une conspiration contre la nouvelle venue ; il avait vu la jeune femme pleurer de quelques propos méchants entendus. Il fallait tout de suite établir la situation qu'il voulait qu'elle eût.

Le samedi, il renvoya les ouvriers et les employés qui avaient été malhonnêtes avec elle. Il remplaça le valet de chambre et la domestique. Tout rentra dans l'ordre. Céline choisit les personnes dont elle avait besoin et tout le monde alors trouva toute naturelle la familiarité de l'ancienne apprentie devenue la régente de la maison ; tout le monde montra la plus grande sympathie pour la jolie petite Célestine, la filleule du patron ; on ne s'étonna pas de voir quelquefois le patron faire asseoir la petite fille à sa table, en priant la mère de se mettre à côté d'elle pour l'aider à manger.

Elle était si jolie, Mlle Titine, qu'il était tout simple qu'on l'adorât. La maison avait repris son allure habituelle ; Berthier, après le départ d'André et de quelques employés, avait augmenté son personnel ; une surveillance plus active était établie ; il n'avait qu'à faire acte de présence chez lui pour donner seulement le coup d'œil du maître.

Il lui restait plus de temps, et il le passait avec la petite Célestine, pour laquelle, sans qu'il y prît garde, son cœur s'emplissait d'une nouvelle affection. La présence constante de l'enfant avait été une révélation pour lui ; il ignorait le charme de la paternité.

Nous avons dit qu'il connaissait à peine l'enfant qui portait son nom, lequel avait toujours vécu près de sa nourrice. Au contraire, cette vie intime avec l'enfant qu'il savait être le sien le rendait le plus heureux des hommes. Il était joyeux de ses moindres sourires, il partageait ses joies, et le plus petit malaise de la belle enfant était un sujet d'inquiétude.

Cette tendresse, cette affection étaient ressenties par l'enfant, qui l'aimait véritablement comme son père. Berthier ne sortait jamais sans rapporter à sa petite Célestine des bonbons et des jouets. Toujours sa pensée se portait sur elle, et c'est par l'enfant qu'il avait enfin atteint le but tant cherché : l'oubli de ceux qui l'avaient trahi et trompé.

Le temps s'écoulait calme, dans une douce quiétude. Céline, toute à son emploi, n'avait jamais mérité un reproche. D'une discrétion absolue, elle s'effaçait sans cesse, gênant même M. Berthier par sa réserve ; mais la brave fille voulait exécuter scrupuleusement le programme qui lui avait été tracé.

Les premiers temps, Berthier, tout occupé de l'enfant, son joujou, faisait peu attention à la jeune femme; insensiblement, il remarqua la délicatesse avec laquelle elle tenait son rôle, avec quelle abnégation elle avait sacrifié le passé. Mais il devinait en même temps que l'affection que l'ancienne amie avait pour lui, était toujours la même, plus forte maintenant; il sentait en elle une amie dévouée et prête à obéir en aveugle à tout ce qu'il commanderait.

Céline s'appliquait à prévenir tous ses désirs, recherchait ce qui pouvait lui être agréable; elle était heureuse lorsqu'il la remerciait d'un sourire ou d'une bonne parole.

Un soir, il avait laissé glisser de ses mains son journal, peu intéressant; il allongeait ses jambes devant la cheminée et les pieds sur les chenets, s'étendait dans son fauteuil, il s'abandonnait à la douce béatitude du bien-être. Ses regards tombèrent sur Céline, assise près de la table, en train de coudre, et sur laquelle la lampe de la suspension jetait toute sa clarté. Berthier s'étonna de trouver la jeune femme si belle... elle était beaucoup mieux qu'il ne l'avait connue; il ne l'avait jamais remarquée comme ce soir-là... il l'admirait, et nous pouvons le dire, elle le méritait.

Céline était fort belle, elle avait à peine vingt-trois ans, mais elle en paraissait vingt-cinq ou vingt-six; grande et robuste, car elle n'était plus convalescente et ses forces étaient revenues, elle respirait la santé. Quoique robuste, disons-nous, elle était souple, féline et presque élégante de taille et d'attaches. Ses cheveux étaient châtains-roux très foncés et seyaient bien à son teint frais et clair ; ses yeux, d'un bleu sombre, paraissaient noirs sous les longs cils qui les voilaient de leur ombre ; les sourcils étaient bruns et lisses, paraissant faits au pinceau, les oreilles mignonnes et nacrées en rose ; le nez à peine relevé était charmant de finesse ; la bouche admirablement dessinée et brillamment garnie semblait faite pour le sourire.

Le buste opulent était gracieux, dans le corsage collant, révélant une gorge splendide d'où naissait un cou charmant.

Berthier regardait tout cela, et la détaillait avec surprise ; c'était comme une découverte qu'il faisait. Il pensait que si l'ancienne ouvrière était revêtue des costumes de sa femme, assurément cette dernière ne pourrait soutenir la comparaison, et souriant il répétait comme un balbutiement :

— Mais elle est belle... très belle...

En entendant comme un chuchotement, celle-ci, croyant que son patron lisait tout haut, releva la tête ; elle surprit le sourire admiratif, et le lui rendit, leurs regards se rencontrèrent et Céline, rougissante, baissa vivement les yeux...

Berthier, embarrassé, se leva aussitôt, mécontent de lui-même ; il gagna sa chambre et se mit au lit, mais toute la nuit il rêva de la jeune femme. En s'éveillant, il espéra que son rêve s'effacerait, et il appela la petite Célestine pour jouer avec elle...

Il avait été profondément troublé la veille ; le visage de Céline ne quittait pas sa pensée, et dans le masque de l'enfant il chercha les traits de la mère ; il remarqua alors ce qu'il n'avait point observé encore, mais ce que tout le monde avait vu autour de lui, la petite fille lui ressemblait, tout en ayant quelques airs de sa mère. Il en fut heureux. Il sortit, espérant toujours chasser de son cerveau le tableau qui y revenait toujours sans cesse. Mais, dans la rue, s'il regardait d'autres femmes, c'était pour observer que celle qui vivait chez lui était bien plus belle. Le soir, après son dîner, il évita de se trouver seul avec Céline, lui disant lorsqu'elle alla coucher son enfant :

— Reste à travailler près d'elle ce soir... Je sortirai peut-être.

Céline fixa sur lui son regard doux, cherchant à lire s'il n'était pas fâché contre elle. Il vit son inquiétude, l'embrassa sur le front et sortit rapidement.

Il se promena longtemps, envisageant nettement la situation, comprenant qu'il y avait dans cette vie en commun un danger. Pour l'éviter, il fallait rompre brusquement. Ce n'était pas la femme qui manquait à la promesse faite, c'était lui qui s'était cru plus fort qu'il n'était et qui défaillait... Rompre, cela était bien cruel, il n'en avait pas le courage, et puis, est-ce qu'il pourrait se séparer de l'enfant ? C'était sa fille. Après avoir réparé une vilaine action, pouvait-il la commettre encore ? Non !... Quitter sa petite Titine, cela était impossible, il renoncerait plutôt à tout.

Il fallait du courage, de l'énergie, il en aurait, que diable! était-ce donc si difficile? Il avait trente-cinq ans, c'est l'âge de la raison, il ne suffisait pas d'un regard, où d'un frôlement de jupe pour lui faire perdre la tête... Il rentra, résolu à ne pas s'occuper de la jeune femme.

Pendant quelques jours, Célestin évita de rester chez lui, espérant oublier Céline, qui remarqua ses absences, et en fut attristée; la pauvre fille s'apercevait qu'il cherchait à s'éloigner d'elle et ne s'en expliquant pas le motif, le cherchait dans mille raisons folles... Craignant qu'il ne fût mécontent d'elle, elle redoublait de soins et de prévenances et Berthier s'en trouvait plus embarrassé.

Un soir, enfin, croyant avoir dompté la bête qui se réveillait en lui, il resta. Il dit à Céline, qu'un peu fatigué, il se coucherait de bonne heure. Celle-ci se hâta d'aller coucher sa fille. Se trouvant seul et las, Berthier se dirigea vers sa chambre. Le lit n'était pas préparé; il sonna. A la place de son valet de chambre, c'est Céline qui accourut empressée, s'excusant de n'avoir pas encore arrangé la couverture.

Surpris, Berthier lui demanda :

— Comment se fait-il que c'est toi qui viens quand je sonne?

— C'est que c'est aujourd'hui le jour de sortie du valet de chambre; il m'a demandé à revenir plus tard...

Elle prépara le lit. Berthier, assis, la regardait. Se trouvant seul dans sa chambre avec elle, il sentit son sang courir plus chaud dans ses veines, il montait dans son cerveau comme des bouffées de désirs ; il regardait Céline, l'œil brillant, les lèvres tremblantes... il la vit allant et venant devant le lit, se courbant, se penchant, prenant dans l'alcôve des positions troublantes... il se leva en disant :

— Tant pis ! si haut, que Céline se redressa et se retourna pour le regarder...

— Céline...

— Monsieur, fit-elle, le regardant avec inquiétude et le voyant tout autre qu'il était habituellement, que voulez-vous ?

— Viens près de moi.

Elle obéit; il la saisit alors dans ses bras, courbant sa taille souple, pour renverser sa tête sur son épaule et mieux voir son visage.

Céline était une esclave; stupéfaite, elle ne résista pas; elle était sans force devant lui ; il la regardait avec admiration ; la jeune fille rougissait; il l'embrassa en disant :

— Oh! que tu es belle maintenant!...

Alors elle aussi trembla ; elle lisait dans ses yeux, et essayant un peu de lui échapper, elle dit :

— Laissez-moi, monsieur Célestin...

— Non, Céline, non ! tout l'amour que j'avais pour toi et que je voulais cacher m'étouffe... Je t'aime, Céline !

— Oh! non ! c'est mal, ce que vous faites là...

Et elle se défendait, le repoussant doucement; mais elle avait, comme lui, les yeux luisants, les lèvres tremblantes; il dit encore :

— Mal, pourquoi?... parce que je t'aime toujours?...

— Après, vous me chasserez, vous me direz que j'ai manqué à ma promesse...

— Ne dis pas cela... je t'aime... je veux résister depuis des semaines, je ne puis plus, c'est trop... Si tu savais les nuits d'insomnie que je passe en pensant à toi, en cherchant à repousser ton image qui trouble mon cerveau... Céline, tu ne m'aimes donc plus, toi?...

— Oh! pouvez-vous dire cela, Célestin ?...

— Tu m'aimes... tu m'aimes... tu m'as toujours aimé... dis-moi cela... tu n'as jamais appartenu à d'autres qu'à moi...

Céline se dégagea, et le regard clair, les lèvres frémissantes, elle dit :

— Sur la vie de mon enfant, je le jure, je n'ai eu que to... vous.

— Dis donc toi, grosse bête !

Et il la prit dans ses bras, il lui soutenait la tête et l'embrassait.

Longtemps ils restèrent ainsi lèvres sur lèvres.

— Céline, réponds-moi d'un mot, je ne veux pas te faire violence.

— Célestin, je vous appartiens tout entière.

— Oh ! ma belle Céline, c'est toi qui seras ma vraie femme, nos amours, par leur mystère, auront un charme de plus.

Berthier qui la tenait dans ses bras arrachait son corsage, ayant hâte de la dévêtir. Dans ce semblant de lutte où l'ennemi se rendait, on entendait les mots : « Je t'aime ! » et le bruit des baisers.

La bougie s'était éteinte, la chambre n'était plus éclairée que par une veilleuse. On eût dit qu'ils craignaient de troubler le silence tant ils parlaient bas... Par la fenêtre, on voyait au fond du jardin l'usine toujours éclairée, et l'on entendait le bruit sourd des machines et le halètement de la vapeur.

Berthier disait dans un baiser :

— Ma vraie femme, c'est toi !... toi, ma Céline, la mère de mon enfant !

VIII

RÉGINE S'AMUSE

La petite maison qu'occupait le colonel d'Auroy était bien transformée depuis le jour où Régine y avait mis les pieds. Plus rapidement partie de chez son mari qu'elle ne le pensait, la jeune femme avait été obligée de se faire un campement chez son père. Elle avait envoyé son enfant à la campagne, avec la nourrice qui ne l'avait pas quittée, et se trouvant libre, au lieu de s'installer immédiatement ainsi qu'elle l'avait arrêté d'abord, elle changea son plan.

Si elle en avait douté, la dernière scène qu'elle avait eue avec son mari l'avait assurée que toute réconciliation était absolument

Elle le fit asseoir devant elle.

impossible; c'était une haine mortelle qu'il lui avait vouée. Elle devait donc vivre toujours seule, car, quoique séparée, elle le savait, son mari avait le droit de surveiller sa conduite. Dans ces conditions, elle avait résolu de faire de la maison de son père la sienne. La propriété leur appartenait; elle fit venir un architecte, qui transforma en l'augmentant l'humble demeure en petit hôtel; elle fit hâter les travaux, voulant qu'au moment du prononcé du jugement les mémoires fussent entre les mains de son mari.

La maisonnette s'éleva d'un étage de plus et s'augmenta de deux ailes et d'un péristyle. L'entrée de l'hôtel était tout à fait indépendante de la demeure du colonel. Celui-ci eut une porte spéciale de son appartement dans une des ailes ajoutées.

Du haut en bas, l'intérieur fut tendu de tapisseries; Berthier lui avait donné carte blanche chez son tapissier; Régine en abusa et se fit une résidence luxueuse et confortable.

Après la séparation, les comptes se liquidèrent, la jeune femme ne devait rien chez elle, avait palpé la dot que Berthier lui avait reconnue et touchait régulièrement sa pension.

Sous prétexte d'oublier, Régine menait joyeuse vie, donnait des petites fêtes, en réalité, pour se créer une nouvelle société. Les gens qu'elle connaissait se détournant d'elle, blessée et ne voulant ni le montrer ni s'en plaindre, elle en chercha d'autres. Ce fut rapide : deux ou trois femmes, veuves ou dans sa situation, chez lesquelles elle se trouva, lui créèrent de nouvelles relations, et à la grande joie du colonel, Régine reçut de nouveaux amis. C'étaient de joyeuses réceptions où l'on s'amusait beaucoup, où l'on jouait un peu ; c'était un monde singulier, mais élégant, brillant et tapageur : ce que Régine adorait.

La jeune femme, en se séparant de son mari, avait abandonné son nom et se faisait appeler Régine d'Auroy. Ce qui était tout à fait légal.

La loi ne donne pas à la femme le nom de l'homme qu'elle épouse, c'est l'usage qui l'a établi ainsi. Régine était Mlle d'Auroy, femme de Berthier, et logiquement, quittant son mari, elle redevenait seulement Mme d'Auroy. Aussi, dans les actes d'état civil ou judiciaires, la femme, même vivant avec son mari, doit toujours signer de son nom originel.

On avait ajouté un adjectif à son nom, on disait toujours la belle d'Auroy, et, quoique fort irrespectueux, cela la charmait. Jusqu'alors Régine était restée sourde à toutes les déclarations d'amour, faisant la coquette avec tout le monde et n'écoutant personne, elle s'était fait une petite cour qui la suivait partout. Elle vivait honnêtement, et se trouvait heureuse d'avoir les apparences d'une horizontale — pour employer le mot du jour — elle était plus libre, plus indépendante, et se permettait toutes les excentricités.

Voulant faire comme ses amies, elle avait loué une voiture au mois. Pour mener cette nouvelle vie, pour se faire remarquer par l'élégance de ses toilettes aux premières représentations, aux fêtes du sport, elle avait dû dépenser tout l'argent qu'elle avait reçu à la liquidation de sa séparation de biens. Les petites fêtes se renouvelaient sans cesse chez elle, et le jeu aidant, la pension que lui faisait son mari devint bien vite insuffisante; elle fit des dettes... C'est à ce moment que nous la retrouvons chez elle, dans son petit boudoir Pompadour. Mlle Lisa, sur son ordre, vient d'introduire son homme d'affaires, et Régine, après l'avoir fait asseoir devant elle, lui demanda :

— Monsieur Martin, vous connaissez ma situation, j'ai absolument besoin d'argent, absolument, et ça ne peut pas durer.

— Madame, je m'en suis occupé; dans quelques jours, c'est-à-dire dans trois jours, vous aurez la somme que vous m'avez demandée...

— C'est fort bien, mais il faudra rendre cet argent, et si je ne suis pas en mesure, on me poursuivra... or, je ne fais que m'enfoncer de plus en plus... je ne fais que reculer une catastrophe.

— La catastrophe n'est pas à redouter, la maison est au nom de M. le colonel d'Auroy, on ne peut donc pas vous saisir.

— On peut toujours me poursuivre, et prendre ce qui m'est personnel.

— C'est facile à mettre à l'abri.

— Tout cela. Ce sont des expédients... Vous m'aviez parlé d'un moyen de sortir nettement de là.

— Oui, madame. Je vous conseillerai de vous adresser à votre mari.

— Il refusera... Mon mari, je vous l'ai déjà dit, me hait.

— Oui, madame, je le sais. Aussi n'est-ce pas à son cœur que je vous conseille de vous adresser. — Il faut le menacer d'un scandale.

— Comment cela ?

— Vous savez qui vit chez lui ?...

— Oui, il a pris pour tenir sa maison une ancienne apprentie qui lui est très dévouée...

— Très dévouée, fit en riant malicieusement l'homme d'affaires... on le serait à moins. C'est la servante-maîtresse.

— Oh ! on dit toujours cela. Et d'un ton dédaigneux, en haussant les épaules, elle ajouta : Mais je connais M. Berthier.

— Madame, écoutez-moi. J'ai pris des renseignements à votre intention et je sais que la jeune femme que M. Berthier a fait revenir chez lui — M. Martin consulta ses notes — est une fille Céline, ancienne apprentie de la maison, qui, lorsqu'elle était ouvrière, devint la maîtresse de son patron ; celui-ci la renvoya quand il dut se marier. La jeune fille était alors enceinte. Elle accoucha d'une fille, dont M. Berthier fut le parrain. Aujourd'hui, la mère et la fille sont chez lui.

— Qu'est-ce que vous me dites là ! Sa fille !

— Oui, madame, sa fille...

— M. Berthier avait une fille avec une maîtresse et cette fille vit chez lui ?

— Oui, madame, la petite ouvrière est installée chez lui avec son enfant ; naturellement, elle n'est pas officiellement la maîtresse de M. Berthier, mais tout le monde sait la vérité, et elle est considérée comme si elle était la véritable patronne.

Régine, qui avait écouté dédaigneusement ce que lui disait son homme d'affaires, eut un mouvement de colère et dit :

— Que M. Berthier mène la vie qu'il veut, cela m'est indifférent, mais à la condition que cela se passera en dehors de la maison ; il m'est désagréable de penser qu'un torchon occupe mon appartement, et que son petit y prenne la place de mon enfant. Est-ce qu'il n'est pas possible d'empêcher cela ?

— Je crois, madame, que vous pouvez, par des menaces, obtenir ce que vous voudrez de M. Berthier. La situation de votre petit se trouve compromise, par l'existence que mène aujourd'hui votre mari en vivant flagramment avec une femme, et en traitant comme le sien l'enfant de cette femme.

— Que dois-je faire ?

- Madame, je crois qu'il serait utile que vous rendissiez visite au président du tribunal qui a jugé votre affaire, que vous lui racontassiez votre situation embarrassée, l'insuffisance de votre pension, ayant à votre charge un vieillard dont l'état s'aggrave chaque jour et un enfant qui devient grand... tandis que la position de votre mari devient chaque jour plus brillante : sa maison prospère, ses affaires sont presque doublées depuis votre départ. Vous ajouteriez que l'avenir de votre fils se trouve compromis par l'existence que mène son père, en entretenant une concubine au domicile conjugal, en traitant l'enfant de cette fille comme le sien propre. Vous savez, madame, par votre grâce, convaincre, vous l'avez prouvé déjà. Si vous le voulez, vous réussirez encore.

— Je réussirai à quoi ? A obtenir le renvoi de cette fille?...

— Non, madame; cela, vous ne pouvez l'obtenir; mais vous obtiendrez assurément une augmentation de votre pension et le droit de sauvegarder l'avenir de votre enfant.

— Mais comment ?

— Peut-être par la nomination d'un conseil judiciaire ; cela serait difficile, mais alors par des hypothèques de garantie sur les biens de l'époux.

— Vous avez raison, monsieur Martin... Je suis prête à faire tout ce que l'on voudra. J'étais résolue à être très réservée, mais j'espérais qu'il agirait tout autrement. Me remplacer par une servante ! oublier qu'il a un enfant qui porte son nom pour ne s'occuper que de l'enfant d'une autre... car je persiste à croire que cette enfant qu'il s'attribue n'est pas de lui!... Cette femme a été assez adroite pour le persuader de sa paternité. Moi, je n'y crois pas... Mais enfin, il traite cette enfant comme si elle était la sienne?

— Absolument, madame ; et comprenez que, s'il le veut, c'est à cette enfant qu'il peut donner ses biens...

A ces mots, Régine se redressa, inquiète, en disant :

— Mais il ne peut pas déshériter son enfant légitime... Quoi qu'il dise, mon fils est bien le sien.

— Non, madame, il ne peut pas le déshériter; mais aujourd'hui, disposant à sa volonté de ce qu'il possède, il peut simuler une vente ou donner de la main à la main... et ne rien laisser à son enfant.

— Mais ce serait une infamie! dit Régine avec l'accent de la plus sincère conviction.

— Si un malheur lui arrivait aujourd'hui, légalement toute sa fortune vous reviendrait à vous, tutrice naturelle de votre fils... mais M. Berthier est jeune, et vivant toujours avec la petite fille... qu'il croit être la sienne, il l'adorera, c'est à elle qu'il voudra laisser ce qu'il a, et il fera tout ce qu'il pourra pour tourner la loi...

— Vous m'épouvantez... Mais c'est la misère pour mon fils, cela !... mais je veux m'opposer à cette escroquerie !

— Madame d'Auroy, je vous éclaire pour que vous puissiez agir ; je sais que M. le colonel a des amis influents, je sais que vous-même êtes en très bons termes avec le président... Adressez-vous à lui en ami, en allant lui demander des conseils pour obtenir une augmentation de pension. Vous lui raconterez la situation qui peut être faite à votre enfant dans l'avenir par votre mari. Vous lui demanderez les moyens de le protéger. Quoi de plus simple, de plus naturel que les inquiétudes d'une mère sur l'avenir de son enfant? et l'amour maternel est un sentiment trop humain, pour qu'il puisse étonner même dans son exagération un magistrat... Vous obtiendrez de lui des conseils pratiques que nous mettrons aussitôt à exécution, et nous sommes assurés d'avoir son appui.

— Êtes-vous certain qu'il y a un moyen de sauvegarder l'avenir?

— Je le crois, madame...

— C'est bien, je vais prévenir mon père, et dès demain, je me rendrai chez le président... Mais, monsieur Martin, il faut me trouver la somme que je vous demande; si vous croyez véritablement à ce que vous me conseillez, c'est une garantie de plus...

— Je m'en occupe, madame, et j'aurai, je l'espère, une bonne réponse d'ici deux jours.

Régine se fit répéter de nouveau ce qu'elle devait dire à son ami le président, notant les points sur lesquels elle devait s'étendre. L'homme d'affaires se retira en promettant d'envoyer le soir une note de renseignements, dans laquelle il raconterait ce qui se passait chez M. Berthier.

Régine, restée seule, devint pensive. Elle avait pour Berthier une haine profonde; le gain de son procès, elle savait qu'elle ne le devait qu'à la discrétion de son mari; elle ne lui en avait aucune reconnaissance; au contraire. Le petit scandale de la séparation n'avait pas eu d'influence dans les relations de Berthier; de son côté, l'effet avait été déplorable, toutes les portes s'étaient fermées devant elle, on avait deviné que la faute venait d'elle, et son ressentiment contre son mari s'en était augmenté. L'argent qu'elle avait reçu avait été rapidement gaspillé, la pension était presque toujours employée avant d'être reçue. La confiance qu'elle avait inspirée d'abord s'était vivement envolée, les fournisseurs étaient rebelles, les petites dettes de quartier avaient tué tout crédit; aussi, les fins de mois étaient-elles pénibles, on mangeait mal, mais dans un service luxueux.

Au contraire, la maison Berthier était en pleine prospérité, les affaires s'augmentaient sans cesse, la vie du patron, malgré les médisances de quelques ennemis, imposait le respect, et les anciens de l'atelier, qui connaissaient la vieille histoire, trouvaient que Berthier avait bien agi.

Régine pensait, disons-nous, et se jugeant elle-même avec sa conscience, elle reconnaissait que le tribunal lui avait accordé non seulement plus qu'elle ne méritait, mais plus qu'elle ne devait avoir besoin, et elle avait peu d'espoir de réussir dans les démarches qu'on lui conseillait. Cependant, si elle ne pouvait obtenir une augmentation de pension, il était urgent qu'elle fît le nécessaire pour assurer un avenir à son enfant; alors, revint dans sa pensée la phrase dite par son homme d'affaires :

— Si un malheur arrivait à M. Berthier, légalement toute sa fortune vous reviendrait à vous, tutrice naturelle de votre fils.

Elle rêvait de cette catastrophe, la mort de son mari; oh! elle l'envisageait presque avec joie; elle se souvenait toujours de la scène de flagellation, puis de l'accès de rage où il avait failli la tuer.

Elle le haïssait de toute son âme, et elle s'avouait qu'elle serait prête à donner tout ce qu'il voudrait à celui qui se chargerait de la rendre veuve.

Elle resta longtemps sur cette pensée, la caressant, bâtissant dans son imagination tout un plan de vie heureuse.

Elle serait très riche. Se remarierait-elle? A quoi bon? si elle était veuve : c'est-à-dire, vraiment libre.

Elle n'était certainement pas jalouse de Berthier, ce rustre! cet homme grossier! qu'elle avait fait la sottise de prendre pour époux; mais elle sentait la colère lui monter au cerveau à la pensée qu'une femme et un enfant occupaient sa place et celle de son fils... Ah! si son mari venait à mourir, c'est elle qui, à la première nouvelle, courrait rue des Francs-Bourgeois et jetterait à la porte et la femme et la petite... et de la belle façon!

On gratta à la porte; Régine cria d'entrer. Lisa parut, un peu embarrassée.

— Que voulez-vous, Lisa?...

— Madame, c'est pour le dîner, la cuisinière fait demander de l'argent à madame.

Régine sentit le sang monter jusqu'à la pointe de ses cheveux.

— Elle n'a plus d'argent?

— Non, madame, elle a avancé ce qu'elle avait.... moi aussi...

— Oui, je le sais, je vous rendrai cela après-demain.

— Oh! ce n'est pas pour cela...

— Je le sais bien, Lisa... et j'ai du monde à dîner ce soir! Demandez donc à mon père ou à Marianne.

— Mais Marianne est allée promener M. le colonel et ne rentrera que pour le dîner...

— Allons, bon!

Régine détacha le bracelet qu'elle avait au bras et chargea sa femme de chambre d'aller l'engager au mont-de-piété.

— Allez vite, emmenez la cuisinière, vous lui donnerez l'argent afin qu'elle puisse faire son marché et n'être pas en retard...

— Bien, madame, je vais dire au petit voisin de rester en bas, pour ouvrir si on sonnait... car il ne reste personne à la maison.

— Oui, il fera monter... mais ne soyez pas longue...

La femme de chambre sortit. Quand la tapisserie retomba sur elle, Régine, reprenant son rêve, dit :

— Oh! n'importe comment, il faut que cela finisse, je ne veux pas vivre comme ça.

Elle prit une cigarette, l'alluma, s'étendit sur une chaise longue et rêva encore de la mort de son mari... Elle souriait à ses pensées en envoyant de longues spirales de fumée, elle resta longtemps ainsi, et tout entière à sa rêverie, elle n'entendit point la sonnette

Régine bondit de son fauteuil, et se reculant effrayée...

qui annonçait un visiteur. C'est seulement lorsque la porte de l'anti-chambre qui précédait le petit boudoir se ferma qu'elle releva la tête.

La tapissière qui masquait la porte se souleva et sous la draperie un homme apparut...

Régine bondit de son fauteuil et se reculant effrayée :

— Vous! Sortez! sortez, monsieur !

L'homme, sans être intimidé par les cris d'effroi de la jeune femme, se contenta de mettre la clef en dedans de la porte qu'il ferma derrière lui, puis il s'avança sur Régine.

— Je vais appeler, je vais crier au secours...

— C'est inutile, dit froidement le nouveau venu.

Régine courait vers la fenêtre, se disposant à briser une vitre pour faire du bruit et afin d'être entendue en appelant à l'aide.

— Régine, ne faites pas de scandale, je vous en prie, à quoi cela servira-t-il? Vous appellerez, on viendra. Pour quelle raison me feriez-vous arrêter? Parce que je viens vous demander un entretien...

Régine se remettait peu à peu, mais elle restait près de la fenêtre, prête à appeler s'il en était besoin, elle dit :

— Je vous ferais reprendre et reconduire d'où vous vous êtes échappé.

— Oui, fit ironiquement l'individu, à la prison des voleurs! Moi, je suis un voleur, n'est-ce pas, madame Berthier ! Vous appelleriez, qu'on pourrait peut-être me faire sortir d'ici, mais j'y reviendrais car je veux avoir un entretien avec vous. — Je suis libre, madame Berthier, absolument libre. Ah! vous comptez : le temps n'est pas expiré; il n'y a que trois ans de cela, presque quatre avec les mois de prévention... Comme c'est passé vite pour vous ! Mais ma bonne conduite et une demande en grâce qui a longtemps traîné dans les bureaux ont fait réduire ma peine de la moitié. Je suis grâcié, madame, c'est-à-dire libre.

— Vous êtes libre?... fit Régine peu rassurée par cette nouvelle.

— Libre, et vous pensez bien que je ne sors pas de là le cœur plein d'amour pour l'humanité. J'ai bien souffert et veut faire payer mes souffrances à ceux auxquels je les dois...

— Si vous avancez, si vous me menacez, j'appelle au secours.

— Ne craignez rien... Je vous le répète, je veux causer avec vous d'abord...

— Dites vite ce que vous me voulez.

— Oh ! en me regardant vous devez bien vous en douter...

Régine, toujours sur la défensive, le regardait sans comprendre ; il montra son costume.

André de Gueutteville était bien changé depuis le jour où nous l'avons vu s'introduire la nuit dans la chambre de Régine. Ce n'était plus le jeune homme gracieux, un peu efféminé d'allure, au regard doux et timide ; au contraire, c'était un gaillard d'une trentaine d'années, vigoureusement bâti, et encore élégant ; le visage, au teint hâlé par le soleil, était beau, le nez un peu long, mais fin, les yeux noirs avaient le regard dur et hardi, la bouche, aux lèvres lourdes, se voyait peu dans la barbe et sous le moustache d'un roux brun, les cheveux, très bruns et frisés, retombaient sur le front bas. Grand et maigre, les épaules larges, le cou épais, les bras nerveux, il semblait d'une force peu commune.

Le costume sur lequel il appelait l'attention de son ancienne amante, se composait d'un pantalon collant, dont le drap luisait d'usure, le bas était effiloché ; d'une redingote dont les coutures étaient presque blanches et qu'il boutonnait plus haut qu'elle ne devait l'être, essayant de cacher le plastron d'une chemise qui, en la jugeant par le col, avait besoin d'un blanchissage et d'une raccommodeuse ; les souliers éculés refusaient le service, mais ils étaient soigneusement cirés ; les habits étaient trop brossés ; le chapeau, une merveille de lissage...

S'apercevant que Régine ne comprenait pas, il ajouta :

— Pour se présenter chez une femme, dans ce costume, il faut être bien malheureux...

— Mais, que voulez-vous?...

— Mon Dieu ! je ne puis pas vous répondre à brûle-pourpoint ; il faut que nous ayons une explication ; faites-moi la grâce de m'écouter. Je vous assure que vous n'avez rien à craindre, et j'ajoute que si vous faisiez la folie d'appeler, n'ayant rien à redouter, je dirais la vérité...

— On ne vous croira pas, fit vivement Régine.

— Ah ! vous avouez ici... vous m'avez compris. On me croira, madame Berthier, parce que si l'on a tout vendu chez moi pendant que j'étais prisonnier, ma concierge a eu la bonne idée de me conserver tous mes papiers, toutes mes lettres ; il y en a trois qui m'auraient été bien utiles lors de mon jugement.

Régine était devenue très pâle ; elle demanda :

— Trois lettres de moi... ?

— De vous... des lettres adorables dont je ne me défaisais jamais, tant j'aimais à les relire pour me rappeler un temps heureux tant elles sont pleines de tendresse... Vous ne voudriez pas que je les montre, ces lettres, aux gens qui viendraient me... taquiner chez vous.

Régine pensa aussitôt que c'était un marché qu'il venait lui proposer ; il voulait lui vendre ces lettres, il ne venait pas faire du scandale, il ne venait pas la menacer, il ne venait pas se venger enfin... il venait la faire chanter.

La jeune femme n'osait pas fixer son regard sur celui de son ancien amant ; si elle avait vu l'éclair qui en jaillissait à chaque minute, elle aurait eu peur. André se faisait doucereux, félin, il jouait avec la proie qu'il s'était promis de dévorer.

Régine, plus calme, reprit :

— Vous voulez me parler, hâtez-vous, ma femme de chambre va revenir, je ne voudrais pas qu'on vous vît chez moi.

— Je serai le plus bref que je pourrai, mais j'ai beaucoup de choses à vous dire... Asseyez-vous, Régine... Vous me permettez bien de m'asseoir ?...

Et joignant l'action à la parole, poussant un fauteuil devant celui de Régine placé près de la fenêtre, il s'assit.

— Madame, je vous avoue franchement que lorsque surtout, par votre accusation, j'ai été condamné, mon cerveau s'est troublé et je suis resté quelques jours abruti. Cherchant plus tard une explication à votre trahison, j'ai pensé que vous étiez réconciliée avec votre mari et que tous les deux vous aviez combiné ma perte... J'étais l'amant embarrassant pour vous, outrageant pour lui. Ne pouvant me tuer, vous me faisiez emprisonner ; puis le temps ayant amené l'oubli, jugeant plus froidement la faute, vous avez compris que le châtiment était inique, et vous avez voulu le faire cesser... enfin je croyais que vous aviez tous les deux demandé ma grâce.

— Que me dites-vous là ? fit Régine inquiète de l'accent ironique avec lequel André lui racontait ces choses invraisemblables.

Celui-ci continua :

— Je me trompais. En allant aux renseignements rue des Blancs, j'appris tout : vous aviez quitté votre mari, vous étiez judiciairement séparée, il avait été obligé de vous donner beaucoup d'argent pour rembourser la dot que vous n'avez jamais apportée, ce qui est très malin, et de plus, pour vous et *votre* enfant, vous devez toucher une pension considérable... Aussi a-t-on ajouté : « Oh! elle est riche, elle mène grand train, elle vit bien et elle s'amuse. » Régine s'amuse! Je n'ai retenu que ça et naturellement je me suis demandé : Pourquoi est-elle heureuse? A qui doit-elle la réalisation de son rêve d'indépendance et de luxe?... C'est à moi ! C'est moi qui me suis sacrifié pour la sauver. En consentant devant le tribunal à être voleur, je n'étais plus l'amant... j'étais condamné, mais ma maîtresse sauvait sa réputation, rompait avec son mari, en gardant tous les bénéfices de la séparation.

— Mais où voulez-vous en venir? demanda Régine toute troublée.

— Madame, il y a presque quatre mois que je suis sorti de la maison centrale, un vilain endroit où il ne faut pas envoyer les honnêtes gens, ils en sortent perdus et décidés à tout. Quoique bien décidé à gagner de l'argent n'importe comment, n'étant plus retenu par l'épithète de voleur, puisque jamais elle ne quittera mon nom, je voulus cependant essayer de trouver du travail... Ah! madame, si vous aviez vu le fruit de votre œuvre : en me voyant ouvrir la porte on serrait l'argenterie ; tout le monde me repoussait injurieusement... Si ma haine avait pu s'augmenter, j'en avais le sujet... Tout le monde me chassa ; pour vivre, il ne me restait plus qu'à voler réellement, mais l'occasion me manqua.

Régine était toute tremblante et reculait son fauteuil : c'est en vain qu'elle cherchait à retrouver dans le misérable qu'elle avait devant elle, les restes de l'élégant amoureux qu'elle avait choisi.

— Une idée m'est venue, c'est qu'il était tout naturel que celle qui avait fait le mal le rachetât... On m'a dit que vous vous amusiez, que vous étiez riche ; c'est vous qui m'avez fait misérable et pauvre ; j'ai besoin d'argent, j'ai besoin de me remonter de vêtements, je viens vous demander de l'argent...

Régine, toute tremblante, ne savait que répondre ; elle n'osait refuser, de peur qu'il ne la menaçât, et cependant, elle n'avait pas d'argent. Elle dit timidement :

— Pourquoi ne vous êtes-vous pas adressé à mon mari ? C'est lui qui a fait ce que vous me reprochez.

— Ah ! pardon ; lui avait le droit de se venger. Je ne pardonne pas sa vengeance, mais je la trouve légitime. Je ne lui pardonne pas, malgré son remords. Car c'est lui qui a demandé ma grâce. Je rendrai à chacun le mal qu'il m'a fait. A vous de même, mais l'heure n'est pas venue. Berthier s'est refait un ménage, une famille, c'est là où je l'attaquerai... Ne parlons pas de lui, Régine ; c'est à vous que je m'adresse aujourd'hui ; je ne parle pas de mon déshonneur, je veux causer de la situation que vous m'avez faite pour obtenir celle que vous avez. Vous avez formellement déclaré que les valeurs que vous aviez déposées chez moi n'étaient pas à vous et que je les avais volées à M. Berthier. C'est ce qui m'a fait condamner comme voleur.

Régine était dans un état que rien ne peut dépeindre ; cet entretien l'épuisait ; elle avait peur de voir revenir sa femme de chambre, qui connaissait André. Elle aurait voulu en finir vite et elle n'osait parler ; elle protesta cependant.

— Ce n'est pas moi, c'est mon mari qui a voulu...

— Je ne juge pas cela aujourd'hui : c'est le fait brutal que j'établis devant vous, c'est le dommage causé dont je viens réclamer la réparation. Tout le monde me repousse et refuse de m'aider, de me secourir. Si je suis coupable pour tous ces gens-là, je ne le suis pas pour vous... vous seule n'avez pas le droit d'être méprisante, je dois avoir de vous l'accueil que l'on fait à un honnête homme que je suis ; ce n'est même pas un secours que je vous demande, c'est une restitution... Pour aujourd'hui, un billet de mille francs me sauvera...

Ce qu'André venait de lui dire était juste, elle ne pouvait y faire aucune objection. C'était vrai, elle aurait eu de l'argent, elle le lui aurait donné immédiatement en le congédiant, mais elle se trouvait sans argent et toute confuse elle voulut l'avouer :

— Je regrette de ne pouvoir faire ce que vous me demandez, mais...

André se leva aussitôt et l'interrompant :

— Régine, en me refusant, prenez garde... Vous appellerez, mais je vous l'ai dit, je crierai la vérité... et j'en montrerai les preuves.

Régine fit un effort, et devant le danger retrouvant un peu d'énergie et d'audace, elle dit :

— Vous ne m'avez pas comprise, monsieur de Gueutteville... Je ne vous refuse pas ce que vous me demandez, je voudrais vous dire oui, je comprends votre situation... douloureuse...

André sourit amèrement en haussant les épaules.

— Vous ne me croyez pas... Je suis absolument sans argent. On vous a dit : « Régine s'amuse, » c'est vrai, j'ai agi follement, sans compter, lorsque je me suis trouvée libre, indépendante et ayant de l'argent à pleines mains... En moins de trois ans, j'en suis arrivée à vivre d'expédients, et, si ma pension n'était insaisissable, je ne sais comment on vivrait ici... Je ne puis vous dire qu'une chose : Attendez quelques jours.

André ne croyait pas un mot de ce qu'elle lui disait, il se souvenait des mensonges effrontés du passé, et il répondit :

— Non, je ne sais ce que vous ferez demain, je ne crois pas en votre parole. Une femme comme vous a toujours de l'argent. J'en veux...

Et cette parole était dite d'un ton et accompagnée d'un geste qui firent glisser jusque dans les os de la jeune femme un froid mortel. Elle prit sa tête dans ses mains, cherchant un moyen de se débarrasser bien vite du misérable ; d'un moment à l'autre, son père ou sa femme de chambre pouvaient rentrer, et que penseraient-ils en voyant André chez elle ?

— Aussi vrai que je m'appelle André, si vous me refusez, je commence mes représailles et je vais chez le procureur de la République porter les trois lettres qui prouvent que vous étiez ma maîtresse lorsque vous m'avez accusé de vol ; qui prouvent que depuis longtemps vous aviez l'intention de vous sauver de chez votre mari en emportant ses titres.

André mentait, il n'avait pas de lettres compromettantes, mais Régine avait la manie des femmes coupables d'écrire à tout propos, elle ne s'étonna pas de ce qu'André affirmait ; celui-ci, plus prudent, avait toujours brûlé les lettres qu'elle lui adressait. Véritablement effrayée à la pensée du scandale nouveau qui pouvait naître juste au moment où elle allait attaquer son mari, elle cherchait le moyen de satisfaire André. La somme que Lisa allait rapporter serait insuf-

fisante, mais elle avait des bijoux. Elle courut à son chiffonnier en
bois de rose, prit dans un tiroir un des écrins et le tendant à André :

— Tenez, je n'ai pas d'argent, je vous le répète ; voici un médaillon entouré de brillants, vous en aurez plus de 1,000 francs au
Mont-de-Piété ; il en a coûté 5,000 ; engagez-le...

André eut un moment d'hésitation ; il regarda fixement Régine ;
celle-ci tendait l'écrin et sa main tremblait... Il prit le bijou, le
regarda, et dit :

— C'est bien ; je vous enverrai la reconnaissance.

— Oui... partez, partez ; je crains que mon père ne revienne...

— C'est vrai ! fit amèrement André, pour lui aussi je suis un
voleur.

Il allait sortir, mais sur un mouvement de joie de Régine qu'il
interpréta mal, il revint vers elle les sourcils froncés :

— Que voulez-vous encore ? fit-elle en se reculant.

— Je sais ce que vous m'avez fait une fois, Régine. Je suis pour
vous un homme gênant. Vous pouvez désirer me faire retourner
d'où je sors.

— Je ne vous comprends pas, monsieur. Vous avez ce que vous
vouliez.

— Oui... seulement, lorsque je serai dans le jardin, ou dans la
rue, vous ouvrez la fenêtre, vous criez : « Au voleur ! » On accourt,
vous me désignez, on m'arrête. Vous dites que je vous ai terrassée,
puis que je vous ai volé un médaillon, que vous dépeignez ; on me
fouille, on le trouve sur moi, on vous le rend et je suis repris
sans que cela vous coûte rien.

Régine, le rouge de la honte au front, protesta avec indignation.

— Oh ! monsieur, quelle femme me croyez-vous !...

— Pas d'indignation, ma chère, pas de grandeur... C'est à peu
près la comédie que vous avez déjà jouée... J'ai été pincé une fois.

Régine baissa la tête, et confuse et résignée, demanda :

— Que voulez-vous que je fasse enfin ?

— Oh ! presque rien, une simple formalité. Mettez-vous à votre
bureau...

— En grâce, hâtez-vous, l'on va venir...

— Écrivez, je dicte. « Je charge M. de Gueutteville d'engager
un bijou avec brillants. » Signez et mettez votre adresse... c'est tout.

— Regarde ça, Régine, si je marche avec une jeunesse : Mars s'appuyant sur Vénus.

Régine tendit le papier; André l'avait plié et le serrait soigneusement dans un vieux portefeuille. Elle lui dit :

— Ah! j'ai oublié de dater...

— Ça ne fait rien... Merci, Régine, et au revoir.

— Ces lettres, vous ne me les rendez pas?...

— Oh! mais non... nous devons nous revoir souvent avant...

— Pas ici, je vous en prie...

Il allait sortir, il s'arrêta et demanda :

— Je veux bien, mais vous viendrez au rendez-vous que je vous donnerai?

— Je vous le promets...

— Bien... J'ai à causer encore de votre mari...

— Pour vous venger de lui?...

Il la regarda encore, elle baissa la tête.

— Peut-être! fit-il. Je parie que vous m'aiderez...

Elle répondit par un sourire, et, le poussant dehors, elle dit :

— Partez, partez vite; j'ai toujours peur qu'on ne vienne...

— Oui, et j'ai triste mine, je serai mieux quand nous nous reverrons.

Il sortit. Régine ferma la porte et courut à la fenêtre; elle le vit traverser le jardin, et le gamin qui l'avait introduit ferma sur lui la porte de la rue. Alors, Régine, s'abandonnant, se laissa tomber dans son fauteuil en s'écriant :

— Enfin! Oh! que j'ai eu peur... Puis, après une grande minute, elle dit : Il veut se venger de mon mari... il m'a dit qu'il ne reculerait devant rien maintenant. Il est misérable... si je me servais de lui...

Elle réfléchit longuement, se demandant pourquoi Berthier, après l'avoir fait condamner, avait demandé sa grâce. Dans quel but? Avait-il l'intention de s'en servir contre elle? Jusqu'alors elle avait vécu sans se soucier de ce qui pouvait arriver, aujourd'hui le moindre incident la faisait trembler, et pensant aux conseils que lui avait donnés son homme d'affaires M. Martin, elle hésitait. Était-ce bien prudent de s'attaquer à son mari? Au fond, s'il vivait avec une autre femme, n'en avait-il pas le droit? Elle-même n'avait-elle pas fait ce qui lui avait plu? Elle s'était abandonnée à plusieurs reprises, adroitement, sans donner prise à la médisance... elle n'avait donc rien à reprocher à Berthier duquel elle n'était pas jalouse. Ce qui était plus inquiétant, c'était l'enfant. Que devait-elle faire? Son fils devenait grand, il avait presque neuf ans, son instruction allait coûter cher, et pour son fils il fallait suivre les conseils de M. Martin; mais le retour d'André lui semblait de mauvais augure. Elle avait lu dans son regard toute sa haine, et il avait en mains les moyens de lui faire faire ce qu'il voudrait.

Elle était inquiète de l'avenir, elle aurait eu besoin d'avoir près d'elle un soutien, un ami, un conseil; mais, par sa coquetterie, elle n'avait jamais réussi à s'assurer une affection sincère. Les amours qu'elle avait inspirés n'avaient été que des caprices, jamais elle n'y avait songé, jamais elle n'avait ressenti l'abandon, le vide dans lequel elle vivait. Un seul homme s'était attaché à elle, son mari, qu'elle avait trompé; son amant, André, l'aimait, mais elle était bien obligée de s'avouer qu'il avait toujours cherché les moyens de rompre; devait-elle vivre ainsi?

Attristée, la tête dans ses mains, elle pensait. Elle entendit du bruit et releva la tête. C'était le colonel d'Auroy qui, aidé par Marianne, entrait dans son boudoir.

— Toi, papa? tu as monté l'escalier?

— Oui, ça va bien aujourd'hui. Je voulais te dire quelque chose de fabuleux.

Marianne, tenant le bras du vieux soldat, l'avait amené jusque devant sa fille; elle l'avait fait asseoir dans un fauteuil et, debout, la bonne femme attendait pour le servir s'il avait besoin d'elle.

Avant de continuer à parler à sa fille, il tourna la tête pour regarder s'ils étaient seuls. Apercevant la bonne femme, il s'écria :

— Ah çà! nom de Dieu! qu'est-ce que vous fichez là?... Il faut donc que vous entendiez tout ce que je dis?...

— Mais j'attends vos ordres, si vous avez besoin de quelque chose.

— Besoin de quoi? d'être tranquille. Je suis avec ma fille; je n'ai pas besoin de vous. Ah! nom de Dieu! elle n'est pas si agréable, votre société!

— Oh! petit père, voyons...

— Mais tu ne l'entends pas : elle ne fait que tousser, cracher, et j'ai ça en horreur; quand on est malade on se fait soigner, on n'assomme pas les gens... et elle veut me défendre de fumer...

— Mais c'est une abomination de l'entendre!... Mademoiselle, je l'empêche de fumer parce que le médecin le commande; je tousse quand il fume dans des pipes qui sentent fort.

— En voilà assez... fichez le camp! et si j'ai besoin de vous, je vous sonnerai.

Régine fit en souriant un signe à Marianne, qui sortit en haussant les épaules. Quand le colonel eut entendu la porte se fermer, il dit :

— Ma chère enfant... en revenant, sais-tu qui j'ai vu sur le boulevard de Clichy?... Devine, je te le donne en mille.

Régine se sentit pâlir; elle devina que son père avait rencontré André. Avait-il parlé? que lui avait-il dit? Elle fit tous ses efforts pour paraître naïvement curieuse, en disant :

— Comment veux-tu que je devine ça?... Une rencontre... ah! mon mari peut-être?

— Ton mari! Non! ce ne serait pas étonnant, on peut le rencontrer tous les jours. Mais, nom de Dieu! celui-là, ce n'est pas la même chose... Je viens de rencontrer André de Gueutteville... et j'en suis certain, c'est lui...

Régine s'était retournée pour cacher son trouble... Il lui suffit de quelques secondes pour se remettre et elle dit alors :

— M. de Gueutteville! mais c'est impossible... il était condamné à cinq ans; vous vous êtes trompé...

— C'est justement pour cela que je suis resté tout bouleversé. Tant qu'à m'être trompé... non! Il m'a vu.

— Ah! il vous a vu!... il vous a parlé?...

— Ah! nom de Dieu! non! je l'aurais bien reçu s'il était venu à moi... Il n'y a guère pensé, le gredin! Il a baissé la tête, évitant mon regard.

— Petit père, tu as dû te tromper; il y a plus de quatre ans que je suis séparée, il n'a passé en jugement que bien longtemps après que j'avais quitté la maison.

— Mais il n'y a même pas ça... il n'y a pas quatre ans que tu es ici.

— Non! fit Régine en riant, il y en a presque cinq!...

— Nom de Dieu! ça n'est pas possible!... Oh! comme le temps passe !

— Oui, père, il y a quatre ans que la séparation avec mon mari a été prononcée, je suis venue ici plus de six mois avant. Et M. de Gueutteville n'a été jugé que longtemps après mon départ de la maison. Il y a un peu plus de trois ans qu'il est en prison...

— Eh bien! alors, il s'est sauvé. Au reste, il est dans un triste état, ah! le malheureux, lui que j'ai connu si fendant!... Nom de Dieu! il est changé, et on n'aimerait pas à le rencontrer au coin d'un bois.

Régine pensa que même dans un appartement, la rencontre était peu agréable, mais elle tenait à ce que son père crût qu'il s'était trompé, et elle insista en lui disant que, même en sortant de prison, M. de Gueutteville avait assez d'amis pour trouver de suite de quoi se vêtir d'une façon présentable.

Le vieux soldat subissait trop l'influence de sa fille pour lui résister; aussi dit-il :

— Oui, tu as peut-être raison, ce particulier-là avait l'air plus dur. Il semblait plus commun... Mais, nom de Dieu! qu'il lui ressemblait! C'est à se tromper... Il est bien évident que le malheureux est encore en prison; s'il s'était sauvé, on le saurait... Je me suis trompé...

Lisa entra; elle vint près de sa maîtresse et tout bas lui rendit compte de sa course et de son argent... En entendant sonner l'or, le colonel leva la tête, et dit à sa fille :

— Dis donc, ma belle; tu sais que j'ai donné tout ce que j'avais d'argent.

Lisa approuva, en disant :

— C'était pour payer les entrées du vin et de l'eau-de-vie.

— Ah! bon... je te rendrai ça, petit père.

— Mon enfant, je ne te le réclame pas ; seulement, tu me donneras quelques louis pour ne pas être sans argent.

— Je te donnerai ça... Tu ne descends pas, petit père?...

— Pourquoi?... Ah! je comprends... Tu vas t'habiller. Je descends. — Voulez-vous, Lisa, appeler Marianne?

— Mais, colonel, je vais vous donner le bras...

— Je veux bien, tonnerre! Là!... Il s'appuyait sur le bras de Lisa, et en sortant il dit en riant à sa fille :

« Regarde ça, Régine, si je marche avec une jeunesse : Mars s'appuyant sur Vénus.

Le colonel étant sorti, Régine s'assit sur un fauteuil, et, pressant son genou dans ses deux mains croisées — la pose de la Sapho de Pradier .— elle rêva. Elle était encore toute confuse de la réclamation de son père, et, tourmentée par le besoin d'argent elle dit :

— Ça ne peut pas durer ainsi. A tout prix, il faut que je sorte de là. Mais comment ?

IX

UN BON MÉNAGE

Le calme était revenu dans la maison de Berthier, le jour où il y avait fait entrer Céline et la petite Célestine. Depuis ce moment Berthier s'était demandé comment il avait pu passer auprès d'une aussi adorable nature sans la remarquer. Il n'avait eu pour la petite apprentie qu'il avait connue chez son prédécesseur, que l'affection légère et toute charnelle d'un amour passager. Il avait aimé l'ouvrière parce qu'elle était jeune et gentille, il avait obtenu ses faveurs parce qu'elle était confiante et naïve: en écoutant celui qui devait être son patron, elle croyait que cet amour serait éternel, elle pensait que lorsqu'une fille se sacrifiait, l'amant devait lui garder une sincère affection. Elle était pure, alors, et il devait l'estimer. La rupture avait été un coup terrible; elle avait été surtout navrée lorsque l'aveu de sa maternité l'avait encore plus rapidement éloigné d'elle.

Malgré cela, la bonne nature de la jeune femme avait tout surmonté.

Elle avait été trompée et elle avait gardé le culte de son ingrat amoureux; n'ayant plus l'amant, elle avait pensé qu'elle était mère, et que, pour son enfant, elle devait rester sage.

Elle n'avait pas reculé devant la charge nouvelle qui lui survenait, jamais la pensée d'abandonner son enfant ne lui était venue ; elle était courageuse, elle travaillerait un peu plus pour deux.

Quand elle pensait au père de son enfant, elle se persuadait qu'un jour ou l'autre, elle le reverrait, car il n'était pas méchant, elle le savait; c'était son mariage qui l'avait éloigné d'elle; mais il se souviendrait bien qu'il avait un enfant.

Berthier avait observé tout cela. Ni l'ingratitude de celui qu'elle aimait, ni le mépris des gens qui l'entouraient, ni la pauvreté, la misère, ne l'avaient découragée. Jamais elle n'était venue se plaindre, jamais elle n'avait tenté, en parlant de l'enfant, de faire du chantage. Il avait fallu que la maladie l'épuisât et la mît dans l'impossibilité de soigner son enfant, pour qu'elle vînt suppliante solliciter un secours.

Il s'était conduit lâchement, indignement, et il la retrouvait le pardon aux lèvres et la même affection au cœur. Ah! celle-là, il était obligé de le reconnaître, avait une nature d'élite; et il avait vécu près d'elle sans s'en apercevoir sans deviner le trésor qu'il y avait dans ce cœur! il l'avait renvoyée, presque chassée!... pour se marier avec cette intrigante qui l'avait trompé, qui s'était moquée de lui et qui se préparait à le dépouiller lorsqu'il l'avait chassée!

Ah! l'amour profond qu'il avait pour Régine s'était vite envolé sous le souffle de sa nouvelle amie. Car, pour Célestin, les relations intimes qu'il avait renouées avec Céline avaient tout le charme de l'amour nouveau, de la femme nouvelle. Celle qu'il avait connue était une belle enfant, un peu niaise, encore dans le travail de sa formation physique, et celle qui était revenue chez lui était absolument belle, admirablement faite; son intelligence s'était développée, elle avait compris la situation que Berthier pouvait lui faire, et l'avait acceptée avec joie, mais sans grande surprise, car, nous l'avons dit, elle était persuadée qu'un jour ou l'autre son amant reviendrait à elle.

L'affection qu'il éprouvait pour la mère de son enfant, l'amour que lui inspirait sa beauté, la reconnaissance qu'il ressentait pour son dévouement, tout cela s'augmentait de la joie de la retrouver comme il l'avait quittée, absolument pure... Berthier aimait, adorait sa Céline.

C'est parce qu'elle s'y refusait qu'elle ne prenait pas officiellement la place de l'épouse; elle voulait rester la femme de charge

de la maison, s'efforçant et réussissant à ne laisser voir à personne
les relations qui les unissaient, parlant à son patron avec le respect
un peu familier d'une servante élevée dans la maison.

On avait naturellement beaucoup parlé de cela. Les uns avaient
dit que Berthier avait repris, pour vivre avec lui, une de ses anciennes maîtresses qui lui revenait avec un enfant d'on ne savait qui.
Les autres disaient que Berthier avait chassé sa femme légitime
pour faire venir chez lui la femme qu'il entretenait au dehors et de
laquelle il avait un enfant. On disait aussi qu'il avait bien fait de
reprendre chez lui une ancienne ouvrière avec laquelle il avait eu
un enfant. Enfin, on contait encore que Berthier avait fait une bonne
action, sachant qu'une ancienne ouvrière de la maison avait été
séduite par un homme qui l'avait abandonnée avec son enfant et
qu'elle était dans la plus profonde misère. Ayant besoin d'une femme
pour tenir sa maison, il l'avait prise à son service et cela était fort
bien... et ceux qui disaient autre chose étaient des calomniateurs ;
il suffisait de voir la jeune femme à son travail pour en être
convaincu.

Mais les cancans s'étaient apaisés et la dernière légende avait
survécu avec une petite modification : on ajoutait qu'elle était jolie
et que Berthier le lui prouvait quelquefois : ce n'était pas une
maîtresse en titre mais un caprice.

La vérité est que Céline avait fait sa chambre de celle qu'occupait autrefois Régine, qu'avec le cabinet de toilette on avait fait la
chambre de Mᴵˡᵉ Célestine. Les amours de Céline et de Berthier
étaient absolument secrètes, l'amante de la nuit redevenait la servante le matin, et la brave femme voulait qu'il en fût toujours ainsi,
et pour le monde et surtout pour sa fille. Car l'enfant grandissait
et, à ses premières questions embarrassantes, elle avait dû répondre
qu'elle était veuve, que son père était mort ; heureusement, son
parrain lui en tiendrait lieu.

Nous avons dit que Célestine grandissait et devenait surtout et
gracieuse et jolie. Toujours vêtue d'une façon au-dessus de sa position, c'était le parrain qui payait la toilette ; il ne voulut pas qu'on
la mît à l'école et ce fut lui qui lui enseigna les notions primaires.
Célestine devenue grande fille, sa mère parla encore de pension.
Mais le parrain se fâcha : sa filleule, c'était tout ce qu'il aimait au

Il se trouva sur le boulevard de Clichy ; il s'assit sur un banc et se demanda ce qu'il allait faire.

monde; c'est à sa présence qu'il devait le renouveau de vie qu'il ressentait; on prendait des professeurs, une institutrice : ne voulant pas que cette enfant, la plus grande affection de sa vie, quittât la maison; et il ajouta tout bas à la mère :

— Il est assez malheureux que je ne puisse pas lui donner ici la place à laquelle elle a droit.

— Qu'aurait-elle de plus? dit avec un sourire affectueux Céline.

— Beaucoup de choses! fit Berthier.

— Vous ne pouvez pas prendre une institutrice.

— Et pourquoi donc? Pour le monde! Au diable le monde! je n'ai plus besoin de personne, il est temps que je vive à ma guise, j'ai assez souffert pendant une période, pour profiter des soins que j'ai aujourd'hui... Ils penseront ce qu'ils voudront, mais Titine sera instruite ici... Et crois-tu donc que je pourrai me cacher sans cesse! Il faudra bien qu'un jour nous ne reculions pas devant la vérité. Crois-tu que je veuille laisser seulement un liard de ce que j'ai à la catin qui porte mon nom et à son fils?... C'est ma petite Célestine qui sera mon héritière.

— Ne parlez pas de ça...

— Et pourquoi donc n'en parlerais-je pas? C'est ce qui me préoccupe le plus. La loi est inique sur ce point. A cause de l'enfant, ma femme, qui est une gueuse, hériterait de moi... Jamais! Quand donc aurons-nous une loi sur le divorce?

— Ne parlez pas de tout cela.

— Que j'en parle ou n'en parle pas, j'y pense sans cesse, et j'ai assez de tracas à ce propos pour faire ce que je veux.

— C'est justement pour ce résultat qu'il faut nous observer; il ne faut pas qu'on puisse croire que je vis avec vous comme votre femme et que ma fille est votre enfant naturelle.

— Qu'ils croient, pensent et disent ce qu'ils voudront. Je te le répète, j'en ai assez de vivre pour les autres, je veux vivre pour moi... et Célestine aura une institutrice ici. Ceux qui y trouveront à redire viendront me le dire.

— Célestin, c'est la raison, le bon sens, qu'il faut écouter. On vous dira : Comment! vous élevez chez vous comme une duchesse la fille de votre servante!... Mais qu'y a-t-il donc entre vous?... Mais que vous est donc cette enfant?

— Eh bien! si l'on se permettait de me dire cela, j'enverrais probablement promener celui-là.

— Ce n'est pas une raison, ça.

— Je répondrais : Monsieur, j'avais choisi pour épouse une femme dont le père était criblé de dettes et qui, voulant se débarrasser de sa fille, mentit en me promettant une dot. Celle-ci n'ignorait pas la situation. Je ne donnai à cette femme que des preuves d'amour, je payai les dettes du père, je lui achetai une maison, je lui fis une pension ; pour me prouver sa reconnaissance, ma femme me trompa avec mon premier commis, et lorsque je surpris leurs relations, ils se disposaient à me dépouiller. Cette femme m'a fait élever un enfant qui n'est pas le mien, mais qui est le fils de ce commis.

« Maintenant, j'ai repris chez moi une brave fille que j'avais connue autrefois, dont, aveugle, je n'avais pas remarqué la bonté d'âme, le cœur honnête, que j'avais séduite et que j'avais abandonnée avec un enfant à moi... J'avais agi comme un gueux, comme un misérable.

— Oh! Célestin!...

— Eh bien! j'ai racheté tout ça, j'ai chassé les misérables qui m'ont trompé, et je cherche par tous les moyens à réparer la lâcheté que j'avais commise; j'ai repris près de moi et je considère comme ma véritable femme l'enfant que j'avais séduite, et j'élève sa petite fille que j'avais indignement abandonnée. Est-ce que je n'ai pas le droit, moi son père, de lui donner le bien-être que je veux ?...

— On te répondra : Elle n'est pas votre enfant.

— Oui, nos lois sont ainsi faites, que je suis forcé d'accepter pour les miens les enfants des autres, et que je ne puis reconnaître les miens. Car, si aujourd'hui, ma pauvre Céline, nous avions un nouvel enfant, je ne pourrais pas lui donner mon nom. Mais si l'autre, la catin, en fait avec n'importe qui — je sais la vie qu'elle mène — je suis forcé de les endosser...

Berthier s'emportait et Céline le calmait, et si Célestine paraissait, on se taisait aussitôt. Il arrivait fréquemment, pour ne pas dire toujours, que Céline prenait sa place à table ; à cela Berthier disait qu'il avait des habitudes d'ouvrier, il considérait Mme Céline comme sa femme de charge ; c'est elle qui commandait à la maison, et il était tout naturel qu'elle prît ses repas à la table du patron

Seulement, les jours où il offrait à dîner chez lui, Céline ne paraissait pas et Célestine dînait avec sa mère.

Peu à peu l'industriel se désintéressait de ses affaires, tout marchait sans lui, il ne s'occupa plus de sa maison que pour en compter les bénéfices aux fins de mois.

Il vivait calme, rêvant de se retirer bientôt, lorsqu'un soir il reçut un papier timbré qu'il relut deux fois pour être bien certain qu'il ne se trompait pas.

Sa femme le citait devant le président du tribunal qui les avait séparés, prétendant que son mari, dont la fortune s'augmentait chaque jour, menait une existence luxueuse, et entretenait une concubine chez lui, qu'il faisait passer pour sa servante, et qui n'était autre que sa maîtresse avec laquelle il avait eu un enfant;

Que cet enfant, qu'il traitait comme sa fille, usurpait la situation de son fils légitime dont il refusait de s'occuper, et qu'il n'avait pas consenti à recevoir une seule fois depuis sa séparation;

Que sa situation à elle devenait très précaire, ayant à sa charge son père malade, dont l'état nécessitait des soins très coûteux; que son enfant étant d'une faible santé, il était nécessaire qu'elle menât et l'enfant et le vieillard au bord de la mer l'été, et dans le Midi l'hiver; qu'elle-même était épuisée, n'ayant pas un personnel suffisant pour soigner les siens...

Berthier en fut terrifié. Cela était absurde et faux. Mais le brave homme, dont le caractère était la droiture même, souffrait de ces hypocrisies, de ces mensonges. Les tracas le mettaient hors de lui, et il fallait de nouveau — il le croyait — faire des enquêtes et plaider, c'est-à-dire s'entendre injurier pendant deux heures sans avoir le droit de répondre, et se satisfaire de la réponse de son avocat qui ne plaiderait que ce qu'il jugerait bon, sans s'occuper de démentir les calomnies et les mensonges accumulés par l'adversaire.

Son avoué, qu'il alla consulter le lendemain, le rassura un peu en lui disant que sa situation à lui n'était pas changée; il n'avait rien à craindre, au contraire, il pouvait arriver que le tribunal lui rendît son enfant.

Berthier s'effraya, et il déclara nettement que si pareille chose arrivait, il placerait immédiatement l'enfant dans une pension loin de Paris. Comme l'avoué lui faisait observer que son fils allant

atteindre l'âge où il devrait commencer ses études sérieuses, sa
présence serait nécessaire à Paris, Berthier le pria de faire écarter
cette question : à aucun prix il ne voulait seulement voir cet enfant,
il paierait tout ce qu'on voudrait pour l'éloigner.

L'avoué parut un peu étonné, et lui conseilla d'être réservé sur
ce sujet, qui pourrait lui être nuisible.

De ce jour, le malheureux Célestin ne vivait plus ; en proie à une
agitation fébrile, il allait et venait sans cesse poursuivi par son
impatience et son inquiétude. Qu'allait-il arriver?

Cette femme serait-elle donc toujours après lui?

Allait-elle le tourmenter sans cesse ? Il la laissait libre cependant
et elle en abusait; il évitait de la rencontrer, il aurait tourné la
tête s'il l'avait vue au bras d'un autre homme.

Il l'avait connue pauvre, et il lui faisait une pension de riche ;
elle pouvait être heureuse, elle n'avait qu'à se laisser vivre; elle
n'avait nul souci, ni pour son père ni pour son enfant. Que voulait-
elle donc? Il ne pouvait cependant ne travailler que pour elle. Pour
satisfaire à la pension à laquelle on l'avait condamné, il fallait qu'il
ne quittât pas les affaires qui lui donnaient de gros bénéfices. Mais
si, voulant se reposer, il liquidait sa situation, il ne pourrait plus
payer cette pension qui représentait la rente d'une grande fortune...
Que demandait-elle alors? Cette rente prenait une grande partie de
ses bénéfices, et assurément c'était sa femme qui serait la plus for-
tunée si cela continuait.

Il souffrait en pensant que quelqu'un s'occupait sans cesse de
lui, pour le tourmenter, et il en venait à regretter de n'avoir pas
plus sévèrement agi lorsqu'il avait chassé sa femme. Il avait écouté
un sot amour-propre; pour éviter un scandale, il en était arrivé à
n'être ni plus ni moins ridicule que si la faute de sa femme avait
été connue... Mais est-ce que cela aurait changé la situation pour
les juges? Non. Au contraire, en raison de la conduite de la femme,
on lui aurait confié l'enfant. . Et lui, l'homme calme et pacifique, il
en arrivait à se dire qu'il avait encore une autre solution, celle la
plus logique, qui l'aurait délivré à jamais de tous ses ennemis. Il
aurait dû tuer sa femme. Il en avait le droit, puisqu'il la trouvait
nue dans les bras de son amant

On l'aurait jugé, il aurait été acquitté, et cela serait oublié. Alors, il pourrait sans crainte s'occuper de son enfant, de sa fille, car c'est surtout pour elle qu'il tremblait; il sentait bien que les revendications de sa femme étaient surtout faites contre son enfant.

Sa fille, sa chère Célestine, sa Titine chérie, quand ses peines lui traversaient le cerveau, il courait dans la maison, il la cherchait, la prenait dans ses bras et la couvrait de baisers, puis se sauvait pour lui cacher ses larmes.

La jeune fille allait près de sa mère et inquiète lui disait :

— Qu'est-ce qu'il a donc, parrain?... Il devient fou...

Céline, qui savait tout, la rassurait, très peinée de voir son pauvre ami en cet état.

Cela dura un grand mois, au bout duquel, à la lecture d'une lettre qu'il avait reçue, il s'écria :

— Ah! mes enfants, que je suis heureux... il faut que je vous embrasse. Et il embrassa Céline étonnée, puis la belle Célestine.

— Mais qu'y a-t-il donc, monsieur Célestin ? demanda la première.

— Je te dirai ça. Je suis bien heureux.

La lettre lui apprenait que la requête adressée par Régine au président n'avait pas été admise. De ce jour, Berthier se porta mieux; mais l'éveil était donné, il fallait se mettre à l'abri; la tentative faite pouvait se renouveler d'une autre façon, et Berthier se dit qu'il était temps d'assurer un avenir à l'enfant qu'il aimait. La loi est formelle : il ne pouvait déshériter l'enfant légitime qui n'était pas de lui, au profit de sa fille aimée... Il fallait passer au-dessus du Code; mais comment? Les premières démarches qu'il fit eurent pour résultat de lui apprendre qu'il était étroitement surveillé, car son avoué l'informa que s'il faisait la moindre des choses en faveur de Céline ou de sa fille, on demanderait son interdiction... Il en devint blême. Comment! tout en payant une pension au père de sa femme, une au fils de cette femme qui n'était pas le sien, et une à elle-même, il n'avait pas le droit de disposer de son bien, de ce qu'il gagnerait!

— Probablement on repousserait la requête dans l'état, mais vous aliénez vos biens en grande partie, au profit de ceux que vous aimez, en risquant de compromettre et la pension de votre femme et l'avenir de votre enfant légitime.

Berthier était atterré... Il remercia l'avoué et se promit d'agir plus mystérieusement.

Comme il était nécessaire qu'il fût renseigné sur les agissements de ses adversaires, il alla trouver les mêmes gens qui lui avaient servi lors de l'enquête faite sur sa femme. En quelques jours, il obtint des renseignements exacts. Sa femme n'avait une conduite régulière que superficiellement ; elle n'avait pas de relations suivies, mais elle avait eu trois amants, tous les trois très riches. L'intrigue n'avait été nouée par elle qu'avec l'espoir de trouver là l'argent nécessaire à la vie qu'elle rêvait, et pour laquelle sa pension était insuffisante. Les trois fois, ses faveurs avaient été payées par un riche bijou. Mais tout s'était borné là... On l'admirait, on la désirait, mais on ne l'aimait pas ; elle inspirait un caprice et non une affection. En apprenant ces détails répugnants, il vit bien qu'il ne lui restait plus rien de l'amour ancien : il n'eut ni jalousie, ni chagrin ; il n'eut qu'une impression de dégoût. Il apprit enfin sa situation réelle : elle avait dissipé tout ce qu'elle avait en toilettes extravagantes, et en menant un train de vie que ne pourrait soutenir un millionnaire ; elle avait des dettes. Cela n'était rien, mais elle avait été plus loin : ne trouvant pas de crédit, elle avait engagé la signature de son père ; tout était compromis...

Elle était décidée à tout, il lui fallait absolument de l'argent, elle en cherchait et en aurait accepté à tout prix.

Berthier se tenait sur ses gardes ; on lui avait dit qu'une nouvelle tentative allait être faite. Il resta quelques jours sans nouvelles et vivait dans la plus grande inquiétude, lorsqu'il apprit qu'un changement complet s'était opéré dans la maison. La plupart des fournisseurs avaient été payés. Le petit hôtel était redevenu joyeux. On avait loué des voitures au mois, plus luxueuses que celles d'autrefois, le colonel sortait tous les jours en voiture avec sa servante près de lui. Quand il était de retour, vers cinq heures, Mᵐᵉ Régine d'Auroy, en calèche découverte, allait faire le tour du Bois ; à chaque course, à chaque première, elle paraissait dans une toilette nouvelle. C'est vainement que les agents de Berthier avaient cherché les causes de ce changement.

Postés pendant des jours et des nuits, ils avaient surveillé tous ceux qui entraient et sortaient : ils n'avaient vu que les mêmes gens,

que les habitués de la maison. On avait suivi Mme Berthier, elle se
rendait chez des femmes de ses amies, seulement... Quelquefois, elle
s'était rendue dans un établissement public : un jour dans un
café, un soir dans une brasserie; elle y avait trouvé un malheureux
qui paraissait être un pauvre honteux au secours duquel elle venait
quelquefois.

Berthier avait fait demander à ses agents le nom de cet homme.

Quelques jours après, il était informé que l'individu signalé se
nommait André de Gueutteville !

Berthier, bouleversé et effrayé, se dit :

— Garde à moi ! Il faut agir.

IX

COMMENT UN HONNÊTE HOMME DEVIENT UN COQUIN

Nous avons quitté André au moment où il sortait de chez Régine.

Toujours sombre et soucieux, il marchait vite, pensant à l'explication qu'il venait d'avoir avec Régine. Celle-ci ne s'était pas défendue, ainsi qu'il s'y attendait, de ce qu'il l'accusait. Il espérait que
lorsque la jeune femme était venue dans le cabinet du juge d'instruction, nier les relations qu'elle avait eues avec lui, elle ne
s'y était rendue que contrainte et forcée par son mari; il venait de
constater que c'était de son plein gré qu'elle avait agi : elle l'avait
abandonné, trahi et calomnié. Elle ne s'était pas défendue, elle avait
eu peur de lui.

Dans ses longues heures de captivité, il aimait se rappeler les
moments joyeux de sa vie, le souvenir de Régine venait souvent à
son cerveau, la scène qui s'était passée chez le juge d'instruction
s'effaçait, car il voulait croire qu'elle avait été commandée par le
mari. C'est à la condition qu'elle ferait condamner son amant qu'elle
et son enfant demeureraient chez Berthier, et que celui-ci pardonnerait, il le croyait, et l'image de la belle Régine hantait ses rêves
il sentait avec l'absence que l'affection morte ne demandait qu'à
renaître, il se disait que le jour où il sortirait de prison celle pour

Il se plaça à la terrasse d'un café et regarda passer le monde, en fumant un excellent cigare.

laquelle il souffrait s'efforcerait par sa tendresse de racheter la trahison qu'on lui avait imposée. C'est en se rappelant les preuves nombreuses d'amour qu'elle lui avait données, c'est en se disant qu'il
était le père de son enfant qu'il se persuadait qu'elle l'aimait toujours, et il se plaisait à l'évoquer, gardant au fond de son cœur tout
le parfum de son souvenir.

Sorti de la prison, il avait été très surpris en apprenant que sa
demande de grâce, qui, depuis trois ans, traînait dans les bureaux
du ministère, était signée par Berthier. C'était donc quelques jours
après le jugement que celui-ci avait sollicité pour lui? Que signifiait
cela? Le devait-il à l'adresse de Régine? Il alla aux renseignements
et en revint en ne comprenant plus rien à ce qui lui arrivait. Bien
avant sa condamnation, Régine avait été séparée d'avec son mari,
elle était libre et abusait assez de sa liberté. Il comprit enfin que
Berthier avait fait arrêter l'un, puis avait chassé l'autre. Il avait
pardonné à l'homme, mais sa haine était restée pour la femme.
Tout ce qu'il avait rêvé en prison s'écroulait : celle à laquelle il
croyait avait aidé son mari à se débarrasser de lui, surtout pour ne
plus retrouver, étant libre, cet amant sur son chemin.

Elle l'avait oublié, et menait gaiement la vie la plus extravagante. Lui reparaissait sans ressources et misérable. En prison,
subissant l'influence de ses co-détenus, il avait bâti tout un système
de morale qui reposait sur la vengeance, non seulement vis-à-vis
de ses ennemis personnels, mais contre toute la société.

Il devait sortir pauvre; il ne craignait plus la honte, il en était
abreuvé, le mépris le trouvait indifférent, il était prêt à tout et
décidé à tout risquer. C'était la guerre à la société qu'il voulait faire,
il lui fallait la fortune, les plaisirs, la vie heureuse. Il obtiendrait
tout cela, il y était résolu, même par un crime.

Il était entré à la maison centrale honnête, victime d'une vengeance; malgré sa conduite, sa tenue, ses manières, il avait été
traité comme les autres détenus, les filous; il était devenu l'ami de
ceux-ci et l'ennemi des gardiens. Les relations l'avaient perdu, il
avait tout appris, et comme ses amis il attendait impatiemment
l'heure de sa libération pour faire payer à la société les heures douloureuses de sa captivité.

Le jour où il fut libre, il eut la joie d'avoir sa grâce complète,

sans surveillance, ayant le droit de rentrer à Paris. Il s'y rendit le
jour même. Il était mal vêtu, il n'avait que peu d'argent, mais la
liberté l'enivrait et Paris le ravissait. Toutes ses pensées haineuses
s'envolèrent; l'honnête homme, se retrouvant au milieu d'honnêtes
gens, redevenait lui-même. Le soir, enfermé dans sa petite chambre
d'hôtel garni, il s'endormit en pensant au travail; il se traça un plan
facile à réaliser : il se lèverait tôt le lendemain et chercherait une
place, peu lui importait la condition : en prison, il avait été rompu
à tous les travaux ; au contraire, le travail dans un bureau lui plai-
rait peu, il avait été si longtemps reclus qu'il avait besoin de marcher
au grand air.

Convaincu de son honnêteté, il voulait donner cette conviction
aux autres. Maintenant que Régine vivait comme une courtisane,
qu'elle n'était plus avec son mari, il avait le droit de tout dire, et
il le déclarerait de façon à le faire croire. Il était nécessaire que son
honorabilité fût rétablie ; il raconterait l'histoire des valeurs confiées par Régine qui avaient pu tromper un jaloux comme Berthier,
— car André était persuadé que les titres que Régine avait apportés
chez lui avaient été soustraits par elle à son mari dans l'espérance
de fuir avec lui ; — il raconterait que cette femme, pour ne pas
avouer leurs relations, l'avait accusé ; il dirait la vérité, enfin, qu'on
devrait croire, puisque c'était Berthier, son accusateur, qui avait
réclamé contre sa peine et l'avait fait gracier, pendant qu'il chassait
sa femme et que celle-ci menait une conduite suffisante pour montrer
ce qu'elle valait.

Il s'endormit tranquille, assuré qu'il trouverait vivement une
place et décidé à travailler.

Ses recherches commencèrent le lendemain. Ce fut terrible. Il
commença par ceux qui le connaissaient ; on le mit presque à la
porte en refusant de l'entendre. On refusait de l'occuper s'il ne donnait certificats ou papiers, et lorsqu'il donnait les siens, malgré les
explications, on le repoussait. Outragé, blessé, cela dura quelques
jours pendant lesquels toutes les mauvaises pensées de la prison lui
revinrent, et il se souvint des conseils de ses camarades de la maison centrale... Il trouva une place, il y resta dix jours, et les ouvriers
avec lesquels il travaillait ayant appris sa condamnation, le firent
chasser ; la même chose lui arriva plusieurs fois. Il était sans res-

sources, menacé d'être mis à la porte du garni où il logeait.
Qu'allait-il faire ? cela ne pouvait continuer ! Il n'avait plus un sou
pour manger. Ses vêtements étaient dans un état tel qu'à son seul
aspect on lui demandait ses papiers. Dans cet état, trouver du travail était impossible ; s'il avait été bien vêtu, on aurait été plus
confiant. Il lui fallait donc de l'argent et beaucoup... Il se rappela
alors la théorie de ses anciens copains de la centrale :

« Quand on n'a pas d'argent, on en prend. »

En prendre, en voler, il était prêt ! Mais à qui ? Il se souvint alors
de Régine. Ce ne serait plus un vol, ce serait une restitution : c'était
bien le moins qu'elle payât la misère dont elle était la cause.

Et aussitôt résolu, nous l'avons vu se précipiter chez la jeune
femme. Tout le long du chemin il avait répété ce qu'il voulait lui
dire, il se préparait à une longue explication : il était malheureux
et se présentait prêt à pardonner, pensant qu'il pouvait retrouver
en elle une amie qui le relèverait. Au contraire, la femme l'avait
traité comme un coupable, elle qui savait la vérité !... et tout ce
qu'il avait arrêté dans son cerveau s'était envolé. Il avait été sévère,
grossier, menaçant... et si elle avait refusé, il aurait peut-être été
criminel. Cela avait comblé la mesure ; après les injures qu'il subissait depuis sa sortie, il ne manquait que cette réception. Il était
effrayé de l'égoïsme de celle qu'il croyait si douce et si bonne.

Ainsi, quand il subissait sa peine, il avait cru en elle, son souvenir lui avait donné un peu d'espoir ; si à ce moment, son imagination aidant, pensant retrouver l'amante d'autrefois, il avait
réussi à s'évader de la maison centrale, c'est chez elle qu'il serait venu
chercher un refuge... Mais elle l'aurait fait arrêter aussitôt, il venait
d'en juger : n'avait-elle pas — quand il espérait qu'elle allait ou se
jeter dans ses bras ou tomber à ses genoux — couru vers la fenêtre,
prête à briser une vitre en s'écriant :

— Sortez, monsieur ; je vais appeler, je vais crier au secours...
Je vous ferai reprendre et reconduire d'où vous vous êtes échappé.

C'était là toute la reconnaissance qu'il récoltait de son sacrifice.

Pour le plaisir qu'elle pourrait avoir à se retrouver avec lui, il
avait pu l'apprécier en voyant le tremblement de peur qui l'avait
saisie lorsqu'elle avait appris qu'il était gracié et libre ; de quel ton
balbutiant elle avait répété :

— Vous êtes libre !

Devant cette attitude, André avait senti toutes ses mauvaises pensées lui monter au cerveau. Cela était immonde, odieux, de menacer une femme pour avoir de l'argent. Bah ! elle avait fait pis avec lui. C'est alors que l'idée lui était venue de son mensonge : les trois lettres très compromettantes. Avec ça, il la tenait ; il ne voulait que de l'argent ce jour-là : il avait néanmoins remarqué qu'elle était encore fort jolie, et peut-être voudrait-il un peu d'amour... Il était décidé à tout... Tant pis pour elle !

Descendant la rue en sortant de chez elle, il avait rencontré le colonel, il s'était caché ; mais parce qu'il aurait été gêné de causer avec le vieillard en sortant de menacer sa fille : il voulait éviter les transports d'amitié du vieux soldat... et il vit le mouvement de mépris, et il bondit de rage...

Il allait entrer dans un cabaret, il se souvint qu'il n'avait pas un sou ; il se trouvait sur le boulevard de Clichy, il s'assit sur un banc et se demanda ce qu'il allait faire.

Régine, en lui remettant, en tremblant, l'écrin, pensait le lui donner ; il pouvait aussi bien le vendre, elle ne viendrait certainement pas le lui réclamer. Mais, à quoi bon ? il n'avait pas besoin tout de suite d'autant d'argent. Il engageait le bijou, se faisait habiller, se louait une chambre convenablement meublée ; puis, tranquille, retournait chez Régine lui rapporter la reconnaissance. C'était un prétexte pour aller chez elle et avoir l'explication absolument nécessaire.

— J'ai des papiers suffisants pour engager à mon nom. Je les ai faits moi-même ; l'autorisation d'engager, je la garde, elle n'est pas datée et peut me servir pour l'avenir ; il faut être prêt à tout avec elle...

André attendit la nuit pour se rendre dans le bureau auxiliaire d'un mont-de-piété, le soir on voyait moins l'état sordide de ses vêtements. On lui prêta quinze cents francs ; il demanda à être payé en or et cinquante francs de petite monnaie, ne voulant pas éveiller l'attention de son logeur en changeant de l'or. Ce qu'il avait fait était régulier, mais dans sa situation il redoutait tout. Le logeur, étonné de voir de l'or entre les mains d'un malheureux qu'il savait sans ressources, et sachant bien qu'il ne travaillait pas, pouvait prévenir la police. Un agent serait venu, qui l'aurait interrogé, n'aurait naturellement pas voulu croire à ce qu'il dirait, l'aurait conduit pour s'en assurer chez Régine. Là, Régine redevenait maîtresse de la situation et pouvait en abuser; il se méfiait d'elle...

Le meilleur moyen d'éviter cela était des plus simples : il paya chez son logeur la quinzaine qu'il devait, déclarant qu'il avait trouvé une place où il était couché, et dans laquelle il entrait le lendemain. Il passa la plus heureuse nuit, dormant comme un homme qui a la conscience tranquille. En s'éveillant, il alla déjeuner dans la même crèmerie où il mangeait depuis quelques jours et se rendit dans un des meilleurs magasins de confection. Il ne revêtit que la coiffure et le pardessus, puis, faisant avancer un fiacre, il y entassa toutes ses acquisitions et se fit conduire dans une maison meublée qu'il avait remarquée sur le boulevard de Clichy.

Installé dans une chambre au troisième étage, il procéda aussitôt à sa toilette; en quelques minutes il fut transformé, et c'est complaisamment qu'il se regardait dans la glace de l'armoire : il n'était plus le même homme, il lui semblait qu'avec la défroque sordide qu'il venait de quitter, il s'était débarrassé de la flétrissure qui pesait sur lui, il se sentait fort et audacieux. Enfin, il se retrouvait lui-même. Il avait été humble, tremblant, il marchait la tête baissée, évitant les regards, cherchant l'ombre, écrasé par son passé de détenu, humilié pas sa mise misérable. Maintenant il se redressait, il levait la tête, il avait besoin de vivre au grand air; le regard était provocant, la bouche rieuse, et, s'étant ganté, il prit sa canne et sortit.

Il se promena, ayant le plaisir de se mêler à tout le monde sans rien redouter d'aucun. Il était bien vêtu, ses goussets étaient bien garnis et il se dit que c'était l'existence seulement qu'il pouvait mener.

Il rencontra deux amis, qui tous deux eurent un mouvement d'étonnement de le voir libre; il leur sourit... Ils détournèrent la tête et précipitèrent leur marche, bien décidés à éviter sa rencontre; le rouge lui monta bien à la face, mais cela eut la durée d'un éclair, la rapidité d'un choc reçu. Il se redressa plus audacieux se disant :

— Vous me méprisez, moi je vous hais; moi, je suis votre victime, et vous me paierez tous le mal que vous m'avez fait. Quelle
que soit ma conduite, je n'ai pas l'espoir d'effacer ce passé injuste,
vous voyez toujours en moi le condamné pour vol... Je n'ai donc aucune raison pour avoir des scrupules, je n'ai rien à espérer de vous.
Pauvre, vous me chasserez et me mépriserez; riche, vous me subi-
rez et me respecterez; parce que vous pouvez avoir besoin de moi.
Être riche, tout est là. — On reproche toujours à un pauvre sa misère, on le blâme sur les causes qui l'ont amenée, même lorsque
c'est le dévouement et l'abnégation... au riche, on ne demande jamais la source de sa fortune, que ce soit l'escroquerie, l'usure ou
la honte... l'argent n'en porte pas la trace... Avoir de l'argent tient
lieu de tout. Eh bien! j'en aurai; jamais votre Code ne pourra m'accuser. Votre Code, il est fait pour protéger les coupables, mais il ne
sert pas à défendre les innocents. Chacun pour soi et tant pis pour
les autres!... L'existence est un combat; pour vaincre, il faut du
sang-froid, je suis maintenant préparé à tout. Il y en a deux qui seront ruinés, qui m'ont fait ce que je suis, ils paieront avec usure ce
qu'ils ont fait, d'abord elle, puis lui.

Il était sur les boulevards, il se plaça à la terrasse d'un café et
regarda passer le monde, en fumant un excellent cigare.

Il lui semblait que c'était de ce jour qu'il jouissait de sa liberté.

Or, ce jour qu'il rentrait dans la société, il était heureux; c'est
en souriant qu'il regardait la cohue, amusé par ce va-et-vient con-
tinuel. Il trouvait qu'il faisait bon à vivre, et les doigts dans son
gousset, il caressait ses pièces d'or en se promettant de s'en servir.
Il voulait passer une journée gaie. Il était beau, nous l'avons dit,
et le regard de certaines femmes lui, trouvait qu'il était bien redevenu ce qu'il était autrefois.

Il avait besoin d'avoir une femme près de lui, de s'enivrer de
son parfum, de caresser ses cheveux; il avait honte des bonnes for-
tunes de l'hôtel garni, des tendresses des servantes; il voulait
revivre avec celles qu'il recherchait autrefois.

Une femme passa qui le regarda plus effrontément que les autres,
il en fut même gêné, il lui sembla qu'il avait déjà vu ce visage; la
femme lui souriait; soucieux, inquiet, il ne lui rendit pas son sourire; l'inconnue continua son chemin.

Elle était fort belle, très élégamment et surtout très tapageuse-
ment vêtue; il suffisait de la voir pour être assuré que ce n'était ni
une bourgeoise ni une femme du monde.

André se dit, en la voyant se détourner, qu'il était bien niais de
ne pas rendre au moins le sourire qu'on lui adressait. L'inconnue
était élégante et belle; n'était-ce pas l'aventure qu'il cherchait qui
s'offrait à lui? Puis, elle paraissait le connaître, et lui avait un vague
souvenir de son visage. Que risquait-il? Il se leva vivement, courut
après la jeune femme, et l'accostant, — ce dont celle-ci ne parut pas
surprise, — il lui dit :

— Excusez-moi, madame, de ne pas vous avoir saluée, je ne vous
ai pas reconnue... tout de suite...

— Vous avez paru fâché...

— Oh! non!... Mais, nous ne pouvons rester là. Voulez-vous me
faire le plaisir d'accepter un rafraîchissement?

— Volontiers...

Il lui prit délibérément le bras, que la charmante femme lui
abandonna en riant, et ils revinrent à la terrasse du café, où ils
prirent place à côté l'un de l'autre, devant une table.

— Maintenant, je vais être sincère, fit André; je vous connais
mais d'où, comment, je ne puis me le rappeler.

La jeune femme éclata de rire et répondit :

— Eh bien! c'est absolument comme moi; en vous voyant, je
me suis arrêtée, me disant : « Je connais cette tête-là, » et j'ai beau
chercher, je ne trouve pas... L'été passé, est-ce que vous ne
canotiez pas? Vous ne veniez pas à Asnières ?

André sentit le rouge lui monter au front.

— Non! non, je n'ai pas vu Asnières depuis longtemps, il y a
près de quatre ans que j'ai quitté Paris.

— Ah! vous ne restez pas à Paris d'ordinaire?

— Si, maintenant j'y suis fixé tout à fait.

— C'est drôle, tout de même, je vous regarde, et je suis bien
certaine que nous nous connaissons.

— Vous êtes trop jolie pour que j'aie pu oublier votre visage,
et puis qu'importe, après tout, que nous nous soyons rencontrés, ce
qui m'est agréable surtout, c'est de vous connaître aujourd'hui e

S'appuyant amoureusement sur le bras d'André, elle paraissait vouloir bien afficher son intimité avec le beau et élégant jeune homme.

d'étendre notre connaissance... Vous voulez bien me faire cette grâce, de me donner votre soirée ?

— Je veux bien... il est tôt !

— Il est tôt ? bah !... nous prenons un apéritif, nous dînerons ensemble, nous finirons la soirée au théâtre... Voulez-vous ?

— Mais certainement...

— Ou si vous voulez, vous pouvez aller dîner à la campagne, à Asnières, dont vous parliez.

— Je ferai ce que vous voudrez... Mais, vous êtes un farceur : vous parlez d'Asnières, c'est à Asnières que je vous ai vu.

— Je vous jure bien que non...

Il lui prenait les mains, les caressait, et plongeant son regard dans ses yeux, en l'admirant, plus convaincu encore que ce visage lui était bien connu, il demanda :

— Vous me permettrez une question qui m'éclairera et rappellera mes souvenirs... Comment vous nommez-vous ?

— Moi, je m'appelle Zélia !

— Zélia !...

— Vous ne vous souvenez pas ; je ne vous demande pas votre nom, que peut-être je ne connaîtrais pas, tout en m'étant déjà trouvée avec vous... Vous ne restez pas à Asnières ; demeurez-vous dans le quartier Pigalle ?

Il sourit en répondant :

— Oui. Mais depuis trop peu de temps pour que vous eussiez pu m'y rencontrer.

Mlle Zélia eut un petit mouvement charmant d'impatience en disant :

— Ça m'agace, de ne pas me souvenir, et je suis bien sûre de vous avoir vu déjà.

La jeune femme était tout à fait à son aise, elle abandonnait et ses mains et sa taille aux caresses d'André, qui paraissait charmé de la rencontre. Plaçant son petit museau gracieux devant le visage d'André, elle lui demanda :

— A la fin, où demeurez-vous ?

— Je vous l'ai dit, quartier Pigalle, ou au moins tout près du boulevard de Clichy, mais, depuis peu de temps ; avant je demeurais dans le Marais.

— Dans le Marais ! fit vivement Zélia, il y a longtemps ?

— Oui, il y a cinq ou six ans !...

— Ah ! c'est là ! Mais, je suis changée depuis... Il y a six ans, je travaillais, j'étais brunisseuse, rue des Francs-Bourgeois.

André la regardait stupéfait et tout tremblant. Il se souvenait, et il dit :

— Vous vous nommiez Louise et dans le quartier on vous appelait la Fourbisseuse...

A son tour Zélia le regarda fixement et exclama :

— Ah ! mais je me souviens... Oui !... vous étiez dans la même maison, chez M. Berthier... Vous êtes M. de Gueutteville...

Il répondit : « Oui, » par un hochement de tête ; il n'osait parler, redoutant ce qu'elle allait dire de lui. Mademoiselle babilla :

— Ah ! c'est trop niais ; depuis une heure je cherche, sans vous connaître, vous, le bel André, la coqueluche du quartier... vous pour lequel j'avais un béguin ; mais vous ne daigniez pas jeter les yeux sur la petite ouvrière... et je ne vous reconnais pas... Vous êtes changé.

— Vieilli ?

— Oh ! non, mais vous avez l'air moins... chose...

— Ah ! fit André en s'efforçant de rire, attendant la fin.

— Mais vous avez quitté la maison... On m'a dit que vous aviez fait sauter la caisse... Vous avez rudement bien fait... cet harpagon-là méritait ça... Tous les caissiers font leurs affaires, quand ils sont bien avec leur patronne... une belle fille, du reste !

André ne trouvait pas un mot à dire ; il avait pâli, ses lèvres avaient tremblé et il n'avait pas eu le courage de discuter. Cette façon de prendre gaiement ce qu'il avait payé comme un crime le stupéfiait. Mᴸˡᵉ Zélia trouvait que l'aventure était adroite. André était un malin, et elle avait pour lui la même estime qu'elle avait pour chacun ; elle le préférait surtout à celui qui avait été volé. Elle reprit en riant :

— Nous sommes de vieilles connaissances... Et maintenant, M. de Gueutteville dédaigne-t-il encore Louise... la fourbisseuse Zélia ?

— Oh ! non ! fit André ; je vous trouve adorable, et m'accuse d'avoir été assez sot pour ne pas vous remarquer alors.

— Les hommes sont tous comme ça : quand nous sommes jeunes, fraîches, et presque sages, bah ! ils détournent la tête, nous n'avons que des amours de bastringues avec des danseurs de dix-huit à vingt ans ; lorsque ceux-là nous ont perdues, fanées, les gens chics commencent à nous remarquer. C'est pour ça que vous ne voyez jamais de cocottes de seize à dix-huit ans. Quand elles en ont vingt ou vingt-deux, on les traite encore de bécasses... Ainsi, ce n'est pas pour me flatter, j'ai des portraits chez moi, vous les verrez, dans mon petit costume d'ouvrière, je suis gentille à croquer, on n'y faisait pas attention ; aujourd'hui, je suis en grand tralala, oh ! alors, on tourne la tête...

— Mais vous n'en êtes pas moins jolie pour ça...

— Je suis moins fraîche... Tiens ! je ne suis pas vieille ; j'avais dix-sept ans sur mon portrait, j'en ai ving-trois aujourd'hui...

— Eh bien ! ma chère Zélia... ça ne vous fâche pas que je vous parle ainsi ?

— Oh non ! nous sommes de vieilles connaissances, vous pourriez même me tutoyer, depuis le temps...

— Ça viendra, si vous voulez vous rappeler ce que vous m'avez dit tout à l'heure.

— Quoi donc ? demanda Zélia, l'air étonné, la bouche à demi-ouverte laissant voir ses dents laiteuses.

— Que j'étais votre béguin...

— C'est vrai, et c'est assurément pour ça que je me suis arrêtée pour vous regarder ; car je vous prie de croire que je n'ai pas l'habitude de me mettre ainsi en arrêt devant des hommes.

— Je suis trop fier de l'exception pour en douter. Mais du diable si je vous aurais reconnue... La petite ouvrière transformée...

— Et sans regret, je vous prie de le croire... moi, je n'ai pas la vertu de Céline...

— Céline, qu'est-ce que c'est que ça ? demanda André d'un ton indifférent.

Ils s'étaient reconnus et se trouvaient tous les deux tout à fait à l'aise : on eût pu croire qu'ils se connaissaient intimement depuis longtemps, tant ils étaient familiers. Zélia répondit avec étonnement :

— Céline ? vous ne vous souvenez pas de la petite Céline, qui était si gentille et qui avait l'air si innocente ?... Elle avait fini son apprentissage depuis un mois à peine lorsque le patron se l'*est payée*...

— Qu'est-ce que vous me dites là ?...

— Vous ne connaissez que ça... Elle était employée au magasin, et le patron l'a retenue pour passer la nuit un soir, parce qu'on était pressé... Elle a passé la nuit dans sa chambre...

— Je n'ai jamais entendu parler de ça... C'est un cancan d'atelier. Comment voulez-vous que Berthier ait fait passer la nuit à une maîtresse chez lui lorsqu'il avait sa femme... et surtout une femme qu'il adorait ?...

— Mais c'est avant son mariage...

— Ah ! je n'étais pas encore chez lui alors...

— C'est vrai, vous n'êtes entré à la maison qu'après son mariage, lorsqu'on a agrandi la maison. Avant, c'était M. Berthier qui tenait le bureau et il se trouvait tous les soirs avec Céline, qui faisait les expéditions.

— Ah ! avant de se marier il avait des relations avec des ouvrières, l'honorable M. Berthier, le digne homme ?

— Si, c'est un brave homme, il ne faut pas le blaguer... il n'a eu que celle-là pour maîtresse... il avait mal agi, mais depuis il a racheté ça...

— Vraiment ! et comment avait-il mal agi ?

— C'est ce que je vous disais tout à l'heure. Céline était sage, ça se voyait, elle avait l'air assez bête pour ça... et c'est probablement la raison pour laquelle il l'a prise... il en trouvait une plus bête que lui.

Et Zélia éclata de rire.

— Vous me défendiez de plaisanter ce bon M. Berthier.

— Je dis ça pour rire, il est plus malin qu'on ne croit. Enfin, il a eu la petite Céline. Vous pensez si celle-ci était fière... Elle en disait plus avec son air de vouloir le cacher que si elle l'avait crié sur les toits... Mais ce qui la rendit moins fière, c'est qu'elle devint enceinte et cela juste au moment où le patron la quittait pour se marier... Elle pleurait comme une Madeleine. On lui conseillait de faire le potin... Elle niait sa position. En somme, je crois qu'il lui a donné quelques sous et elle est partie... Alors il s'est marié.

— Et c'est cette conduite que vous trouvez exemplaire ?

— Non, c'est la suite... Je vous citais Céline en vous disant que je n'aurais pas sa vertu, parce qu'au lieu de se plaindre, elle s'enferma chez elle pour essayer de cacher ce qui était arrivé... Au lieu de mal tourner, ainsi que cela arrive, une fois la première bêtise faite, elle se mit à travailler, redevint sage et ne s'occupa que de son enfant. Aussi, elle en a été récompensée ; vous savez le reste...

— Moi, pas du tout et ça m'intéresse beaucoup ; je ne savais pas que Berthier avait eu un enfant avec une de ses ouvrières... Qu'est-ce que le reste que je ne sais pas ?

— Vous savez que la femme de M. Berthier s'est lassée de vivre avec lui dans cette triste maison de la rue des Francs-Bourgeois, elle a trouvé que la vie manquait de gaieté avec un coco de cette espèce et elle l'a lâché...

— Je sais cela, dit André, souriant en entendant raconter d'une façon si simple le drame duquel il avait été la principale victime, en constatant que personne ne s'était douté de la vérité lors de son arrestation et de la séparation des époux, que le plan de celui qu'on jugeait un imbécile avait pleinement réussi. Zélia continua :

— Eh bien ! comme il s'ennuyait de vivre seul dans cette grande et triste maison, il y a fait venir la petite ouvrière et son enfant et il a maintenant, au lieu de cette espèce de cocotte, de cette pimbêche, de cette belle oie majestueuse qui vous aurait marché sur le corps plutôt que de vous dire : « Excusez », une jolie femme et une vraie ménagère, et puis il a sa fille, qu'il adore, paraît-il. Ce qui n'est pas bien, c'est qu'il s'est tout à fait désintéressé de son fils légitime ; il l'a mis chez le père de sa femme... vous vous souvenez, ce vieux qui, lorsqu'il venait à l'atelier, avait l'air de passer une revue... et qui en passant près des ouvrières, les pinçait plus bas que la taille, et leur faisait de l'œil... le vieux désarticulé...

André avait attentivement écouté la jeune femme, et il pensait à ce qu'il venait d'apprendre...

— Ça vous ennuie, ce que je vous dis là ?

— Oh ! bien au contraire, ça m'intéresse beaucoup.

— Vous n'étiez entré à la maison que quelque temps après le mariage. C'est le vieux qui vous protégeait... Oh ! je m'en souviens, toutes les ouvrières sont venues vous regarder par le petit carreau du bureau. Jamais on n'avait vu dans la maison un beau garçon comme ça, et tout de suite on a pensé que vous étiez l'amant de madame.

— Voyez-vous ça... et pourquoi ?

— Ça, mon cher, que vous l'ayez été ou non, vous ne pouvez pas nier que vous l'avez essayé... Et elle-même n'avait pas l'air farouche avec vous... Elle était hautaine et méprisante avec tout le monde. Il n'y avait que vous à qui elle daignât sourire.

— Vous remarquiez ça, vous ! fit André en riant.

— Nous remarquions tout, d'abord, parce que je n'étais pas la seule qui avais un béguin pour vous, et lorsque nous avons vu que vous ne faisiez pas seulement attention à nous, que pour nous parler vous étiez aussi arrogant que la patronne, la sympathie que nous avions s'est changée en aversion...

— C'était peu aimable ; et vous me surveilliez ?

— Pas précisément, mais enfin, nous vous avions surpris, un soir, après une longue veillée, quand tout était éteint dans la maison, grimpant l'escalier, et vous rendant à l'appartement de madame, dont la chambre seule était éclairée.

André éclata de rire et dit gaiement, moins pour se défendre que pour répondre :

— Eh bien ! et le mari ?...

— Le mari, ce soir-là... depuis deux jours il était à la chasse.

André se contenta, toujours souriant, de hausser les épaules. Mˡˡᵉ Zélia avait la déplorable habitude des bavardes, elle ne pouvait comprendre qu'on restât près de quelqu'un sans causer ; vérité ou mensonge, faits ou bêtises, il fallait toujours qu'elle parlât : aussi reprit-elle, sans souci de la peine ou de l'embarras qu'elle pouvait donner à son nouvel ami :

— Et vous, vous êtes parti un peu avant la séparation, on a dit que vous aviez fait votre magot...

— Ceux qui disent pareille chose sont des misérables...

— Oh ! il ne faut pas vous fâcher, il y a tant de mauvaises langues. Alors vous êtes parti de votre gré, vous vous êtes établi ?

Et Mˡˡᵉ Zélia le regardait et paraissait vouloir dire que sa mise et ses façons indiquaient un homme dans une situation aisée. André le comprit, il voulut d'un coup justifier ce qu'il espérait bien avoir avant peu et il répondit :

— Je suis parti à la suite d'une discussion... Une infamie de Berthier m'a effectivement fait condamner... Mais l'erreur a été reconnue, et j'ai été libéré...

Il était devenu rouge jusqu'aux oreilles pour dire cela; Mlle Zélia
l'écoutait en souriant, l'approuvant de la tête, semblant dire :
« C'est bien cela, nous le pensions, vous étiez victime d'une erreur. »
André continua avec amertume :

— Aussi ai-je retrouvé autour de moi toutes les mains tendues :
mes amis du ministère — duquel je sortais en entrant chez Berthier,
— m'ont immédiatement offert leurs services; ma famille m'a
avancé un peu d'argent, et j'ai commandité un ouvrier auquel j'ai
fait avoir des commandes... Maintenant la maison marche, et je
gagne de l'argent sans avoir ni responsabilité, ni tracas.

André mentait avec la plus grande assurance, donnant comme
une chose réalisée le rêve qu'il avait fait en attendant sa sortie de prison; mais il fut interloqué en entendant Zélia lui dire avec la plus
naïve sincérité :

— Oui, j'avais entendu parler de ça... On avait même dit que
c'était Mme Berthier et son père qui avaient commencé l'affaire.

Ce que l'ancienne ouvrière venait de lui dire si tranquillement
parut l'avoir frappé particulièrement. Pour qu'elle ne le remarquât
pas, il s'empressa de dire :

— Enfin, je suis content... Ça va bien maintenant.

C'était assez parlé de l'atelier. André avait besoin de beaucoup
plus de renseignements, mais il ne voulut pas donner l'éveil à
Mlle Zélia en l'interrogeant sur des détails qui lui auraient paru
singuliers. Il se félicitait de la rencontre, il allait avoir ce qu'il cherchait : des armes pour attaquer Berthier.

L'heure du dîner s'approchait. André paya les consommations
et offrit son bras à sa compagne, qui babillait toujours, racontant
des histoires auxquelles il ne comprenait pas un mot, mais qu'il
approuvait de la tête.

La belle Zélia était grande et bien faite, très provocante d'allures; sur le boulevard, qu'on sentait être sa promenade favorite,
s'appuyant amoureusement sur le bras d'André, elle paraissait
vouloir bien afficher son intimité avec le beau et élégant jeune
homme. Elle troussait d'une main ses innombrables jupons, ramas-

Il y était installé depuis quelques minutes à peine, lorsqu'une femme entra.

sant la traîne de sa longue robe de soie, montrant haut ses mollets ronds et indécents dans leurs bas de soie de couleur rayés, les pieds tout petits dans des escarpins étroits qui la gênaient un peu, l'obligeaient à marcher sur les pointes et lui donnaient un sautillement amusant. Mᴸˡᵉ Zélia était enfin un charmant Grévin.

Elle se fatiguait vite et demanda à André d'entrer dans le premier restaurant ou de prendre une voiture. Ils se trouvaient tout près de chez Brébant, ils y entrèrent.

André était absolument heureux. La haine qui couvait en lui, le désir de la vengeance, allaient se satisfaire; pour arriver à ce résultat, les moyens qui s'offraient à lui étaient des plus agréables.

Se retrouvant élégamment vêtu sur les boulevards qu'il avait tant désiré revoir, ayant à son bras une femme bien faite pour l'amour, ayant des yeux provocants, des lèvres tentatrices, répandant autour d'elle un parfum troublant... C'était bien cette femme-là qu'il lui fallait d'abord, menant l'amour rondement : on lui tendait la main, elle vous donnait sa taille; on lui offrait un siège, elle s'asseyait sur vos genoux; on voulait la baiser au front, elle vous tendait ses lèvres... ses lèvres épaisses et lourdes de désirs... Il avait trop longtemps souffert pour désirer une autre femme; il n'eût pas su se contenir près d'une jeune fille timide, embarrassé de sa tendresse, l'amour naissant du respect et de l'estime de l'un et de l'autre l'aurait ennuyé; il cherchait un caprice, il ne voulait même pas une maîtresse, car il désirait être libre pour ce qu'il allait entreprendre.

Introduits dans un cabinet de chez Brébant, elle avait retiré son manteau, et André lui disait :

— Maintenant, commandez ce que vous voulez, ma chère Zélia.

Elle prit le menu d'une main, passa son autre bras sur l'épaule du jeune homme, penchant la tête sur lui : elle s'abandonnait. Il lui prenait la taille et la pressait. Elle crut qu'il lui demandait autre chose; elle tourna la tête et lui offrit ses lèvres pour un long baiser; puis elle dit :

— Nous allons prendre des huîtres?... potage bisque... n'est-ce pas ?

— Prends ce que tu voudras, ma belle mignonne... à ton goût... j'aimerai ce que tu aimeras.

Elle le regarda encore et lui sourit en disant :

— A la bonne heure! c'était trop bête de dire vous quand on se connaît depuis si longtemps... car nous sommes de vieilles connaissances.

— C'est vrai!...

Elle commanda le dîner. Quand ils furent attablés chacun d'un côté de la table, André la regardait et la trouvait jolie; il n'était pas scrupuleux sur sa valeur morale et il se félicitait de sa conquête; et puis elle était babillarde, joyeuse, cela lui plaisait; il était si souvent assombri par ses pensées qu'il se trouvait heureux de cette bruyante gaieté. Elle parlait toujours et ne vous obligeait pas à répondre, c'était pour André un agrément de plus.

Néanmoins, pendant le repas, il l'interrogea sur les points qui l'intéressaient. D'abord, il voulut savoir ce qu'était celle qu'on ne désignait que sous le nom de Céline. Zélia lui donna tous les renseignements qu'il demandait. La belle fourbisseuse avait connu la jeune fille à son entrée en apprentissage, elle savait tout. Il se fit raconter ce qu'on avait dit lors de sa condamnation. Là, il remarqua que Mlle Zélia, malgré sa prolixité, avait été très réservée; elle était très adroite, elle en savait plus qu'elle n'en disait, mais n'avait pas voulu le lui laisser voir, et il s'aperçut qu'elle restait convaincue qu'il avait volé son patron, qu'il avait mis son argent à l'abri, et qu'après avoir fait une partie de son temps, libre, il avait été rechercher cet argent, avec lequel il vivait copieusement.

A quoi lui aurait servi de chercher à prouver la vérité à cette fille, puisqu'elle paraissait attacher si peu d'importance à sa condamnation qu'elle l'aurait félicité volontiers de l'adresse avec laquelle il avait fait le coup?... Et puis, il se souciait peu désormais du jugement qu'on porterait sur lui.

En quittant le restaurant, ils allèrent passer la soirée au théâtre et, le soir, c'était Mlle Zélia qui amenait chez elle, rue de Laval, son bien-aimé André...

Elle n'avait plus qu'une jupe, les dentelles de sa chemise glissaient sur ses épaules, laissant voir une gorge saine et robuste, d'une blancheur nacrée, des bras adorables; son fin visage vicieux se détachait provocant sur ses cheveux d'or sombre... André, à moitié déshabillé, en bras de chemise, était assis sur le lit; elle était

devant lui, il l'admirait; elle sourit en lui montrant ses dents superbes et, lui plaçant ses mains sur les épaules, elle lui dit :

— Qui m'aurait dit, il y a dix ou douze ans, qu'un soir je
me trouverais là avec toi... que la petite ouvrière serait la maîtresse
du beau M. de Gueutteville!... Ça me fait plaisir, tout de même, ça
me réjouit.

Ils s'embrassèrent...

XI

LE CHEMIN DU CRIME

Certainement, ce fut une belle nuit d'amour que celle que passa
André dans les bras de Zélia la fourbisseuse; entre deux baisers,
ils évoquaient les souvenirs d'antan. Toujours André revenait sur
le même thème, demandant de minutieux détails, et Zélia lui
racontait gaiement tous les cancans d'atelier, les petites intrigues
scandaleuses, les relations secrètes ou soupçonnées des uns et des
autres, et cela dans un style coloré et chaud, plein de pittoresque,
où la gaieté frisait l'obscénité, où le mot propre était remplacé par
un à peu près piquant.

Il faut reconnaître que la réputation de chasteté de Berthier en
sortait un peu compromise, que celle de ses ouvrières était absolument sacrifiée. André apprit ce qu'on disait sur son compte et sur
celui de Régine. C'est surtout sur cette dernière qu'il demanda des
renseignements. Il voulait savoir quelle était sa tenue après son
arrestation. S'il avait su déjà ce qu'elle avait fait, il aurait été
convaincu de sa duplicité.

Tout ce qu'André voulut apprendre il le sut; il était si satisfait
de tout ce qu'il apprenait qu'il ne remarqua pas l'uniformité des
jugements portés par sa belle amie; tous ceux qu'elle avait connus
chez Berthier, depuis les patrons jusqu'aux ouvriers, avaient quelque chose à se reprocher ; elle-même reconnaissait qu'elle n'avait
que de très mauvaises relations avec la vertu.

Mais la grande fille lui plaisait jusque dans sa dépravation; il

aimait sa gaîté cynique qui l'empêchait de penser, et la quittant le
matin satisfait de la nuit passée, il lui donnait rendez-vous pour le
soir. Mais Mlle Zélia ne disposait pas de toutes ses soirées, et elle
pria son nouvel amant de remettre au lendemain leur prochain
rendez-vous. Il n'avait pu se tromper sur ce que la belle fourbisseuse appelait l'amour ; il pensait bien que ses faveurs étaient
tarifées, il avait laissé sur la cheminée son offrande. C'est au
moment où, pendue à son cou, elle l'embrassait en lui disant : « A
demain ! » que le regard de la belle fille tomba sur les quelques louis.
Ses bras se desserrèrent aussitôt, son visage s'assombrit et des
larmes vinrent à ses yeux.

André, absolument stupéfait, regardait Zélia, cherchant à s'expliquer ce changement rapide ; alors elle lui dit :

— Je ne croyais pas que tu m'aimerais si peu ; je croyais que
notre rencontre d'hier en même temps qu'elle faisait revivre en moi le
caprice que j'avais autrefois, t'avait inspiré l'amour que je recherchais...

— Eh bien ?

— Si j'ai dit : « Oui ! » aux premières propositions que tu m'as
faites, je ne cherchais que ton affection, ton amour et... je ne voulais pas d'argent...

— En voilà des bêtises ! tu te fâches de ça, fit André un peu
embarrassé de la situation qu'elle lui donnait près d'elle... Veux-tu
te taire, rire et m'embrasser !

— Reprends ton argent d'abord...

— Pourquoi, voyons ?...

— Pourquoi... pourquoi... eh bien ! parce qu'en te rencontrant,
j'ai été bien heureuse ; il m'a semblé que je me retrouvais comme
autrefois, à l'époque où je n'avais un amant que pour l'amour qu'il
m'inspirait ; je me revoyais l'ouvrière de jadis, faisant avec le
premier commis de la maison la partie que j'avais tant rêvée ; j'oubliais... ce que j'ai fait depuis. Avec toi, j'étais heureuse, je parlais librement... Et puis, je te mentais pour ne pas te faire de peine.
Mais je sais bien quelle est ta situation... Je sais tout... N'en
parlons plus, cela m'ennuierait autant que toi de te voir souffrir.
Je sais que tu n'as pas le sou — on n'est pas pendu pour ça — eh
bien ! garde donc ton argent pour toi, tu en as besoin... Tu m'as dit

que je t'amusais, que je te plaisais — je n'ose pas dire que tu
m'aimais... Garde-moi sans jalousie : je n'ai pas d'amant... pas
d'amant de cœur... qu'est-ce que ça te fait?...

André avait baissé la tête; elle lui prit la main et lui remit
dedans les louis qu'il avait placés sur la cheminée...

— Pardi !... laisse donc faire à des gens très riches, qui ont
trop d'argent, ce que tu fais là... Mon pauvre André, je sais bien
ce que tu fais... ce que tu es, donne-moi seulement ton cœur. Songe
que j'ai toujours des amis là-bas... chez Berthier, que je les revois
quelquefois, rarement...

André releva la tête et répétant sa phrase demanda :

— Ah ! tu as toujours des amis là-bas, tu sais ce qui s'y passe?

— Oui... je sais tout... Tu es sorti il y a quelques mois, tu as
voulu travailler et on t'a refusé... tu es resté longtemps sans
trouver d'ouvrage à cause d'eux... Ne fais pas l'enfant, tu as plus
besoin d'argent que moi, remets ça dans ton gousset...

Il obéit machinalement, et abattu, étonné par ce que Zélia venait
de lui dire, il s'assit dans un fauteuil. Zélia se plaça devant lui, et
le plus doucement du monde continua :

— Écoute, mon petit chien : moi, je t'aime, je trouve dans la
satisfaction de cet ancien caprice un plaisir extrême... Veux-tu
m'aimer?...

André la regarda, il fallait répondre, et il dit:

— La preuve que je t'aime, c'est qu'après ce qui vient de se
passer, je suis encore là... C'est une humiliation.

— Une humiliation pour un imbécile !... Veux-tu convenir
d'autre chose : tu es pauvre, je te fais crédit, mais, quand tu seras
riche, tu m'indemniseras... tu m'entretiendras, ajouta-t-elle en
riant.

— Tu te moques de moi.

— Pas du tout... je sais beaucoup de choses, je t'en ai dit pas
mal... Eh bien ! ce n'est pas tout... Tu m'as peut-être prise pour une
niaise, tu verras que tu te trompais...

— Oh ! je l'ai vu!...

— Je sais que tu es sorti de là-bas avec l'idée de faire payer cher
ta condamnation à ceux auxquels tu la dois... Si tu t'étais servi pour
jouer à la Bourse de l'argent de Berthier, vous étiez presque deux

amis, et comme il n'y avait pas de déficit, il pouvait te renvoyer au besoin, mais ne pas te faire condamner.

— Oh! ma pauvre Zélia, mais cela est faux, je n'avais rien détourné de chez Berthier...

Zélia l'interrompit; elle ne lui demandait pas de chercher à se justifier, elle était bien persuadée qu'il était coupable, ses dénégations vis-à-vis d'elle étaient donc inutiles, puisqu'elle trouvait une excuse à la faute dans sa morale. Elle continua :

— Que tu sois coupable ou pas, qu'est-ce que ça fait?... Berthier ne devait pas te faire poursuivre, et, en tout cas, sa femme devait te sauver, car tu étais son amant.... Oh! ça, ne t'en défends pas, je le sais! je vous ai vus! Et une femme amoureuse d'un homme qui ne la regarde pas voit clair dans les intrigues qu'il a. Mais, au contraire, c'est elle qui t'a fait le plus de mal : elle voulait se débarrasser de toi; donc le mari, s'il a su quelque chose, est excusable dans sa haine... elle, ne l'est pas... Eh bien! je puis t'aider à te venger de celle-là... En dehors de l'amour qu'elle t'a inspiré, j'ai autre chose contre elle...

— Quoi donc?...

— Elle m'a pris un de mes amants...

— Ce n'est pas possible! exclama André, étourdi et prenant un vif intérêt à l'alliance amoureuse et défensive qu'elle lui offrait. Mme Berthier a eu un amant?

— En a eu un!... Je dis : J'en connais un. Un garçon très riche. Oh! ça n'a pas duré longtemps; elle lui a fait payer ses dettes, mais ça prenait de telles proportions qu'il a vite rompu.

— Comment sais-tu cela?

— C'est bien simple : c'est un bon garçon pas bien malin, et il m'a tout raconté quand je lui ai reproché de m'avoir abandonnée; il a dit qu'il ne recommencerait pas... il s'était emballé avec une femme du monde, mariée, qui l'avait décavé avec plus d'adresse qu'une cocotte, et tout ça au mystère...Tu te doutes bien que je suis curieuse. J'ai voulu savoir quel était le nom de la femme du monde; j'espérais une duchesse, lorsqu'il a fini par accoucher de Mme Régine d'Auroy... Tu penses si j'ai ri... Mais où je me suis fâchée, c'est lorsqu'il m'a dit qu'elle s'était moquée de moi, parce qu'elle m'avait vue dans une voiture avec lui au Bois...

— Comment ! Mme Berthier a des amants !

— Tu croyais peut-être qu'elle avait quitté son mari pour vivre en religieuse, surtout demeurant avec son père... un vieux satyre, qui doit trouver toute naturelle la vie que sa fille mène.

— Et quel est le nom de cet amant ?...

Zélia regarda une minute André, puis reprit :

— Avant de répondre, je dois te dire que je te parle là d'une histoire ancienne ; depuis longtemps je ne le vois plus... Et puis, tu ne m'as pas répondu.

— A quoi ?...

— Veux-tu m'aimer comme je te le demande ?

— Mais c'est fait, ma belle mignonne... Je t'aime, je veux faire payer à ces misérables ce qu'ils m'ont fait... pour t'avoir à moi seul.

— Bien vrai ? demanda Zélia câlinement.

— Oui, bien vrai ! ma chérie.

Ils s'embrassèrent longuement, puis André demanda :

— Tu devais me dire le nom de ce cet homme.

— Il se nomme le comte de Lucany...

— Le comte de Lucany ! répéta André pour se souvenir.

Zélia comprit, et, l'aidant, elle ajouta :

— Emmanuel de Lucany.

— Comment est-il ?

— C'est un grand garçon, maigre, blond, ni beau ni laid, très froid, l'air timide, un peu niais même.

— Je vois ça... c'est tout ce qu'il me faut.

— C'est tout ce qu'il te faut... pourquoi ? Que comptes-tu faire ?

— Ma chère Zélia, je ne le sais pas... mais tu avais raison, je ne suis poursuivi que par une idée : me venger... J'ai été injustement condamné, sache-le bien. Oui, ma belle, nous sommes unis, oui, je suis ton amant, je t'aime ! parce que tu es jolie, parce que tu as été bonne, parce que tu me plais bien, enfin, tu es mon type... et puis parce que tu as la même haine que moi : les Berthier, et que tu es prête à agir contre eux.

— Contre elle surtout, cette pimbêche, qui posait à la pudeur... Oh ! cette femme-là, je la hais. Ça a tout ce que ça peut désirer, de l'argent, des bijoux, des costumes... une famille, un enfant, et ça fait la noce !... Moi, je sais ce que je suis... Je ne cherche à tromper

Elle s'assit sur un coussin à ses pieds.

personne; mais si à seize ans j'avais eu un père ou une mère pour
m'élever; si à dix-huit ans, sachant travailler, on m'avait donné
un mari... aujourd'hui, j'en jure Dieu, je serais entourée de mar-
mots, ne pensant qu'à eux et à leur père.

— Tu es une bonne fille, ma Zélia... Allons, je vais partir... et à
demain.

— Non, j'ai réfléchi... il arrivera ce qu'il arrivera... je veux te
revoir aujourd'hui... ce soir... J'irai chez toi, veux-tu?

— Certainement. Nous dînerons ensemble.

— Je veux bien, mais dans un bouchon, par là-haut, gentiment,
simplement.

— C'est entendu. A six heures, place Clichy, je t'attendrai.

— C'est convenu, répondit Zélia, le reconduisant en l'embrassant.

Lorsque André se trouva dehors, un méchant sourire s'étendit
sur ses lèvres; il se hâta de rentrer chez lui, et se mit aussitôt à écrire
une courte lettre qu'il descendit mettre à la poste lui-même en
disant :

— Il n'y a pas d'erreur possible, et après-demain je t'attendrai
au rendez-vous. Ah! Régine, c'est dans deux jours que ça commence.

La journée parut longue à André. Tout au charme de sa nouvelle conquête, il eut un désenchantement : se trouvant au rendez-
vous le soir sur la place Clichy, il vit un fiacre s'arrêter et par la
portière une main gantée qui lui fit signe d'approcher. Il s'avança
et reconnut Zélia, qui lui dit :

— Mon petit homme chéri, impossible ce soir de dîner avec toi.
Je suis venue quand même, ne voulant pas te faire poser... et voulant t'embrasser... Il faut que je reparte tout de suite. Je suis entrée
dans un magasin, il est en voiture à la porte, je suis ressortie par
une autre porte. On m'attend... Je suis prise, c'est un grand dîner,
avec des amis... de quoi crever d'ennui... Tu ne m'en veux pas ?...

— Je ne te dirai pas que ça m'amuse...

— Allons, embrasse-moi... ne fais pas cette mine-là... dis-toi
que ta Zélia va penser à toi... et à demain, chez moi, à cinq
heures... Dis au cocher de retourner d'où il vient...

André obéit, et pendant que la voiture s'éloignait, Zélia, par le châssis de la portière, lui envoyait des baisers sur le bout de son gant.

Il passa une triste soirée et rentra se coucher tôt. Le lendemain, vers deux heures, il entrait dans une brasserie du faubourg Montmartre, sise au fond d'une cour. A cette heure, il n'y avait presque personne autour des tables ; d'un coup d'œil André le constata avec satisfaction ; il alla s'asseoir dans un coin sombre. Il y était installé depuis quelques minutes à peine lorsqu'une femme entra qui, après avoir parlé au garçon, se dirigea vers lui.

C'était Régine, mise de façon à n'être pas reconnue, si on la rencontrait, c'est-à-dire bien enveloppée dans un manteau et le visage couvert d'un voile épais. Se plaçant sur une chaise que le garçon lui offrit, elle attendit que celui-ci se fût éloigné pour dire d'un ton bref à André :

— Que me voulez-vous encore, monsieur ?

— Mais, madame, il est absolument nécessaire que nous ayons ensemble un sérieux entretien... que nous n'avons pas eu chez vous ; vous aviez hâte que je partisse, et je n'ai pu vous parler...

— Ce n'est pas en ce lieu...

— C'est vous-même, madame, qui m'avez dit, lorsque je vous prévins que j'avais besoin de vous revoir : « Pas chez moi surtout... » Je vous demandais si vous ne manqueriez pas de venir au rendez-vous que je vous donnerais... Vous m'avez promis...

Régine eut un mouvement d'impatience et dit :

— Eh bien ! j'y suis, que me voulez-vous ?

— D'abord, madame, je veux vous rendre la reconnaissance de l'objet que vous m'aviez chargé d'engager. — J'ai touché quinze cents francs...

— Quinze cents francs ! répéta Régine surprise du chiffre... Vous ne voulez pas, je pense, me demander encore de l'argent ?...

André la regarda en souriant ironiquement et lui dit :

— Vous vous trompez absolument, madame ; je suis sans ressources, sans moyen maintenant de m'en créer, cela par votre volonté : il faut que vous me rendiez, madame, ce que vous m'avez pris...

Régine eut un mouvement de hauteur pour répondre :

— C'est une nouvelle tentative de chantage que vous voulez

faire sur moi; j'ai été généreuse la première fois, mais je me bornerai là... Je suis séparée de mon mari, c'est-à-dire libre, me moquant du passé que vous voulez divulguer... faites ce que vous voudrez.

André fut un peu décontenancé par cette réponse.

— Ainsi, vous croyez que les quinze cents francs que je vous ai arrachés compensent suffisamment l'infamie pour laquelle vous m'avez fait condamner ?

— Je ne sais de quelle infamie vous prétendez m'accuser. J'ai fait ce que je devais faire.

— Ce que vous deviez faire! fit André tout à fait abasourdi par l'audace de Régine.

Il s'attendait à voir une femme souple, résignée à la situation qu'il se disait avoir le droit de lui faire, et il se trouvait devant une femme sévère qui le dominait. Régine reprit :

— Oui, ce que je devais faire... Vous ferez ce que vous voudrez de vos petites lettres; vous irez comme un dadais jaloux les montrer à tout le monde, en disant : J'ai été l'amant de Mme Berthier ! Quant chacun le saura, croyez-vous que cela pourra gêner mon indépendance ? M. Berthier sera le plus heureux des hommes, si vous les lui donnez, parce qu'il pourra refuser l'augmentation de pension que je demande, et puisque je ne puis vous donner d'argent aujourd'hui, je pourrais encore moins vous en donner plus tard... Tant qu'à votre condamnation, que voulez-vous que cette déclaration fasse?... vous avez été condamné, vous avez subi votre peine...

— Je prouverai que j'étais innocent...

— Mais non, monsieur; il ne découle pas des relations coupables que nous avions ensemble que j'étais votre complice... Vous vous serviez de l'argent de M. Berthier pour jouer, vous ne l'avez pas nié...

— Mais je ne lui ai causé aucun préjudice... Le fait de l'accusation, c'est ce qui fut trouvé chez moi, le paquet de titres que vous y aviez apporté...

— Eh bien! fit Régine hautaine.

— Eh bien! par les lettres qui prouvent nos relations s'établit votre complicité!...

— Vous vous trompez encore : si je dois reconnaître vis-à-vis du monde que j'étais votre maîtresse, je prouverai que notre rupture coïncide avec le jour où vos agissements furent découverts...' et qu'ils en furent la cause... je vous ai quitté apprenant que vous étiez un voleur...

— Aujourd'hui, et à moi, vous osez dire cela?

— Mais, naturellement... chacun pour soi... et si vous me calomniez, je vous ferai reprendre comme diffamateur.

— Vous avez pu tromper votre mari, mais je lui ouvrirai les yeux...

Régine eut un haussement d'épaules et reprit :

— Mon mari! ah çà! est-ce un rôle que vous jouez, ou êtes-vous si naïf de croire que mon mari ne sait rien?...

— Je ne suis pas un naïf... prenez garde, je suis un vengeur!...

— Ce sont des gros mots, ça...

— Vous en jugerez... Je sais que votre mari a été votre dupe. Il nous a surpris, et il ne m'a pas reconnu... Mais vous lui avez dit le nom de votre amant; il voulait me chasser, il m'a fait établir l'état de ma caisse, s'est aperçu que des valeurs manquaient... D'un mot vous rétablissiez la vérité. Vous ne l'avez pas fait, et il a cru véritablement que les titres trouvés dans ma chambre avaient été soustraits par moi... Blessé, outragé, il avait ainsi le moyen de m'éloigner de vous et de se venger de ce que j'avais fait... Ne voulant pas de scandale, il se séparait ensuite sans déclarer la véritable cause.

— Monsieur de Gueutteville, M. Berthier a agi plus rigoureuse- ment que cela. C'est M. Berthier qui, un à un, depuis trois ans, m'avait donné les titres portés par moi chez vous, dans l'idée de quitter la maison pour vivre avec vous. C'est lui qui, me surveillant sans que je m'en doutasse, s'étant aperçu que ses titres n'étaient plus à l'endroit où je les resserrais, pensa qu'ils étaient chez vous, et fit aussitôt sa plainte... C'est lui qui vous fit prévenir, ne voulant pas que le commissaire me trouvât chez vous et pût supposer la vérité... Il m'attendait chez moi, et m'obligea à vous accuser, à nier nos relations. A ce prix, il se séparait de moi en ne me flétrissant pas pour ma conduite, en me laissant mon enfant, qu'il savait n'être pas le sien, en acceptant de m'installer chez moi, en me laissant la pension de mon père

— Et vous avez accepté de me faire passer pour un voleur?...

— J'ai tout accepté... bien heureuse de retrouver une situation..
Sans cela, que faisais-je? J'étais chassée par mon mari... et vous
m'aviez dit — souvenez-vous-en, car c'est la vraie cause de ma
conduite — lorsque j'allais vous proposer de fuir avec vous : « C'est
indigne de serrer la main de l'homme que l'on trompe, d'appeler
son ami celui qu'on déshonore : c'est une force que je ne me sens
plus... Il faut, par votre conduite, racheter la faute commise... »

— Oui, je vous ai dit cela, c'est vrai, c'était le langage de la
raison. Si je l'avais tenu plus tôt, nous ne serions pas là...

— Ce n'est pas tout... Vous m'aviez perdue. Vous étiez la cause
que l'on allait me jeter à la porte, j'allais vous demander asile, et
vous me répondiez : « J'aurai la force de m'arracher du cœur l'amour
que j'ai pour toi. Oui, je veux rompre, et c'est au nom de ton enfant
que je réclame cette rupture. » Ces mots étaient si étranges en cette
circonstance dangereuse, que, stupéfaite, ne pouvant croire à ce que
j'entendais, je vous demandai si cela était bien sérieux. A quoi vous
répondîtes froidement : « Absolument, je parle raison. Je t'aime
toujours, non plus comme autrefois, il y a plus d'amitié que
d'amour. » Pour moi, dans l'état où je me trouvais, c'était épouvantable... A tout prix il fallait rester à la maison, subir tout ce que
mon mari voudrait... c'est ce que je fis...

André était fort embarrassé, la situation devenait nette. Régine
acheva :

— Allez, si vous le voulez, porter vos petites lettres à M. Berthier ;
allez le menacer de scandale... il vous fera arrêter aussitôt pour
tentative de chantage...

André écoutait, mordillant ses moustaches, remuant de son doigt
les allumettes sur la table, tout à fait surpris de la façon dont les
rôles se retournaient... ses armes s'émoussaient sur l'indifférence
ironique de son ancienne maîtresse. Après un silence pendant lequel
Régine, croyant avoir eu raison de son adversaire, rajustait son
voile, reboutonnait ses gants, se disposant à partir, André releva
la tête et dit :

— De tout ceci, il ressort que vous avez été contrainte par votre
mari de l'aider à se venger, si vous ne vouliez qu'il n'étendît sa
vengeance jusque sur vous et les vôtres... Ce qui vous a fait consentir,

est que je vous abandonnais au moment critique... Vous êtes un
u excusable du crime commis sur moi; le vrai coupable, c'est votre
ari... Mais ce n'est pas moins vous qui êtes la cause de l'état dans
quel je me trouve; en repoussant ce que je crois avoir le droit de
clamer de vous, vous m'obligez à agir, et si M. Berthier a été
sez misérable pour tout savoir et tout faire, il est des choses que,
ans l'instance que vous tentez, il lui serait peut-être agréable
apprendre...

— Je ne vous comprends pas, fit Régine, dont l'éclair du regard
vit sous le voile.

— Je pourrais lui dire que le comte Emmanuel de Lucany
rtait beaucoup d'intérêt à sa femme...

Régine eut un mouvement nerveux, comme un choc, et ne
pondit pas.

Elle demanda d'un ton impatienté, montrant sa hâte de finir cet
tretien :

— Enfin, monsieur, où voulez-vous en venir avec ce système de
enaces? Que voulez-vous de moi?

— Je vous l'ai dit, madame : de l'argent... de l'argent.

— Mais je vous l'ai dit : je n'en ai pas; lorsque vous êtes venu
hez moi, vous avez pu en juger... Moi-même j'en cherche...

— Vous devez reconnaître, malgré tout, en faisant bon marché
e la situation morale, que par le fait de cette condamnation je n'ai
lus de position à espérer; et de quoi me vient-elle? des suites de
os relations. C'est pour vous avoir aimée que je suis condamné
omme voleur... Vous pouviez me sauver... et c'est au contraire
ous qui m'avez accusé... Si vous ne voulez me relever, vous devez
u moins m'aider à le faire.

Ce ton plus calme fit une vive impression sur Régine, qui, se
ournant vers lui, répondit :

— C'est vrai, monsieur de Gueutteville, un préjudice considé-
able vous a été causé, et, je vous le jure, s'il était en mon pouvoir
e le réparer, je le ferais. Mais je n'ai rien, rien que des dettes...
'en suis aux expédients pour vivre... Ah! si aujourd'hui pour
emain, M. Berthier venait à mourir, je serais riche, et aussitôt je
rais pour vous ce qu'il devrait faire, maintenant qu'il s'est vengé,
t que les raisons de sa haine ne subsistent plus.

André la regarda fixement pendant quelques secondes, si fixement qu'elle était gênée par ce regard; elle eut un tremblement lorsqu'elle l'entendit lui dire à mi-voix :

— C'est bien sincère, ce que vous me dites là, Régine?...

— Oui ! fit-elle du même ton, je vous le jure.

— Si votre mari venait à mourir, vous répareriez largement le préjudice que vous m'avez causé?..

Sa voix tremblait en répondant :

— Si cela arrivait, si j'héritais de mon mari, sachant bien que vous ne pouvez vous relever du préjudice causé, je vous mettrais à l'abri de tout.

— Mais si votre mari venait à mourir, seriez-vous héritière?

— Naturellement, mon fils, dont je suis la tutrice, est l'unique héritier de son père — elle se reprit pour dire : — de M. Berthier.

— Mais il vit avec une femme qu'il aime et une fille qui est la sienne et qu'il pourrait...

Régine l'interrompit, parlant vivement, montrant toutes ses craintes :

— C'est justement ce que je veux éviter... Il vit avec un petit graillon qu'il a eu autrefois... quelque chose de propre!... Il dit que cette enfant est de lui... l'imbécile !... Vous savez mieux que tout autre qu'il n'en a pas eu avec moi...

Se rapprochant et s'appuyant sur la table, parlant confidentiellement, changeant tout à coup de ton et d'allures, elle continua :

— Et si vous avez un peu de cœur, si vous avez encore un peu d'affection pour cet enfant que vous aimiez autrefois... que nous avons été plus d'une fois ensemble voir dans son berceau... c'est votre enfant, à vous...

— Pourquoi ne vous êtes-vous pas souvenue de ça chez le juge d'instruction?...

— Ne parlez pas du passé.

— C'est vous qui l'évoquez.

Elle parut ne pas entendre et acheva :

— Vous penseriez un jour à lui, et au lieu de me tourmenter, vous m'aideriez à protéger ses biens, son avenir... Oui, je le crains, je le sens, Berthier, le misérable, veut nous ruiner, moi et mon fils... au profit de cette fille et de son enfant; il donne déjà de la

27

Il réfléchit : qu'allait-il faire?...

main à la main tout ce qu'il peut; il désire, je le sais, la mort de
mon enfant, parce que alors il ne me laisserait rien à moi... Je me
moque bien de cela; c'est la situation de mon fils que je veux
sauver.

— Que faut-il faire pour cela? demanda André, regardant
Régine.

Il y eut un silence au bout duquel elle répondit :

— Je ne sais pas, moi... Il faut trouver...

— Écoutez, Régine. Je remarque que vous n'avez plus, ni la
crainte, ni la répulsion que vous manifestiez.

— Vous me parlez raisonnablement, je vous réponds de
même.

— C'est à cause de cela... si vous voulez, fit-il en souriant. Mais
entendons-nous : vous m'aiderez à refaire ma position, si je vous aide
contre Berthier?

— Oui, je vous le promets...

— Si je me consacre à sauvegarder les intérêts de notre... de
votre enfant, je retrouve en vous une amie...

— Oui. Si vous réussissez, surtout...

— Je vais penser à cela... J'avais tant de ressentiment contre
vous, que ça ne peut partir comme ça d'un coup... Il faut que je me
persuade bien que le vrai coupable, c'est Berthier, que vous ne l'avez
aidé que contrainte... Il faut que, sans arrière-pensée, je puisse avoir
confiance en vous...

André hochait la tête et pour le décider elle dit :

— Je n'ai pu que vous raconter brièvement ce qu'il a exigé. Un
jour, je vous dirai tout, et vous me pardonnerez...

Il la regarda.

— Est-ce bien sincère ce que vous me dites là ? Croyez-vous que
vous puissiez être pardonnée?

— Vous en jugerez...

Elle avait négligemment posé sa main sur la table; il la pressait
et elle ne la retirait pas.

— Vous concevez bien que je hais Berthier, que, vous pardon-
nant, à vous, la haine que je vous avais vouée à tous deux va s'augmenter d'autant pour lui...

« Ah ! si on pouvait se battre avec lui, demain l'un de nous deux serait couché sur le terrain... Non !... c'est un autre combat qu'il faut lier avec lui... Je chercherai.

— André, quand vous reverrai-je ? demanda Régine en se levant.

— Quand vous voudrez... J'irai chez vous.

— Non, pas encore, il faut que je prépare mon père à vous revoir. Vous allez penser à ce que je vous ai dit : aidez-moi, je vous aiderai.

— C'est la parabole du Christ, dit en riant André. Aidez-vous les uns les autres... Régine, je vais réfléchir ; quand nous nous reverrons, dans quelques jours, je vous dirai mon plan...

Il lui tenait toujours la main ; elle eut une affectueuse pression en se dégageant ; elle se leva, et se retira en disant :

— Au revoir ; écrivez-moi le plus tôt possible, et nous nous entendrons...

— Oui, fit-il avec intention, nous nous entendrons.

Elle sortit et André seul, s'enfonçant dans l'angle de la banquette et riant sourdement, répondant à sa pensée, exclama :

— Ah ! ce serait trop fort !

A quelle pensée répondait-il ? Devant quel désir satisfait se trouvait-il étonné ? Son visage était radieux.

Il sortit et se rendit au même endroit où, quelques jours avant, il avait rencontré Zélia ; il attendait l'heure de son rendez-vous.

Lorsqu'il arriva chez sa maîtresse, celle-ci l'attendait ; elle le fit asseoir dans le petit salon qui précédait sa chambre à coucher, et s'assit sur un coussin à ses pieds. La charmante Zélia l'aimait, elle avait pour lui un véritable caprice, mais André ne se sentait plus près d'elle l'entraînement du premier jour ; elle lui souriait, il la regardait, et malgré lui, il la comparait à celle qu'il avait vue dans la journée.

Certainement Mlle Zélia était belle, certainement elle était gracieuse dans ses costumes, mais que Régine était plus jolie, que d'élégance elle avait dans une mise plus simple, et combien son langage et le timbre de sa voix avaient plus de charme !...

Le jour baissait, c'est à peine si, à travers les fenêtres masquées par de lourds rideaux, la lumière pénétrait encore ; le petit salon était obscur, le regard ne percevait plus que des masses sombres. André avait relevé Zélia comme pour l'embrasser, et il l'avait

obligée à s'asseoir près de lui sur le canapé, il la tenait dans ses
bras appuyant sa tête sur sa poitrine. Il lui avait dit :

— Qu'on est heureux l'un près de l'autre dans ce demi-jour;
Reste ainsi, abandonne-toi et ne parle pas.

Zélia, heureuse de cette tendresse, se livrait obéissante, et André
plongeait sa tête dans ses cheveux, il lui semblait qu'il parlait bas
comme s'il récitait des vers. Charmée, ravie, elle relevait la tête
et donnait ses lèvres, et le baiser d'André n'était plus le même, il
était plus ardent; elle sentait ses lèvres trembler sur les siennes,
ses mains qu'il passait dans ses cheveux la brûlaient et l'écheve-
laient... Après l'avoir pressée sur lui dans un mouvement nerveux,
il la repoussa, semblant s'arracher d'elle; se levant et marchant dans
le salon en se secouant comme pour chasser l'émotion qui l'étrei-
gnait, il dit :

— Zélia, prépare-toi vite que nous sortions...

— Mais qu'as-tu donc? fit-elle en riant.

— Tu me rends fou !

Elle vint près de lui, et se pendant à son cou pour l'embrasser :

— On aime donc bien sa petite Zélia... On l'aime pour de vrai?...

— Oui ! oui ! et il se dégagea... Allons dîner.

Zélia appela sa bonne, et demanda son manteau et son chapeau,
étonnée et ravie de l'étrangeté d'André : elle le trouvait original,
ses serments d'amour étaient bizarres et cela l'étonnait.

Pas un instant, la pauvre Zélia ne soupçonna, qu'en étant avec
elle, André, par son imagination, vivait avec une autre. Depuis son
entrevue du café il ne pensait qu'à Régine, il l'avait trouvée plus
belle que jamais, élégante, distinguée, c'est vainement qu'il avait
voulu retrouver tout cela chez Zélia. Certainement celle-ci était
également belle et, dans le demi-jour, il avait pu se croire avec
l'autre. C'est pour cela qu'il lui défendait de parler. Sous ses mains,
les chairs robustes de la plébéienne pouvaient lutter avec l'autre,
il se trompait encore en caressant ses cheveux, mais il ne ressentait pas près d'elle le parfum subtil et troublant de Régine.

En se rendant au rendez-vous qu'il avait donné à Régine, il
n'avait que de la haine, qu'un désir de vengeance. Par quel phénomène étrange était-il revenu de ce rendez-vous dévoré de l'amour
ancien? Régine s'était-elle révélée tout à coup bonne? Non! Avait-elle,

comme lui, été la victime de l'ennemi commun, Berthier? Pas
encore! Cette nature, qui apportait dans sa haine autant d'ardeur
que dans ses amours, lui avait plu... elle avait été crâne avec lui : il
l'avait menacée et il ne l'avait pas intimidée, au contraire, elle
l'avait bravé. Il était venu près d'elle croyant la dompter, lui faire
faire ce qu'il voudrait, et c'est elle qui l'avait soumis. En abandonnant ses mains à ses caresses, elle avait su, par une pression, ral-
lumer l'amour éteint, et depuis ce moment la pensée de Régine était
une obsession.

Il sortit avec Zélia. Celle-ci, trompée par la scène muette et plato-
nique qui l'avait charmée, était joyeuse; pendue au bras de son
amant, sautillant avec sa marche d'oiseau, elle riait, babillait,
racontant toujours, se satisfaisant d'un monosyllabe pour réponse,
attribuant à ses récits le sourire de son amant.

Ils se rendirent dans un cabaret de bohèmes et se firent
servir.

Zélia ne se lassait pas; connaissant la plupart des habitués de
l'endroit, elle en faisait en quelques mots la biographie, et Dieu sait,
les malheurenx, sous quelles étranges couleurs elle les peignait!
Elle remarqua bien que son amant était pensif, elle était parfois
gênée par son regard obstinément rivé sur elle...

Toujours sous le coup de son obsession, André la comparait à
Régine : les yeux de l'ancienne ouvrière n'étaient pas moins beaux,
mais ils n'avaient pas cette langueur troublante de l'autre; la
bouche de Zélia était appétissante, toujours rieuse : celle de Régine,
sans être plus belle, semblait plus faite pour le baiser; les mouvements de Zélia étaient un peu communs, tandis que Régine était un
véritable type de grâce et de distinction ; en tout, l'avantage restait
à l'absente. Et la pauvre Zélia était bien loin de se douter du sujet
de ce regard qu'elle sentait fixé sur elle et dans lequel elle voulait
lire l'admiration et l'amour.

André se souvenait de cette pensée de Bougeard : « L'amour est
fait de haine »; il se disait que cela était profondément observé. La
veille, Zélia était le type nécessaire. Sortant de la misère la plus
profonde, ayant soif d'amour, de luxure, il voulait la femme facile,
s'offrant d'elle-même; altéré de désirs, il n'avait pas de temps à
perdre à la recherche d'une amoureuse et dans d'interminables

serments; avec Zélia, en dénouant sa ceinture, les agrafes de sa robe tombaient. C'était là ce qu'il voulait.

Il l'avait trouvé, avec ce charme en plus que là où il cherchait seulement une complaisante il avait trouvé une amante : on l'aimait véritablement.

Eh bien ! cet amour trop facile il avait suffi d'une nuit pour l'en lasser; il avait pensé qu'il n'avait là que ce que le premier venu aurait obtenu comme lui, il ne pouvait prendre cette affection au sérieux.

Régine ! ça avait commencé par une lutte, c'était la haine que les regards lançaient, et de ce jaillissement un amour nouveau était né; il se disait que cette femme était une nature ! elle était forte. Par celle-là il pouvait espérer le relèvement. Son amour, d'abord, c'était la sanctification de son innocence; c'était la preuve pour tous qu'il avait été la victime d'une erreur... On ne pouvait reconnaître cette erreur; peut-être, si Régine redevenait sa maîtresse, déclare-rait-elle la vérité... Il pensait toujours, répondant à peine à Zélia, qui venait de lui raconter une histoire de femmes, qu'elle concluait en disant :

— Elle lui a chipé son amant, et elle a failli la tuer...

— Ah ! pour ça ? dit André indifférent.

— Comment pour ça!... Mais, moi je suis douce, je blague bien ; qu'on me prenne un homme quand je n'y tiens pas, ça me blesse un peu, et voilà tout... Mais me prendre mon amant... Tiens, toi, André, je t'aime... ma parole d'honneur, je n'ai jamais ressenti ce que j'éprouve pour toi, je ne sais pas si c'est parce que je t'ai connu plus jeune et te désirais, il me semble qu'il y a longtemps que nous sommes ensemble; je me sens à mon aise avec toi... tu es vrai-ment mon homme, vois-tu... eh bien ! une femme te ferait des yeux... ou tu chercherais une autre... ah! tant pis pour elle... aussi vrai que je m'appelle Louise, elle aurait une vilaine tête en sortant de mes mains...

André, un peu décontenancé dans l'état de pensée où il était, dit :

— Oh ! oh ! Tu es sévère...

— Ne blague pas avec ça, André, dit d'un ton tragique Zélia, je serais capable de tuer la femme avec laquelle tu me tromperais.

Le jeune homme la regardait avec étonnement, absolument ennuyé par la passion qu'il avait inspirée. Prenant ce regard langoureux pour une soumission, Zélia se leva et sans se soucier des autres consommateurs, alla s'asseoir à côté d'André. Elle se pencha sur lui pour l'embrasser ; André, confus, eut un léger mouvement de recul.

— Qu'est-ce que tu as ? fit-elle.

Il fallait répondre vite, car le regard clair de Zélia était anxieusement fixé sur lui.

— Je n'ai rien, ma belle mignonne, qu'une surprise profonde pour ta jalousie.

— Tu te reculais de moi...

— C'est le parfum que tu as sur toi... dans tes cheveux, qui me monte à la tête.

Il l'embrassa, en disant :

— Folle, va ! reprends ta place... les gens nous regardent stupéfaits.

Elle reprit sa place, le dîner s'acheva gaiement. Ils sortirent. En passant devant un parfumeur elle fit arrêter André et lui demanda, se disposant à entrer :

— Quel parfum aimes-tu ?

Il se souvint de l'excuse qu'il avait donnée, et touché par l'attention, il hésita ; mais l'obsession revint, il dit :

— Je vais le choisir et te le donner.

Il entra seul, il demanda le parfum que Régine aimait et, sortant, il dit à Zélia :

— Rentrons, je veux te servir...

Elle le regarda et éclata de rire, ayant deviné ses intentions voluptueuses.

Ils rentrèrent. André avait retrouvé la parole, il lui racontait qu'il avait des caprices singuliers : il ne voyait pas seulement dans l'amour les plaisirs charnels, il aimait les tendresses mystérieuses, se sentir près l'un de l'autre, muets d'émotion, dans la nuit...

— Es-tu singulier !... exclama naïvement Zélia, on ne croirait pas ça à te voir... c'est vrai, tu es un peu poète... dans le temps on disait que tu faisais des vers à la patronne.

Il ne répondit pas... Lorsqu'ils furent dans le salon, André s'étendit sur le canapé pendant que la bonne aidait Zélia à se déshabiller. La servante se retira, laissant sa maîtresse couverte d'un peignoir presque diaphane. Alors Zélia se coucha sur le tapis — une peau de lion — devant le canapé, et André, goutte à goutte, s'amusait à verser sur ses cheveux, sur ses épaules, le parfum qu'il avait acheté... A mesure que la délicieuse senteur se répandait, comme à mesure qu'on boit, l'ivresse venait... André se rejeta en arrière sur le canapé, mettant ses deux mains sur ses yeux.

Comme elle ne sentait plus les doigts qui caressaient ses cheveux, les lèvres d'André se posèrent sur son front, puis cherchèrent ses lèvres.

Elle était enivrée, la belle Zélia, de ces poétiques amours, elle était charmée de l'entendre, jamais on ne lui avait ainsi parlé.

— C'est ma vie qui recommence près de toi... Tu m'aimais, n'est-ce pas, tu m'aimais autrefois... ô ma belle adorée ! Si tu savais quelle ivresse je ressens, et quel amour profond j'ai là maintenant pour toi, ô ma beauté !

Et Zélia enivrée, toute frémissante, voulait répondre à cette voix douce comme un chant, mais aussitôt ses lèvres étaient closes par un baiser, dans lequel il disait :

— Tais-toi, je t'aime !

La grande fille, habituée à l'amour brutal, était toute pénétrée par cette scène, la nouveauté de ces relations l'amusait; elle avait lu de ces choses, elle ne les avait pas vécues, elle s'en trouvait ravie elle se plaisait elle-même dans le parfum qu'elle exhalait autour d'elle. Elle se prêta sans murmurer à tous les caprices de son amant, lorsqu'après une longue heure, celui-ci la dégagea du peignoir qui la couvrait à peine, et la prit dans ses bras, toute frémissante sous ses caresses, pour la porter dans sa chambre. Elle était un peu comme ivre, étendue sur le lit, les yeux clos, amollie, sans force, grisée par le parfum peut-être. Il vint près d'elle, elle s'abandonnait, il la prenait dans ses bras.

A l'étage au-dessous, occupé par des artistes, des musiciens on chantait; la fenêtre était ouverte, l'accompagnement du pian

Il ne voyait pas Lisa qui, par une pantomime désolée, indiquait à Marianne qu'elle était sans argent.

montait assourdi et une voix jeune et vibrante de baryton chantait :

> Pendant tout un jour j'ai pensé
> A toi, cruelle.
> J'ai ressuscité le passé,
> Où tu vins belle;
> Ta lèvre chantait le plaisir
> Et ta poitrine
> Se gonflait pleine de désir,
> O Régine!

Zélia trouvait ce concert adorable, elle n'entendait que la
musique, et trouvait que cela semblait fait exprès pour compléter la
poésie de la soirée. André avait écouté les paroles, la chaleur du
sujet ajoutait à la pensée dont il était obsédé; en entendant le nom
de Régine, il eut un saisissement, il pressa sur sa poitrine la tête de
Zélia, paraissant la caresser, mais lui bouchant les oreilles pour
qu'elle n'entendît pas.

Zélia prit cette pression pour une caresse et murmura :

— Mon André, je t'aime, et elle s'abandonnait somnolente.

André, l'oreille tendue, écoutait attentivement la voix qui
reprenait :

> J'ai longtemps, de tes bruns cheveux,
> Baisé les tresses;
> A tes genoux j'ai de tes yeux
> Bu les caresses...
> Fou de souvenir, j'ai pensé
> A toi, mutine,
> Pleine d'amour et de passé
> O Régine!

> Usons dans la chanson d'amour
> Toute notre âme;
> Nous nous endormirons au jour
> Sans cœur, sans flamme]
> Dans mon sommeil, je te verrai
> Fraîche et lutine...
> Jusqu'en rêve je t'aimerai,
> O Régine!...

La voix se tut, la fenêtre se ferma; André se demandait si
c'était bien seulement le hasard qui venait lui crier ce nom... puis

il se demanda si, au-dessous de lui, Régine n'était pas dans les bras
de celui qui chantait cette chanson faite pour elle... Il restait, la tête
penchée, écoutant, espérant entendre sa voix.

Mlle Zélia dut lui demander :

— Qu'est-ce que tu écoutes donc?... que fais-tu?...

André, balbutiant, répondit :

— Ce chant m'énervait; s'ils avaient recommencé j'allais leur
crier de se taire...

— Merci, tu me ferais donner congé...

— Pourquoi donc?...

André avait sauté du lit, et elle lui demanda :

— Mais que fais-tu donc... tu ne veux pas dormir ?

— Non, j'ai été agacé par cette musique... je vais allumer une
bougie.

Le charme était rompu; André était dégrisé; il revenait à la
réalité, presque aussi agréable que son rêve, mais qui paraissait lui
plaire beaucoup moins.

Zélia, toute piteuse, accoudée sur l'oreiller, faisant la moue, et
fort belle ainsi, lui disait :

— Je croyais que nous allions dormir.

— Ce parfum me porte à la tête. Je vais un peu respirer.

— Mais je croyais que tu avais choisi celui que tu aimais...

— Oui, mais c'est trop.

Zélia s'assit sur son lit et roula une cigarette, qu'André vint lui
allumer avec la bougie, qu'il plaça près d'elle; puis il ouvrit la
fenêtre, et s'accoudant sur l'appui, il lui demanda :

— Qu'est-ce que ces gens qui ont troublé notre soirée... qui te
feraient donner congé?...

— Je t'avoue que le propriétaire ne tient pas beaucoup à moi...
et, au contraire, il considère énormément le bonhomme du
dessous... qui, du reste, occupe tout l'étage. C'est un homme singulier, très riche, paraît-il, qui ne passe pas trois mois à Paris. Il est
presque toujours à son piano...

— C'est lui qui en touchait tout à l'heure?

— C'est lui qui chantait aussi... mais, ce n'est rien, ça, il y a des
soirs où il récite des vers... il faut entendre ça!... Moi, je mets mon
chapeau et je me sauve...

— Et tu ne sais pas qui il est?..

- Pas du tout... je le connais sous le nom de l'homme du premier. Je te dis, on ne le voit jamais; ainsi, depuis que je suis dans la maison, je l'ai aperçu à la fin de l'année, et encore, ce qui me l'a fait remarquer — tiens, ça peut te servir — c'est que je l'ai rencontré au bois causant avec Mᵐᵉ Berthier.

— Ah! il la connaît! fit André avec un tressaillement.

— Je ne sais pas s'ils se connaissent beaucoup... Cet hiver il est parti et il n'est revenu que depuis une dizaine de jours. Nous sommes rentrés trop tard, sans cela, avant-hier, tu aurais entendu la même musique.

André s'appuya sur la rampe de la fenêtre, aspirant bruyamment. Il souffrait de ce qu'il venait d'apprendre. Quel était cet homme? Assurément les strophes qu'il avait entendues étaient faites à l'intention de Régine.

Mais par quel étrange phénomène, cet amour qui le fatiguait autrefois, qui s'était tout à fait éteint, que la haine et le mépris avaient remplacé dans son cœur, renaissait-il tout à coup aussi puissant, aussi fort? C'est donc de la malhonnêteté du vice que naît l'amour!... et cela était venu en lui comme un heurt; il lui avait suffi de revoir celle qu'il prétendait haïr pour l'aimer furieusement, follement... Elle était moins jeune; était-elle plus désirable jadis?... Oh non! il l'avait retrouvée plus jolie qu'elle n'avait jamais été, véritablement femme, d'une beauté accomplie... Et puis le côté farouche qu'il avait retrouvé en elle lui plaisait.

Il pensait à elle pendant que Zélia combattait encore le sommeil, après l'avoir appelé deux fois:

— Chéri, viens donc! je vais m'endormir.

La jeune femme s'était assoupie... André rêvait, s'adossait à la fenêtre. Il regardait la chambre, il regardait Zélia endormie; la chambre était luxueuse, la femme était jolie, et il n'avait plus le désir de rester là. C'était un caprice passager, qui finissait lorsqu'il était satisfait.

Il eut un moment l'idée de partir sans bruit; il avait la fièvre, il était agité, il aurait voulu savoir ce qui se passait au-dessous. Mais il était tard, on n'entendait plus rien au dehors, tout était silencieux dans la maison, et puis, le lendemain, il pourrait savoir au moins le nom de cet homme qui connaissait Régine.

Il réfléchit encore : qu'allait-il faire? Donner un nouveau rendez-vous à Régine, et nettement placer la question.

Que voulait-elle? Sa liberté entière, c'est-à-dire son veuvage... Régine voulait hériter de son mari, avant que celui-ci ne pût sacrifier sa fortune à sa nouvelle famille.

Était-il prêt?

Seul, accoudé sur l'appui de la fenêtre, il se consulta, les regards perdus dans l'obscurité de la nuit. Un combat n'était pas probable, pas possible; c'était l'assassinat. Oh! il avait assez de haine, de désir de vengeance, pour assassiner celui qui l'avait fait passer pour un voleur, celui qui l'avait déshonoré, celui qui l'avait fait comdamner. Il eut un mouvement de bras comme s'il frappait dans le vide... et il eut une sensation de froid jusque dans les moelles..

Oui! il était prêt, mais ce serait le prix de Régine... il s'engagerait à faire Régine veuve si elle voulait être sa complice pour ne rien pouvoir lui reprocher dans l'avenir; ils seraient plus sûrement unis l'un à l'autre par ce crime que par le mariage. Il serait assez adroit pour ne pas même être soupçonné et alors, tout naturellement, Berthier mort — son fils héritant d'elle — s'engagerait à reprendre la maison. André se plaçait à la direction, il était son amant et vivait en époux, c'est-à-dire en maître.

Machinalement, comme s'il répondait à une question, il dit tout haut :

— Oui!

Et il rentra dans la chambre, tapant sur le tapis, tout à ses pensées, gesticulant dans une lutte imaginaire. Au bruit qu'il faisait, Zélia se réveilla et demanda à moitié endormie :

— Chéri, viens donc... ferme la fenêtre, on va attraper du mal... Viens donc.

André eut un sursaut; il se remit aussitôt, ferma la fenêtre et souffla la bougie. En s'apprêtant à se coucher, il parlait tout bas, retrouvant son rêve dans la nuit et le parfum de la chambre :

— Si tu es à moi, je ferai tout ce que tu voudras... je te ferai veuve pour que tu sois à moi... à moi seul... Tu consens, Régine, tu es à moi... je t'aime.

Il parlait bas. Il se dirigea vers le lit. Zélia s'éveilla à peine, elle voulut parler, mais il lui mit la main sur les lèvres en disant :

— Tais-toi, ma belle mie... c'est moi... je t'aime!

XII

« L'AMOUR EST LE MOBILE DE TOUTES LES ACTIONS. »

Étendu dans son vaste fauteuil, le colonel d'Auroy regardait par la fenêtre du petit jardin tout ensoleillé. La nuit avait été mauvaise, il n'avait pu fermer l'œil qu'au petit jour. C'est à cette heure seulement qu'il avait permis à la vieille Marianne de s'étendre tout habillée sur un lit-canapé installé dans une pièce voisine, pour se reposer un peu, afin de pouvoir l'appeler si, le mal revenant, il avait besoin d'elle.

La vieille servante avait passé plusieurs jours et plusieurs nuits près du vieux soldat, auquel une crise aiguë arrachait des cris déchirants; épuisée, ne tenant plus debout que par un prodige de courage et de dévouement, la vieille femme, à peine couchée, s'était endormie profondément, ronflant formidablement avec un gargouillement de pompe.

Le colonel, étendu sur son fauteuil-lit, l'accompagnait en paraissant souffler des pois... Le soleil du matin avait joyeusement éclairé le salon. La femme de chambre y était entrée deux fois. Les deux dormeurs ne s'étaient pas éveillés... Mlle Lisa, qui était entrée le front assombri, en entendant cette symphonie du sommeil, avait éclaté de rire.

Il était presque midi lorsque, se retournant sur son fauteuil, le colonel fit tomber le pot à tabac placé près de lui. Au bruit, il s'éveilla en sursaut, étonné de voir le grand jour, regardant autour de lui, cherchant à s'expliquer le gargouillement qu'il entendait.

En se replaçant sur son fauteuil, il constata que la douleur n'existait plus, que la crise était passée, et aussitôt il s'écria :

— Marianne! Marianne! Ah çà! nom de Dieu! ma parole d'honneur, c'est elle qui dort et qui ronfle comme ça ! Elle se gargarise. Marianne !

La servante, éveillée, accourut, croyant son maître plus malade, mais en l'entendant crier, elle eut un geste de satisfaction et dit :

— Ah ! il va mieux !

Le colonel continuait :

— Ah çà ! vieille marmotte, est-ce que vous allez dormir toute la journée ? Mais c'est une infirmité, ça ! nom de Dieu ! vous reposez toujours, vous êtes fatiguée de ne rien faire.

— C'est-y Dieu possible de dire ça !...

— Comment ! nom de Dieu ! qu'est-ce que vous fichez depuis trois jours ?... Pas de nourriture à faire, je ne mange pas ; je suis couché sur ce fauteuil, et vous restez là devant moi à me regarder comme une curiosité !

— Qu'est-ce que vous voulez ?...

— Ah çà ! est-ce que vous croyez que je veux rester sale comme un peigne ? Vous allez me nettoyer, et vous dépêcher. Nom de Dieu ! l'heure du déjeuner est sonnée... Appelez donc un peu, je crève de faim, ce matin... J'en ai assez, de vos tisanes !

Marianne s'était contentée de hausser les épaules ; elle sonna, puis elle apporta au colonel une serviette et une cuvette d'eau ; il se dressa vivement à la surprise agréable de la vieille servante.

— Ah çà ! vous me prenez pour un infirme. Ça va bien. Oui, merci !

— Ça s'entend, maugréa Marianne.

— Qu'est-ce que vous dites ? fit le vieux militaire fronçant ses énormes sourcils et se dirigeant en boitant un peu vers sa chambre.

Mˡˡᵉ Lisa entrait, le vieux soldat sourit aussitôt en lui disant :

— Mon enfant, si vous le voulez, dans deux minutes, je vais vous donner l'étrenne de ma barbe... Allons, vite, mon blaireau, vieille empotée !

— Colonel, ce n'est pas pour m'offrir cela que vous m'avez fait appeler ?

— Non, ma belle enfant, c'était pour vous demander si nous allions bientôt déjeuner. Je déjeune à table aujourd'hui. Prévenez ma fille.

Mˡˡᵉ Lisa parut un peu embarrassée. Voyant que le colonel, une

joue barbouillée de savon et le blaireau à la main, attendait sa
réponse, elle dit :

— Colonel, on n'avait pas commandé à déjeuner aujourd'hui...

— Comment! on ne déjeune pas aujourd'hui?

— Madame n'est pas rentrée... et nous n'avions pas d'ordre.

— Qu'est-ce que vous voulez dire? Régine n'est pas rentrée? Où
est-elle?

Lisa reprit vivement, en voyant sa maladresse :

— Madame est sortie ce matin : comme elle n'avait rien dit, nous
avons pensé qu'elle allait revenir assez tôt pour donner des ordres...
elle n'est pas encore rentrée... C'est qu'elle va déjeuner chez une de
ses amies.

Le colonel restait tout penaud à l'idée de déjeuner tout seul,
après la crise qui lui avait largement ouvert l'appétit ; il grogna...

— Sacré nom de nom de Dieu ! c'est gai, ça... Enfin, il faut me
faire à déjeuner...

Le colonel, tout soucieux, faisait la grimace devant son miroir,
se soulevant le nez, pour traîner son rasoir sur sa peau ; il ne voyait
pas Lisa qui, par une pantomime désolée, indiquait à Marianne que
tout le monde dans la maison était sans argent et qu'on attendait la
maîtresse dans l'espoir qu'elle apporterait de quoi faire le déjeuner...
La vieille Marianne chercha dans sa poche, s'apprêtant à donner
la menue monnaie qu'elle avait ; elle dit au colonel :

— Je vais vous chercher de l'eau chaude, et elle sortit emme-
nant Lisa.

Dans le vestibule, elle lui dit :

— Vous n'avez plus d'argent du tout?

— Non, j'ai donné ce qui me restait hier à madame, pour payer
sa voiture.

— Hier? interrogea Marianne.

Lisa se reprit vivement :

— Non, ce matin... lorsqu'elle est sortie. J'ai encore quelques
sous, on peut toujours faire des œufs et une côtelette pour le colonel...

On sonna. Lisa courut ouvrir la porte du jardin. C'était un gamin qui apportait une lettre, en disant :

— Si madame n'est pas là, vous devrez lui remettre à elle-même...
Et il attendait.

Il jeta un regard autour de lui et se rapprochant d'elle il dit plus bas...

— Oui, oui, j'ai compris, je la lui donnerai lorsqu'elle sera de retour.

— C'est que l'autre fois, quand je suis venu en porter une, on m'a donné pour boire...

— La course n'est donc pas payée?

— Si, mais c'est papa qui l'a reçue...

Lisa, très ennuyée, mais ne voulant pas agir autrement que sa maîtresse, courut vers Marianne et lui demanda ses vingt sous, qu'elle remit au jeune garçon.

Quand il fut parti, la vieille servante regardant sa main vide dit :

— Mais vous êtes folle, mademoiselle Lisa. Eh bien ! comment allons-nous faire pour le colonel? Je n'ai plus le sou.

— Que voulez-vous? madame lui avait donné ça l'autre fois, je ne pouvais pas dire à ce petit que nous étions sans le sou.

— Il fallait lui dire de...

Elle n'acheva pas : le colonel apparut dans l'encadrement de la porte, la face rouge, les yeux sortis comme des tampons de locomotive, la serviette au cou, le menton couvert de savon ; il était exaspéré ; trois fois il avait appelé sans qu'on répondît !...

— Mais, nom de Dieu ! vous vous fichez de moi !... Je m'égosille à vous appeler... et vous êtes en train de bavarder comme une pie, que vous êtes... Mon eau chaude ! Je me fais bien comprendre ! Quand vous me regarderez comme une dinde...

Le colonel criait si fort que les deux femmes se sauvèrent vers la cuisine. Le vieux soldat, rentrant chez lui, voyant que ses jambes fonctionnaient sans souffrance, disait d'un ton calme :

— Ça va tout à fait bien ce matin.

La vieille Marianne, portant une bouillotte d'eau chaude, revenait désolée et effrayée à la pensée de la scène qu'allait faire son maître en ne voyant pas le déjeuner, et elle disait à Lisa :

— Mademoiselle, ça va être épouvantable... vous allez voir ça!... Il va ressembler à ces animaux féroces des ménageries... Il est capable de nous mordre !...

— Mais, Marianne, madame va rentrer... elle ne peut pas nous laisser sans manger ; elle sait bien que je lui ai donné les derniers sous...

— Pourvu qu'elle revienne vite, fit Marianne avec un geste désespéré en entrant chez le colonel d'Auroy.

Lisa, peu rassurée, hochait la tête et regardait l'œil-de-bœuf du vestibule; il était un peu plus de midi, et Mme d'Auroy était partie la veille en disant qu'elle rentrerait tard dans la nuit; elle n'était pas revenue encore... et c'était la première fois que la jeune femme découchait. Lisa trouvait cela très compromettant et dangereux pour sa situation. Mais elle connaissait sa maîtresse, et elle se disait qu'elle n'avait dû faire ce sacrifice que pour une raison grave; dans ce qu'elle nommait « une raison grave » il y avait un monde d'espoir.

Tout à coup, un fiacre s'arrêta à la porte du jardin. Lisa vit sa maîtresse en descendre, toute mystérieuse, le visage voilé, engoncée dans son manteau; elle courut ouvrir la porte du jardin, laissant celle du vestibule ouverte, afin que Régine pût rapidement monter chez elle...

Celle-ci, en descendant de voiture, glissa de la monnaie dans la main de la femme de chambre en lui disant :

— Payez le cocher.

Et elle grimpa chez elle...

Elle était assise dans un fauteuil lorsque Lisa parut fermant la porte derrière elle.

— Est-ce que l'on m'a demandée ce matin?

— Oui, madame... Mais personne ne se doute que vous n'êtes pas rentrée... J'ai dit que vous étiez sortie ce matin de bonne heure...

— Mon père va-t-il mieux?

— Oh! il va très bien ce matin, c'est lui qui m'a le plus inquiétée, il vous a demandée, il vous attend pour déjeuner... puis la cuisinière qui m'a réclamé pour le déjeuner.

— Oui... c'est vrai, on m'attendait, je n'ai pu revenir plus tôt...

Régine déboutonna son paletot, fouilla dans la poche de sa robe et en tira une liasse de billets de banque. Lisa, en les voyant, eut un singulier sourire. Donnant un billet de cinq cents francs à Lisa, Régine dit :

— Donnez cela tout de suite à la cuisinière, qu'elle le mette en compte et nous fasse déjeuner en dix minutes... Vite, vite, que mon père ne se doute de rien et croie que l'on m'attendait pour se mettre à table... et remontez vite.

Lisa descendit rapidement; pendant ce temps, la jeune femme, entrée dans son cabinet de toilette, avait prestement posé son chapeau, retiré son manteau, sa robe, ses jupes; elle laissait glisser sa fine chemise de batiste et se trouvait nue lorsque Lisa reparut.

— Vite, Lisa... j'ai besoin de sentir la fraîcheur de l'eau sur moi, je brûle...

Elle monta dans son tob, s'y plaça comme la Vénus accroupie, pouvant hardiment supporter avec elle la comparaison, et relevant la tête en soutenant de ses mains les épaisses masses de ses cheveux, sa gorge superbe se tendit au ruissellement de l'eau.

Après le premier frisson, elle eut un soupir d'immense bien-être, se redressant et s'abandonnant à la servante qui la massait en l'essuyant.

La femme fatiguée, veule, pâlie, se transforma tout à coup, elle redevint fraîche et vaillante, ayant des sensations presque voluptueuses, sous les caresses du linge; en quelques minutes, elle fut en toilette du matin, et elle descendit; elle était si charmante, si rayonnante, que le colonel exclama :

— Ah! sacredié! que tu es en beauté ce matin! Eh bien! mon enfant, dans l'intérêt de ta santé, je te conseille de toujours faire la même chose.

Régine en fut toute décontenancée; elle regardait son père, se demandant si son exclamation et sa recommandation n'étaient pas un sarcasme; mais, comme il ajouta le plus naïvement du monde :

— Ça, c'est l'hygiène... se lever matin, aller au bois et dans les champs boire à pleins poumons l'air, rien ne vaut ça... Se lever de bonne heure, ça rend fort...

Elle éclata de rire en s'écriant :

— Oui, j'avais passé une mauvaise nuit... et ça m'a tout à fait remise...

— Tu es superbe!...

— Embrasse-moi, petit père. Tu vas mieux, tu as bon appétit... moi aussi. Lisa! et le déjeuner, vous l'avez recommandé?

— Oui, madame, en attendant que madame fût descendue pour se mettre à table.

— Servez alors. Donne-moi ton bras, petit père... mais tu marches comme un jeune homme.

Ils s'installaient à table, lorsque Lisa, se souvenant de la lettre qu'on lui avait remise une demi-heure avant, l'apporta à sa maîtresse. Régine la prit, tremblant un peu en reconnaissant l'écriture.

— Tu permets, père, que je lise?

Elle lut rapidement, et eut un sourire : c'était un rendez-vous donné en deux lignes pour le soir même par André.

— Ce n'est rien, fit-elle en déchirant en menus morceaux la lettre.

Elle servit son père, et d'un ton abandonné elle dit :

— J'ai été voir mon avoué hier, tu sais, pour la nouvelle réclamation que je fais à mon mari.

— Oui, tu m'as parlé de ça... Tu m'as dit que ça allait mal.

— Mais j'ai appris du nouveau qui change toute la question... Tu te souviens d'André de Gueutteville, qui était chez nous ?...

— Cette canaille... que j'ai cru apercevoir dernièrement, ce filou...

— C'était bien lui que tu avais vu...

— Pardi! Tu vois bien que j'étais certain de mon affaire... Cette tête de coquin: j'étais bien convaincu... Nom de Dieu! je le voyais comme je te vois; ce gredin-là, il se sera évadé... le gueux!... et il a bien l'air de ce qu'il est...

— Mais il a été gracié...

— Gracié!... Un coquin comme ça! exclama le colonel.

— Oui, gracié, à cause de sa conduite exemplaire... et puis, paraît-il, parce qu'il y a eu erreur...

— Comment!... Nom de Dieu! c'est après quatre ans qu'on s'aperçoit de ça!

— C'est-à-dire qu'il paraîtrait que M. Berthier l'avait faussement accusé, par haine... je n'ose dire cela... on prétend qu'il en était jaloux; il croyait qu'il me faisait la cour... et ce malheureux M. de Gueutteville n'a jamais rien détourné... Tous ses amis réagissent contre sa condamnation, il paraît que c'est à qui le recevra, lui tendra les mains.

— Ah! sacré nom de Dieu! Eh bien! je m'en doutais... Je me disais : Ce garçon-là n'a pas la tête d'un coquin... C'est un honnête

homme, et quand je l'ai vu l'autre fois j'étais prêt à lui tendre la
main... Un brave garçon... je le connaissais bien... C'est moi qui
l'avais présenté à ta canaille de mari.

— Mon avoué me conseillait justement, à cause de mon mari, de
me mettre à la tête de ce mouvement de protection...

— Tiens, nom de Dieu! oui!... Mais comment se met-on à la
tête d'un mouvement?

— M. Berthier l'avait, paraît-il, autorisé à disposer d'une certaine somme chez son agent de change, et il l'a accusé pour s'en
débarrasser tout à fait... Il paraît que M. de Gueutteville connaissait
toutes ses affaires, dans lesquelles il y avait des marchés étranges
passés avec le ministère...

— C'est bien cela... Ce coquin-là fait condamner tout le monde ;
ce sont ces marchés-là qui m'ont fait perdre ma situation... Ah!
c'est un fameux gredin, ton mari.

— On sait toujours ces choses-là trop tard... Ah! si j'avais eu ces
renseignements lors de mon procès.

— Mais, il ne faut pas se lasser... Tu m'as mené chez le président, nous y retournerons... Il ne faut pas en rester là, il faut que
ce misérable soit connu... Ce pauvre André! Ah! nom de Dieu! un
garçon que je considérais comme mon fils... Ces histoires de jalousie... Pardi, on dit toujours d'un homme galant qui vit dans la
société d'une jolie femme qu'il est son amant... On me l'a dit, à moi,
je me suis contenté de hausser les épaules.

— Ah! fit Régine, on t'avait dit que M. de Gueutteville me
faisait la cour.

— Il ne faut pas attacher d'importance à ça... Je n'ai pas voulu
te le dire jamais, surtout après sa condamnation, craignant de te
faire de la peine... Mais tu sais, au ministère tout le monde était
convaincu que ton mari réussissait dans ses affaires, parce qu'il
avait une chance de cocu... Eh! nom de Dieu! chacun l'approuvait... et moi aussi, ah! ah!

Et le vieux soldat s'esclaffait de rire... Régine, d'abord un peu
embarrassée, fut prise par la gaieté de son père et dit :

— Ainsi, père, tu me conseillerais de recevoir M. de Gueutteville, auquel je demanderais de me servir dans mes revendications
près de mon mari.

— Je n'y vois pas de mal.

Régine insista de nouveau.

— Mais si je fais ce que tu dis, si je le reçois, crois-tu que le monde ne s'étonnera pas ?...

— Ah! nom de Dieu! nous nous en fichons pas mal, du monde...

— Puisqu'on l'accusait déjà d'a voir des relations avec moi, ne crains-tu pas que l'on ne répète cette fable...

— Bah ! moque-toi de ce qu'on dit ! Vis pour toi ! Certainement, dans tes différends avec ton mari, tu avais raison, cent fois raison, le tribunal même l'a reconnu ; ça n'empêche cependant que tous les anciens amis de votre ménage se sont détournés de toi et t'ont abandonnée... Est-ce pour ces gens-là que tu vas te tourmenter ?...

— Prends donc un peu de ce pâté...

— Oui, il est délicieux... Si tu savais de quel appétit je déjeune ce matin!... je me porte admirablement... Ce que tu m'as dit là me réjouit... ma pauvre chère enfant... douce victime... Voilà ce qui une fois de plus prouve ce qu'était ton immonde époux. Un brave garçon, cet André, qui lui était dévoué cœur et âme ; parce qu'il t'aimait peut-être, il le déshonore, il le fait jeter en prison... C'est odieux. N'était-il pas excusable, ce malheureux jeune homme, de t'aimer, toi jolie, bonne, affectueuse... à côté de cet être désagréable, morose... Que ce pâté est donc bon !... Donne-m'en encore...

Régine servit son père et reprit :

— Petit père, tu ne sais pas tout ce qui se passe. Je risque d'être tout à fait ruinée.

— Comment cela ? fit le vieux soldat, s'arrêtant avec sa fourchette au moment où il allait plonger une truffe dans sa bouche. Comment! ruinée ?

— Mon mari ne se gêne plus. Oubliant qu'il a un fils, de l'éducation duquel tu t'es chargé...

— Oui, mais quand il sortira de pension...

— Oubliant tous ses devoirs enfin, se croyant le maître absolu de ce qu'il a amassé, de ce qu'il a aujourd'hui, il ne se gêne plus du tout. Il vit maintenant avec une ancienne ouvrière de la maison...

— Laquelle donc?

— Une fille qu'on appelait l'Innocente et qui se nomme Céline...

— Ah! je me souviens, un beau brin de fille; elle était un peu

sombre... Elle n'était pas comme cette grande qui me faisait tant
rire... qui, en me voyant marcher avec ma canne, m'appelait le
désarticulé... Elle était aimable, celle-là... Comment donc se nom-
mait-elle, nom de Dieu!... Ah! Louise la fourbisseuse.

Le colonel était tout joyeux, ses yeux brillaient en évoquant ces
souvenirs.

Régine, impatientée, l'interrompit :

— Je ne parle pas de celle-là, qui ne valait pas mieux que
l'autre... Eh! mon petit père, je t'en prie, sois sérieux et écoute bien
ce que je te dis... C'est grave pour moi... pour nous... pour mon
fils surtout...

Le vieux soldat, rappelé à l'ordre, se redressa et écouta.

— Il vit avec cette Céline et cette fille a une enfant qu'il s'attribue... sans l'avouer, bien entendu. Cet imbécile a cru à l'histoire
que cette intrigante lui a racontée : elle lui a dit qu'elle avait eu
cette enfant quelques mois après l'avoir quitté, lui. Cela se passait
avant mon mariage. Aujourd'hui, la femme et la fille sont installées
dans l'appartement que j'occupais chez lui; c'est cette Céline qui
mène la maison. Il paraît qu'il est abêti par les pratiques probables
de cette fille, il lui appartient tout entier, il est sans force, sans
volonté avec elle... Comprends-tu, maintenant?

Le clonel tenant sa fourchette, les deux mains sur la table,
regardait sa fille avec un air abruti; il ne comprenait pas ce qui
intéressait Régine dans la conduite de son mari. Puisqu'elle était
séparée de lui, que lui importaient ses relations? Elle devait bien
penser que Berthier ne vivrait pas toujours en célibataire.

Régine dut lui demander :

— Alors tu ne comprends rien?

Sur un signe négatif, elle ajouta :

— Mais il cherche à tout donner à ces créatures... il veut voler
son enfant à leur profit.

— On ne peut pas déshériter son enfant, la loi est formelle,
s'écria le colonel.

— La loi n'a rien à voir dans ce que je dis; il peut donner de la
main à la main. Les donations entre vifs offrent des difficultés, il
les tournera en simulant des ventes... et lorsqu'il mourra, il ne laissera rien.

A l'heure convenue on montait en voiture, et Berthier se faisait conduire à la gare.

— Et comment veux-tu empêcher cela ?

— Je veux renouveler la tentative faite, adresser de nouveau une requête au président, exposer ce qui se passe, lui montrer le péril que court la fortune de mon enfant entre les mains de cet homme... Oh! mais, dans le jugement rendu en ma faveur, il n'y avait rien contre moi, on ne peut rien me reprocher...

— Mais comment espères-tu obtenir cela ? Malgré mes relations, c'est grave.

— J'ai pensé à M. de Gueutteville... Voilà un homme qui a été la victime de la haine de M. Berthier. Pour satisfaire une jalousie ridicule, pour se venger, il n'a pas craint de déposer une plainte contre son premier commis, presque son ami, de le faire condamner. Un homme qui fait cela est capable de tout.

— Certainement oui... Il a agi comme un fieffé gredin.

— Eh bien! si nous voyions M. de Gueutteville, il pourrait nous servir.

— C'est-à-dire qu'il serait plus qu'utile, il serait nécessaire...

— C'est ton avis, n'est-ce pas ?... Moi, je ne voudrais pas recevoir cet homme si tu ne jugeais pas cela convenable.

— Mais, nom de Dieu!... au contraire, je tiens à le recevoir. C'est moi qui le recevrai au besoin...

— Il faudrait savoir où le trouver.

— Les personnes qui t'ont parlé de lui, qui t'ont raconté ce que tu viens de me dire, le voient probablement : tu pourrais t'adresser à elles... Maintenant peut-être ce garçon ne voudra-t-il pas te voir... il doit avoir pour toi une aversion partagée par ton mari...

— Non, m'a-t-on dit. Il désirait me voir; le pauvre garçon voulait me prouver qu'il n'était pas un voleur... Ayant appris que j'étais séparée d'avec mon mari, il veut par des preuves me montrer qu'il a été sa victime; il méprise M. Berthier, mais il tient particulièrement à mon estime...

— C'est un garçon de cœur... Oh! je l'avais bien jugé... Mais, où le trouver ?

— Puisqu'il a dit qu'il viendrait probablement chez toi... Attendons-le...

— C'est le plus simple...

On entendait un grand vacarme en haut, en bas, et chaque fois que la sonnette tintait ou qu'une porte s'ouvrait, Régine regardait avec inquiétude. Pendant qu'on servait le dessert, que le colonel, tout à la gourmandise, ne s'occupait pas d'elle, elle parla bas à Lisa :

— Qu'est-ce que tous ces bruits et ces allées et venues dans la maison ?

— Madame, c'est la cuisinière qui a fait des provisions : du bois, du charbon, des fournitures. Tout était à sec...

— Bien, Lisa. Vous allez dire à Marianne d'activer notre service, et vous allez courir chez cet huissier ; c'est aujourd'hui qu'on devait venir saisir, et je ne veux pas que mon père voie pareille chose...

— Donnez-moi l'argent, madame ; je vais y courir.

Régine dit à son père, en se levant :

— Petit père, je monte une minute, pour donner de l'argent à Lisa, et je descends aussitôt...

— Va donc... va donc, mon enfant.

Elle monta avec sa femme de chambre et lui donna deux mille francs.

— Vous payerez tout et nous serons pour quelque temps tranquilles... Mais, dépêchez-vous.

— J'en ai pour une demi-heure.

— En revenant, vous me préparerez mon costume sombre... le grand manteau. J'ai à sortir vers quatre heures.

— Bien, madame...

Régine redescendit, suivie de sa bonne, qui partit aussitôt. En entrant dans la salle à manger, elle entendit le colonel dire à Marianne :

— Si je vous écoutais, je serais encore dans mon fauteuil... On me laisse manger à ma faim et je me porte bien...

— Oui, jusqu'à demain, et puis vous crierez...

— Entends-tu cette nom de Dieu ! ce qu'elle dit ?... Eh bien ! sais-tu ce qu'elle est capable de faire ? Elle va me faire prendre quelque chose qui me rendra malade...

— Est-il malfaisant !...

— N'y faites pas attention, Marianne. Vous savez bien que mon père ne pourrait se passer de vous.

— Tu n'as pas besoin de lui dire ça... Elle n'écoute jamais ce que je lui dis.

Le déjeuner s'acheva. Le colonel, joyeux, se mit à fumer sa pipe et demanda à sa fille :

— Puisque tu sors tantôt... emmène-moi...

Régine hésita, puis refusa.

— C'est une course et je reviens aussitôt.

Quand Lisa revint, Régine lui donna de nouveau de l'argent pour aller payer toutes les dettes faites dans le voisinage, et au loueur de voitures une forte somme, en demandant qu'on recommençât le service plus convenable dès le lendemain. Puis la jeune femme s'étendit sur sa chaise longue en disant :

— Enfin, me voilà calme pour quelques jours, et je puis agir !... et s'il consent, lui, ainsi que sa lettre me le fait supposer, j'en finirai tout à fait avec ces tourments, ces terreurs, ces misères.

Lisa, revenue, habilla sa maîtresse. A quatre heures moins le quart, Régine montait dans un fiacre sur le boulevard Clichy et se faisait conduire devant un café de la rue Montmartre, près du boulevard. Suivant les renseignements qui lui avaient été donnés sur ce rendez-vous, elle entrait, et sans demander montait au premier étage.

André l'attendait, seul dans la grande salle.

C'est en lui souriant, cette fois, qu'elle se dirigea vers lui ; comme elle allait prendre place de l'autre côté de la table devant lui, il lui montra la banquette à son côté, en disant :

— Asseyez-vous plutôt là... nous serons plus à l'aise pour causer sans être entendus...

Pendant que le garçon les servait, ils échangèrent les banalités ordinaires d'une rencontre, s'informant de leur santé et causant du temps. Le garçon était redescendu, ils restaient seuls dans la salle, et ce fut Régine qui commença.

— Eh bien! vous m'avez écrit, vous avez pensé à ce que je vous ai dit, et vous avez trouvé un moyen de m'aider...

— Oui, dit-il nettement, et d'un ton singulier qui fit demander à Régine :

— Comme vous me dites cela !

— Régine, j'ai beaucoup pensé à ce que vous m'avez dit... La

chose est grave, et je vous en parle gravement... Pour arriver au
fait, je vous réponds d'abord : il y a un moyen de vous donner la
situation que vous ambitionnez, un moyen dont la cruauté ne me
fait pas reculer... mais avant, je veux m'entendre avec vous.

Fronçant un peu ses beaux sourcils, la jeune femme le regarda
interrogativement.

— Autrefois, vous disiez que vous lisiez dans mes yeux... y lisez-
vous encore aujourd'hui ?... regardez bien...

Leurs regards se croisèrent, Régine eut un tressaillement et un
sourire, et elle dit légèrement :

— Non, je n'y lis pas bien... parlez...

— Régine, j'ai beaucoup souffert, et depuis le jour où je vous
ai vue, où vous m'avez dit que c'était Berthier qui vous avait contrainte de me perdre, je vous ai accusée de faiblesse, mais j'ai à peu
près pardonné votre trahison.

— Je vous répète encore et je vous jure, au besoin, que j'ai pro-
testé contre ce qu'il voulait faire. Lorsqu'il m'a déclaré qu'il vous
avait fait arrêter comme voleur, j'ai dit que j'irais le lendemain vous
délivrer en révélant toute la vérité. Alors, je vais vous répéter ses
propres paroles qu'il me semble entendre encore : « Vous dites que
cet homme était votre amant et que c'est vous qui lui aviez confié ces
titres ; je dirai, moi — puisque je n'aurai plus rien à cacher : — C'est
vrai, monsieur le juge, ma femme s'entendait avec son amant pour
me voler, les deux misérables étaient complices, ils devaient fuir
ensemble, et ils me volaient pour se faire des ressources. Alors vous
serez condamnés tous les deux comme voleurs et comme adultères.
Il me restera votre enfant, je ne me ruinerai pas pour lui... Faites
ce que vous voudrez. Si vous essayez de le défendre, vous vous perdez avec lui et vous sacrifiez l'avenir de votre enfant. » Ce sont ses
paroles, celles que je puis répéter ; je ne vous dis pas les grossièretés
et les injures. Je ne vous dis pas que j'ai supplié, que je me suis
traînée à ses pieds. Il n'a rien entendu. Il a fini en me disant :

« — Vous ne pouvez sauver personne, vous devenez complice,
et, femme indigne, condamnée, vous n'avez plus au sortir de prison
la direction de votre enfant. » C'était abominable !... Mais que
pouvais-je faire ?... Mon enfant... est le vôtre, devais-je le sacrifier ?

Il y eut une minute de silence, pendant laquelle André prit la main de la jeune femme, puis il reprit :

— C'est de vous que dépend le pardon. J'ai été la victime innocente. Vous n'aviez rien à me reprocher, que la tentative de rupture essayée, parce que je voyais le danger qui nous menaçait; mais, un de vos regards nous aurait remis bientôt. Je vous aimais... et malgré ma haine, dans ma prison, cloîtré, je pensais, je rêvais de vous, me disant : Je dois la mépriser, je dois la haïr... mais je l'aime, et j'avais des songes épuisants où je vous voyais sans cesse. Je suis revenu avec la volonté unique de vous faire souffrir, de me venger... je vous ai vue et, comme dans mes rêves, ma haine s'est envolée...

Il sentait la main de Régine trembler dans la sienne.

— Répondez-moi, maintenant...

— André, vous me troublez profondément. Évidemment, je dois n'avoir gardé pour vous qu'une profonde reconnaissance : c'est vous qui avez été sacrifié et vous avez consenti à vous taire pour me sauver...

Tremblant d'émotion, André la regardait fixement et demandait :

— Et cet amour si vaillant autrefois, qui bravait tout, qui ne reculait devant rien, cet amour est mort?...

Il y eut un silence, et il dit :

— Vous ne me répondez pas... C'est fini!...

— Je n'ai pas dit cela, fit Régine; en me parlant ainsi, vous me bouleversez. Je ne puis répondre...

— Si!... vous devez répondre... Vous aimez ou vous n'aimez pas.. C'est oui ou non!...

— Il serait impossible que le souvenir de notre amour se soit effacé dans mon cœur... je devais penser sans cesse à vous en voyant notre enfant... puis, souvent, la nuit, le remords me tourmentait quand je pensais que pour moi vous étiez en prison... vous, un honnête homme, supportant le poids d'une condamnation infamante!

André sentait bien que ces paroles n'avaient d'autre but que d'écarter une réponse nette; il reprit :

— Je me suis trompé... c'est fini.

Au ton et à l'accent dont il prononça ces mots, Régine craignit qu'il ne refusât et elle dit vivement :

— Non, vous ne vous êtes pas trompé... Non, il me suffit aussi de vous revoir pour que l'amour d'autrefois renaisse, mais je cherchais à lutter contre lui... je voulais le chasser.

— Pourquoi ? Est-ce que vous me trouvez méprisable, parce que je suis un condamné ?... Mais vous savez bien que...

— Mais non, ce n'est pas cela... André. Je serais absurde.

— Est-ce parce qu'il vous faut, à vous, la vie luxueuse, la vie brillante et que je suis pauvre ?...

Il jeta un regard autour de lui et se rapprochant d'elle il dit plus bas :

— Mais, si tu m'aimes, tu seras riche... si tu m'aimes, je te veux à moi seul, je veux que tu sois ma femme... et pour cela, je te fais veuve, comprends-tu ?...

Régine avait senti, à mesure que les mots volaient dans ses oreilles, glisser dans son sang, dans ses moelles, un froid mortel. Elle retombait en arrière, ses yeux se fermaient. André la soutenait dans ses bras, et, la tête penchée, il achevait :

— Tu seras ma femme... et, tous les deux, nous élèverons notre enfant... Si tu m'aimes.

Il y eut encore un silence ; André, toujours penché sur elle, lui dit :

— Ouvre les yeux, Régine... regarde-moi et réponds, et il soulevait son voile baissé jusqu'au milieu du visage. Régine ouvrit les yeux, regardant bien fixement le jeune homme, et tout bas elle lui dit :

— Je t'aime !

— Ah ! Régine!... et il l'embrassa sur les lèvres...

Quelques minutes ils restèrent ainsi en proie à une émotion âpre, étonnés eux-mêmes de la rapidité avec laquelle ils s'étaient réconciliés. Bien serrés l'un contre l'autre, se pressant affectueusement la main, s'admirant d'un regard humide, ils s'abandonnaient dans la grande salle déserte. C'est le bruit des pas du garçon dans l'escalier qui les fit reprendre leur place... et Régine lui tenant toujours la main et souriant, lui demanda :

— Que vas-tu faire ?

— Je ne sais pas, je cherche et je trouverai ; seul j'aurais hésité ;
avec toi, je suis prêt... il faut que je te voie souvent...

Régine, à mesure qu'André s'emballait, s'efforçait de retrouver
son calme, et voulant trancher la question, elle dit :

— Je suis très surveillée... De plus, demeurant avec mon père,
je suis tenue à la plus grande réserve ; depuis que j'ai quitté mon
mari, j'ai vécu sagement chez moi, en mère de famille...

André fronça les sourcils, et demanda, l'interrompant :

— Puisque tu parles de cela, il faut que tu me répondes franchement.

Régine releva la tête, prête à tout.

— Je voudrais avoir cette certitude que tu n'as été qu'à ce Berthier... et à moi... A cette heure... je n'ai le droit de te rien reprocher, il faut que j'en prenne mon parti, et si je devais apprendre
pareille chose dans l'avenir ce serait peut-être une cause de brouille
entre nous...

Régine était bien résolue à ne rien dire, elle voulait garder son
secret : elle avait eu dans sa vie un seul amour qui avait été la cause
de sa situation, elle aussi voulait sa part de sacrifice : elle répondit
d'une voix sincère :

— André, sur ma vie, je te jure que je n'ai aimé qu'un homme :
c'est toi !

— Qu'est-ce le comte Emmanuel de Lucany ?

— C'est la deuxième fois que tu répètes ce nom. Je connais le
comte de Lucany ; c'est un homme charmant que j'ai rencontré
plusieurs fois en soirée, qui m'a fait banalement la cour, comme
la plupart des hommes qui m'entourent.

— C'est tout... tu le jures ?

— Je le jure !... Qui t'a parlé de cet homme ? Tu penses bien que
je n'ai jamais rien reçu d'un homme, la preuve en est dans la situation où je me trouve ; tout en ayant des rentes raisonnables personnellement et pour mon enfant et pour mon père... je fais des dettes.

— C'est vrai ! dit André.

— Et je t'assure que si tu connaissais le comte, tu ne supposerais
pas un instant que j'aie pu être entraînée par son physique...

— Regarde-moi. Régine, — elle lui obéit. — Cette nuit, où
étais-tu ?

Titine embrassa sur son nez noir la chienne bien-aimée.

Quoiqu'elle fût préparée à tout, à cette question, elle sentit un froid qui lui montait à la tête, elle sentit que la pâleur couvrait son visage. Rassemblant toute sa volonté, elle parvint à paraître simple et naturelle; elle éclata de rire en s'écriant :

— Que me demandes-tu là?... Mais cette nuit j'étais chez moi... Pourquoi cette question?...

Il n'osa dire ce qu'il avait entendu la nuit, il aurait fallu expliquer sa présence dans cette maison; il répondit :

— Hier soir, j'ai cru te voir descendre de voiture près de la place Bréda.

Cela était si possible, que Régime faillit se déconcerter tout à fait; mais pour cacher son trouble, elle s'écria :

— Moi... moi, place Bréda!... Hier, je me suis couchée de très bonne heure.

— Je me suis trompé, dit André, heureux de cette consolation.

Régine reprit :

— Parlons sérieusement... Je te disais que je n'ai pas abusé de la liberté que me donnait ma séparation... Une fois j'ai failli à mes devoirs, c'était avec toi; je n'aimais pas mon mari, je t'aimais, toi; séparée de toi, je suis redevenue honnête femme, je me suis consacrée à mon enfant et à mon père.... et je me suis juré d'agir toujours de même, je ne veux plus retomber... Puisque, malgré ma faute, mon mari n'a rien dit... que personne n'a connu nos relations, je veux qu'il en soit toujours ainsi.

— Je ne te comprends pas, dit André avec étonnement, tu acceptais tout à l'heure, et maintenant...

— Je ne reviens pas sur ce que je t'ai dit, au contraire, je le confirme; pourrais-je faire autrement? Je te l'ai avoué, je t'aime... je t'aime toujours... mais je ne veux plus être ta maîtresse, je ne veux pas risquer de nouveau ce qui nous a tant fait souffrir depuis... Quoique séparés, mon mari a toujours les mêmes droits sur moi; lui peut faire ce qu'il veut; le domicile conjugal n'existant plus, je ne puis rien contre lui, mais il peut me faire prendre partout, chez moi, chez toi.... n'importe où, et tu vois d'ici le scandale. Malgré la fausseté de l'accusation qui t'a frappé, c'est la condamnation qui rejaillirait, ce serait la menace d'autrefois mise à exécution : toi le voleur, moi ta complice...

— Non ! non ! ne crains pas cela, avant...

Il eut un geste de menace.

— Oui, avant de nous mettre véritablement ensemble... il faut que je ne puisse plus le redouter... Il faut qu'à mon père, auquel j'ai raconté l'infamie de mon mari à ton égard, à mon père, — qui croit que tu étais amoureux de moi et que mon mari a agi en jaloux, — je puisse dire, le jour où tu viendras chez moi : Père, c'est M. de Gueutteville, mon fiancé... Pour moi, pour ton enfant, c'est ainsi qu'il faut agir.

— Quelle singulière condition tu me fais !

— Je parle avec le langage de la raison... Écoute bien, fit-elle en continuant plus bas... si nous nous remettions ensemble aujourd'hui, moi la femme chassée par lui, toi l'homme qu'il a fait condamner, crois-tu qu'un malheur lui arrivant, la justice ne viendra pas d'abord chercher des indices chez nous ?

La logique du raisonnement dans sa brutalité frappa André; elle continua :

— Tandis que tout le monde trouvera naturel ce qui adviendrait : moi, obligée par la mort de mon mari de reprendre la maison de commerce, dans l'intérêt de mon enfant que je représente, de la garder... n'ayant pas, pour la gérer, les connaissances nécessaires, je prends l'homme qui l'a si longtemps dirigée, faisant raison de l'accusation portée contre lui. De ce jour, nous sommes libres : ton travail t'obligeant à vivre sans cesse avec moi, nos relations ne peuvent se remarquer, et au bout d'un temps raisonnable, du temps légal seulement, si tu veux... nous nous marions, ce que tout le monde trouve logique, la promiscuité à laquelle nous ont obligés les affaires ayant pu amener cette situation...

C'était le plan qu'il avait fait que Régine lui expliquait, mais avec les moyens possibles d'exécution. Il ne pouvait pas protester, et il se contenta de dire avec passion :

— Oui, tu as raison, Régine, oui, c'est ainsi que nous devons agir; moi, depuis le jour où je t'ai revue, ta pensée ne me quitte pas... C'est une obsession, la nuit; le jour tu es la souveraine... Eh quoi ! nous sommes ici sans que personne sache que nous sommes ensemble... Ne pouvons-nous, chez moi, si tu veux... ou à quelques lieues de Paris, nous trouver tous les deux seuls, dans les bras l'un de l'autre, renouant la chaîne brisée?... Attendre... c'est impossible.

— Et qui te dit d'attendre?...

— Mais toi...

Elle le regarda bien fixement encore, et penchée sur lui, lui parlant dans l'oreille :

— Mais tu n'as donc pas hâte de te venger de celui qui t'a fait passer pour un voleur? tu n'as donc pas le désir de te débarrasser de cet ennemi?... Mais, dans deux jours, dans dix jours peut-être, il sera trop tard... il aura vendu ou donné le bien de notre enfant. Qui te dit que te sachant sorti de là-bas tu n'es pas surveillé, qu'on ne lui apprendra pas ce soir que nous nous sommes revus?... Il sait bien qu'une entrevue entre nous doit amener une réconciliation. Nous n'avons rien à nous reprocher l'un à l'autre. C'est lui qui a tout fait, lui qui t'a fait jeter en prison, lui qui m'a chassée avec mon enfant de chez nous, et qui nous refuse de quoi vivre !

— Oui, le misérable !... le gueux !...

— Et pourquoi attendre?... Tout dépend de toi... Que je sois véritablement libre et aussitôt je t'appartiendrai.

— Si agréable que soit la vengeance, c'est dur à faire. Non que je recule ni n'hésite. Mais, combien j'aurais plus de courage et d'énergie si je sortais des bras de celle qui m'aurait vraiment prouvé son amour !

— Doutes-tu de moi?

— Non, mais pourquoi reculer?... Ce n'est pas un crime que je veux commettre, c'est un combat que je veux livrer... Je partirai de chez moi comme pour un duel, la conscience calme... et comprends bien, c'est un combat, c'est-à-dire que je vais risquer ma vie, et qu'il serait consolant au moins, si je devais mourir, d'avoir encore aux lèvres ton baiser d'amour.

— Je t'aime, je t'ai appartenu, c'est un caprice enfantin qui te fait parler ainsi, et si je t'écoutais, nous risquerions de compromettre tout notre avenir... Nous pouvons être surveillés, et je ne veux pas risquer d'être surprise avec toi... Il faut même être circonspects, que personne ne sache que nous nous revoyons... Pourquoi ne te décides-tu pas à agir tout de suite? Tu hésites, tu me regardes et tu n'oses parler...

— Ton refus est si singulier... ta résistance, ton soin à ne pas te compromettre avec moi, que...

Il s'arrêta embarrassé.

— Que?... que?... parle franchement, je te répondrai...

— Que j'ai peur...

— Peur! peur de quoi?

— Que tu ne me jettes en avant pour me refuser tout après. Les précautions que tu prends pour que nos entretiens ne soient pas connus me font craindre que le... la chose faite, tu ne me fasses supporter tout seul le poids de ce que tu m'auras fait commettre... En deux mots, tu me diras : Malheureux! cache-toi, ou je te livre à la justice...

Régine devint toute rouge de confusion; cette accusation de défection dans le crime l'outrageait; aussi répondit-elle vivement en s'emballant cette fois :

— Ah! tu me juges bien mal... Il est vrai qu'une fois te t'ai trahi... mais forcée. Tiens, tu me jugeras mieux cette fois.

Elle prit un buvard et un encrier placés sur la table voisine et se disposait à écrire.

— Que vas-tu faire?

André jugeait assez raisonnablement que les écrits en pareille matière étaient toujours dangereux.

— Je vais t'écrire : « Je m'engage à devenir la femme d'André, lorsqu'il aura tué mon mari. »

— Mais tu perds la tête! s'écria André en repoussant le buvard. Tu oserais écrire ça? Mais, malheureuse, à quoi veux-tu que cela serve? A qui pourrais-je réclamer l'exécution de ton engagement?

— Ne t'en moque pas; avec ce papier, si je te dénonçais, tu prouverais que je suis aussi coupable que toi. Je vais te dire la vérité : je mets ma possession pour prix de la vie de Berthier, parce que je compte sur ton désir de m'avoir pour hâter son exécution... Je suis franche, tu le vois...

— J'aime mieux cela... Eh bien! c'est entendu... Quand te verrai-je?

— Quand tu voudras... je suis toujours libre... Tu vas te mettre à l'œuvre?

— Immédiatement... Je te le répète, je ne veux pas l'assassiner ; non, je veux me battre... non pas en duel, il refuserait...

— Comment alors ?...

— Je te dirai cela... si j'en reviens.

Il suffisait de regarder André pour voir qu'il était décidé. Son regard farouche effraya Régine. Elle se leva. André se disposait aussi à partir. Elle lui dit :

— Laisse-moi partir seule. Je te le répète, je crains d'être surveillée. André, as-tu besoin d'argent ?

— Non ! fit-il en lui prenant la main, merci, j'en ai. Embrasse-moi, car tu ne me reverras que lorsque je l'aurai tué...

Elle se jeta dans ses bras, s'abandonnant à ses baisers et pendant qu'il lui disait :

— Je t'aime, ma Régine... elle répondait :

— Je t'attends, mon André... Viens vite... vite...

— Encore un baiser... adieu !

— Au revoir... et courage !

Elle se dégagea de ses bras, toute tressaillante, baissa rapidement son voile et vivement descendit l'escalier ; elle courut dans la rue et grimpa dans un fiacre pour se faire reconduire chez elle. Elle était fiévreuse, agitée, et elle disait :

— Il était temps, je devenais folle, près de lui ; si je ne m'étais sauvée, j'aurais cédé... et je n'ai pas voulu lui demander l'adresse de sa demeure : j'eusse été capable de l'y aller rejoindre... Non ! il ne sera pas tué... il le tuera... il me dit qu'il combattra pour me cacher ce qu'il va faire. Il serait bien fou de risquer sa vie avec ce lâche... qui m'a battue.

XIII

CE QUI SE PASSAIT CHEZ BERTHIER

Lorsque Berthier avait appris que, tout à coup, après le rejet de la demande de sa femme, la situation de celle-ci s'était améliorée, il avait pensé que ses plaintes, sa gêne n'étaient qu'une comédie ; elle n'avait pas dépensé, mais placé l'argent qu'il lui avait donné. Cela lui expliquait une prodigalité qu'il ne pouvait comprendre et de laquelle Régine, lorsqu'elle vivait avec lui, n'était pas coutumière. En ne dissimulant plus sa position, en vivant largement, somptueusement, sa femme renonçait à faire de nouvelles tentatives et reconnaissait ainsi qu'elle avait ce qui lui était nécessaire.

Berthier en fut plus tranquille, il se sentait rassuré de ce côté, il n'était préoccupé que par le dernier renseignement qu'on lui avait donné, sur les relations de sa femme, c'est-à-dire les deux entretiens qu'elle avait eus dans des endroits publics avec André de Gueutteville. D'abord, fort inquiet, il avait cherché le but de ces entrevues. Si Régine avait pour André la même affection qu'autrefois, pourquoi ne le recevait-elle pas chez elle, pourquoi ces rendez-vous auxquels elle se rendait voilée? Si André avait, par des menaces, obligé Régine à venir, dans quel but, que lui voulait-il? Et que pouvait-il résulter pour lui de ce rapprochement?

D'abord, André allait-il devenir de nouveau l'amant de Régine? Cela n'était pas probable : lors de son jugement, celle-ci déjà ne l'aimait plus ; ensuite, malgré son indépendance, il lui serait difficile de recevoir chez elle un homme si complètement taré, que sa condamnation mettait à l'index... Il écoutait cette hypothèse.

André n'avait-il que l'intention de faire œuvre de chantage? menaçait-il Régine de dire la vérité si elle ne lui donnait de l'argent et la demande de celle-ci n'avait-elle que cette cause? Une révélation d'André était absolument sans importance. Tous les voleurs disent qu'ils ont été injustement condamnés, tous les condamnés calomnient les témoins qui les ont chargés. Mais, une femme a facilement peur, et Régine pouvait être sa dupe; cela du reste était tout à fait indifférent à Berthier.

Déjà, depuis longtemps, André était libre; il ne s'était pas occupé de celui qui l'avait fait arrêter; il ne s'en prenait qu'à la femme, qui l'avait abandonné, puis livré; il en serait probablement toujours ainsi. André avait conscience qu'il avait mal agi avec Berthier et que celui-ci était en droit d'user de représailles.

Le calme lui était revenu, lorsqu'un jour, il entendit un des employés dire qu'il avait vu le matin même M. de Gueutteville. La nouvelle lui fut désagréable. Il apprit qu'il avait demandé des nouvelles de tout le monde, comment allait la maison'; il s'était informé si on trouvait toujours M. Berthier. On lui avait répondu qu'il était moins souvent à l'usine qu'à la campagne à chasser.

Berthier se dit qu'André avait l'intention de venir tenter chez lui ce qu'il n'avait pu obtenir près de sa femme. En recherchant à le voir il lui placerait nettement la situation, il viendrait lui dire :

— Vous savez bien, vous, que je ne suis pas un voleur ; vous vous êtes vengé suffisamment, votre colère est apaisée maintenant ; la vérité est impossible à rétablir, mais vous pouvez au moins me sortir de la situation misérable dans laquelle vous m'avez mis par votre accusation. Vous m'avez fait gracier, il faut à présent que je vive.

Et Berthier se disait qu'il n'aurait rien à répondre, ce serait vrai. La haine d'autrefois, il ne l'avait plus ; l'affection qu'il ressentait pour Régine avait fait place au mépris ; il ne souffrait pas, à cette heure, qu'un autre eût été l'amant de sa femme, et il trouvait que le supplice d'André avait été une lâcheté qu'il se reprochait.

Ç'avait été payer effroyablement cher l'amour d'une si indigne créature.

Il avait déjà demandé la grâce d'André, il était prêt à faire pour lui ce qu'il pourrait, il lui donnerait l'argent nécessaire pour se faire une situation... Mais il ne voulait pas se trouver en sa présence, il serait trop embarrassé devant lui. En sa conscience, il reconnaissait ses torts, il ne voulait pas être obligé de les lui avouer.

Si André était venu s'informer des heures où il était visible, c'est qu'il se préparait à lui rendre visite, il était bien résolu à éviter cet entretien.

Il monta aussitôt chez lui et dit à Céline que le temps étant propice, ils allaient se rendre à la campagne pour y passer quelques jours. Il avait besoin de prendre un peu d'exercice, de chasser.

Aller à la campagne, c'était une fête pour la jeune femme et pour Célestine, sa fille ; aussi cette dernière courut-elle se jeter dans les bras de Berthier pour le remercier.

— C'est vrai, parrain, que nous allons à la campagne ?

— Oui, ma chère enfant, et si le temps le permet, nous y res

Pendant que son garde donnait le dernier coup d'œil au fusil, il se faisait déboucher par la mère Bondeux
une vieille bouteille de vin blanc.

térons quelque temps... Oui, tu pourras courir là-bas, et reprendre
tes belles couleurs.

— Parrain, moi, je me porte bien, mais c'est petite mère qui est
bien fatiguée, et je suis heureuse que vous nous emmeniez, pour
elle.

— Là-bas, il n'y a pas beaucoup d'ouvrage, tu pourras soigner
ta mère. Je ne vous tourmente pas, je suis toujours dehors.

— Vous êtes trop dehors... On est souvent inquiet... mais, parrain, vous resterez un peu plus avec nous.

— Oui, ma belle mignonne. Oui, cette fois, j'y vais moins pour
chasser que pour me reposer.

— Oh! que je suis heureuse! Quand partons-nous?

— Ta mère ne te l'a pas dit?... Nous partons dans deux heures.

— Dans deux heures! oh! je n'ai que le temps de préparer mes
affaires... surtout si nous restons longtemps...

— Oui, oui... Garnis bien ta malle... et je t'en prie, ne vous mettez pas en retard...

— Oh! pas de danger, je vais aider maman.

Et la jeune fille sauta joyeusement, en courant se préparer au
départ.

Célestine était une grande et gracieuse enfant d'environ douze
ans, c'était la joie de la maison, et malgré les soins pris pour qu'elle
ne passât que pour la filleule de Berthier, souvent on la prenait
pour sa fille, à cause de sa ressemblance avec son père.

Depuis le jour douloureux où Berthier était parti de chez lui
pour aller à la chasse, calme et heureux, et ne retrouvait au retour
que honte et douleur, il ne se rendait jamais seul à sa campagne, il
emmenait avec lui ceux qui lui étaient chers.

Il tenait trop à son bonheur pour s'en séparer jamais; celles
qu'il aimait étaient de toutes ses parties. Il avait repris ses habitudes anciennes, deux ou trois fois par mois il allait à la chasse, et
chaque fois Céline et sa fille l'accompagnaient. Mais nous l'avons
dit, la maison de commerce de Berthier marchait sans qu'il eût
besoin de s'en occuper; il avait donc toute liberté pour passer le
temps qu'il voulait à sa maison de campagne.

A l'heure convenue, on montait en voiture, et Berthier se faisait
conduire à la gare. C'est en prenant son billet qu'il se sentit véri-

tablement soulagé... Il ne redoutait plus André. L'idée de se trouver face à face avec celui-ci le tourmentait depuis qu'il avait appris sa présence dans le quartier ; il évitait, en quittant sa maison, la visite que le malheureux avait l'intention de lui rendre, mais étant absent, il avait donné des ordres pour qu'on lui conseillât de lui écrire : il recevrait la lettre et lui répondrait en lui donnant dans la mesure du possible ce qu'il sollicitait. Dans la réponse qu'il lui ferait, il lui conseillerait de quitter Paris, de chercher en province ou à l'étranger une maison de commerce, il l'aiderait à s'en rendre acquéreur. Il voulait se débarrasser de lui en l'éloignant, redoutant de le trouver sur son chemin, de voir le spectacle de la misère dont il avait été la cause.

Il n'avait plus de ressentiment contre André et il souffrait de voir le mal qu'il lui avait fait. S'il était possible de l'atténuer par un sacrifice d'argent, il était prêt à le faire, mais il voulait attendre que le malheureux s'adressât à lui. En partant, il était convaincu qu'André se présenterait dans la journée à ses bureaux ; sur la réponse qu'on devait lui faire, il écrirait et le surlendemain la lettre lui parviendrait à la campagne. Si cela était possible, il ferait le nécessaire par correspondance et il reviendrait à Paris lorsque tout serait terminé et qu'il n'aurait plus à craindre ses réclamations.

Berthier était soucieux, sombre depuis le matin, et Céline, inquiète, le considérait, étonnée de ne point le voir se dérider au babil de Mlle Titine. Elle savait que ses affaires étaient en pleine prospérité, que de ce côté il n'avait aucun tracas. Elle savait que la tentative récemment faite par sa femme avait échoué, qu'il était encore très tranquille de ce côté... Quelle était donc la cause de sa tristesse ? Souffrait-il et voulait-il le cacher ? En arrivant au chemin de fer, elle lui avait demandé s'il ne se sentait pas malade, indisposé ; dans cet état, il était peut-être imprudent d'aller à la campagne, où, si le malaise s'aggravait, il se ferait plus difficilement soigner. Berthier avait répondu par un sourire à sa prévenance.

Dans le compartiment, il parut être plus à l'aise, et quand le train se mit en marche, il commença à rire avec Mlle Titine ; lorsqu'on arriva, il était tout à fait gai, et, en descendant du wagon, il était radieux. Céline en fit avec plaisir l'observation, ajoutant :

— Avouez, Célestin, que vous étiez indisposé, lorsque nous sommes partis, vous ne vouliez pas le dire de crainte de nous tourmenter.

— Ma chère Céline, je me portais absolument bien, mais j'avais les préoccupations des affaires que je laisse en train au bureau ; cela m'est toujours sensible de me déplacer, de quitter la maison ; il me faut au moins quelques heures pour secouer cela et m'en débarrasser. Maintenant, c'est fait, je ne pense plus à ce que j'ai laissé à Paris. Je suis tout à la partie que nous venons faire.

— C'est curieux comme votre caractère est inégal ; vous n'êtes plus le même qu'il y a deux heures.

— Heureusement, n'est-ce pas, ma bonne Céline? fit-il en riant ; car ce ne serait pas une partie de plaisir que je vous ferais faire.

En arrivant à la maison, on se mit à table. Une dépêche avait prévenu la femme du garde qui veillait sur la propriété. Ce fut un repas joyeux, pendant lequel on se promit de bien s'amuser le lendemain. Mlle Célestine irait avec sa mère rejoindre dans la journée M. Berthier, qui partirait à la chasse dès le matin, accompagné par son garde Augustin et sa chienne Liane.

On se retrouverait à trois lieues de là, dans un petit bois appartenant à M. Berthier, on déjeunerait sur l'herbe. Céline et Célestine prendraient la carriole pour apporter les provisions.

Mlle Célestine était dans le ravissement ; c'était là au moins un plaisir nouveau, la vie joyeuse en plein air ; et puis, elle aimait la chasse. Elle aurait voulu toujours accompagner son parrain. Ce serait d'abord un bon exercice pour elle, et malgré ce que disait M. Berthier, elle était bien certaine qu'elle n'aurait pas peur en tirant des coups de fusil.

Céline rappelait sa fille à la raison : était-elle folle d'avoir de pareils désirs? est-ce que la chasse était un plaisir de femmes?

Mlle Célestine affirma que la chasse était le divertissement de tout le monde ; d'abord elle en avait la preuve par son journal de modes, il y avait des dames en costume de chasse, la cartouchière en ceinture, et même, ajoutait-elle, elle avait remarqué qu'il y avait des jeunes filles de son âge. Céline protesta. Mais Berthier, au contraire, était ravi ; il promit à sa filleule de lui faire faire un costume de chasseresse, et de lui acheter un joli fusil mignon...

— Mais, monsieur Célestin, vous devenez fou... Cette enfant s'habituer à pareille chose ! songez donc à ce qu'on dira...

— Tu m'ennuies; tu me répètes toujours les mêmes raisons.
Qu'on dise ce que l'on voudra. Je ne vis pas pour les autres, je vis
pour moi.

— Encore faut-il garder une mesure...

— On n'en dira jamais plus qu'on n'en a dit. Ma chère petite
filleule aura son costume, si elle n'a pas peur des coups de fusil,
et nous verrons ça demain.

— Mais, petite mère, lorsque parrain s'attarde à la chasse, tu
es toujours inquiète. Quand je serai avec lui, tu seras tranquille.

— Je serai plus inquiète.

— Tu dis des folies. Ne va pas faire peur à cette enfant, et, pour
des raisons sans valeur, la priver d'un plaisir salutaire... et sans
danger, puisque je suis là.

Célestine était ravie. S'habiller pour aller à la chasse, c'était
presque un travestissement, la joie de toutes les jeunes filles. Quand
Berthier fit appeler le garde, Mlle Céline obligea sa mère, résignée,
à discuter avec elle le costume de chasse qu'elle se ferait.

L'industriel arrêta avec son garde l'excursion qu'il ferait le
lendemain, l'heure exacte à laquelle les dames devaient se trouver
au rendez-vous pour déjeuner sur l'herbe. Puis on se sépara.

Le lendemain, au point du jour, le garde venait éveiller Berthier
et l'emmenait battre la plaine. A midi, heure convenue, Céline et
sa fille dans la carriole, conduite par la femme du garde, arrivaient
sous bois. Célestine vidait les paniers et dressait le couvert pendant
qu'après avoir donné à manger au cheval, la mère Bondeux orga-
nisait prestement une cuisine de campagne. Dans ce cadre de verdure, ces trois femmes allant et venant, éclairées par les flèches du
soleil qui passaient à travers les branches, et par la flambée que
venaient d'allumer les ménagères, les cruches, les verres étince-
lants dans les herbes, les rires des femmes, les cris joyeux de
l'enfant, les hennissements de bien-être du cheval, c'était charmant
et cela formait un tableau très pittoresque.

La mère Bondeux avait préparé son déjeuner, elle disait :

— Madame Céline, tout est prêt, il n'y a qu'à mettre au feu, on
pourra commencer dès que monsieur arrivera...

Lorsque bondissant à travers les basses futaies et dans les
hautes herbes apparut Liane; la belle bête courut aussitôt vers sa

petite maîtresse, manquant, dans ses démonstrations de joie, de la renverser, et la gentille Titine embrassa sur son nez noir la chienne aimée.

Déjà fatigué et couvert de poussière, Berthier sortit du bois, suivi par son garde. Il avait bel appétit, et prit place sur l'herbe devant son couvert; le garde aida sa femme à servir le déjeuner... un joyeux déjeuner...

Ce fut enfin une bonne journée, et lorsque le soir Berthier rentra au logis avec la famille, tous les tracas qui l'avaient assailli à son départ, desquels il s'était débarrassé avec peine, étaient tout à fait dissipés.

Le lendemain, il avait encore une certaine appréhension en lisant son courrier; mais tout allait pour le mieux.

Il était parti en donnant l'ordre qu'on lui adressât chaque soir un état des affaires faites ou entamées, qu'on le tînt au courant de tout ce qui se passerait à la maison, des visites que l'on recevrait; il avait insisté sur ce dernier point surtout, et on devait également lui envoyer toutes les lettres qui lui seraient adressées.

Chaque matin il lisait son courrier; les jours se succédaient sans apporter rien de nouveau. Il était absolument tranquille. Il avait craint une visite, puis une lettre d'André; rien de cela ne s'était produit. Berthier avait repris sa quiétude. On menait une vie active, et joyeuse à la campagne. Mˡˡᵉ Célestine avait reçu de Paris son costume de chasseresse, elle attendait son fusil, que le garde Bondeux devait aller chercher à la gare. Il avait été convenu, entre Céline et sa fille, qu'on ne préviendrait pas Berthier. Un jour qu'il serait parti en chasse, Célestine en chasseresse, guidée par le garde, irait tirer sur ses terres. Elle le laisserait venir pour lui dresser procès-verbal, puis elle ramènerait son parrain déjeuner à l'endroit convenu, où Céline, le garde et sa femme auraient préparé le repas.

Un soir que Berthier, voyant dans le ciel le temps s'annoncer superbe pour le lendemain, dit :

— Les grands vents de ces jours-ci ont presque dépouillé les arbres de leurs feuilles; demain il fera beau; ce serait le jour pour faire une belle chasse sous bois.

Célestine et sa mère échangèrent un regard : interrogatif de la part de la jeune fille, affirmatif de la part de la mère... Céline, dit :

— Vous croyez qu'il fera beau demain ?

— Assurément : vous savez que je me trompe rarement. Des jours douteux, je ne dis rien ; mais, ce soir, je suis certain d'un temps superbe pour demain, chaud, avec un beau soleil, une journée d'automne qui aura la chaleur de l'été, et on sera très bien sous bois, surtout en partant de bonne heure. Au moment de la chaleur, on pourrait être de retour et se reposer. Si c'est possible, je veux emmener Bondeux.

— Vous savez qu'en ce moment il a beaucoup d'ouvrage, et justement il faut qu'on profite des beaux jours... Notre arrivée et notre séjour ici l'ont mis en retard...

— Oui, c'est vrai ! S'il ne peut pas, j'irai seul...

Céline échangea un nouveau regard avec sa fille et celle-ci dit aussitôt :

— Parrain, je vais l'appeler et vous l'amener.

Et sans attendre sa permission, elle sortit en courant. Quelques minutes après, elle rentrait suivie par le garde, en disant :

— Le voilà, parrain.

— Ah ! c'est vous, Bondeux... J'avais l'intention de faire une battue sous bois demain, est-ce possible ?

— Je suis aux ordres de monsieur. C'est toujours possible, mais j'ai beaucoup de travail et je voulais profiter du temps, et si je me laisse prendre par le mauvais temps, ce sera de la perte...

— Mon Dieu ! Bondeux, je connais les bois à peu près aussi bien que vous et pourrais aller chasser seul... mais je crains de rentrer bredouille.

— Oh ! monsieur est un trop beau fusil pour ça...

— Quand je vois, oui ; mais il n'y a qu'avec vous que je vois quelque chose... Vous avez l'air de lâcher le gibier le matin des jours où vous m'emmenez... Si j'y retourne seul, je ne vois plus rien, même en passant dans les mêmes endroits où ça nous partait dans les jambes.

— Si ça n'est que ça, je puis vous renseigner. Depuis qu'on a chassé au château, de l'autre côté de la route, tout s'est rabattu sur le petit bois de la Croix. Au reste, j'avais envie d'y aller faire un tour, il paraît qu'on y a vu des chasseurs...

— Ah ! mais je vais voir ça... Vous dites que dans le petit bois
de la Croix je suis sûr de trouver quelque chose?...

— Du lièvre et du faisan... Que monsieur emmène Liane, et il
sera vivement content... Peut-être, se méfiant moins de lui que de
moi, monsieur pourra-t-il surprendre ceux qui braconnent.

— Oui, oui, je vais voir ça. Eh bien ! Bondeux, vous allez me
préparer mes affaires, vous m'éveillerez demain matin en me les
apportant et j'irai tout seul chasser, ainsi vous pourrez avancer
vos travaux... Cela vaut mieux, et hâtez-vous, parce que s'il me
prend la fantaisie la semaine prochaine, avant mon départ, d'inviter
quelques amis, je tiens à ce que vous puissiez disposer de votre
temps.

— Oh ! que monsieur n'ait pas d'inquiétude pour ça... Il le faudrait aujourd'hui que je pourrais y aller.

Mᵐᵉ Célestine, furieuse, faisait des signes à Bondeux qui ne les
voyait pas et continuait, craignant d'indisposer son maître en
obéissant trop aux caprices de sa filleule.

— Non, c'est inutile, j'irai seul... Bondeux, éveillez-moi de
bonne heure... et je compte, Céline, que tu me prépareras un bon
déjeuner... C'est qu'il y a une belle trotte, et en revenant, j'aurai
de l'appétit... Ah ! si nous n'avions été au moment où le travail
commande ici ! C'était le moment de renouveler notre joyeux
déjeuner de l'autre jour...

Célestine et sa mère s'étaient regardées, elles avaient rougi, pin-
çaient les lèvres et baissaient la tête pour cacher leur envie de rire.

Bondeux parut plus tranquille, il avait suivi la recommandation
que Célestine lui avait faite en venant le chercher de prétexter de
son travail pour éviter d'accompagner son maître; il avait craint
un instant de le mécontenter, mais en l'entendant exprimer le désir
du déjeuner sur l'herbe pour lequel Mᵐᵉ Céline l'empêchait d'aller
avec Berthier, il fut content.

S'il refusait de servir son maître, ainsi qu'il le demandait, c'était
pour le servir plus agréablement d'une autre façon. Berthier, qui
ne voyait rien, continua :

— Mais bah ! vous ne m'en voudrez pas, si je vous fais un peu
attendre... Je m'arrangerai toutefois pour être à table entre midi
et une heure...

élança aussitôt et, penché sur sa victime, il l'observa une grande minute, s'assurant qu'il était bien mort.

— Nous vous attendrons, mon parrain... et je vous ménage une surprise...

— Vraiment! une surprise... de toi!

— Mais oui, une surprise de moi... Comment! vous croyez donc que je ne suis bonne à rien?...

— Oh! ma belle enfant, fit Berthier l'attirant à lui, en la pressant paternellement dans ses bras et en l'embrassant, bonne à rien! toi qui fais tout ce que tu veux, toi adroite à toute chose, ma belle mignonne aux doigts de fée...

— Vous me rendez toute confuse; ma surprise n'est pas de la couture...

— Je sais bien, et je devine... Mais je suis très gourmand.

Céline avait d'un regard commandé à Célestine de ne pas se défendre, et Berthier, s'adressant à la première, demanda :

— Mais tu lui apprends donc la cuisine, maintenant?... Dame! il faut qu'une bonne femme de ménage sache tout... Qu'est-ce que cette surprise?...

— Je ne veux pas le dire, parrain, demain vous verrez ça...

— C'est pour me faire revenir plus tôt que tu me dis cela...

— Vous verrez...

— Je m'en rapporte à vous deux!... Voyons, Bondeux, c'est entendu, demain matin à la première heure debout... J'ai au moins une grande heure de marche...

— Oh! oui! et si maman veut m'en croire, il passera par les étangs, entrera dans le bois par la Croix, et suivra du côté des Grès pour arriver au-dessous des moulins à la petite clairière.

— C'est là où nous avons déjeuné l'autre fois... Mais j'y serai vers onze heures, là...

— Justement, vous finissez là, pour revenir.

— Oui... comme ça je sais bien mon affaire, et Bondeux, vous me garantissez que j'aurai à tirer... Ne me faites pas revenir couvert de honte...

— Si j'avais eu de la honte chaque fois que je suis rentré bredouille, je ne pourrais plus me montrer devant le monde; mais demain monsieur peut être tranquille, c'est lui qui refusera de tirer.

— Oh! oh! serment de garde!... Céline, verse un petit verre de fine champagne de Bordeaux... A votre santé, mon ami... et à demain matin..

En allant fermer la porte derrière Bondeux, Céline lui dit tout bas :

— Mme Bondeux s'occupe de ce que je lui ai dit ?

— Ayez pas de crainte, madame, ce sera prêt.

— Maintenant, mes enfants, il faut se coucher... Je ne vous y oblige pas, parce que vous vous lèverez à l'heure que vous voudrez ; mais moi, c'est avant le jour que je dois être debout et au lever du soleil sous bois....

— Mais nous aussi, parrain, nous avons besoin de nous lever tôt.

— Vraiment ! et qu'est-ce que tu veux faire ?... me donner le bonjour ?

— D'abord, oui... et nous occuper de la surprise...

— La surprise !... diable !... Mais cette fameuse surprise commence à m'intriguer... Voyons, fais-m'en deviner un com...

— Oh ! cela, je vous en défie bien...

— C'est pour m'obliger à me presser que tu me dis tout cela.

— Non, petit parrain... ne vous pressez pas, la surprise ira à vous.

— Comment cela !... une surprise vivante... dans le déjeuner ?...

Célestine éclata de rire en s'écriant :

— Ah ! je n'ai pas dit cela !...

— Tu en as trop dit, fit Céline, ne sois pas indiscrète... Dis bonsoir à ton parrain...

— Oui, c'est l'heure de dormir ; et demain, mademoiselle, ne me donnez pas de déception...

— Non, vous serez bien content...

— J'en suis certain, ma chère Titine, car tout ce que tu fais me ravit.

On s'embrassa, et chacun gagna sa chambre. Le lendemain matin, il faisait encore nuit lorsque Bondeux vint frapper à la porte de son maître. Celui-ci, aussitôt éveillé, sauta du lit pour lui ouvrir. C'est le garde qui fit l'office de valet de chambre. En quelques minutes il était habillé et harnaché ; ayant écouté les renseignements du garde, il sifflait sa chienne Liane, et se mettait en route.

En même temps, Céline et sa fille s'étaient levées. Mlle Titine revêtait le fameux costume, l'ample culotte de velours, le veston, les bottes fauves, sa mère arrangeait ses cheveux pour la coiffer du petit feutre à plumes, elle se ceignait de la cartouchière, et enfin, le fusil sur l'épaule, le visage animé d'une mutine crânerie, elle vint se camper devant le garde et sa femme en leur demandant :

— Eh bien ! comment me trouvez-vous ?

— Oh ! très bien, mademoiselle...

— Ah ! quel gentil garçon vous faites ! exclama la femme du garde en l'admirant.

Céline était enchantée de l'air et de l'allure de sa fille ; en grandissant, elle était plus élégante, et ses costumes ne paraissaient jamais modifier sa distinction naturelle.

— Mais, demanda Céline, elle ne va pas partir à pied...

— Pourquoi pas? insista Célestine, désirant se promener en chasseur. Je connais le pays.

— Mais, mon enfant, une femme, à plus forte raison une jeune fille, ne peut sortir ainsi vêtue.

— Mais Bondeux va m'accompagner...

Bondeux prit la parole.

— Si mademoiselle veut me permettre, je vais dire ce que je crois qu'il faut faire.

— Parlez, Bondeux.

— Il faut, n'est-ce pas, que près du fourré des Grès, vous tiriez un coup de feu au moment où M. Berthier sera dans ces parages ; attiré par la détonation, il se dirigera vers vous...

— Oui, c'est ça !... oh ! que je vais rire de sa surprise!...

— Mais pour cela, mademoiselle, il faut que nous prenions par la route, sinon il peut nous voir et nous risquerions en y allant à pied de n'arriver qu'après son passage.

— Ah ! comment allons-nous faire?... Mais je serais volontiers partie ce matin avant lui...

— Non, c'eût été inutile; nous prenons la carriole, nous montons tous les quatre dedans, nous vous descendrons en face le fourré des Grès.

— Oui, mais vous me descendrez seule, parce que, s'il me reconnaît de loin, Bondeux, il se doutera de tout.

— Mais non, dit Céline. Nous te descendons et nous allons à dix minutes de là, à la clairière, où nous disposons le couvert.

Célestine battit joyeusement des mains et gaiement, mimant la scène à mesure qu'elle la racontait, faisant la grosse voix pour imiter son parrain, elle dit :

— Oui, oui, oui, c'est ça. Alors, lorsque j'entends mon parrain je tire : pan ! pan ! et puis je m'accote contre un arbre en tournant le dos... « Ah ! vous, là-bas, de quel droit chassez-vous ici ? » Je hausse les épaules. « C'est à vous que je parle... qui êtes-vous ? » Je me retourne d'un bond. « Je suis celle qui aime bien son ami Célestin et qui vient chasser avec lui, » et je lui saute au cou... Te fais-tu l'image de sa physionomie ? Vois-tu ses bons yeux étonnés, sa voix riante, quand il me dira en m'embrassant avec émotion :

« — Ah ! c'est la surprise ! » et je lui réponds... « La surprise ? mais pas du tout, mon cher parrain ; moi je suis un peu lasse de ma première chasse, et surtout j'ai grand appétit. » Il me dira : « Ah ! ma pauvre Titine, nous en avons au moins pour deux heures avant de nous mettre à table. » Comme il a un petit peu de viande dans son carnier, et sa gourde, il m'offrira de manger sur le pouce...

- Oh ! mademoiselle, interrompit la femme de Bondeux, vous pensez bien que monsieur n'aura plus rien, il n'ira pas jusqu'aux Grès sans manger un morceau...

— Justement ; plus désolé, il dira : « Dépêchons-nous ! » et vite je l'entraîne vers la clairière. Naturellement, il aura aussi faim que moi et dès qu'il me parle je réponds : « Vous voudriez bien déjeuner, pas vrai ? — Oh ! oui. » Et je crie : « Entrez, vous êtes servi ! » et je l'amène... mais il faut que tout soit prêt... Que je vais m'amuser !...

Et Célestine, joyeuse, battait des mains.

— Nous n'avons que le temps, fit Bondeux, si nous voulons arriver avant lui.

— Oh ! tout est prêt, dit sa femme ; il n'y a qu'à mettre ça dans la voiture.

— Alors je vais atteler.

Le garde se dirigea vers l'écurie pendant que Mme Bondeux, Céline et Célestine mettaient dans des paniers le fin déjeuner qu'on avait préparé. Quand Bondeux amena la carriole, on y plaça soigneusement les provisions, puis les dames montèrent. Céline se plaça sur la banquette, veillant sur les paniers pour éviter les chocs.

Célestine, toute à son rôle, voulut se placer sur le devant, à côté de Bondeux, qui conduisait. Crânement campée, le chapeau sur l'oreille, le fusil entre les jambes, elle était charmante.

Céline recommanda à la femme du garde de bien veiller sur la maison et Bondeux fouetta le cheval.

— Soyez tranquille, disait la mère Bondeux, et bonne chasse, mademoiselle. Ce soir, à votre retour, vous trouverez un bon dîner.

La voiture partit.

La route était charmante du petit cottage au bois de la Croix, où ils se rendaient, mais personne ce jour ne pensait à le remarquer. Bondeux craignait d'être parti trop tard et n'osait l'avouer ; Mlle Célestine ne pensait qu'à la petite scène du braconnier pris en flagrant délit qu'elle allait jouer, et Céline était rêveuse.

La jeune femme était si heureuse que souvent elle tremblait pour son bonheur. Elle se demandait si un jour elle ne paierait pas les belles années qu'elle passait. C'est que cela paraissait un peu féerique.

Elle comparait la splendide campagne qu'elle traversait aux champs pelés qui bordent Paris du côté des Deux-Moulins, le quartier où elle était née, et comparait la petite chambre mansardée, dans laquelle elle demeurait ouvrière, avec la ravissante petite maison tout enveloppée de verdure dans laquelle elle résidait. L'enfant, luxueusement vêtue à cette heure, robuste et pleine de santé, était ce même petit être chétif, couverte de loques qu'elle avait si péniblement fait vivre autrefois. Que toute cette misère était loin ! La petite ouvrière pauvre qu'une faute avait rendue mère, et qui n'avait devant elle qu'un présent pénible et un avenir de labeur, était tout à coup devenue une heureuse petite bourgeoise ; elle avait un amant supérieur à bien des époux, une fille élégante, distinguée et bien élevée, dont l'avenir était assuré. L'oubliée, l'abandonnée, presque la méprisée d'autrefois était aimée et respectée.

Elle contemplait sa fille placée devant elle ; elle souriait avec bonheur. Cette enfant toute pleine de vie et de santé, si belle qu'on ne pouvait la voir sans la remarquer, si gracieuse qu'on était obligé de l'aimer, c'était sa fille ; elle rêvait les yeux ouverts, la bonne mère, lorsque tout à coup Bondeux lui montrant une haie de bois brisée, lui dit :

— Voyez-vous, madame Céline, depuis cinq ou six jours, nous

avons des gars qui furètent là-dedans.... C'est ce que j'ai dit à
monsieur ; il faudra voir ça... On ne tire point, mais on passe
partout... Il y a des gens qui se plaisent à saccager tout.

— Surveillez ça tout seul, Bondeux, et n'en parlez pas à
M. Célestin, vous le tourmenteriez pour peu de chose...

Bondeux avait regardé l'heure à sa montre.

— Crédié ! nous allons être en retard. Hue donc ! et il enveloppa
son cheval d'un coup de fouet. Une demi-heure après, il s'arrêtait
devant le fourré des Grès... Célestine sautait prestement à terre et,
le fusil à la main, s'enfonçait sous bois.

— Fais bien attention, Célestine, disait Céline.

— Vous avez deux cents pas à faire, mademoiselle, par cette
sente, et vous arrivez où il doit passer... et ça ne va pas être long...
Nous, nous n'avons que le temps de nous préparer. Hue !

Et Bondeux, fouettant le cheval, partit rapidement ; quelques
minutes après, il tournait le chemin pour reprendre la route,
lorsqu'ils entendirent une double détonation. Céline sursauta sur
sa banquette.

— Ah ! mon Dieu !

— Ce n'est rien ! C'est mademoiselle qui vient de tirer ; ils se
rencontrent ; il était temps. Il faut nous dépêcher, car avant vingt
minutes ils seront à la clairière.

— Oh ! ce coup de feu m'a toute bouleversée, dit Céline.

Cinq minutes après, la voiture s'arrêtait devant la clairière.

XIV

UNE CRUELLE SURPRISE

Célestin, sanglé dans sa ceinture, les jambes guêtrées, le fusil
accroché par sa bretelle à l'épaule, se sentait alerte et léger ; il
s'était éveillé de bonne humeur ; il avait la satisfaction de l'homme
vertueux qui va voir se lever l'aurore.

Il était descendu dans l'office et pendant que son garde donnait
le dernier coup d'œil au fusil et aux munitions, il se faisait déboucher
par la mère Bondeux une vieille bouteille de vin blanc. Il allait

fouiller dans les armoires pour trouver un reste de victuailles de la veille ; la femme du garde se précipita et ferma les portes... Célestin éclata de rire...

— Ah ! c'est vrai, j'oubliais : là surprise de Titine est là-dedans. Je suis discret, madame Bondeux. Donnez-moi une tranche de n'importe quoi pour manger sur mon pain, et boire un verre avec votre mari ; il est bon de casser une croûte avant de partir. A votre santé, Bondeux !

C'était un charmant tableau de genre, cette vaste pièce perdue dans l'ombre et à peine éclairée par une bougie, où les deux hommes de chaque côté de la table tendaient leur verre à la mère Bondeux, qui versait.

La lumière faisait étinceler les vieilles faïences, les cristaux sur les dressoirs, et scintiller l'acier du fusil. Dans les verres, le vin jaune, doré par la flamme, était comme ensoleillé.

Le coucou sonna la demie de cinq heures... il faisait encore nuit et Célestin sourit en entendant du bruit dans la maison.

— Comment ! déjà elles se lèvent ?... Décidément, la surprise est importante... Versez-nous encore un verre, maman Bondeux.

Et d'une main, tenant son morceau de pain sur lequel le pouce appuyait une tranche de viande, Célestin coupait d'énormes bouchées qu'il avalait avec voracité.

— Oh ! mais, notre monsieur, vous allez vous étouffer... buvez donc !

— Il faut que je me hâte, le jour vient...

Il trinqua avec son garde, but, se fit indiquer de nouveau son plus court chemin et partit.

La journée s'annonçait belle et la promenade matinale était splendide, Célestin en était tout ravi.

Après la nuit, le petit jour était venu, douteux encore : c'était l'heure où la nature semble s'arracher avec peine des brouillards de l'aube ; un gris sombre, opaque, enveloppait les basses futaies ; à l'horizon plus clair se détachait en silhouette la cime des grands arbres.

A mesure que Célestin s'avançait, le tableau se transformait : dans le vallon, c'est encore la nuit grise du matin ; au-dessus c'est déjà, un peu voilé, le pourpre chaud du soleil levant. Il marche, autour de lui tout est mort, silencieux ; dans le vallon, dans le bois,

Un rassemblement assez nombreux stationnait devant la porte de la maison.

sur la route, pas un être; les vapeurs du sol montent, la buée tombe,
les fauves hument l'haleine de la terre qui les fait forts; le jour
lutte encore avec la nuit...

Célestin marche, enfonçant ses jambes guêtrées dans les herbes
mouillées; il est impressionné par ce grand silence; il est arrivé
au sommet de la côte, il s'arrête et regarde autour de lui; la cloche
d'un village sonne la demie de six heures,... tout se transforme, le
jour pique, le soleil se lève. Célestin respire à pleins poumons; des
herbes qui se vautrent dans la rosée du matin et de toutes les fleurs
des champs et des bois s'échappe un parfum âcre et dur. Ils sentent
bon, les taillis, et dans leur odeur on boit la santé à pleine poitrine...
Aux yeux ravis du chasseur il semble que le pays ressuscite. Sous
bois, par les routes, les sentes, les paysans se rendent au travail,
les femmes courent au marché se profilant en silhouettes brunes
dans les buées de l'aube.

Célestin était heureux, il vivait enfin, il sentait son sang circuler
plus vif dans ses veines. Le cerveau tranquille, il se remit en marche,
en sifflotant. Il était encore assez loin de l'endroit où il voulait
chasser, et il ne se gênait pas. Depuis une heure, il marchait
lorsqu'il vit un garde déboucher du bois.

— Ah! c'est vous, Viret; déjà vous venez de faire une tournée...
Avez-vous vu quelque chose?

Viret était le garde d'un propriétaire voisin, ami de Berthier;
ils s'autorisaient mutuellement à chasser l'un chez l'autre, quelques
parties de la chasse de l'un se trouvant enclavées dans celle de l'autre.

— Non, monsieur, je n'ai rien vu... mais je n'étais pas en chasse.
Depuis quatre ou cinq jours, on piétine dans les réserves, saccageant
tout, et nous ne trouvons personne...

— Oui, Bondeux m'a parlé de ça.... Vous vous êtes entendus?

— Oui, monsieur, voilà deux matinées que je passe à l'affût sans
rien voir.

— Quelques braconniers du pays.

—Oh! que non. On les surveille, ils le savent et ne bougent pas :
ce ne sont pas des braconniers, ce sont des vagabonds... un jour,
c'est au bois de l'Étang; après, c'est aux Grès. Ils passent à travers
les taillis, dans les remises de faisans, écrasant tout, et le gibier
est affolé comme par une battue...

— Vous n'avez pas vu de collets?...

— Oh! rien, rien; on ne chasse pas, on détruit... Ce doit être quelques vagabonds qui viennent coucher dans le bois... M. Berthier n'a pas emmené Bondeux?

— Non, je vais me distraire un peu; je vais au bois de la Croix...

— Oh! hier, on aurait marché sur les bêtes... mais, s'ils sont passés par là, vous ne trouverez rien.

— Diable! mais il faut au plus tôt nous débarrasser de ces gaillards-là; au besoin on organiserait une battue avec les gendarmes.

— C'est ce que nous avions décidé avec Bondeux de demander à monsieur et à mon maître... mais si ça se renouvelle; voilà quatre jours de ça, et ils peuvent être partis... Ce matin, je n'ai rien vu de nouveau.

— Nous aviserons à ça... Au revoir, Viret.

— Je souhaite bonne chance à monsieur...

— Je suis bien sur la route, n'est-ce pas?

— Monsieur est bien dans son chemin; il n'y a qu'à prendre le premier sentier sur la droite et en vingt minutes il sera à la petite ravine du taillis de la Croix.

— Merci! au revoir, Viret... Allons, Liane, en route!

Et, suivi de sa chienne, Célestin se remit en marche.

Il se trouva bientôt à l'endroit où sa chasse devait commencer. Avant de s'engager dans la petite ravine, Berthier chargea son fusil et l'arma, puis, le doigt sur la détente et laissant partir son chien, il entra sous bois. Il marchait avec précaution, regardant autour de lui, à mesure qu'il avançait, ne trouvant pas l'abondance de gibier qu'on lui avait annoncée; il remarqua certains endroits où dans les herbes ou les ronces, on voyait comme un sillon indiquant le passage d'un homme : le matin, assurément, le petit bouquet de bois avait été battu... Il jurait, lorsqu'il remarqua les singuliers mouvements de son chien qui, relevant le nez, se dirigeait vers un bouquet d'arbres. Célestin le suivit du regard et, tout à coup, voyant un homme se dresser devant lui, il s'arrêta tout bouleversé. Il était devenu très pâle et, pour cacher son trouble, il demanda :

— Que faites-vous ici, monsieur?

— Vous vous en doutez bien, monsieur Berthier, je vous cherche.

C'était André!... André qui, un fusil à la main, se postait devant lui menaçant ; le vagabond qui, depuis quelques jours, battait les bois dans lesquels il espérait rencontrer Célestin : c'était André. Berthier tremblait, il ne trouvait pas un mot à dire, il n'osait pas menacer. Ce fut André qui reprit :

— Oui, monsieur Berthier, je vous cherche !... Vous avez bien pensé que nous devions nous revoir un jour ou l'autre ; on ne fait pas condamner un homme à cinq années de prison comme voleur, sans penser que cet homme s'en vengera... Depuis ma sortie de là-bas, je prépare une occasion, je voulais me trouver seul avec vous...

— Et que voulez-vous de moi ? demanda Berthier, se disant : Il va me demander une grosse somme, les armes à la main, comme un bandit, quand il lui suffisait de se présenter chez moi pour obtenir honnêtement le même résultat... Je vous ai porté un grand préjudice, je le réparerai dans la mesure du possible...

— Un préjudice ! ricana André !... un préjudice !... mais vous m'avez déshonoré...

— Vous-même, monsieur, ne me déshonoriez-vous pas par vos relations avec ma femme ?

— Si vous jugiez ainsi la situation qui vous était faite, il fallait me tuer.

— Que me voulez-vous, enfin ?...

— Moi, je veux vous tuer...

Berthier, sous le regard d'André, à son ton, sentit un frisson courir dans ses veines ; mais, se remettant aussitôt et soulevant son fusil, il dit :

— Vous remarquerez que je suis armé...

— Oui, monsieur... je pouvais vous rencontrer à Paris, désarmé, mais je ne suis pas un assassin, pas plus que je n'étais un voleur... Je veux me battre avec vous. Si je vous avais provoqué, vous m'auriez refusé toute satisfaction : il fallait trouver un moyen de vous amener en armes sur le terrain et de vous contraindre à accepter le combat...

— Vous avez combiné un assassinat...

— Non, monsieur Berthier, un duel à l'américaine. Je suis accoté à cet arbre, prêt à me cacher derrière si vous levez votre fusil... Vous pouvez faire de même avec moi...

— Finissez, monsieur, cette comédie... Un préjudice considérable vous a été causé, je le reconnais, et suis prêt à le réparer. Vous

'avez pas besoin pour cela de me menacer. Quelle somme demandez-
ous ?

— Il me manquait cette dernière injure... Monsieur Berthier,
ne doit sortir de ce bois qu'un seul de nous... N'essayez pas
'échapper, ce serait en vain; vous me réduiriez à une cruelle
écessité... devant laquelle cependant je n'hésiterais pas...

— Je suis convaincu que vous êtes prêt à me tuer...

— Vous vous méprenez, monsieur. En vous disant que je ne
·culerais devant rien, j'entends vous dire que si vous n'acceptiez
·as ce que j'exige de vous, ne pouvant rien obtenir de l'homme, je
·'attaquerais aux femmes...

— Que dites-vous ?...

— Je dis que si je ne puis me venger de vous, je me vengerai
·ır la femme que vous aimez... je me vengerai sur l'enfant que
·ous avez d'elle...

Berthier se redressa tout à coup avec un air de défi, et s'écria :

— Misérable ! je vous défends de parler d'elles... Si vous touchiez
·n cheveu de l'une ou de l'autre, je vous tuerais comme un chien.

— C'est ainsi que je vous voulais... dit André. Allons, cocu,
·ıez-moi, ou je ne sors d'ici que pour aller raconter mon histoire à
· belle Céline et à la jeune Célestine.

Tout tremblant de colère, exaspéré, l'œil en feu, perdant la
·te, il le coucha en joue, disant :

— Gredin, défends-toi donc...

Il fit feu.

André s'était garé derrière le tronc de l'arbre, le petit plomb se
·erdit dans la feuillée ; il se montra ricanant et dit :

— Braconnant sur vos terres; vous tirez sur moi, cela se fait;
·ais moi, me trouvant en cas de légitime défense, je vous réponds :
·est le combat, ça...

Berthier se glissa derrière un arbre, changea la cartouche qui
·stait dans son fusil, et en remit une autre, remplaçant le petit
·lomb par des chevrotines. André le guettait. Cela dura quelques
·inutes pendant lesquelles ce dernier lui disait :

— Il faut que je me venge, vous comprenez bien ça, monsieur
·erthier : accusé de vol, condamné à cinq ans de prison, et être
·nocent... cela vaut bien la vie de l'accusateur, du calomnia-

teur... Et puis, il faut être franc, on peut tout dire aux gens
qui vont mourir... Vous comprenez, Berthier... Moi aussi, je suis
père, j'ai un fils qui porte votre nom et je ne veux pas que vous
puissiez déshériter mon enfant... je ne veux pas que vous donniez
tout à l'autre, à votre maîtresse et à sa petite... il faut que je vous
tue pour faire hériter mon fils et sa mère, et jeter à la porte cette
servante et sa fille qui tiennent la place des maîtres.

— Oh! misérable canaille! c'en est trop! rugit Berthier, fou de
rage et exaspéré par l'injure; je vais te tuer comme une bête mal-
faisante... comme un chien galeux qui a mordu la main qui le
nourrissait !

Et Berthier, qui dédaignait de se cacher, mit en joue son fusil,
visant André. Celui-ci attendait, guettant; en voyant son ennemi
se démasquer, il avait rapidement épaulé son arme : il fit feu lorsque Berthier visait. Les deux coups partirent presqu'en même
temps.

Berthier retomba sur l'arbre, s'y appuyant d'une main et de
l'autre se soutenant sur son fusil qu'il tenait par le haut des canons. André, toujours placé sur la hauteur, restait comme à l'affût,
à demi caché par l'arbre, le doigt sur la seconde détente, prêt à
faire feu si Berthier se redressait.

Celui-ci était comme un homme ivre, il cherchait à se sauver.
Il était atteint à la tête, le sang ruisselait sur son visage et l'a-
veuglait. Se servant de son fusil ainsi que d'une canne, car il vacillait; voyant qu'André le menaçait encore, il s'enfonça dans le
taillis. Il avait trop présumé de ses forces : il voulait marcher et ses
jambes faiblissaient. Il avait ressenti comme un coup de poing sur
la tête et était étourdi ; il voulait crier, la voix s'éteignait dans sa
gorge et sa respiration devenait difficile. Il se sentit perdu. Il fit
encore quelques pas. Il lui sembla qu'il allait s'affaisser, il se cramponna des deux mains au canon de son fusil; il jeta un cri, presqu'un râle, et tomba la face contre terre... Il eut quelques convulsions, et ce fut tout.

André, toujours prêt au moindre retour offensif, tenait son fusil,
le doigt sur la détente, avançait à petits pas, décidé à achever Célestin s'il n'était que blessé; il le suivait. Il le vit se raidir dans les
derniers spasmes, puis tomber. Il s'élança aussitôt et, penché sur sa

victime, il l'observa une grande minute, s'assurant qu'il était bien mort. Il lui releva la tête pour voir où il avait été touché. Le visage était inondé de sang qui se caillait déjà; il ne pouvait distinguer dans ce ruissellement la plaie : vraisemblablement, les chevrotines lui avaient fracassé le crâne... André, sombre, se redressa disant :

— C'est bien fini ! il ne s'agit que de sortir de ces bois sans être vu. Je les connais assez maintenant pour me diriger facilement.... C'est lui-même qui s'est arrangé de façon à éviter toute enquête... Il a déchargé son fusil, et il est tombé en le tenant encore dans ses mains crispées; il est tout naturel que ceux qui le trouveront attribuent sa mort à un accident... Il marchait en s'appuyant sur son fusil, et les ronces ayant accroché la détente, le coup lui est parti dans la figure... Que cette sale bête est ennuyeuse !

Ceci s'adressait à la chienne de Berthier, qui, partie aux coups de fusil, était revenue vers son maître, l'avait flairé, puis léché, et se mettait à hurler lamentablement comme pour appeler au secours. André releva tout à coup la tête : il avait cru entendre un gémissement; il regarda autour de lui et ne vit rien...

— Hâtons-nous; cette chienne, par ses hurlements, va attirer du monde...

Il s'enfonça sous bois aussitôt, et comme s'il répondait à sa conscience, il dit :

— Il m'avait fait condamner, il m'avait déshonoré enfin. J'avais le droit de me venger. Oui, je l'avais trompé; j'avais sa femme pour maîtresse. Ce n'est pas un crime cela, et puis il pouvait me tuer... mais non, me faire subir une condamnation infamante!...Maintenant, je n'ai rien à me reprocher, je ne suis pas un assassin : nous avons combattu... C'était un duel et il a été tué. Je l'ai laissé attaquer, il a tiré le premier... Il est vrai que son fusil n'avait que du petit plomb : il voulait m'effrayer. Il a compris après que c'était un vrai combat et j'ai entendu ses chevrotines siffler...

Il marchait vite, ayant hâte de s'éloigner de la ravine; de temps à autre, son regard fouillait les fourrés et il marchait avec précaution.

— Je ne dois pas être loin de l'étang, j'ai hâte de me débarrasser de ce harnachement... Ah ! je le vois dans les feuilles.

Il arrivait au bout de la sente, devant ce qu'il appelait l'étang et qui n'était qu'une grande mare bourbeuse. Une fois encore, il regarda autour de lui, et bien convaincu que personne ne le pouvait voir, il jeta son fusil, sa carnassière et ses cartouches dans l'eau, puis il remédia au désordre qu'avait amené dans ses vêtements sa course sous bois, il se cravata soigneusement; il avait dans sa poche un petit peigne avec lequel il refit sa coiffure. Sa tenue était tout à fait correcte. Assuré qu'un gendarme le rencontrant jugerait à sa mise et à son calme qu'il ne pouvait être soupçonné, André se dirigea vers la route.

Décidément, la chance était pour lui; il ne rencontra pas un être, et arriva à la gare avec la tranquillité d'un honnête bourgeois qui, ayant passé la matinée à sa maison de campagne, se rend à ses affaires.

Au reste, tout était tranquille autour du bois de la Croix, lorsque Célestine, sautant de voiture, s'était engagée dans le taillis par la petite sente; elle n'avait pas tardé à ressentir une impression de crainte en se voyant seule et en entendant la carriole s'éloigner; elle avait marché un peu vite... elle avait hâte de rencontrer son parrain et elle se promettait bien de ne jamais plus s'engager dans les bois sans être accompagnée, lorsqu'elle entendit une double détonation : elle sursauta et aussitôt eut un éclat de rire.

— Ah! que j'ai eu peur!... C'est parrain...

Sachant qu'il était tout près d'elle, elle ne bougeait plus, voulant être prise, se disposant, à son tour, à tirer... Mais seule elle n'osait pas armer son fusil... Elle vit Liane qui, piquant du nez, fouillait les herbes; elle se retourna un peu, guettant si son parrain s'approchait... et un épouvantable tableau s'étala devant ses yeux... Son parrain, le visage couvert de sang, presque méconnaissable, vacillait et s'appuyait aux arbres et sur son fusil pour marcher; elle le vit se redresser, se cramponner à son arme et tomber la face contre terre.

La pauvre enfant était restée comme pétrifiée, n'osant ni avancer, ni reculer, suffocante, ne pouvant jeter un cri; elle avait senti un froid mortel courir dans ses os et elle s'était évanouie, tombant sans connaissance dans les hautes herbes qui bordaient la route.

C'était un grand silence dans le bois; on n'entendait que le bruissement des milliers d'insectes, lorsque retentirent les appels

Elle jeta ces deux objets dans la cheminée où le feu brûlait encore.

lugubres de Liane hurlant la mort. La pauvre chienne, guidée par
son flair, allait de son maître à sa petite maîtresse étendue à quelques
pas l'un de l'autre. C'était un gémissement de Célestine qui avait
fait fuir André. Liane, lasse d'aller de l'un à l'autre, leva le nez et
flaira quelques secondes, et la queue entre ses jambes se mit à
courir droit devant elle.

En quelques minutes, elle arrivait à la clairière, au moment où
Bondeux venait de faire descendre Céline de la carriole et attachait
le cheval à un arbre.

— Liane ! s'écria gaiement la jeune femme, ils sont arrivés en
même temps que nous.

Ils se dirigeaient au-devant d'eux, étonnés de ne pas les voir,
et remarquant que la chienne, toujours en avant, marchait sans
faire ses gambades ordinaires, plus réservée que si elle était
en chasse. Ils voulurent s'arrêter, la chienne marchait toujours...

— Qu'est-ce que ça veut dire? Liane n'est donc pas avec eux?
demanda Céline, inquiète.

Bondeux, qui avait appelé Liane, qui l'avait caressée, avait
remarqué que sur les poils de son museau il y avait du sang... Le
garde était devenu très pâle, il comprenait que la chienne le venait
chercher... Céline dit encore :

— Vous ne trouvez pas ça singulier, Bondeux?

— Ils ont fait une halte, et peut-être, sur le commandement de
sa petite maîtresse, la chienne sera venue vers nous...

Céline regarda le garde.

— Vous êtes tout pâle, Bondeux... et votre voix est singulière...
Vous craignez un accident...

Bondeux fronça les sourcils et répondit un peu brusquement :

— Non, madame, je ne pense rien... Marchons vite...

Céline se mit à pleurer, et, toute tremblante, dit en courant
au garde :

— Courons, Bondeux, courons ; j'ai peur...

Ils suivirent le chien, passant partout; Céline ne sentait ni les
branches qui la frappaient, ni les ronces qui la déchiraient; elle
allait toujours, ne coupant ses halètements que par des :

— Oh! mon Dieu !... Seigneur mon Dieu !...

Liane s'arrêta... Céline courut. Bondeux la devança. C'était devant Célestine. La mère s'écria :

— Ah ! ma pauvre enfant... et les sanglots arrêtèrent sa voix.

Le garde avait soulevé l'enfant et disait :

— Elle n'a rien, madame Céline... elle n'est qu'évanouie. Tenez, voyez, elle revient.

— Oh ! ma Titine ! et elle l'embrassa, se rassurant en sentant la tiédeur de sa chair et les frémissements du baiser qu'elle lui rendait.

Plus tranquille, elle se releva, pendant que Bondeux soulevait Célestine qui reprenait connaissance. Céline regardait autour d'elle. Qu'était-il arrivé à Berthier qui ait pu motiver l'évanouissement de l'enfant ? Elle appela :

— Monsieur Célestin !... Célestin !

Elle vit Liane qui, abandonnant sa petite maîtresse, qu'on relevait, se dirigeait dans le creux de la ravine; elle la suivit et voyant Berthier, la face contre terre, la tête dans du sang, elle jeta un cri terrible, et tomba à genoux, et s'écroula auprès du corps en perdant connaissance.

Le garde avait placé Célestine sur le bord du sentier. Au cri de Céline, il se précipita et s'arrêta quelques secondes, épouvanté devant le lugubre tableau : le corps de Berthier paraissait raidi déjà; il tenait de ses deux mains crispées les canons de son fusil. Liane ne cessait de lécher une partie de la face qui ressortait blanche dans la mare de sang. Le garde, terrifié, hochait la tête en disant :

— Je n'aurais pas dû le laisser partir seul... c'est la faute des femmes... Une lugubre surprise ! ! Comment un homme prudent comme lui a-t-il pu se servir de son fusil ainsi que d'une canne? Il y a encore des ronces après la détente... Il a reçu toute la charge dans la tête... C'est épouvantable. On ne ferait pas autrement pour se suicider... Je ne peux pas laisser cette femme dans cet état... il vaut mieux l'emporter évanouie loin d'ici... et mademoiselle...

Il se retourna et vit Célestine, accroupie sur la route, pleurant.

Pendant que Bondeux porte secours à ses malheureux maîtres, nous suivrons André, qui retourne à Paris.

En se rendant à la gare, il avait fait tous ses efforts pour paraître calme, s'appliquant à ce que rien ne révélât en lui le trouble qui l'agitait. Nous l'avons vu sous bois se débarrassant de l'arme et de la gibecière qui auraient pu attirer l'attention sur lui. Le temps, très beau pendant la première partie de la journée, s'était tout à coup assombri après le crime, comme si la nature prenait sa part de deuil; le gris des orages menaçants envahissait l'horizon. Le vent soufflait en tempête, dépouillant les arbres; les feuilles voletaient autour du fuyard, triste comme le temps. Le front plissé, les yeux brillant étrangement, les lèvres serrées, André pressait le pas; ses mains agitées par la fièvre qui le dévorait, déchiraient ses chairs. Il pressait le pas, ayant hâte de se trouver en gare. Nous l'avons vu y arriver las, mais plus tranquille, n'ayant rencontré personne.

Il prit son billet. Le train arrivait en gare, il monta dans un compartiment dans lequel il se trouva seul; il se blottit dans le coin, et ne redoutant plus les regards indiscrets, il s'abandonna à ses sensations, sensations douloureuses qui transformaient le bel André. Oh! ce n'était plus le beau garçon, doux d'aspect, que nous connaissons, aux yeux brillants, aux lèvres rouges, au sourire provocant, à l'air avenant...

Ses bruns et épais sourcils jetaient l'ombre sur la flamme de ses yeux, sur son regard de loup; ses lèvres pâles étaient aplaties sur ses dents, qui grinçaient; son front était sillonné par un pli profond; ses cheveux retombaient lourds sur sa peau brûlante, que le cerveau chauffait... Son regard restait fixé sur un point invisible, et sans avoir conscience qu'il parlait, répondant à la pensée qui l'obsédait, il dit :

— Nous nous sommes battus... Je ne l'ai pas assassiné...

Depuis quelques jours, André guettait Berthier dans les bois où il avait l'habitude de chasser; il résidait dans l'auberge d'une ville voisine, et tous les matins au lever du jour, il partait sous le prétexte de chasser, et chassait l'homme. Il avait aperçu une fois André avec son garde, et il ne s'était pas montré. Ses nuits étaient accablantes. Dévoré par le désir de posséder Régine, il ne pensait, ne rêvait que d'elle : s'il réussissait dans son plan, sa vie tourmentée cessait, il pouvait mener l'existence tant de fois désirée. Il faisait bon marché de l'opinion publique, il savait qu'alors qu'il n'aurait pas eu la souillure d'une condamnation, la séparation et

la vie agitée de celle qu'il allait prendre pour compagne ne lui per-
mettaient pas d'espérer un favorable accueil dans le monde. C'était
fini, il fallait vivre pour soi, se contenter des satisfactions que donne
la fortune, et cela lui suffisait.

Le rêve le poursuivait chaque nuit en augmentant sa haine et
le désir de vengeance, et le jour où il avait enfin rencontré André
seul, il était las de ses inutiles recherches, furieux et plein de
colère, puis la vue de l'ennemi avait augmenté sa rage. Il avait
retrouvé toute son énergie.

Cette fièvre était passée, et seul dans son wagon, il pensait
froidement aux conséquences de ce qu'il appelait son duel. Si
ceux qui allaient ramasser Bertier concluaient à un crime, on
chercherait le coupable; en restant dans la ville voisine, à l'auberge,
pendant quelques jours, en sortant tous les matins, armé, pour rentrer le soir, il aurait échappé aux soupçons, tandis qu'en ne repa-
raissant pas ce jour-là, il avait été bien imprudent... on le chercherait. Si on le trouvait, il avait déjà contre lui sa première condamnation, le désir tout naturel de se venger de celui qui en avait été
la cause, de Berthier... Il ne pourrait jamais persuader à des jurés
que Berthier n'avait pas été assassiné mais avait été tué en combat
singulier: on établirait que depuis plusieurs jours il guettait la
victime; donc il y avait préméditation, et il l'avait attendue dans
un bois où elle se rendait assez souvent. C'était le guet-apens... et
cela entraînait pour lui la peine capitale. En y pensant, il sentait
comme une impression de froid sur son cou et il se secoua vivement
en se disant :

— Non, non, j'ai bien pris mes précautions, personne ne m'a
vu. Tous les jours, à l'auberge, je disais que je ne rentrerais probablement pas le soir, si, entraîné par la chasse, j'allais trop loin et
me trouvais près d'une gare. Personne ne m'a vu dans le bois ;
quand j'entendais du bruit je me cachais, personne ne m'a découvert. J'étais seul avec lui, bien seul. Qui peut croire à un crime? Il
tient encore entre ses mains le canon de son fusil : la manie des
chasseurs maladroits. Tout le monde ne peut voir là et ne verra
qu'un accident, et alors qu'on croirait à un crime, qui ira jamais
penser à moi, à moi, qui, depuis ma sortie de prison, ai eu la prudence de ne jamais m'adresser à lui... réservant l'avenir ? J'ai eu

le courage pour agir, d'où vient cette défaillance quand le but est
atteint? En arrivant à Paris, je me rends aussitôt chez moi. Je trouverai bien un moyen de faire remarquer que depuis le matin je suis
dans le voisinage et que j'ai passé la nuit à Paris. J'irai chez deux
ou trois personnes pour bien prouver que je n'étais pas là-bas à
l'heure où on l'a trouvé. On ne le découvrira pas avant ce soir, et
dans quelques minutes je serai rendu. Est-ce niais de se tourmenter
ainsi quand je devrais me réjouir de ma réussite !

Il parlait de se réjouir d'un air et d'un ton lugubre. En arrivant
à Paris, il partit vivement à pied, ne voulant pas s'exposer au
témoignage d'un cocher pris à la gare d'arrivée. Il monta sur l'omnibus à la Bastille ; une demi-heure après, il rentrait chez lui. Le
concierge lui disait :

— Monsieur, une dame est venue vous demander hier, pour
savoir si vous n'étiez pas malade.

Vivement, André répondit :

— Oui, je le sais, j'y suis allé hier au soir et j'en sors...

Cela établi, il grimpa chez lui, et en redescendit aussitôt, pour
courir rue Bréda. Zélia se trouvait rarement chez elle à cette heure-
là. Il entra, se glissa jusqu'à l'escalier, et paraissant le descendre,
il entra chez le portier, et lui dit :

— Mˡˡᵉ Zélia n'est pas encore chez elle ; savez-vous à quelle
heure elle reviendra ?

— Non, monsieur...

— On est venu hier chez moi, j'étais absent, je l'ai cherchée le
soir sans pouvoir la trouver, je suis revenu ce matin, je ne l'ai pas
vue encore. Ayez la bonté de lui dire que c'est M. André qui est
venu plusieurs fois.

Il donna au concierge la pièce de deux francs obligatoire pour
s'assurer qu'il ferait sa commission, et il partit, ayant préparé
un alibi, si cela était un jour utile. Il descendit rapidement sur les
boulevards et alla se placer à la terrasse du café où il avait rencontré Zélia quelques semaines avant.

Bien en vue, il s'accouda sur la table. Il pensa longuement à ce
qu'il faisait ; il avait hâte de revoir Régine, mais il n'osait s'y
rendre encore, il attendait la nuit. Celle-ci, qui le savait à l'œuvre,
devait anxieusement l'attendre chaque jour. La veille de son

départ, il avait reçu de Régine un petit mot qui devait l'encourager à la tâche odieuse qu'il avait acceptée. Cette lettre disait :

« Cher Monsieur de Gueutteville,

« Nous avons appris, mon père et moi, votre délivrance ; nous en avons été bien heureux, déplorant l'épouvantable erreur qui fut cause de votre condamnation... Hélas ! nous avons été trop à même de juger la légèreté de M. Berthier dans ses affections et dans ses aversions, pour ne pas vous plaindre doublement. Nous savons qu'autour de vous chacun s'efforce à montrer, par sa sympathie, qu'on ne tient pas compte de cette injuste condamnation, et nous ne voulons pas rester en arrière.

« Mon père serait bien heureux, Monsieur de Gueutteville, si vous vouliez nous faire l'honneur de passer quelques moments près de lui. Il voudrait vous serrer la main et vous déclarer de vive voix qu'il n'avait jamais cru à l'odieuse accusation portée contre vous. Je joins mes intances aux siennes pour vous voir bientôt.

« Recevez, Monsieur, tous nos compliments et toutes nos amitiés.

« Régine d'Auroy. »

André traduisait plus rapidement les pattes de mouches, il lisait entre les lignes :

« Mon père est prévenu, il te recevra bien, il t'attend. Débarrasse-toi vite de Berthier, et je serai heureuse de te revoir. »

Ainsi, on avait parlé de lui chez Régine. Lorsqu'il se présenterait il ne serait pas un intrus ; mais il voulait plus que ça, et c'est la raison qui lui faisait attendre la nuit. Régine lui avait dit qu'elle l'aimait comme autrefois, elle consentirait à devenir de nouveau sa maîtresse, mais lorsqu'elle serait libre. C'était sa condition : il avait tenu son engagement, il voulait qu'elle tînt le sien. Il savait qu'elle ne pouvait effrontément, vis-à-vis de son père et de ses gens, montrer leurs relations. S'il allait chez Régine, il ne pouvait y passer la nuit. Il devait être son amant, mais rester pour tous son ami. Or, en s'y rendant tard, il resterait près d'elle toute la soirée, dans ce même boudoir, près de sa chambre, où il s'était introduit. A cette heure, il serait seul avec elle, et dans la chambre close, pourrait parler à son aise de l'amour qui le dévorait. Il pensa un moment à se rendre chez lui pour changer de linge et de vêtement, mais il songea qu'il valait mieux se rendre chez Régine comme s'il descendait du chemin de fer. Il était huit heures lorsqu'il monta vers les Batignolles.

Il jugeait avoir été suffisamment remarqué au café du boulevard, où il était resté plus d'une heure ; en dînant au restaurant, il avait fait quelques observations qui pouvaient au besoin servir à constater sa présence ; il remontait pour se diriger vers les Batignolles en regrettant de n'avoir pas rencontré Zélia...

En route, il pensa que peut-être elle était chez elle, et comme cela le détournait peu de son chemin, il se dirigea vers la rue de Laval. A l'angle de la rue Fontaine, il resta stupéfait. Un rassemblement assez nombreux stationnait devant la porte de la maison. Il n'osait ni avancer, ni reculer, et cependant il avait la plus grande envie de se sauver ; les idées les plus inquiétantes lui traversaient le cerveau. Était-ce lui qu'on venait chercher chez sa maîtresse ? Avait-on arrêté celle-ci pour savoir d'elle où il était ? Que devait-il faire ? Si c'était lui qu'on venait chercher là, des agents devaient être postés à chaque coin de rue, et il risquait en se sauvant de leur donner l'éveil. Il pouvait aller se mêler aux curieux, il n'était pas connu dans le voisinage, mais le concierge le connaissait... Cependant, il ne pouvait rester blotti à la place où il se trouvait. Un gamin sortant du groupe des curieux se dirigeait de son côté, oubliant ce qu'il venait de voir pour chanter la scie à la mode ; il l'arrêta et lui demanda :

— Quelle est la cause de ce rassemblement ? Qu'est-il arrivé ?

— On vient d'aller chercher le commissaire de police pour constater un suicide.

— Un suicide ! répéta André, se sentant pâlir. Dans l'état où il se trouvait, la nouvelle lui faisait une vive impression, et tout de suite sa pensée se porta sur Zélia la fourbisseuse.

Le gamin ajouta :

— On vient de s'en apercevoir ce soir, mais c'est de cette nuit ou de ce matin.

André pensa à ce qu'il avait dit au concierge, que deux fois il avait frappé à la porte de la jeune femme sans obtenir de réponse ; il demanda en tremblant et pour parler :

— Je te mènerai à coups de pied comme un chien...

— Et comment s'est-elle tuée?...

— Comment elle?... C'est pas une femme, c'est un homme, c'est un étranger. Il paraît qu'il faisait une vie de polichinelle; il s'est tué parce qu'il avait mangé tout son saint-frusquin, ce daim-là!

Et sur cette oraison funèbre, le moutard s'éloigna en reprenant sa chanson.

André, plus tranquille, s'approcha des curieux, et, sans questionner, écouta un des individus plus renseigné que les autres, qui disait que l'on n'avait pas été chercher le commissaire de police. C'est celui-ci qui venait le soir pour arrêter l'individu, un étranger qui se faisait passer pour avoir des millions, et qui, paraît-il, n'était qu'un voleur. Il avait frappé à sa porte, et sachant par le patron que l'individu n'était pas sorti de la journée, qu'il avait même reçu la veille une femme qui était partie seule dans la nuit, que le matin on l'avait entendu toucher du piano, jouant sa marche funèbre avant de se tuer — il avait ouvert la porte et on avait trouvé l'individu couché sur le lit, la tête fracassée par la balle d'un revolver qu'il tenait encore à la main. — Il avait laissé une lettre dans laquelle il disait qu'il se tuait parce qu'il savait qu'on le recherchait et qu'on allait l'arrêter; il déclarait avoir mangé, dissipé ou donné tout ce qu'il avait, en apprenant qu'il allait être pris...

André en savait plus qu'il n'en désirait savoir; ses craintes étaient mal fondées, c'était tout ce qui l'intéressait. Il remonta jusqu'au boulevard Clichy et arriva bientôt aux Batignolles

Il était sous le coup d'une âpre émotion lorsqu'il s'arrêta devant la porte de la petite maison. Il remarqua à travers la grille que les fenêtres du colonel étaient plongées dans la nuit. Celles du salon de Régine au contraire étaient éclairées.

Lisa, qui rentrait, le reconnut et lui ouvrit, disant :

— Ah! monsieur de Gueutteville, entrez donc; depuis quatre ou cinq jours on vous attend.

XV

LE BONJOUR DU COLONEL

Après la crise aiguë du colonel, la vieille Marianne avait redoublé de sévérité dans le régime qu'il devait suivre ; et, Régine se trouvant à ce moment très occupée, presque toujours absente de la maison, y déjeunant peu mais n'y dînant jamais, les menus étaient tout à fait sommaires.

Était-ce que la gêne de Régine obligeait à l'économie ? Non, au contraire : tous les domestiques, tous les fournisseurs avaient été payés ; presque tous les jours, les voitures tapageuses des grands magasins de nouveautés s'arrêtaient devant la porte de la petite maison et y apportaient des colis. Chaque fois qu'on demandait de l'argent, on payait.

Quand les gens de l'office s'expliquaient entre eux l'abondance qui avait suivi la gêne, ils disaient :

— Madame s'est entendue à l'amiable avec son mari, et il lui a donné tout ce qu'elle demandait pour éviter qu'elle ne fît un coup de sa tête.

Mlle Lisa baissait la tête en se pinçant les lèvres pour ne pas rire.

La femme de chambre attribuait à une autre source l'aisance inespérée dans laquelle se trouvait la maison.

Le colonel se portait bien, et il était dans un état d'exaspération inexprimable, prétendant qu'on le nourrissait comme un habitué de table d'hôte à quatorze sous. Aux injures, aux menaces, aux réclamations, Marianne répondait que c'était l'ordre du docteur. On n'entendait plus dans la maison que le colonel sacrer et jurer en frappant les meubles de sa canne, et Marianne, affolée, gémir en se garant.

Régine restait peu chez elle depuis quelque temps, nous l'avons dit, mais elle s'y trouvait assez pour être ennuyée par les colères de son père... Aussi, un matin, résolut-elle d'avoir une explication afin de tout concilier. Elle descendit chez son père au moment où

celui-ci faisait une vigoureuse sortie qu'écoutait héroïquement la
vieille Marianne.

— Nom de Dieu ! vous n'êtes qu'une hypocrite, et sous vos airs
de bonté, vous êtes la plus cruelle créature que l'on puisse voir.
J'ai des ennemis qui vous paient pour me faire mourir à petit feu...
Oui ! Nom de Dieu ! je meurs de faim... Vous ne me faites faire que
les choses que j'exècre, et je suis obligé ou de manger à contre-
cœur, ce qui me fait faire d'épouvantables digestions, ou de ne pas
manger du tout... Regardez dans quel état je suis, je maigris...

— Mais vous êtes gras comme un moine.

— Gras ! moi ! dites que je suis boursouflé... vous me donnez
des légumes comme à un porc... mais ça ne peut pas durer ; si
vous ne fichez pas le camp, c'est moi qui partirai, je ne veux pas
mourir de faim.

— Mais je...

— Ne répondez pas, nom de Dieu !... En voilà assez... Vous ne
faites que crier, faites-moi manger, plutôt... Je veux manger,
manger ! entendez-vous ?... et à ma guise. Ma santé, ma santé,
est-ce que ça vous regarde ? Moi, je me fiche de la vôtre... vous
pouvez bien crever... Faites-en autant pour moi... Allez vous faire
fiche avec votre empoisonneur de médecin... Je veux manger, à
discrétion, de ce que j'aime, entendez-vous ? nom de Dieu !... C'est
trop fort, ça ! vous mangez ce que vous voulez, et vous ne voulez
pas que j'en fasse autant !... Vieille gueularde... c'est vous qui
mangez les bons morceaux, et vous me servez ce qu'on ne veut pas...

— Mais c'est abominable de...

— Taisez-vous, vieille dinde ! ou, nom de Dieu, je vous
fouette !...

— Ah ! bon Seigneur Dieu ! exclamait Marianne effrayée, rien
que par la menace...

A ce moment Régine entrait...

— Petit père, mais qu'est-ce que tu as ?...

— Rien, fit le vieux soldat, calmé, je faisais quelques observations à Marianne.

— Ah ! madame, fit la vieille femme désolée, c'est affreux d'être
traitée ainsi, je n'en peux plus... il m'appelle de tous les noms et
maintenant il menace de me fouetter...

Le colonel, haussant les épaules, dit :

— Vieille bête, va ! ça serait joli !!

Régine, malgré son impatience, n'avait pu retenir son rire devant la pudeur révoltée de Marianne et l'air méprisant du colonel.
En deux mots mêlés de larmes, la vieille bonne expliqua qu'elle ne
faisait que se conformer aux ordres du médecin et aux recommandations de madame, en refusant de laisser manger au colonel les
pâtés de foies gras, les ragoûts, etc., qu'on lui défendait, en l'em-
pêchant de boire du vin pur et de l'alcool...

Régine approuva, et le colonel, tout piteux, dit presque pleurant :

— Toi aussi, mon enfant, tu veux la mort de ton père... Mais je
souffre plus des privations que de ma maladie... Si je ne peux vivre
qu'en ne mangeant que ce que je déteste... me priver sur tout...
n'ayant plus que le plaisir de la table, j'aime mieux en finir... Et
il ajouta naïvement : Non ! vous m'aimez trop... j'aimerais mieux
des gens qui me voudraient assez de mal pour m'inviter à de bons
dîners...

— Voyons, mon petit père, il faut être raisonnable

— Fais venir ton médecin, que je lui demande ma grâce... nom
de Dieu ! Mais le curé ne vous oblige à faire maigre qu'une fois par
semaine...

Régine partit de cette observation pour proposer à son père un
jour gras par semaine. Il accepta... et la vieille Marianne, levant
les mains au ciel, gémit :

— Ah ! il sera dans un joli état le lendemain !

C'est que le colonel acceptait à la condition qu'il ferait lui-même
son menu, et on ne lui refuserait rien ce jour-là, et la bonne était
absolument effrayée. A la suite de cette convention, le calme était
revenu dans la maison. Le jour gras du colonel, ce qu'il appelait
son bon jour, avait été fixé au jeudi par Marianne, qui avait dit tout
bas :

— Ainsi, il jeûnera le vendredi... et le bon Dieu lui en tiendra
toujours compte.

Ce premier jeudi, Régine avait déjeuné avec son père en prévenant qu'elle ne dînerait pas, et le colonel avait fait son menu en
conséquence. Déjà, au déjeuner, on lui avait servi tout ce qu'il ai-

mait, et il était radieux. Marianne, au contraire, était consternée.
A chaque plat qu'elle voyait manger à son maître, elle avait les
mouvements de crainte qu'on a en voyant un imprudent jouer avec
des matières explosibles.

Régine était restée longtemps à sa toilette; pendant le déjeuner,
elle avait parlé à son père d'André, elle était étonnée de ne pas le
voir, peut-être ne viendrait-il pas... Un ami commun l'avait pourtant assurée qu'il avait paru bien heureux en apprenant qu'il serait bien reçu par son vieux chef, le colonel... et par Mme Berthier.
Il avait annoncé sa visite prochaine...

Régine, pendant que Lisa l'habillait, lui avait renouvelé ce
qu'elle avait dit à son père. Depuis sa dernière entrevue avec André, chaque jour elle préparait ainsi la rentrée de celui-ci. Plus
d'une semaine s'était passée non seulement depuis l'entrevue, mais
depuis qu'elle lui avait adressé la lettre : André n'avait pas donné
signe de vie... Elle commençait à croire qu'il avait renoncé au dangereux projet; cependant, elle répéta ce qu'elle avait déjà dit :

— Si M. de Gueutteville venait lorsque je serai là... vous n'en
direz rien à mon père. Vous le feriez monter chez moi; je veux lui
parler d'abord; c'est moi qui le conduirai chez le colonel ensuite...

— Bien, madame.

Là, encore, Mlle Lisa, en tournant la tête, avait eu un sourire
qui indiquait qu'elle savait beaucoup de choses, et que se doutant
du sujet de la conversation que Régine voulait avoir avec M. André, elle comprenait très bien que madame désirât le recevoir seule
et sans que personne le sût.

Régine ne savait pas le plan d'André, mais elle pensait que la
lugubre besogne dont il s'était chargé ne pouvait s'exécuter que la
nuit; or, elle attendait le jeune homme tous les matins, et c'est négligemment qu'elle dit en boutonnant ses gants et se disposant à
partir :

— A cette heure, il est peu probable que M. de Gueutteville
vienne nous rendre visite. Ce soir, je ne rentre pas, Lisa. Je soupe
chez une amie où l'on joue... et je suis en veine depuis quelque
temps... ajouta-t-elle avec intention.

Mais Mlle Lisa eut un mouvement de tête et d'yeux impercep-
tible; l'intention était perdue. Régine continua :

— Je reviendrai dans la nuit... ou tout à fait au matin... Je ne voudrais pas réveiller mon père...

— J'attendrai madame, et je veillerai.

— Non, non, donnez-moi une clef de la rue, j'ai les autres clefs...

Lisa donna la clef et reconduisit sa maîtresse jusqu'à sa voiture... Là, prête à monter, elle dit tout bas à sa femme de chambre :

— Pour tout le monde ici, je suis rentrée vers minuit... Vous ferez votre service comme si j'étais là... Si je revenais trop tard demain, vous diriez que je suis allée au Bois à cheval de très bonne heure.

— Madame peut être tranquille... Qu'elle s'en rapporte à moi...

Régine monta dans la voiture, leva le store et ferma la portière. La femme de chambre regardait le coupé s'éloigner en disant bas :

— Je le connais, le petit jeu auquel tu vas jouer : on y gagne toujours... Si discrète que tu sois, je les connais... tes joueurs... mais quel peut être celui-là ?... Il faudra que je le sache...

La femme de chambre rentra en hochant la tête... Sous le vestibule, elle entendit le colonel qui chantait un air d'opéra, s'il vous plaît, et avec des tralala qui semblaient sortir d'un trombone.

C'était son bon jour, au colonel d'Auroy, et il en abusa à ce point que Marianne, effrayée et ne voulant pas prendre la responsabilité d'une pareille indigestion, prétendit qu'elle était indisposée et pria Mˡˡᵉ Lisa de la remplacer.

En voyant cette dernière, le colonel exclama :

— A la bonne heure, voilà un beau dessert !... servez-moi, mon enfant... Sacré nom de Dieu ! si j'avais vingt ans de moins, c'est moi qui vous rendrais ce service-là... et vous seriez à ma place... Crédié ! quelle soirée !...

Et comme à la parole le colonel joignait les gestes, saisissant Lisa chaque fois qu'elle passait près de lui, par la taille et un peu plus haut et un peu plus bas... celle-ci dit :

— A bas les mains, colonel, et soyez raisonnable, ou je vous laisse là.

— Méchante, va !

Marianne était dans le cabinet de toilette du vieux soldat, pré-

parant les médicaments pour son maître, résignée, sachant bien
qu'elle allait passer une nuit blanche.

Il faisait encore nuit le lendemain matin lorsqu'un fiacre s'arrêta au milieu de la rue, à cinquante pas du petit hôtel du colonel
d'Auroy ; Régine en descendit rapidement. Pour compter l'argent
qu'elle devait donner au cocher, elle se plaça sous la lumière d'une
des lanternes. Ah! si Mⁱˡᵉ Lisa l'avait vue ainsi, elle aurait tout de
suite deviné l'emploi de sa nuit. Le visage était fatigué, les yeux
brillaient étonnamment, sous leurs paupières lourdes ; les cheveux,
ébouriffés sous son chapeau, glissaient mal peignés sur ses épaules ;
le corsage de la robe n'était agrafé qu'au col et à la ceinture ; la
gorge repoussait en jabot le linge frippé ; sous le manteau et sous les
bras elle portait son corset, dont les lacets de soie pendaient en
dehors du journal qui l'enveloppait. Ayant payé le cocher, elle
appuya sur sa jupe, s'assurant que sa poche était en place, et pendant que la voiture s'éloignait, des deux mains relevant sa jupe,
afin que sa *balayeuse* ne traînât pas dans la boue, et bridant sur
ses reins superbes la soie de sa robe, serrant les épaules pour rame-
ner sur sa poitrine la fourrure de son manteau, elle courut jusqu'à
sa porte, l'ouvrit sans bruit...

Elle s'arrêta dans le jardin, craintive, écoutant. C'était son père
qui payait sa journée d'excès par une crise de goutte. Elle entra
dans le vestibule, grimpa rapidement chez elle et s'y enferma. Elle
n'avait été ni vue, ni entendue. Une veilleuse éclairait sa chambre.
Tremblante, fébrilement, elle dénoua son chapeau, retira son manteau et, avec son corset, jeta le tout sur une chaise longue ; puis
s'approchant de la veilleuse, elle tira de sa poche une liasse de
billets de banque, qu'elle compta, puis une photographie et une
mèche de cheveux. Elle jeta ces deux objets dans la cheminée, où
le feu brûlait encore, disant avec un mouvement d'épaules :

— Je ne vais pas garder ça, ce n'est pas assez gai...

Puis, serrant les billets soigneusement dans son chiffonnier, elle
reprit :

— Bah! si André a reculé, je suis toujours pour longtemps
tranquille...

Et ayant fermé le tiroir à clef, elle s'assit dans un fauteuil, se
mettant tout à fait à son aise, dégrafant son col et dénouant sa

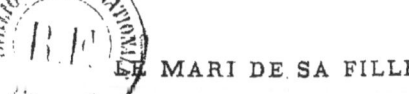

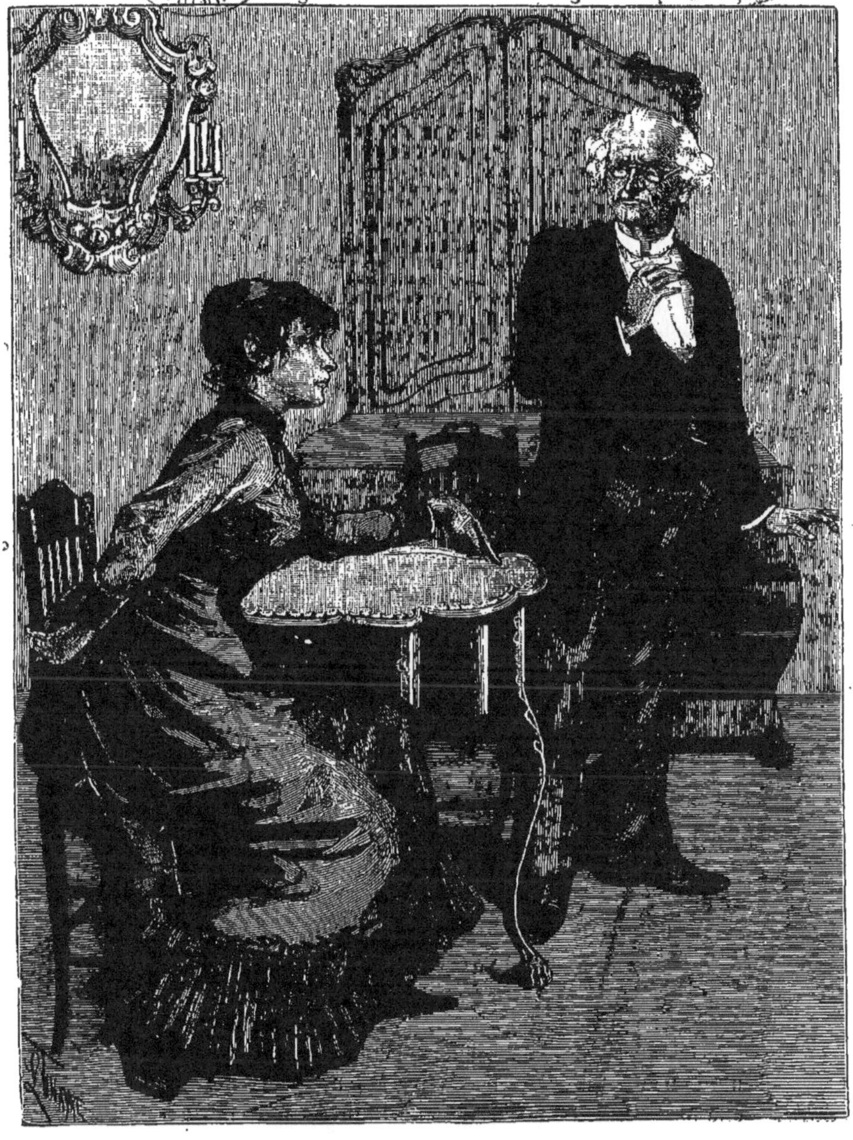

— Oh! madame, fit l'homme d'affaires absolument révolté.

ceinture comme si elle était oppressée ; elle resta quelques minutes
pensive, les sourcils froncés, et dit, se parlant à elle-même en fré-
missant :

— Ça me fait froid en pensant... Il le fera comme il l'a dit !...
M'aurait-il donné tout cela s'il n'y était décidé ?... Quelle nuit fan-
tasque... et quel être étrange !... Que le jour est long à venir !

Elle allait et venait dans la chambre ; c'est seulement au bout
d'une heure au moins que le gris de l'aube filtra à travers les
rideaux ; elle se dévêtit rapidement, retira les quatre épingles
qui soutenaient ses cheveux et se coucha, essayant de trouver le
sommeil ; elle fut longue, et Lisa étant entrée sans bruit dans la
chambre, elle lui dit :

— Lisa, fermez les rideaux du lit et des fenêtres, qu'on me laisse
reposer. Mon père a crié toute la nuit et je n'ai pu dormir.

Lisa obéit, prit les vêtements et sortit doucement. Rangeant les
effets dans le vestiaire, elle haussait les épaules en disant :

— Oui ! oui ! je te crois... Je t'ai entendue rentrer il y a deux
heures.

Toute la journée, la petite maison parut endormie. Le colonel
souffrait sans murmurer, écoutant Marianne et l'appelant son ange
gardien... Régine resta couchée jusqu'au soir...

C'est pour descendre dîner qu'elle se leva. La femme de chambre,
sur son ordre, avait préparé un bain ; elle s'y plongea avec délices,
et Lisa versa dans l'eau quelques gouttes du parfum qu'elle aimait.
Puis elle alla chercher en bas le linge qu'on avait repassé exprès
pour la sortie du bain... elle la coiffa lentement en causant :

— Ne trouvez-vous pas, Lisa, que j'ai mauvaise mine ce soir ?...
quelle mauvaise nuit j'ai passée !...

— Madame est charmante, au contraire, ce repos l'a tout à fait
remise...

— J'ai mal dormi, et j'ai fait des rêves épouvantables...

— Il n'en reste nulle trace...

— Cependant, je suis encore bien fatiguée et je compte me coucher tôt.

Revêtue d'un peignoir elle descendit dîner. Elle envoya chercher
un journal. On lui présenta les journaux mondains du matin...
elle les refusa ; dînant seule, elle s'ennuyait et envoya chercher un

journal du soir, au grand étonnement de Lisa. Quand on lui apporta le journal, elle lut rapidement les faits-divers, eut un soupir de soulagement et jeta la feuille pour continuer son repas. Après le dîner elle monta chez elle et se mit à son piano. Il était tard, elle allait sonner sa femme de chambre pour se mettre au lit, lorsqu'elle entendit la porte s'ouvrir. Elle se retourna et jeta un cri de surprise en se levant aussitôt.

C'était André !

Elle n'osait l'interroger ; il était très pâle, il lui sembla qu'il tremblait.

Elle s'efforça de paraître calme, et allant au-devant de lui elle lui dit :

— Veuillez entrer, monsieur de Gueutteville, votre visite nous avait été annoncée, et nous vous attendions chaque jour.

— Vous êtes trop bonne, et je suis bien touché de votre gracieux accueil.

— Mon père est malheureusement indisposé ; il sera bien contrarié de n'avoir pu vous tendre la main... Nous allons pouvoir causer ensemble.

Lisa, restait, souriant malicieusement. Régine lui fit signe de se retirer ; elle avait à peine fermé la porte que la jeune femme courait pousser le verrou, et prenant André par la main, elle l'entraînait dans sa chambre à coucher. Là, certaine qu'on ne pouvait ni les voir, ni les entendre, elle lui demanda :

— Eh bien?

— Eh bien !... tu es veuve !...

— Oh !... fit Régine un peu suffoquée.

Ils se tenaient la main. Ils restèrent ainsi une grande minute, elle oppressée, lui comme embarrassé.

— Maintenant tu es libre, et je viens te rappeler ta promesse...

— Il est mort... et comment?...

— Pour tout le monde... il s'est tué lui-même accidentellement...

Régine eut un sursaut...

— Régine, je t'ai obéi... je viens réclamer ce que tu m'as promis.

— Je suis à toi, André.

Et elle se jeta dans ses bras... Ils s'embrassèrent longuement, et Régine, toute palpitante d'émotion, dit en s'abandonnant :

— Libre maintenant, mon André, je suis ta femme !

DEUXIÈME PARTIE

LE FILS DE L'AMANT

I

INTÉRIEUR DE FAUX MÉNAGE

Il y avait cinq ans environ qu'un soir M. de Gueutteville était venu demeurer dans le petit hôtel du colonel d'Auroy. On s'en souvenait encore dans ce petit coin de province des Batignolles. Il y avait eu des grands dîners, des soirées de musique, on avait dansé même. On avait bien dit que M. de Gueutteville avait été l'ancien secrétaire particulier du colonel, lorsqu'il était au ministère de la guerre : il venait reprendre sa place et résider près de son ancien chef.

Mais comme la venue de M. de Gueutteville avait coïncidé avec le changement de situation de Mme Régine d'Auroy; qu'on avait remarqué que la chambre de M. de Gueutteville se trouvait non dans l'appartement du colonel, au rez-de-chaussée, mais dans celui de la belle Régine, au premier étage, on avait conclu que la jeune femme allait vivre avec l'amant qui l'entretenait.

On avait été un peu méprisant pendant quelques jours, mais on vivait si largement, on dépensait tant d'argent, que les fournisseurs, trouvant cette union logique, les autres avaient pensé comme eux.

Pendant deux ans on avait somptueusement et gaiement vécu... Puis la maison devint plus calme, les huissiers qui venaient jadis se heurtant aux titres de propriété du colonel, M. de Gueutteville et Mme Régine d'Auroy résidant chez lui et n'ayant rien à saisir. Les fournisseurs revenaient à leur tour pour se faire éconduire... Les domestiques, n'étant plus payés, partirent, allant raconter chez les voisins la situation révoltante de ce père, devenu absolument gâteux, qui recevait chez lui sa fille et son amant, qui vivait avec eux en bonne harmonie et permettait à Mme Berthier de mettre en présence son fils et son amant. Si on avait payé les fournisseurs, certainement ils auraient encore trouvé cela tout naturel ; mais on leur devait de l'argent, on se moquait d'eux, et, le pire, la fille et l'amant devinrent des gens bons à pendre.

Une vieille servante était restée fidèle : Marianne !...

Elle suppléait à celles qui manquaient. Le vieux colonel, au reste, l'occupait moins ; le mal l'avait dompté : il ne criait plus, ne se plaignait plus. Résigné, étendu sur son fauteuil, il vivait comme un enfant, sans pensée, sans tourments... se contentant d'un gâteau ou d'un bonbon. On avançait le fauteuil près de la fenêtre, et le vieux soldat restait là toute la journée ; on ne le dérangeait que pour lui faire prendre ses repas...

Marianne avait tout son temps pour donner ses soins à la maison. Aux scènes brûlantes d'amour, aux ardents embrassements, auxquels la vieille servante avait assisté, révoltée et rougissante, avaient succédé des scènes de reproches, de menaces, d'injures, entre les deux amants. Dix fois par mois, ils se chamaillaient, s'insultaient, paraissaient prêts à se quitter, pour se raccommoder le lendemain.

En cinq années, la maison s'était tout à fait transformée ; l'air d'aisance, de confortable qui y régnait, avait disparu. Les tapisseries étaient fanées, vieillies, les tapis usés, les objets et les bibelots d'art avaient été vendus.

Si la maison avait un misérable aspect, les gens ne l'avaient pas moins. Les toilettes, les costumes et le linge s'étaient usés sans avoir été remplacés. Régine était toujours élégante malgré sa misère : l'adresse et le goût de la femme coquette remédiaient tant bien que mal à l'usure.

André se retrouvait dans le même état que le jour où, pour la première fois, il avait revu Régine.

Il était sans cesse à la recherche d'affaires étranges, ne reculant devant rien pour rapporter à la maison le louis nécessaire à la vie.

Dévoré de jalousie, il n'osait laisser libre Régine, qui sans cesse le menaçait, s'il ne trouvait le moyen de sortir de cette situation, de le quitter pour en finir à tout prix. André avait peur de celle qu'il appelait sa femme, il la savait capable de tout. Au reste, ils se menaçaient sans cesse; mais tout cela n'était que paroles, il y avait entre eux un lien secret qu'ils ne pouvaient rompre.

Régine, cependant, acceptait cette vie, presque au jour le jour. Maussade et de méchante humeur lorsque l'argent manquait, elle redevenait rieuse et aimante lorsque André apportait quelques louis.

Le colonel ne voyait rien, ne se doutait de rien; il croyait la maison heureuse. On disait même qu'il était convaincu que sa fille étant veuve — Berthier s'étant tué à la chasse — elle s'était remariée avec André.

Hélas! le vieux soldat ne se souvenait même pas qu'il avait eu un gendre.

Régine était fort belle, et l'on s'expliquait facilement l'amour passionné d'André; sa beauté était dans tout son développement : elle avait alors trente-deux ans, l'âge d'éclatement de la femme.

Ces cinq années s'étaient passées sans autre incident utile pour le lecteur que la dégringolade des deux misérables. Aussi reprenons-nous brutalement par les faits qui expliqueront plus clairement la situation.

Régine, en peignoir du matin, était dans le petit salon qui précédait sa chambre à coucher; debout devant la fenêtre, elle frappait les vitres de ses doigts nerveux et impatients, l'air de méchante humeur.

André achevait sa toilette en mettant sa cravate devant la glace... La vieille Marianne venait de paraître, avait demandé de l'argent à sa maîtresse pour le repas, et celle-ci avait dû lui dire d'attendre. La bonne s'était retirée. Régine dit :

— Il faut cependant s'occuper du déjeuner aujourd'hui... Ça n'est pas en restant ici qu'on le trouvera... En voilà une existence!... chaque jour aux expédients.

— Tu peux attendre un peu, je me prépare à sortir... C'est facile à dire ça : il faut de l'argent! Il est plus difficile d'en trouver... et je ne sais pas où en aller chercher... Le sais-tu, toi?...

Régine attendait cette interrogation agressive pour satisfaire un peu sa méchante humeur; elle se retourna et répondit :

— Moi!... mais je ne peux pas toujours en avoir cependant, de l'argent!... Ce n'est pas indéfiniment mon tour... je n'ai plus un bijou, plus de vêtements...

— Eh! tu répètes toujours la même chose... Je le sais bien que nous n'avons plus ni bijoux ni vêtements à engager...

— Ce n'est pas tout... j'ai dépensé ce que j'avais... ma pension est engagée... quand je la touche, je ne peux pas seulement m'acheter dessus...

— Ah! en voilà assez!... C'est moi qui suis cause de tout...

— Oui, c'est toi, certainement... La plus grande bêtise que j'aie faite de ma vie, ç'a été de te recevoir, le jour où tu es venu ici... J'étais heureuse... et depuis que nous sommes ensemble, ça va de mal en pis...

— Pardi! pour avoir de l'argent comme tu l'avais... c'était du propre!...

— Il t'a servi autant qu'à moi, dis donc.

— Ne recommence pas, Régine... ne recommence pas.

— Tu vas me battre, pardi... parce que j'ose me plaindre que tu me laisses sans le sou.

— En nous mettant ensemble, tu savais bien que tu ne prenais pas un millionnaire.

— Non, mais je croyais prendre un homme courageux et intelligent, qui trouverait bien le moyen de se faire une position... Merci!... c'est moi qui ai perdu la mienne!

— Il ne fallait pas accepter ce que je t'offrais.

— Oh! ne dis pas cela, André... Tu sais bien à quelle condition tu devais rentrer ici, et tu m'as menti... Tu me donnais alors la tranquillité et la fortune, et tu n'as même pas eu le courage de le faire, tu t'es sauvé... Tu nous as rendus odieux et ridicules, et tu t'es compromis.

André se contraignait, il était profondément blessé par ce qu'il entendait; il dit :

— Ajoute encore tout ce que tu peux dire de méchant... Au diable, à la fin!... Je souffre autant que toi et je ne me plains pas.

— Mais je n'ai pas de raison de souffrir, moi... je serais heureuse si je ne t'avais pas avec moi... Si tu avais du cœur, est-ce que tu serais là?...

— Si j'avais du cœur, je te tordrais le cou...

— Oh ! tes menaces ne me font pas peur... les gens que tu tues se portent bien...

André était devenu très pâle, il ragea.

— Oh ! méchante gale !

Régine continuait :

— Oui, mon ami, oui, si vous n'étiez pas là, je serais heureuse ; je l'étais avant vous, je le serai après. Vous portez la guigne. Quand on vous connaît, rien ne réussit. Vous avez été la cause de ma séparation avec Berthier, de tout ce que j'ai souffert. Depuis que je vous ai revu, la série recommence. Si tout ici n'était au nom de mon père, on aurait tout vendu. Si ma pension n'était insaisissable, je serais morte de faim.

— Mais, ma parole d'honneur, c'est moi qui mange tout ici...

— C'est vous qui m'avez fait dépenser ce que j'ai dépensé, en disant : Tu peux être tranquille, tu es riche... Puis, quand cette affreuse histoire est arrivée, vous m'avez encore dit : « Console-toi, c'est à refaire... Mais, en attendant, je vais avoir une situation qui vaudra celle que nous venons de manquer... » et puis, vous m'avez fichée dans une affaire qui devait nous rendre millionnaires, — vous étiez dans l'administration : ça a abouti à notre ruine et à faire savoir à tout le monde que vous aviez déjà été condamné pour vol...

André, écumant de rage, s'élança le poing levé.

— Ah ! misérable g...! ne dis pas cela...

— Non, vous n'oseriez pas me frapper... ça m'obligerait à vous mettre à la porte et je serais libre enfin... car c'était pour être délivrée que j'avais consenti à vous revoir, je me suis donnée une servitude de plus...

— Mais, malheureuse, où veux-tu en venir avec ces infamies... à me mettre hors de moi pour me faire commettre un mauvais coup ?

— Vos coups ne sont pas à redouter, on en revient. Je voudrais être libre. Voilà ce que je veux... Vivez pour vous, moi pour moi...

— Dans l'état où nous vivons, cela ne peut tarder... mais je te quitterai quand je t'aurai rendu ce que tu prétends avoir perdu...

— Jamais, alors... Vous me coûtez assez comme cela...

C'était un ordre de comparution devant un juge d'instruction.

— Si quelqu'un t'entendait... C'est épouvantable, ces mensonges enragés...

— Enfin, ce qui est vrai, c'est que je n'ai pas de quoi manger ce matin, que vous êtes à me menacer... ce qui est au moins singulier comme nourriture.

— Mais, malheureuse ! je serais parti déjà comme hier... je trouverai, où ? je ne sais pas... et je serais certainement revenu, si tu n'avais pas jugé à propos de me faire cette scène outrageante, qui me décourage...

— Qui te décourage, et moi donc !... Mais je ne te demande rien, moi, va chercher l'argent que tu veux... ne reviens pas... Moi, j'irai où j'aurai vite trouvé mon déjeuner... et je ne serai pas tourmentée demain ; j'aurai quelque chose à mettre sur mon corps. Veux-tu ?... Oh ! je t'en prie, tu n'auras plus de scènes, et moi... moins de maux d'estomac.

Oh ! le misérable souffrait bien : autant de mots il entendait, autant de blessures il ressentait ; elle n'aimait pas, il aimait, lui, sinon il l'aurait étranglée, en l'entendant de si odieuse façon altérer la vérité. Il aurait voulu partir sur un mot consolant qui lui aurait donné énergie et courage. Il attendait, redevenu calme, et s'adossant à la cheminée. Ce calme soudain irrita Régine ; elle eut un mouvement de crispation, elle chercha ce qu'elle pourrait dire encore pour torturer sa victime. Un mauvais sourire vint à ses lèvres et d'un air indifférent, elle eut un mouvement d'épaules en se dirigeant vers le piano ; elle préluda quelques minutes. André crut que sa colère s'apaisait et attendit, la jeune femme chanta en s'accompagnant :

> Pendant tout un jour j'ai pensé,
> A toi, cruelle;
> J'ai ressuscité le passé
> Où tu vins, belle...

Elle n'acheva pas : dès les premières notes André était devenu très pâle, puis ses lèvres avaient tremblé et il s'était élancé ; il avait saisi Régine par les poignets, arrachant ses mains de dessus les touches du piano, et il avait traîné la jeune femme sur le tapis en disant :

— Oh ! tu veux donc m'arracher le cœur aujourd'hui !... Tu voudrais retourner les voir, ceux-là... n'est-ce pas ?... ta vie de fille, que tu voudrais reprendre... Eh bien non ! non ! entends-tu ! tu es à moi, à moi seul ; si je crève de faim, tu feras comme moi... tu es condamnée à moi et tu obéiras, et tu seras souple ou je te frapperai.

Et brutalement, la repoussant, il la jeta sur le tapis... elle cria effrayée :

— Oh ! tu ne vas pas me tuer ?

— Je te mènerai à coups de pied, comme un chien... et il levait le pied, mais il ne frappa pas ; toute blême de peur, tremblante, elle se recula.

« Ne t'avise plus de chanter cette chanson, ou je t'étouffe en l'écrasant sur tes lèvres... Que tu aies fait la fille... tant pis, mais ne m'en fais pas souvenir... Allons, relève-toi et sois bonne à quelque chose...

Il la releva d'un mouvement de force, qui étonna Régine...

— Aide Marianne à mettre le couvert... dans dix minutes je suis là...

Régine ne répondit pas, elle avait eu trop peur, elle n'avait jamais vu ce regard dans les yeux d'André.

Celui-ci, se trouvant sur le palier de l'escalier, s'arrêta, prit une seconde sa tête dans ses mains, se demandant à mi-voix :

— Aujourd'hui, je n'ai pas le temps de courir ; c'est tout de suite qu'il faut de l'argent... il fait faim... Ah !

Il avait son idée. Sans hésitation, il descendit, entra chez le colonel, qui se trouvait couché sur son fauteuil devant la fenêtre. Le vieillard sourit en le voyant et lui tendit sa main toute tordue en zézayant :

— Bonjour, mon gendre.

— Colonel, j'ai à faire à mon bureau un travail sur les différences entre les insignes de la Légion d'honneur et les insignes des ordres étrangers ; vous avez toutes vos croix... Voudriez-vous me les prêter pour quelques jours.

— Oui, oui... uniforme, pour les cérémonies.

— Très bien !...

André avait compris ; il se rendit dans le vestiaire du vieux soldat et chercha parmi les vêtements l'uniforme de cérémonie.

Il prit un canif dans sa poche, coupa toutes les croix qui s'éta-
laient sur le plastron — en raison de la situation qu'il avait occupée
au ministère de la guerre, le vieillard en avait une jolie collection,
— les enveloppa soigneusement, et sans s'occuper du colonel, qui
lui souriait toujours, il sortit de la chambre, puis de la maison, se
rendant au plus prochain bureau de Mont-de-Piété, où il engagea
le lot. Quelques minutes après, il était de retour, il s'asseyait à la
table, devant Régine. Maussades et de méchante humeur tous les
deux, ils se boudaient. Marianne avait hâtivement préparé le déjeuner et le servait. Ils avaient terminé, Marianne versait le café lorsqu'on sonna. André commanda vivement :

— Marianne, si c'est un fournisseur, un créancier, nous n'y
sommes pas... ni madame, ni moi.

La vieille bonne, docile, se disposait à aller ouvrir ; elle regarda
à travers les rideaux, afin de voir si elle connaissait le visiteur qui
sonnait.

— C'est M. Martin, madame... fit-elle.

— Allez lui ouvrir, Marianne ; je monte chez moi, vous allez me
l'amener. Elle se leva sans dire un mot à André, et sortit de la salle
à manger. Celui-ci se disposa à se rendre à ses affaires.

Elle était assise dans son petit boudoir Pompadour, lorsque
Marianne introduisit M. Martin, l'homme d'affaires, le conseiller
de Régine. Elle le fit asseoir devant elle.

— Monsieur Martin, je vous ai fait prier de venir, parce que
j'ai le plus grand besoin de vos services... il me faut de l'argent à
tout prix.

— Madame, c'est bien difficile... je vous ai dit déjà les causes
qui m'empêchaient de trouver des prêteurs... Cela est si délicat que
je n'ose...

— Vous pouvez parler en toute liberté... Si je n'ai pas écouté
vos conseils, aujourd'hui je m'en repens, et suis prête à faire tous
mes efforts pour réparer le passé.

— Je ne vous comprends pas...

— Mon Dieu ! parlons franchement... je suis seule avec vous ici :
j'ai eu tort de me mettre avec M. de Gueutteville, de rester avec
lui ; vivant seule, je trouvais encore des gens prêts à m'aider, je
n'éprouve que des refus aujourd'hui.

— Oui, madame, puisque vous placez aussi nettement la question, je vais vous dire la vérité... Tant que vous restiez la femme séparée de M. Berthier vivant avec votre père, et élevant votre enfant, pendant que votre mari avait chez lui des relations avec sa servante, et considérait comme le sien propre l'enfant de cette fille, vous aviez toutes les sympathies... Mais, en vous mettant avec M. de Gueutteville, en le considérant comme un époux, cette sympathie s'est retirée de vous, et ceux qui auraient prêté sur ce qui doit vous revenir, au nom de votre enfant, n'ont plus de confiance...

— Leur défiance est sans raison, ma conduite ne modifie en rien les droits de mon enfant.

— Non, madame; mais votre mari restant indifférent en vous sachant près de votre père, et laissant les choses aller leur train, cela est tout naturel. Au contraire, doublement blessé de ce que vous vivez avec un amant et que cet amant est l'ancien commis qu'il occupait, M. Berthier va par tous les moyens possibles essayer de détourner au profit de sa nouvelle famille tous ses biens.

— Vous savez bien que cela est impossible, vous me l'avez dit autrefois.

— C'est vrai, mais depuis cette époque, bien des incidents sont survenus qui modifient ce que je vous disais alors.

— Lesquels donc?

— D'abord, cette catastrophe qui remonte à cinq ou six ans environ... C'est à ce moment que vous avez revu M. de Gueutteville, puisque j'ai attribué cela à la croyance de votre veuvage...

Régine était devenue très rouge, et pour cacher son trouble, elle se baissait, feignant de donner un pli gracieux à son peignoir.

L'homme d'affaires continua :

— Je vous parle de cet accident de chasse à la suite duquel, sur une fausse nouvelle de la mort de Berthier, vous m'avez chargé de faire poser les scellés chez lui... Un scandale ridicule qui vous a bien compromise.

— Et pourquoi me rappelez-vous ça? fit Régine impatientée.

— Je veux vous établir bien les faits, avant de vous dire ce qui se passe aujourd'hui.

— Ce qui se passe aujourd'hui? répéta Régine en relevant la tête.

— Je vous disais, madame, qu'à la suite d'une longue maladie,
M. Berthier revint à Paris. Il fit vendre sa maison, sa manufacture... A cette époque, nous pouvions demander au tribunal des
garanties. Vous n'avez pas voulu... Je ne me suis jamais expliqué
pourquoi.

— A ce moment, M. de Gueutteville avait fait quelques affaires
qui paraissaient sûres, et je ne voulais plus rien demander à mon
mari, puisque je vivais avec M. de Gueutteville.

— Oui, je me souviens, ces brillantes affaires durèrent peu ; je
me rappelle de la difficulté que nous avons eue pour vous en tirer
l'un et l'autre indemnes. — Enfin, en laissant agir à cette époque
M. Berthier, vous lui avez permis d'avoir toute sa fortune entre les
mains et d'en disposer comme il le voudrait.

— Oh! non pas! je sais ce que je peux faire encore pour mon
enfant. En me disant : « Ce qui se passe aujourd'hui », que vouliez-
vous dire?

— J'ai appris, madame, que Mme Céline, la personne qui passe
pour la femme de charge de M. Berthier et qui est sa maîtresse, était
très malade... dans un état désespéré ; il y a eu consultation de
médecins... et, paraît-il, on a fait appeler un notaire...

Régine eut un mauvais rire et elle dit cyniquement :

— Eh bien? tant mieux... Qu'elle crève une bonne fois... et que
son enfant la suive!

— Oh! madame, fit l'homme d'affaires absolument révolté. Oh!
ne parlez pas...

— Oui, oui, il vous est facile à vous d'en parler à votre aise.
Vous ne savez pas les souffrances que je lui dois, à celle-là... Sans
elle et cette fille, je n'aurais jamais tenté de... je n'aurais jamais
revu M. de Gueutteville. Elle est très malade, bien. Le médecin, je
m'explique ça. Mais le notaire, que vient-il faire?

— Justement, madame; elle doit, par testament, donner à sa fille
les biens que Berthier lui donne...

— Mais c'est un gredin... dit impudemment Régine...

— Non, madame, il cherche à faire ce que vous feriez dans sa
situation. Il va falloir agir dès l'ouverture de ce testament...

— C'est bien... je suis prête...

— Mais pour être écoutée, madame, il faudrait...

— Oui, je sais ce que vous voulez me dire. Eh bien ! Je vous
déclarais au commencement de cet entretien que j'étais résolue à
rompre... Oui, vous avez raison, j'ai compromis ma situation par
cette liaison... Vous êtes mon ami, mon conseil, monsieur Martin,
je n'ai rien de caché pour vous, je parle avec vous comme avec mon
confesseur. La cause de la sottise que j'ai faite, la voici : c'est pour
moi que M. de Gueutteville avait été chassé de chez mon mari et
même condamné. Je vous l'ai dit, mon mari nous a surpris ensemble... Quand il m'a dit que j'étais veuve...

— Comment avait-il su cela ?

Régine ne répondit pas, elle sentit que les muscles de sa face se
tendaient, elle s'efforçait de faire un mouvement d'épaules, signi-
fiant je ne sais pas. Mais elle était livide. Le vieil homme d'affaires
n'y vit rien, et reprit :

— Il inventait peut-être la nouvelle pour vous décider à vous
livrer à lui.

Régine vivement accepta l'hypothèse :

— Oui, assurément ; je lui avais dit que je regrettais la faute
ancienne et ne consentirais à me remettre avec lui que si j'étais
veuve...

— Excusez ma franchise, madame... mais je crois M. de Gueutteville très peu scrupuleux et capable de tout.

Régine n'était pas ce jour-là disposée à le défendre.

— Je vous disais qu'en apprenant que j'étais veuve, c'est-à-dire
libre, je me fiançai à M. de Gueutteville. Il devait être convaincu,
cependant, car il m'aida, vous vous en souvenez, dans cette ridicule
équipée où je vous fis déranger l'huissier, le juge de paix, pour aller
ensemble poser les scellés et faire fermer la maison... Quand je me
souviens de cela, j'en suis honteuse. Tous ces gens attristés quittant
l'atelier, les bureaux... et le lendemain ma confusion lorsqu'on
m'appela chez le juge, lorsque je dus remettre les clefs... et voir
passer près de moi, insolente et hautaine, cette Céline qui venait
apporter les ordres pour la reprise des travaux... Ne parlons plus
de cela !...

— C'est cependant le moment le plus intéressant. C'est alors
qu'il mit tout en vente. Lorsque j'allai aux renseignements, on me

dit qu'un mot vous avait été adressé, et je crus que cela se faisait à l'amiable.

— Un mot qui m'informait que M. Berthier était en voie de guérison. Pour dire cette phrase, les lèvres de Régine tremblaient. La jeune femme déclarait que son homme de conseil, M. Martin, savait toutes ses affaires, qu'elle le considérait ainsi qu'un confesseur. Nous connaissons assez la belle Régine pour savoir qu'elle trompait le vieux père Martin comme elle trompait tout le monde.

C'est que la question de l'homme d'affaires était embarrassante, et sa remarque excessivement juste, le désintéressement de l'une et de l'autre était inexplicable, d'autant qu'il jugeait à sa valeur l'autre.

A cette époque, Régine vivait dans l'opulence; comme cette aisance coïncidait avec la venue d'André, M. Martin n'avait pas été plus loin; il s'était dit : « Il avait caché de l'argent avant de se laisser prendre; libéré, il a retrouvé son trésor et il l'offre à Régine; » et la jeune femme ne l'avait pas contredit, elle prétendait devoir son luxe à André.

André et Régine avaient reçu une courte lettre sans signature; mais l'un et l'autre en avaient, en tremblant, reconnu l'écriture. C'était Berthier qui les menaçait qu'à la moindre démarche tentée par sa femme pour entraver ses projets, il faisait appeler le procureur de la République, auquel il raconterait l'attentat dont il avait été victime, et l'étrangeté qui l'avait suivi : On l'avait transporté chez lui, sans dire à personne son état, et pendant ce temps, sa femme, informée, agissait comme si elle était veuve et payait le crime en se livrant à l'assassin!

Les deux misérables, atterrés, s'étaient regardés défaillants. C'est Régine qui, la première, avait repris courage, en jetant la lettre au feu; elle avait dit :

— C'est une affaire manquée. Heureusement nous n'en avons plus besoin; j'ai de l'argent, mon André. Avant peu, nous serons aussi riches que lui. Il va manger ce qu'il a avec ce torchon.

Jamais, certainement jamais, tout en le considérant comme un confesseur, la belle Régine n'aurait conté cela à son homme d'affaires.

Mais la misère étant revenue, Régine était prête à sacrifier André,

— Ah! mon pauvre monsieur, il n'y a pas de changement.

elle ne reculerait plus devant les menaces de son mari, car c'était André qui serait le seul coupable, naturellement. Régine s'entendait à se dégager de toutes responsabilités. Souvent, avec André, les soirs de pluie, tristes et pris de craintes vagues, ils avaient feuilleté le Code et cherché le chapitre de la prescription, disant : Pour un crime, on serait presque vieux quand on pourrait lever la tête.

Mais cela n'arrêtait pas la jeune femme, au contraire. Cette menace lui servirait pour se débarrasser de l'amant qui devenait gênant, et si on l'accusait de complicité, elle saurait bien confondre l'accusateur.

Régine dit à M. Martin :

— Ainsi, vous croyez que je dois aller voir mon avoué?

— C'est absolument nécessaire. Si la catastrophe prévue arrivait chez votre mari... Mais vous ne serez favorablement écoutée que si vous modifiez votre existence.

— Oh ! soyez tranquille; aujourd'hui même je vais avoir une explication avec lui, et je le déciderai... mais puisque vous croyez qu'ainsi ma situation se rétablira, ne pouvez-vous trouver quelqu'un qui me prête quelque argent?

— Si, comme je le crois, la femme qui vit avec votre mari vient à succomber, peut-être en trouverai-je... car, par votre négligence depuis cinq ans, vous avez laissé tout faire chez Berthier.

— C'est vrai, depuis cinq ans, croyant que je m'étais fait un ménage nouveau, que je pouvais compter sur M. de Gueutteville, je n'ai plus pensé qu'à lui et me suis efforcée d'oublier et d'être oubliée de M. Berthier. Depuis cette époque, cette femme a donc pris sur lui une grande influence? Éclairez-moi sur ce qui s'est passé chez M. Berthier en ces cinq ans?

— Cela est des plus simples : Quoique séparée et n'ayant, vous personnellement, aucun droit à faire valoir sur ses biens puisque votre liquidation avait été faite, vous pouviez cependant agir au nom de votre enfant et sauvegarder ses intérêts.

— Que fallait-il faire?

— N'y pensez pas, il n'est plus temps. Lorsqu'à la suite de cet accident de chasse qui tint, plus d'un mois, Berthier entre la vie et la mort, on craignit pour sa raison, sans pouvoir alors obtenir du

tribunal le droit de prendre des hypothèques de garantie sur l'établissement et les biens de votre mari au nom de votre enfant...
vous avez commencé sur mon conseil, et vous avez reculé tout à
coup... Cela fut une faute...

— C'est vrai... mais je croyais en M. de Gueutteville, je vous
l'ai dit.

— Alors, M. Berthier, libre, a tout vendu. Il a passé assurément
une grande partie de son avoir au nom de cette femme et, aujour-
d'hui, si elle meurt, c'est sa fille qui sera son héritière...

— Que faire?

— A cela rien ; c'est absolument légal et inattaquable. Depuis
que M. Berthier s'est retiré des affaires, il a tout vendu; il a placé
son argent, sans que vous vous soyez informée de ses placements,
et si aujourd'hui il venait à mourir, vous seriez bien embarrassée
pour retrouver la fortune qu'il avait.

« D'après ce qui m'a été raconté, la mort de cette femme bouleverse-
rait la vie de Berthier, il a pour elle un amour sans borne, une
adoration, un culte.

Régine avait des mouvements d'épaules, et des airs méprisants
qui impatientèrent assurément M. Martin, car il dit :

— Vous ne pouvez pas l'empêcher d'avoir pour celle de laquelle
il se sait aimé la même affection que vous avez pour l'homme à
l'affection duquel vous croyez...

— Ce n'est pas la même chose... M. Berthier n'a ni mon tempé-
rament ni mon âge.

Le ton avec lequel Régine avait répondu fit comprendre à
M. Martin que ses observations étaient très désagréables à sa cliente,
aussi reprit-il aussitôt :

— Je veux vous parler de la situation, que j'ai bien étudiée
avant de venir vous voir. M. Berthier a tout vendu : l'usine, la
maison de commerce, les quelques propriétés qu'il possédait près
de Paris. Tout a été vendu. J'ai interrogé plusieurs de ses amis.
M. Berthier raconte, à qui veut l'entendre, qu'il n'a pas eu de
chance. Il l'explique en disant qu'il avait tout vendu pour avoir de
l'argent et tenter une grosse affaire qui promettait de beaux bénéfices. Cette affaire, dans laquelle il avait placé tout ce qu'il avait,
n'a pas réussi; il y a perdu sa fortune. Trop fatigué pour se

remettre dans les affaires, il se contente de la vie modeste qu'il
mène. Il prétend que sa maîtresse a hérité de quelques biens. Il ne
demeure pas chez lui, mais chez elle. Le loyer est au nom de la
femme. Il a élu, lui, domicile dans un petit entresol du boulevard
Beaumarchais, composé d'une antichambre et d'une grande pièce;
mais il n'y va jamais. Il réside et vit chez sa maîtresse. Heureusement, ajoute-t-il, il a eu l'heureuse inspiration de placer en viager
le chiffre de votre pension. C'est à cause de cela que vous êtes
payée...

Régine écoutait toute bouleversée. Quand M. Martin s'arrêta,
elle exclama :

— Ainsi mon fils est ruiné...

— Si l'on croit M. Berthier, oui... et cela bien par votre négligence.

Régine s'emporta :

— Est-ce que c'est ma faute à moi?... Je comptais sur M. de
Gueutteville; si je l'ai pris, c'est parce que...

Elle s'arrêta et changeant de ton :

— Et vous croyez tout cela... c'est vrai?

— Je ne vous dis pas cela. Je crois que c'est une comédie, mais
de laquelle on peut être dupe. Évidemment M. Berthier n'a pas
risqué dans une affaire toute sa fortune... Quelle est cette affaire?...
C'est trop mystérieux pour être vrai. M. Berthier ruiné n'accepte-
rait pas l'existence et l'hospitalité d'une femme en se reposant. Il a
tout mis à l'abri afin de disposer de sa fortune à sa guise, car je ne
le crois pas non plus assez niais pour donner de son vivant son bien.

Le visage de Régine se rasséré nait :

— Tout cela n'est que mensonge. . il a encore tout son bien!

— Madame, c'est ma conviction... mais, il est libre d'en
disposer...

— Que faut-il faire?

— Je vous l'ai dit, madame. Allez chez l'avoué, racontez-lui
tout ça. Allez vous-même chez le président, j'allais dire avec votre
père, il ne peut plus marcher, mais avec votre fils à la main. Expli-
quez nettement la situation de votre mari, ce qui se passe... Réclamez sa protection au nom de votre enfant, il ne peut manquer de
s'intéresser à vous. Vous concevez qu'on ne doit avoir aucune

sympathie pour un homme qui, parce qu'il est séparé de sa femme,
en ferait souffrir son enfant, pour un homme qui dissipe, au profit
d'une concubine et de sa fille, le patrimoine qui doit légitimement
revenir à son fils.

Régine s'animait en approuvant de la tête, et elle dit :

— Dès demain je vais faire cette démarche, et j'aurai tout de
suite un conseil que je pourrai mettre à profit si cette femme meurt.

— Vous aurez un conseil dicté par la justice; mais, pour cela,
il est nécessaire que vous ne risquiez rien. Si l'on vous accusait,
vous pourriez le rejeter sur la calomnie; il ne faut pas que vous
soyez confondue par l'évidence.

— Je ne vous comprends pas, dit Régine.

— Madame, pour réclamer contre l'immoralité de Berthier entretenant ou vivant avec une concubine, il ne faut pas qu'on puisse
vous dire : Vous vivez vous-même avec un amant, de la pension
que vous donne votre mari.

Régine était devenue toute rouge, et c'est avec un mouvement
de colère qu'elle répondit :

— Eh ! je vous ai déjà dit que depuis longtemps je ne suis guère
que l'amie de M. de Gueutteville; si je ne l'oblige pas à partir d'ici,
c'est qu'il se trouve dans un état de dénument qui ne permet pas
d'agir aussi cruellement... Cependant, je vais vous obéir, dès ce soir
je romprai...

L'homme d'affaires se leva, en reprenant affectueusement :

— Je suis désolé, madame, du chagrin que je vous fais... Oh! ne
vous en défendez pas, je le sais. Mais votre intérêt, celui de votre
enfant commandent, c'est un sacrifice devant lequel vous ne devez
pas hésiter, car de lui dépend votre position et votre avenir. Dans
votre situation, j'ai les bras liés, je ne puis utilement agir... et je
serai, à mon regret, si vous ne suiviez pas mes conseils, obligé
d'abandonner vos intérêts.

— Monsieur Martin, soyez tranquille, dès demain il y aura du
nouveau ici... Vous partez, je ne vous reverrai pas avant d'avoir
rendu la visite au président; de votre côté, faites surveiller chez
M. Berthier, informez-moi de ce qui peut arriver.

— Tout aussitôt vous aurez un avis.

Elle reconduisit M. Martin jusqu'à la porte. Quand la tapisserie fut retombée sur la porte fermée, Régine, seule, ne dissimula pas sa colère; levant le poing, elle dit :

— Oui, il est temps d'en finir, cela n'a que trop duré déjà. Dieu! qu'il m'a coûté... Ses menaces ne m'effraient pas. Qui croira que je l'ai poussé à assassiner Berthier? Est-ce logique, puisque lui vivant j'ai ma pension, celle de mon fils et de mon père... puisqu'il me laisse libre au point que j'ai pu encore trouver d'autres ressources, car, s'il m'y obligeait, je n'hésiterais pas à dire la vérité... Il lui sied bien d'être jaloux !... et puis, au reste, nous nous expliquerons ce soir, car je veux en finir.

Et Régine s'assit dans un fauteuil, le coude sur ses genoux, le menton dans sa main, songeant à ce qu'elle allait faire. Elle était bien belle, la jeune femme; ni les tourments, ni les soucis, ne griffaient son visage; le front était toujours pur, le regard brillant, les traits réguliers; elle était superbe, enfin, et cependant, à cette heure, elle n'était pas désirable. L'ensemble était méchant, menaçant... elle n'avait que de la haine pour tout le monde : pour André, qui l'avait faite pauvre et la compromettait; pour son mari, qui vivait heureux et considéré, quand elle vivait, elle, misérable et méprisée; pour ces femmes dont l'une occupait la place qu'elle avait perdue par son indignité, dont l'autre lui volait la situation de son fils. Elle était prête à tous les sacrifices et décidée à tous les crimes pour reprendre tout cela.

André la gênait; depuis longtemps il la lassait; ce n'était plus l'amour qui l'unissait à lui, c'était l'habitude; parfois, dans les ivresses du vice, elle aimait ses baisers, mais le plus souvent ils lui étaient insupportables.

Celui-là était sacrifié... Plus elle voulait l'éloigner, plus il semblait s'attacher à elle. C'était à croire que son amour s'augmentait de l'indifférence de celle qu'il aimait. Il était jaloux! Jaloux, l'imbécile ! il était bien temps, et comment avait-elle vécu ? Un jour elle avait naïvement avoué que la chanson de Régine avait été faite pour elle par un homme qui l'adorait... de ce jour, elle n'avait pu jouer cet air sans qu'André se fâchât.

Elle n'avait rien dit de plus, elle avait même prétendu que l'auteur l'avait platoniquement aimée, qu'il n'avait jamais été son amant, que ses vers exprimaient ce qu'il aurait voulu, mais non ce qu'il

avait obtenu. Il avait haussé les épaules!... L'imbécile se fâchait de
cela. Qu'aurait-il fait s'il avait su la vérité?... En pensant à cet
homme, elle se dit :

— Ah! s'il vivait!

S'il vivait cela voulait dire : je courrais ce soir chez lui, rue de
Laval, et, assise sur ses genoux, il me jouerait ses airs étranges, il
chanterait ou déclamerait ses poésies farouches... Pauvre Otto !

Fermant les yeux, évoquant ce qu'elle disait :

— Je m'en souviens comme d'hier... le pauvre beau !... Nous étions
tous les deux étendus dans le grand lit; lassée, j'allais dormir. Il me
dit : « Je vais te jouer ma marche funèbre ! » Je le regardai, stupéfaite. « Je vais me tuer, Régine. Toi qui aime l'étrangeté... veux-tu
que je meure près de toi, avec l'amour aux lèvres?... Ce sera bizarre,
hein ! toi superbe, nue, ensanglantée par ton amant mort dans tes
bras... » Je crus qu'il était fou, puis qu'il plaisantait, cherchant un
effet lugubre. Mais froidement, il me dit : « Tu m'as souvent
demandé qui j'étais. Je t'ai répondu : Un prince! Nomme-moi Otto...
demande-moi tout ce que tu voudras, je ne peux dire qui je suis... et
tu aimais ce mystère. Régine, je vais te dire la vérité. Je me nomme
Auguste Cler, je suis un voleur et je venais à Paris manger le
produit de mes vols. Aujourd'hui je suis pris... On doit m'arrêter,
on me connaît, je ne veux pas passer en jugement. On me prendra
mort... Seulement, ma pauvre amie, toi qui as été ma passion, mon
amour, je veux te laisser un souvenir de moi. Tiens, mon portrait...
tiens, une mèche de mes cheveux... Aime-moi, pense à moi...
Prends ce portefeuille, c'est ce qui me reste, une cinquantaine de
mille francs peut-être... » Il me donnait tout cela. J'étais terrifiée.
J'avais glissé du lit, et je me trouvais stupidement nue, effrayée et
blême devant la liasse qui débordait du portefeuille... Il m'avait
mis cela dans les mains, et je restais niaisement embarrassée. Puis
il prit un revolver et dit : « Maintenant, adieu, tu vas voir comme
c'est vite fini la vie humaine. » Il approcha l'arme de sa tempe, il
allait tirer. Je jetai un cri. Il abaissa son arme et me mit la main sur
la bouche. « Malheureuse, mais si tu cries, tu vas me faire prendre,
et c'est le bagne, plus peut-être. Tais-toi. » Je restais muette de
terreur, et je voulais partir. Je ne l'aimais guère, le malheureux,
et ne voulais pas être mêlée à pareille aventure... J'avais hâte de fuir,

il le comprit ; il m'aida à me vêtir hâtivement... Comment étais-je
vêtue... quand je me sauvai tenant le portefeuille dans ma poche ? Il
m'embrassa, exigea un long baiser sur ses lèvres, puis il dit : « Écoute
ma marche funèbre ! » C'est alors que je me sauvai ; il faisait encore
huit et je craignais, en demandant au concierge d'ouvrir, d'entendre
la détonation. Il jouait toujours sa marche lugubre... Dans la rue,
je me sauvais par la rue Bréda pour atteindre la station de voitures
de la place, et le piano gémissait toujours. Il ne s'est tué que le
matin... Pauvre Otto !

Régine resta pensive, ayant des tressaillements, comme des
secousses. Que de fois depuis ce souvenir l'avait tourmentée ! Et
cependant, lorsqu'elle était seule, elle aimait se mettre au piano, et
les yeux clos, à chanter, en s'accompagnant, la chanson qui agaçait
si furieusement André.

L'amour de cet homme mystérieux, qu'elle n'avait que vicieuse-
ment aimé, hantait souvent sa pensée. Il s'y mêlait à la fois du
plaisir et de la peur ; ainsi elle avait lu dans les journaux, le lendemain, qu'un homme s'était suicidé au coin de la rue Laval ; elle
n'avait pas cherché à en savoir plus, l'assurance de la mort de cet
amant lui suffisait.

Et puis, elle avait eu à ce moment de graves préoccupations ;
c'était le lendemain soir qu'André était venu en lui disant : Tu es
veuve ! Elle avait oublié le malheureux qui s'était tué, pour ne
penser qu'au nouvel amant ; elle se désintéressait du suicide pour
ne penser qu'à l'assassinat qui la faisait riche et libre.

Lorsque, honteuse, confuse et épouvantée, elle était rentrée chez
elle, chassée par ceux et celle qui représentaient son mari, seulement blessé, André et elle n'avaient qu'une pensée : chercher l'oubli
de leur faute dans le plaisir. Ça n'avait été que fêtes, chez elle,
puis un petit voyage... ils craignaient tous les deux une dénonciation. Ne voyant rien venir, ils s'étaient crus forts et avaient voulu
entraver les projets de Berthier. C'est alors qu'ils avaient reçu la
lettre qui les avait, tout tremblants, fait rentrer dans l'ombre.

Régine pensait à tout cela. Si, le jour où elle était revenue de
chez le malheureux qui devait se tuer, elle n'avait pas retrouvé le
misérable André, elle serait heureuse. Oui ! elle était sur le chemin
de la fortune, et c'était cette liaison, ce qu'elle avait entendu qualifier

Elles entrèrent.

par Lisa de collage, qui l'avait ruinée. Lisa lui avait cyniquement dit un jour en lui réclamant de l'argent :

— Madame est dans la dèche depuis son collage... elle ne s'en relèvera pas.

Elle allait s'en relever, elle était décidée à rompre. Mais pour cela que devait-elle faire? Les scènes, les disputes n'amenaient aucun résultat; il suffisait d'un heurt, d'un frôlement de l'un à l'autre pour que la chair parlât, et qu'aussitôt dans un baiser eût lieu le raccommodement.

Il fallait en finir, se fâcher sans faire semblant, que la réconciliation fût impossible. Que faire pour cela? Sortir et ne pas rentrer : mais il demeurerait dans la maison. L'en faire chasser : c'était un scandale, cela ne pouvait l'arrêter. Depuis cinq ans, elle avait perdu le sens moral, le scandale ne l'effrayait pas. Elle n'avait jamais craint son père; à cette heure, il n'existait guère; son fils était sa seule affection. Il était en pension, il ne savait rien de l'existence de sa mère, c'était sous son nom de fille qu'elle était connue et son fils portait le nom de Berthier. Il avait été élevé dans la haine de l'homme dont il portait le nom; on lui avait dit que sa mère se sacrifiait pour lui.

A cette heure où l'avenir de cet enfant, sa seule véritable affection, était menacé, elle était prête à tous les sacrifices. Le premier, pour pouvoir agir, était la nécessité de se trouver seule, libre, indépendante. Elle voulait, pour toutes les démarches qu'on lui avait conseillées, avoir son fils avec elle, et pour cela, il fallait faire venir le jeune homme chez elle.

Il connaissait André; elle avait eu la sottise d'en faire son ami; elle le regrettait, car c'était l'éternelle raison que donnait André de leur liaison : la protection de leur enfant. Assurément, ce serait encore le motif de sa résistance pour rompre.

Et Régine plongeait ses mains fébriles dans ses cheveux, cherchant toujours une cause de rupture. Après avoir longuement réfléchi, elle se redressa avec un mouvement d'épaules. Son parti était pris. Elle sonna Marianne, qui monta aussitôt; elle lui demanda ses plus luxueux vêtements, et procéda seule à la plus minutieuse toilette... Quand elle fut habillée, elle se sourit et dit d'un air dégagé :

— C'est bien le diable si, quand je reviendrai, je ne suis pas riche...

Elle appela de nouveau la vieille bonne et lui dit de ne pas préparer le dîner, elle ne rentrerait pas.

— Mais M. André?

— Vous n'avez pas à vous occuper de lui, il ira dîner dehors.

Marianne la regardait stupéfaite, l'interrogeant du regard ; elle continua négligemment en mettant ses gants :

— Vous lui répéterez ce que je vous ai dit, et vous lui direz que je ne rentrerai pas, ni cette nuit ni l'autre... Vous ajouterez : Madame a dit que lorsqu'elle reviendrait, voulant vous informer de son retour... elle vous priait de laisser votre adresse.

— Mais, je ne comprends pas du tout, madame...

— Cela est inutile, Marianne; bornez-vous à répéter ce que je viens de vous dire.

La vieille servante n'en pouvait croire ses yeux et ses oreilles. Le calme de sa maîtresse l'étonnait; cette séparation rapide la stupéfiait.

— Ainsi M. de Gueutteville nous quitte...

— Oui, c'est entendu entre nous...

Elle pensa aussitôt qu'elle devait laisser à sa bonne l'argent nécessaire à la vie de son père et d'elle; elle fouilla machinalement dans ses poches, elle n'avait pas un sou. Un peu embarrassée, elle demanda :

— Marianne, vous n'avez pas d'argent?...

— Excusez-moi, madame; ce matin, monsieur m'a donné cent francs.

— Ah! Vous ferez le déjeuner et le dîner pour papa et pour vous... donnez-moi vingt francs...

Marianne lui donna le louis. Elle répéta :

— Vous entendez bien, n'est-ce pas, le repas de mon père seulement, vous ne devez vous occuper que de lui...

— Mais, madame, monsieur va me commander de...

— Je suis seule votre maîtresse ici... Vous refuserez en répétant ce que je viens de vous dire.

— Bien, madame.

— Soignez bien mon père... Je vais le voir, au reste.

Elle descendit rapidement, entra chez son père; celui-ci l'accueillit par un sourire, et zézaya :

— Ma fifille... tu es belle... emmènes-tu promener?

— Non, petit père. Je viens te dire au revoir, je sors.

— Tu vas à l'église... va, chérie...

— Au revoir, père, et sois sage, je te laisse avec Marianne...

— La vieille méchante... elle mange tout...

C'était le thème ordinaire du vieillard : sa bonne ne lui servait jamais assez abondamment son repas et le gardait pour elle. Régine se sauva en riant, répétant :

— De l'argent à tout prix.

Sur le boulevard de Clichy, elle monta en fiacre, et dit au cocher de la conduire rue de Surène.

Elle était à peine en route, quand André rentra chez lui. Lorsque la vieille Marianne, toute tremblante, lui raconta ce qu'on venait de lui dire, il fronça le sourcil... puis, après une minute de réflexion, il eut un haussement d'épaules. Il pensait que la nerveuse Régine avait eu un mouvement de colère; toutes ses menaces n'étaient que des mots; le soir elle rentrerait. Il ordonna à Marianne de s'occuper du dîner, qu'elle servirait dans le salon du colonel et près de lui.

La vieille femme ne savait que répondre, elle se résigna à obéir.

A l'heure du repas, Marianne avait dressé le couvert; elle venait prévenir André que le dîner était servi et elle lui remit les lettres que le facteur venait d'apporter.

André remarqua l'une d'elles sans enveloppe, faite d'un gros papier administratif, plié et cacheté. Elle était adressée à Mme Régine Berthier et portait un timbre rouge qu'il lut.

Il devint très pâle, et quoique la lettre ne lui fût pas adressée, il la décacheta. Il la parcourut rapidement, ses mains tremblaient. C'était un ordre de comparution devant un juge d'instruction. Il recacheta la lettre... la remit avec les autres. Il chercha dans les meubles, emplit de linge une valise, et lorsque la vieille Marianne l'appela de nouveau, il dit à la servante stupéfiée qu'il partait.

— Dites à Régine que je lui obéis, je lui enverrai mon adresse.

Et il se sauva.

En prenant connaissance de la lettre, il avait senti son sang affluer au cerveau. La lecture de ces quelques lignes l'avait terrifié. Alors qu'il se croyait tranquille sur le passé et qu'il luttait péniblement contre la misère du présent, est-ce qu'il allait être poursuivi, arrêté, jugé?

Il se sauvait et il sentait une sueur froide mouiller son corps; il se voyait déjà appréhendé par les gendarmes, enfermé, et tous les jours suivant les longs couloirs du Palais de Justice pour se rendre dans le cabinet du juge d'instruction. Il revoyait cette grande salle des assises, ces juges rouges lui demandant compte du passé, lui rappelant son guet-apens, sa préméditation, son assassinat... Il était condamné de nouveau, et cette fois, c'était le bagne pour la vie... Il courait plus fort, comme si de sa précipitation son sort dépendait; il ne s'arrêta qu'au boulevard, essoufflé, et regardant avec hébétement autour de lui.

Tout était calme. Il se demanda s'il ne devenait pas fou. C'est que la secousse avait été rude, et la prudence ne nuisait pas. Il s'assit sur un banc et réfléchit à ce qu'il devait faire.

Ce n'était pas douteux, la citation adressée à Régine par le juge d'instruction ne pouvait avoir d'autre motif qu'une dénonciation de Berthier; on voulait interroger la femme pour savoir si elle n'avait pas été sa complice. La raison de cette enquête, c'était l'acharnement de Régine à poursuivre Berthier, à ne point vouloir, ainsi qu'il le lui avait conseillé, renoncer à toute chose de ce côté jusqu'à la majorité de son fils. Il devait se mettre à l'abri. Heureusement il lui restait un peu d'argent de l'engagement du matin et il avait trouvé à emprunter une certaine somme. Aller dans un hôtel garni, s'il était recherché, c'était imprudent, il risquait d'être pris le lendemain. Aller à la banlieue serait être plus naïf encore, car, lorsque le juge instructeur apprendrait la façon dont il s'était sauvé, c'est autour de Paris qu'on le ferait rechercher. Restait une maison particulière. Il eut une idée. Depuis qu'il vivait maritalement avec Régine, il avait rencontré plusieurs fois Zélia; ils s'étaient revus souvent, s'aimant quelques heures, parlant l'un et l'autre de leur situation. La dernière fois qu'il avait vu Zélia, elle lui avait raconté qu'elle était très heureuse; elle demeurait près des Champs-Élysées, avenue Friedland, tout à fait indépendante; elle serait heureuse de le recevoir, lorsqu'il viendrait passer quelques jours à Paris.

Car André s'était déclaré intéressé dans une grande maison d'armes de Paris, pour laquelle il voyageait sans cesse; il expliquait ainsi à Zélia l'impossibilité de la recevoir chez lui, puisqu'il n'avait pas de résidence à Paris, et la bonne fille offrait sa demeure.

André n'hésita pas; il se rendit à la gare de l'Ouest. Nous avons dit qu'il avait fait un petit paquet, glissé dans une valise, en se sauvant de chez Régine. A la gare, il se mêla au flot des voyageurs qui sortaient par la rue d'Amsterdam, héla une voiture spéciale des chemins de fer et se fit conduire avenue Friedland. Au numéro indiqué, il trouva un petit hôtel particulier d'apparence somptueuse, un coupé de maître s'arrêtait devant la porte : il crut s'être trompé. De l'équipage, une femme très luxueusement vêtue descendit qui s'arrêta pour regarder avec étonnement le voyageur descendant du flacre. Elle jeta une exclamation joyeuse en le reconnaissant.

— Ah! André!...

Ne se gênant pas plus dans la rue que chez elle, elle courut à lui, lui tendit son front en disant :

— C'est gentil, ça, tu arrives de voyage et tu descends chez moi...

— Mais si tu veux.... fit-il, ravi de la réception.

— Pardi! si je veux, pour trois ou quatre jours je défends m'importe... Entre donc.

Elle passa son bras sous le sien; le valet de pied, qui avait ouvert le coupé, avait pris la petite valise d'André... Ils rentrèrent elle le fit monter dans le salon du premier étage et lui dit :

— Tu es chez toi... mets-toi à ton aise... Et, s'adressant à sa femme de chambre et au valet, elle dit : Marie, Jean, occupez-vous de M. de Gueutteville le temps que je vais retirer mon manteau menez-le dans le cabinet de toilette. Tu as peut-être passé la journée en chemin de fer et tu seras aise de te verser un peu d'eau sur la figure.

— Oui, avec joie.

— Va! mon cher baron, et aussitôt que tu seras prêt, nous nous mettrons à table. Dites à Césarine de mettre un couvert.

Tout ceci n'était dit bruyamment par la belle Zélia que pour faire savoir à ses gens que celui qu'elle recevait si familièrement était le baron de Gueutteville... elle voulait qu'on le considérât.

La belle Zélia, parfois écoutant son caprice, avait amené chez elle d'aimables garçons qu'elle ne connaissait plus le lendemain; elle ne voulait pas que ses domestiques se trompassent sur André. Celui-là était un amant sérieux.

Ils dînèrent, puis montèrent dans le boudoir qui précédait la chambre à coucher. André était un peu étourdi de la somptuosité du petit hôtel; il était loin de supposer que Zélia était dans une si brillante situation.

Il sourit en voyant un piano dans le boudoir.

— Pourquoi ris-tu de mon piano?

— Autrefois tu exécrais cette musique... je m'en souviens.

— Autrefois, oui, mais maintenant c'est différent; je me suis pendant quelque temps destinée au théâtre, et j'ai appris le piano... je joue de ça maintenant... ça te surprend, mon petit... mais je connaissais un peu la musique et je ne chantais pas mal... Tu vas voir.

Et se mettant devant son piano, elle chercha parmi ses partitions une feuille manuscrite de musique, la plaça sur le pupitre et chanta :

> Pendant tout un jour, j'ai pensé
> A toi, cruelle,
> J'ai ressuscité le passé,
> Où tu vins, belle...

— Ah! sacredié! exclama André, d'où sais-tu cela?

Et le sourcil froncé, le regard fixé sur Zélia, il se demandait si la jeune femme n'avait pas une intention malveillante en choisissant cette chanson.

— Eh bien! qu'est-ce qui te prend, toi? Puis, tout à coup : Ah! c'est vrai, je m'en souviens, la première fois que nous nous sommes fâchés, ou du moins, que tu n'es plus revenu, nous l'avons entendue pendant la nuit... Je l'ai trouvée jolie et je l'ai apprise...

— Comment l'as-tu eue?

— Tu ne sais pas ça, puisque tu n'es pas revenu... Mais, ce musicien, cet original qui restait au-dessous de moi, ce fou, s'est tué un matin... On a vendu chez lui, et j'ai acheté différentes choses : le piano, la musique, des livres, des bibelots...

— Est-ce que tu as su ce que c'était que cet homme?

— Mais, oui! oh! c'est très original, je te conterai ça un jour. Mais viens ici, n'aie pas cet air farouche et écoute-moi chanter.

André s'efforça de chasser les pensées qui l'assombrissaient, les craintes que l'évocation de ces souvenirs avait fait renaître, et il vint se placer sur un escabeau aux pieds de Zélia, qui chanta en s'accompagnant.

II

VEUVE D'UN VIVANT

Le conseiller de Régine, le père Martin, avait la mine et la mise de son emploi. C'était un ancien négociant ruiné qui, par sa faillite, par les poursuites dont il avait été l'objet, avait appris à poursuivre tout le monde; n'ayant jamais réussi à faire ses affaires, il se chargeait de faire celles des autres. Avant de se mettre dans le commerce, il avait été clerc chez un avoué. A la suite de son désastre, il avait repris la même situation chez un huissier. Chez le premier, il avait appris à être adroit; dans le commerce, il était devenu peu scrupuleux; de chez l'huissier il était sorti féroce. Il n'avait appris le Code que pour le tourner; il mentait et jurait avec le plus grand calme; ni démenti, ni menace ne le faisait sourciller. Pour de l'argent il faisait tout.

Toujours scrupuleusement vêtu de noir, ses vêtements semblaient faits d'un drap spécial, toujours luisant sur les surfaces; on ne pouvait dire que c'était l'effet de l'usure, puisque jamais on ne lui en avait vu de neufs. Il était chaussé de gros souliers, et cependant on entendait à peine ses pas; son linge était toujours d'un blanc douteux; le chapeau, à force d'être brillant, paraissait poli.

Le visage rasé soigneusement était souvent riant, le regard luisait sous ses lunettes d'or, la parole était calme et douce. M. Martin disait des monstruosités avec le calme d'un chrétien lisant l'Évangile.

Il criait, l'homme pressait le pas et n'entendait pas.

L'honnête M. Martin avait fait prêter de l'argent à Régine sur
sa pension, sachant bien que Régine ne le rendrait pas, que rien
n'était à son nom et que cette pension était insaisissable ; il lui avait
fait acheter, payables en cinq ans, des bateaux chargés de pierres,
qu'elle avait revendus aussitôt au comptant et par son intermé-
diaire, le tiers de ce qu'elle s'était engagée à les payer à celui qui
les avait vendus...

Régine avait en lui la plus grande confiance, car elle savait
qu'il ne reculait devant rien.

En sortant de chez Régine, l'homme d'affaires regagna le boulevard de Clichy, qu'il suivit jusqu'au boulevard Magenta ; là, il
monta sur l'impériale de l'omnibus et se fit descendre sur le boulevard Beaumarchais et se rendit place des Vosges ; il s'engagea
sous les arcades, entra dans une des maisons où la concierge l'avait
déjà vu plusieurs fois, car, lorsqu'elle l'aperçut, elle hocha la tête
en disant :

— Ah ! mon pauvre monsieur, il n'y a pas de changement.

— Elle est toujours dans un état désespéré...

— Oui, ça ne va pas bien. On s'attend à un dénouement fatal d'un
moment à l'autre...

— Elle est au plus bas alors... Y a-t-il eu une nouvelle consultation ?

— Non !... Vous savez, c'est très singulier, ces maladies-là, elle
peut passer tout à l'heure, comme demain, comme dans huit jours,
et certain jour vous la voyez, vous ne croiriez pas qu'elle est malade...

— Elle ne souffre pas ?

— Il y a des heures, elle a des crises. Mais pourquoi ne montez-
vous pas la voir ?

— Oh ! non, je vous l'ai dit, je ne voudrais pas qu'on sût que je
viens m'informer de sa santé. Je vous en ai dit la raison, n'est-ce
pas ? C'est une parente, elle vit avec un homme, la famille ne veut
pas la voir, mais on ne s'intéresse pas moins à elle, et c'est pour
cela que l'on me charge de prendre de ses nouvelles, de m'informer
si elle a fait ses affaires à cause de son enfant, qui risquerait de se
trouver sur le pavé... si nous n'étions pas là pour veiller.

— La pauvre femme est digne de tout intérêt, et ce sera un

grand malheur... surtout pour cette pauvre enfant, qui ne se doute de rien.

— Ah! la jeune fille ne sait pas sa mère si malade?

— Pauvre chère belle, heureusement; elle souffrira assez quand le malheur arrivera... Il n'y a que ce pauvre M. Berthier qui est navrant à voir; il fait tout ce qu'il peut pour cacher ce qu'il sait à la fille et à la mère, car il traite la jeune fille comme si elle était de lui... Ah! le pauvre homme, ça fait de la peine...

— Cette jeune fille ne sait pas qu'elle est la fille de M. Berthier?...

— Mais, monsieur, je ne sais pas si Mlle Céline a dit ça à sa famille pour se faire excuser... pour nous, elle n'a jamais dit pareille chose, au contraire. Les mauvaises langues dans le quartier racontent ça... C'est faux. Elle n'aurait pas de raison de le cacher, ils sont libres, après tout.

— L'intérêt que M. Berthier porte à cette petite...

— Eh bien! quoi? Ce n'est pas tout naturel, ça!... il l'a connue toute petite, il l'a vue élever... il est son parrain. Elle s'appelle Célestine... on le nomme Célestin. Il suffit de la connaître pour comprendre l'affection qu'elle peut inspirer. C'est la bonté, la douceur et la sagesse mêmes. C'est un ange. D'abord, quand Mme Céline est entrée chez M. Berthier, elle avait déjà son enfant, et puis, mon Dieu! on se doute bien qu'ils sont ensemble, mais ni l'un ni l'autre ne le reconnaît, et Mlle Célestine n'a jamais pu penser une pareille chose.

— Vous croyez qu'à dix-huit ans elle est si niaise que ça...

— Mais, je ne crois pas... je vous l'assure, monsieur... et je vous le répète, personne ne peut être affirmatif là-dessus. Si, quelqu'un se méprenant sur sa situation ou malicieusement l'appelle Mme Berthier, elle le reprend aussitôt en disant : « Je me nomme Cler et je suis au service de M. Bethier... »

M. Martin souriant, l'air affable, offrait une prise en hochant la tête.

— Pauvre petite! je ferai mon possible pour engager la famille à s'occuper d'elle... ce serait épouvantable de rester seule.

— Il est bien certain que son parrain ne la laissera pas... et depuis quelque jours, Céline a des entrevues fréquentes avec des notaires qui ne doivent avoir d'autre but que d'assurer le sort de son enfant.

— Ah! le notaire est revenu ?...

— Oui, le notaire ! un juge même !...

— Ah! un juge!...

L'honnête M. Martin perdit pendant quelques minutes son sourire...

— Oui ! ils sont venus trois fois déjà...

— Ah !...

M. Martin paraissait un peu décontenancé. Il regardait autour de lui, puis, pour ne pas répondre, il retira ses lunettes et en essuya les verres, pendant que la concierge continuait à se lamenter :

— C'est affreux tout de même de penser que cette pauvre femme est condamnée, qu'elle n'en reviendra pas... Attendez donc. Voilà la cuisinière.

En disant ces mots, la concierge faisait signe à M. Martin de demeurer dans la loge, et elle allait dans la cour pour parler avec une bonne qui se disposait à sortir. Seul, le père Martin se hâta de prendre des notes sur son calepin. La concierge rentra au bout de quelques minutes, et d'un air désolé, hochant la tête, elle dit :

— Il paraît que ça ne va pas bien du tout aujourd'hui... on craint une catastrophe, et on va probablement conduire Mlle Célestine à la campagne, chez des amis de M. Berthier, où ils vont habituellement.

— Pauvre femme ! vous croyez que ce sera ce soir ?... je ferai prévenir la famille.

— Ah ! je ne vous dis pas ça, puisqu'on parle de ne faire partir Mlle Célestine que demain... mais, si on s'intéresse à madame, vous pourriez toujours prévenir.

— Vous avez raison, madame, c'est ce que je vais faire... et si vous le permettez, demain je viendrai prendre des nouvelles...

— Tout ce que voudrez, monsieur ; du moment où vous êtes de ses amis, je n'ai rien à vous refuser.

— Mais pas un mot à eux, je vous prie... on serait embarrassé.

— C'est entendu...

M. Martin se retira ; dans la rue, il avait repris toute sa gaieté et monologuait :

— C'est une affaire d'un jour ou deux... il faut, dès l'ouverture du testament qui naturellement suivra le décès, agir. Assurément, Berthier se fera nommer tuteur ; c'est en administrant les biens de l'enfant, c'est-à-dire ce qu'il lui a déjà donné, qu'il se dépouillera de ce qu'il a. Il doit y avoir un moyen d'empêcher cela... Je vais voir mon pauvre ami Callau, il me renseignera.

Celui qui conseillait, dans ces affaires difficiles, l'honnête Martin, était un ancien notaire. La fortune inconstante lui avait été infidèle, il avait passé les plus belles années de sa vie au bagne.

Condamné injustement (c'était lui qui l'affirmait), il se consolait de l'injustice des hommes dans un bouge de la rue Galande, s'abreuvant avec délices d'absinthe qu'il préparait lentement... Il gagnait sa vie, l'argent nécessaire à ses absinthes, et nous pourrions dire sa mort, en donnant dans le cabaret des consultations sur les affaires litigieuses ; c'était un fort en droit, qui connaissait du Code surtout toutes les parties faibles et par lesquelles on pouvait y échapper.

Nous le présenterons aux lecteurs, lorsque avec Martin il s'occupera de nos héros, et nous reviendrons à la malheureuse Céline, que nous retrouvons mourante. C'est aux événements terribles qu'elle avait traversés que la pauvre femme devait le mal qui l'emportait. Ces événements, nous allons les raconter en quelques lignes.

Nous avons laissé le garde Bondeux terrifié devant le corps inanimé de Bertier et les deux femmes évanouies. Il se baissait pour prendre Céline dans ses bras et la porter à la clairière, afin qu'en reprenant connaissance elle n'aperçût pas près d'elle le cadavre de Célestin. Le garde entendit comme un râlement ; il se tourna vers le corps, il le vit remuer. Ne s'occupant plus de Céline, il prit Bertier, le retourna, le coucha sur le dos et releva la tête ; le cœur battait, la respiration revenait, et le sang coulait toujours inondant les cheveux et la face. Le garde courut vivement vers la clairière. Liane, comme si elle comprenait qu'elle servait, léchait la figure de son maître, le débarrassait des caillots de sang. Quelques minutes après, le garde revenait apportant de l'eau et du linge, et condui-

sant le cheval. Rapidement, il nettoya le visage du blessé, il le pansa
sommairement, le chargea sur le cheval, et le soutenant, il le
mena vers la clairière et le coucha dans la carriole. Quand il revint
pour soigner Céline et Célestine, les deux femmes avaient repris
connaissance et se tordaient de douleur en pleurant et sanglotant.
Lorsqu'il leur cria du plus loin qu'il les vit :

— Vite, vite, venez, il n'est que blessé...

Elles retrouvèrent leurs forces, se levèrent rapidement et se
rendirent en courant à la clairière... elles se précipitèrent vers la
carriole.

— Oh! mon Dieu! s'écria Céline, il ne me reconnaît pas... il va
mourir. Que faire?...

— Madame Céline, dit impérativement Bondeux, il ne s'agit
pas de pleurer, mais d'agir... il vit, c'est le principal... Nous ne trou-
verons rien par ici, pas besoin de faire du bruit pour être ennuyé
par des importuns. Montez avec Mlle Célestine... du courage! Vous
allez supporter la tête sur vous pour éviter choc et cahots. J'ai
presque fini d'atteler, nous allons marcher rondement... nous ne
mettrons pas beaucoup plus d'une heure pour être chez nous. Montez vite. Pas de larmes quand il reprendra connaissance, qu'il ne
soit pas inquiété par votre douleur.

Les deux malheureuses essuyaient en vain leurs yeux, les larmes
coulaient toujours. Bondeux les fit s'asseoir dans le fond de la carriole. Avec des herbes, on avait organisé un lit sur lequel Berthier
était étendu, la tête sur les genoux des deux femmes, qui, doucement, essuyaient son visage et essayaient de le faire boire. La voiture se mit en marche, Liane suivait. Bondeux disait à Céline pour
la consoler :

— Madame Céline, il ne faut pas désespérer... les blessures à la
tête, on en revient souvent... on dit même que lorsqu'on est touché
à la tête, si on n'est pas tué sur le coup, on revient toujours.

— Quel malheur! je ne voulais pas qu'il aille seul...

— Faut pas revenir là-dessus.... heureusement que nous avons
pu lui porter secours tout de suite.... Du courage! faut pas se tourmenter avant.

— Si un médecin l'avait vu..., s'il était pansé...

— Madame Céline... voilà ce que je vais faire, quand nous

serons au tournant de la route, à l'entrée du pays : je sauterai à
terre, vous conduirez jusque chez nous et je courrai chez le médecin,
que je ramènerai avec moi....

— Oui... Bondeux, mais nous pourrions aller chez lui. .

— Oh non ! ça nous ferait un crochet trop long et nous serons
aussi vite à la maison... Tenez, tout là-bas, voilà un homme qui
passe; je vais l'appeler, il se chargera bien d'aller prévenir le
médecin, c'est sur sa route... Hé!...

Il criait, l'homme pressait le pas et n'entendait pas...

— Bah ! il vaut mieux que j'y aille moi-même, parce que j'attel-
lerai son cheval pendant qu'il s'apprêtera, et comme son cheval est
un coureur, nous arriverons ensemble à la maison.

— Oui, j'ai plus confiance en vous qu'en un inconnu...

Ce n'était pas un inconnu, l'homme qui hâtait le pas, et assurément s'il avait entendu appeler il se serait sauvé... C'était André
qui se dirigeait vers la prochaine gare.

— Oh ! mon Dieu ! mon Dieu ! on dirait qu'il souffre plus...

— Mais non, madame, au contraire, il respire plus facilement...
Mademoiselle, voyons, il ne faut pas pleurer comme ça... c'est
affreux de vous entendre.

— Mon enfant, sois raisonnable, n'augmente pas ma peine.

Célestine embrassa sa mère.

— Pauvre mère, c'est moi qui suis la cause de tout ça... C'est
moi qui ai voulu que notre bon ami allât chasser seul...

— Mais non, mamz'elle... Voyons, il ne faut pas pleurer, à la fin,
je vous dis qu'il va mieux, il va vous entendre.

— Allons, Célestine, sois raisonnable.

— Oui, oui.

Et les deux pauvres femmes s'embrassaient et essuyaient leurs
yeux. Ah ! quel désir avait Céline de poser ses lèvres sur la bouche
crispée de son ami, il lui semblait qu'elle lui aurait rendu la vie...
Sa fille était près d'elle, elle se contint. On arriva à l'endroit
appelé le « chemin tournant ». Le cheval s'arrêta tout ruisselant de
sueur. Bondeux sauta à terre et aida Célestine à reprendre la place
de sa mère. Quand Céline eut les guides à la main, il lui dit :

— Partez, madame Céline... et j'arriverai en même temps que
vous.

En arrivant à l'habitation, aidées par la mère Bondeux tout
affolée, les deux pauvres femmes portèrent le corps de Célestin
dans sa chambre. Pendant que la jeune fille préparait des bandes
de linge et de la charpie dans une pièce voisine, la femme du
garde et Céline déshabillèrent et couchèrent le malheureux. Quelques minutes après, elles entendaient le cabriolet du docteur entrer
dans le jardin, et le médecin paraissait presque aussitôt dans la
chambre. Pendant qu'aidé par le garde Bondeux, il soulevait Berthier et sondait ses blessures, Céline observait son visage et cherchait à lire dans sa physionomie le degré de gravité du mal. Le
docteur savait bien que les regards étaient fixés sur lui, aussi
demeurait-il impassible.

Certainement le cas était grave, très grave, car si un indifférent
l'eût interrogé, il n'aurait pas hésité à le déclarer mortel.

Mais lorsque Céline lui demanda ce qu'il jugeait des blessures, il
répondit qu'il ne pouvait se prononcer immédiatement. Certainement le sujet courait un grave danger, mais il y avait de l'espoir ;
de ce qui résulterait de la pose de l'appareil dépendait son sort ; il
ne pourrait donc se prononcer que le lendemain matin.

L'instinct de Céline l'éclaira plus que la déclaration du docteur.
Elle comprit que Berthier était perdu, et pendant qu'il opérait le pan-
sement, elle se retira pour pleurer, car les larmes l'étouffaient. Sa
fille la vit et se jetant dans ses bras, s'écria :

— Oh ! mère ! mère ! c'est donc vrai ! il est perdu !...

— Ma pauvre enfant, nous sommes maudites... Notre pauvre ami
va mourir. Oui, mourir !... On veut nous le cacher, mais je le
vois bien, c'est fini. Je n'ai jamais fait de mal, pour mériter cela.
Célestin est tout, c'est notre famille. Si tu savais, ma pauvre enfant,
ce que tu vas perdre !

— Oh ! mère chérie, je le sais bien... il est si bon, il nous aime
tant ! Mon Dieu ! mon Dieu ! mais on ne peut donc pas le sauver ?

Et les deux malheureuses femmes sanglotaient, n'osaient pas
même se consoler entre elles, sachant bien qu'il est des douleurs
qui n'ont pas de consolations. C'était navrant. Bondeux entrant
tout à coup dans la chambre, fit la grosse voix pour cacher l'émotion qu'il avait ressentie en voyant leur douleur, et dit :

— Oh ! mais, il ne faut pas se désoler comme ça !... Certainement

La mort accomplissait son œuvre lente sans que rien l'arrêtât.

que c'est grave, mais ça n'est pas désespéré... le médecin croit même le sauver. Seulement, s'il vous entend, s'il vous voit en cet état, ça va lui porter un coup qui aggravera sa situation...

— Hélas!... pauvre Célestin, il ne peut nous entendre... Si seulement il pouvait nous reconnaître?...

— Qu'est-ce que vous dites là?... Mais je viens vous supplier de cesser, parce qu'on entend parfaitement vos sanglots.

— Il a donc repris connaissance ? demanda Céline en se levant.

— Mais oui!... parlez pas si haut...

Le visage des deux femmes se transfigura, elles reprenaient espoir et courage, elles voulurent entrer et Bondeux dut les retenir en disant :

— Pas de précipitation, il ne faut pas qu'il se doute de la gravité de son état... le médecin le recommande... Il vous a demandées... essuyez bien vos yeux et soyez souriantes...

Elles essuyèrent leurs larmes. Mais les yeux restaient humides, et Céline disait en grimaçant un sourire :

— Tenez, Bondeux, vous voyez, je puis entrer ainsi... j'ai l'air gaie, n'est-ce pas?... On ne dirait pas que nous avons pleuré.

— Il ne le verra pas, parce que j'ai tiré les rideaux... Venez.

Elles entrèrent. La jeune fille, ne pouvant se contenir, se dissimula en tombant à genoux au chevet du lit, et mit son mouchoir sur sa figure pour étouffer ses sanglots...

Céline s'était approchée du lit. La recommandation de Bondeux était inutile, la face avait été atteinte par le coup de feu, et l'appareil bandait les yeux ; il ne pouvait la voir. Elle lui prit la main; il la reconnut, sa bouche sourit en disant avec émotion :

— C'est toi, Céline... Ah ! ma pauvre amie, reste là, ne me quitte pas... Mon Dieu ! que je suis heureux de reprendre connaissance ici, au milieu de vous! Si tu savais...

— Il ne faut pas parler, monsieur Berthier, interrompit le médecin ; demain vous raconterez l'accident...

— L'accident!... Oui, docteur, je vous obéis, mais qu'elles ne me quittent pas toutes les deux... mes anges gardiens... Embrassez-moi, toi et ma Célestine...

Elles obéirent...

— Je suis heureux, maintenant... je me tais, docteur, mais qu'elles restent près de moi et me parlent...

— Ce sont elles qui vont vous soigner... mais ne parlez pas...

— Un mot encore seulement. Dépouillez la correspondance et télégraphiez à la maison qu'on envoie quelqu'un demain pour prendre les ordres. J'ai fini, docteur... Je vais essayer de me reposer.

On se tut. En l'entendant parler, l'espoir était tout à fait revenu aux deux femmes; seul, Bondeux, qui avait les confidences du docteur, restait sombre. Lorsque le médecin fut parti en assurant qu'il viendrait le lendemain à la première heure, le garde dit à Céline qu'il passerait la nuit près du blessé. Celle-ci voulut refuser, mais Bondeux insista. C'était l'ordre, disait-il. Mme Céline et sa fille coucheraient tout habillées sur un canapé dans le salon qui précédait la chambre à dormir; si on avait besoin d'elles, il les réveillerait... Quand on fut plus tranquille, le garde dit tout bas à sa femme que le médecin redoutait la nuit : il pensait qu'avec la fièvre qui menaçait, un malheur pouvait arriver... Si on parvenait au lendemain sans complication, il y avait espoir de le sauver. C'était pour cela qu'il passerait la nuit, un accès de fièvre chaude pouvant le rendre fou; il devait veiller à ce qu'il ne fît pas d'imprudence. Les femmes seraient trop faibles, sa présence était donc nécessaire à son chevet.

On juge facilement de la nuit d'angoisse que passèrent les deux femmes, sans cesse debout, venant écouter à la porte si sa respiration était calme, s'il ne se plaignait pas... Au petit jour, Céline entrait dans la chambre : Célestin dormait et Bondeux lui dit que la nuit avait été calme. Le médecin les rassura en disant qu'il avait grand espoir, le moment le plus à redouter était passé. Il pansa de nouveau la blessure et constata qu'elle n'avait aucune complication. Ce fut un grand mouvement de joie aussitôt suivi d'une grande émotion; c'est en pleurant qu'elles se rappelaient l'épouvantable découverte de la veille, et Céline restait terrifiée en pensant à la situation que lui aurait faite une semblable catastrophe...

Le docteur permit seulement que les deux femmes allassent rapidement embrasser leur ami. Mais il recommanda le repos et le silence le plus absolu; il partit en disant qu'il reviendrait dans la journée; alors il se déclarerait.

On juge facilement de l'anxiété avec laquelle il fut attendu...

A quatre heures, une dépêche arriva de Paris pour Mme Céline
Cler... Celle-ci la décacheta en tremblant; elle lut avec stupéfaction :

« Apprenons affreuse nouvelle, est-ce vrai? Mme Berthier fait
mettre les scellés sur maison par juge de paix et commissaire :
Atelier et magasins sont fermés. Attendons réponse. »

En lisant, Céline pâlissait : déjà à Paris, on connaissait l'affreux
accident et les pires ennemis de Célestin s'empressaient de les
dépouiller... Régine se croyait veuve et prenait possession de la
maison. Elles vivaient dans les transes et cherchaient les moyens
de sauver leur ami, tandis qu'à Paris on se réjouissait de l'épouvantable malheur. Céline ne savait pas ce qu'elle devait faire. Le
docteur avait bien recommandé qu'on ne tourmentât pas le blessé,
qu'on ne lui parlât pas, et cependant il était utile de l'informer de
ce qui se passait et de réagir. Elle n'osait prendre sur elle de donner
des ordres; dans sa situation vis-à-vis de Berthier, elle risquait de
le compromettre en reconnaissant ainsi leur intimité; seule à la
campagne, elle n'avait pas de conseil autour d'elle et l'on attendait
une réponse. Quand le docteur vint, elle attendit que sa visite fût
terminée, et plus tranquille lorsqu'il lui eut dit :

— Madame, je crois maintenant pouvoir vous répondre de lui.
M. Berthier est fort et sain, et sa riche nature triomphera rapidement du mal et je dois même constater que j'ai rarement vu blessure aussi grave se cicatriser si vivement. Je craignais tout... Et
c'est la guérison qui vient. Cependant il faut toujours être prudent
et suivre avec soin mes prescriptions...

Remarquant que Céline paraissait embarrassée et voulait l'interroger à l'écart, il dit en souriant :

— Je ne vous cache rien, madame, il va bien, très bien.

— Merci, monsieur, j'en suis très heureuse... et c'est pour cela
que je voudrais vous parler.

Céline ne voulait pas que sa fille ni le garde sussent ce qui la
tourmentait; elle l'entraîna dans un coin du salon qui précédait la
chambre et lui dit :

— Monsieur, je reçois une dépêche urgente, pour laquelle on me
demande une réponse. A Paris, l'on sait, paraît-il, l'accident dont
M. Berthier a été victime; on l'exagère même, on le croit mort...

— Oh! n'allez pas lui dire ça...

— Mais, monsieur, déjà ses héritiers ont fait poser les scellés sur la maison, et ont fait fermer les ateliers...

— Diable! il ne faut rien dire au blessé. C'est moi qui vais adresser une dépêche en disant l'état du malade et que je réponds de lui. Cela suspendra tout, et demain matin si, comme je l'espère, cela a été de mieux en mieux, je me chargerai de prévenir M. Berthier qui vous enverra à Paris. Ce soir, au reste, vous ne pourriez rien faire d'utile. Envoyez toujours de votre côté une dépêche en réponse à celle que vous avez reçue, dans laquelle vous direz que M. Berthier s'est seulement blessé à la chasse.

Céline obéit aussitôt en envoyant Bondeux porter au pays les deux télégrammes et la tranquillité revint un peu dans la maison.

Le lendemain, le médecin constatait un mieux sensible dans l'état de Berthier; il lui dit qu'il pouvait enfin parler un peu s'il avait des ordres à donner; aussitôt, à la grande surprise de Céline, il lui dit :

— Tu vas aujourd'hui partir pour Paris ; tu iras à la maison et tu verras ce qui s'y passe ; tu vas affirmer que je vis et suis bien portant...

— Vous savez donc?...

— Quoi? demanda vivement Berthier.

— Que j'ai reçu un télégramme, de la maison, de M. René.

— Que disait ce télégramme?

Céline regarda le médecin qui assistait à la scène, l'interrogeant du regard; celui-ci dit :

— Répondez, répondez, dites ce que vous avez reçu.

A la lecture du télégramme que lui fit Célestine, Berthier eut un sourire d'amertume, il eut un mouvement d'épaules et répondit :

— Cela devait être, les misérables attendent impatiemment ma mort. Docteur, il faut que j'écrive et donne procuration au gérant de ma maison à Paris pour agir... Céline la portera tout de suite.

— Faites, faites, vous le pouvez.

On aida le malade, qui écrivit quelques lignes sur un papier timbré ; le médecin était le maire de la commune, il visa la signature. Et Berthier ayant à voix basse donné ses instructions à Céline, celle-ci partit aussitôt, ennuyée de quitter pour quelques heures son

malade, mais laissant sa fille auprès de lui, et sortant rassurée par
le médecin.

Quand elle revint le soir, elle raconta que la maison avait repris
son train. A son arrivée, René, muni de sa procuration, avait immédiatement fait le nécessaire. Déjà à la réception du télégramme du
médecin, le juge de paix avait fait appeler Mme Berthier, et sans le
savoir, Céline s'était trouvée avec elle dans la maison.

Céline ne connaissait pas Régine; elle remarqua qu'une femme
qu'elle avait croisée sous le vestibule l'avait regardée d'une façon
hautaine; elle avait entendu une injure, mais elle n'avait pas cru
qu'elle lui était adressée. C'est Berthier qui le lui apprit en lisant la
lettre que le gérant lui avait fait remettre.

A la lecture de cette lettre, Berthier fut pris de rage, il fut sur
le point d'envoyer chercher le maire pour lui faire la déclaration du
crime tenté sur lui, mais il se remit aussitôt... Il se souvenait du
passé. A l'accusation qu'il porterait contre André, celui-ci répondrait
par la véritable histoire du passé, et Régine le défendrait. Mieux
valait attendre. Ce qui était nécessaire immédiatement, c'était de
parer à l'éventualité d'une catastrophe; il envisageait courageuse-
ment la mort. Dans quelle situation laisserait-il les deux seuls êtres
qu'il aimait?

Il fit appeler son notaire et assura dans la limite du possible leur
avenir. Plus calme, il reposa, et peu à peu le danger passa, aucune
complication ne survint, les blessures se cicatrisèrent, la guérison
venait vite.

Lorsque le docteur le déclara hors de danger, il le questionna
sur l'accident. Berthier ne s'attendait pas à la question, et il en fut
fort embarrassé. C'est Bondeux qui lui donna l'idée de sa réponse,
en disant :

— Vous ne vous souvenez plus. Je parie que je vous dis comment ça c'est passé. Je vous connais...

Aux premiers mots, ses sourcils s'étaient froncés, il était devenu
très pâle. Est-ce que Bondeux savait la vérité? est-ce qu'il allait
la raconter devant le docteur, en présence de Céline et de Célestine? Il ne se rassura qu'en l'entendant continuer :

— Je vous connais, vous aimez la chasse quand c'est animé,
quand on marche, quand on tire... mais, tout doucement et seul,

s'avancer sans bruit sous bois, en guettant, ça ne vous amuse guère.
Vous tenez d'abord votre fusil en garde, puis vous le relevez,
enfin il vous fatigue, et ne le tenant plus que d'une main, vous
avancez en pensant à tout autre chose qu'à chasser; si vous devez
sauter par-dessus des ronces, vous appuyez votre crosse à terre, et
aïe! là... Vous avez fait ça, et le coup a parti à ce moment; les
ronces se sont griffées sur la détente, et pan! pan! vous avez tout
reçu... ou du moins, heureusement, presque tout reçu dans la tête.
Je vous le dis cependant toujours: le canon en l'air!... ah bah! il
faut des leçons comme celle-ci pour être obéi...

Berthier, un peu étonné de la scène imaginée par son garde, le
regardait avec surprise. Céline disait :

— C'est cela, n'est-ce pas?

Célestine regardait Berthier, paraissant attendre son affirmation. Celui-ci répondit en souriant :

— Mon cher Bondeux, vous avez raison... C'est une chance pro-
videntielle qui fait que je vous parle encore. Effectivement, je mar-
chais inconscient, pensant à mes affaires, un peu lassé, tenant mon
fusil par le canon... lorsque j'ai été comme foudroyée par le coup.
Je ne suis revenu à moi qu'ici, dans cette chambre... en sentant ma
main mouillée par les larmes de mes deux anges gardiens... Ma
bonne Céline, maintenant, je ne chasserai plus jamais de ma vie...
Ma chère mignonne, ma Titine, tu m'en voudras de ne plus te
mener chasser avec moi... Et ton costume dont tu parlais hier et
que je n'ai pas vu.

Il la regardait et fut surpris de l'air de stupéfaction de la jeune
fille. Leurs regards se rencontrant, Célestine balbutia :

— Je n'ai plus envie de chasser... maintenant... car, je n'ai pas
tout dit, mais j'ai eu peur !

— Enfin, nous avons le bonheur de vous voir sauvé.

— C'est à vous tous que je dois la vie... mais je m'en souvien-
drai. Docteur, je puis désormais m'occuper des affaires de ma
maison ?

— Pas trop vite... laissez ce soin à ceux qui vous entourent.

— Oh! je ne veux pas me creuser la tête sur de la comptabilité;
je veux voir mon avoué et mon notaire; je veux quitter tout à fait
les affaires et me reposer; pour cela, je n'ai que des ordres à donner.

— Parfaitement, mais ne discutez pas, reposez-vous pendant quelques jours encore...

— Je suivrai vos conseils, docteur... Je donne l'ordre de vendre, et j'ai le temps de me remettre tout à fait jusqu'au jour où l'on aura trouvé acquéreur.

— Parfaitement...

Ceci entendu, le même jour, le notaire et l'avoué s'occupaient de la liquidation de Berthier...

M. Berthier était seul dans sa chambre, Céline reconduisait le docteur et écoutait ses recommandations; Célestine était restée au chevet du blessé; celui-ci la regardait avec tendresse, il lui sembla qu'elle était embarrassée près de lui, et lorsqu'il lui demanda :

— Qu'as-tu, mon enfant?

— Parrain, je suis bien embarrassée pour vous dire cela.

— Et quoi donc? mon Dieu! qu'y a-t-il?

— Tout à l'heure, vous racontiez à Bondeux votre accident.

— Non, c'est lui qui a fort simplement raconté ce qui est arrivé... Moi, j'ai seulement confirmé ce qu'il disait...

— Ah!... Alors vous êtes sûr que c'est vous qui vous êtes blessé!...

Berthier regardait fixement l'enfant, puis il lui demanda vivement :

— Vous m'avez déjà raconté que vous vouliez me faire une surprise en me rejoignant dans le bois... comment m'avez-vous trouvé?... étendu, sanglant, la tête fracassée, m'a dit ta mère.

L'enfant hésitait, et Berthier, très inquiet, insista.

— Mais réponds-moi donc vite, Céleste. Tu sembles toute troublée.

Célestine parut faire un effort et dit :

— Moi, parrain, je ne veux pas mentir... Je n'ai pas voulu dire à personne ce que j'avais vu... J'avais peur.

— Qu'as-tu vu? demanda vivement Berthier.

— Eh bien; j'allais vous rejoindre, j'étais dans le taillis, tout à coup j'entends un bruit de voix, puis un coup de feu; le plomb avait criblé les feuilles autour de moi; toute trébuchante de peur, je me cachais en m'appuyant derrière un arbre. Alors je vis un homme

Célestine accoudée sur la table, la joue dans sa main.

vous menacer, puis tirer sur vous... Je vous vis chanceler... et je
perdis connaissance.

Célestin, très pâle, s'était dressé sur son lit, il dit à l'enfant d'une
voix suppliante :

— Célestine, ma chère enfant, je t'en prie, je t'en supplie, ne dis
jamais, entends-tu, jamais, ce que tu as vu... à personne, pas même
à ta mère !

— Oh ! mon Dieu...

— Tu me le promets, mon enfant... Tu me le jures...

— Oui, mon parrain... Oui, je vous le jure...

— Ne le dis jamais... Mais souviens-toi... Pauvre enfant, je ne
te demande pas le mensonge, mais le silence.

Célestine, un peu effrayée, regardait Berthier ; celui-ci mettait un
doigt sur ses lèvres, lui commandant de se taire, car on entendait
les pas de Céline. De ce jour on évita de parler de l'accident ; c'était
le mot avec lequel on qualifiait la catastrophe.

La nature plébéienne et robuste de Berthier triompha du mal.
Deux mois après il revenait à Paris, et s'occupait lui-même de la
liquidation de ses affaires et de la vente de sa maison et de ses biens.
C'est alors qu'il reçut une citation à comparaître devant le juge, en
même temps qu'une opposition était mise à la vente de ses biens.

Il écrivit la lettre dont nous avons parlé, et le lendemain même
il était avisé que l'opposition était levée et que la citation n'aurait
pas de suite. Sa menace avait écrasé les deux misérables ; il eût pu
croire qu'ils avaient renoncé à le tourmenter.

Il avait appris que Régine vivait flagramment avec André. Ne
gardant aucune mesure, elle s'affichait avec lui ; ils menaient une
vie joyeuse et tapageuse dont il se demandait vainement la source.
Enfin, ils étaient heureux, ne s'occupaient plus de lui, ne paraissaient plus y penser ; il se crut débarrassé d'eux.

Lorsqu'il voulut disposer de la plus grande partie de son avoir,
son conseil le retint, lui disant qu'il risquait ainsi que sa femme
n'intervînt de nouveau et ne fît demander la nomination d'un conseil judiciaire pour défendre les intérêts de son enfant compromis.
Il devait agir avec mesure, doucement. Le temps se passait, on le
laissait en repos ; mais un jour le maître du collège de son fils le fit
prévenir que la pension du jeune homme n'était pas payée. Se plain

dre à Régine, qui gardait tout pour elle, était inutile, et peut-être dangereux pour lui, car il voulait à tout prix sa tranquillité.

Son avoué s'entendit avec l'avoué de sa femme. Pour se dégager tout à fait de nouveaux ennuis, il constituait, de son plein gré, une pension de trois mille francs à l'enfant, qui ne pouvait être touchée que par le maître du collège et ses fournisseurs, chez l'avoué. Il était assuré ainsi que l'enfant ne servirait pas de prétexte pour le poursuivre de nouveau. Régine disposerait à son gré de la pension qui lui était personnelle et de celle qui revenait à son fils. Mais l'enfant ne manquerait de rien.

Berthier se croyait bien tranquille. Il le fut effectivement quelques années, le temps que durèrent les cinquante mille francs qu'avait Régine. Deux mois après, la misère obligeait la misérable à tourmenter de nouveau celui qui se croyait délivré.

Les émotions éprouvées par Céline, lors de l'accident de Berthier, avaient altéré sa santé ; elle était souvent indisposée et obligée de garder la chambre. Malgré les soins, avec le temps, le mal augmentait et la jeune femme changeait visiblement. Berthier en était vivement tourmenté. Céline se refusait toujours à consulter un médecin, elle cachait ses souffrances pour qu'on ne l'y obligeât pas, jusqu'au jour où, vaincue par le mal, elle tomba. Dès la première visite le médecin déclara à Berthier qu'il était bien tard, qu'il doutait même de la guérison. A cette nouvelle, le malheureux homme resta hébété; il se refusait à croire ce qu'il entendait. Était-ce possible? Le seul être qu'il aimât au monde allait mourir... et il vivrait ! Oh ! cela était impossible ! Était-elle donc si acceptable, la vie qu'il menait ? Elle ne se composait que de douleurs et de tourments... Il prit une résolution suprême, se sentant incapable de vivre seul : si sa Céline mourait, après avoir assuré le sort de son enfant, il se tuerait, lui. Il se promit d'être fort, il cacherait tant qu'il le pourrait à tout le monde, à sa fille surtout, la situation de la pauvre femme.

Il ne quitta plus sa Céline, sans cesse près d'elle, la consolant, la soignant, et cachant ce qu'il savait. Mais il se trompait. La jeune femme n'ignorait pas sa situation, elle-même s'efforçait de ne pas laisser deviner la gravité de son mal, sachant le coup qu'elle porterait aux deux êtres qui l'aimaient : Berthier et sa fille.

Quelques jours avant l'époque où nous la retrouvons, cinq années après les graves événements que nous avons racontés, Céline avait eu, dans la soirée, une crise telle que Berthier avait dû envoyer chercher le médecin. Celui-ci, en se retirant, ne lui avait pas dissimulé que le dénouement était proche.

Le coup avait été cruel, mais il avait rassemblé toute son énergie, et, souriant, il était rentré dans la chambre en disant:

— Allons! ce n'est rien, ma chère Titine... le mal est passé, tu vas aller de mieux en mieux... le médecin est maintenant tranquille... je vais te veiller.

— Mais, lui demanda Céline, si je vais mieux, pourquoi passer la nuit près de moi ? C'est inutile.

— C'est vrai ! fit Berthier un peu embarrassé ; aussi n'ai-je pas cette intention, je vais rester près de toi jusqu'à ce que tu te sois endormie, et je rentre dans ma chambre à mon tour.

— Que tu es bon, Célestin !... Faut-il, qu'ayant tant de tourments, de tracas, à cause de nous, je te donne encore ces inquiétudes et cette fatigue!...

— Mais je ne suis pas inquiet... pas fatigué, ma belle chérie. Allons, dors, repose-toi; demain il n'y paraîtra plus de la crise.

— Je n'ai pas encore envie de dormir... As-tu su ce que voulaient ceux qui sont venus me demander ?

— Ne t'occupe donc pas de cela ; il paraît que l'on te cherchait depuis une dizaine d'années... Comme c'est probable!... Tu ne t'es jamais cachée... Quelque homme d'affaires qui, ayant vu ton nom dans les acquisitions que je t'ai fait faire...

— Les acquisitions !... fit-elle en prenant la main de Berthier et en l'enveloppant d'un regard plein de reconnaissance.

— Eh bien! quoi! c'est évident... C'est toi qui fais ces acquisitions ; est-ce que ce qui est à moi n'est pas à toi ? Avec qui ai-je travaillé, vécu, gagné ce que j'ai ?... Est-ce avec cette misérable qui me hait et me déshonore, avec laquelle j'ai vécu trois ans?... Mon bien est le tien, ma Céline, et au-dessus de la loi est la loi humaine : celle que mon cœur me dicte...

— Comme tu es bon, mon Célestin !

— Ne te tourmente pas !...

Il continua :

— Quelque homme d'affaires véreux qui veut te proposer une acquisition. Ne pense plus à cela, et repose-toi, le docteur le recommande.

— Oui, je vais t'obéir.

La jeune femme se tourna et ferma les yeux. Berthier s'assit dans le fauteuil près de la cheminée. Il regarda souvent Céline : ses yeux étaient clos, elle dormait. Alors, se sentant seul, il s'approcha doucement du lit, et les yeux fixés sur celle qu'il aimait, il pensa à ce que le docteur lui avait dit. Cette femme jeune, adorablement belle, se mourait, la mort allait arracher cette mère à son enfant. Elle accomplissait son œuvre lente sans que rien l'arrêtât. Il lui sembla que son cœur se gonflait, de grosses larmes glissèrent de ses yeux et coulèrent sur ses joues ; il mit sa main devant sa bouche pour comprimer ses sanglots et tomba à genoux.

Quand il releva la tête, il vit Céline accoudée sur le lit, les yeux mouillés, qui le regardait silencieuse.

— Oh ! je t'ai réveillée... Je suis ridicule, je pleure en te contemplant, en me souvenant du passé... Est-ce bête? car je ne peux me souvenir que de choses heureuses...

— Tu es bon... trop bon, mon Célestin... Ne mens pas, je sais tout...

— Je ne mens pas, fit Berthier effrayé et troublé... Pourquoi voudrais-tu que je pleurasse ?

— Ah ! mon pauvre maître, mon cher homme! tu pleures parce que je vais mourir...

— Es-tu folle !... mais que dis-tu là ?

Et Célestin cherchait à cacher ses larmes, essuyant gauchement ses yeux en feignant de se moucher.

— Célestin, je suis forte ; depuis longtemps je connais la gravité de mon mal, je faisais mes efforts pour vous le cacher, voulant reculer pour vous la connaissance de la vérité.

« Je suis habituée à l'idée de mourir. Je ne souffrirai que de vous quitter tous les deux.

— Mais c'est épouvantable de s'entendre parler ainsi, avec ce calme...

— Sois raisonnable, écoute-moi... Dieu merci, j'en ai pour quelques jours encore, le temps de vous dire adieu...

— Oh! mais, tais-toi... tais-toi... c'est abominable...

Et le malheureux sanglotait, n'ayant pas la force de démentir la malade, et l'obligeant à le consoler.

— Célestin, vas-tu manquer de courage? n'es-tu plus un homme?...

Berthier s'assit sur le lit et prit la jeune femme dans ses bras, en s'écriant avec tendresse :

— Mais non, c'est impossible, tu ne peux mourir, je ne vis que pour toi, que par toi, ma Céline... tu vivras... Si tu me quittais, je le sens, je n'aurais pas la force de vivre...

C'est en l'embrassant qu'il lui parlait, et elle lui rendait ses baisers en s'efforçant de sourire, en plongeant dans ses yeux son regard doux. Mais aux derniers mots que prononça Célestin, elle releva la tête et fronçant un peu les sourcils, elle s'écria :

— Que dis-tu là! Est-ce toi, Célestin, que j'entends parler ainsi?... Mourir!... Mais, malheureux, ta vie n'est pas à toi... Et notre enfant! Il faut vivre pour elle, et si je subis si placidement le destin, c'est que je sais que tu restes près de notre fille... Je meurs satisfaite. J'ai tant souffert autrefois, lorsque je me croyais oubliée... Maintenant, je sais ce qu'est le bonheur, je t'ai retrouvé, je t'ai aimé et j'ai été aimée de toi... Tu m'as fait la vie douce, j'ai été une heureuse femme, une bien heureuse mère... notre enfant est élevée... Je te sais près d'elle, et je suis certaine qu'elle ne connaîtra que le bonheur... Tu as encore un devoir à remplir. Il faut vivre, Célestin.

— C'est épouvantable de t'entendre parler ainsi. Mais, tu me brises le cœur; je veux croire que tu vivras et tu t'efforces à m'arracher cet espoir; et cependant ce n'est pas normal que tu succombes... tu t'éteins et tu ne souffres pas... tu es jeune, tu dois vivre...

— Sois raisonnable, il ne faut pas croire ce qu'on désire, il faut regarder en face la vérité... Je meurs, Célestin, et je veux que tu vives...

— Je sens que c'est impossible... Non, je ne pourrai vivre sans toi... Ce n'est que pour toi que je tenais à la vie... et quelle existence me verrai-je sans toi? Mieux vaut mourir.

— Ce serait une lâcheté; on subit la mort, on ne la cherche pas quand on aime...

— Mais que veux-tu que je fasse?... Elle est élevée, maintenant.

— C'est vrai, mais ce n'est pas tout... Je vais mourir aujourd'hui, et je puis parler sincèrement, écoute-moi, Célestin.

Berthier hocha la tête affirmativement en pleurant.

— Tu sais quels ennemis tu as.... que ma mort va réjouir...

— Ah ! les misérables !...

— Si tu n'étais là, ils satisferaient leur haine jalouse sur notre enfant ; après moi, il faut que tu la protèges.... que tu la défendes.... que tu ne la quittes, enfin, que lorsqu'elle aura près d'elle quelqu'un qui pourra nous remplacer, car la pauvre petite est sans famille... As-tu pensé à cela ?

— C'est vrai ! fit Berthier en gémissant.

— Veux-tu que cette enfant, lorsque nous ne serons plus là, soit chassée de sa demeure, insultée et dépossédée de ce que tu veux lui donner ?... car c'est ta fille.... c'est ta véritable enfant...

— Et je veux qu'elle soit heureuse.... la chère belle !...

— Comprends-tu, Célestin, qu'il te faut du courage ! Il faut vivre ! Quand notre enfant sera mariée, quand elle n'aura plus besoin de toi... alors, si tu penses à moi... viens... si la vie te pèse, viens... mais jusque-là, souviens-toi que tu es père, continue ton œuvre de bonté ; après avoir vécu pour moi, vis pour elle.

— Oh ! mon Dieu ! fit Berthier avec un accent déchirant, est-il possible d'entendre parler ainsi ? Je ne veux pas que cette idée absurde te reste... tu es malade, mais tu n'es point condamnée, nous te sauverons...

— Oh ! mon pauvre Célestin, s'il ne fallait pour me guérir que de l'amour, de l'affection, oh ! je sais bien que je trouverais tout cela près de toi. Allons, sois un homme, ne pleure pas, il faut m'entendre et me promettre de m'obéir. Je te connais, je sais quelle immense affection tu as pour moi, au-dessus de mon mérite ; ta nature d'élite ne marchande pas. Tu m'as donné toute ton âme... Je te sais, lorsque je ne serai plus là, capable de quelques folies de désespoir... Je ne le veux point. Ce n'est pas en te tuant après ma mort que tu prouveras l'amour que tu avais pour moi, c'est en vivant, au contraire. Mais ne pleure donc pas !... quand je suis résolue, tu vas me retirer tout courage.

— Est-ce que c'est possible de t'entendre sans souffrir ?...

Et le malheureux cherchait vainement à contenir ses sanglots.

— Tu ne veux pas croire à la vie... mais c'est toi qui parles de suicide...

— Du courage, Célestin, ne pleure pas; je ne mourrai heureuse que si je sais que je laisse quelqu'un près de ma fille... près de ta fille... Du courage!... Jure-moi, Célestin, que tu vivras pour elle; jure-moi que tu vivras jusqu'au jour où tu auras confié notre enfant à un époux... Alors, assuré de son bonheur, tu seras libre; et s'il est vrai que notre âme soit immortelle, je t'attendrai là-haut, et de ce monde mystérieux, nous la protégerons ensemble...

Célestin, brisé d'émotion, s'était arraché des bras de celle qu'il aimait; il était comme écrasé dans un fauteuil, la tête dans ses mains, pleurant et ne répondant plus que par des sanglots.

Céline pleurait, souffrant du mal qu'elle lui faisait. Faisant un effort, elle continua :

— Célestin, jure-moi que tu me survivras pour veiller sur notre enfant... Célestin, je t'en supplie, je veux un serment! Célestin, me refuses-tu, veux-tu me désespérer?

Cela était dit d'un ton si déchirant que le malheureux se leva, étendit le bras et dit d'une voix solennelle, hoquetante de sanglots :

— Je jure, si Dieu m'y condamne, de vivre jusqu'au jour où notre enfant se mariera... jusqu'au jour où son avenir sera assuré.

— Merci, Célestin... merci, fit doucement Céline.

Et Berthier ajouta :

— Je jure aussi que cette tâche terminée, j'irai te rejoindre.

— Pourquoi dire cela? Je serais si heureuse, moi, de vivre assez pour voir ma fille épouse et mère... Tu renoncerais à cette joie? et pourquoi?... Je sais que tu seras fidèle à mon souvenir. Souviens-toi, aime et protège tes enfants... c'est tout ce que je te demande, et je te délie de la seconde partie de ton serment... Courage... tu dois vivre.

Et comme Berthier était convaincu que sa malheureuse compagne disait vrai, que son mal était sans remède, que sa mort était proche, il ne trouvait plus un mot à dire, il ne protestait que par des larmes et des sanglots. Certainement, il aurait voulu ne pas survivre à sa compagne : depuis si longtemps, il ne vivait que près d'elle, que pour elle : Céline sa fille, que ce vide l'épouvantait. La

— Dites à Régine que je lui obéis, et il partit en courant.

chambre déserte, la maison sans elle, il se refusait à croire cela
possible. Et puis, sa vie avait eu deux phases : depuis le jour de sa
séparation, il avait été, sans raison, tourmenté par la créature qui
portait son nom ; il avait tout supporté, en s'efforçant de le cacher
à celle qu'il aimait. Affaires d'argent, mensonges, menaces, calomnies, il avait tout enduré... Il savait les infamies commises, les
mensonges odieux racontés par cette femme sur celle qu'il aimait...
Il était séparé et forcé de subir les éclaboussures de la boue dans
laquelle elle vivait. Que de fois il avait rêvé le divorce, qui l'aurait
enfin débarrassé de cette hypocrite qui croyait par ses calomnies
excuser sa honte !

Vivre avec ce boulet, la séparation, et être à jamais privé de la
suprême consolation, de la véritable amie, de la vraie femme, de la
compagne dévouée... Mieux valait cent foisle calme et le repos dans
la mort... Mais il aimait, il adorait sa fille ; en parlant d'elle, Céline
savait bien qu'il écouterait et son cœur et sa raison.

Le malheureux avait, dans ses veillées au chevet de la malade,
envisagé avec effroi sa mort... Il restait seul avec sa fille. Était-ce
tout ? Non, ce que la mère jugeait une consolation pour le malheureux devait être une douleur de plus. Céleste était d'âge à se marier...
Berthier savait même qu'elle aimait... qu'elle était aimée. Céline
aurait vu avec joie cette union. C'est à cause de la maladie de
la mère qu'on avait ajourné ce projet ; le mal empirait, on n'en
parlait plus, et cependant, c'est en y pensant que Céline suppliait
Berthier de ne pas abandonner sa fille avant cela.

Le pauvre homme pensait qu'après avoir perdu la mère, il allait
être obligé de se séparer de sa fille : ne valait-il pas mieux s'épar-
gner cette douleur ? C'était une lâcheté ; au premier mot de Céline
il le comprit. Son enfant, seule, risquait de devenir la victime de
ceux qui la haïssaient et qui ne manqueraient pas d'attaquer don,
legs et testament au nom du fils légitime. Le légitime ! c'est-à-dire
le fils de l'amant de sa femme !

Céline, silencieuse, le regardait pleurer. Pour le consoler elle
dit :

— Célestin, il me semble que ce soir je vais mieux ; est-ce l'assurance que j'ai que tu agiras en homme, en père ?... Je vais bien
mieux, — elle s'efforça de sourire pour ajouter : — Quand on a pris

toutes ses mesures, on est tranquille, et ce serait singulier que cela aidât à mon relèvement...

Il avait levé la tête, la regardant d'un air hébété, se demandant si elle ne se moquait pas de lui. Elle comprit, car elle ajouta

— Tu n'y crois pas ? tu vas voir. Aide-moi, donne-moi ma robe de chambre et je vais passer la soirée dans le fauteuil, avec vous, près du feu.

— Est-ce vrai ? tu te sens assez forte ?...

— Mais absolument... c'est en gardant toujours le lit que l'on s'affaiblit !

« Mais je suis forte... Dieu merci ! va, ça n'est pas encore pour maintenant... Aide-moi...

Berthier obéissant lui offrit la main, et la jeune femme descendit du lit, et revêtit aisément le vêtement que Célestin lui présentait. C'était une étrange maladie qui enlevait la malheurese femme : elle avait des crises de quelques heures pendant lesquelles ses traits se décomposaient, son regard s'éteignait, ses membres s'amollissaient ; elle devenait d'une pâleur livide, il semblait qu'elle n'eût que de courts instants à vivre, elle était oppressée, sa voix râlait... Elle s'endormait, et pendant le sommeil, le sang reprenait sa circulation : elle s'éveillait, ressentait un immense bien-être, elle se sentait forte, ses yeux brillaient, et son teint reprenait ses brillantes couleurs... Elle seule savait bien que ces rares moments n'étaient que des accalmies, mais que la mort la guettait toujours... et autour d'elle chacun se reprenait à l'espérance.

Elle était ainsi lorsqu'elle s'appuya sur le bras de Berthier pour se rendre dans le salon où sa fille travaillait. Elles s'assit près du feu, approuvant les félicitations que chacun lui faisait sur le mieux qui venait si rapidement de se produire en elle.

A quoi bon détruire leur espérance, empêcher leur joie? La triste réalité s'imposerait trop cruellement d'elle-même; mieux valait leur laisser leur illusion.

Céleste s'écriait joyeuse :

— Oh ! mais, tu vas tout à fait bien, aujourd'hui, petite mère, tout à fait bien, et avec les beaux jours tu vas te rétablir tout à fait...

— Je l'espère, ma chérie.

— Il faut vite... bien vite te rétablir, car alors je te parlerai sérieusement; je deviens une vieille fille, et il faut que je pense à moi...

— Vraiment! fit en riant Berthier, tu es si vieille fille que ça!...

— Ma chère enfant, dit Céline en la caressant, je n'ai plus d'autorité; je l'ai déléguée tout entière à notre bon ami... à ton tuteur, ton parrain... C'est à lui que tu devras conter tes projets d'avenir, il ne m'en parlera que s'il les approuve...

— Parrain approuve tout ce que je lui demande.

Une servante parut, disant que l'on demandait M. Berthier, et il sortit du salon pour revenir aussitôt.

— Ma chère petite Céleste, va dans la salle à manger, nous allons t'y rejoindre pour dîner... nous devons recevoir ici quelqu'un.

La jeune fille, un peu étonnée d'être éconduite, embrassa sa mère, puis son parrain, et sortit.

— Ma chère Céline, les personnes dont tu me parlais et qui sont venues l'autre jour, ont dit au notaire que ton état de santé ne te permettait pas de te rendre près de lui. Il envoie aujourd'hui un clerc qui veut te parler.

— Mon Dieu! qu'y a-t-il?

— Je l'ignore, mais tu ne peux refuser de le recevoir et de l'écouter.

— Te ne me quitteras pas... tu resteras près de moi.

— Mais si ce qu'il a à te dire est confidentiel?

— Je n'ai rien, je ne veux rien avoir de secret pour toi... ou ce monsieur parlera devant toi ou je refuse de le recevoir...

— Bon ! bon !... ne t'emporte pas; tu vas bien, ne t'énerve pas pour avoir une crise... Je resterai là... je vais le chercher

— Va...

Quoique malade, Céline se releva vivement et regarda dans sa glace si elle était correctement vêtue; en deux mouvements elle releva sa coiffure, puis se replaça dans le fauteuil. Berthier introduisait le clerc du notaire. Céline se leva et salua. Le clerc dit, en s'inclinant :

— Excusez-moi, madame, de l'insistance que j'ai mise à vous

voir. Mais, en dehors de mon devoir, qui m'en fait une obligation, j'espère vous être agréable...

— M'être agréable ?

— Je le crois, madame.

— Monsieur, vous permettez que M. Berthier reste près de moi, c'est mon maître, mon protecteur, je ne fais rien sans son conseil et son assentiment.

— Je connais, madame, votre situation...

Le mot pouvait être compris de deux façons : elle était la servante, et elle était la maîtresse. Assurément le clerc, homme grave, n'y avait pas mis malice, et voulait dire qu'il savait que Céline était la femme de confiance de M. Berthier. La jeune femme répéta interrogativement :

— Vous croyez m'être agréable ?

— Oui, madame !... Vous me permettez de vous adresser quelques questions. Vous êtes d'une famille d'Auxerre ?

— Oui, monsieur, mon père était d'Auxerre, ma mère était de Paris ; elle est morte quelques mois après m'avoir donné le jour. Mon père est mort quelque temps avant mon entrée en apprentissage.

— Et toute jeune, orpheline, vous êtes restée seule à Paris ?

— C'est alors que je suis entrée apprentie chez M. Fournier, où M. Berthier était contremaître. C'est le concierge de la maison dans laquelle était mort mon père qui me plaça ; il était lui-même employé dans la fabrique.

— Vous étiez fort malheureuse ?

— Oh ! oui, monsieur, fit simplement Céline.

— Mais vous deviez savoir que votre père avait encore de la famille à Auxerre et que son père était riche.

— Oui, monsieur, je savais cela... on a écrit, et comme mes parents n'étaient pas aimés, on ne répondit pas... Plus tard, lorsque je fus mère, j'écrivis également, on me dit que je n'avais droit à rien... les grands-parents étaient morts, il ne me restait qu'un oncle fort riche, mais qui menait une vie désordonnée, extravagante, et ne voulait pas entendre parler de moi.

— C'est bien cela, cet oncle est mort, madame, il est mort fou... et vous êtes son unique héritière...

— Ah! exclama gaiement Berthier, te voilà riche...

— Moi, héritière! fit Céline étonnée.

— Et l'héritage est considérable? demanda Berthier.

— Il devait être considérable, et je suis aujourd'hui obligé de faire faire des recherches par la police, une enquête, pour savoir ce que la plus grande partie des valeurs sont devenues, savoir à qui le malheureux insensé les a confiées ou données.

— Il était fou à ce point?

— C'est dans un de ses accès de folie qu'il s'est tué... Une folie étrange : il se croyait souverain, prince, et vivait en grand seigneur, se donnait titres et missions : un jour, envoyé extraordinaire du czar, c'était le prince Otto Donileff; un autre jour, il était grand d'Espagne. Sa folie n'était pas méchante. Il n'avait pas de famille, on le laissait libre. Un jour, il se crut le plus grand poète et le plus grand musicien de l'époque; ses extravagances furent telles qu'on voulut l'enfermer. Il échappa à ceux qui devaient l'arrêter. De ce moment, il crut qu'on le poursuivait, se croyant un faussaire, un voleur. On allait enfin le prendre lorsqu'il se brûla la cervelle... après avoir passé la nuit avec... une femme de mœurs légères du quartier Bréda... On ne trouva rien chez lui. On suppose que cette dernière détiendrait ses valeurs, ou, du moins, pourrait donner quelque éclaircissement qui nous guiderait, car il la voyait assez souvent.

— Quelle singulière histoire! fit Berthier. Alors, ma pauvre Céline n'héritera que si on retrouve cette femme?

— Oh! non; il avait d'autres biens et je ne vous faisais ce récit que pour justifier le retard apporté à cette succession; nous recherchions en même temps et partie de l'héritage et la famille du suicidé, l'héritière...

Ce mot de suicidé fit tressaillir la jeune femme en lui rappelant la scène qui s'était passée quelques heures avant. Berthier demanda :

— Cet oncle était riche, dites-vous; mais comment se fait-il qu'à la mort des vieux parents, Mme Céline, la petite-fille, n'a pas eu sa part?

— Le sieur Auguste-Désiré Cler s'est marié deux fois: de son premier mariage avec Joséphine Bonnet, il a un fils, Joseph Cler, qui se sauva de la maison paternelle à dix-neuf ans, enlevant une jeune fille de dix-sept ans, sa maîtresse; ils vinrent à Paris. Les parents donnèrent leur consentement à leur mariage et ne les revirent plus. C'est votre père et votre mère. Auguste Cler, devenu veuf, et étant pauvre, épousa Angélique Hotot, une jeune fille un peu idiote mais très riche, de laquelle il eut un second fils, Auguste Cler, votre oncle.

« Les grands-parents étant morts, ce dernier hérita donc de la fortune qui lui venait de sa mère. C'est lui, Auguste Cler, qui s'est suicidé, c'est votre oncle; vous êtes son unique héritière. . . . . . .

— Parfaitement; je comprends, fit Berthier. Et à combien se monterait la succession?

— Monsieur, la succession devrait s'élever à un chiffre très important; c'est pour cela que le tribunal a ordonné une enquête et des recherches. M. Auguste Cler devait avoir de trois cent cinquante à quatre cent mille francs.

— Oh! oh!... c'est joli.

— Mais nous arrivons avec peine à retrouver de trente à quarante mille francs... Et en même temps que je fais cette démarche pour vous informer et vous prier d'entrer en possession, je suis chargé de vous demander si vous n'avez pas quelques renseignements.

Céline se contenta de rire en haussant les épaules et Berthier exclama :

— Et où voulez-vous, monsieur, que je trouve un renseignement?... Mme Céline Cler n'a jamais eu connaissance de cet oncle; de sa famille, elle n'a connu que son père et elle était bien jeune... elle ne sait absolument rien. Ce que vous ferez sera absolument bien fait... elle accepte la succession, sous bénéfice d'inventaire toutefois, et est prête à vous donner toute signature.

Pendant que le clerc faisait signer les papiers utiles à Céline, Berthier lui demanda :

— Avez-vous quelques indices?

— Oh! oui, monsieur; on a arrêté une femme de chambre qui avait le portrait de M. Auguste Cler... On a cru alors qu'elle avait été sa dernière maîtresse, mais on se trompait. Cette femme a déclaré qu'elle avait pris ce portrait chez une personne de laquelle elle était la femme de chambre; on a retrouvé un témoin qui pourra donner des renseignements précieux. C'est une femme très à la mode aujourd'hui, paraît-il, et qui, à l'époque du suicide, occupait l'étage au-dessus. Elle a pu rencontrer la maîtresse de ce malheureux, et de plus elle a acheté, paraît-il, beaucoup d'objets à la vente qui fut faite après le décès, entre autres, des manuscrits parmi lesquels on pourrait trouver un nom.

— Mais c'est tout un mystérieux roman que vous me racontez là, dit Céline après avoir signé.

— Avec votre procuration nous allons pouvoir agir ; nous allons vous mettre en possession immédiate de ce qui est disponible.

— Je voudrais placer tout ce qui me reviendra sur la tête de ma fille...

— Votre fille, mineure, a besoin de l'autorisation de son père...

Céline et Célestin se regardèrent en rougissant. C'est Céline qui surmonta ce trouble passager pour déclarer nettement :

— Ma fille n'a pas été reconnue par son père. C'est mon enfant, elle porte mon nom de Cler.

— Madame, il serait nécessaire alors que vous fissiez un testament en sa faveur. Fille naturelle, elle ne serait admise à la succession qu'après les parents.

— Oui, monsieur, je sais cela... Mon testament est fait... Mais je veux mieux que ça. Je veux que le bien qui peut me revenir aujourd'hui de cet oncle inconnu soit tout de suite placé au nom de ma fille... Je n'ai besoin de rien.

Berthier donna tous les renseignements nécessaires et le clerc du notaire partit, ayant convenu qu'il reviendrait pour apporter les actes à signer. Quand ils se retrouvèrent seuls, Berthier dit :

— Ne trouves-tu pas tout cela étrange?

— Si étrange, si singulier, que, comprenant à peine, je n'osais pas lui demander d'explications... sur cette histoire romanesque.

— Ce qui est positif, c'est que tu avais un oncle; le savais-tu?

— Parfaitement. Lorsque j'étais petite, je me souviens même que mon père avait pour sa belle-mère et pour son père la plus grand aversion. Aussi, ils vivaient sans avoir aucune espèce de relations. Lorsque mon père est mort, je me souviens qu'on a écrit à Auxerre racontant que je restais seule, orpheline, sans protection, sans soutien; on demandait si l'on voulait se charger de moi. On répondit que mon grand-père étant mort, sa femme n'ayant aucun lien de

Il y eut pendant quelques secondes un embarrassant silence.

parenté avec moi, ne se croyait pas obligée d'assumer cette charge. Au reste, elle ne me connaissait pas plus qu'elle n'avait connu mon père, et désirait en rester là.

— Et, pauvre petite, tu fus abandonnée...

— Je ne le regrette pas, mon bon Célestin, puisque c'est alors que le brave concierge chez lequel je vivais depuis la catastrophe eut l'idée de me proposer comme apprentie à son patron, M. Fournier... C'est de ce jour que je te connus. Tu étais contremaître, c'est toi qui me reçus... Quatre ans après, un soir, en me donnant de l'ouvrage, tu m'embrassas!... tu ne te souviens plus de ça, mais moi, il me suffit de fermer les yeux... pour revoir la scène... et pour sentir la même impression, ajouta-t-elle en tressaillant.

— Tu te souviens de cela? dit Célestin souriant, en lui prenant affectueusement la main.

— Comme si cela était d'hier. Tu me dis : « Mais tu deviens gentille, Céline, » et je riais en te regardant, toute rougissante... Je devins alors amoureuse de toi; tu recherchais les moyens de nous trouver seuls... et tu m'asseyais sur tes genoux. Embarrassée de me trouver si abandonnée... est-ce que je savais, moi?... Je t'aimais et je t'obéissais...

— C'est vrai, ce que tu dis... Tu me semblais si facile que je me demandais si tu n'agirais pas de même avec n'importe qui...

— Vois... ce que l'innocence et la confiance peuvent inspirer à un homme... J'étais bien honnête et je t'aimais bien cependant... et si un autre que toi se permettait de me prendre la taille, je lui retirais aussitôt l'idée de recommencer.

— Oh! ma pauvre belle Céline! je le sais bien... je ne constate que ma sotte vanité. Je passais auprès de ton amour sans le voir... Si alors je n'avais écouté que mon cœur, j'aurais vécu bien heureux, avec toi, près de toi...

Céline, animée par ce qu'elle venait d'apprendre, par cette évocation du passé, était rayonnante, ses regards brillaient, ses joues étaient roses, ses lèvres fraîches; elle était charmante, et Célestin, presque consolé, lui dit :

— Tu es adorable ce soir... la crise à redouter est passée... tu vas bien maintenant... Que je suis heureux !

Céline tenait à le rassurer. Forte de la promesse qu'elle avait obtenue, sachant que pendant quelques jours ils allaient être obligés de s'occuper devant le notaire d'assurer l'avenir de sa fille, elle n'avait plus qu'une préoccupation : rendre à Célestin et à sa fille l'espoir qu'il la sauverait. Elle savait bien qu'elle était irrévocablement condamnée ; elle voulait leur persuader qu'elle vivrait. Elle lui tendit ses lèvres en disant :

— Oui, maintenant, je me sens tout à fait remise ; tu verras, ces jours-ci nous plaisanterons le docteur... J'avais une crise à redouter... c'est fait... je l'ai passée et je suis sauvée.

— N'est-ce pas, ma chère Céline ?

— Oui ! ne m'en veux pas de la peine que je t'ai faite... Tu me pardonnes ?

— Ne me demande pas ça !... Tous les deux nous marierons notre enfant... ensemble, et nous ne la quitterons l'un et l'autre que lorsque nous aurons vu nos petits-enfants.

— Oui, mon Célestin...

— Tu vas être riche à ton tour... j'en suis aise, vois-tu, parce que cela permettra de prouver qu'en te cédant mes biens, tu les as acquis, et que je n'ai pas fait un acte frauduleux.

— Quelle bizarrerie dans la loi ! Je pense à la situation de mon père et à celle de mon oncle, les deux frères du même père, portant le même nom !... Ainsi, tu es séparé de ta femme, vous avez l'un pour l'autre une haine égale, aucun lien de sang ne vous attache, elle peut reprendre son nom de fille, toi tu portes le tien, et l'on t'oblige à lui faire une pension en rapport avec ta situation ; elle doit pouvoir vivre indépendante, de tes deniers, en te calomniant et te haïssant... C'est ta pire ennemie que tu entretiens. Au contraire, voici deux frères nés du même père, l'un de la première femme, pauvre ; l'autre de la seconde femme, riche. Ils portent le même nom, doivent probablement vivre dans le même monde, et l'un n'aura droit à rien... l'un sera pauvre et l'autre riche...

— Mais cela est tout naturel...

— Oui, alors, c'est l'autre situation qui est absurde ; l'obligation au mari qui a répudié sa femme, — la plupart du temps, une fille qui lui donne pour fils les enfants des autres, qui le calomnie pour s'excuser de son ignominie, — de faire une pension selon sa situation à cette créature.

— Que veux-tu ! fit en riant avec amertume Célestin. C'est la loi... elle suffit, elle sert même la société corrompue qui a fait du mariage une affaire. Dans ce qu'on appelle le monde, vois-tu, il est normal qu'un dépravé de grand nom, après avoir mangé son bien, escroqué un peu celui des autres, épouse n'importe qui, pour la dot qu'on apporte.

« Un an après le mariage, la femme vit chez elle, l'homme en fait autant, s'affichant au dehors avec les filles à la mode ; si la séparation est nécessaire, elle ne change rien à la vie de l'un ni de l'autre. Les deux époux n'ont guère vécu ensemble. Mais la femme riche doit faire la pension à l'époux, et cela leur semble tout simple... Ah ! ma pauvre amie, ce sont ceux-là qu'on consulte pour faire nos lois. C'est cette minorité qu'on considère, ces intérêts qu'on ménage pour ne pas rétablir cette loi humaine et sociale, le divorce, qui rendrait à la vie, à l'amour, à la liberté, l'homme et la femme que la séparation oblige au vice, quand la naissance d'un enfant ne les pousse pas au crime... Ne parlons pas de tout cela... Tu vas être riche, tu vas mieux, ne parlons que d'heureuses choses.

— Alors, appelle ta fille.

Ils s'embrassèrent et Berthier courut chercher Céleste, en lui disant que sa mère allait mieux.

III

UNE IDYLLE

Berthier avait trouvé Mlle Céleste accoudée sur la table, la joue dans sa main, les yeux fixes, le regard perdu dans le vide ; tout entière à ses pensées, elle ne voyait ni n'entendait rien de ce qui se passait autour d'elle. Son bon ami Célestin avait pu ouvrir la porte, entrer dans la pièce où elle se trouvait sans qu'elle le vît ou l'entendît : il l'avait regardée avec surprise, elle n'avait pas bougé, et lorsque gaîment il s'était écrié :

— Est-ce que tu dors les yeux ouverts, Titine ?

Elle avait sursauté sur sa chaise, et regardait Berthier avec

étonnement, cherchant à s'expliquer sa présence et tout attristée
d'être arrachée à son rêve.

— Mais non, je ne dors pas, et cependant je rêvais.

— Vraiment ! et à quoi ?

— Oh ! parrain, je faisais un beau rêve, répondit-elle en rougissant un peu : nous étions encore à la campagne...

— Très bien, je comprends... et la campagne était gaie naturellement ; sur la route qui borde notre jardin, s'avançait un voyageur,
un jeune homme, fort élégant, fort gracieux, qui se nomme...

— Eh ! parrain, je n'ai rien dit de tout cela ! Et vivement elle
ajouta : Vous ne me dites pas, parrain, comment va ma petite
mère...

— Beaucoup mieux, mon enfant ; tu vas la voir. Elle dîne avec
nous...

Il ne se trompait pas, Célestin, en dépeignant le rêve de la jeune
fille.

A l'heure où son imagination faisait revivre un passé de quelques mois, la petite maison de campagne était gaie, et elle la voyait
comme si elle s'y trouvait encore.

Sur le côté de la maison qui avançait un peu sur la route, toute
couverte de fleurs et de verdure, et presque perdue dans les feuilles,
elle travaillait à sa fenêtre, ravie de la tiédeur de la soirée, enivrée
des parfums des champs répandus dans l'air.

Elle travaillait, ou plutôt feignait de travailler, l'aiguille était
immobile entre ses doigts, et son regard en dessous suivait sur le
côté de la route un jeune homme qui se dirigeait vers la petite
maison. A mesure que le passant avançait, sa tête se baissait et ses
joues rougissaient, tandis que ses lèvres souriaient... Lorsqu'il
s'arrêta devant la fenêtre, Céleste cousait, cousait vite... oh ! qu'elle
était pressée !... et quand le jeune homme lui dit :

— Bonsoir, mademoiselle Céleste.

Elle eut un adorable mouvement de surprise pour lui répondre :

— Ah ! bonjour, monsieur Valentin... vous m'avez fait peur.

— Je suis bien maladroit, mademoiselle, mais je croyais que
vous m'aviez vu.

— Oh non ! mentit effrontément Mlle Céleste, rougissant tout à
fait. Vous revenez de la chasse, et vous avez été heureux ?

— Non, je n'ai rien vu, je suis sorti trop tard, ma chasse n'était qu'un prétexte. Je voulais sortir, faire un petit tour et passer par ici...

— Ah! nous avons eu une bien belle journée...

— Oui, mademoiselle, une bien belle journée... Et la soirée est douce... gaie... ici...

Et tous les deux semblaient embarrassés, osant à peine se regarder. Mais quand leurs yeux se rencontraient, quel regard plein d'amour ils échangeaient, les deux enfants!

Valentin avait placé son fusil dans un angle. Son chien était assis, regardant son maître. Lui s'était approché de la petite maison; il s'était accoudé sur la fenêtre, qui formait comme un cadre de verdure autour de Céleste. Ce tableau charmant était bien dans son jour. Cet amour était bien dans cette pleine nature. Une belle soirée d'automne, avec des feuilles jaunes qui s'enlevaient sur un ciel de cuivre.

Valentin admirait la jeune fille, qui, certes, méritait bien cette muette contemplation, et si ses lèvres ne pouvaient parler, ses regards en disaient assez pour troubler Céleste, qui faisait tous ses efforts pour beaucoup travailler, et dont les doigts mignons accomplissaient le plus détestable ouvrage... Comme son trouble se voyait! quelle confusion, quel embarras, et quel plaisir d'éprouver tout cela! C'était un amour pur, plein de douces et honnêtes pensées, dont le but et le mobile n'étaient que la satisfaction de l'âme. Comme il la trouvait jolie sa timide amoureuse, M. Valentin!... Un joli tableau à contempler, qu'on en juge :

Elle avait des cheveux châtain clair, presque blonds, Mⁱˡᵉ Céleste; elle avait des yeux noirs dont le regard était adouci par l'ombre de leurs cils très longs; un nez fin dont les narines roses se dilataient à la moindre impression; la peau paraissait plus blanche sous ses sourcils épais et bruns; les lèvres étaient fraîches, et la bouche gracieuse souriait toujours, montrant des petites dents d'un blanc nacré, serties dans des gencives peut-être un peu pâles... Le sourire creusait dans ses joues deux fossettes charmantes. Admirablement faite, ni trop grande ni trop petite, la taille souple et ronde, gracieuse dans ses mouvements, Mⁱˡᵉ Céleste avait des mains admirables, des doigts mignons, qui se remuaient en ce moment pour faire le plus pitoyable ouvrage.

J'oubliais d'ajouter que toutes ces beautés avaient dix-sept ans passés. M. Valentin avait bien de l'audace dans sa timidité, c'est de cela que se souvenait souvent Célestine. Ainsi, parfois d'une voix à peine perceptible, mais bruyante pour la jeune fille comme un coup de clairon, il balbutiait :

— Mademoiselle Céleste, que vous êtes jolie !...

Brou, brou ! ces mots rentraient dans les oreilles de la belle enfant, en transformant leur teinte nacrée en vermillon... tout son corps tressaillait... elle souriait cependant.

Celui qui troublait ainsi la jeune fille, en se troublant autant qu'elle, M. Valentin, était un beau grand garçon de vingt-deux ou vingt-trois ans, bien pris, élégant, svelte; ses mouvements étaient aisés, gracieux. Quoique vêtu en tenue de campagne, de chasse, c'est-à-dire négligemment, on sentait en lui un homme distingué. Vêtu de velours, ganté et finement chaussé, c'était un chasseur de fantaisie.

Nous avons dit que Mlle Céleste trouvait que c'était un beau garçon; il n'y avait probablement pas qu'elle, car M. Valentin avait une fort belle tête. L'œil noir était brillant, les sourcils très bruns courbés d'une ligne pure, les cils noirs très longs faisaient encore ressortir le regard, le nez était droit et fin, les lèvres étaient un peu épaisses, la bouche pas trop grande, mais cachée par une moustache brune et douce. La peau, au teint mat, était encore duvetée, les cheveux presque bruns, châtain foncé, étaient bien plantés et encadraient magnifiquement le visage.

Valentin était un beau garçon. Orphelin, élevé par sa grand'-mère, Mme Cholet, il était timide et réservé comme les jeunes gens élevés par les femmes; il lui était difficile de parler devant la jeune fille, et cependant il avait beaucoup de choses à lui dire. Mais il ne trouvait que la stupide phrase :

— Nous avons eu bien beau temps aujourd'hui.

— Oui, c'est une belle journée d'automne, et vous n'en avez pas profité.

— Ma mère a reçu aujourd'hui quelques amies et je n'ai été libre que le tantôt... aussitôt, j'ai pris mon fusil, j'ai longé le bois de Croisille et je suis revenu par ici...

— C'est une jolie promenade par le chemin de Croisille...

— Oh! je ne vois guère les chemins où je passe, ma pensée est ailleurs, c'est elle qui me dirige; et je me retrouve toujours au même lieu...

Mlle Céleste fit un effort pour demander :

— Où donc allez-vous, alors?

Valentin Cholet rougit à son tour, pour répondre :

— Ma pensée me ramène toujours où je suis en ce moment, près de vous, mademoiselle Céleste.

La jeune fille ne répondit pas, mais son aiguille alla assurément plus vite que si elle eût été dirigée par une machine à coudre. Il y eut pendant quelques secondes un embarrassant silence; le jeune homme se sentit ridicule, et, surmontant sa timidité, il reprit :

— Mademoiselle Céleste, j'ai vu M. Berthier hier... ma mère a rencontré à Lisy Mme Céline...

— Eh bien? demanda Céleste, maman ne m'a rien dit...

— C'est que ma mère est fort embarrassée pour dire ce que je voudrais, mais elle espérait que Mme Céline avait remarqué sa gêne et deviné ce qu'elle voulait dire...

Céleste travaillait de plus en plus fort, elle balbutia :

— Ma mère ne peut comprendre ni répondre à ce qu'on ne lui demande pas...

— Vous m'avez bien compris, vous, mademoiselle... et M. Berthier, qui est votre tuteur, semblait s'amuser de ce que je lui avouais et s'efforçait à détourner la conversation de ce que je voulais dire... de façon que je suis aujourd'hui aussi avancé qu'il y a huit jours...

A son tour, Mlle Céleste fit un gros effort de volonté, elle cessa de coudre, s'appuya sur la fenêtre, et parlant en évitant de rencontrer le regard de Valentin pour conserver son audace, elle dit :

— Si vous agissez toujours ainsi, si vous ne parlez pas nettement, il arrivera qu'un jour on me défendra de vous écouter. Car, mon parrain a remarqué qu'au bal des pauvres, vous m'avez constamment fait danser, que lorsque vous venez passer la soirée chez nous, vous me parlez bas; on en rit, on se moque de nous... mais un jour on se fâchera.

— Vous avez raison, Céleste, c'est ridicule pour un homme de mon âge de ne pas surmonter cette absurde timidité; je le sens, je le comprends. Lorsque je viens ici, je me dis : Je vais demander à

Une heure après il se retrouvait devant le tapis...

M. Berthier s'il veut que j'aille chasser avec lui demain ; en même temps, je lui parlerai de... l'amour que je ressens.

Il était devenu tout rouge en prononçant ce mot-là, car il avait essayé de rencontrer le regard de la jeune fille... ce qui était impossible, Céleste détournant obstinément les yeux ; il continua :

— Je ne peux pas dire un mot... Le lendemain je vais chasser ; en route je me fais ma leçon, ma phrase est prête, et chaque fois qu'elle me vient aux lèvres, je ne puis la prononcer... ça reste là...

— Pourquoi ?

— Dès que je commence : « Monsieur Berthier, depuis bien longtemps, je veux vous parler... » Il se retourne, me regarde, je n'ose plus continuer et j'achève :

« — Dites-moi donc pourquoi vous n'aimez pas la chasse. Vous vous promenez, vous ne chassez pas... » et invariablement il me répond : « C'est une histoire que je vous conterai peut-être un jour. »

— Eh bien ! monsieur Valentin, il faut être plus raisonnable, plus sérieux, parce qu'il n'y a pas que M. Berthier qui remarque votre assiduité ici... Quelques personnes du pays sourient en me voyant. Et si vous ne voulez établir une situation plus nette, je serai forcée de refuser de vous parler.

— Oh ! mademoiselle Céleste, ne dites pas cela. Je vous jure que demain, je vais obliger ma mère à venir faire sa demande à Mme Cler...

— Et à mon parrain, car ma mère abandonne ses droits à mon tuteur... qui m'aime, au reste, comme un père... et qui me dote... Vous savez, monsieur Valentin, il faut dire à Mme Cholet que je suis pauvre, mais que mon parrain me dote et me fait riche en me mariant...

— Oh ! mademoiselle, je veux une femme que j'aime, ma grand'-mère veut retrouver une fille... ce n'est pas une affaire, un mariage...

— Je le sais bien, je connais Mme Cholet, elle est bonne et nous l'aimons bien... Mais vous devez concevoir que ce n'est pas moi qui peux aller parler de ça chez vous... Mon parrain se moquerait de moi... Ça arrive déjà, il me demande quelquefois : « Que disiez-vous donc, mademoiselle Titine, à M. Valentin, ce matin, par votre fenêtre ? » et il rit... et moi je deviens toute rouge...

— Oh ! il se doute bien...

— Oui, et ils attendent, et cela devient fort embarrassant pour moi.

— Demain, mademoiselle... demain.

Il y eut encore un silence. Valentin reprit :

— Pourquoi donc M. Berthier vous appelle-t-il souvent Titine ?

— Oh! c'est quand j'étais petite fille qu'on m'appelait ainsi, il en a gardé l'habitude. Cela vient de Célestine, la dernière syllabe...

Puis, en riant, elle ajouta :

— On s'est tant servi de cette syllabe-là, quand j'étais petite, que ça l'a usée, et on l'a retirée tout à fait depuis que je suis grande pour m'appeler Céleste.

— Et ce nom est joli comme vous; il évoque votre pureté... Céleste, c'est doux à dire.

— Vous trouvez ?

— Je vous aime tant, mademoiselle Céleste, que tout ce qui est de vous me plaît, et assurément vous avez en vous plus de grâce que les autres jeunes filles...

— Voulez-vous ne pas dire ça !... C'est un mensonge, d'abord... et puis, vous me feriez des ennemies de toutes mes amies.

— Vous savez bien que ce n'est pas possible : qui vous voit vous admire et vous aime ; vous avez en vous un charme singulier qui plaît à tous...

— Mais alors, plus tard, vous serez jaloux...

Décidément, il s'enhardissait, car il prit les petites mains de Céleste et les pressant affectueusement en les portant à ses lèvres :

— Non, je ne serai pas jaloux ; je vous sais loyale, et je serai fier... Mademoiselle Céleste, voici ce qu'il faudrait faire : il faudrait que vous disiez à votre mère que je vous aime... que je ne sais le dire...

— Mais jamais je n'oserai dire ça à maman... Ah !

Mlle Céleste jeta un petit cri d'effroi, dégagea ses mains de celles de Valentin et se recula précipitamment en fermant la fenêtre. Le jeune home surpris se retourna aussitôt et eut un soubresaut en se trouvant nez à nez avec M. Berthier. Il ne savait quelle contenance tenir; il se remit cependant en voyant sous le froncement de sourcils l'œil riant et la bouche souriante.

— Mais, mon cher Valentin, il me semble que vous chargez ma

fillette d'une commission assez singulière, et que vous pourriez plus raisonnablement faire vous-même. Votre timidité me paraît audacieuse.

— Monsieur Berthier, je vous en supplie, excusez-moi...

— Je me réserve de parler à Céleste ainsi qu'elle le mérite... Elle me paraissait vous écouter complaisamment.

— Je vous en prie, monsieur Berthier, ne reprochez rien à Mlle Céleste ; je suis seul coupable et je vous en demande pardon...

— Et vous n'avez que ça à me dire, après ce que j'ai entendu...?

Valentin se redressa aussitôt, et, prenant une résolution, dit :

— Non, monsieur Berthier. Voulez-vous m'accorder une seconde d'entretien...?

— Oh! tant que vous voudrez. Nous n'avons pas besoin de rentrer chez moi : je me promenais, donnez-moi le bras et nous causerons en marchant.

Certainement, Valentin était très ému, mais au fond, il était satisfait de l'incident qui l'obligeait à se déclarer ; il ne pouvait plus reculer, il lui était impossible de parler d'autre chose; on lui demandait une explication, il devait la donner. Berthier lui prit le bras qu'il glissa sous le sien et l'entraîna; lorsqu'ils furent un peu éloignés de la fenêtre derrière laquelle il se doutait bien que Mlle Céline les épiait, il dit :

— Mon cher Valentin, vous êtes un homme bien élevé, vous êtes un ami de la maison, j'étais loin de m'attendre à ce que je veux appeler seulement une légèreté...

— Oh! monsieur Berthier, dit rapidement le jeune homme tout confus, j'aime Mlle Céleste, et je veux vous demander sa main.

— Mon ami, avant de vous répondre, laissez-moi achever... Mon âge et ma situation me permettent de vous donner cette leçon : avant de parler à Céleste, avant d'établir avec elle des projets, vous auriez dû consulter ses parents; vous avez abusé de notre confiance, de notre amitié...

— En grâce, monsieur Berthier, excusez-moi!

— Le mariage d'une jeune fille n'est pas une chose si légère qu'on n'y pense sérieusement. C'est l'avenir entier de la femme qui se joue. On s'aime, c'est fort bien; on aime facilement quand on est jeune ; cela ne suffit pas absolument pour être heureux Faut-il encore que les familles se connaissent et s'estiment. Voyez-vous le bel ouvrage qu'on ferait, si le premier bohême un peu gentiment tourné, après s'être fait remarquer d'une enfant qui n'a jamais distingué personne, exigeait, parce qu'il est aimé et qu'il aime, qu'on lui donnât la main de celle qu'il désire. Ceci ne s'adresse point à vous, que nous connaissons... mais cela vous explique que vous auriez mieux agi en vous adressant d'abord à moi, en me disant : J'aime Mlle Céleste, me permettez-vous d'essayer de me faire aimer d'elle ?... je voudrais vous demander sa main...

— Vous avez raison, monsieur Berthier. Je peux paraître avoir manqué à toutes les convenances... Mais j'ai une excuse que je n'ose vous dire.

— Dites toujours, ce n'est pas le moment de vous gêner.

— Quand je me suis aperçu que j'aimais Mlle Céleste... je la regardais, et c'est presque en même temps que nous avons dit le même mot...

— Peste ! mais vous m'effrayez. C'est Mlle Sainte-Nitouche alors...

— Non, monsieur. Nous avions dansé, je la reconduisais à sa place, en la priant pour une autre danse; je lui dis : Permettez-moi de vous aimer, mademoiselle, et elle m'a dit très bas : Oui, monsieur, mais il faut le demander à ma mère.

— Diable !... et c'est ce que vous n'avez jamais fait...

— Je n'osais pas... mais aujourd'hui, j'ose et je vous dis : Monsieur Berthier, vous savez quelle est ma situation ; je suis orphelin, je n'ai plus que ma grand'mère. C'est elle, si elle était plus jeune, c'est-à-dire plus valide, qui serait venue vous voir... Monsieur Berthier, j'aime bien Mlle Céleste, voulez-vous m'accorder sa main ?

— Mon cher Valentin, vous savez bien mieux que moi que vous avez un peu d'espoir ; cependant, je ne puis vous répondre catégoriquement... je ne vous parle pas de Mlle Céleste de Sainte-Nitouche... mais je dois consulter sa mère. Avant tout, je tiens à ce que vous connaissiez bien la situation de l'enfant... elle n'a jamais connu son père...

— Il est mort qu'elle était très jeune...

— Ceci est embarrassant à dire... enfin... Céleste n'a pas de père...

— Ah ! je comprends, monsieur Berthier, fit Valentin ennuyé, non de ce qu'il apprenait, mais d'avoir obligé le brave M. Berthier, à faire cet aveu... Berthier le regardait, paraissant attendre une réponse ; il dit vivement :

« Oh ! mais cela ne fait rien... rien, monsieur Berthier...

— Je n'avais que cela à avouer. Mme Céline Cler est une honnête femme, je vous en donne ma parole d'honneur... Depuis qu'elle est mère, elle a travaillé chez moi. Elle a quelques économies ; en outre, je donnerai à ma filleule...

— Oh ! je vous en supplie, ne parlons pas de ça... C'est Mlle Céleste que je vous demande, riche, pauvre, n'importe !... je l'aime... j'ai pour sa mère une affection filiale, et si j'osais, je vous dirais que j'éprouve pour vous la même amitié.

— Eh bien ! mon bon et brave garçon, fit Berthier en lui tendant la main, j'en suis bien aise ; je crois bien que j'en ai autant pour vous... Voyons, mon cher Valentin, essuyez vos yeux, nous allons rentrer à la maison.

Le jeune homme avait de douces larmes d'émotion, mais Berthier aussi avait les yeux mouillés. Ils revinrent sur leurs pas, se dirigeant vers la grille. Berthier remarqua que le rideau de la fenêtre retombait quand ils passèrent devant le pavillon.

— Mon cher ami, reprit Berthier, dans quelques jours je vous répondrai, mais je vous prie, ce soir, de ne pas dire un mot devant la mère...

— Oh ! vous pouvez être tranquille, fit vivement Valentin.

— Et vous me ferez le plaisir de ne chercher à voir Céleste que chez nous.

« Ce soir, pas un mot de tout cela ; vous dînerez avec nous...Eh bien ! que faites-vous ?

— Je vous demande pardon, monsieur Berthier, mon chien me suit et me rappelle que j'ai laissé mon fusil sous la fenêtre...

— Courez le chercher, je vais vous annoncer...

Valentin ne se fit pas prier ; il se précipita vers le petit pavillon. Il caressait l'espoir de retrouver la jeune fille à sa fenêtre, et il allait lui dire que sa demande était faite. Il allait lui prouver qu'il savait à l'occasion montrer un peu d'audace. Il fut déçu dans son espérance : la fenêtre était grande ouverte, on pouvait voir dans le petit salon, il était vide, tout était en place, l'ouvrage de Mlle Céleste était soigneusement rangé.

Il se hâta d'entrer chez Berthier, chargeant un garçon du pays qui passait de courir chez lui porter son fusil et sa cartouchière, et prévenir sa grand'mère qu'il ne rentrerait pas dîner.

Quand il entra, Berthier l'attendait dans la salle à manger; il lui montra que son couvert était mis.

— On vous attend pour se mettre à table. Et s'adressant à la servante qui venait de placer les chaises : Dites à Mlle Céleste et à Mme Céline que l'on sert le dîner et que nous les attendons pour nous mettre à table.

Valentin était un ami de la maison, on ne se gênait pas avec lui, et cependant il paraissait tout gauche depuis qu'il avait fait son aveu à Berthier; il n'était plus aussi à l'aise avec lui; il fut tout à fait embarrassé quand il vit le mouvement de trouble et de surprise de Céleste en le trouvant dans la salle à manger. Berthier, riant malicieusement, dit :

— J'ai rencontré M. Valentin qui passait par hasard devant chez nous juste au-dessous de ta fenêtre... J'ai dû insister longtemps pour le faire entrer ici... Il nous fait le plaisir de dîner avec nous.

L'embarras du jeune homme redoublait. Céleste paraissait s'occuper de la façon dont le couvert était dressé...

— Et ta mère, elle ne descend pas?

— Si, mon parrain... Elle a été malade tout cet après-dîner, elle est mieux et va descendre.

— C'est curieux, ça, depuis quelque temps elle a souvent de ces indispositions.

— Est-ce grave?...

— Le médecin ne se prononce pas; c'est une maladie de cœur, mais il ne dit pas laquelle. D'un autre côté, Mme Céline est obstinée comme toutes les femmes, et elle ne veut pas se soigner...

— Mais si le mal est menaçant, il faut l'y obliger.

— Vous croyez qu'on fait faire ce qu'on veut aux femmes?... vous verrez quand vous serez marié... Il ajouta vivement : Encore, vous pouvez obliger votre femme à vous obéir; mais moi, je n'ai aucune autorité. Mme Céline est une amie, et elle se moque bien de ce que je dis.

— Oh! que dites-vous là, parrain? Si maman vous entendait, vous lui feriez de la peine.

— Vraiment! et crois-tu qu'elle ne m'en fasse pas, en refusant d'écouter ce qu'on lui conseille?

— Elle vous a obéi en consentant à ne plus rien faire ici.

— Il était temps, elle était épuisée... Ces maux sont singuliers : elle se porte à merveille, puis pendant quelques jours elle a des étouffements, des suffocations, elle peut à peine parler, on croirait qu'elle va râler; puis, tout à coup, sans autre soin que le repos, elle se remet et se trouve dans son état normal. Le médecin ordonne de la digitale, qui doit la calmer et même prévenir les accès... on a fait exécuter l'ordonnance, les fioles ne sont pas seulement débouchées...

Céline paraissait. Berthier lui présenta Valentin en même temps qu'il échangea un regard avec elle. Le jeune homme s'informa de sa santé, et Berthier reprit :

— Elle va mieux, elle n'y pense plus... elle ne se soignera pas, mais, peu à peu, c'est ainsi que le mal s'aggrave.

— Monsieur Berthier, je vous avoue que je ne suis pas malade, ce sont des indispositions passagères qui ne doivent inquiéter personne... Le médecin ici est un de vos amis, il vous fait plaisir en vous assurant que je dois me soigner, mais il ne peut absolument qualifier ma maladie... Un jour c'est de l'asthme, un autre jour c'est rhumatismal, ou ce sont des névralgies... L'autre fois, m'étant plainte de palpitations, cela devint une maladie de cœur... Ce n'est rien, l'habitude du travail et être condamnée au repos... Ne vous fâchez pas, monsieur Berthier, je ne m'en plains pas, mais il faut que le corps s'y fasse et cela arrive... Voyez, j'ai été malade toute la journée, la crise est passée et je vais très bien.

— Eh bien! tant mieux! fit gaiement Berthier. Si tu vas bien, tu dois avoir de l'appétit, puisque tu n'as pas mangé de la journée... A table, monsieur Valentin, asseyez-vous là entre la maman et la fille, et Françoise, vite, servez...

Valentin toucha à peine au plat qu'on lui présentait; il eût été bien embarrassé de dire ce qu'on avait servi, et cependant il fit un repas délicieux, mettant toute son adresse à chiper, sans être vu,

Elle se pencha à la portière pour regarder le monde qui allait et venait dans la rue.

les mies de pain que laissait tomber Céleste et les mangeant avec
délice... Oh! le bon repas!

Il parla à peine; pourtant, la bonne soirée!... il se promettait bien
d'en garder le souvenir toute sa vie. Il ne fut pas question de la
demande de Valentin, ainsi que c'était convenu, mais sous prétexte
de raconter des anecdotes sur le monde qu'il occupait autrefois,
Berthier fit une biographie très étendue de sa dame de confiance; il
dit qu'elle était considérée par lui comme étant de sa famille, il en
ferait son héritière. On ne parlait pas de Céleste. Valentin écoutait,
répondait : « Oui ! — Ah ! c'était bien drôle. — Je comprends. — Très
bien ; » mais il n'entendait rien, rien que les questions banales, les
mots de politesse que lui adressait la jeune fille et qu'il trouvait
des chefs-d'œuvre d'éloquence et de poésie.

De ce dîner impromptu, il résulta que Valentin avait officiellement demandé la main de Céleste, et que Berthier avait tout de
suite, avant de donner une réponse et de laisser rien s'engager,
pour éviter une retraite outrageante, adroitement établi la situation
de la jeune fille. Elle était la fille de sa gouvernante, née de père
inconnu; elle portait le nom de sa mère. Il avait déclaré qu'ayant
accepté d'être le parrain de l'enfant, c'est-à-dire d'en être le protecteur, il prenait son rôle au sérieux. Il considérait la mère comme
une sœur, la fille comme une nièce. Il se moquait de ce que le monde
pouvait penser de cela. En parlant ainsi, il allait au-devant des
calomnies anonymes que l'on ne manquerait pas de répandre quand
on saurait les projets du jeune homme.

En disant qu'il n'avait aucun lien de parenté avec la mère et la
fille, il n'avait pas à parler de lui, célibataire, veuf, ou marié, cela
ne regardait pas le jeune homme. Il pensait bien que Valentin
trouverait un peu bizarre l'affection fraternelle d'un homme de
quarante-cinq ans et d'une femme de trente-quatre, vivant toujours
ensemble; d'une femme de charge qui dirige la maison et s'asseoit
avec sa fille à la table du maître. Il se moquait de ce que l'on pouvait
dire, il prévenait pour éviter qu'on lui adressât un reproche. Il
n'était pas sans inquiétude. Aussi, le soir, lorsque Valentin se
disposa à se retirer, Berthier lui dit qu'il allait le conduire : il avait,
ajoutait-il, besoin de marcher un peu.

Il voulait se trouver de nouveau seul avec le jeune homme.

Pendant la soirée, Valentin avait été édifié sur la famille de celle qu'il demandait en mariage ; si ce qu'il avait appris modifiait ses projets, il pourrait facilement se dégager. Il n'attendit pas long- temps. A peine dehors, Valentin lui rappela qu'il s'était engagé à consulter Mme Céline, et qu'il devait lui donner une réponse sous peu de jours :

— Je vous le promets encore ; mais il me semble qu'il serait nécessaire que Mme Cholet donnât son assentiment.

— Monsieur Berthier, si ma pauvre grand'mère l'avait pu, elle serait déjà allée chez vous vous faire officiellement ma demande. Vous savez, les vieilles gens se déplacent difficilement ; un ou deux jours de beau temps, et nous irons tous les deux chez vous.

— Très bien. Je puis prévenir Mme Cler...

— Quoi ! faut-il que j'attende jusque-là pour avoir une ré- ponse...?

— Affirmative... allez, dites-le... Vous comprenez bien que je ne puis répondre catégoriquement... Mais enfin...

— Enfin ? répéta Valentin, attendant avec anxiété.

— Enfin... je vous dirai ça... Mais, prévenez votre maman que vos soirées sont prises et venez le soir dîner avec nous... Vous jouez le piquet...?

— Plaît-il ? demanda Valentin ahuri...

— Vous jouez le piquet... je crois... Nous ferons la partie ensemble, ça fera passer les longues soirées d'automne... vous le savez ?

— Oui, oui, je joue le piquet... dit le malheureux, qui jamais n'avait tenu une carte de sa vie ; mais ne voulant pas manquer le prétexte de passer les soirées près de Céleste, il était décidé le lendemain, dès le petit jour, à apprendre le piquet jusqu'au soir... Bah ! il en saurait toujours assez pour satisfaire M. Berthier, qui le traiterait en élève.

— Alors, à demain.

Berthier s'éloigna tout rêveur et Valentin, joyeux, rentra chez lui ; il se dirigea vers l'appartement de sa grand'mère ; la servante lui dit :

— Mais, monsieur Valentin, vous allez réveiller madame.

— Comment ! elle dort donc ?

— Mais il est presque minuit, et depuis longtemps elle est couchée.

Minuit! minuit! le jeune homme n'en pouvait revenir; il lui semblait que la soirée commençait à peine... Comment! quand il avait le cœur si plein de joie, la maison était endormie!... il lui semblait que le bonheur comme le soleil devait répandre ses rayons autour de lui.

Il était seul dans sa demeure, il n'avait personne à qui il pût raconter sa délicieuse soirée, parler de Céleste.

Il allait tout dire à la vieille servante qui l'éclairait et qui disait :

— Oui, monsieur Valentin, minuit, et j'étais inquiète, jamais monsieur ne rentre à cette heure-là.

— C'est que tu ne sais pas, Annette, ce que j'ai fait ce soir... j'ai... Il s'arrêta, mettant sa main sur sa bouche, se souvenant de ce qu'il avait promis. Il ne devait rien dire jusqu'au moment où il serait venu demander avec sa grand'mère la main de Céleste.

Il continuait :

— J'ai joué au piquet... Sais-tu jouer au piquet, Annette?

La vieille servante regarda son jeune maître avec étonnement, se demandant s'il n'avait pas été au *Café de la Mairie* avec les jeunes gens du pays boire plus que de coutume. Comme il renouvela très sérieusement sa question, elle répondit :

— Seigneur Jésus! monsieur Valentin, mais je n'ai jamais tenu une carte de ma vie... Pourquoi me demandez-vous ça?

— Pourquoi? Parce que les soirées sont longues... que le médecin m'a dit qu'en lisant le soir je me ferai du mal... et que pour me distraire, je voudrais jouer...

— Oh! monsieur Valentin, vous voulez vous moquer de moi. Vous ne vous mettrez pas à jouer avec la vieille Annette...

— Ça n'est pas pour jouer avec toi... Je veux apprendre à jouer le piquet. On se moque de moi... Un jeune homme doit savoir jouer à quelque chose... et je veux apprendre... Qui peut me montrer le piquet?

— Ah! ça n'est pas difficile. Le père Moret, qui tient le cabaret de l'église, ne fait que ça, il boit ou il joue. A peine levé, vous le voyez les cartes à la main, avec un client et un pichet devant eux.

— Merci, Annette.

La vieille servante venait de préparer le lit de son maître, elle
lui avait donné son linge de nuit et se retirant, elle disait :

— Mais, monsieur Valentin, si madame sait que vous allez là, et
que c'est moi qui vous ai renseigné...

— Ne crains rien, ma bonne Annette, ne crains rien.

— Vous êtes singulier ce soir, on dirait que...

Elle n'osa achever. Valentin éclata de rire et dit :

— Rassure-toi, Annette, je suis absolument décent, je suis joyeux,
gai, heureux... Je te dirai bientôt pourquoi... Bonsoir, Annette!

— Bonsoir, monsieur Valentin !

C'est en fredonnant que Valentin se mit au lit, et il dormit
presque aussitôt, faisant les plus beaux rêves. Le lendemain, au
jour, il entrait dans le cabaret de Moret, et en deux mots lui disait
le but de sa visite. Le cabaretier, très flatté, prit un air malin :

— C'est un jeu difficile, monsieur Valentin, et qui coûte cher à
apprendre... Oh! je ne veux pas dire que je demande de l'argent
pour vous le montrer... Je suis trop heureux de votre visite... Non;
j'entends dire qu'avant d'en savoir les finesses, on perd souvent, et
on passe devant le comptoir... Vous savez le proverbe : le piquet n'a
jamais pu entrer dans la tête d'un âne.

— Diable! fit Valentin, mais il est absolument nécessaire que
je sorte d'ici en le connaissant au moins un peu, si je ne veux vous
donner une piètre idée de moi.

Ils se mirent à table, et Moret expliqua la règle. A midi, Valentin, qui s'amusait au jeu, ne quitta la partie que pour aller déjeuner;
une heure après il se retrouvait devant le tapis...

Le soir, après dîner, il se faisait battre à plate couture par Berthier...

Tous les soirs, se rendant chez Berthier, passant la soirée près
de Céleste, il s'était apprivoisé, il était moins timide, il n'était plus
embarrassé, il était heureux. Les deux amoureux se trouvaient
assez libres l'un avec l'autre pour que Mlle Céleste eût l'audace, un
soir, de dire tout bas à Valentin :

— Vous n'en parlez plus à mon parrain, et il a oublié ce que
vous lui avez demandé.

— Mais je vous assure, mademoiselle Céleste, qu'au contraire
je lui en ai parlé, il n'avait rien oublié...

— Eh bien ! que vous a-t-il dit?... Assurément, il n'en a jamais
parlé à maman, car, malgré tout ce que je fais, elle paraît ne pas
me comprendre.

— M. Berthier m'a dit, il y a deux jours : « Dans quelque temps,
Mme Céline vous répondra... » et comme j'insistais, il a ajouté : « Est-
ce que vous vous trouvez malheureux? — Oh ! non, ai-je répondu, je
vois Mlle Céleste et je puis lui parler tous les jours... »

— Vous n'auriez pas dû dire cela... Il fallait justement répondre
que cela ne pouvait durer ainsi... Est-ce que ça ne lui plaît pas à
lui, qu'il n'en parle pas à ma mère?

— Oh ! vous m'effrayez !...

— Il faut avoir plus de résolution, monsieur Valentin... Oh ! si
j'étais à votre place !...

— Je vous obéirai... et ce soir...

Le soir même, Céline se trouvant indisposée, Céleste accompagna
sa mère pour l'aider à se coucher. Resté seul avec M. Berthier,
Valentin fit un effort et demanda .

— Monsieur Berthier... ma grand'mère sait le motif qui m'amène
chez vous chaque soir; je voudrais vous l'amener pour vous demander officiellement la main de Mlle Céleste... et j'attends que vous me
le permettiez.

Berthier réfléchit quelques secondes, et dit :

— Mon ami, c'est vrai, je vous fais bien attendre la réponse que
vous saviez favorable, n'est-ce pas? Je vais vous en dire la raison.

— Il y a une raison? fit Valentin avec inquiétude.

— Pour vous tranquilliser, je vous dis d'abord : Mme Cler consent à vous donner la main de sa fille. Céleste est tout à fait de
l'avis de sa mère... Vous le lui avez probablement demandé, et vous
êtes assuré de son adhésion. Moi, je n'ai pas de consentement à
donner, mais je les approuve. Seulement, il ne faut pas qu'après
vous avoir dit : « Oui, » tout cela dure indéfiniment. Or, l'état de santé
de Mme Cler et l'arrière-saison nous obligent à retourner à Paris. Il
faut donc que, sur l'assurance que je vous donne, vous reculiez vos
projets jusqu'au printemps prochain.

Valentin, en l'écoutant, avait des larmes dans les yeux, et, navré,
ne trouvait pas un mot à dire.

— Vous pleurez... Voyons, Valentin, puisque je vous dis oui !

Vous viendrez nous voir à Paris. Avant de vous établir officiellement, il faut que je règle certaines affaires... que vous comprendrez plus tard. Puis, et cela est grave, je vois de jour en jour ma pauvre amie Céline plus mal; les crises qui ne lui arrivaient que rarement deviennent plus fréquentes; il faut que nous consultions un docteur spécialiste à Paris; il faut qu'on la soigne et qu'elle se rétablisse pour marier sa fille... Comprenez-vous?...

— Mais vous me dites : Oui!... Je puis dire à ma mère ce que vous venez de me dire là?...

— Absolument ; ajoutez ceci : Lorsque nous serons tranquilles sur l'état de Mme Cler, vous viendrez avec Mme Cholet...

— Mais, jusque-là, vous me permettrez d'aller vous voir à Paris?...

— Mais je compte que vous viendrez le plus souvent possible. Maintenant, c'est entendu, ne parlons plus de ça. C'est à vous à donner; à moi cinq cartes...

Un peu consolé, mais le cœur gros, Valentin se mit à jouer.

De ce jour, les relations des deux jeunes gens furent celles de deux fiancés.

Le temps se mettait à la pluie. Berthier revint à Paris avec sa maisonnée...

Dès le lendemain de leur arrivée à la place des Vosges, Berthier faisait appeler son docteur, qui, après une longue consultation, déclarait que l'état de Céline était des plus graves. A certaines réserves remarquées par elle, la malade crut voir que le médecin n'osait pas dire toute la vérité, et elle résolut d'aller consulter un des maîtres de la Faculté... Courageuse, elle voulait savoir toute la vérité.

Le lendemain, elle avait appris sa condamnation : son mal était sans remède; elle pouvait se soulager, mais la fin était toujours là, menaçante, suspendue sur elle. La moindre crise risquait de l'emporter. Elle pouvait vivre un an, deux ans au plus, mais elle pouvait mourir le lendemain. La médecine était impuissante.

Il lui fallut rassembler toute son énergie, tout son courage, en apprenant la vérité. Elle éprouva comme une sensation de froid par tout le corps; il lui sembla que tout s'assombrissait autour d'elle. C'était un de ces tristes jours d'automne, pluvieux et glacial, qui

ajoutait à la lugubre sensation qu'elle ressentait. La voiture qui la
conduisait traversait les rues vivantes et agitées du quartier
Vivienne; elle regardait les boutiques étincelantes, la foule grouil-
lante, elle entendait et les rires et les bavardages des passants, et
le roulement des voitures, et le piaffement des chevaux; c'était la vie,
la vie gaie... Il fallait donc quitter tout cela, partir sans laisser un
vide!... De grosses larmes coulèrent de ses yeux et son cœur était
oppressé. C'était épouvantable d'être convaincue qu'on devait bientôt mourir, et se sentir alerte, jeune; et passant devant les glaces
des devantures, voir son image bien vivante!... En pensant au linceul
froid, au cercueil funèbre, elle frissonnait. Cherchant un peu de gaieté
afin de chasser cette pensée, elle se pencha à la portière pour regarder le monde qui allait et venait dans la rue... Mais aussitôt elle se
jeta précipitamment en arrière, se blottissant dans le coin du fiacre,
en mettant ses mains sur ses yeux. Elle venait de voir un convoi
funèbre qui traversait la rue; sur les cartouches du char, elle
avait vu un C, son initiale, et un frisson avait couru jusque dans
ses os.

Elle ne put contenir ses sanglots, elle pleura longuement. En
voyant sa voiture passer sur les boulevards, elle fit un suprême
effort. Elle était condamnée, elle voulait l'oublier pour penser aux
autres. Nous savons que Céline était une brave et courageuse
jeune femme; elle essuya ses yeux en se disant :

— Il faut penser à ceux qui restent... à ma fille et à lui.

Et, bien résolue à cacher ce qu'elle venait d'apprendre, décidée
à employer le temps qui lui restait à vivre au bien de sa fille et de
Célestin, elle composa son visage. Lorsqu'elle rentra chez elle,
Céleste, après l'avoir embrassée, lui dit :

— Oh! mère, comme tu as les yeux rouges !...

— Oui, fit-elle vivement, j'ai souffert pendant quelques instants
de mes palpitations, et j'ai pleuré... ça a duré deux minutes.

— Vois-tu, maman, tu ne veux écouter personne; tu ne devrais
pas sortir par ces temps-là... le médecin l'a dit encore hier.

— Ma chère enfant, tu as raison, mais ce n'est pas inquiétant...

Elle se hâta de gagner sa chambre, car elle sentait la vérité
prête à s'échapper de ses lèvres. Là, seule, elle fondit en larmes.
Mourir! mourir à son âge, quitter ceux qu'elle aimait, au moment

— Oui, je te tuerai!... Et elle frappait dans le vide.

où tourments et tracas paraissaient finir, où sa fille allait se marier,
à l'heure où, après avoir longtemps souffert, elle était heureuse
enfin... il fallait s'engloutir dans ce mystérieux, dans cet inconnu :
la mort ! Et rien ne pouvait l'empêcher ; elle connaissait son mal,
il était inguérissable : affection, dévouement, fortune, rien ne
pouvait arrêter son œuvre, il fallait mourir ! Elle pleurait, et comme
elle haletait pour sangloter, il lui sembla que ses suffocations, ses
étouffements revenaient ; elle mit la main sur son cœur : il battait
plus violemment, c'était la crise redoutable qui pouvait être mortelle qui la prenait... Cela venait plus rapidement que les autres
fois... Mon Dieu ! était-ce l'heure fatale ? allait-elle mourir ! Elle eut
peur, et malgré sa volonté, elle jeta un grand cri de désespoir et
d'appel ; aussitôt Berthier et Céleste apparurent épouvantés :

— Qu'y a-t-il ? Qu'as-tu ? Oh ! mon Dieu !

— Mère ! Oh ! mon Dieu ! Tu es malade...

Et ces exclamations étaient justifiées par la vue de la malheureuse. Dans la crainte du mal, un accès véritable se déclarait ; hoc-
quetante et sanglotante, elle avait senti le souffle lui manquer, elle
avait porté les mains à sa tête, dénouant ses cheveux pour rafraî-
chir son front, puis elle avait arraché son col, dégrafé son corsage,
déchiré sa ceinture, et elle se trouvait dépoitraillée, échevelée
et le teint livide lorsqu'ils étaient entrés.

Elle avait eu très peur ; mais en revoyant celui qu'elle aimait,
en voyant sa fille, en se sentant dans leurs bras, fortifiée par leurs
caresses, il lui sembla qu'elle respirait mieux, que son sang circulait plus vif, et dans les baisers de sa fille, buvant son haleine, elle
rendait l'air à ses poumons.

Berthier, sans en demander davantage, arracha ses vêtements,
et, la prenant comme un enfant, l'étendit sur le lit ; puis, pendant
que Céleste lui mouillait les tempes, il l'obligeait à boire dans de
l'eau quelques gouttes de digitale. Vainement Céline essayait de
sourire et protestait en disant qu'elle se trouvait mieux.

Berthier avait eu si peur, qu'il ne cessa que lorsqu'il vit la
jeune femme se redresser sur son lit en disant :

— Voyons... mais ça va très bien... c'est fini.

— Je te le disais, petite mère, vois-tu, par ces temps-ci, tu ne
devrais jamais sortir, et le médecin t'avait prévenue.

— C'est vrai, ma mignonne, c'est le temps, ce n'est que ça... je serai plus prudente.

Elle remarqua que Berthier l'observait en silence avec inquiétude ; ayant hâte de le rassurer, elle dit :

— C'est curieux. Ce médecin a raison... le temps a une grande influence sur mon mal. C'est nerveux, comme tu disais.

Puis elle ajouta en riant :

— Vous voyez, Célestin, je deviens vieille, comme ces instruments qui se détendent, quand le temps est au beau... Je pourrai vous renseigner sur les probabilités du temps quand vous irez à la chasse.

Berthier, très soucieux, la soutenant en la regardant, lui dit :

— Tu sais bien que je ne chasse plus... Est-ce sérieux? tu ne souffres plus?

— Mais plus du tout, monsieur Berthier, je vous l'assure; c'est un accès, ce n'est même pas une crise; c'est passé.

— Tu n'as pas eu de contrariété dans tes courses? demanda Berthier, soupçonneux...

Céline sentit un peu le rouge brûler ses joues, mais elle dit le plus naturellement :

— Non... au contraire... j'étais contente de me trouver dehors... malgré le temps, et la preuve que cela va très bien, c'est qu'il doit être l'heure de dîner, car je me sens grand appétit...

— Oh! tant mieux. Mais, petite mère, tu vas me permettre de te rhabiller; regarde dans quel état parrain t'a mise... il n'hésite pas, lui... il est vrai que nous avons eu joliment peur.

— Allons, Céleste, habille vivement ta mère, je vous attends à table.

Et Berthier sortit de la chambre. Il était soucieux et inquiet, il commençait à voir la gravité de l'état de Céline. Il connaissait la nature courageuse de la pauvre mère, il la savait capable de toutes les bontés, de tous les sacrifices; il était assuré que Céline cacherait son mal, souffrirait sans se plaindre pour ne pas les tourmenter. Elle avait pleuré, il en était convaincu; pourquoi? La douleur? non! Le mal physique ne pouvait rien sur elle; ses larmes avaient un autre motif. Seule, chez elle, s'était-elle rendu compte de son état, et se croyant perdue, n'avait-elle pas eu à la fois et ces pleurs et ce cri déchirant?

En tout cas, dans la situation où la pauvre femme se trouvait, il fallait être circonspect, la gaieté seule pouvait diminuer sa névrose; si l'on paraissait attristés, inquiets autour d'elle, elle en subirait les effets, et mieux valait qu'elle se remît sous l'influence de la confiance de tous.

Mais, lui aussi, le brave homme, était bien décidé à s'éclairer dès le lendemain sur la gravité du mal de sa compagne aimée. On dîna presque gaiement. Mˡˡᵉ Céleste était de charmante humeur et heureuse de voir sa mère si vivement remise; elle se risqua à parler de ses projets; feignant de prendre gaiement l'incident, elle avouait qu'en dehors du chagrin qu'elle avait éprouvé de voir sa bonne mère malade, elle avait pensé que cela retarderait encore « ce dont on était convenu ». Berthier et Céline échangèrent un sourire, et le premier apprit à sa filleule qu'il avait reçu une lettre de Valentin, dans laquelle celui-ci demandait qu'on voulût bien lui fixer le jour où il pourrait amener sa grand'mère faire officiellement sa demande. De la collerette à la pointe des cheveux, Mˡˡᵉ Céleste rougit, mais elle interrogea cependant :

— Et vous lui avez répondu, parrain... Quand doivent-ils venir?

— J'ai reçu la lettre ce matin, ma chère belle, je n'ai donc pu répondre, ce que je ferai lorsque je serai tout à fait rassuré sur l'état de ta mère, afin de pouvoir fixer une époque.

Céline exhala un long soupir; elle pensait que si l'on devait attendre, elle ne verrait pas sa fille se marier, et c'est pour que Berthier prît une décision rapide qu'elle répondit en souriant :

— Il ne faut pas s'occuper de moi; l'indisposition passagère que j'ai eue aujourd'hui est toute nerveuse, elle est due à l'influence du temps et ne laisse déjà plus de trace, je me sens très bien... De plus, pour vous être agréable, pour vous rassurer tout à fait, je suis résolue à suivre les prescriptions du docteur.

— A la bonne heure!... j'aime à t'entendre parler ainsi...

— Eh bien! parrain, vous répondrez demain matin... ils peuvent venir un jour de cette semaine...

— Voyez-vous ça!... Il faut que ta mère ordonne, et demain nous causerons de cela... puis j'écrirai aussitôt.

Berthier avait remarqué le ton avec lequel Céline avait déclaré qu'elle était résolue à suivre les prescriptions du docteur; il se

demandait la cause de cette rapide soumission. La jeune femme se
reconnaissait donc sérieusement malade et comprenait donc qu'il
était urgent d'entraver la marche du mal? Avait-elle seulement
consulté quelqu'un? Il lui demanda :

— Au fait, tu es sortie une partie de la journée; où diable as-tu
été par cet exécrable temps?

Prise à l'improviste, Céline ne savait que répondre; elle se
sentait rougir comme une coupable et n'osait regarder Berthier, de
peur qu'il n'attribuât à toute autre cause son hésitation. Jamais
elle n'aurait avoué la vérité, et elle sentait le regard de son ami
fixé sur elle; elle fit un effort et réussit à balbutier :

— J'ai été dans les magasins... on avait emporté beaucoup de
linge à la campagne, qu'il fallait remplacer... j'ai fait des acquisitions...

Céleste, boudant, lui dit d'un ton de reproche :

— Oh! petite mère, c'est mal, ça; tu vas aux magasins et tu ne
m'emmènes pas...

— Oui, reprit Berthier obstiné dans son idée, ce n'est pas gracieux et pas prudent. Admets que la syncope que tu as éprouvée ici
t'ait prise dans un magasin, vois un peu ce qui arrivait; et pourquoi
sortir seule, quand tu as une compagne naturelle, ta fille?...

Céline était bien embarrassée pour répondre; l'observation était
juste : jamais elle ne sortait sans sa fille, et les visites dans les
magasins de nouveautés étaient toujours une partie préméditée
entre elles. Pour l'embarrasser encore, la jeune fille curieuse lui
demanda :

— Qu'est-ce que tu as acheté, mère?

Heureusement, elle eut une inspiration, elle rit en répondant :

— Vous m'obligez à vous mentir... ou à avouer ce que je gardais
comme une surprise : ce n'est pas seulement pour renouveler le
linge de table que je suis allée seule, c'est que je voulais compléter
le trousseau de Céleste... ça presse, maintenant...

Berthier parut satisfait, et Céleste se leva pour venir embrasser
sa mère. Toute la soirée, la conversation resta sur ce sujet, et mademoiselle ayant dit à sa mère qu'elle attendait impatiemment d'être
au lendemain pour voir arriver les voitures de livraison, Céline se

vit dans l'obligation de faire de réels achats pour justifier son mensonge.

Le lendemain, Berthier, après avoir passé une mauvaise nuit,
poursuivi par le souvenir de l'état dans lequel il avait vu celle qu'il
appelait « sa vraie femme », se rendit chez son médecin, celui qui, à
leur retour de Paris, avait été consulté sur Céline. Il lui demanda
la vérité. Le médecin hésitait, et Berthier en parut tellement épouvanté qu'il lui dit aussitôt :

— Mais, mon cher monsieur Berthier, ne donnez pas à ma réserve cette importance. Vous voulez la vérité, la voici : Mᵐᵉ Céline
est très gravement malade, mais d'une maladie avec laquelle on vit
jusqu'à quatre-vingts ans... Elle aura des crises, des accès, mais on
l'en tirera... Elle a besoin de soins... il y a des périodes plus aiguës,
plus menaçantes: nous sommes dans une de celles-là... mais vous
n'avez pas de catastrophe à redouter en la soignant..

— Ainsi, c'est la vérité... en la soignant, vous la guérirez?...

— Absolument... c'est-à-dire que nous la tirerons de la situation
un peu grave dans laquelle elle se trouve actuellement. Il lui faut
des soins et un régime très sévère pendant quelques mois; avec les
beaux jours, elle se rétablira tout à fait... une vie tranquille, de
l'exercice, pas d'émotions surtout et la scrupuleuse observation de
mes prescriptions.

— Vous pouvez compter sur moi pour ça.... Ce que je voulais
savoir, c'était la vérité sur son état... On peut la guérir... Je la
guérirai. Merci, docteur.

Et Berthier rentra chez lui bien décidé à veiller lui-même au
traitement de sa Céline. En marchant, il répétait pour s'en bien souvenir la recommandation du médecin :

— Une vie tranquille, de l'exercice, pas d'émotions... très bien.
D'abord, comme elle se portera bien aux beaux jours, nous allons
immédiatement écrire à Valentin de reculer sa visite, de remettre
ses projets au printemps; il ne faut plus que l'on s'occupe de ce mariage avant la guérison. Je connais ma Céline, elle souffrira de voir
Céleste accueillir gracieusement ce jeune homme, il lui semblerait
qu'on lui vole un peu de l'affection de son enfant... Courageuse, elle
le cachera, pleurera en cachette en voyant sa fille moins penser à elle
qu'à son amoureux... J'éprouve déjà ce sentiment-là, moi... elle le

ressentira donc plus fortement, de là des émotions... et les émotions sont défendues.

« Oui, en rentrant à la maison, je vais écrire à Valentin que l'état de sa santé, sans être inquiétant, nous oblige à ajourner nos projets jusqu'à l'époque de notre retour à la campagne. Céleste boudera bien un peu, mais, quand je lui dirai qu'avant de penser aux amoureux, il faut songer à guérir sa mère, elle le comprendra. Elle a eu la même crainte que moi hier. Céline se portant bien, le mariage sera plus gai.

De ce jour, on ne s'occupa plus que de la santé de la jeune femme. Malgré les efforts qu'elle faisait pour cacher la gravité de son mal, les soins qu'elle prenait pour dissimuler ses crises, Célestin était de plus en plus inquiet. Il avait surpris plusieurs fois Céline, haletante et attribuant à des causes absurdes ses suffocations; — il avait alors obligé le docteur à lui parler sincèrement. Il avait appris la gravité de la situation de celle qu'il aimait, mais on ne lui avait pas dit que tout espoir était perdu.

Les crises, rares d'abord, étaient devenues plus fréquentes. Nous avons assisté à l'une d'elles. Nous avons vu dans quel état se trouvait le malheureux Berthier, impuissant à secourir Céline. Il avait deviné la vérité, et devant le vide épouvantable qu'elle faisait entrevoir, il faiblissait, et se sentait sans courage. Sans la femme pour laquelle il vivait, il n'envisageait que la mort, le repos de sa vie laborieuse et troublée. Nous avons vu la vaillante femme n'essayant plus de tromper le malheureux, et cherchant à lui rendre des forces avec le mal même qui l'accablait. Si elle mourait, elle, c'était une raison de plus pour lui de s'acharner à vivre... il le devait pour son enfant... Et le brave homme, écrasé de douleur, essuyant ses yeux, avait juré qu'il vivrait jusqu'au jour où, passant à travers la loi, il aurait assuré son avenir. Et, ne voulant pas désespérer la pauvre femme qui s'efforçait à cacher son mal, il avait essayé de sourire, il avait feint de croire à ce qu'elle lui disait, c'est-à-dire à la possibilité de guérir. Ils avaient été distraits de leur douleur par la révélation inattendue d'un héritage pour Céline, par la romanesque histoire de cet oncle mélomane.

Céline s'appliqua à ne rien laisser voir de son mal; mais, sentant sa fin prochaine, courageuse et résolue, elle entretenait dans l'idée de ses deux amis l'espoir de sa guérison possible, et tous les jours recommandait à Berthier de s'occuper de ses intérêts, qui devenaient ceux de son enfant. »

Le pauvre homme n'avait pas à supporter que cette douleur ; il savait qu'il était l'objet d'un espionnage de chaque jour : on s'occupait certainement de lui ; il connaissait bien celle qui dirigeait cette enquête, il en savait la cause, et il s'attendait à de nouveaux tracas d'un jour à l'autre. Mais il poursuivait son but, et il pouvait disposer d'une grande partie de ses biens, sans craindre la moindre revendication.

Berthier s'occupait surtout de la succession de l'oncle de Céline, il voulait en finir au plus tôt, et il s'était offert pour faire les recherches, n'ayant rien à faire de ses journées. Lorsqu'il apprit que peut-être on obtiendrait des renseignements chez une ancienne voisine de l'oncle Auguste Cler, il demanda à être chargé de cette mission, ce qu'on accepta.

Il dit un matin à Céline :

— Je vais sortir aujourd'hui pour éclaircir l'histoire, et si j'ai une piste, je la suis jusqu'au bout... ça va me distraire.

— Vous le voyez, je vais tout à fait bien... vous serez tranquille...

— Ta fille est près de toi... je compte sur elle... Mais je veux finir cette histoire aujourd'hui... ces hommes d'affaires n'en finissent pas...

Il sortit pour se rendre chez la femme dont on lui avait parlé, il lut sur la carte qu'on lui avait remise : Zélia, avenue Friedland, très connue.

IV

LES MYSTÈRES DE LA VIE D'UNE FEMME

Le colonel d'Auroy était étendu dans son fauteuil, placé devant la fenêtre du petit jardin. Tout était silencieux dans la maison, le temps était gai, la maison était triste. A la vie bruyante d'autrefois, aux allées et venues, aux rires de la femme de chambre, du petit domestique, de la cuisinière, avait succédé le morne silence du vide,

Le juge d'instruction, accoudé, regarde la jeune femme.

de l'abandon. Seule, la vieille Marianne, s'efforçant à ne pas faire de bruit, marchait sur la pointe des pieds pour aller de la cuisine à la chambre de son maître.

A chaque coup de sonnette, le vieillard relevait la tête et ses yeux humides se fixaient anxieux sur la grille. De grosses larmes coulaient sur ses joues : c'est que, depuis deux grands jours, le malheureux n'avait pas vu sa fille, ni celui qu'il appelait son gendre, et il se croyait oublié, abandonné. Le vieillard redevenait enfant, et il pleurait en se trouvant seul, immobilisé, cloué par ses infirmités dans son fauteuil. Il souffrait tant, le pauvre vieux soldat, qu'il n'avait plus le courage de jurer, ni d'apostropher sa dévouée servante. Lorsqu'elle paraissait dans la chambre, il lui demandait :

— Ma fille n'est pas rentrée ?... peut-être un malheur... informez-vous ! Mon Dieu ! qu'est-il arrivé ?

— Non, monsieur, madame est probablement allée à la campagne... et s'y est trouvée retenue... cela n'a rien d'inquiétant, répondait la vieille Marianne pour rassurer son maître ; mais la pauvre servante était fort inquiète. Régine, en partant, avait dit qu'elle ne serait absente que les deux nuits et le jour, et c'était la troisième journée, la quatrième nuit, qu'elle n'était pas rentrée, qu'elle n'avait pas fait donner de ses nouvelles. Depuis ce même temps, André avait quitté la maison en déclarant qu'il n'y reviendrait pas... La jeune femme en partant avait une singulière allure, elle paraissait toute bouleversée. Et dès le lendemain, ça n'avait été dans la maison qu'une procession de créanciers venant réclamer leur facture, en injuriant et en menaçant les maîtres. Marianne était très inquiète ; elle savait sa maîtresse extravagante ; s'étant fâchée avec André, elle était capable de tout ; n'avait-elle pas fait quelque folie ?... Elle n'avait rien dit au vieil enfant qu'elle était chargée de surveiller et qu'elle voyait pleurer pour la première fois.

Un moment désespérée, perdant tout espoir, et voyant les quelques ressources qui lui restaient s'épuiser, elle était sur le point d'aller faire une déclaration au commissaire de police, redoutant un malheur, mais elle avait reculé jusqu'au lendemain avant d'en arriver à cette extrémité.

C'est ce matin où nous retrouvons le vieux soldat, pleurant et gémissant :

— Ma fille m'abandonne... je suis seul... seul...

La vieille servante émue se demandait :

— Que faire?...

Lorsqu'enfin la petite grille s'ouvrit, et Régine, le visage inquiet, apparut.

Le colonel jeta un cri de joie, et, frappant de ses doigts anky-losés sur la fenêtre, faillit casser la vitre, essayant de se soulever dans son fauteuil pour aller au-devant d'elle, et lui souriant dans ses larmes en s'écriant :

— Régine!... ma fille!... ma fille!...

La jeune femme ne le vit pas; elle entra dans le vestibule, et quand, souriante et heureuse, Marianne l'accueillit en lui ouvrant la porte de l'appartement de son père, elle lui demanda :

— Et André, qu'a-t-il dit?

Marianne referma vivement la porte et répondit :

— Monsieur André! il est parti le même jour que madame... et ne l'ayant pas revu depuis, j'ai cru qu'il avait été la rejoindre.

Régine fronça le sourcil, et répéta :

— Il n'est pas revenu depuis le jour de mon départ?

— Non, madame... il n'est pas revenu. Mais si madame voulait voir M. d'Auroy... il pleure, il...

Régine n'entendait pas; de gaie elle était tout à coup devenue sévère, et elle interrompait la servante pour demander :

— Lorsque vous lui avez dit que je ne rentrerais pas de plusieurs jours et que j'espérais à mon retour ne trouver ici que son adresse... qu'a-t-il répondu?

— Rien, madame... il a haussé les épaules, m'a commandé le dîner, m'ordonnant de le servir dans la chambre du colonel. Je croyais que monsieur voulait dîner avec mon maître, mais lorsque je suis allée le prévenir, en montant les lettres, que l'on pouvait se mettre à table... il a vivement lu les lettres, puis il a fouillé dans les meubles pour prendre son linge, qu'il a mis dans une valise, et il est parti en me recommandant de répéter à madame : « Dites à Régine que je lui obéis, je lui enverrai mon adresse, » et il est parti en courant.

— Vous ne l'avez pas vu depuis? fit Régine toute décontenancée.

— Non, madame!... Entendez-vous?... c'est monsieur.

Le colonel, d'une voix suppliante, criait :

— Régine... ma Régine, mon enfant, viens donc !...

— Il est impatientant : dites-lui que je vais descendre tout à l'heure, et montez tout de suite préparer mon cabinet de toilette.

Marianne eut un mouvement de tristesse, elle courut consoler son maître :

— Madame va venir tout de suite, elle est montée à sa chambre pour revêtir son manteau... ne vous désolez pas, la voilà revenue...

— Nom de Dieu ! je ne vous demande pas si elle est revenue... je l'ai bien vue, est-ce que vous croyez que je suis aussi bête que vous... ?

La servante étourdie et qui était rentrée dans la chambre tout émue, venant en consolatrice, regarda quelques secondes le colonel, qui s'essuyait la joue avec sa manche, et dit en se sauvant :

— Vous êtes toujours le même : vous êtes rassuré, vous allez mieux, vous redevenez insolent...

— Vieille gueuse ! venez me redire ça ici. Insolent ! insolent !

Marianne était déjà dans l'escalier allant exécuter les ordres de sa maîtresse.

Régine était furieuse. Lorsqu'elle était partie de sa demeure dans un mouvement de colère, résolue à quitter son amant, à rompre définitivement, elle était sincère en disant qu'elle ne voulait pas le revoir.

Où avait-elle passé ses jours et ses nuits ? Qu'importe ! elle rentrait chez elle, et elle pensait en revenant qu'André n'avait pas obéi à ses ordres, qu'elle allait le retrouver ; il y aurait une scène de jalousie, puis une autre scène d'explications. La première, elle la désirait ; la seconde, elle s'y attendait et avait préparé son histoire... On se pardonnerait mutuellement, et comme pour quelques jours on n'avait pas à redouter la misère, on vivrait heureux. Tout cet échafaudage s'effondrait. L'amour qu'elle croyait si profondément enfoncé dans le cœur d'André n'avait pas résisté. Au contraire, le congé qu'elle lui avait fait donner avait été considéré par lui comme une délivrance. Elle ne pouvait croire ce qu'elle venait d'apprendre. Elle était donc sérieusement fâchée avec André. Assise dans sa chambre, la tête dans ses mains, profondément humiliée dans son orgueil de femme, elle songeait à cet abandon et le comparait à cette autre rupture lointaine où il l'avait traitée de si haut lorsqu'elle croyait pouvoir compter sur lui ; elle l'entendait encore lui dire :

— Ma chère amie, écoute-moi : Si je veux aujourd'hui cette rupture, c'est au nom de ton enfant que je la réclame... Je t'aime toujours, mais plus comme autrefois, je ressens pour toi plus d'amitié que d'amour...

Et malgré cette déclaration formelle, elle l'avait écouté lorsqu'il était revenu, et encore une fois il la quittait ; car Régine se persuadait déjà que ce n'était pas elle qui l'avait chassé ; elle se disait que s'il l'avait vraiment aimée, il n'aurait pas fait cas de ce qu'elle lui avait fait dire par une servante.

Elle était accablée.

Marianne l'acheva en venant lui raconter :

— J'ai oublié de dire à madame que des fournisseurs sont venus ; ils ont menacé, ils ont dit...

Elle n'osa achever : Régine haussait les épaules et avait des mouvements nerveux qui l'inquiétaient. En arrivant chez elle, elle paraissait échapper à une poursuite et ne semblait être qu'à demi rassurée en se trouvant dans sa chambre ; elle était comme secouée par des frissons. Elle dit à Marianne :

— Il fallait répondre que monsieur était absent... en voyage pour quelques jours.

— J'ai dit cela, madame ; mais on m'a presque injuriée en me disant qu'on l'avait rencontré dans le quartier de la Madeleine...

Régine éprouva comme un choc et devint pâle aux derniers mots de la vieille servante.

— On l'a rencontré... quartier de la Madeleine... et il n'est pas revenu !...

Et sa tête se pencha, son regard restait fixé sur le parquet, elle songeait et n'entendait plus la voix de Marianne, qui continuait son rapport en parlant du colonel, espérant qu'en s'occupant de son père, Régine se rasséréncrait.

Régine, toujours sombre, ressentait le vide autour d'elle ; elle avait chassé son amant et elle souffrait de son absence : seule chez elle, elle avait peur... Peur de qui ? de tout. Elle pensait :

— C'est fini, il ne reviendra plus. Il sait tout : on l'a rencontré dans le quartier de la Madeleine, il m'avait suivie... et il sait maintenant... tout le monde va savoir... Oh ! c'est odieux ! Que faire ? S'il revenait, je me traînerais à ses genoux, j'avouerais, je lui expliquerais que j'avais la tête perdue, harassée par les créanciers, et n'ayant plus même d'argent pour faire vivre tout le monde ici... Je voulais à tout prix en trouver... C'est abominable ! Il me comprendrait, il me pardonnerait, et il m'aiderait à éviter le bruit que l'on va faire... Car, c'est effrayant ce qu'il va résulter de cela... Il ne va pas manquer d'en profiter; *lui*, il va me faire un nouveau procès, *il* ne reculera plus devant rien... Je suis perdue ! Que faire ?

Elle était accoudée, la tête dans ses mains, ses doigts enfoncés, presque crispés dans ses superbes cheveux, l'œil fixe, sans regard, le front plissé par la pensée qui fouillait le cerveau, répétant tout bas :

— Que faire ? que faire ?

On entendait la voix aiguë et suppliante du vieux soldat qui appelait sa fille, et Marianne, désespérée, allait et venait dans le salon, n'osant répéter à sa maîtresse que le dîner était servi. Régine se redressa...

— Dites à mon père que je descends, je lui demande une minute; revenez de suite...

La servante descendit. Régine entra dans son cabinet de toilette et se dépouilla rapidement de ses vêtements, se hâtant et se tordant comme s'ils la brûlaient; il lui semblait que sous la nuque, près de l'oxis, elle ressentait des poussées ; sous ses cheveux son crâne brûlait, ses tempes battaient; elle prit une grosse éponge qu'elle trempa dans l'eau froide et qu'elle écrasa sur sa tête; l'eau ruisselait comme une cascade sur ses épaules, sur ses seins, et elle exhalait un long soupir de bien-être ; pendant un instant elle avait cru qu'elle allait devenir folle.

Quand Marianne vint la rejoindre, elle frissonnait sous la fraîcheur de l'eau qu'elle continuait à verser sur sa tête... La vieille bonne, toute bouleversée par ce système de calmant, s'empressa de l'essuyer et de la revêtir d'un peignoir. Régine s'abandonna en adressant de nouvelles questions.

— Monsieur de Gueutteville est-il rentré longtemps après mon départ, il y a deux jours ?

— Non, madame, presque aussitôt...

— Il est parti immédiatement et n'est pas revenu depuis ?

— Non, madame, il n'a pris que le temps de faire sa valise et est parti aussitôt.

Régine passa la main sur son front et se dit :

— C'est clair, il me suivait... il sait... C'est peut-être lui qui est la cause que j'ai été surprise... Pour se venger, il serait capable de ça...

— Madame, entendez-vous monsieur qui appelle ?

Semblant sortir d'un rêve, elle répondit :

— C'est vrai, mon père m'attend, descendons.

Elle descendit, suivie par la servante. En la voyant, le vieux colonel manifesta une joie d'enfant; quand elle vint l'embrasser, il la tint longtemps dans ses bras, la regardant, la bouche riante, ses gros yeux tout humides de larmes.

— Te voilà donc, ma chérie !... Pourquoi partez-vous tous les deux ensemble?... vous me laissez seul... triste!... Avance-toi près de moi.

Régine n'était pas attendrie ; toujours préoccupée, les caresses de son père l'impatientaient. Ce fut d'un ton un peu sec qu'elle dit :

— Tu n'es pas raisonnable, tu te tourmentes pour rien ; ne puis-je m'absenter un jour sans que tu te croies abandonné? Marianne m'a dit que tu n'as cessé de te plaindre et de gémir...

Le colonel fixait sur elle ses yeux sans flamme, ne paraissant pas comprendre. Au seul nom de Marianne, il parut se ranimer pour exclamer :

— C'est encore cette mauvaise gueuse qui t'a conté cela... elle aussi m'abandonnait... me laissait manquer de tout...

— Moi! protesta Marianne... mais vous ne vouliez rien prendre...

— Elle dit ça pour me faire gronder... Mais non, ma Régine, je savais bien que tu aimais ton père et que tu reviendrais... ne l'écoute pas... Tu as été à la campagne... voir le petit Régis... il va bien?...

— Oui! oui, dit vivement Régine... J'ai vu mon fils... j'ai passé deux jours là-bas...

— Il est grand maintenant?...

— Mais il est plus grand que toi... c'est un homme, je ne peux

croire que je suis sa mère... Il était furieux à l'auberge, on le
prenait pour mon frère.

— Si c'est un homme, il faut l'engager...

Régine regarda son père avec stupéfaction, et se contenta de
hausser les épaules.

Marianne les servait; ils déjeunèrent, le colonel gloutonnant,
Régine sobrement, restant toujours soucieuse, ne répondant que
par des monosyllabes aux niaises questions du vieillard.

Tranquillisé et ayant fait honneur au repas, le colonel pencha sa
tête en arrière sur son fauteuil et s'endormit. Régine alla s'asseoir
dans un fauteuil, et toujours obsédée par la pensée qu'André l'avait
suivie, les sourcils froncés, elle restait soucieuse.

Régine avait un amant, André, elle le reconnaissait et le présentait comme son mari. Cette relation, elle l'avouait; son mari la connaissait, puisqu'elle avait été la cause de sa séparation. Mais c'était
la seule qu'elle voulait qu'on connût. Les intrigues qu'elle avait
mystérieusement n'avaient ni l'amour ni le caprice pour mobile...
quelquefois le vice et le plus souvent le besoin d'argent. Par le monde
odieux de femmes qu'elle fréquentait, elle avait été mise en relation
avec une femme Leprince, laquelle lui avait dit qu'elle recevait souvent chez elle un homme très riche, qui était fou d'elle. Régine,
assurée du mystère, avait accepté l'entrevue qu'on lui demandait...
Plusieurs fois, la Leprince avait reçu chez elle des gens qui adoraient
la jeune femme, et chaque fois Régine avait accepté les rendez-
vous... Le jour où nous l'avons vue se fâcher avec André, le chasser,
en lui reprochant la misère dans laquelle leur liaison la plongeait,
elle était partie de chez elle pour se rendre chez la Leprince... En arrivant chez cette dernière, étonnée mais charmée de la revoir, elle lui
avait dit :

— Leprince, je suis dans une dèche épouvantable... il faut que
j'en sorte à tout prix... Je viens chez vous passer deux jours... Est-
ce possible ?

— Ma chère amie, justement hier je parlais de vous.

— De moi.

— Mais oui, un étranger de distinction, qui vous a rencontrée
plusieurs fois, et que vous n'avez pas remarqué, qui est fou de
vous...

On me nomme Zélia la Fourbisseuse.

Régine, toute rouge de fièvre, se mit à rire... C'est que c'était la même phrase que la Leprince lui avait déjà répétée plusieurs fois.

— Vraiment? un amoureux que je ne connais pas...

— Non, ne riez pas, c'est vrai... vous ne le connaissez pas... et ça tombe à merveille. J'aurais été probablement chez vous... Je lui ai dit que vous étiez mariée, que vous viviez très sagement dans votre ménage, près de votre père, un ancien officier, et que je ne croyais pas que vous consentiriez à le voir... Cela n'a fait qu'augmenter son désir d'avoir une entrevue avec vous... Ainsi vous pouvez en faire ce que vous voudrez...

— Eh bien! Leprince, je demeure chez vous deux ou trois jours...

— Très bien! je puis faire ce que je veux absolument...

Le lendemain, Régine recevait dans son appartement où la Leprince l'avait installée, un homme fort élégant, qui l'abordait galamment, en lui disant :

— Madame, merci d'avoir bien voulu m'accorder le rendez-vous que je vous ai fait demander... depuis si longtemps je vous aime!...

Elle avait fixement regardé celui qui lui parlait en demandant :

— C'est vrai? Vous m'avez vue, remarquée?...

L'individu sourit, et, regardant franchement, avait répondu :

— Ma foi non... mais j'ajoute, chère madame, que cela eût été vrai, si je vous avais vue... Je ne sais pas plus mentir avec les femmes qu'avec les hommes. Vous savez où vous êtes, je sais où je viens. La Leprince m'a dit : Je connais une jeune femme, adorablement belle, charmante en tout point, mariée à un misérable qui la rend malheureuse et la prive de tout; je crois que si elle rencontrait un galant homme... prêt à l'aider... elle...

Et en disant cela le galant homme lui prenait la taille, et la regardait de très près en interrogeant doucement :

— Est-ce vrai?

Régine était devenue adroitement rouge, elle avait eu un geste charmant de pudique embarras...

Régine, rentrée chez elle, assise dans son fauteuil, le visage caché dans ses mains, se souvenait de tout cela; elle se rappelait surtout ce qui avait suivi...

Le lendemain, un autre homme était venu, la même scène s'était renouvelée... elle revoyait tout cela, et, rentrée chez elle, apprenant qu'André l'avait suivie, croyant qu'il savait la vérité, sachant qu'il était capable de tout pour se venger, et que là façon dont elle l'avait traité méritait une vengeance, elle tremblait la fièvre et la peur... Mais ce qui était pis, ce qui faisait passer dans ses veines un frisson qui secouait tout son corps, c'était le souvenir de la nuit.

Elle était dans les bras de l'inconnu, elle dormait, une descente de police avait eu lieu dans la maison de la Leprince — n'était-ce pas la première vengeance d'André? — et des agents l'avaient éveillée; on avait failli l'arrêter, elle avait dû donner son nom... son vrai nom... le procès-verbal existait, il pouvait être produit; si un procès avait lieu, son mari pouvait en avoir connaissance... tout le monde saurait qu'elle allait vendre son corps chez la Leprince.

Cette pensée battait son cerveau, il lui semblait toujours que le sang affluait à sa tête... Son crâne la brûlait et elle avait d'intolérables maux de tête.

Elle se secoua un peu pour chasser ses souvenirs.

En la voyant toute rouge et grelottante, la vieille Marianne lui dit :

— Madame, vous avez la fièvre, vous devriez aller vous reposer...

— Oui!... je ne suis pas à mon aise... j'ai mal à la tête, je vais dormir un peu...

Régine, heureuse de se mouiller encore le front, monta chez elle. La servante la suivit, afin de l'aider à se dévêtir, Régine la remercia, voulant se débarrasser d'elle. Marianne, inquiète, cherchait un moyen de rester près de sa maîtresse; elle devinait que le départ d'André la tourmentait et elle aurait voulu la distraire, éloigner d'elle cette douloureuse pensée. On sonna, Marianne dut aller ouvrir. Régine avait dit aussitôt :

— Si c'est un fournisseur, qu'on revienne demain, je n'ai pas la tête à m'occuper aujourd'hui de mes affaires.

La vieille servante avait été regarder par la fenêtre, elle exclama:

— C'est le facteur!... Cela me fait penser que j'ai oublié de remettre à madame les lettres; les voici.

Elle les prit sur la cheminée, les remit à Régine, et descendit vivement ouvrir : la jeune femme regardait rapidement les lettres les unes après les autres, espérant reconnaître sur l'une d'elles l'écriture de son amant. Elle fut désappointée; elle fronça les sourcils en prenant une lettre dans une enveloppe décachetée par André; elle lut la suscription, puis le timbre, et voyant les mots : « Juge d'instruction », elle devint très pâle. On l'appelait devant le juge d'instruction, déjà! C'était pour cette aventure de la nuit, mais elle allait s'ébruiter... et quel scandale! Elle restait terrifiée... puis elle dit :

— Mais ce n'est pas possible, on ne peut instruire déjà une affaire survenue il y a quelques heures seulement... Si ce n'est pour cela, pourquoi est-ce donc?

Marianne remontait tout essoufflée, tenant une lettre qu'elle présenta à sa maîtresse; remarquant le bouleversement de ses traits, elle lui demanda :

— Oh! mon Dieu! madame, est-ce que vous vous sentez un peu plus mal?...

— Non! je n'ai rien... ma migraine, qui me donne des frissons... Marianne, quand avez-vous reçu ces lettres?

— Il y a trois jours...

— Toutes?

— Oui, madame, c'est M. André qui les a décachetées.

— Ah!

Régine dit cela d'un ton sec, n'osant questionner. Elle ouvrit la lettre que l'on venait de lui remettre et lut :

« Madame,

« Je devais vous renseigner, chaque jour, sur ce qui se passe place
« des Vosges. L'état de la malade est toujours le même : désespéré. Il
« y a des allées et venues de notaires et de témoins. En outre,
« M. Berthier a eu un entretien avec des agents de la sûreté. J'en
« cherche le motif; dès que je le saurai, je vous en informerai. Il
« faut agir avec prudence. Avez-vous exécuté ce dont nous étions
« convenus? Votre avenir en dépend.

« Daignez agréer les salutations de votre dévoué serviteur

« MARTIN. »

A mesure qu'elle lisait, sa main tremblait; il lui semblait que la phrase : « M. Berthier a eu un entretien avec des agents de la sûreté », était écrite en caractères flamboyants. Les lettres lui glissèrent des mains, et, s'accroupissant dans le fauteuil, allongeant ses mains dans ses cheveux qui couvrirent ses épaules, elle crispait ses doigts sur son crâne, cherchant une explication dans son cerveau.

Ces agents de la sûreté qui venaient trouver son mari, que lui voulaient-ils?

Berthier la faisait-il suivre, et ces gens venaient-ils faire leur rapport? Cela était possible, ces agents savaient ce qui s'était passé la nuit, rue de Surêne, chez la Leprince. Ils étaient venus, dès le matin, informer le mari, et son homme d'affaires avait aussitôt écrit la lettre qu'elle recevait, jetée à la poste de très bonne heure. Cela était odieux : son mari, tout le monde, allait savoir qu'elle était une cliente de la Leprince.

Mais l'autre lettre, ordre à comparaître devant le juge d'instruction, à quelle affaire cela se rapportait-il?... Elle cherchait, et elle sentait sa tête brûler sous ses mains, elle sentait des poussées à la base du crâne, prodrome de la congestion ou de la méningite.

Marianne attristée observait sa maîtresse, et, pour la faire sortir de sa torpeur, elle continua :

— Oui, madame, c'est monsieur qui a décacheté la lettre, et justement lorsqu'il l'a eu lue, il a paru tout d'un coup changer d'avis. Il s'est pressé de chercher son linge, comme s'il avait hâte de partir, comme s'il se sauvait.

Régine avait relevé la tête, elle regardait Marianne, paraissait terrifiée par ce qu'elle entendait, et répéta :

—Il s'est sauvé... il s'est sauvé!

Elle pensa aussitôt que, si André s'était si précipitamment décidé à partir de la maison, c'est qu'il avait jugé la citation grave. Elle réfléchit encore, et son visage se bouleversa.

Ce n'était pas pour l'aventure de la nuit qu'on la citait, cela devait être bien autrement redoutable. Son homme d'affaires, Martin, l'informait que son mari avait, depuis quelques jours, des entretiens avec des agents de la sûreté. Le doute n'était pas possible.

Berthier, résolu à se débarrasser d'elle, avait porté plainte pour la tentative d'assassinat dont il avait été victime, il l'avait dénoncée, elle et son amant; c'est sur ce crime que portait l'enquête, et dans l'instruction qui allait suivre, on saurait la vie qu'elle menait. Elle était perdue! Son complice s'était sauvé, comment se défendrait-elle? C'était trop à la fois, elle était poursuivie par ses créanciers, obligée chaque jour de disputer sa vie, son amant l'abandonnait. Pour se sauver de cette misère, elle consentait au honteux trafic de la Leprince, et la malechance qui la poursuivait voulait qu'elle fût surprise par la police. A cela s'ajoutait un crime qu'elle croyait, sinon pardonné, au moins oublié... et pour instruire cette affaire, on allait fouiller dans sa vie et y trouver encore d'abominables choses.

C'était trop... beaucoup trop!... Son fils était presque un homme ; le procès qui la menaçait allait être scandaleux et bruyant, le malheureux apprendrait ce qu'était sa mère... Elle se sentait incapable d'en supporter autant, elle était accablée sous le poids de ses fautes.

Injuste comme les coupables, elle se demanda qui était la cause de son malheur, de ses fautes, de sa chute?... et elle accusa son mari... son mari, l'objet unique de sa haine jalouse. C'était lui qui l'écrasait, ne reculant ni devant le ridicule, ni devant le scandale; il la verrait injurier devant un tribunal, il la verrait condamner par les juges, et il en serait heureux, il s'en réjouirait le soir avec celle qui l'avait remplacée... Est-ce que cela était possible?... C'était une douleur de plus, qui la fit se redresser.

La vieille Marianne, qui l'observait avec inquiétude, qui remarquait le bouleversement de ses traits, se recula en la voyant debout, le regard flamboyant, la bouche menaçante; elle trembla en l'entendant s'écrier :

— Et je me laisserai écraser ainsi, moi?... Oh! non! on me prendra morte, ou je me serai vengée. Non, il ne sera pas délivré de moi... je le tuerai...

— Oh! mon Dieu! madame, que dites-vous?... fit Marianne effrayée.

Régine ne l'entendait pas, elle marchait dans le salon, elle avait pris sur un meuble un petit poignard, et elle le brandissait en répétant :

— Tu me sacrifies, mais je te tuerai... oui, je te tuerai !...

Et elle frappait dans le vide.

— Madame, je vous en prie... ne prenez pas cette arme, vous allez vous blesser... Asseyez-vous là, il faut vous reposer...

Marianne était convaincue que sa maîtresse avait un accès de fièvre chaude, elle voulait doucement la désarmer et la faire asseoir sur son fauteuil, mais Régine ne la voyait ni ne l'entendait.

La sonnette du jardin tinta, et la vieille servante, désolée d'être obligée de quitter pour un instant sa maîtresse, insistait :

— Madame, calmez-vous... asseyez-vous là... je vais ouvrir...

Régine l'interrompit, et la repoussant vivement :

— Non, je ne veux pas qu'on leur ouvre, ils viennent m'arrêter!... Je veux te tuer avant !

Elle s'élança vers la porte, pour la fermer, mais les forces lui manquèrent; elle jeta un grand cri, et tomba raide sur le tapis.

V

LES MÉMOIRES D'UNE FEMME DE CHAMBRE

Le jour même où se passaient les incidents que nous venons de raconter, une scène d'un tout autre genre se jouait dans le bureau du juge d'instruction, le même qui avait écrit la lettre, cause du bouleversement de Régine.

Le cabinet, bas de plafond, éclairé pas deux fenêtres, simplement meublé, tapissé de vert — couleur de l'espérance — pas pour les inculpés; le juge, pâle, chauve, sanglé dans une redingote noire, cravaté de blanc; le greffier non moins correctement, mais plus piètrement vêtu, occupant chacun un côté d'une grande table, divisée par des casiers. Sur le côté, une chaise-fauteuil pour les témoins; près d'une porte dérobée, deux tabourets, l'un pour le garde, l'autre pour l'accusé.

Quand nous entrons dans le bureau du juge les deux tabourets sont occupés, l'un par le garde, raide et ne bronchant pas, l'autre par une jeune femme, d'une trentaine d'années, assez simplement, mais très proprement vêtue, au visage riant, à l'air effronté; d'un côté

du bureau, le greffier, courbé sur le pupitre, tend l'oreille et écrit
ce qu'il entend ; de l'autre côté, le juge d'instruction, accoudé,
regarde la jeune femme et l'interroge :

— Vous avez été arrêté sur la plainte de Mme X... On a retrouvé
chez vous la plupart des objets qui avaient été soustraits ; il manque
une bague en diamants... vous l'avez vendue?

— Monsieur, je vous répète que je n'ai rien pris, rien volé; je
l'ai déjà dit, les objets que l'on a trouvés chez moi m'avaient été
donnés par Mme X...

— Vous étiez très largement payée, de plus, vous aviez souvent
des profits ; il serait singulier que votre maîtresse vous eût donné
des bijoux de cette valeur.

— Monsieur, cela n'a rien de surprenant : j'ai rendu de grands
services à madame, je vous ai dit la vie qu'elle menait, et elle avait
plus besoin de moi que je n'avais besoin d'elle... C'est assez humi-
liant pour moi, d'avoir servi une fille de cette espèce...

— En vous plaçant chez elle, vous saviez ce qu'elle était?...

— Je croyais alors que ce n'était qu'une femme entretenue...
mais c'était pis que cela... elle était entretenue en détail... par tout
le monde !

— Et vous avez mis deux ans pour vous en apercevoir... pour
ressentir l'humiliation !

— Non, monsieur, je suis restée forcée... parce qu'on me devait
de l'argent...

— Et vous l'avez volée, pour vous payer?

— Mais, monsieur, je vous répète que je n'ai pas volé... Je lui
ai enlevé son dernier amant, en lui racontant ce qu'elle était, et
c'est pour se venger qu'elle m'a fait arrêter, en m'accusant de
l'avoir volée.

— Cet argent et ces titres trouvés chez vous?...

— Monsieur, tout à l'heure vous me disiez que j'étais largement
payée dans mes places, c'est vrai... et, ne dépensant pas beaucoup,
j'ai fait des économies... Je vous ai donné des adresses pour avoir
des preuves.

— Justement, vous avez parlé d'une dame Berthier, vivant
séparée de son mari, et qu'on n'a pas trouvée à l'adresse donnée
par vous?

— Ah! mais c'est vrai!... je vous reconnais maintenant.

— C'est parce qu'on n'a pas bien cherché...

— Vous avez prétendu qu'un portrait trouvé chez vous, et des cheveux enfermés dans une même enveloppe, vous ont été donnés par elle?

— Mais, monsieur, je n'ai pas dit cela; on m'a bousculée, menacée, pour savoir qui était l'homme du portrait; on m'a dit que c'était mon complice, mon amant... Je vous ai dit que je ne le connaissais pas, que je l'avais ramassé un jour dans le salon chez Mme Berthier... C'est la vérité, c'était par pure curiosité. Je me disais : Ça doit être l'amant de ma maîtresse, et comme elle posait à la vertu, je voulais la tenir...

— Vous portez un singulier intérêt à vos maîtres!

— Ils en ont autant à mon service... je gardais soigneusement ce qui pouvait leur être désagréable.

— Il a été impossible d'avoir la preuve de tout cela.

— On m'a pris cette photographie, et, le surlendemain, vous m'avez dit que j'avais dépouillé et obligé cet homme à se suicider...

— Cette Mme Berthier n'existe pas.

— Mais, monsieur, je vous jure que si... que l'on me conduise et je vous mènerai chez elle... Comme elle redoute son mari, peut-être croyant qu'on venait de sa part, a-t-elle donné l'ordre de dire qu'on ne la connaissait pas... D'abord elle ne se fait pas appeler Berthier...

— Vous n'aviez pas dit cela... Comment se nomme-t-elle?

— Mme d'Auroy.

Le juge regarda ses notes et reprit aussitôt :

— Et cette Mme d'Auroy est la personne chez laquelle vous êtes restée en service deux ans? C'est elle qui avait cette photographie?

— Oui, monsieur, c'est elle... et elle vous dira que lorsque j'étais chez elle, il y a dix ans, souvent je lui ai prêté jusqu'à douze ou quinze cents francs, ce qui vous prouve que j'avais déjà de l'argent à cette époque.

Le juge, s'adressant au greffier, lui demanda :

— La lettre de citation vous est revenue?

— Non, monsieur, la lettre a été remise.

— Ah! on a pris la lettre au nom de Berthier. Mais on ne répond qu'au nom de d'Auroy...

Et se tournant vers la jeune femme, Mlle Lisa, l'ancienne femme de chambre de Régine, que nos lecteurs ont bien reconnue, il continua :

— Nous allons la citer de nouveau, et vous affirmez encore ce que vous avez dit ?

— J'affirme que Mme Berthier avait des relations en dehors de chez elle, qu'elle découchait quelquefois; un jour elle était rentrée le matin, ayant passé la nuit en ville. On était sans argent la veille à la maison; ce matin-là, elle m'a donné un billet de 1,000 francs pour payer, et elle en avait beaucoup d'autres;elle a également tiré de sa poche le portrait et la mèche de cheveux, et elle a jeté le tout dans la cheminée, ça est tombé le long du garde-feu et je l'ai ramassé... Je n'en sais pas davantage: pour moi, je n'ai jamais vu cet individu-là, autrement qu'en photographie; je ne l'ai jamais vu chez madame, et je n'ai jamais entendu parler de lui.

Le juge dit bas au greffier :

— Puisqu'elle a reçu la lettre et ne s'est pas présentée, on agira. Ce soir, je ferai le mandat d'amener...

Revenant à Lisa, il reprit :

— Demain, vous serez confrontée avec elle. Revenons à ce qui vous est personnel; par cette femme, vous établirez, dites-vous, que vous aviez déjà à cette époque la plus grande partie de l'argent trouvé chez vous?

— Oui, monsieur, je le prouverai... Je n'ai jamais volé... j'ai carotté, voilà tout.

— Ah! vous appelez ça carotter?...

— Oui, je veux dire : j'ai pris dix sous, vingt sous sur un achat, ou j'ai fait compter plus cher par les fournisseurs qui me rendaient l'argent... mais jamais je n'ai volé, ce qui s'appelle voler... ça !...

Et elle fit claquer l'ongle de son pouce sur ses dents.

— Vous maintenez que les objets trouvés en votre possession vous ont été donnés?

— Oui, monsieur, je le soutiens... Cette saleté veut me faire passer pour une voleuse, et c'est moins que rien !... A elle aussi j'en ai souvent prêté de l'argent, et elle ne disait pas alors que je l'avais volé... Je vous ai dit ce qui s'est passé : un monsieur vient, il demande madame, et dans l'antichambre il plaisante avec moi, il m'embrasse; elle entend ça et fait une sortie très grossière, comme si c'était ma faute... Je ne pouvais pas empêcher ce serin-là de m'embrasser... Mais je vous l'ai dit, je m'étais disputée le matin avec elle, et, le soir, je l'entends dire à ce jeune homme: C'est honteux! il faut que vous vous respectiez bien peu pour toucher à ces graillons... Graillon! c'était de moi, monsieur, qu'elle parlait...

Le juge d'instruction, devenu moins sévère, souriait.

Lisa, sentant que sa cause s'éclaircissait, continua :

— Le lendemain matin, elle me donne mes huit jours, je lui réponds: Vous avez bien fait, ma petite, j'allais vous les donner. Elle se met en fureur et me dit de partir tout de suite. Je lui réponds: « Payez-moi et je pars. — Vous serez payée demain. » Très bien. Le soir, le même monsieur revient. Je ne préviens pas. Le jeune homme était galant ; il s'excusa d'avoir été la cause de l'algarade de la veille. Je lui réponds que j'en étais bien heureuse, car j'allais enfin quitter la maison. J'ai dit que j'en serais partie depuis longtemps si on ne m'y devait pas d'argent. Je raconte ce que vaut madame. Pendant ce temps-là, il me prenait la taille, m'embrassait... Enfin, bref, au lieu de l'annoncer, je l'ai fait sortir...

— Seul? demanda le juge, qui paraissait s'amuser de l'histoire.

— Ah! non! J'avais jeté mon bonnet et mon tablier sur la banquette, et j'étais sortie avec lui... Le lendemain matin, elle vient pour me faire une scène dans ma chambre. J'ouvre, et elle voit M. Gontran; elle veut crier, je la mets à la porte en lui disant : « Ma petite, c'est pour qu'il sache bien laquelle des deux était le graillon. » Deux heures après, elle envoyait chercher un agent, déclarait que j'étais une voleuse, me faisait traîner chez le commissaire, montrait la liste des objets qu'elle m'avait donnés, en disant que ces objets avaient disparu de chez elle; on les trouvait naturellement dans ma chambre. Voilà la vérité! la vérité! Pour l'autre histoire, celle du portrait, je n'y comprends rien...

— Vous affirmez que vous ne connaissez pas l'original? Vous soutenez que ce portrait appartenait à cette dame d'Auroy.

— Oui, monsieur.

— Qu'est-ce que cette dame d'Auroy? Vous avez été renvoyée de chez elle

— Je vais vous parler sincèrement... Non, monsieur, je n'ai pas

été renvoyée; cependant je faisais tout ce que je pouvais pour ça...
J'étais restée longtemps avec elle, et j'y étais bien. C'était une bonne
place, mais elle est devenue mauvaise.

— On ne vous payait plus?

— On me payait, mais irrégulièrement, et puis j'avais connu
madame mariée; elle a été surprise par son mari avec son amant et
s'est séparée. Elle a quitté la maison, je l'ai suivie. Vivant seule en
veuve, elle recevait beaucoup de monde. C'était l'un l'autre qui
donnait, et puis elle dépensait sans compter. Lorsqu'il y avait de
l'argent, la vie était joyeuse; quand il n'y en avait pas, j'en avançais,
on me le rendait largement. Mais du jour où madame s'était mise
en ménage, tous les jours il fallait rendre des comptes, on mar-
chandait. Quand je prêtais de l'argent, avant, il m'était assez rapidement remboursé; madame sortait; elle rentrait les poches pleines;
mais du jour où monsieur a été là, la misère se prolongeait et ce
n'était que par acomptes et avec des sottises que je rentrais dans
mes avances. Quand j'ai vu ça, je suis devenue insolente; madame
s'est fâchée, et, le lendemain je lui ai dit : Quand vous m'aurez
payée, je partirai.

— Mais lorsque cette dame d'Auroy, ayant découché une nuit,
est revenue le matin, les poches pleines de billets de banque, et a
jeté ce portrait — vous venez de me déclarer cela — était-elle déjà
en ménage avec cet homme?

— Non, monsieur, non! C'est quelques jours... une quinzaine
environ après cette histoire que M. André est venu demeurer avec
elle.

—Et cet individu, ce M. André, ne venait pas auparavant chez
elle?

— Mais si, monsieur... Je ne vous ai pas dit ça!... J'oubliais.
M. André était une vieille connaissance à elle; ils se voyaient, et
je ne le savais pas. M. André était l'ami et le premier commis de son
mari; c'est avec lui qu'elle avait été surprise... C'était son premier
amant.

— La cause de sa séparation; et il ne se sont revus qu'à ce
moment?

— Forcément, cet André sortait de prison; il y était depuis la
séparation.

— Que me dites-vous là?

— Mais je vous dis la vérité.

Le juge, se penchant vers le greffier, lui dicta les dernières phrases qu'il venait d'entendre, et reprit :

— Ainsi son amant avait été en prison, condamné pour adultère?

— Mais non, monsieur, je n'ai pas parlé de ça... il avait été condamné pour vol.

— Pour vol !

Le magistrat, surpris, regardait la servante, paraissant du regard lui demander une explication; elle comprit, car elle reprit aussitôt :

— M. André de Gueutteville était le représentant de M. Berthier, un second lui-même. Je ne dis pas ça, ajouta-t-elle en riant, à cause de ses relations avec madame; je veux dire que monsieur avait toute confiance en lui, c'était un viveur qui barbotait dans la caisse; moi, j'ai toujours pensé qu'il était conseillé par madame.

Le jour où M. Berthier le surprit avec sa femme, il vérifia sa caisse et ses livres, et sans avouer sa situation ridicule, il se sépara d'avec l'une et fit arrêter l'autre... l'autre c'est M. André, qui fut condamné et qui, son temps fait, revint trouver madame, s'installa dans la maison et vécut maritalement avec elle.

Le juge veillait à ce que les déclarations de Lisa fussent soigneusement relatées par le greffier, et il interrogea :

— Quand Mme Berthier est rentrée chez elle, rapportant le portrait, André vivait-il avec elle?

— Non, monsieur, pas encore.

— Veuillez écouter ce qu'on va vous lire.

Le greffier lut ce long interrogatoire de la jeune femme. Mlle Lisa, ne trouvant aucune rectification à faire, on la pria de signer. Sur un signe du juge d'instruction, le garde se disposa à l'emmener.

— Comment ! vous ne me relâchez pas encore!... exclama Lisa... Mais je vous jure que je ne suis pas une voleuse.

— Sortez, et ne criez pas; nous verrons ça tout à l'heure.

Le garde emmena la femme de chambre ; le juge sonna le garçon de bureau, qui entra, et lui présenta une citation. Il commanda aussitôt :

— Faites entrer Mme Louise Gavet.

Le garçon sortit quelques minutes et revint, introduisant une jeune et jolie femme, très élégamment vêtue. Le magistrat la fit asseoir dans le fauteuil qui se trouvait près de lui; il lui demanda :

— Vous vous nommez ?

— Louise Gavet, mais je ne suis pas connue sous ce nom, on me nomme Zélia, la Fourbisseuse.

— Vous avez déposé une plainte contre la fille Élisa Renard, qui vous aurait volé plusieurs bijoux retrouvés dans sa malle.

— Oui, monsieur, dans un moment de colère, j'ai fait arrêter cette malheureuse, et je le regrette aujourd'hui...

— Le regrettez-vous, parce que vous vous êtes aperçue que votre accusation était fausse ?

— Non, monsieur, parce que je ne veux pas être la cause du malheur de cette femme.

— C'est qu'elle prétend que les objets que vous déclariez vous avoir été volés lui avaient été gracieusement donnés par vous.

Zélia eut un mouvement d'épaules en disant :

— Cela pourrait me retirer l'envie de pardonner. J'ai dit que je lui avais donné certains bijoux, mais non tous ceux qu'elle avait en sa possession.

— En somme, vous avez l'intention de retirer votre plainte ?

— Oui, monsieur, si elle reconnaît ses fautes.

Sur un signe du magistrat, la porte se rouvrit et Lisa reparut, accompagnée par le garde. En voyant son ancienne maîtresse, elle parut toute décontenancée. Le juge lui dit aussitôt :

— Fille Renard, vous avez déclaré tout à l'heure que l'accusation portée contre vous était fausse; votre maîtresse affirme que les bijoux trouvés dans votre malle lui appartenaient. Les ayant retrouvés, si vous reconnaissez votre faute, elle vous pardonnerait, et retirerait sa plainte.

Lisa, toute bouleversée, regardait le juge, puis Zélia, n'osant croire ce qu'elle entendait; son audace, son arrogance s'étaient envolées, elle redevenait humble, et tombant à genoux :

— Oui, pardonnez-moi, madame; j'ai mal agi... vous m'avez donné plusieurs bijoux, mais non tous ceux qu'on a trouvés, ceux que j'ai pris ne vous plaisaient pas... mais vous m'avez donné les deux plus beaux...

— Est-ce vrai ? demanda le juge...

— C'est vrai, monsieur, et je l'ai déclaré au commissaire, lorsqu'il m'a présenté les objets saisis... Puisqu'elle se repent, je retire ma plainte... et je vous prie de ne pas donner suite à l'affaire...

— Remerciez madame... et profitez de la leçon.

— Oh! merci, madame, fit Lisa, en lui prenant les mains. Merci... Et se tournant vers le juge : Je suis libre ?

— Pas encore, tout à l'heure : asseyez-vous...

Un peu inquiète, Lisa obéit et le juge, s'adressant à Zélia, lui dit :

— Madame, dans la perquisition faite chez votre femme de chambre, on a trouvé un portrait-carte, une photographie ; lorsqu'on vous l'a soumise, pour vous demander si vous connaissiez la personne qu'elle représentait, vous avez exclamé : Ah! l'homme du premier... Veuillez nous renseigner.

— C'est vrai, monsieur, et cela est bien singulier... Avant de demeurer avenue Friedland, il y a quatre ou cinq ans, je résidais rue de Laval au coin de la rue Bréda ; j'occupais le deuxième étage ; au premier, au-dessous de moi, demeurait un homme bizarre, il n'occupait son logement que quelques semaines par an, et il y faisait une vie infernale ; rarement chez lui le jour, la nuit, des hommes et des femmes, qui, jusqu'au matin, jouaient du piano ou récitaient des vers, quelquefois, faisaient un charivari épouvantable... Cet homme, on n'a jamais su pourquoi, s'est suicidé un matin. C'est son portrait qu'on avait trouvé dans la malle de Lisa.

La femme de chambre écoutait son ex-maîtresse, stupéfaite de ce nouvel incident.

— Vous ne connaissez pas autrement cet homme ?

— Non, monsieur. Lorsqu'on a vendu chez lui, après le décès, j'ai même acheté différents objets ; on n'avait pas mis son nom sur les affiches ; il y avait dessus : après le décès de M. X... Je le rencontrais quelquefois dans l'escalier, jamais je ne lui aurais parlé, car, malgré moi, j'en avais un peu peur...

— Vous l'avez toujours vu seul ?

— Oui, monsieur.

— Vous n'avez jamais remarqué les personnes qu'il recevait ?

— Non, monsieur ; une fois cependant, je l'ai vu causer avec une

Il se pencha pour regarder.

femme, je ne l'ai remarqué que parce que je connaissais cette dernière.

— Ah! dans la maison, montant avec lui ?

— Non, monsieur. C'était au bois... au bois de Boulogne; il fit arrêter sa voiture, en descendit pour aller saluer la femme, dont le coupé était arrêté.

— Vous connaissez cette femme, dites-vous ?

— Oui, monsieur. C'était mon ancienne patronne... Je dois vous dire que j'étais autrefois brunisseuse, je travaillais dans une maison d'armements militaires de la rue des Francs-Bourgeois, chez un fourbisseur. C'est de cette époque que me vient mon sobriquet de la Fourbisseuse. Ma patronne était une jeune et jolie femme qui s'amusait un peu; du reste, depuis, elle a quitté son ménage et est séparée d'avec son mari... on m'a dit qu'elle était assez richement entretenue.

— C'est cette femme que vous avez vue causer avec votre voisin... et elle se nomme ?

— Elle se nomme Mme Berthier.

— Mme Berthier ! exclama Lisa.

— Vous la connaissez ? dit Zélia avec étonnement, sans remarquer le mouvement du magistrat, qui imposait silence à la femme de chambre. Ce que celle-ci du reste observait peu, car elle reprit :

— Si je la connais ! mais je suis restée plus de cinq ans chez elle.

— Je n'ai pas vu ce nom dans son certificat et...

Le juge frappait sur son bureau en disant :

— Je vous p.. ie de ne répondre qu'aux questions que je vous adresse.

Les deux jeunes femmes se turent aussitôt, et le magistrat reprit plus doucement en s'adressant à Zélia :

— Ainsi, vous avez vu Mme Berthier causer un jour au bois de Boulogne avec celui que vous appelez « l'homme du premier » ? vous êtes bien certaine de ne pas vous être trompée ?

— C'était bien ma patronne... j'en suis certaine... j'ai des raisons pour cela...

Ces derniers mots étaient dits avec une intention que remarqua le juge d'instruction; il interrogea immédiatement :

— Qu'entendez-vous par ces mots : « J'ai des raisons pour cela ? »

— Mais non, monsieur, je veux dire que je la connais bien... très bien... trop bien.

— Vous avez une intention, en parlant ainsi, que je voudrais connaître.

— Oh ! monsieur, moi, je n'ai pas de raison pour rien cacher... la chose est simple et la voici. Mme Berthier a eu pour amant le même homme que moi.

Lisa, de plus en plus stupéfaite, regardait son ancienne maîtresse; elle croyait connaître ceux qu'elle favorisait de son amour, et la liste en était longue, mais elle n'avait jamais vu celui-là. Le magistrat n'était pas moins surpris, en cherchant l'affirmation de sa demande.

— La personne avec laquelle vit cette dame Berthier, le sieur André de Guetteville, est votre amant.

— Vous connaissez son nom ?

« Oui, monsieur. Vous comprenez qu'une femme ne se trompe pas sur une rivale, surtout celle-là. Entre mille, je la reconnaîtrais. Je suis très étonnée de ce que l'on vient de dire. Elle a servi chez Mme Berthier pendant des années et jamais je ne l'ai su.

Elle s'adressait à la femme de chambre, très étonnée elle-même de n'avoir jamais parlé chez Zélia de son ancienne maîtresse, de la place qu'elle avait le plus vivement regrettée. Le juge, d'un mouvement de main, s'interposa pour éviter le dialogue et demanda :

— Madame faisait observer assez justement tout à l'heure qu'elle n'avait pas remarqué dans les certificats que vous lui aviez présentés en entrant chez elle, la signature de Mme Berthier; c'est cependant chez elle que vous aviez servi le plus longtemps.

— Monsieur, c'est bien simple : je servais chez Mme Berthier, j'étais entrée chez elle lorsqu'elle demeurait rue des Francs-Bourgeois avec son mari. Je l'ai suivie chez son père lorsqu'elle s'est séparée. C'est alors qu'elle à repris son nom de fille, et c'est de ce nom qu'elle a signé mon certificat : Mme d'Auroy.

— Très bien. C'est tout naturel. Mais pendant que vous serviez Mme d'Auroy, avez-vous vu chez elle M. André de Gueutteville ?...

— C'est à cause de lui que je suis partie. C'est-à-dire que l'allure de la maison changeant, je ne pouvais plus rester.

Il y eut un silence de quelques minutes, pendant lesquelles le magistrat, penché sur l'épaule du greffier, surveillait la rédaction de l'interrogatoire qu'il venait de faire. Le greffier ayant achevé, il reprit, s'adressant aux deux femmes, les plaçant au même niveau, et la maîtresse et la femme de chambre :

— Ainsi, ni vous, ni elle, n'avez vu, ni connu, l'homme du portrait?... il n'est jamais venu chez la dame d'Auroy quand vous serviez chez elle, et vous, madame, vous n'avez jamais vu la dame d'Auroy se rendre chez votre voisin ?

— Non, monsieur, firent en même temps Mlles Zélia et Lisa.

— Cependant, vous, madame Louise Gavet, vous déclarez formellement que vous avez un jour vu Mme Berthier causant familièrement avec votre voisin, Auguste Cler...

— Comment, mon voisin Auguste Cler, dont vous avez le portrait? On disait que c'était un prince étranger...

Le juge haussa les épaules, en répondant :

— C'était un pauvre fou... Vous, fille Élisa Renard, vous déclarez qu'étant au service de Mme Berthier, comme femme de chambre, vous avez vu celle-ci rentrer chez elle un matin, ayant passé la nuit dehors; vous l'avez vue tirer de ses poches une liasse de billets de banque, le portrait photographique que nous vous présentons et une mèche de cheveux? C'était la nuit du 21 octobre 1878?

— Oui, monsieur. C'était bien le 21 octobre, je vous ai montré mon livre; c'est le jour où madame m'a rendu l'argent qu'elle me devait, et j'ai acheté de la rente.

Zélia regardait le juge, puis son ancienne femme de chambre, ne s'expliquant pas ce qu'elle entendait; enfin, elle s'adressa au magistrat :

— Pardon, monsieur, voulez-vous me permettre de vous faire une question ?

— Certainement, madame, faites.

— Je suis venue ici pour retirer la plainte que j'avais déposée contre Lisa.

— Oh ! merci, madame Zélia...

— Vous m'avez interrogée, j'ai répondu; oubliant le mal qu'elle m'a fait, je vous ai dit de ne point donner de suite à l'affaire. Or, c'est à peine si nous avons parlé de ça, et, depuis une heure, il n'est question que de cet original qui se tua dans ma maison... Cela m'intéresse peu...

— Chère madame, cela nous intéresse beaucoup. Vous réclamez la liberté de votre femme de chambre, c'est entendu... Si vous voulez me renseigner sur ce que je vous demande, vous ne serez pas tourmentée.

— Tourmentée?... Mais qu'espérez-vous savoir de moi ?

— Vous avez dit que lors de la vente qui eut lieu après le décès de votre voisin, vous aviez acheté plusieurs choses...

— J'ai acheté des bibelots de peu d'importance, des livres, de la musique... Ah ! j'ai une chanson qui peut-être vous renseignerait...

— Que voulez-vous dire ?

— M. de Gueutteville me défend de la chanter; elle porte le nom de Mᵐᵉ Berthier, et c'est peut-être pour cela... Elle est manuscrite.

— Cette chanson se nomme?

— *Régine!*... c'est le nom de Mᵐᵉ Berthier.

— Mais j'en ai vu une copie chez madame... dit vivement Lisa; elle la chantait souvent. Ça commence... Et elle chanta :

> Pendant tout un jour, j'ai pensé
> A toi, cruelle;
> J'ai ressuscité le passé
> Où tu vins, belle...

— Est-ce cela? demanda le juge à Zélia, qui acheva :

> Ta lèvre chantait le plaisir,
> Et ta poitrine
> Se gonflait pleine de désir,
> O Régine !

— C'est bien ça, fit Lisa. Ah ! je comprends les colères de M. André, quand il l'entendait, cette chanson.

— Et vous avez cette chanson chez vous ?...

— Tout entière écrite de la main du voisin, paroles et musique, avec cette dédicace : A celle que j'aime.

Le juge, s'adressant à Lisa, lui demanda :

— Et vous avez vu chez Mme Berthier une copie de cette chanson avec cette dédicace ?

— Oh ! non, monsieur ; c'est la copie de la chanson, mais sans la dédicace, et je me souviens que lorsque madame voulait faire rager monsieur, elle se mettait au piano et jouait. Je ne comprenais rien à la scène, je m'explique tout maintenant.

— Vous avez cette chanson chez vous, madame ?

— Oui, monsieur... je la tiens à votre disposition... Je comprends aussi : André, étant dans ma chambre, l'avait entendue une fois. C'était quelques jours avant le suicide de cette personne. M. de Gueutteville était chez moi, nous nous connaissions... intimement depuis peu, nous avions passé la soirée ensemble, et nous allions nous coucher; on faisait un tel tapage en bas que nous ne pouvions dormir. André se mit à la fenêtre et écouta la chanson. J'étais loin de me douter alors du motif qui le rendait si attentif...

Le juge se pencha sur le greffier pour surveiller la rédaction des dépositions qu'il venait d'entendre. Après les avoir fait lire à haute voix, il les fit signer par les deux femmes. Obéissant à un regard suppliant de son ancienne femme de chambre, Zélia demanda sa libération : on l'assura qu'elle serait libre le soir même. Ce n'était qu'une simple question de formalité. Lisa, que le garde allait emmener, dit :

— Aussitôt que je serai libre, j'irai vous remercier, madame.

— Je vous attendrai.

Le juge reconduisait galamment Zélia ; avant que la porte fût refermée, elle entendit :

— Il serait peut-être utile de s'occuper de ce M. de Gueutteville.

Zélia, en marchant rapidement dans les couloirs, se disait :

— Moi, je ne veux pas d'ennui, ça ne sera pas long à finir, cette histoire... je ne tiens pas à avoir de tracas chez moi... il va partir et vivement... je l'ai assez vu.

Et sur cette résolution, la belle Zélia, plus calme, descendit le large escalier du Palais et monta dans la victoria qui l'attendait à la porte. Ayant regardé l'heure à la grande horloge, elle s'écria :

— A peine cinq heures... J'ai le temps de rentrer à la maison.

— Au Bois !

Et après cet ordre, elle s'étendit souriante sur les coussins, heureuse du murmure d'admiration qu'elle soulevait autour d'elle.

Dans le balancement de la voiture, elle pensait à ce qu'elle venait d'apprendre.

André, qu'elle aimait plus en camarade qu'en amant, s'était bien hypocritement conduit avec elle. Elle se souvenait qu'il l'avait souvent interrogée sur M. Berthier. C'était près d'elle qu'il prenait des renseignements sur sa maîtresse ; elle se rappelait les moindres détails de leurs anciennes relations, ses bizarreries lorsqu'il se trouvait seul près d'elle ; il exigeait qu'elle restât avec lui dans l'obscurité, et, la tenant sur son cœur, il passait sa main dans ses cheveux ; il lui ordonnait de se taire et il lui parlait cependant tout bas d'une façon incompréhensible. Elle s'expliquait tout... Près d'elle, il ne pensait qu'à Régine.

Oh ! non, Zélia n'était pas longue à aimer, mais elle était moins longue encore à mépriser. Cet André maintenant ne valait pas la corde pour le pendre. En revenant du Bois, elle allait chasser cet homme de chez elle.

Après avoir fait le tour du lac, elle rentrait. En arrivant avenue Friedland, après avoir jeté à sa femme de chambre son manteau, elle lui dit :

— Dites à M. de Gueutteville de venir me parler dans ma chambre.

La femme de chambre regardait sa maîtresse paraissant avoir mal entendu.

— Ne m'avez-vous pas comprise ?... Dites à M. de Gueutteville...

— J'ai bien entendu, madame, mais M. André est parti ce matin presque derrière vous... emportant sa valise, et disant qu'il se rendait à la gare...

Ce fut au tour de Zélia de regarder sa femme de chambre avec stupéfaction. — Elle répéta, craignant d'avoir mal entendu :

— Parti... Il est parti ce matin ?

— Mais oui, madame... Lorsque madame a dit : Où est donc la lettre que j'ai reçue hier ? j'ai dit à madame en la lui remettant : C'est la citation, la voici.

— Oui, eh bien ?

— Dès que madame a été dehors, M. de Gueutteville m'a

demandé ce que signifiait cette citation. Je lui ai dit que madame était appelée comme témoin au Palais de Justice. Il a fait : « Ah ! » puis il a appelé Jean, lui a commandé de préparer sa valise et d'aller chercher une voiture, et il est parti.

Zélia resta toute décontenancée en apprenant la fuite d'André; elle commençait à regretter d'avoir été aussi hospitalière. Elle avait été bien imprudente, et risquait d'être mêlée à de très compromettantes affaires. Depuis qu'elle avait revu André, il avait toujours agi bien singulièrement ; il s'était énamouré d'elle et cela avait duré quelques jours à peine ; puis, quand il venait la voir, il paraissait préoccupé; il avait un sommeil étrange; il se réveillait plusieurs fois la nuit, criant, parlant haut, sans qu'il fût possible de comprendre ce qu'il disait. Tous ces petits détails qu'elle n'avait pas remarqués autrefois prenaient maintenant une grande importance. Que voulait-on savoir en l'appelant chez le juge d'instruction sur ce voisin qu'elle avait à peine vu ?... Quel intérêt pouvait avoir la justice à savoir si Mme Berthier était ou n'était pas la maîtresse de cet homme mort depuis longtemps? Ce ne pouvait être sur la plainte de son mari, l'aventure était trop ancienne. Elle se secoua un peu pour chasser ces idées, et ayant demandé si André n'avait pas même laissé un lettre, elle se disposait à changer de toilette, lorsqu'on lui annonça que Mlle Lisa demandait à lui parler.

— Ah! elle est libre !... faites-la entrer... elle va me donner des renseignements.

Lisa, en apercevant Zélia, courut vers elle et lui prit la main en la remerciant chaleureusement; Zélia, en bonne fille, lui dit :

— Vous voyez, Lisa, que c'est un mauvais système de vouloir faire du mal aux gens qui ont été bons pour vous... Vous avez fait une vilaine action : moins avec moi qu'avec toute autre, vous deviez agir ainsi ; vous y avez perdu votre place et vous avez vu où je pouvais vous mener.

— C'est vrai, madame, je m'en repens bien, et je vous demande pardon...

— Ne parlons plus de ça... Mais je suis une bonne fille : vous ne trouveriez pas à vous placer, si on savait d'où vous sortez; vous resterez quelques jours ici et vous chercherez une place; je vous donnerai un certificat comme si vous n'en étiez jamais sortie.

Accoudé sur le lit, il sentait de grosses larmes couler sur ses yeux.

Lisa, très émue, dit :

— Ah ! j'ai été bien ingrate et bien sotte en me faisant chasser de chez vous.

Zélia, entendant le timbre résonner, exclama :

— On vient encore me raser... Je ne reçois personne ce soir... Lisa, vous allez m'expliquer une chose que je ne peux comprendre. Pourquoi m'a-t-on parlé de ce voisin que j'avais rue de Laval ?... qu'est-ce que cette histoire de portrait que vous aviez dans votre malle ?...

— Madame, je ne vous renseignerai guère, je n'y comprends absolument rien...

— Ce portrait, d'où le tenez-vous ?...

A ce moment, la femme de chambre parut :

— Qu'y a-t-il ? demanda Zélia.

— Jean dit que c'est un monsieur qui insiste pour voir madame ; il n'a qu'un renseignement à lui demander ; il la supplie de le recevoir.

— Il n'a pas donné sa carte... comment se nomme-t-il ?

— Il dit que son nom n'apprendrait rien à madame, elle ne le connaît pas.

— Qu'est-ce que c'est que ce type-là ?... Faites entrer.

Lisa se retirait.

— Non, Lisa, restez, je ne tiens pas à être seule, je ne connais pas ce monsieur.

La femme de chambre ouvrait la porte, le visiteur entrait incliné, saluait en souriant, disant :

— Excusez-moi, madame...

Zélia et Lisa à la fois, dans une même exclamation, s'écrièrent :

— Monsieur Berthier !...

Le visiteur stupéfié releva la tête en reconnaissant la femme de chambre.

— Lisa !... Mais chez qui suis-je ?

— Chez moi, monsieur Berthier, fit Zélia lui tendant la main. Vous me regardez et ne me reconnaissez pas. Et lui ayant pris la main, elle l'attirait vers la fenêtre afin de mettre son visage en pleine lumière... Berthier, embarrassé, la regardait, disant :

— Madame, excusez-moi, votre visage ne m'est pas inconnu,

mais je ne puis me souvenir de l'endroit où j'ai eu le plaisir de vous voir.

— Comment! monsieur Berthier, vous ne vous souvenez pas de Louise... la grande Louise...

— La Fourbisseuse, Louise la Fourbisseuse... Ah! mais c'est vrai... je vous reconnais maintenant...

— Je suis bien changée, n'est-ce pas ?... Vous m'avez connue quand j'étais jeune, fraîche.

Certainement Berthier était étonné de retrouver son ancienne apprentie dans une si opulente situation. Comme c'était avec un tout autre métier que celui qu'il lui avait appris qu'elle l'avait gagnée, il se trouvait un peu honteux et embarrassé; mais celle dont l'étonnement était à son comble, c'était Mlle Lisa. La belle Zélia, la femme à la mode, était une ancienne ouvrière du mari de son ancienne maîtresse ; elle avait fait son apprentissage dans la maison où elle était restée si longtemps.

Zélia ayant offert un siège à Berthier, s'assit devant lui; elle était heureuse, et ne ressentait pas le moindre embarras de son luxe; elle était fière même d'avoir eu l'occasion de le montrer à celui qui l'avait connue misérable petite ouvrière.

Elle se rappelait qu'un jour Berthier ayant plaisanté avec elle, la belle Régine avait dit à son mari, parlant d'elle :

— Est-il possible que vous riiez avec de pareils chenillons?

Et elle dit, observant qu'après avoir jeté un rapide coup d'œil sur les meubles et les tapisseries de son salon, Berthier admirait l'élégance et le luxe de sa personne :

— Eh bien! mon cher patron, la chenille est devenue papillon... c'est le gracieux nom que me donnait votre aimable femme...

— Mademoiselle, de grâce, ne me parlez pas de cela... Vous n'ignorez pas que je suis séparé...

— Non, vous avez raison; elle vous a rendu assez malheureux pour qu'on ne vous tourmente pas de nouveau en parlant d'elle... Mais, à quelles circonstances dois-je le plaisir de vous voir ?... Ce n'est pas votre ancienne apprentie que vous cherchiez, puisque vous avez été surpris de me rencontrer... C'est à Mlle Zélia que vous avez affaire. Parlez.

— Je vais vous parler clairement. Voici la chose... Vous avez, paraît-il, demeuré rue de Laval, au coin de la rue Bréda ?

Zélia regardait avec étonnement Berthier affirmer de la tête, pendant que Lisa, s'avançant, écoutait attentivement.

— C'est bien cela. Il y a cinq ans, vous aviez pour voisin un original qui se nommait Auguste Cler et qui s'est suicidé...

— Ah ! exclama Zélia, vous allez me parler encore de cet homme ?

— Comment ! vous parler encore de cet homme... On vous a donc déjà...

— Mais je reviens aujourd'hui du Palais de Justice, où j'avais été convoquée par le parquet à son sujet.

— Ah ! très bien, on s'en occupe... Eh bien ! je viens vous demander un renseignement très délicat, mais, puisque j'ai eu le bonheur de trouver en vous une amie, vous faciliterez ma tâche...

Zélia regardait Lisa, qui hochait la tête. Les deux femmes semblaient se dire : « Quelle affirmation vient-il chercher chez nous ? » Zélia répondit :

— Monsieur Berthier, je suis tout à votre disposition... demandez.

— Vous avez dû remarquer cet homme à cause de ses étrangetés ; vous avez probablement — toutes les femmes sont curieuses, surtout de ces choses-là — remarqué les femmes qu'il recevait, et particulièrement celle qu'il paraissait le plus aimer, sa maîtresse, celle qu'il vit les derniers jours de sa vie.

Les deux femmes se regardèrent encore ; Lisa semblait avoir de la peine à contenir son envie de rire, tandis que Zélia paraissait un peu embarrassée.

— Pourquoi venez-vous me demander cela ?... Vous savez ce que vous savez...

— Comment ! je sais ce que je sais... Moi, je ne sais rien.

— Vous ne savez rien et vous vous adressez à moi !... et vous vous occupez de ça !... vous vous moquez de moi !

— Vous connaissez la femme qu'il recevait... sa maîtresse... je vous en prie, dites-le-moi.

Zélia n'osait parler ; c'est Lisa qui, s'avançant, s'écria :

— Vous voulez qu'on vous l'affirme... C'est facile: c'était votre femme, monsieur Berthier

— Ma femme! exclama Berthier se redressant bouleversé, et sentant le rouge lui couvrir la face...

— Pour être venu ici nous demander ça, vous saviez quelque chose ?

Le pauvre homme faisait pitié à voir. Il regardait son ancienne servante et son apprentie, il se refusait à croire ce qu'il entendait. Il n'aimait pas Régine, il ne ressentait aucune jalousie, mais il avait honte. Il méprisait celle qui portait son nom, mais il ne la croyait pas avilie à ce point. Ainsi, cette fille qui avait abusé de l'état mental d'un malheureux, c'était Régine ; cette fille qui avait feint l'amour pour dépouiller un malade, c'était Régine! Cette fille que l'on recherchait et dont les manœuvres avaient eu pour but de s'approprier l'héritage qui revenait à celle qu'il appelait sa vraie femme, qui devait revenir à son enfant, c'était Régine!... Cette misérable ferait donc toujours le malheur de sa vie !

Il fallait bien accepter la réalité. Il connut la vérité en quelques mots. Lisa n'avait aucun ménagement à prendre ; elle dit brutalement ce qu'elle savait. Zélia acheva l'œuvre en parlant plus doucement et en cherchant à consoler son ancien patron. En le voyant abattu, silencieux, elle crut que quelque témoignage d'affection lui rendrait un peu de courage ; elle lui dit:

— Mon cher patron, vous êtes venu à l'heure où j'allais me mettre à table ; voulez-vous accepter mon dîner ?... Nous causerons de tout cela...

Berthier se leva, remerciant son ancienne ouvrière. Il en savait assez, il en savait trop, il n'avait plus besoin d'en apprendre davantage ; il refusa ; mais il se trompait en croyant qu'il allait échapper aux révélations qui l'épouvantaient.

Zélia avait à se venger de Régine ; la haine qu'elle avait autrefois pour elle s'augmentait de ce qu'elle avait appris, c'est-à-dire qu'elle avait été le jouet d'André au profit de la belle Régine; Lisa avait pour sa maîtresse la rancune que garde toute femme de chambre chassée d'une maison. Ces deux inimitiés ne demandaient qu'à se satisfaire, et Berthier ayant laissé échapper en parlant de sa femme cette exclamation :

— Oh ! la gueuse ! la misérable ! Quelle existence !

— Ah ! ah ! fit en riant Lisa voyant qu'elle plaisait à Zélia, et faisant le possible pour rester en grâce près d'elle. Si vous saviez tout ce que j'ai vu... Ce n'est rien cela...

— Je ne veux rien savoir...

— Oh ! mon pauvre patron, dit plaisamment et méchamment Zélia... C'est effrayant ce qu'entend, ce que sait une femme de chambre... Les malignes remarquent tout... et Lisa est de celles-là. Si elle écrivait ses mémoires, ce serait curieux pour vous...

— Pour sûr, alors...

Berthier était comme abruti, il avait l'aspect d'un homme recevant une douche. Lisa, mise en train, racontait tout ce qu'elle savait, — ce qui était déjà assez grave, — et tout ce qu'elle supposait sur Mme Berthier : cela était abominable.

Certainement, lorsque Célestin Berthier disait que sa femme était une méprisable créature, lorsqu'il l'accusait d'indignité, il la jugeait bien dépravée... Mais jamais il n'avait soupçonné le degré d'abaissement où elle était tombée, l'ornière de boue dans laquelle elle se vautrait...

Lisa racontait toujours. Zélia affirmait, appuyait par un détail ou par un trait piquant ce qu'elle disait. Berthier souffrait. Inconsciemment, croyant lui plaire, elles retournaient le couteau dans la plaie. Il les écoutait avec un sourire béat, indéfinissable ; elles ne virent le mal qu'elles faisaient que lorsque le malheureux, grimaçant, s'écria d'une voix déchirante, en se redressant :

— Assez, assez !... c'est trop de honte...

Et, ne les écoutant plus, il se précipita comme un fou vers la porte, il descendit rapidement et sortit.

Les deux femmes se regardaient stupéfaites ; en entendant la porte de la rue se refermer, Zélia dit :

— Mais, lui aussi, il est fou.

Elle se trompait de peu. Il était fou de honte et de colère, et, se jetant dans une voiture, il se fit conduire aux Batignolles, chez sa femme, se disant :

— Il faut en finir avec ces hontes !

VI

LES SPECTRES DU PASSÉ

Berthier, de sang-froid, calme, n'aurait jamais eu la pensée de se faire conduire dans la petite maison qu'il avait achetée pour le père de sa femme il y avait une quinzaine d'années. Il ne désirait pas plus revoir le père que la fille. Il fallait son accès de colère pour le conduire. C'est que Mlle Lisa, pour plaire à Zélia, avait été sans pitié pour son ancienne maîtresse, elle en avait dit plus qu'elle n'en savait. Certainement Berthier n'était pas jaloux de sa femme, dont il était séparé ; ce qu'il avait entendu n'avait en rien touché son cœur. Mais de ce qu'il avait appris il était ressorti, clair comme le jour, que la misérable créature qui avait abusé de l'état mental, de la maladie vicieuse d'Auguste Cler, l'oncle de Céline, c'était Régine.

Ainsi, cette femme, après l'avoir presque ruiné, et cherché à déposséder ceux qu'il aimait, avait encore dépouillé sa compagne et sa filleule... C'était trop, ça ! Il lui donnait très largement ce qu'il fallait pour vivre luxueusement, et elle ne méritait nulle pitié. C'était une goule qu'il fallait écraser.

Dans la voiture, satisfaisant sa colère en jurant et sacrant à mi-voix, il brandissait sa canne, et il se souvenait de cette scène, qui remontait presque à quinze ans, où il avait surpris sa femme, nue, s'arrachant des bras d'André de Gueutteville ; il l'avait battue comme un chien méchant ; allait-il recommencer la scène ?

Il fallait s'attendre à tout. On devait le connaître chez son beau-père. En le voyant, on allait probablement lui refuser la porte, se doutant bien qu'il ne venait pas pour une agréable mission. Berthier n'avait jamais entendu parler, depuis sa rupture avec sa femme, du colonel d'Auroy. Il avait peu d'estime pour le vieux soldat, paillard et indélicat, et se le représentait toujours marchant tout d'une pièce et menaçant tout le monde, ne cessant ses jurons que pour dire une obscénité à une femme ou pour compter l'argent que Berthier lui donnait. Dans la voiture, il pensait que c'était celui que Zélia la Fourbisseuse appelait le Désarticulé que sa femme

allait lui envoyer pour répondre à sa demande d'explication. Or,
il ne voulait pas voir le colonel, il tenait absolument à parler à
Régine. Qu'allait-il faire ?

En arrivant, si la petite grille de la rue n'était pas ouverte, il se
dissimulerait pour ne pas être reconnu ; et, la porte ouverte, il se
précipiterait dans la maison, grimpant au premier dans l'appartement de Régine.

Il fit arrêter sa voiture à une centaine de pas de la maison,
descendit, s'excitant en se répétant tout bas ce que Lisa lui avait
dit, et tenant sa canne à la main. La petite grille était ouverte.
Il entra vivement, traversa le jardin ; il entrevit, à travers les
vitres, le colonel ou plutôt son ombre. Berthier fut si stupéfait du
changement, qu'il s'arrêta une minute. Il était devant la fenêtre, et
le vieillard ne le voyait pas. Étendu dans son fauteuil, la tête
penchée, il pleurait. Un peu ému, Berthier se hâta de grimper le
perron ; il regarda autour de lui dans le vestibule. Personne, et tout
était silencieux. Il était surpris de la facilité avec laquelle il était
entré, et tout gêné de ne rencontrer personne.

Il connaissait bien la maison, mais il ne l'avait pas vue depuis
que Régine avait fait couvrir les murs de tapisserie, et il chercha
un peu la porte. Il vit l'escalier recouvert d'un épais tapis, il monta,
sans faire de bruit ; à mesure qu'il avançait, sa colère s'apaisait et
son embarras s'augmentait. D'abord il venait admonester Régine,
puis il montait pour demander une explication, et, traversant le
salon, il se demandait ce qu'il allait lui dire. Cette solitude le troublait... Il se remit un peu cependant, se redressant, faisant avec sa
canne comme avec une cravache, toussant, espérant qu'on allait
venir, et se tenant sur la défensive. Rien ne bougeait. Se sentant
ridicule dans l'immobilité, il dit haut pour se donner de l'audace :

— Il faut en finir !...

Et, soulevant la portière, il entra dans la chambre à coucher. Il
attendait sur le pas de la porte, toujours sa canne à la main. Il vit
la vieille servante penchée sur le lit et s'efforçant d'empêcher un
malade de relever les draps qui le couvraient. Entendant du bruit,
la vieille Marianne s'était tournée, et voyant un inconnu dans la
chambre de sa maîtresse, elle s'écria :

— Qu'est-ce que vous voulez, monsieur ?

Et la malheureuse, dans son délire, frappait de son poing la vieille Marianne qui l'avait prise dans ses bras.

Avant que Berthier pût répondre, une voix qu'il reconnut dit :

— C'est lui... c'est lui... Marianne ; et Régine jetant le linge et la glace que la vieille bonne maintenait sur sa tête, se débarrassant de ses couvertures et repoussant celle qui la veillait, se dressa sur le lit, tendant le bras en disant

— C'est toi, André, viens !

En apercevant son mari, elle jeta un cri épouvantable et, sautant du lit, elle cria :

— Lui ! le bourreau... qu'est-ce qu'il veut ? Il vient me chercher... Eh bien ! ose donc me prendre... Nous avons voulu te tuer, nous allons le faire aujourd'hui... André ! André ! il vient pour nous prendre notre enfant... pour le faire mourir de faim.

— Pauvre malheureuse !... vous ne pensiez pas à lui, la nuit où un homme se tuait pour vous, rue de Laval.

Effrayante à voir, Régine, terrifiée, se recula vers le lit...

— Il sait cela ! c'est lui qui t'envoie. Otto... André, moi... Tu voudrais me faire enfermer pour tuer mon enfant... Mais André est là qui me défendra... Otto... il m'aime. Otto... n'est-ce pas que tu m'aimes ?

— Mais, monsieur, aidez-moi donc à la remettre dans son lit. Vous voyez bien qu'elle a le délire.

Berthier restait comme hébété, à moitié enfoncé dans la tapisserie de la portière, commençant seulement à comprendre que la malheureuse n'était pas seulement en colère, mais gravement malade et sous le coup d'une crise qui la faisait délirer... Dans la maison on avait entendu comme le bruit d'une chute suivie de cris perçants. La vieille, affolée, exclamait avec désolation :

— Ah ! mon Dieu... l'autre... Il a entendu madame, il a cru qu'elle l'appelait, il a voulu venir et il sera tombé... Monsieur, veillez-la, je remonte tout de suite.

Berthier voulut protester, et se sauver, mais Marianne était sortie en fermant la porte sur elle. Terrifié, Berthier ne bougeait plus ; Régine disait :

— Tu viens pour me frapper comme autrefois... tiens, frappe ; et elle arrachait sa chemise et se trouvait devant lui, nue, le bravant cyniquement ; elle était échevelée, son visage était convulsé ; elle cria encore :

« Tu n'oses pas, parce qu'il y a Otto...Otto, la mort qui te guette...
Puis elle éclata de rire; se sentant chanceler, elle se cramponna à
la tapisserie de son lit et, paraissant avoir oublié Berthier, elle
dit :

« Tu écoutes, André... ne te fâche donc pas, imbécile... et elle
chanta :

> J'ai longtemps de tes bruns cheveux
>   Baisé les tresses,
> A tes genoux, j'ai de tes yeux
>   Bu les caresses.
> Maintenant mon cerveau lassé
>   Revient, mutine,
> A ce souvenir effacé
>   O Régine !...

« Donne-moi de l'or, Otto... et chante.

> J'usais dans la chanson d'amour
>   Toute ma flamme,
> Et nous nous endormions au jour
>   Sans cœur, sans âme...
> Cette nuit je te reverrai
>   Fraîche et mutine,
> Jusqu'en rêve, je t'aimerai,
>   O Régine !

Elle voulut vocaliser, et le rire s'éteignit dans un cri aigu, qui
glaça d'effroi, absolument abruti. Les mains de la malheureuse
lâchèrent les tentures après lesquelles elle se soutenait, et, tournant sur elle-même, elle tomba sur le tapis, où sa tête frappa lourdement.

La vieille Marianne avait entendu le chant, le cri et la chute
du corps; elle reparut, bouleversée. Ne connaissant pas Berthier,
tout en se précipitant vers sa maîtresse, elle l'apostrophait :

— Comment, monsieur, vous l'avez laissée tomber ! Vous voyez
une femme en cet état, et vous ne lui portez pas secours !... C'est
abominable !... Mais je deviens folle, seule avec ces malades...
Madame ! ma pauvre madame !... Et elle lui soulevait la tête.
Oh ! mon Dieu, elle est évanouie ! Aidez-moi, monsieur, à la mettre
sur le lit.

Réagissant sur la torpeur qui l'avait envahi, Berthier s'élança, et, prenant Régine dans ses bras, pendant que Marianne lui soutenait la tête, il la porta sur le lit. Lorsqu'elle fut couchée, la servante s'empressa pour lui faire reprendre connaissance.

Berthier profita de ce moment pour se retirer; il descendit l'escalier, s'appuyant au mur, marchant comme un homme ivre. Il s'arrêta une minute dans le vestibule, essayant de se remettre de l'émotion qu'il avait éprouvée. La porte du petit salon dans lequel était le colonel était entr'ouverte. Il se pencha pour regarder, et ressentit aussitôt une douloureuse impression.

Le vieillard était étendu dans son grand fauteuil; il paraissait dormir. Sur sa face osseuse et jaune se voyait une plaque rouge au centre violacé, provenant du choc que le malheureux avait reçu en tombant lorsqu'il avait essayé de se précipiter au secours de sa fille, qu'il savait dangereusement malade, et qu'il avait entendue crier.

Vivement ému, tout bouleversé, Berthier se hâta de sortir de la maison. Lorsqu'il fut dehors, il marcha lentement jusqu'à sa voiture, pensant aux scènes successives auxquelles, depuis deux heures, il avait assisté, à ce qu'il avait appris chez la belle Zélia. Sa femme avait été bien coupable lorsqu'elle vivait avec lui; depuis le jour où il l'avait chassée, sa conduite était plus indigne encore. Par la séparation il avait cru se venger d'elle; elle s'était moquée de lui... C'est maintenant seulement qu'il était vengé, et il répétait :

— Voilà le châtiment !...

Il remonta en voiture et, triste et pensif, se fit conduire chez lui. Toutes les recherches relatives à la succession de l'oncle de Céline devenaient inutiles. Céline était dépouillée par sa rivale. Berthier, en revenant, se demandait ce qu'était devenu l'enfant qui portait son nom ; la misérable avait encore assez de pudeur pour ne pas le faire vivre chez elle, pour ne pas le rendre spectateur de ses hontes. Mais, par Lisa, il avait appris ce qui se passait chez Régine. Si son fils n'y résidait jamais, lorsqu'il sortait du collège, André était son compagnon. La bonne avait dit même qu'André conduisait celui qu'il appelait son filleul dans des lieux singuliers : cela était monstrueux, mais cela était vrai.

Quand on entend sans cesse réclamer le droit des pères et des mères de famille à diriger leur enfant, ne serait-il pas utile qu'on

plaçât à côté leurs devoirs? A combien de parents indignes ne
serait-il pas humain de retirer les droits paternels?

Ce malheureux, qui ne devait pas être responsable de la faute
de sa naissance, se trouvait déclassé, élevé loin de son père qui le
reniait, et obligé de voir sa mère vivre en concubinage avec un
amant qu'on disait son père véritable.

Le divorce, en permettant à la mère coupable de retrouver un
ménage régulier, sauverait l'enfant de cette éducation honteuse.

Berthier se demandait ce qu'il ferait si la malheureuse qu'il
venait de voir dans un si pitoyable état venait à mourir. Il avait,
pour cet enfant, une aversion contre laquelle il aurait vainement
essayé de réagir. L'enfant allait rester avec le grand-père, mais cet
homme était-il en état de s'en occuper? D'après ce que son ancienne
bonne lui avait raconté, le colonel croyait Régine veuve et André
son nouvel époux; dans cette situation, l'enfant, habitué à reconnaître l'autorité d'André, et qui ne le connaissait pas, lui, voudrait
rester avec ceux qu'il aimait; était-il nécessaire qu'il s'en occupât
si on ne le tourmentait pas?

Bah! il n'était pas besoin de se préoccuper de cela. Ce qu'il avait
vu, c'est que sa femme était mourante; c'est que probablement il
serait bientôt veuf et par conséquent libre: il pourrait faire ce qu'il
voudrait pour sa Céline et pour son enfant. A mesure qu'il s'éloignait de la petite maison des Batignolles, les impressions ressenties
s'effaçaient.

En arrivant chez lui, il trouva Céline beaucoup mieux, et il fut
ravi de l'entendre lui dire:

— De jour en jour ça va mieux.

Est-ce que véritablement sa Céline se rétablissait? Est-ce qu'il
pourrait en faire véritablement sa femme? Elle le questionna sur le
résultat de ses démarches: il n'osa lui dire la vérité. Il lui raconta
que l'on avait effectivement retrouvé la femme à laquelle l'oncle
avait donné la plus grande partie de ses biens, mais la donation
avait été faite régulièrement, il n'y avait pas de revendication à
faire. Il fallait se contenter de ce qui restait.

— Et c'est déjà bien assez, dit en souriant Céline, car, vraiment,
à quel titre vais-je jouir de cet héritage? Cet homme, de son vivant,
avait pour son frère, mon père, sinon un mépris, au moins une

indifférence, qu'il lui rendait bien. Il n'avait pour moi aucune sympathie : il l'a prouvé lorsque, orpheline, je me suis adressée à lui.
Hériter dans ces conditions-là, c'est au moins singulier. Je lui étais
plus étrangère que le premier venu, car il ne m'aimait pas, et
un autre lui eût été seulement indifférent.

— Tu ne vas pas refuser, au moins?

— Non, mais n'en parlons plus.

Berthier avait bien envie de dire : « C'est moi qui rembourserai
ça » ; il se retint.

Le calme revenait avec l'espoir chez Berthier, pendant que tout
s'assombrissait chez Régine. André s'était sauvé de chez Régine bien
moins à cause de leur dispute, que de l'assignation menaçante
qu'elle avait reçue. Il redoutait toujours une nouvelle vengeance
de Berthier, dont il connaissait la froide volonté, et il était convaincu que celui-ci n'oubliait pas la tentative d'assassinat dans
laquelle il avait failli périr. En en voyant une semblable arriver
huit jours après chez Zélia, il avait perdu la tête et il s'était sauvé
en longeant les quais, poursuivi par l'idée que Berthier avait déposé
une plainte contre lui. Il s'arrêta devant un bouquiniste et chercha
parmi les livres un Code ; en trouvant un, il le feuilleta ; en voyant
qu'il fallait dix années pour prescrire son crime et le mettre à
l'abri des poursuites, il devint très pâle, il lui semblait qu'il lisait
l'affirmation de ses craintes... Abattu, il marcha, s'éloignant de la
Seine, remontant sur les Batignolles, dirigé par l'habitude... Quand
il se trouva sur le boulevard, il se dit qu'il ne pouvait vivre ainsi,
il fallait savoir... En Régine, il avait forcément une amie puisqu'elle
était sa complice. Malgré ses infidélités, il savait qu'elle l'aimait.
C'est même chez elle qu'il serait le plus en sûreté si on le cherchait,
et c'est par elle qu'il saurait ce qu'il devait craindre. Prenant
une résolution, il se dirigea vers la demeure du colonel d'Auroy.

Dans son cerveau troublé, il cherchait à arrêter un plan de
conduite. Il ne pouvait rester plus longtemps dans la situation où
il se trouvait. En agissant prudemment, en arrivant chez Régine
à une heure où on ne l'attendait pas, il ne risquait pas de se faire
prendre car sa conviction était qu'il était recherché — ou tout au
moins qu'on l'avait cherché. Avant d'entrer dans la petite maison
dont il avait une clef, il regarda autour de lui; ne voyant rien de

suspect dans la rue, il ouvrit la porte ; il faisait nuit ; il remarqua que les fenêtres du vestibule et de la chambre de Régine étaient éclairées. La maison était silencieuse, le colonel était probablement couché et Régine absente ; il en fut satisfait, il pourrait ainsi être plus facilement renseigné en questionnant la servante. Il était dans le jardin, les yeux fixés sur les fenêtres de l'appartement de sa maîtresse. Il vit le salon s'éclairer, puis rentrer dans l'ombre ; il pensa que la vieille Marianne, après avoir préparé pour la nuit la chambre de sa maîtresse, traversait le salon la bougie à la main et redescendait à la cuisine. Il entra dans le vestibule. Au même moment, la tapisserie qui masquait la porte de l'escalier se soulevait et un individu paraissait, dirigé par Marianne.

André surpris se recula, inquiet, en voyant un homme sortir de l'appartement de Régine, reconduit par la servante. Celle-ci jeta un cri de joie en le reconnaissant :

— Ah ! c'est monsieur...

André s'avançait, il avait reconnu le visiteur, et s'inclinant, surpris, il dit :

— Vous, docteur ! je vous salue... Mais qu'y a-t-il donc ?

Le docteur hocha la tête, d'un air navré.

— Oh ! mon Dieu... Régine est malade... et c'est grave..

— Bien malade, monsieur, depuis votre départ, gémit Marianne.

André, bouleversé, regardait et la servante et le docteur, effrayé de leur air lamentable.

— Régine est malade, qu'est-il arrivé?... Oh ! je vous en prie, vous m'effrayez...

Le docteur était presque un ami, il agissait comme chez lui. Il dit à Marianne d'éclairer le salon et il y entraîna le jeune homme terrifié. Lorsqu'ils furent seuls, le docteur dit :

— Mon ami, vous arrivez à temps...

— C'est épouvantable ce que vous me dites là !... André avait tout oublié, ses craintes s'étaient envolées, il ne pensait plus qu'au danger que courait celle qu'il revenait retrouver, celle qu'il aimait quand même, et plus vivement peut-être quand il en avait vu une autre. C'est avec anxiété, en tremblant et d'une voix suppliante qu'il demanda :

« Il y a quelques jours que je suis parti... en voyage... je l'ai laissée en bonne santé... il est donc arrivé un accident?... Répondez-moi...

— Depuis le jour de votre départ, parait-il, elle est malade... Il n'y a pas eu d'accident... Monsieur de Gueutteville, permettez-moi de vous parler sincèrement, je crois que son mal vient de vous...

— De moi !... exclama le jeune homme.

— La servante m'a dit que la crise avait commencé en apprenant votre départ... vous aviez menacé de l'abandonner...

Souffrant de ce qu'il apprenait, il crut devoir se justifier en disant :

— Nous avons eu une querelle banale, je devais partir et j'avais dit en plaisantant que je ne reviendrais pas... Ce ne peut être cela... je vous assure...

— Enfin, voici ce qui s'est passé. On m'a envoyé chercher, je suis venu aussitôt. On l'avait ramenée dans sa chambre sans connaissance, lorsque, après deux heures de soins, je parvins à lui faire retrouver ses sens. Je demandai les causes de cet évanouissement, et votre bonne m'a dit qu'elle était persuadée que votre départ en était la cause, que depuis quelque temps vous vous disputiez sans cesse, et je m'expliquai alors son mal...

— Mais qu'a-t-elle ?...

— Une maladie terrible, qui a chez elle une gravité inexplicable, et contre laquelle je cherche vainement à lutter... Hier, j'ai demandé une consultation. Nous avons agi très énergiquement... et alors que j'espérais un mieux relatif... je la trouve beaucoup plus mal ce soir... elle a eu dans le soirée, paraît-il, une crise qui pouvait être mortelle.

— Mais quel est ce mal ?...

— Une méningite... et de nombreuses complications.

André anxieux regardait le médecin presque dans les yeux en lui demandant :

— Et sa vie est en danger?

— Monsieur de Gueutteville, fit solennellement le docteur, je

Toute la soirée on fit des projets d'avenir.

vous dirai toute la vérité. Je suis effrayé des progrès du mal depuis hier, et je n'ai guère espoir de la sauver...

— Vous n'avez plus d'espoir de la sauver! exclama André terrifié. Mais ce n'est pas possible!... Régine mourir!... mais c'est de la folie, cela... il y a un suicide... un crime!...

— Non... une maladie terrible.

Cette condamnation prononcée froidement paraissait folle à André. Depuis le temps qu'il connaissait Régine, leur amour s'était souvent transformé et renouvelé; il l'avait aimée, jeune femme, pour sa grâce, pour sa beauté et surtout pour sa coquetterie. Dans leurs relations défendues, dangereuses, il trouvait un charme tout particulier. Il avait cru en elle lorsque le malheur avait fondu sur lui, il avait pu juger de la valeur de l'affection de Régine, et voir son profond égoïsme. Lorsqu'ils s'étaient revus, il la connaissait et il la jugeait à sa valeur. Par quel phénomène ce qui aurait dû les rendre à tout jamais ennemis les avait-il réunis de nouveau? Ils s'aimaient en se connaissant bien au fond d'eux-mêmes; sachant tous deux ce qu'ils valaient, ayant tous deux le même désir de jouir de la vie, et d'être satisfaits à tout prix, bien décidés à ne reculer devant rien, ayant perdu tout sens moral, ils ne se reprochaient rien. Sans s'avouer ce qu'ils faisaient, ils prenaient à peine le soin de le cacher. Ils s'adoraient à la surface, se trouvant beaux tous les deux, ayant dans l'amour les mêmes passions et la même puissance...

Et c'était de cette créature si vivante, de cette belle fille dans tout l'éclat de sa beauté, dans toute sa force, que le docteur disait : Je n'ai plus d'espoir de la sauver! Il ne pouvait le croire. En quelques jours, sans accident, sans catastrophe, elle en était là; cette lionne menaçante, qu'il avait vue si belle dans sa crâne colère, était tout d'un coup tombée, et pour ne plus se relever! Il avait tellement été secoué par la douloureuse nouvelle que, du même coup, ses appréhensions, ses craintes s'étaient envolées. Il ne pensait plus à la citation qui l'avait tant effrayé, il ne pensait plus qu'on le recherchait. Régine pouvait mourir, et il restait consterné devant le vide que sa mort ferait dans sa vie. Non, cela n'était pas possible, et il demanda au docteur :

— Qu'est-ce donc que cette maladie?

— Je vous l'ai dit, le mal a fait en quelques jours des progrès terribles... Si, dans cette période, j'avais pu constater un mieux, si faible qu'il fût, je garderais quelque espoir ; hier c'était le délire et des convulsions, elle voyait à peine lorsque je suis arrivé ; aujour-d'hui, je l'ai trouvée absolument épuisée, la respiration lente, ster-toreuse, le pouls très faible... et déjà les extrémités se refroidissent...

— Oh ! mais c'est impossible, ça ! fit le malheureux, fondant en larmes...

— Montez près d'elle, ne la quittez pas, et faites bien exécuter ce que j'ai ordonné ; je reviendrai demain matin.

Le docteur sortit. André prenait sa tête dans ses mains et gémis-sait :

— Ah ! mon Dieu ! mon Dieu !

Il monta rapidement dans la chambre de Régine. Quand il entra, la vieille Marianne, qui était remontée près de sa maîtresse, se retourna et lui fit de la main signe de ne pas faire de bruit, montrant que sa maîtresse dormait. Elle venait de changer sur son front la serviette dans laquelle elle lui appliquait de la glace pilée.

André, haletant et contenant ses sanglots, s'avança vers le lit sur la pointe du pied, il regarda la malade, qui paraissait endormie ; le changement était tel qu'il se recula vivement, mit sa main sur sa bouche pour étouffer le cri de désespoir qui s'en échappait, et il se sauva dans le salon qui précédait la chambre ; il se jeta dans un fauteuil et fondit en larmes.

Marianne, voyant sa maîtresse endormie, vint aussitôt le rejoindre. La vieille bonne, elle aussi, pleurait, et tout bas elle demanda :

— Le médecin vous l'a dit... elle est perdue ?

— Mon Dieu ! mon Dieu !... ma pauvre Régine, est-ce possible !... La retrouver ainsi ! Ce n'est plus elle... Mais comment cela est-il arrivé ?

Marianne essuya ses yeux et répondit :

— Monsieur, c'est le soir même du jour où vous êtes parti ; elle a cru que vous ne reviendriez plus et ça lui a tourné le sang...

— Mais elle est donc rentrée le soir ?...

— Non ! elle n'est rentrée que deux jours après ; elle avait été à la campagne chez son amie...

André haussait les épaules, sachant ce que cela voulait dire, et n'insistant pas :

— Après... elle est revenue, et?...

— Et, je lui ai raconté ce que vous m'aviez dit... C'est alors qu'elle a reçu le coup... Quand je suis remontée, je l'ai trouvée là, sur le tapis... Le médecin qu'on a envoyé chercher l'a saignée... Avant-hier, il a amené un autre médecin... Tantôt je croyais que ça allait mieux... elle me parlait de vous; elle voulait vous revoir; il fallait vous chercher pour vous dire qu'elle était malade, vous seriez revenu aussitôt, elle en était certaine.

— Oh! ma pauvre Régine, sanglota André.

— Elle entend ouvrir la porte et elle dit : « C'est lui... c'est toi, André. » Je voulais l'empêcher de remuer, je tenais la glace sur sa tête et le médecin dit qu'il faut toujours la renouveler... Elle se dresse en me repoussant et elle voit un homme que je ne connais-sais pas, qui était entré dans la chambre, une canne à la main... Ma-dame jette un cri...

— Oh! mon Dieu! fit André, relevant sa tête livide, et pensant aussitôt que c'était l'agent qui entrait, celui qu'il redoutait.

— J'ai cru qu'elle devenait folle! Il était impossible de comprendre un mot à ce qu'elle disait. Cet homme restait épouvanté; elle criait que tout le monde l'entendait, à ce point que le colonel, croyant que madame appelait au secours, a essayé de se lever et de venir, et, le malheureux, il est tombé et il a la tête dans un affreux état.

— Qu'a dit cet homme? demanda vivement André, que l'état du colonel d'Auroy n'intéressait que médiocrement.

— Cet homme... ma foi, je n'ai rien compris... il lui a parlé de quelqu'un qui s'était tué pour elle...

— Tué pour elle!

— Oui; il est resté là. Entendant le colonel crier, je suis allée à son secours, et quand je suis remontée, je venais d'entendre madame tomber; elle était sur le tapis, et cet homme était tout bouleversé. Je lui ai demandé de m'aider à la coucher; il m'a aidée, en tremblant, vacillant comme un homme ivre... J'ai soigné madame, et, quand je me suis retournée, il n'était plus là.

— Mais il vous a interrogée?

— Non, monsieur, rien ; il ne m'a même pas parlé, je ne l'ai vu ni entrer ni sortir ; je ne puis pas vous dire qui c'est.

— A cause des cris, ou peut-être d'une plainte des fournisseurs, elle l'a pris pour un envoyé du commissaire de police, un agent, demanda en hésitant André, ne trouvant que des motifs absurdes pour la justification de sa demande.

— Le commissaire n'a pas à s'occuper de ce qui se passe ici, — dit vivement Marianne, — mais ce n'est pas un agent, au reste ; ça avait l'air d'un homme assez bien, l'allure d'un rentier, paraissant quarante-cinq ans ; il avait l'aspect un peu farouche quand je l'ai aperçu, puis, quand il m'a aidée, il semblait très ému.

— Mais que venait-il faire?

— Je ne sais pas, monsieur, je vous le répète, et il est parti sans que je pusse rien lui demander.

André s'efforçait de ne pas montrer l'inquiétude dans laquelle le plongeait la visite de cet inconnu. Il se renseigna près de Marianne sur les recommandations faites par le médecin, et, prenant un parti, il dit :

— Oh! advienne que pourra, je reste auprès de ma pauvre Régine, et je la soignerai... C'est mon abandon, a paru dire le médecin, qui a causé l'aggravation de son mal.

— Je crois, monsieur, que votre menace de quitter madame a été pour beaucoup dans la maladie qu'elle a, mais je crois que ce qui lui a fait le plus de mal, c'est la visite de cet inconnu tantôt. C'est depuis ce moment-là que son état a empiré.

Tout cela n'était pas fait pour rassurer André ; Marianne avait laissé l'inconnu près de sa maîtresse pendant qu'elle était descendue soigner le vieux colonel. Pendant ce temps, que s'était-il passé ? Il devait y avoir eu une scène terrible, puisque la servante avait retrouvé Régine étendue sans connaissance sur le tapis. Était-ce un agent qui était venu l'interroger chez elle, et en entendant porter la terrible accusation de tentative de meurtre s'était-elle évanouie ?

La vie dans ce doute n'était plus tenable ; mieux valait tout risquer pour en finir avec cette peur. Et puis, il n'avait pas le droit de quitter dans le danger celle qui s'était sacrifiée pour lui. Tous les griefs qu'il avait contre Régine s'effaçaient à cette heure, et il dit à la vieille Marianne, visiblement heureuse de l'entendre :

— Marianne, occupez-vous de la maison du colonel, et je veillerai madame.

— Mais, monsieur, la maison n'a pas besoin de moi, et le colonel est endormi; il est tard...

— C'est vrai... reposez-vous, je veillerai, et, si j'ai besoin de vous, je vous appellerai...

— Je veux bien, monsieur André, car je suis fatiguée. Mais, à une condition, c'est que vous m'éveillerez tout de suite, si madame a besoin de quelque chose.

— Oui, ma bonne Marianne...

— Vous allez la veiller, près d'elle, dans la chambre; moi, je vais passer la nuit ici, dans ce salon; je serai prête au premier mot.

— Oui, Marianne, reposez-vous.

Pendant que la vieille servante fermait toutes les portes et se préparait un lit par terre dans le salon, André rentrait dans la chambre, avançait un fauteuil près du lit et s'y installait. Il regardait celle qu'il avait tant aimée et il ne pouvait s'expliquer l'état dans lequel il la retrouvait. Silencieux, accoudé sur le lit, il sentait de grosses larmes couler sur ses yeux, en se rappelant les derniers mots du médecin. Cependant la malade était calme et dormait. Une pensée le préoccupait. C'est vainement qu'il cherchait quel était l'inconnu qui était monté jusque dans la chambre de Régine. Il voulait se persuader que ce n'était ni le commissaire, ni un de ses agents, et il ne s'expliquait ce sans-gêne que chez un individu ayant un mandat... C'était donc un agent! Son front s'assombrissait... Un agent! et il avait été la cause de la crise fatale qui menaçait d'enlever la malade.

Régine reposait doucement, on entendait la vieille bonne ronfler. André essaya de s'endormir, ce fut en vain; il était obsédé par le récit de Marianne, et il se répétait sans cesse: Quel est cet homme?

A un moment, se dégageant de ses pensées, son regard se porta sur Régine; elle avait les yeux grands ouverts fixés sur lui, les sourcils légèrement froncés comme faisant des efforts de mémoire; il dit doucement:

— Cela va mieux, Régine?

Elle répondit d'une voix faible, mais le plus naturellement du monde:

— Oui, maintenant que tu es là!... J'ai bien souffert, va! je savais bien que tu reviendrais, mais j'aurais voulu t'avoir près de moi lorsqu'il est venu...

— Que dis-tu, ma chère Régine? fit André en souriant, croyant que le délire la faisait parler, j'étais là.

Elle essaya de sourire aussi et répondit :

— Mon André... tu reviens, merci... je suis bien mal, va, et il est temps de penser à notre enfant... On guette ma mort...

— Régine, veux-tu ne pas dire de sottises?... Mais tu vas bien... et, Dieu merci, tu n'es plus en danger...

— Écoute-moi, André... je puis parler, maintenant, et dans quelques heures je ne le pourrai peut-être plus.

— Ne dis pas cela...

— Si j'avais encore une pareille secousse... un pareil effroi, tu ne serais pas là, que je n'oserais pas regarder ce rideau, cette porte-là où je l'ai vu.

André eut un mouvement. Régine parlait de la scène que Marianne lui avait raconté... de l'individu qui était si singulièrement entré jusque dans la chambre de la malade. Il ne s'était donc pas trompé, c'était un agent... le juge d'instruction peut-être! Il lui demanda doucement :

— Marianne m'a raconté cela... Qui donc est venu jusqu'ici?

Régine le regarda avec étonnement et dit :

— Tu ne le sais pas!... mais lui! lui!... qui venait voir si j'étais bien morte, s'il pouvait déshériter notre enfant... Berthier !

— Berthier! exclama André... Berthier est venu ici!

— Oui, il est entré, comme il y a douze ans, la canne à la main, menaçant, il venait m'achever, si personne n'avait été là.

— Oh! le misérable !

— André, tu reviens à temps... Il faut s'occuper de notre enfant... c'est sur toi que je puis compter; écoute-moi.

Toute la haine d'André se ravivait... c'était Berthier qui venait se placer devant lui à cette heure désespérée.

— Tu vas faire appeler M. Martin, mon conseil; il faut que nous nous entendions ensemble; je ne veux pas que mon enfant, qui n'est pas responsable de ce que j'ai fait, soit déshérité quand je ne serai plus là.

André pleurait, vivement ému par le courage que dépensait cette femme, qui, se sentant mourir, n'avait plus qu'une pensée : assurer l'avenir de son enfant.

— Ne pleure pas... Je ne regrette pas la vie que j'ai menée, et, si j'en ai le temps encore, je veux la racheter ; je me soucie peu de ce qu'on pensera de moi. Cependant, je ne veux pas que, moi morte, mon fils soit repris par Berthier ; je ne veux pas qu'il m'entende insulter... Berthier n'est pas son père, c'est toi... C'est toi qui dois le défendre. André, jure-moi que tu ne reculeras devant rien pour revendiquer les droits de mon enfant, que tu ne permettras pas à cet homme de distraire le bien qui lui revient, au profit de sa maîtresse et de sa fille... C'est sa fille, c'est vrai, mais il lui a donné assez. Son bien revient à notre enfant... Jure-moi, André, que tu ne te lasseras pas...

— Je te le jure... mais que dois-je faire ?

— Maintenant, rien... mais dès que je serai morte...

— Je t'en supplie, ne dis pas cela ; pourquoi me faire souffrir ?

— Tu m'aimes bien, n'est-ce pas, mon André?... j'ai été bien coupable envers toi, qui as toujours été bon... j'ai été la cause de tous tes malheurs... mais je t'aimais bien...

— Mon Dieu ! mon Dieu ! ma pauvre Régine... et la tenant dans ses bras en fondant en larmes, il la couvrait de baisers. Vrai, je te pardonne. Oui, je te le jure, je défendrai contre cet homme, le véritable auteur de tous nos maux, la fortune de notre enfant... j'y succomberai peut-être, mais il sera riche et respecté... je te le jure.

— Merci, mon André!... merci !

— Oui, maintenant, repose-toi...

— Non ! peut-être ne retrouverai-je plus une heure de calme, et je sais que je suis perdue...

— Tu es folle, je te le répète, la crise terrible que tu as eue était la dernière, et tu vas mieux maintenant...

— Ah ! mon André! si tu savais les efforts que je fais pour te parler ! il me semble à chaque mot qu'un marteau m'écrase la tête ; tout à l'heure ma voix s'éteindra. Il faut que mon fils soit ramené en toute hâte du collège... je veux le voir avant de mourir ; je veux lui parler... lui dire ce qu'il sait, que son père est un misérable, que

Les deux malheureux, Berthier et Céleste, agenouillés à son chevet, pleuraient.

je veux qu'il te considère comme son père, qu'il t'obéisse et t'aide dans la lutte que tu vas entreprendre, qu'il n'écoute les conseils de personne...

Elle faisait des efforts inouïs pour parler, et André en souffrait; c'est d'une voix suppliante qu'il lui dit :

— On va aller chercher notre fils, Régine, repose-toi... ne parle plus... je reste là près de toi... essaie de dormir.

— J'ai peur de n'avoir plus ma raison à mon réveil.

— Ne crains rien!... Pendant que tu vas te reposer, je veillerai sur toi, je reste là à ton chevet, tenant ta main, rafraîchissant ton front... Je vais envoyer chercher, dès que le jour sera venu, M. Martin et ton fils.

— Oui... il faudrait faire porter mon père jusqu'ici. Que nous nous entendions tous ensemble...

— Dors, tout sera prêt pour ton réveil.

Elle essaya de sourire pour rassurer son amant, et ferma les yeux. André, assis à son chevet, la contemplait, cherchant vainement à retenir les larmes qui coulaient sur ses joues. La pauvre femme ne se trompait pas. L'accalmie relative qui lui permettait de parler plus raisonnablement devait être de courte durée. Le mal allait reprendre plus terrible, lui donnant une force factice, délirante, qui devait s'éteindre dans le coma, prodrome de la mort.

Au bout d'une grande demi-heure, elle s'endormit; ses lèvres remuaient comme si elle parlait dans un rêve. André, qui lui tenait la main, la plaça sur le lit. Le petit jour filtrait à travers les rideaux; il vit la vieille Marianne qui, toute honteuse d'avoir dormi si longtemps, venait reprendre sa place près de la malade.

— Restez près d'elle, Marianne.

— Oui, monsieur André, soyez tranquille, vous pouvez aller vous reposer...

— Je ne vais pas me reposer, je vais envoyer chercher Régis.

— Notre petit monsieur... pauvre jeune homme, quand il va voir sa mère en cet état... mais il faut bien qu'il sache la vérité.

Avant de se placer au chevet de Régine, Marianne descendit, sur l'ordre d'André, éveiller le colonel; elle trouva le vieillard éveillé et qui l'attendait placidement. C'est qu'un grand changement s'était opéré chez le vieux soldat, depuis le jour où il avait appris la dangereuse situation où se trouvait sa fille. L'âge amène chez certains individus l'indifférence, l'insensibilité et l'égoïsme ; il semble que, sentant la fin approcher, ils soient jaloux de l'avenir des autres et satisfaits de le voir menacé ; que le cœur, peut-être à force de souffrir, soit desséché. Au contraire, le colonel d'Auroy, avec l'âge, devenait plus sensible ; son égoïsme, sa brutalité s'envolaient avec son intelligence ; il était devenu très sensible, et, en voyant paraître Marianne, c'est en pleurant qu'il lui demanda des nouvelles de sa fille.

Au hochement de tête de la vieille servante, il eut de gros sanglots et gémit :

— Mon Dieu, pourquoi faut-il qu'une vieille carcasse comme moi, inutile, infirme, vive éternellement, et que les jeunes, les beaux qui ne demandent qu'à vivre soient menacés ?... Ma pauvre Régine !... je veux la voir, Marianne...

— M. André va descendre vous parler...

— André ! il est toujours là-haut près d'elle... brave cœur ! — Le colonel ignorait l'escapade de celui qu'il appelait son gendre. — Si je pouvais être près de lui, je l'aiderais, et nous la guéririons...

— Je crois qu'il va venir vous chercher.

— C'est vrai ? Oh ! bien vite, habillez-moi, Marianne, dit le vieillard en souriant dans ses larmes.

En quelques minutes, la servante eut terminé la toilette du vieux soldat et elle l'avait roulé dans son fauteuil, devant la fenêtre, à sa place ordinaire. Elle remonta près de sa maîtresse, non endormie mais accablée, et André descendit aussitôt. C'est avec joie que le colonel l'accueillit.

— Comment allez-vous, colonel ?

— Mais, très bien, mon ami — et elle ?... vous vous dévouez là-haut... c'est bien, ça ! merci. Comment va-t-elle ?

— Un peu mieux ce matin.

— Oh ! je voudrais la voir, ma Régine...

— Et justement, elle a le même désir... et j'ai l'intention de vous aider à monter là-haut...

— Ce serait bien, ça... mais en m'appuyant sur toi... je marcherai bien...

— Certainement... colonel. Régine sent que sa santé est pour

longtemps compromise et elle veut assurer la situation de son enfant,
que veut compromettre, paraît-il, son mari.

Nous avons dit que l'intelligence s'éteignait chez le père de
Régine; il ne s'étonna pas d'apprendre que le mari de sa fille existait
toujours et qu'il avait un nouveau gendre. Son œil s'alluma et ses
sourcils se froncèrent dès qu'il fut question d'argent; lorsque André
acheva :

— Oui, Berthier chercherait par tous les moyens possibles à
déshériter son enfant, et nous voulons empêcher cela...

— Cré nom de D...! je crois que nous allons empêcher cela!
exclama le vieux soldat retrouvant une minute d'énergie.

— Voyons, colonel... vous allez passer votre bras autour de mon
cou, et je vais vous prendre et vous porter...

— Je puis bien essayer de marcher.

Le pauvre vieux ne voulait pas avouer son impotence, mais
André était pressé, il avait beaucoup de choses à faire, et sans s'arrêter à ses observations, le traitant comme un enfant, il le prit
dans ses bras et le monta dans le salon qui précédait la chambre à
coucher de Régine. Dans la même situation, devant la fenêtre, on
avait préparé un fauteuil; on l'y plaça, et André lui dit :

— Si vous avez besoin de quelque chose, Marianne viendra. Surtout, ne faites pas de bruit, Régine dort.

— Mais je voudrais la voir...

— Tantôt... Je vais chercher Régis, et à mon retour elle sera
éveillée.

Le vieillard n'insista pas. Obéissant et parlant bas, il répondit :

— Oui; je me tais, reviens vite...

Et souriant, il regardait par la fenêtre, content comme un enfant du petit déplacement qu'on lui faisait, trouvant un changement agréable à voir d'en haut le petit jardin qu'il voyait d'en
bas.

André partit aussitôt. Deux heures après il ramenait Régis. Le
fils de Régine avait dix-sept ans, et paraissait grandement son âge.
En entrant dans la chambre, voyant sa mère étendue dans le lit,
pâle et endormie, il eut peur et s'élança en jetant un cri.

— Oh! maman! maman!

Il tomba à genoux, et prit sa main, la mouillant de ses larmes.

Régine s'éveilla, son regard chercha autour d'elle et s'arrêta sur son enfant; elle essaya de lui sourire et balbutia :

— Régis !

Le jeune homme embrassa sa mère, et cachant son visage dans les draps pour étouffer ses sanglots, il fondit en larmes. Dans le regard, dans le balbutiement des lèvres, il avait vu que sa mère était perdue.

Régine avait reconnu son fils, puis le sourire s'était éteint dans une crispation, le regard avait cherché dans la chambre, elle avait fait un effort pour se soulever, en disant :

— Va-t'en! va-t'en...

Régis, terrifié, relevait la tête, regardait sa mère, croyant qu'elle s'adressait à lui.

La malheureuse femme ne voyait plus rien; elle se dressa sur son coude et cria :

— Va-t'en... ils veulent le prendre!... mais nous la tuerons, André, nous la tuerons à nous deux...

André prit le jeune homme désespéré dans ses bras et l'entraîna, malgré sa résistance, hors de la chambre :

— Viens, Régis, laisse Marianne avec elle...

— Ah! ma pauvre maman!... elle est perdue... André, pourquoi es-tu venu si tard ?

— Mon cher enfant... je l'ai quittée calme il y a deux heures; c'est elle qui m'envoyait te chercher... pouvais-je penser cela ?

Il n'osait dire que lui-même était revenu lorsqu'elle était bien malade, et, très ému, il cherchait à consoler le pauvre garçon.

— Ne pleure pas, Régis, ne pleure pas... du courage. Reste là près de ton grand-père.

— Laisse-moi rentrer près d'elle, je t'en prie, André...

— Tout à l'heure, Régis, je te le promets ; sois raisonnable... j'espère encore... du courage !

Le jeune homme obéissant vint s'asseoir près du colonel, qui le prit dans ses bras, et, la tête appuyée sur sa poitrine, ils pleurèrent disant :

— Ta pauvre mère... mon enfant!

— Maman... ma bonne mère!

André était rentré dans la chambre, fermant la porte derrière lui.

effrayé de ce qu'il entendait, craignant que dans le délire, Régine ne criât la vérité; il n'osa éloigner Marianne. La pauvre femme s'épuisait à vouloir soutenir sa maîtresse. Régine s'était dressée, puis agenouillée sur le lit, se soutenant d'une main crispée dans le rideau. Les yeux hagards, échevelée, ayant arraché le bandeau et les compresses qui couvraient son front, elle criait :

— André, il faut en finir... C'est elle qui veut tout prendre pour sa fille... c'est elle qui veut ruiner mon enfant! A nous deux la fille, à nous deux... c'est moi qui la tuerai... Aide-moi donc, André, je la tuerai. Aide-moi donc.

Et la malheureuse, dans son délire, frappait de son poing sur Marianne, qui l'ayant prise dans ses bras, voulait la recoucher. La brave femme recevait les coups en disant :

— Oui, madame... oui... c'est une coquine, nous la tuerons !... Mais reposez-vous... soyez bien sage, madame...

— Ah! gueuse! tu veux m'étrangler... vociférait Régine, mais je te tuerai... tiens, tiens!... André, viens, André... elle est tuée... enfin, il ne pourra lui donner tout... je l'ai tuée, viens, André.

Et André avait remplacé Marianne, il avait pris Régine comme un enfant, l'avait étendue dans le lit et lui avait dit :

— Régine, veux-tu être raisonnable?... C'est moi qui suis près de toi

Elle avait regardé André, puis elle avait fermé les yeux et s'était abandonnée en disant :

— Oui, André... c'est fait... je l'ai tuée...

— Tais-toi, repose...

— Oui, je puis reposer, puisqu'elle est morte.

André, la croyant calmée, allait se retirer pour laisser la place à Marianne, mais Régine lui tenait la main. D'un ton singulier elle lui dit :

— André, écoute, écoute... il pleure à son tour...-il pleure, elle est morte, je la vois là. Oh! c'est fini, va. Nous en sommes débarrassés... elle est morte.

Elle balbutia, et ne put prononcer, le râle commençait. André s'écria :

— Oh! mon Dieu! mon Dieu! c'est fini.

Il ouvrit la porte de la chambre et appela Régis.

— Mon pauvre enfant, il n'y a plus d'espoir... pleure et prie.

Et tous les deux s'agenouillèrent au chevet de la malade, dont on entendait le lugubre râle.

— Cette pauvre sainte femme! elle s'en va, gémit Marianne en faisant le signe de la croix.

C'était un lugubre tableau, que celui de cette chambre, somptueusement tapissée; les meubles capitonnés offraient le repos, un parfum subtil courait dans l'air, comme une odeur d'amour. Sous la courte-pointe de soie, sous les draps brodés où se dessinaient de voluptueux contours, le corps, presque raidi, de l'agonisante, s'étendait.

A la place des petits cris de joie, des rires étouffés, des bruits de baisers, on entendait les gargouillements lugubres du râle. Les deux hommes agenouillés pleuraient : l'un encore enfant sanglotait ses prières, l'autre jurait et blasphémait contre cette fatalité qui le poursuivait; la vieille Marianne récitait à mi-voix les prières des agonisants.

Le vieux colonel, n'entendant plus ni crier, ni pleurer, se rassurait, et ses doigts, sur la vitre, battaient une sonnerie militaire.

Il vît entrer un homme dans le jardin, et lui fit un salut amical de la main. C'était le vieil homme d'affaires Martin, qu'André avait envoyé chercher le matin; il avait vu le mouvement du vieux soldat, et, croyant qu'on l'appelait, il franchit le couloir et monta l'escalier.

Dans la chambre, Marianne avait demandé à André s'il ne fallait pas aller chercher un prêtre...

— Vous voulez donc la tuer? répondit-il brutalement...

— Mais, monsieur, elle parle et elle le demande...

— Vous vous trompez, Marianne, la pauvre aimée ne pense plus...

— Mais écoutez, monsieur,

André se releva, pour regarder la moribonde; il se pencha sur elle et écouta; le râle semblait s'apaiser un peu, et il dit :

— Elle semble aller un peu mieux...

Régis se releva, se pencha sur sa mère et, tenant une de ses mains, la pressait en embrassant la malheureuse sur le front; il lui dit :

— Maman, c'est ton Régis, ton enfant qui t'embrasse... Maman, réponds-moi... Tu me reconnais, mère?

L'œil restait sans regard.

— Ah! mon Dieu! gémit le jeune homme en se reculant et cachant son visage dans ses mains pour contenir ses sanglots. Ma pauvre mère ne m'entend plus...

André observait toujours la malade. Il vit les lèvres remuer. Il se pencha sur elle et lui dit tout bas :

— Régine, c'est moi, André. Que veux-tu dire? Je t'écoute...

Les yeux s'ouvrirent démesurément. La malade eut comme une secousse nerveuse, et dit très intelligiblement :

— Elle est morte!... elle est morte!

Les yeux se fermèrent à demi, et le râle reprit plus fort.

On poussait la porte de la chambre, qu'André avait fermée à clef. On insistait en tournant le bouton. Impatienté, André alla voir, tenant la porte entr'ouverte. C'était M. Martin. Ignorant la maladie de Régine, voyant que celle-ci était dans sa chambre avec André, et qu'il avait été indiscret, il s'empressa de dire :

— Je vous apporte une bonne nouvelle...

— Quelle nouvelle? Quoi? fit André bourru.

— Elle est morte... dit haut M. Martin, afin d'être entendu de Régine.

André eut comme une secousse, et demanda :

— Morte! qui?...

— La femme avec laquelle vit M. Berthier, Céline Cler... elle est morte il y a une heure.

André, comme hébété, regardait le vieil homme d'affaires, terrifié, en entendant la mourante répéter dans son râle :

— Elle est morte!

Comme M. Martin demandait, étonné :

— Mais, qu'avez-vous, monsieur?

— Elle aussi se meurt.

Le pauvre homme allait passer des heures au cimetière.

VII

COUP DE FOUDRE

Si Régine, en quittant le foyer conjugal, n'avait gardé aucune retenue, se souciant peu de ce que son enfant penserait d'elle ; si elle avait vécu avec son amant, sous les yeux de son père et de son fils, manquant enfin de pudeur et de sens moral, il n'en était pas de même de celui qu'elle avait trompé. Berthier avait repris une autre femme quelques mois après sa séparation ; s'il avait pris cette maîtresse, c'est parce que, libre, il lui était permis de racheter une mauvaise action, de réparer le mal qu'il avait fait à l'égard d'une brave fille qui méritait toute son estime, et d'une pauvre enfant dont il était le père. Si, à la place de la séparation, on lui avait permis de remplacer l'indigne créature qui l'avait trompé par celle qui l'avait aimé toujours, il aurait fait sa femme de celle qu'il ne voulait même pas reconnaître pour sa maîtresse.

Céline vivait chez Berthier comme une femme de charge en laquelle on a toute confiance. Ancienne apprentie de son maître, il la tutoyait, ce qui était tout naturel.

Pour le monde, les relations de Célestin et de Céline étaient d'apparence toute fraternelle. Dans l'amour de Céline il y avait autant d'estime que de respect ; si cet amour devenait charnel dans l'intimité, personne n'en avait eu le spectacle. L'enfant de Céline avait été élevée chastement, bien assurée que Berthier n'était que son parrain, que sa mère était la servante, la femme de confiance de son parrain.

Célestin était si bon, qu'elle s'expliquait tout naturellement l'affection qu'il avait pour elle.

Élevée près de sa mère, c'est-à-dire n'ayant jamais quitté la maison pour aller en pension, elle n'avait jamais appris ce qu'on ne voulait pas qu'elle sût : c'est-à-dire que Berthier était marié et qu'il avait un fils.

Elle croyait son parrain veuf, sans parents, sans famille, ce qui expliquait, pour la jeune fille, l'intérêt qu'il portait à sa mère et à elle, et les promesses de la rendre riche un jour, et ses terreurs quand en plaisantant il était question de séparation.

Elle adorait Berthier, elle lui obéissait en aveugle, plus qu'à sa mère même; elle subissait à son égard une influence inexplicable; pour lui, sur son ordre, elle était capable de tous les sacrifices, et cette confiance, ce dévouement, sa mère les encourageait.

Si, autour d'eux, on affectait de traiter sa mère comme la femme de Berthier, elle ne le remarquait pas, elle ne voyait dans cette considération que le juste hommage rendu à l'honnêteté et à la bonté de Céline.

Quelquefois, elle avait embarrassé Berthier, l'interrompant au milieu de ses plans d'avenir, en lui disant le plus naïvement du monde et avec une certaine appréhension :

— Oui, parrain, vous êtes bon, vous, et nous resterons toujours près de vous, s'il n'arrive rien...

— Eh mon Dieu! que peut-il arriver qui nous oblige à nous quitter?...

— Mais, vous êtes veuf... vous êtes jeune... Si un jour vous vous décidiez à vous remarier?

Céline baissait le nez sur son ouvrage en rougissant, et Berthier, un peu embarrassé, après avoir échangé un regard avec elle, répondait :

— Me marier!... es-tu folle!... Mais si pareille chose arrivait, ce qui ne sera pas...

— Oh! non, parrain, n'est-ce pas?...

—. Je voudrais qu'on gardât ma bonne Céline, et ma petite filleule; ma petite filleule c'est toute ma famille, et naturellement sa mère en fait partie.

Céleste ne voyait en Berthier que son parrain et bon ami, leur maître; quand Berthier commandait, elle obéissait simplement. Ainsi, depuis que la maladie de sa mère était devenue grave, Berthier ne pensait qu'à elle et voulait que cela fût la constante occupation de la maison : la soigner, la guérir.

Céleste avait plusieurs fois parlé des projets de mariage formés à la campagne. Impatienté, un jour de mauvaise humeur il avait dit :

— Je te croyais un si grand cœur... Comment peux-tu penser à toi, dans l'état où est ta mère?... Si la pauvre chère amie mourait, tu irais tout de suite te consoler dans les bras d'un époux...

Deux grosses larmes avaient coulé sur les joues de la jeune fille ; elle s'était levée, avait passé ses bras au cou de Célestin, en lui disant :

— Pourquoi, parrain, êtes-vous si méchant... et dites-vous ce que vous ne pensez pas ?... Si pauvre mère nous quittait... je n'aurais plus d'époux, je vivrais près de vous...

— Ne parle donc pas de ça, ma bellotte, avait fait Berthier, plus ému qu'il ne voulait le laisser voir... Ma pauvre Céline vivra, et tu te marieras, et tu me quitteras, hélas ! pour être heureuse avec ton mari...

Et il l'avait embrassée.

Le soir où, sortant de chez sa femme, Berthier rentra chez lui, il était en proie à la plus douloureuse émotion. Mais, en retrouvant ceux qu'il aimait, le calme était revenu. Céline se portait tout à fait bien, et cela se lisait sur son visage gai et riant. C'est elle qui, voyant que Berthier se tourmentait pour ses affaires d'intérêt, lui avait manifesté son indifférence pour l'héritage inattendu qui lui arrivait.

Si son oncle avait dans un accès de folie sacrifié la plus grande partie de ses biens, il en avait bien le droit, et ceux auxquels il l'avait donnée en étaient les légitimes propriétaires. Ceux-là étaient au moins les amis du malheureux, il s'intéressait à eux, tandis qu'elle, au contraire, lui avait toujours été inconnue ; à quel titre hériterait-elle? Comme parent de par la loi? Il était bien plus logique que les héritiers fussent de vrais amis qui lui étaient agréables plutôt que des parents qui ne l'estimaient guère.

Ce désintéressement étonnait Célestin, heureux de se trouver dans la famille qu'il s'était faite, content de voir le mieux survenu dans l'état de Céline ; il embrassait Céleste en disant :

— Maman devenant gaie et se portant bien, tes sombres idées vont s'envoler.

— Je n'ai pas de sombres idées, parrain, mais je suis bien heureuse de voir petite mère se rétablir.

Toute la soirée, on fit des projets d'avenir, on parla de départ prochain pour la campagne, à la grande joie de Céleste.

On se coucha gaiement. Berthier, soucieux, pensait malgré lui à la scène cruelle à laquelle il avait assisté dans la soirée, et à ce qui devait rapidement survenir. Il avait quitté Régine dans un état désespéré ; assurément elle n'avait que quelques heures à vivre ; il serait veuf alors, et en même temps qu'il marierait Céleste, il lui apprendrait la vérité sur sa naissance en épousant Céline. Il n'avait pas voulu parler à son amie de ce qu'il avait vu le soir, de la probabilité du résultat. Il avait une certaine superstition à ce sujet, il ne voulait pas faire de plan sur la mort de Régine, se disant que cela lui porterait malheur... Il était las, et s'endormit profondément pour rêver qu'il était veuf et qu'il épousait sa Céline.

Au milieu de la nuit, Céleste était réveillée, on frappait à sa porte : reconnaissant la voix de sa mère, elle se leva vivement, revêtit un peignoir et ouvrit...

— Ah ! mon Dieu ! qu'as-tu, maman ? exclama-t-elle, en voyant Céline pâle et suffoquant.

— Je viens de m'éveiller bien malade... Viens dans ma chambre, près de moi ; seule, j'avais peur.

— Vite... vite... viens te recoucher, fit la jeune fille effrayée, aidant sa mère presque défaillante à marcher.

Lorsqu'elle l'eut couchée, elle la fit placer, assise dans le lit, la tête haute ; mais la malade disait :

— Il me semble toujours que je vais étouffer... Donne donc un peu d'air.

— Maman, je vais tout de suite réveiller mon parrain... On va courir chercher le médecin. Et la jeune fille, inquiète et prête à pleurer, après avoir entrebâillé la fenêtre, allait sortir pour faire réveiller Célestin, mais Céline la supplia :

— Je t'en prie, Céleste, n'éveille personne. Ce pauvre M. Berthier a, en ce moment, assez de tourments ; lorsqu'il s'est couché, il était épuisé... Laisse-le reposer ; il ne pourrait rien faire pour me soulager, pas plus que le médecin... C'est une crise qui va passer ; tu es près de moi, mon enfant, cela suffit.

— Que faut-il te faire, pour atténuer cette oppression ?

— Rien... Mets quelques gouttes de digitale... Donne ce verre... C'est ça...

Céline souffrait et essayait de sourire ; sa fille était près d'elle, elle avait passé un bras autour de son cou... Ne sentant aucun soulagement, perdant espoir, elle dit :

— Mon Dieu ! ça ne peut durer longtemps comme ça... Va, Céleste... appelle Célestin.

La jeune fille, effrayée et fondant en larmes, disparut une minute, et Céline se redressait sur le lit, avançant la tête, la bouche à demi ouverte, cherchant à respirer, disant dans ses halètements :

— C'est la fin... j'étouffe... je vais mourir... Mon pauvre Célestin... Ma pauvre enfant... j'étouffe... j'étouffe...

Berthier, à moitié vêtu, entrait avec Céleste ; en voyant la pauvre femme se redresser sur son lit, suffoquant, comme si elle comptait trouver plus d'air en se levant, il fut épouvanté ; il vint la prendre dans ses bras, sentit la sueur froide qui la couvrait, et l'entendit lui dire tout bas :

— Mon Célestin... je meurs...

Il jeta un cri et dit en se précipitant dehors :

— Céleste, garde-la, je cours chercher le docteur... Courage, Céline, je te ramène le médecin...

Céleste sanglotait douloureusement, entendant sa mère qu'elle soutenait dire...

— Il sera trop tard... je meurs !... Célestin !

— Maman, maman !

— Céleste, écoute-moi, mon enfant...

La pauvre femme respirait à peine ; à chaque effort il lui semblait que le souffle allait lui manquer ; elle aurait voulu parler à sa fille, elle aurait voulu à cette heure, qu'elle jugeait la dernière, lui dire la vérité. Mais cela devenait impossible, elle n'avait plus de force, elle ne pouvait plus parler, elle tenait son enfant, et ses yeux s'ouvraient démesurément. De sa gorge il ne sortait que des cris. Céleste la regardait épouvantée, criant :

— Maman... maman !... parle-moi... Que veux-tu ?...

Céline ne respirait plus ; suffoquée, elle s'abandonna et retomba sur l'oreiller, râlant ; la bouche reprenait sa forme, la respiration revenait sifflante, rapide, mais permettant à la malade de parler...

En voyant sa mère se remettre, Céleste tomba à genoux ; la pauvre enfant, elle aussi, renaissait, car pendant quelques minutes, il lui avait semblé que son cerveau se troublait, que sa raison s'envolait... C'était une accalmie de peu de durée. Elle se releva, obéissant à sa mère qui lui disait :

— Ma fille, approche-toi, que je puisse te parler...

— Me voici, maman... repose-toi, ne parle pas sitôt... attends.

La malheureuse Céline eut un sourire désespéré, que la jeune fille ne comprit pas ; elle sentait qu'elle ne devait pas attendre, qu'elle devait se hâter. Quand Céleste fut penchée sur elle, elle dit :

— Ma Céleste, il faut être une femme, entends-tu... Nous devons tout à ton parrain... Quand je ne serai plus là, il faut que tu me remplaces près de lui.

— Ne dis pas cela, maman... Je veux que tu vives, moi... Je veux...

— Je t'en supplie, ma Céleste, écoute-moi... Tais-toi !... et écoute...

La malheureuse enfant, obéissante, sanglotant, regarda sa mère de ses grands yeux effrayés. Céline disait avec peine chaque mot pour respirer.

— C'est à Célestin que nous devons tout. Obéis-lui toujours ; il s'est sacrifié pour nous. J'aurais voulu vivre plus longtemps, pour reconnaître le bien qu'il nous a fait... C'est à toi, ma fille, que je laisse ce soin. Si cela est nécessaire, je te le demande en grâce... ne pense plus à ton mariage... Le pauvre bon va être bien seul, ne l'abandonne pas, reste près de lui. Quand l'oubli sera venu... tu te souviendras, toi... tu parleras de ton rêve. Je t'en supplie, mon enfant, tu me jures que tu ne l'abandonneras pas, que tu lui obéiras toujours... que ton mariage ne se... fera... que... plus tard... dit-elle... Jure... Céleste...

— Maman ! maman ! ma chère maman !

Céline remuait les lèvres et haletait, ne respirant plus. Ses yeux tournaient dans leurs orbites, la bouche se contractait, un râle pénible s'échappait de la gorge... Elle fit un dernier effort, et dit :

— Ma fille... aimée.

Et ce fut tout, sa tête retomba sur sa poitrine... Céline était morte. Céleste embrassait sa mère...

— Maman ! maman ! regarde-moi !

En voyant l'œil éteint, les lèvres immobiles, en n'entendant plus
le râle, elle regarda terrifiée ce tableau effrayant qu'elle voyait pour
la première fois : la mort, et jetant un cri déchirant, elle tomba
évanouie sur le tapis.

A ce moment là la porte s'ouvrait et Berthier paraissait, disant :

— Docteur, venez vite... par ici. Et il éclairait.

En voyant la malheureuse enfant étendue sur le tapis, jetant un
regard sur le lit et voyant le corps raidi, les yeux éteints, la bouche
béante et contractée de Céline, il jeta un cri désespéré... Il se précipita vers le lit, souleva la tête, appelant :

— Céline ! Céline, réponds-moi... Céline ! Docteur, au secours !...

Le docteur était derrière, il avait regardé la pauvre femme et il
secouait la tête.

— Mais secourez-la... sauvez-la !

— C'est fini, monsieur Berthier.

— Morte !... elle est morte !... Oh ! mon Dieu ! c'est elle qui
devait mourir... Oh ! c'est injuste, cela... Non, Céline aimée... tu ne
m'entends plus... Tu es partie sans moi... Mais pourrai-je vivre ?

— Mais il faut nous occuper de cette enfant, monsieur Berthier.

Berthier, égaré, regardait le docteur sans comprendre, tenant
toujours dans ses bras et couvrant de baisers la tête de celle qu'il
aimait. Il suivit le geste du docteur, et voyant Céleste étendue à ses
pieds, il embrassa encore Céline et, sanglotant, il s'agenouilla près
de son enfant.

— Céleste, ma Titine... est-ce que vous êtes parties toutes les
deux ?... Je suis un maudit... Vous voyez, ce qui m'aime meurt !
Pauvre petit ange, ma Céleste !...

— Ce n'est rien, monsieur Berthier ; aidez-moi à porter cette
jeune fille dans l'autre chambre, qu'elle ne voie pas en revenant à
elle le cruel tableau de sa malheureuse mère morte...

— Ah ! c'est bien épouvantable, mourir... Moi, qu'est-ce que je
vais faire... si ceux qui m'aiment meurent ?...

— C'était votre proche parente ?

Ils avaient porté Céleste sur un canapé, dans la pièce voisine.
Berthier resta tout décontenancé par la question, mais il répondit :

Berthier haussa les épaules en disant Je suis ruiné.

— Non, monsieur, non... c'était une amie, une amie dévouée, une sœur... elle avait pour moi une affection qu'elle paye de sa vie.

— Que dites-vous?

— Je dis la vérité... C'est en voyant mes tourments, à cause...

Il s'arrêta et dit :

— Elle revient à elle, ma Céleste. Docteur, je vais soigner l'enfant... Voyez du moins... Il est impossible qu'elle soit morte...

— Hélas! pensez à cette enfant, monsieur Berthier.

Céleste reprenait connaissance, et ses grands yeux cherchaient autour d'elle, essayant de distinguer pourquoi elle se trouvait à cette heure dans le salon, sur un canapé et à moitié vêtue; pourquoi son père et le docteur se trouvaient près d'elle? Tout à coup elle regarda Berthier, et, avec un accent que rien ne peut rendre, elle demanda :

— Parrain... et petite mère?... Monsieur le médecin... ma mère?...

— Mon enfant, répondit le docteur en voyant que Berthier, qui avait vainement essayé de contenir ses sanglots, fondait en larmes, votre mère est mal, bien mal... Il faut s'attendre à tout...

— Non, monsieur! c'est pire que cela... Vous craignez de me dire la vérité... C'est fini... C'est dans mes bras en disant mon nom qu'elle est morte... Parrain, je suis bien maintenant... Allons pleurer tous les deux près de ma mère.

— Non, non, ma Céleste... reste là... non. N'est-ce pas, docteur?

— Si, monsieur Berthier... Emmenez-la près de celle que vous aimiez. Pleurer, c'est la seule consolation que vous puissiez avoir.

Céleste se leva, prit les mains de Berthier, et les deux malheureux sanglotant marchèrent la tête baissée comme deux suppliciés jusqu'à la chambre.

Arrivés au chevet du lit, Berthier dit dans le hoquètement de ses sanglots :

— Adieu, sainte et digne... Adieu, Céline...

— Oh! ma mère! gémissait Céleste...

Et, écrasés de douleur, les deux malheureux tombèrent à genoux. Ils priaient, recueillis, ne voyant rien autour d'eux, ne pensant qu'à celle qu'ils venaient de perdre.

Le docteur, vivement ému, se retira et tout devint silencieux.

C'était un lugubre tableau que le jour naissant devait éclairer. Par les interstices du rideau, l'aube jetait sa lumière grise, qui luttait avec la clarté rouge de la bougie posée sur la table de nuit par Célestin, qui à ce moment faisait l'office du cierge de la veillée de mort. Dans l'ombre de l'alcôve se détachait la blancheur des draps, ayant déjà les plis raides du suaire; sur l'oreiller inondé de ses cheveux châtain-roux ressortait la tête d'une pâleur d'ivoire; les traits convulsés par l'agonie avaient repris leurs lignes pures, la morte semblait dormir. Les deux malheureux, Berthier et Céleste, agenouillés à son chevet, pleuraient, hébétés, ne pouvant parler, se regardant pour pleurer plus fort. Ils restèrent longtemps ainsi sans avoir entendu les cris de douloureuse surprise des bonnes qui venaient de s'éveiller. Quand le soleil entra dans la chambre venant jeter sa gaieté sur ce deuil, Berthier se releva, paraissant s'éveiller, il prit Céleste et l'obligea de s'asseoir; jusqu'à la dernière heure, l'enfant resta près de sa mère. Elle avait tant pleuré qu'il ne lui restait plus de larmes, au moment cruel où on lui vint enlever sa mère. Elle retomba sur le fauteuil, écrasée, anéantie.

Berthier avait employé sa journée à faire les lugubres démarches pour l'inhumation; il était seul dans son cabinet, accoudé, il pleurait, lorsqu'une bonne vint lui dire qu'un monsieur désirait lui parler. Il savait l'écœurante procession de gens qui, lorsqu'un décès est déclaré, viennent chez vous vous torturer de leurs offres de service; il avait recommandé qu'on respectât sa douleur, qu'on ne reçût personne, et c'est avec tristesse qu'il dit :

— Françoise, je vous avais priée de refuser la porte à tout le monde... Je ne veux pas recevoir.

— Je l'ai dit, monsieur, j'ai raconté le malheur qui est arrivé ici... Ce monsieur a insisté, il a dit qu'il était absolument nécessaire qu'il vous vît, qu'il ne pouvait remettre sa visite; il se nomme M. Martin.

— C'est assurément un intrigant qui vient encore offrir ses services. Faites entrer, je vais lui parler. C'est odieux de tourmenter les gens ainsi.

Françoise revint deux minutes après, introduisant le visiteur.

— Que me voulez-vous, monsieur? Parlez, dit Berthier d'un ton bref.

L'homme, sans s'intimider, salua profondément et, désignant la bonne, dit doucement :

— Je vous salue, monsieur Berthier, et vous demande bien pardon de vous importuner... Mais il est nécessaire que je parle à vous seul.

La bonne était sortie, et, ayant fermé la porte, Berthier ajouta :

— Parlez, monsieur.

— Monsieur Berthier, je suis chargé d'une pénible et douloureuse mission. Je viens d'une maison troublée par un deuil semblable à celui qui vous désespère.

Célestin eut un mouvement, il venait de comprendre.

— Je suis un ami de M. le colonel d'Auray, en ce moment écrasé de désespoir, et je viens vous annoncer que Mme Régine Berthier est morte.

Berthier baissa la tête. Étourdi et effrayé de cette fatalité qui frappait en même temps et la maîtresse et l'épouse coupable, il se recueillit une minute et répondit :

— Monsieur, depuis longtemps je ne voyais plus Mme Berthier. Une haine profonde nous divisait. Je n'aurai pas l'hypocrisie de manifester devant vous une douleur que je ne ressens pas... Dans le malheur qui me frappe, il me semble que je serais infidèle et ingrat en songeant seulement à une autre qu'à celle que je viens de perdre... Je respecte la mort. Mme Berthier n'est plus, je ne dirai jamais ce qu'elle fut, et si cela peut satisfaire ceux qui vous envoient, dites-leur que je lui pardonne...

Et il s'inclina pour congédier M. Martin. Mais celui-ci restait en place, et il dut lui demander :

— Avez-vous autre chose à me dire ?

— Hélas ! monsieur, il le faut bien. Mme Berthier était dans une très pénible situation, la maison est sans ressources... Vous ne l'aimiez pas... vous lui pardonnez cependant, et c'est la mère de votre fils...

Berthier fronça le sourcil et dit d'un ton brusque :

— Mme Berthier est morte, c'est tout ce que j'ai à retenir de tout ce que vous m'avez dit. Que voulez-vous de plus. Dites-le sans faire intervenir le fils de Mme Berthier. On avait dépensé la pension de son père et la sienne, il ne reste plus d'argent.

— Non, monsieur; ses derniers moments ont été très pénibles...
La maison était sans ressources, on a dû emprunter aux domestiques, faire quelques dettes...

— Bien. Quelle somme faut-il, et au nom de qui demandez-vous
cet argent?

M. Martin dit d'une voix doucereuse et en sentant bien qu'il
allait blesser :

— Monsieur, c'est au nom de M. votre fils Régis Berthier...

— Eh! je n'ai rien à donner à ce monsieur-là, fit Berthier impatienté. Je vais vous remettre deux mille francs que vous remettrez
à M. le colonel d'Auray.

— Oh! deux mille francs! Les dettes dépassent ce chiffre; il
faut que la pauvre Mme Berthier ait un service digne de votre nom.

Se contenant avec peine, exaspéré par le ton cauteleux, par le
sourire méchant de l'homme d'affaires, Berthier le regarda, puis,
sans répondre, il fouilla dans un meuble, y prit quatre billets de
mille francs, les plaça sur le bureau et, tendant une plume et un
papier, il dit à M. Martin :

— Écrivez.

Celui-ci obéissant prit la plume, la regarda lentement au jour
pour voir si elle n'avait pas de fil dans le bec, et écrivit sous la dictée
de Bertier.

« Je reconnais avoir reçu de M. Berthier, pour remettre à M. le
colonel d'Auray, afin de servir aux funérailles de Mme Régine Berthier, la somme de quatre mille francs. »

Il data, signa, empocha les billets, tout cela lentement et silencieusement, puis, saluant bien bas, il se retira à reculons en
disant :

— J'ai bien l'honneur de vous saluer, monsieur... Au revoir! au
revoir!...

Berthier avait hâte qu'il fût parti, et il ne remarqua même pas
le sourire que Martin s'efforça de rendre malin... Quand il fut seul,
il exhala un profond soupir et fondit en larmes en disant :

— Pauvre fille... je suis libre aujourd'hui. . et tu n'es plus. Je
ne puis payer ta vie de sacrifices, de bonté, de tendresse, et te
donner le titre auquel tu avais tant de droits... Ah! ma pauvre
Céline, je suis veuf... veuf de toi surtout...

Quand, écrasé de douleur, il revint du cimetière où il avait conduit celle qu'il avait tant aimée, quand il rentra dans la maison vide, il chercha Céleste, il trouva la pauvre désolée à la même place où il l'avait laissée, anéantie dans le grand fauteuil, près du lit où avait été sa mère.

Il dit :

— Céleste... nous sommes seuls... Celle qui nous aimait n'est plus. C'est triste de vivre... C'est bien cruel... J'aurais voulu rester là-bas près d'elle...

Et le malheureux, cachant son visage dans ses mains, eut un sanglot et un cri déchirant. Il sembla à Céleste qu'elle entendait la voix de sa mère qui lui disait :

— Ne l'abandonne jamais, ma fille... Jure-le...

Elle se redressa aussitôt et se jetant dans ses bras en gémissant :

— Parrain, je suis là pour vous aimer... pour la pleurer... Je ne vous quitterai jamais.

La pauvre enfant, voyant l'immense douleur de Berthier, comprit les recommandations de sa mère. Sous des apparences robustes, le brave homme était sensible et faible. S'il n'était consolé, il était capable de quelque folie; avec l'instinct particulier des femmes, elle le devina et s'expliqua l'insistance de la pauvre Céline à obtenir de son enfant l'assurance que celui à qui elles devaient tout ne serait pas abandonné. Le malheur avait fait de l'enfant une femme, et, obéissante et reconnaissante, elle était prête à tous les héroïsmes. Sa résolution était prise de se sacrifier à l'homme qui s'était sacrifié pour elle, elle renoncerait à tout. La douleur, en quelques jours, avait fait de Berthier presque un vieillard; elle se dévouait; et Valentin Chauvet étant venu rendre une visite de condoléance, et ayant profité de la circonstance pour rappeler les projets anciens qui, par leur réalisation, pouvaient amener la consolation, Céleste lui déclara qu'il ne devait plus penser à la promesse faite. Elle avait une mission à accomplir. Le pauvre garçon retourna près de sa mère, désespéré, pleurant comme un enfant et surtout ayant au fond de son cœur un peu de haine contre cet homme auquel il était sacrifié, contre cet amour filial, mis au-dessus d'une affection qu'il croyait si profonde.

Le soir, lorsque naïvement, les yeux mouillés, Céleste conta à Berthier l'entrevue et l'entretien qu'elle avait eus avec celui qu'on appelait son fiancé, le malheureux homme la regarda quelques instants en disant :

— C'est vrai, tu devais te marier, Céleste... Ta mère voulait que tu te mariasses vite....

Et il resta songeur...

Les jours paraissaient plus tristes les uns que les autres, et Céleste remarquait que, plus le temps s'écoulait, et plus son malheureux parrain paraissait souffrir. D'abord ce n'avaient été que larmes silencieuses, qu'isolement. Céleste apprit que le pauvre homme allait passer des heures au cimetière, qu'il restait devant la tombe de sa mère, paraissant égaré, parlant à une ombre invisible ; elle craignit pour la raison de son cher parrain et le traita un peu comme un enfant. Il sortait du matin au soir, et rentrait pleurant ou menaçant. Elle s'expliquait bien ses larmes, mais elle ne comprenait pas ses colères.

Helas ! il ne souffrait pas seulement sous le poids de sa douleur. Quelques jours après le décès de Régine, il avait reçu une assignation au nom du père de sa femme, du colonel d'Auray. Celui-ci réclamait pour son petit-fils les biens qui revenaient à sa fille Régine. Berthier fut bouleversé par l'audace ; car, au premier renseignement qu'il fit prendre, il apprit qu'agissant en vertu des dernières volontés de Régine, dirigés par l'homme d'affaires, M. Martin, qui était venu demander l'argent nécessaire aux funérailles, André, le colonel et Régis étaient décidés à le poursuivre, pour obtenir une partie de son bien. Berthier était occupé toute la journée pour faire face aux réclamations des impudents. Sur les conseils de celui qu'il avait chargé de ses intérêts, il déclara qu'il était ruiné, et justifia que la somme qui devait revenir à Régis du chef de sa mère avait été depuis longtemps consommée par celle-ci.

Sombre, il cherchait le moyen de donner d'une façon inattaquable à Céleste la fortune qu'il cachait.

Lorsque cette liquidation lui laissait quelque temps, il allait sur la tombe de Céline et, ainsi qu'on l'avait dit à la jeune fille, il se penchait sur la tombe. Accoudé sur l'entourage, il parlait avec celle qui reposait sous la pierre, et il disait :

— Sans toi, à quoi bon vivre? L'enfant que nous aimions, que nous avons élevée, en se consacrant à moi, souffre ; je la rends malheureuse, je la prive d'obéir à son cœur et à ses sens en prenant un époux, et, je le sens, si j'en voyais un autre venir chez nous et prendre une part de son affection, je ne pourrais le supporter. Celui qui aurait fait notre joie à tous deux ferait mon désespoir à moi seul... Non, ma Céline, je veux venir près de toi et ce sera bientôt, le temps d'assurer son avenir contre les misérables qui veulent déjà mes dépouilles... Attends-moi, Céline, je viendrai quand j'aurai achevé ce que tu m'as fait promettre, d'assurer l'avenir de notre enfant... Ce que je veux faire paraîtra odieux... Mais j'aurai pour moi ma conscience et j'y trouverai la force de braver leur mépris... puisque c'est le seul moyen d'éviter la loi.... la loi qui m'oblige à laisser au fils de l'amant de ma femme sa part de mon bien qu'elle ne m'a pas mangé... A bientôt, Céline.

Et c'est alors que triste, désolé, il rentrait au logis les yeux rouges et parlait de si singulière façon à Céleste qu'elle se demandait si son parrain ne devenait pas fou.

Ce n'était pas seulement chez lui qu'on craignait pour sa raison. Chez l'homme d'affaires chargé d'obtenir la nomination d'un conseil de famille pour aviser aux moyens de défendre Régis mineur, il s'emporta en déclarant qu'il n'obéirait à personne ; il avait dépensé pour cet enfant, qu'il déclarait n'être pas le sien, la somme que le tribunal lui avait attribuée ; c'était la mère qui lui redevait de l'argent ; depuis longtemps ses comptes étaient liquidés. Tout cela était probant. Berthier se libérait pièces en main et M. Martin restait tout interdit.

M. Martin s'apitoyait sur le sort du pauvre Régis qui, par la faute de sa mère, allait se trouver, ses études étant achevées, sans ressources pour choisir une carrière digne de son instruction, son père refusant de s'occuper de lui.

Berthier haussa les épaules, en disant :

— Je suis ruiné !

M. Martin dit avec intention :

— Si réduite que soit votre fortune... en faisant quelques avances, vous n'obligeriez pas cet unique enfant légitime à désirer votre mort pour jouir de votre bien.

— Ah! te voilà, le joli lâcheur.

Berthier se redressa, frappant violemment sur la table ; effrayé, Martin se recula vivement du côté de la porte, se reprochant d'avoir été un peu loin dans la défense de ses clients, et redoutant que Berthier ne lui payât ce qu'il endurait ; mais il se rassura, croyant que le malheureux avait seulement des absences de raison en l'entendant s'exclamer :

— Je ne donnerai pas un sou... et je ne laisserai pas un sou. Entendez-vous, monsieur Martin? Dites-le bien à ceux que vous représentez, au colonel, et à M. de Gueutteville...C'est lui qui aura dans un avenir prochain à s'occuper de son fils... Dites-le bien à M. de Gueutteville qui avec sa maîtresse — que vous m'obligez à maudire jusque dans la tombe — a dévoré ma fortune et failli ruiner la femme que j'aimais...

Croyant que, dans son emportement, moins maître de sa parole, Berthier entendait dire que sa femme légitime Régine en le ruinant avait failli l'empêcher d'avantager sa maîtresse, Martin dit :

— Mais, monsieur, Mme Céline Cler n'avait aucun droit aux biens que vous devez réserver à votre famille.

— Ceci, c'est votre loi, à vous, monsieur, qui m'obligerait à donner à ceux qui me haïssent l'argent que je gagne — en abandonnant ceux qui m'aiment — et vous appelez famille une femme séparée !... Mais il n'est pas question de cela. Sachez, monsieur, que je n'ai plus rien ; je suis ruiné et ne pourrai rien laisser à ceux que vous appelez ma famille, encore moins donner quelque chose à ceux que j'aime. Au contraire, je suis heureux d'être chez l'enfant de Mme Céline, où on se souvient que j'ai fait du bien quand j'étais heureux...

M. Martin disait :

— Il n'est pas possible que vous en soyez arrivé à ce dénuement !

— Les ventes que j'ai dû faire pour satisfaire aux procès qui m'ont été faits par cette femme, des affaires malheureuses compromises par ma situation fausse, et enfin les exigences sans cesse renouvelées de cette famille, au nom de ce fils qui n'est pas le mien, m'ont ruiné. Je vous l'ai prouvé par les pièces que je vous ai montrées. J'ai heureusement eu le bon sens de vendre quelques biens en viager, ce qui me permet de vivre. Et en vous disant que la fille

Régine d'Auray, femme séparée de Berthier, a failli ruiner Mme Céline Cler et sa fille, c'est qu'elle a été la maîtresse de l'oncle de Mme Cler et lui a extorqué la plus grande partie de ses biens.

Martin était de plus en plus persuadé qu'à certains moments Berthier n'avait pas toute sa raison, et il demanda doucement :

— Monsieur Berthier, que dites-vous là?.. La pauvre femme est morte; elle a droit au respect de tous...

— Et pourquoi, monsieur, puisque jusqu'à sa dernière heure, c'est vous qui l'avez dit, elle vous a commandé de me poursuivre pour assurer à son fils des biens qui ne sont pas à elle?.. Pourquoi, avec l'argent si honteusement, mais si facilement gagné, n'a-t-elle pas assuré l'avenir de son fils ?

— Vous ne croyez pas à ce que vous dites. Mme Berthier ne menait pas cette vie, elle n'a jamais eu pour amant un oncle de Mme Cler.

— Écoutez, monsieur Martin, et répétez bien à ceux qui vous chargent de leurs intérêts ce que je vais vous dire... Cela remonte à cinq ou six ans. Mais vous aurez des renseignements absolument précis sur la date, sur le lieu et sur les gens, en vous adressant à M. de Verchemont, qui fut chargé de l'instruction, et à M. Tabant, commissaire de police chargé de l'enquête.

Martin, stupéfait, à tout hasard écrivit les deux noms.

Il remarquait que Berthier parlait très clairement et sans embarras en continuant :

— Mme Céline Cler était l'unique héritière de son oncle Auguste Cler, frère de son père. Cet Auguste Cler était riche à cinq ou six cent mille francs ; il était atteint d'une douce folie, suite d'une vie très libertine : il se croyait roi, prince. Il connut Mme Berthier, qui abusant de son état mental, s'augmentant, paraît-il, par ses lubricités, pour se rendre maîtresse absolue de lui, se fit donner ou lui prit des sommes considérables — plus de cent mille francs, dit-on, — et troubla le malheureux à ce point que, n'ayant pas pu la retenir un matin chez lui, il se tua... Cette mort bizarre entraîna des enquêtes, compromit des biens. En somme il y a quelques mois seulement que Mme Céline entrait en possession des biens de son oncle...

— Ce n'est pas possible, dit M. Martin... regardant Berthier.

Mais celui-ci soutint tout naturellement ce regard interrogatif en ajoutant :

— Vous doutez ? Eh bien ! faites-vous accompagner par vos clients... Il faut qu'ils connaissent celle qu'ils pleurent, et je serais aise que M. de Gueutteville sût comment se ravitaillait son ménage, quand on ne recevait pas d'argent de chez moi. . Je vous ai dit le nom des magistrats. Voici le nom de deux témoins : Mlle Zélia, la fourbisseuse, avenue Friedland, et sa femme de chambre, l'ancienne soubrette de Mme Berthier. Vous êtes suffisamment édifié... maintenant. Pour moi je ne ferai pas ça et je ne laisserai pas ça...

Et il faisait claquer l'ongle de son pouce sur ses dents.

— Je communiquerai notre entretien à M. d'Auray.

— Vous savez la vérité, on me fera ce qu'on voudra. Et il ajouta avec intention...—Il est pénible, après avoir été riche, d'en être où je suis ; mais voyant le peu de cas que le monde fait des honnêtes gens, la facilité avec laquelle on reçoit les gredins, je méprise l'opinion publique... et je suis décidé, pour me faire une situation, à ne pas être plus scrupuleux que les autres. Le champ est large encore pour les coquins, et le Code sert souvent à passer des chemins difficiles, non pour faire ce que la loi défend, mais ce qu'elle ne défend pas... Vous verrez ça... et moi aussi je redeviendrai riche.

M. Martin regarda Berthier, cherchant à deviner l'intention qu'il mettait dans ces mots, qu'il ne comprenait pas... Célestin avait pris son chapeau et ayant salué s'était retiré, satisfait du mélange de mensonges et de vérités qu'il avait raconté.

Le petit père Martin demeurait tout pensif.

— Qu'est-ce que cette histoire !... Assurément cet homme est encore sous le coup de la catastrophe qui l'a frappé ; elle a laissé ses traces... Il a des absences de raison. Ce qui paraît probable, c'est qu'il est presque ruiné ; qu'il ait vendu ou donné, tout cela est inattaquable... Il doit lui rester quelque chose ; pour en assurer la garde, il faudrait le faire interdire. Dans quel but m'a-t-il raconté cette histoire ? Aurait-il l'intention, si on le tourmentait, de faire poursuivre les héritiers de Régine en restitution, s'il était obligé, lui, de rendre des comptes ? Tout cela ne tiendrait pas debout. Mais il compterait sur la menace du scandale pour se débarrasser d'eux... Je vais toujours prendre des renseignements chez l'une ou chez l'autre de ces personnes : je n'en parlerai à M. de Gueutteville qu'après... De tout cela, ce qui me paraît le plus tranquillisant, c'est qu'il n'a plus besoin de rien donner à sa fille, elle est plus riche que lui.

M. Martin touchait presque le but que visait Berthier.

Il croyait Céleste véritablement riche.

VIII

LA JUSTIFICATION DE LA VERTUEUSE RÉGINE

A la suite de l'entretien qu'il avait eu avec Berthier, le père Martin se rendit à la petite maison des Batignolles. A la suite du décès de la malheureuse Régine, la tristesse du logis avait pesé lourdement sur les habitants ; ils ne pouvaient faire un pas dans le salon, dans la chambre, sans qu'un détail de l'ameublement évoquât le souvenir de celle qui n'était plus. C'est à peine si le quart de la somme que Berthier avait donnée pour les funérailles de la femme qui portait son nom avait été employé ; il restait trois mille francs : on en avait attribué une part aux réparations urgentes et à la transformation des appartements de Régine. C'est dans le salon remis à neuf que M. Martin fut reçu par André et le colonel, étendu dans son fauteuil devant la fenêtre. Sans rien cacher, plutôt en exagérant les choses, il raconta ce que Berthier lui avait déclaré.

L'homme d'affaires affirmait que Berthier n'avait plus rien qu'une petite rente viagère, que la part qui revenait à sa femme était liquidée depuis longtemps, que c'était celle-ci, au contraire, qui redevait à son mari, qu'il en avait les preuves.

André haussa les épaules en répondant :

— Berthier exécute un plan depuis longtemps mûri ; il a dit que sa femme et Régis n'auraient rien de lui, il a tout placé sur la tête de sa fille, l'enfant de sa maîtresse... Cela est illégal, c'est un procès à faire, nous le ferons.

— Mais en ce moment vous n'en avez pas le droit.

— Nous devons avoir le droit d'exiger la preuve de ce qu'il déclare, que la part revenant à sa femme a été liquidée ; ainsi il sera

forcé d'établir l'état exact de sa fortune, et il nous sera facile, lorsque l'heure en sera venue, de rechercher où les biens seront passés,
et si leur donation n'a pas un caractère d'indignité ou si elle n'est
pas frauduleuse.

Quand le père Martin annonça que la jeune Céleste était très
riche, ayant hérité de sa mère, qui avait fait un testament, car,
enfant naturel, s'il n'y avait eu un testament, elle n'héritait pas,
André éclata de rire...

— La Céline, le petit graillon...riche!.. Il s'est audacieusement
moqué de vous; elle a fait ses couches à l'hospice, et quand elle s'est
présentée chez lui, s'il ne l'avait secourue, elle n'avait d'autre ressource que de mendier... Riche! oui, de ce qu'il lui a donné; il s'est
dépouillé pour ne rien laiser à Régis...

Le père Martin raconta l'étrange histoire que nous connaissons;
il dit les noms des personnes chez lesquelles Berthier l'avait engagé
à aller prendre des renseignements s'il doutait. Les noms du commissaire et du juge d'instruction apaisèrent André, et lui firent
glisser dans les veines une impression de froid : il tressaillit en
entendant parler de Zélia et de Lisa... et Martin était si affirmatif
qu'André inquiet dit :

— Monsieur Martin, je me réserve de rechercher la vérité sur
cette nouvelle infamie de ce misérable, dont la haine poursuit la
pauvre femme jusque dans sa tombe ; je connais cette Zélia, la fourbisseuse, et par elle je saurai la valeur de cette calomnie... Vous,
veuillez prendre des renseignements sur la véritable situation de
Berthier... Il ne faut pas perdre de temps; depuis trois mois Mme Berthier est morte et la situation de son fils n'est pas établie; or j'ai
hâte de le faire sortir du collège; puisque Berthier l'abandonne, il
faut qu'il trouve une occupation.

— Je vais commencer aujourd'hui, répondit M. Martin, qui se
retira.

André, très surpris de ce qu'il venait d'apprendre, en se refusant à y croire, non qu'il crût Régine incapable de ce dont on l'accusait, mais trouvant l'aventure au moins romanesque, se rendit
aussitôt chez Zélia. En marchant, il recueillait ses souvenirs; il se
demandait si Régine avait, à un moment, disposé d'assez d'argent
pour justifier l'accusation, et il se souvint que lorsqu'il s'était ré-

concilié avec elle, qu'ils avaient vécu ensemble pendant plus de deux ans, on avait mené grand train ; il croyait que la pension payait cette existence.

En arrivant chez Zélia, il se fit annoncer, craignant de n'être pas reçu, mais c'est celle-ci qui vint au-devant de lui, et qui l'accueillit en riant et en disant :

— Ah! te voilà, le joli lâcheur!

— Excuse-moi, ma chère Zélia... Je ne savais comment partir, je ne voulais pas te faire de la peine et j'ai préféré...

Toujours gaiement, la jeune femme l'interrompit :

— Pour me dire ça... j'aime mieux que tu ne t'excuses pas... Je sais tout... Tu es veuf, par conséquent libre... Veux-tu dîner avec moi?...

— Je voulais causer longuement avec toi...

— Ah!... mais quand nous causons d'ordinaire, c'est la nuit... Mais d'abord un mot. Viens-tu m'obliger à dire du bien de celle que tu aimais?...

— Pourquoi veux-tu me faire de la peine?

— Si c'est ça... tu peux partir, car j'ai du mal à dire... Alors, à revoir.

André la regarda, et, retirant son pardessus, puis s'asseyant et la faisant asseoir près de lui :

— Eh bien ! je reste.

M¹¹ᵉ Zélia, comme sa femme de chambre, eut un geste de surprise en reconnaissant André, et elle lui dit :

— Lisa, je n'y suis pour personne, personne absolument; j'ai la migraine, et je repose... Vous dresserez deux couverts.

Le lendemain seulement, dans la journée, André rentrait à la petite maison des Batignolles, et il y trouvait M. Martin, en train de raconter au colonel qu'il croyait la situation de Régis absolument perdue. A quoi le colonel, qui ne comprenait pas un mot, ne répondait que par des jurons approbatifs.

— Eh bien ! monsieur Martin, avez-vous des renseignements?

— Oui, monsieur... et il ne sont pas bons...

— Je puis vous en dire autant; j'ai été voir cette femme, cette Zélia, qui était une voisine de cet original, ce fou, paraît-il, nommé Auguste Cler, l'oncle de la maîtresse de Berthier; il est vrai que

Mᵐᵉ Berthier a eu des relations avec lui. A cette époque j'étais... à l'étranger, j'avais rompu avec Régine...

« Cet homme, c'était son droit, aurait donné de la main à la main une somme considérable à sa maîtresse, Mᵐᵉ Berthier, qu'il adorait à ce point de s'être tué pour elle. On prétend que c'est la nuit même où il était décidé à se suicider, qu'il lui aurait donné tout ce qu'il avait.

— C'est bien cela, mais je dois ajouter que des poursuites avaient été ordonnées sur le fait de captation ; car cet homme était flagramment fou... C'est lorsque M. Berthier a su que la maîtresse ancienne qu'on recherchait était Mᵐᵉ Régine, qu'il a fait abandonner les poursuites... La fortune de cet Auguste Cler se chiffrait par près d'un million, et on n'en a retrouvé que la moitié...

— Ainsi, fit André, cette jeune fille est véritablement riche... Alors pourquoi veut-il encore lui laisser sa fortune ?

— Voici les renseignements que j'ai eus... Ils m'ont absolument bouleversé et j'y ai trouvé l'excuse de la conduite de la pauvre femme que vous pleurez.

André releva la tête.

— M. Berthier, sous ses dehors paternes, est, paraît-il, le plus cynique et le plus dépravé des hommes. Il était riche, il a tout dissipé avec les filles et au jeu...

— Qui vous a dit cela ?

— J'ai eu la même exclamation que vous, mais ce n'est pas une personne, c'est vingt qui me l'ont répété... Sous prétexte de chasses, de voyages, il passait nuit et jour dehors... Il n'a toujours considéré la malheureuse avec laquelle il a eu un enfant que comme une servante. L'affection paternelle qu'il affectait devant le monde n'était que de l'hypocrisie. Il était ruiné lorsqu'il apprit qu'un héritage de déshérence au nom de Cler avait été annoncé ; il s'informa et constata que c'était bien sa bonne qui devait hériter, s'occupa aussitôt de cette affaire, et il fit faire à la mère un testament en faveur de sa fille... On dit qu'alors, s'il ne fut pas cause de la mort de la malheureuse, il y aida.

— Oh ! pourquoi donc ?..

— Pourquoi ?... C'est épouvantable ! mais c'est vrai ! pour épouser Céleste.

— C'est un autre mariage et ils plaisantent entre eux.

— Mais c'est impossible... c'est sa fille.

— C'est sa fille véritablement, tout le monde le sait, mais ce n'est pas sa fille légalement, et aucune loi ne peut lui défendre de l'épouser, et le maire ne peut lui refuser son concours.

— Oh ! mais c'est abominable, ça !

— C'est la vérité... On va plus loin, on dit même que le mariage sera moins honteux que ce qui existe déjà... On prétend que la misérable enfant est sa maîtresse.

— Des observations ont été faites à la jeune fille, qui, absolument égarée par lui, a répondu en feignant d'ignorer que Berthier était son père... que sa mère lui avait fait jurer, avant de mourir, d'obéir en tout point à Berthier quoi qu'il demandât, et de ne jamais l'abandonner... Elle feint de se sacrifier à la volonté maternelle, et je crois, au fond, qu'elle est aussi cynique que lui.

— Après ce que cet homme me fit jadis... je devais le croire capable de tout.

— Ainsi, il est ruiné et épouse la jeune héritière...

— C'est odieux...

Et André marchait dans la chambre, hochant la tête ; puis il revint se placer devant son conseil et dit :

— Ainsi, votre croyance à vous est que Berthier est absolument ruiné, que c'est vainement qu'on lui réclamerait quelque chose ?

— Monsieur de Gueutteville, je ne suis pas bien convaincu de ce qu'on m'a assuré ; je cherche dans l'existence menée depuis quinze ans par M. Berthier l'emploi de sa fortune. Lorsqu'il s'est défait de sa maison de commerce, c'est au moment où Mᵐᵉ Berthier le menaçait d'un nouveau procès. A cette époque, je ne me suis jamais demandé pourquoi Mᵐᵉ Berthier, n'écoutant plus mes conseils, avait tout à coup renoncé à l'action qui était convenue.

— A quelle époque ?

— Mon Dieu, il y a cinq ou six ans. Berthier résidait à la campagne ; à la suite d'un accident de chasse, le bruit de sa mort avait couru...

— Ah oui ! oui ! fit André d'une voix étranglée. Et il fit un effort pour répondre :—C'est moi qui le lui ai conseillé ; je venais vivre avec elle et voulais qu'elle ne dût rien à ce misérable... Enfin, monsieur Martin, que faut-il faire ?

— Je crois que nous avons peu de chose à espérer; cependant j'ai la conviction que depuis cinq ans il n'a pas perdu ce qu'il avait; il l'a mis à l'abri, voilà tout, et s'il lui arrivait un malheur, assurément on n'aurait rien. En l'attaquant aujourd'hui, une enquête ordonnée pourrait avoir des résultats; ou lui-même, pour éviter un procès coûteux et scandaleux, proposerait une transaction.

André réfléchit quelques minutes; il n'osait attaquer Berthier en face; en lui faisant la guerre sourde qui durait depuis quelques années, il ne risquait rien; c'était Régine qui agissait au nom de son fils, et l'action était humaine et légale; mais lui, à quel titre allait-il commencer ces poursuites? En se servant du grand-père dont l'état mental était connu de tout le monde?

Il aurait fallu faire déclarer le père indigne de la tutelle; le faire interdire en raison de sa conduite; se faire nommer lui, André, tuteur de Régis, et alors il pourrait ainsi réclamer des comptes à Berthier. Mais jamais il ne pousserait l'audace à ce point; d'un mot Berthier se débarrasserait de lui, en l'accusant d'avoir tenté de l'assassiner. Toutes ces pensées traversèrent son cerveau en quelques minutes, et il conclut en demandant de nouveau :

— Enfin, qu'allons-nous faire? La situation est nette : le père, infirme, est sans moyens d'existence; Régis n'a pas encore terminé ses études...

Le père Martin regardait André, semblant dire : « Il y a vous, qui êtes fort, robuste. »

André vit le regard et répondit :

— Moi je ne puis rien faire, rien tenter sans argent.

— C'est à vous de voir si vous voulez attaquer. Naturellement il faut se hâter; en se mariant, tout peut se trouver au nom de sa femme.

— Mais ce mariage ne se fera pas, c'est impossible; il est de notoriété publique dans le quartier que la petite Céleste est sa fille... Il y a six mois, lorsque vous nous avez informés de la maladie de Mme Céline, vous nous avez dit qu'il était question d'un mariage pour Céleste et que Berthier, son père, voulait la doter richement; vous avez dit que les jeunes gens — c'était un voisin de campagne — s'adoraient... Vous avez dit cela.

— Je vous ai dit ce qui m'avait été raconté, et ce qui était vrai à cette époque. Je m'en souviens : le fiancé était un jeune homme, compagnon de chasse de Berthier, qui, depuis son accident, voulait toujours chasser en compagnie...

— Ah! fit André, en se détournant pour cacher le rouge qui couvrait son front.

— Un jeune homme de bonne famille, ayant une certaine fortune ; je dois avoir son nom à la maison sur un carnet...

— Eh bien, monsieur Martin, si, en même temps qu'au nom de M. le colonel d'Auray nous ferons demander judiciairement des comptes à Berthier, réclamant la part de la mère pour le fils, vous alliez informer celui qui devait épouser Céleste de ce qui se passe ? Si vous le poussiez à revoir la jeune fille... pour entraver enfin cet amour et nous donner le temps d'agir ?

— Que voulez-vous que fasse ce jeune homme ? dit Martin. Il n'a aucune autorité.

— Il a une autorité morale ! En s'adressant à celle qui lui avait promis de l'épouser, il lui reprochera sa conduite ; sa seule réclamation est un scandale qui peut ne pas empêcher ce mariage, mais au moins le retarder. Il faut que nous ayons le temps d'agir.

— Que voulez-vous faire ? Tout en ne croyant pas beaucoup à ce que vous tentez, je suis prêt à vous obéir.

— Eh bien ! rendez-vous immédiatement chez ce jeune homme ; en pareil cas, il ne faut pas écrire, il faut parler. Décidez-le à venir avec vous à Paris en lui révélant ce que vous savez de l'abominable projet de ce cynique. Moi, pendant ce temps, je vais trouver mon avoué et lui faire commencer la procédure.

Ils se disposaient à sortir ; le vieux colonel cria :

— Sacrédieu, et moi... Je veux aller au feu...

— Oui, oui, colonel, fit André, nous venons vous prendre.

Ils sortirent. Le père Martin, malgré la recommandation d'André, se contenta d'aller au télégraphe et d'adresser une dépêche à M. Valentin Chauvet, se souciant peu d'aller à la campagne et d'être obligé, en partant à cette heure avancée, de coucher hors de chez lui. Dans la dépêche, il invitait le jeune homme à venir apprendre une nouvelle qui l'intéressait, et il signa Berthier et, riant lui-même à la seule pensée de la réception que le pauvre amoureux allait avoir, il se dirigea de l'autre côté de l'eau et entra dans un ca

baret où il trouvait toujours son ami, l'ancien notaire, fort en droit;
il le consulta sur le cas de son client, qu'il voyait clairement,
croyant bien que Céleste avait une fortune, mais aussi très convaincu
que Berthier n'était pas sérieux, et plaçant la question sur ce thème :
Un homme riche, veuf, ayant rendu à ses enfants la part revenant
de la mère et ne voulant pas que le bien qu'il possède leur revienne
après sa mort, tout en assurant sa vie et en la destinant à une autre personne, que doit-il faire ? Le vieux notaire répondit : La donner de son vivant en s'assurant une rente viagère. Il y aurait matière à procès après la mort, pour la part revenant légalement aux
enfants.

Alors Martin, sans mettre les noms, expliqua la situation
vraie.

Et le vieux s'écria :

— C'est très bien; ainsi, pas de procès possible. C'est la femme
qui a tout apporté, car il n'a pas eu la sottise de lui passer ses biens
directement, mais il les a vendus à des tiers qui les ont cédés à la
jeune fille, qui justifie de l'acquisition par l'héritage probablement
nul qu'elle a fait. Elle garde tout lorsqu'il mourra. C'est inattaquable... Seulement... épouser sa fille... ça, c'est fort; il faut avoir une
singulière conscience pour aimer sa fortune à ce prix.

Martin paya la consultation par quelques apéritifs, et se retira
en hochant la tête et disant :

— Ainsi, il a raison; il faut empêcher ce honteux mariage...
Demain on verra ce que produira l'entrevue des amoureux.

Le lendemain, le père Martin se trouvait à son poste d'observation, et il apprenait par une des bonnes que le matin M. Valentin
s'était présenté... Il avait été éconduit par Berthier lui-même. Depuis ce moment, mademoiselle pleurait dans sa chambre et Berthier
s'était enfermé chez lui... Il apprit en outre que le mariage de Berthier scandalisait tout le monde, même ceux qui assuraient que
Céleste n'était pas sa fille. Par la rapidité avec laquelle on l'avait
arrêté, ne se mariant que civilement, il devait avoir lieu à la fin de
la semaine.

Sur l'ordre d'André, une procédure nouvelle avait commencé :
oppositions et hypothèques étaient mises sur les biens qui avaient
appartenu à Berthier. Tout cela devait tomber sur une simple ordon-

nance du juge, en raison de son illégalité; mais il espérait effrayer et amener Berthier à une transaction. Celui-ci sembla même en avoir connaissance. Devant le scandale organisé par Martin, le prétendu de Mlle Céleste Cler ne s'intimida pas; les intrigues d'André semblaient s'adresser à un sourd et aveugle.

Le projet de mariage était vrai; Berthier avait dit un jour à Céleste :

— Je vais te demander un grand sacrifice, il faut renoncer à tes rêves pour ne penser qu'à moi; tu as juré que tu ne m'abandonnerais pas, que tu m'obéirais en tout.

— Oui, fit simplement Céleste... Je l'ai juré à ma mère, et je ferai ce que vous voudrez...

— Céleste, mon enfant... veux-tu être ma femme?

La jeune fille se recula, bouleversée, restant une minute sans pouvoir répondre. Elle balbutia :

— On m'aime, et j'avais... et vous aviez...

— Il faut oublier tout pour moi... Est-ce que tu me refuses?

Céleste ferma les yeux, évoquant le souvenir de sa mère pour avoir du courage, se rappelant ce qu'elle avait juré... De grosses larmes coulèrent de ses yeux, et dans un sanglot elle répondit :

— Je veux ce que vous voudrez, mon parrain.

— Merci, Céleste; bientôt nous serons mariés.

En disant ces mots, touché sans doute par l'émotion de Céleste, Berthier pleura et se retira vivement. La jeune fille tomba anéantie dans un fauteuil, donnant un libre cours à son désespoir.

Dès ce jour, le mariage fut arrêté. Berthier avait fait toutes les démarches. En raison du deuil récent de la jeune fille, tout se bornerait au mariage à la mairie; aucune autre cérémonie. Pas même de festin. On dînerait à la maison sans doute comme d'habitude, car il ne commanda rien.

Les quelques jours qui précédèrent le mariage, Berthier ne sortait plus, et Martin disait qu'il n'osait se montrer dans la rue, sentant peser sur lui le mépris de tous. Berthier s'enfermait chez lui, mettant ses papiers en ordre, chaque jour plus triste. A table, assis en face de Céleste, il lui parlait peu, paraissant surtout éviter dans la causerie la question du mariage.

Chez les femmes, même dans la douleur, la coquetterie prend sa place, et ce fut Céleste qui parla de la toilette qu'elle devait revêtir en raison de son deuil.

Berthier comprenait parfaitement ce qui préoccupait l'enfant ; une seule fois dans sa vie la femme revêt la toilette immaculée, le bouquet virginal, symbole de sa vie chaste et pure. Et il lui dit :

— Ma Céleste, je ne veux pas qu'une minute le souvenir de ta mère... à laquelle nous obéissons tous deux, quitte ta pensée... Dans une autre occasion, tu mettras ta toilette blanche...

Céleste le regarda un peu étonnée ; il continua :

— Tu me comprendras plus tard... Tu te vêtiras de deuil... Tu n'auras de blanc que ton voile et ton bouquet.

— Je vous obéirai, parrain, dit Céleste.

Il se leva, embrassa la jeune fille sur le front et se retira dans sa chambre, mordant ses lèvres et faisant des efforts pour ne pas pleurer au souvenir qu'il évoquait.

Seule, Céleste pensait :

— Oui, pauvre mère, j'irai vêtue de ton deuil, habillée comme les jours où je tenais un ruban derrière le corps de mes pauvres amies mortes... J'irai... aux funérailles de ma jeunesse... Et le pauvre garçon, qu'il doit me haïr !...

Peu à peu cependant la jeune fille s'était résolue au sacrifice, et ne vivait plus que chez elle au milieu de nouvelles servantes pour lesquelles ce mariage était une fête ; sans devenir bien gaie, elle fut moins triste.

La veille du jour de la cérémonie, Berthier, Céleste et les témoins se rendirent chez le notaire pour signer le contrat. Il n'était question dans l'apport de Berthier que d'une rente viagère. Celui de Céleste était considérable. Rentrée chez elle, la jeune fille s'occupa de sa toilette, qui, quoique noire, était très élégante. Berthier sortit de chez lui pour se rendre au cimetière et, à genoux devant la tombe de Céline, la tête appuyée sur l'entourage de fer, il semblait parler bas avec la morte.

— Vous, gredin, si vous dites un mot j'appelle les agents.

IX.

LE MARI DE SA FILLE

Il était dix heures du matin lorsque Berthier rentra dans le salon pour prendre la jeune mariée et la conduire à la mairie. Au contraire des gais babillages qui emplissent la maison un jour de mariage, les quelques amis, c'est-à-dire les témoins qui attendaient dans le salon, paraissaient lugubres ; tous étaient silencieux. Quand Céleste parut, dans sa robe de soie noire, les mains gantées de blanc, des gants qui montaient jusqu'aux coudes, la tête couronnée de fleurs d'oranger qui retenaient son voile, elle était idéalement jolie et tout à fait originale. Cependant elle avait les yeux rouges et légèrement bistrés ; mais M. Berthier, la pressant longtemps sur son cœur, admirait silencieusement l'héroïsme de la pauvre petite qui se sacrifiait, restant ferme et résolue devant le dédain, le mépris de tous, décidée à ce qu'elle croyait être la volonté de sa mère.

Quelques personnes, qui attendaient quand ils descendirent, rirent et se moquèrent d'eux. Céleste ne vit rien, bien consciente de l'acte qu'elle faisait, assurée que celui qui l'épousait était uniquement un ami de sa mère, ne se reprochant qu'une chose : jeune, d'épouser un vieillard en délaissant celui qu'elle aimait et auquel elle avait promis.

Berthier avait vu les rires moqueurs, et, les méprisant, il avait baissé la tête... et avait entendu dire :

— C'est odieux... c'est abominable... Le monstre !

Et il s'était hâté de monter dans la voiture. En arrivant à la mairie, il avait été un peu confus en voyant dans la salle des mariages, installés sur les banquettes, en arrière, André, accompagné de Zélia, qui avait éclaté de rire en les voyant, et la petite Céleste était restée toute décontenancée de cet éclat de rire gouailleur qui saluait son entrée. Berthier lui avait dit tout bas :

— C'est un autre mariage, et ils plaisantent entre eux.

Puis il l'avait conduite à sa place dans le fauteuil, devant le bureau du maire, et s'était assis à côté d'elle. Les témoins s'étaient placés de chaque côté. La cérémonie commença au milieu des quolibets. Le maire fut obligé de menacer de faire évacuer la salle, disant que, si quelqu'un avait une protestation à faire, il devait la faire hautement; il semblait espérer une réponse.

— C'est honteux! dit une voix.

— Qui a dit cela? demanda l'adjoint faisant fonction de maire. Personne ne répondit. Ce fut d'un air méprisant, ne dissimulant pas que c'était contraint et forcé qu'il obéissait à la loi, que l'officier de l'état civil procéda au mariage. Céleste avait alors senti la répulsion dont il était l'objet, et c'est en pleurant que la malheureuse enfant descendit l'escalier de la mairie au bras d'un des témoins... Berthier les suivait, sentant derrière lui le groupe de ceux qui murmuraient pendant la cérémonie. C'étaient les voisins du quartier, c'étaient les anciens ouvriers et ouvrières de Berthier, absolument stupéfiés de voir leur patron agir pareillement, un public réuni par Martin, sur l'avis d'André. On suivait le marié, lui disant dans l'oreille :

— Misérable... Mais c'est une honte!... Tu ne penses donc pas à la morte?

Il se hâtait, baissant la tête, ne voulant pas entendre. Il allait monter dans la voiture. Parmi ceux qui le suivaient se trouvait André, qui lui jetait une dernière injure; il tenait Zélia sous son bras. Zélia riait du scandale et se contentait de dire :

— Mais c'est un vieux satyre...

Berthier se retourna, se redressa devant André et le menaça en secouant son doigt devant son visage :

— Vous, gredin, si vous dites un mot, j'appelle des agents et je dis à ces gens qui vous êtes.

André se recula aussitôt; devenant blême et entraînant Zélia, il disparut en disant bas :

— Viens, je ne veux pas lui répondre, on se disputerait.

Le mouvement de Berthier avait suffi pour imposer silence à tout le monde; la voiture de Céleste était partie, il allait monter dans la sienne, où les deux témoins l'attendaient, lorsqu'il se sentit frapper sur l'épaule; il se retourna, fronça les sourcils, et vit devant lui Valentin Cholet.

Le malheureux garçon était livide, ses yeux avaient des regards de haine. Il dit :

— Ce que vous faites est abominable... Mais si ce que l'on dit est vrai, c'est plus qu'un crime. C'est votre âge qui vous sauve, je vous aurais tué... Vous n'êtes qu'un...

Berthier l'interrompit en disant :

— Taisez-vous, malheureux !... Je serai à vos ordres... Venez me voir ce soir, à dix heures...

— Est-ce pour vous moquer de moi ? dit Valentin, croyant qu'il lui disait l'heure à laquelle il comptait emmener Céleste.

— Monsieur Valentin Cholet, gardez votre jugement... Venez ce soir... Je vous en prie, Valentin.

Le jeune homme restait à sa place, étonné et très impressionné par le ton suppliant avec lequel Berthier avait achevé sa phrase. Que signifiait cette attitude ? Que pensait donc cet homme en lui donnant rendez-vous pour le soir même de son mariage ? Ce qui se passait lui paraissait bien singulier. Il avait reçu chez sa mère une lettre assez longue qui l'informait du mariage de Céleste et l'engageait à venir protester par sa présence. Cette lettre déclarait que Berthier était le père de celle de laquelle il allait faire sa femme. Valentin avait eu souvent cette pensée, en voyant l'affection de l'ancien industriel pour la fille d'une de ses ouvrières devenue chez lui la servante-maîtresse. Toute la vie de Berthier, qu'il ignorait, lui était racontée, et de quelle façon cet homme, qu'il jugeait si favorablement, duquel il admirait le caractère, n'était qu'un dépravé cynique et égoïste. Il avait chassé de chez lui sa femme légitime et son fils pour vivre seul de la fortune péniblement gagnée avec elle ; il avait pris une de ses apprenties, qu'il avait contrainte à devenir sa maîtresse en même temps qu'il en faisait sa bonne, et qu'il avait souvent obligée à servir des femmes qu'il amenait chez lui.

Dans cette lettre, on laissait entendre que Berthier pouvait avoir aidé à la mort de la malheureuse Céline, si rapidement et si singulièrement enlevée à l'affection de sa fille ; et ce crime aurait été commis dans le but qu'il atteignait : la possession de l'enfant.

D'abord, le jeune Valentin avait froissé et jeté la lettre avec dégoût ; l'homme qu'il connaissait, qui l'avait si souvent traité en

ami, était incapable de pareille infamie. Il l'avait trouvé bien
changé, en venant le voir à la suite de la mort de Mme Céline, mais
cela était bien naturel; il connaissait Berthier comme un bon compagnon de chasse, toujours riant, prêt à plaisanter, ayant bonne
mine et l'aspect sympathique.

Il retrouvait un homme vieilli par les veilles et la douleur, pâle
et lugubre.

Ce qui lui avait paru plus singulier, c'était la dépêche signée
Berthier, qui l'invitait à venir le lendemain pour apprendre une
nouvelle l'intéressant. Quand il s'était présenté, Berthier l'avait
reçu poliment, mais froidement; après l'avoir fait venir, il paraissait avoir hâte de le voir s'éloigner. Lorsqu'il lui avait demandé ce
qu'il avait à lui dire, il avait paru étonné; il avait répondu néanmoins :

— Mon pauvre ami, il faut renoncer au projet que vous aviez
formé... Il faut espérer en l'avenir. Maintenant ne pensez plus à
Céleste. Et il lui avait serré la main en se retirant.

Valentin avait pensé que le malheureux était encore sous l'impression de la perte cruelle qu'il avait faite; il avait des moments
d'égarement sans doute, et de ce qu'il avait dit il ne se souvenait
que d'une chose : « Il faut espérer en l'avenir. »

Mais en lisant l'épouvantable histoire contée dans la lettre, des
incidents bizarres étaient revenus à sa pensée; il avait voulu, au travers de ces mensonges et de ces calomnies, découvrir la vérité.
Obéissant à la lettre, il s'était rendu à Paris, et constatait que ce
qu'on lui annonçait était vrai. Avec une immense douleur, il avait
ressenti une violente colère; il avait couru à la mairie, voulant,
à haute voix et devant tous, insulter les deux misérables... Il était
arrivé au moment où, la cérémonie accomplie, Céleste et Berthier
descendaient l'escalier. En voyant celle-ci si belle dans son costume
de deuil, si triste dans un jour semblable, il avait cru qu'il allait
défaillir; il avait voulu parler, et sa voix s'était éteinte dans son
gosier... Il s'était quelques minutes adossé au mur, sans forces.
Céleste avait passé devant lui, et était montée en voiture. Lorsqu'il
retrouva son énergie, il s'élança alors et rejoignit Berthier, qui se
disposait à partir.

Il s'avança menaçant, et lorsque, lui ayant touché l'épaule, le marié se retourna, c'est presque timidement qu'il lui parla, et au premier mot il se tut...

Pourquoi Berthier voulait-il le voir le soir? Il se demandait ce qu'il allait faire, lorsqu'il fut accosté par Martin.

— Monsieur, lui dit impudemment le vieil homme d'affaires, c'est grâce à moi que vous savez ce qui se passe.

— C'est vous qui m'avez envoyé la lettre annonçant le mariage de M. Berthier?

— Et vous invitant à y assister, oui, monsieur!

— Qui êtes-vous, monsieur? demanda Valentin qui, timide de sa nature, restait confus et un peu embarrassé devant son interlocuteur.

— Je me nomme Martin, je suis chargé des intérêts du fils de M. Berthier.

— M. Berthier a un fils?

— Berthier a un fils qu'il abandonne, un brave garçon qui a presque l'âge de sa fille, qu'il épouse aujourd'hui.

— Je ne vous comprends pas, monsieur.

— Au reste, nous sommes fort mal à l'aise ici pour causer. Voulez-vous m'accompagner, monsieur?

— Pourquoi faire?

— Je vous le répète, monsieur, il s'agit des intérêts du fils de Berthier, qui ne vous intéresse pas, je le comprends, mais en le servant, nous vous servons. Je vous avais fait prévenir, espérant une protestation de vous... Il en est temps encore.

— De quoi faire?

— Mais, de faire casser ce mariage.

C'est avec satisfaction que le jeune homme regarda le vieillard. Celui-ci soutint le regard: il mentait avec le plus grand calme, sachant bien que rien ne pouvait plus briser le mariage, mais cherchant toujours le scandale, qui aiderait au procès qu'il voulait tenter. Valentin se dit qu'il avait peut-être l'occasion de savoir des choses utiles à connaître, s'il revoyait Berthier le soir.

Les quelques mots relatifs à un fils abandonné par Berthier éveillaient sa curiosité; puis que ferait-il jusqu'au soir, heure du rendez-vous? Il trouvait l'emploi de son temps; il répondit :

— Je serai très heureux d'avoir un entretien avec vous... Mais où voulez-vous me mener?

— Dans un café voisin d'ici, où M. de Gueutteville, le tuteur du fils de Berthier, m'attend.

— Le tuteur! Mais puisque vous dites que M. Berthier est son père?.. Le père est tuteur naturel...

— Certainement, répondit effrontément Martin, quand l'homme s'est toujours conduit comme il devait; mais lorsque cet homme a été déclaré indigne, a été interdit...

— Je ne savais pas qu'on pouvait retirer à un père la direction de son enfant.

Martin jugea qu'il en avait assez dit, et dirigea Valentin jusque sur le boulevard, tout en lui disant, pour éviter une réponse :

— Vous ignoriez que Berthier était marié, qu'il avait un fils. Voici, en deux mots, sa situation : il était marié avec la fille d'un brave officier à la protection duquel il doit sa fortune; de cette sainte femme il eut un fils. Mais la vie de mariage ne pouvait plaire à sa nature dépravée de libertin, de débauché. Il chassa la femme et l'enfant, leur donnant à peine de quoi vivre... Se sacrifiant pour son enfant, la noble femme accepta cette vie de misère, qu'elle paya bientôt de sa vie... Pendant que sa femme légitime vivait dans la douleur, il avait des relations avec une jeune fille, apprentie chez lui, qu'il avait obtenue violemment; de ses relations naissait une enfant : la jeune Céleste, celle qui vous était fiancée, lorsqu'elle était pauvre. Car c'est un héritage survenu à cette pauvre petite qui a décidé le misérable Berthier à la contraindre à l'épouser.

— Mais tout ce que vous me dites là est épouvantable, fit Cholet, en s'arrêtant sur le seuil du café où Martin l'avait conduit.

— Ce n'est rien... Vous allez en apprendre d'autres... Entrez donc. Il ouvrait la porte. Valentin hésitait à entrer. Il allait en apprendre d'autres!

Ce qu'il savait n'était rien! disait son compagnon... Mais le pauvre garçon trouvait qu'il en connaissait beaucoup. Il entra, Martin le dirigeait; il s'arrêta tout intimidé, lorsque, le présentant à André et à Zélia attablés, il dit :

— Je vous présente M. de Gueutteville... et sa sœur.

Il s'assit, fort embarrassé, gêné par le regard provocant de Zélia, regrettant déjà d'avoir consenti à suivre celui qui l'avait amené, et se demandant dans quel but on insistait pour lui affirmer

En entendant le vieil imposteur, Valentin était devenu fort pâle.

de nouveau ce qu'on lui avait écrit. M. Martin recommença la longue histoire qu'il connaissait, en appelant en témoignage André, impassible, et Zélia, souriante. Comme il ne concluait pas, le jeune homme lui demanda :

— Mais enfin, monsieur, je n'ai dans tout cela aucun intérêt à protéger ou à défendre ; que voulez-vous que je fasse ?...

— Mon Dieu ! ce que nous vous demandons est simple ; c'est nous qui allons, dans l'intérêt du fils de ce misérable, intenter un procès, déposer une plainte au parquet. C'est aux dépens de son fils, avec partie des biens appartenant à sa femme légitime, qu'il a enrichi celle qu'il épouse, se dégageant de toute responsabilité à l'égard de son fils ; nous voulons l'amener à une restitution ; pour cela il faut démontrer les procédés frauduleux qu'il a employés.

— A quel titre voulez-vous que je me mêle de ça ?

— Eh ! monsieur, vous devez avoir le droit de vous venger d'un homme qui s'est moqué de vous... d'un misérable qui, vous sachant aimé, vous enlève celle qui vous aime.

Cela semblait faire peu d'impression sur Valentin, dont l'aspect piteux égayait beaucoup Zélia. M. Martin reprit :

— Mais vous ne savez donc pas, monsieur Cholet, que la malheureuse jeune fille vous aimait, qu'elle se refusait absolument à lui obéir, qu'il l'a contrainte par la force ?... On dit qu'elle a succombé avant le mariage... Oui, monsieur, un viol... presque une enfant... Et la malheureuse, c'est pour effacer le crime dont elle avait été victime qu'elle a consenti...

En entendant le vieil imposteur, Valentin était devenu très pâle, et c'est les lèvres tremblantes, l'œil ardent, et cherchant dans les regards des assistants une affirmation, qu'il demanda :

— Cela n'est pas possible... Non ! ce n'est pas vrai...

— Demandez à tout le monde, à ses voisins... Mais vous n'avez donc pas vu que la pauvre enfant pleurait devant le maire ? que pendant quelques minutes on a pu croire qu'elle allait se révolter ?...

— Si cela est vrai... mais il faut arracher la malheureuse à ce misérable...

— Eh ! monsieur, c'est pour cela que je vous parle... Elle vous aime, et assurément, si vous vous rendiez près d'elle, si vous lui parliez, se sentant soutenue, elle vous suivrait... Nous, nous attaquons dès ce soir...

Valentin, les sourcils froncés, la tête baissée, ne répondait pas, et Zélia, qui l'observait, ne riait plus.

Martin reprit :

— Nous agissons chacun de notre côté... Vous, au nom de la morale, au nom de l'amour. Vous agissez brutalement, mais pendant ce temps, par nos démarches, nous obtenons la légalisation de votre action... Écrivez deux lignes, dans lesquelles vous déclarerez que M. Berthier, lorsque vous faisiez la cour à Mlle Céleste, disait qu'elle était sa fille.

— Je mentirais, il ne m'a jamais dit cela... Et puis qu'importe ! Vous m'avez donné un conseil que je vais suivre. Vous m'assurez que c'est de force et après avoir été la victime de Berthier que Céleste a consenti à se marier ; vous assurez que, si elle se connaissait un défenseur, elle abandonnerait Berthier.

— Mais, monsieur, ma lettre ne disait que cela. Vous n'en avez pas saisi l'intention... et je croyais vous voir apparaître à la maison et dire à celle que vous aimez : « Céleste, n'obéissez pas à la peur, je suis là ! »

— C'est bien, fit le jeune homme. Et, se levant, sans s'occuper de ceux qui l'entouraient, il salua et sortit rapidement.

André et Martin se regardaient étonnés. Zélia éclata de rire en disant :

— Vous l'avez rendu fou...

— Occupons-nous de nous maintenant ; voilà deux jours que je n'ai vu le colonel. Allons à Batignolles.

Depuis quelques jours, André n'était pas rentré à la petite maison ; abandonnant aux soins de la vieille Marianne le colonel d'Auray, il vivait chez Zélia, heureux de retrouver près d'elle la gaieté proscrite depuis longtemps.

Martin l'assurait que, par les tourments, les tracas dont Berthier allait être menacé, on l'amènerait à une transaction. André s'en rapportait à lui, il le déclara, ayant grande confiance en son adresse. La vérité est qu'il était décidé à ne plus risquer de se trouver en face de son ennemi, la menace l'avait terrifié. Il ne désirait, lui aussi, que le calme, il était découragé par le malheur et la misère. Berthier abandonnant Régis, il allait le prendre et vivre avec lui. Il serait satisfait si Martin obtenait une pension pour le vieux colonel, une somme assez importante et la propriété de la petite maison, et, au nom de Régis, il obtiendrait tout cela; peut-être le sentiment de la paternité allait-il naître en lui.

Il fit monter Zélia en voiture en lui disant qu'il irait le soir dîner avec elle et, accompagné de M. Martin, il se dirigea vers les Batignolles.

L'homme d'affaires le rassurait sur la fuite précipitée de Valentin Cholet. Parti dans un accès de colère, il était capable de tout, et quoi qu'il fît, cela les servirait assurément

Quand ils arrivèrent devant la petite maison, ils s'arrêtèrent stupéfaits: les fenêtres du premier étage étaient grandes ouvertes, les rideaux étaient enlevés, on ne voyait plus la silhouette du colonel, le logis semblait vide.

— Qu'est-ce que cela veut dire? fit André en ouvrant la porte.

— On croirait qu'on a déménagé, dit Martin.

Ils entrèrent. Au bruit de la sonnette que fit tinter la porte en s'ouvrant, Marianne apparut. Elle était endimanchée et se disposait à sortir... En voyant André, elle eut un mouvement de surprise.

— Qu'avez-vous donc, Marianne?... Qu'est-ce que cela signifie? Que se passe-t-il ici?

Et André était entré dans le petit salon; il disait cela en regardant autour de lui, stupéfait de ce qu'il voyait. Les pièces étaient absolument vides; les tentures, les rideaux, les tapisseries enlevés et disparus.

— Monsieur m'avait dit que M. André ne reviendrait plus!

— Qui, monsieur? demandèrent à la fois André et Martin.

— M. Régis.

— Régis...

— Monsieur ne sait donc rien!...

— Qu'est-il arrivé!... Où est le colonel?...

— M. Régis est venu il y a quatre jours, le lendemain du jour où monsieur est parti; il m'a fait habiller le colonel, et ils sont sortis toute la journée. Le soir il est revenu, et il a dit que son grand-père entrait dans une maison où il serait soigné; il m'a remerciée, et m'a dit qu'il s'était engagé, il partait rejoindre son corps deux jours après. C'est un ami du colonel qui l'emmenait. Le lendemain, on est venu tout prendre ici et on l'a porté à l'hôtel des Ventes. Le soir, il m'a payé une année, m'a embrassée pour me consoler et m'a dit que je pouvais rester ici quelques jours: la maison ne sera vendue que la semaine prochaine...

André et Martin se regardaient tout bouleversés.

— Qu'est-ce que cela veut dire?

— Mon cher ami, c'est bien simple. Nous sommes joués. Berthier ou son sous-main, pendant que nous le poursuivions, s'entendait avec Régis; il s'en est débarrassé à bon compte... Ah! le petit imbécile... et la vieille bête!... De tous les deux, avec la signature du grand-père, il a fait ce qu'il a voulu. Régis a été engagé, recommandé par le grand-père à un colonel quelconque; on va l'envoyer au diable et il est tranquille... Il a été plus fort que nous.

André était resté pensif; il demanda à la vieille Marianne si Régis n'avait rien dit.

— Jamais, monsieur, je ne l'ai vu aussi sombre. Je l'ai entendu dire : « On ne doit plus revoir André ici... Je serai un honnête homme et ne devrai qu'à moi seul ma situation. Ma pauvre mère a assez chèrement payé ses fautes. Je ne veux pas revoir ceux qui causèrent sa perte. Si je ne suis pas le fils de celui dont je porte le nom... je ne veux rien de lui... rien... C'est ton nom, grand-père, ton nom de soldat qui sera le mien. » Il était comme en ribotte et ils se sont embrassés. C'est tout ce que j'ai entendu.

Les projets de M. Martin s'écroulaient; il n'avait pas besoin de plus longues explications et, sans attendre, il se retira, abandonnant André. Celui-ci était absolument atterré par ce qu'il venait d'apprendre; il chercha autour de lui son conseil. Voyant que Martin, comme les rats qui se sauvent du navire en danger, l'avait abandonné, il eut un mouvement d'épaules et se retira à son tour, se disant en se rendant chez Zélia :

— C'est fini ! n'y pensons plus... chacun pour soi ! Je suis libre et je recommencerai ma vie...

Lorsqu'il arriva chez la jeune femme, celle-ci, en le voyant triste et abattu, l'embrassa en lui disant :

— Bah ! oublie tout ça... puisque je t'aime... A table !...

La lutte était finie, il était vaincu. Régis avait appris la vérité, qu'il n'était pas le fils de son père, que l'homme qui voulait le diriger était l'amant de sa mère, celui qui l'avait séduite... La vie, dans ce monde, était la honte. Il prit héroïquement son parti, en cherchant dans l'armée une nouvelle famille. Aidé par son grand-père, il se fit soldat, estimant que, si la loi le faisait l'héritier de celui dont il portait le nom, la logique ne lui donnait aucun droit.

A la même heure où André, vaincu, abandonnait pour toujours ses poursuites sur Berthier, Valentin Cholet, las d'avoir marché toute la journée, l'injure aux lèvres, se présentait au rendez-vous que lui avait donné Berthier, bien décidé à parler à Céleste et à savoir la vérité. Il remarqua que toutes les fenêtres de l'appartement étaient éclairées. Malgré l'heure, dans la cour, il y avait du monde assemblé ; des envieux qui venaient pour voir les invités du bal peut-être. Il monta l'escalier, la porte était ouverte, il entra, et dès qu'on le vit, une servante lui demanda :

— Vous êtes monsieur Cholet ?

Sur un signe affirmatif, on le dirigea en lui disant :

— Venez, venez.

Il suivit la servante ; dans un salon il aperçut Céleste dans sa même toilette singulière ; elle pleurait et sanglotait. Il eut un mouvement de rage ; elle pleurait, donc ce qu'on lui avait dit était vrai. Où était Berthier, le misérable ? Il resta un peu étourdi lorsque la jeune fille suppliante lui dit :

— Monsieur Valentin, venez, venez vite, mon pauvre parrain vous attend.

Et elle l'entraîna dans la chambre voisine. Valentin recula effrayé.

Berthier, livide et râlant, se tordait dans un fauteuil. En voyant le jeune homme, le moribond fit un effort pour dompter son mal, et s'écria :

— Sortez tous... tous. Laissez-moi avec eux: avec vous, Valentin, avec toi, ma Céleste...

Tout le monde se retirait obéissant ; une servante demanda tout bas s'il ne fallait pas aller chercher un prêtre ; Berthier l'entendit et, essayant de sourire, il dit :

— Non, point de prêtre, c'est à vous, mes enfants, que je dois me confesser.

Lorsque la porte de la chambre fut fermée, Céleste était à genoux devant son parrain. Berthier fit signe à Valentin de venir se placer devant lui ; le brave garçon, tout bouleversé et honteux de lui-même, vint s'agenouiller près de la jeune fille

— Ne pleurez pas, mes enfants... C'est moi qui veux mourir. Je suis heureux de quitter cette terre, n'attristez pas mes derniers moments par votre douleur... Je vais retrouver celle qui nous aimait tant et qui est seule là-haut. Céline n'étant plus là, je n'ai rien à faire sur cette terre. Puisque ma Céleste a obéi à la dernière volonté de sa mère, j'ai assuré sa vie... Valentin, d'abord prenez la main de Céleste, de votre femme. Je vous la donne, chaste, pure, veuve et vierge...

Les deux jeunes gens fondaient en larmes...

— Ne pleurez pas... ce n'est qu'au prix de ma mort que je puis vous rendre heureux... Depuis le jour où Céline est morte, je gardais le poison avec lequel je voulais me tuer... Je n'ai retardé cette fois que pour obéir à celle que je vais rejoindre, pour pouvoir lui dire : Regarde notre fille, elle est heureuse!

Étonnée, Céleste avait relevé la tête. Valentin était près d'elle et ils écoutaient. Berthier commença :

— Oui, tu es ma fille... ma Céleste... Tu vas être femme, je te dois toute la vérité.

Le moribond, malgré d'intolérables souffrances, raconta toute sa vie, s'interrompant pour embrasser sa fille. Il termina, en hoquetant, et se crispant sur son fauteuil, essayant de dompter le mal :

— La loi odieuse, brisant ma famille par la séparation, me

C'était le cadavre de celui qu'elle aimait.

défendait de reconnaître celle que je m'étais refaite... Elle m'obligeait à t'abandonner pauvre et sans nom... C'est contre la loi injuste que j'ai lutté... Ma fille, Valentin, mon gendre, vous n'aurez pas à rougir de moi. Je suis un honnête homme... un père !... Je souffre !... Adieu... ma fille... ma...

Il se redressa tout à coup, ses yeux roulèrent dans leur orbite, sa bouche eut des crispations, ses lèvres bleuirent : le poison achevait son œuvre.

Berthier retomba raide dans son fauteuil.

Aux cris de Céleste, on accourut, on emmena la jeune fille prête à s'évanouir.

Valentin, aidé d'un des témoins, porta le corps du malheureux sur le lit et lui ferma les yeux... Célestin Berthier était mort.

Obéissant à ses dernières volontés, laissées dans une lettre sur son bureau, le lendemain, la mère de Valentin vint chercher Céleste et l'emmena chez elle à la campagne, où les jeunes gens devaient se marier après les délais légaux expirés.

Si vous demandiez à quelques bonnes femmes de la paroisse de Berthier la cause de sa mort, elles vous diraient que Dieu n'ayant pas permis qu'un père épousât sa fille, l'incestueux Berthier avait été frappé par le destin avant sa nuit de noces, laissant la pauvre mariée : Veuve et Vierge !